Claudio M. Mancini

MALA VITA

Claudio M. Mancini

MALA VITA

Ein Mafia-Roman

Droemer

Besuchen Sie uns im Internet:
www.droemer.de

Die Folie des Schutzumschlags sowie die Einschweißfolie sind
PE-Folien und biologisch abbaubar.
Dieses Buch wurde auf chlor- und säurefreiem Papier gedruckt.

Redaktion: Herbert Neumaier
Umschlaggestaltung: ZERO Werbeagentur, München
Umschlagabbildung: getty images / Photographer's Choice / Peter Dazeley
Satz: Adobe InDesign im Verlag
Druck und Bindung: GGP Media GmbH, Pößneck
Printed in Germany
ISBN 978-3-426-19849-0

2 4 5 3 1

Dove c'è denari
no vale la vita di un uomo

Wo es Geld gibt,
ist ein Menschenleben nichts wert

Il Canto Di Malavita

Auszug aus dem Lied:
Muttetta pi nu carogna

»Während die abgesägte Schrotflinte ihr Lied hinausbrüllt,
stirbt jener, der die Omertá mit Füßen tritt! /
Du bist ein Spitzel und ein Verräter. /
Wer Fehler macht, bezahlt mit dem Leben, /
Ich bin lieber im Gefängnis. /
Dieser Mund spricht nicht. /
Ich werde diese Jahre schultern, /
Die ehrenwerte Familie steht mir bei. /«

Klänge sizilianischer Lieder der Mafia
begleiten die Beteuerungen der Inhaftierten,
unschuldig zu sein.

Teverya

Luciano und Lisa waren von den Höhen des Golan aus dem Kibbuz Gschur zurückgekehrt und hatten sich an diesem späten Frühlingstag darangemacht, ihre Apfelbäume zu schneiden, die sie letztes Jahr gepflanzt hatten. Die Maisonne hatte viel Kraft und das Land in ein sattes Grün verwandelt. Durch die weit geöffneten Terrassentüren des rustikalen Hauses in der Yad-Vashem-Straße drang Donizettis Arie *»Una furtiva lacrima«* und erfüllte den Garten mit Pavarottis sehnsuchtsvoller Stimme.

Topolina saß im Schatten unter einem blühenden Mandelbaum, flocht ihre schwarzen Haare zu Zöpfen und summte den neuesten Hit, der zurzeit auf allen Sendern lief. Hin und wieder schaute sie auf, wenn ihr kleiner Hund Bruno, ein braunes Wollknäuel, sie stupste und zum Spielen aufforderte.

»Jetzt nicht, Bruno«, ermahnte sie ihn und kraulte ihn an seinen flauschigen Schlappohren.

Das Mädchen war in Gedanken versunken. Sie vermisste ihre Freundinnen in der Via Giardinello, das aufregende Leben am Strand an der Viale delle Dune, den Spielplatz neben den bunten Umkleidekabinen, aber noch mehr vermisste sie Onkel und Tante, die in einem Bauernhaus direkt am Meer lebten. Natürlich auch die *nonna,* die sie über alles liebte und zu der sie immer gegangen war, wenn sie Kummer gehabt hatte. Aber das war früher. Von heute auf morgen hatten ihre Eltern die Sachen gepackt und waren von Sizilien nach Israel ausgewandert. Alles Sträuben und Weinen hatte nichts genutzt. Papa hatte kurzerhand das leer stehende Anwesen in den Hügeln von Teverya unterhalb des Golan gekauft. Das war 1986, vor genau einem Jahr.

Immer wieder hatte sie ihre Eltern gefragt, weshalb sie weggezogen waren und sie alles, was sie geliebt hatte, so plötzlich verlassen musste. Papa presste die Lippen zusammen und sagte nichts, während Mama ihre Tränen versteckte und meist mit schuldvoller Miene vom Thema ablenkte. Noch weniger konnte Topolina, wie sie liebevoll von ihrem Vater genannt wurde, verstehen, weshalb die Eltern ihr strikt verboten hatten, Freundinnen, die *nonna* oder den Onkel anzurufen.

Topolinas unendliches Heimweh hatte ihr alle Fröhlichkeit genommen. Einzige Ablenkung waren die Briefe, die sie heimlich an Onkel Giulio schrieb, mit kleinen roten Herzchen hinter den Zeilen verzierte und voller Hoffnung nach Italien schickte. Aber sie hatte nie eine Antwort erhalten. Papa versuchte alles, sie aufzumuntern, wenn sie sich in ihr Versteck unter dem Dach zurückzog. Aber es gelang ihm immer seltener. Da nützte es nichts, wenn er behauptete, sie würden am »Nabel der Welt« leben und dass es der schönste Platz auf der ganzen Welt sei. »Es dauert nicht mehr lange, bis sie ihr Lachen wiederfindet«, hörte sie Papa ihrer Mama zuflüstern. Topolina dagegen war sich sicher, dass sie das Lachen verloren hatte.

Auch wenn sie ihre neuen Schulkameradinnen mochte, allmählich auch die fremde Sprache verstand und sich zaghaft an die neue Umgebung gewöhnte, sie konnte sich nur schwer mit ihrem Los abfinden. Abwechslung gab es hier so gut wie keine. Das Haus lag abgelegen in den einsamen Hügeln, und in die Stadt war es mehr als eine Stunde zu Fuß, und ohne Begleitung durfte sie dort sowieso nicht hin. Nur wenn Mama zum Einkaufen nach Teverya oder Haifa fuhr, zeigte sich erwartungsvolle Freude in ihrem Gesicht, auch wenn sie nur in die Supermärkte gingen und wenig Zeit übrigblieb, um zu flanieren oder in einem Café ein Eis zu essen.

Bruno raste plötzlich aufgeregt durch den Garten und blieb kläffend am Schotterweg stehen, der in langen Schleifen hinunter zum See Genezareth führte.

Topi sprang auf und rannte mit fliegenden Zöpfen hinterher. »Still, Bruno!«, rief sie. *»Vieni qua!«* Sie deutete neben ihren Fuß, aber Bruno dachte nicht daran zurückzukommen. Vielmehr gebärdete er sich wie verrückt und wollte keine Ruhe geben. Topi stellte sich auf die Zehspitzen und bog einige Zweige der Hecke beiseite. Jetzt konnte sie das Auto sehen. Ein großer schwarzer Wagen stand im Schatten eines Baumes knapp einen Steinwurf von ihrer Einfahrt entfernt. Sie hüpfte so hoch sie konnte, um zu sehen, wer da wohl gekommen war.

Zwei Männer stiegen aus und gingen auf das Haus zu. Männer in hellen Sommeranzügen. Was sie hier wohl suchten? Brunos Kläffen wurde immer wütender.

»Still!«, schimpfte Topi mit ihrem Hund und wandte sich um. »Papa, wir bekommen Besuch!«, rief sie aufgeregt und rannte hinüber zu den Obstbäumen. »Da ist jemand mit dem Auto zu uns gekommen …« Sie zeigte in Richtung Hecke. »Zwei Männer. Ich habe sie hier noch nie gesehen.«

Luciano, der gerade einen abgestorbenen Ast klein schnitt, richtete sich auf und spähte über einen dichten Buchsbaum. Sofort verdüsterte sich seine Miene. »Topolina, geh ins Haus!«

»Kennst du die Leute?«, fragte sie neugierig.

»A casa, capisce!«, erwiderte Luciano scharf. *»Subito!«*

Erschreckt schaute sie aus großen dunklen Augen ihren Vater an, doch seine Miene duldete keinen Widerspruch. So hatte Papa sie noch nie angefahren. Dicke Tränen schossen ihr in die Augen. Wie konnte er nur so ungerecht sein?

»Warum?«

»Weil ich es dir sage«, erwiderte er in harschem Befehlston.

Wütend wandte sie sich ihrer Mutter zu. Lisa hatte ihre Arbeit unterbrochen und blickte ihren Mann irritiert an. *»Che cosa sta succedendo?«*

Luciano deutete mit dem Kinn in Richtung Einfahrt und legte

seine Baumschere zur Seite. »Geh sofort in dein Zimmer!«, brüllte er seine Tochter an, und seine Augen schienen Funken zu sprühen.

Topolina rannte ins Haus, stürmte die Treppen hinauf in ihr Zimmer und warf sich aufs Bett. Ihr Gesicht vergrub sie ins Kissen. Am liebsten hätte sie ihren Rucksack gepackt und wäre abgehauen. Nach Hause, nach Italien, nach Agrigento zu ihrem Onkel. Sie hatte Geld gespart, und irgendwie würde sie es schaffen.

Ein trockenes Rattern riss sie aus ihrer verzweifelten Wut. Gleich darauf hörte sie markerschütternde Schreie ihrer Mutter. Topi sprang auf, rannte zum Fenster und blickte hinunter in den Garten. Papa lag ausgestreckt auf dem Boden, über ihn gebeugt Mama. Ihr Körper schien vor Schmerz zu beben und ihr Wimmern ließ Topis Herz beinahe stillstehen. Aber weshalb hatte Mama blutige Hände, und warum lag Papa am Boden? Wie in Trance verfolgte sie die Szenerie im Garten. Erst jetzt sah sie auch die zwei Männer aus dem Auto. Keine zehn Meter standen sie von den beiden entfernt. Junge Männer mit Sonnenbrillen und Maschinenpistolen.

Der eine rief dem anderen etwas zu, dann hob er seine Waffe und feuerte eine Salve auf Mama. Wie von wuchtigen Schlägen getroffen wurde sie zurückgeworfen und brach im Gras zusammen. Topi schrie auf und presste ihre Hand auf den Mund. Sie keuchte, bekam Atemnot. Nein, das war kein böser Traum. Auch kein Film … Mama und Papa lagen still auf der Erde und regten sich nicht. Durch Mamas schneeweiße Bluse sickerte ein dicker dunkelroter Fleck, der sich schnell ausbreitete. Wie paralysiert verharrte Topi hinter dem Vorhang und starrte in den Garten.

Dann sprachen die beiden Männer miteinander und suchten mit ihren Augen das Grundstück ab. Einer von ihnen blickte zum Haus, und Topi zuckte zurück. Eiseskälte kroch ihr in die Adern. Ihr Leib bebte. Ihr war, als würde sie innerlich erfrieren. Die Männer kamen jetzt ins Haus. Sie konnte hören, wie sie das Wohnzimmer betraten und durch das untere Stockwerk streiften. Eine Tür wurde krachend zugeworfen. Ihr kleiner Bruno bellte wütend. Zwei, drei harte Schüsse fielen, und sein jämmerliches Jaulen hallte im Treppenhaus.

»Grasso«, hörte sie eine Stimme rufen, »hier unten ist niemand.« Dann kamen die beiden näher. Vorsichtige, schleifende Schritte auf den Stufen. Topi konnte nicht mehr denken und fühlen. Angst raubte ihr alle Sinne. Sie hielt den Atem an und suchte fieberhaft nach einem Ausweg.

»Grasso«, rief die harte Stimme erneut. »Ist die Göre oben?«

Grasso antwortete nicht, aber seine Schritte kamen näher …

Oberst Fessoni

Auf dem mit weißem Damast gedeckten Tisch im Garten des Ristorante »*La Staffa*« an der Via Belmonte stapelten sich neben einer Kaffeetasse und einem geleerten Teller die neuesten Tageszeitungen. Die meisten schienen hastig durchgeblättert und achtlos wieder zusammengefaltet worden zu sein. Nur wenige Gäste hatten sich an diesem frühen Vormittag im »*La Staffa*« eingefunden, einem Gourmetrestaurant direkt oberhalb der Wasserlinie. Sie schienen die Zeit vor der großen Mittagshitze bei einem Campari Soda oder einer eisgekühlten *aranciata* zu einem kleinen Plausch zu nutzen oder sich auf einen wundervoll entspannten Tag vorzubereiten.

Die mit Blumenamphoren und üppig blühendem Oleander gesäumte Terrasse lag offen zum Wasser. Der ungehinderte Blick bot eine eindrucksvolle Aussicht über den Bootshafen mit den eleganten Luxusjachten, die sich in der leichten Brise wiegten. Im Hintergrund erhob sich der Monte Pellegrino, der mit seiner felsigen Steilwand wie ein überdimensionaler Monolith in den wolkenlosen Himmel ragte.

Der Mann im feinen dunkelblauen Zwirn schlug lässig die Beine übereinander, lockerte seine Seidenkrawatte und öffnete den obersten Hemdknopf. Unter den Sonnenschirmen herrschte zwar noch angenehme Kühle, aber die Hitze würde nicht mehr lange auf sich warten lassen und die Menschen von der Terrasse vertreiben. Der elegante Maßanzug, handgenähte schwarze Schuhe aus feinstem Leder, das Designerhemd, dessen Manschetten eine edle Schweizer Uhr am Handgelenk freigaben, all die Accessoires menschlicher Profilierungssucht bewiesen teuren, modischen Geschmack. Man konnte annehmen, dass ein erfolgreicher Unternehmer, für den Geld offensichtlich eine untergeordnete Rolle spielte, sich hier zu einem

Meeting eingefunden hatte. Sein Blick schweifte hinüber zum blassrosafarbenen Castello Utveggio, einer mit Zinnen versehenen Burg, die wie die Gebieterin Palermos über der weiten Bucht thronte.

Die scheinbar gelöste Miene des Mannes und das militärisch korrekt gescheitelte Haar täuschten über seine wahre Verfassung hinweg. Sah man genauer hin, offenbarte sich in scharfen Falten, die sich steil von den Nasenflügeln bis zu den Mundwinkeln eingegraben hatten, bittere Lebenserfahrung, und seine fünfunddreißig Lebensjahre waren auch sonst nicht spurlos an ihm vorbeigegangen. Körperhaltung, Habitus und nicht zuletzt die Augen drückten Zynismus und Arroganz aus, ungezügelten Herrscherwillen, wie man ihn nur bei jemandem fand, der es gewohnt war, Befehle und Anweisungen zu erteilen.

Der Mann warf einen ungeduldigen Blick auf seine Armbanduhr und schaute sich suchend um. Erfolglos. Er förderte aus seiner Jackentasche ein zerknittertes Päckchen Camel, steckte sich eine Zigarette an und legte die Packung gedankenlos auf den Tisch. Missmutig nahm er sich die nächste Zeitung vor, überflog die Schlagzeilen und blätterte weiter. Schon bald warf er sie auf den bereits gelesenen Stapel. Als er nach einem Blatt der sizilianischen Boulevardpresse griff, näherte sich mit schnellen Schritten ein schlaksiger junger Mann.

»*Salve,* Fessoni«, grüßte er lächelnd, ließ sich auf den Stuhl gegenüber des Angesprochenen fallen und warf einen interessierten Blick auf die Ansammlung von Zeitungen. »Und? Haben sie es schon gebracht?«

»Nein, haben sie nicht!«, bellte Fessoni ungnädig zurück. »Im Gegensatz zu Ihnen hat sich Casagrande korrekt zurückgemeldet. Er sagte, Sie seien in der Nacht spurlos verschwunden. Inzwischen sind Sie seit über zwölf Stunden überfällig. Ebenso lang war Ihr Handy abgeschaltet. Niemand konnte Sie erreichen. Ich möchte wissen, wo Sie die ganze Zeit gesteckt haben, Tenente Montoglio! Seit heute früh vier Uhr werden Sie von der halben Abteilung fieberhaft gesucht. Eine Frechheit, mich einfach vor einer halben Stunde anzurufen und hierherzubeordern …«

»Darf ich?«, erwiderte der junge Oberleutnant mit einem Blick auf die Zigaretten, ohne auf den scharfen Tadel seines Gegenübers einzugehen. Er griff über den Tisch nach der Packung und bediente sich.

»Ich habe Sie etwas gefragt, Montoglio. Und nennen Sie mich gefälligst mit meinem Dienstrang, wenn ich bitten darf! Auch wenn wir Zivil tragen, heißt das nicht, dass wir uns hier privat vergnügen.«

Ein amüsiertes Lächeln huschte über Montoglios Gesicht. Doch seine Augen hatten plötzlich einen gefährlichen Glanz angenommen. »Hab ich gehört.« Er grinste unverschämt. »Im Gegensatz zu Ihnen hatte ich keine Zeit, Signore Colonnello. Ich musste mich um wichtige Dinge kümmern.«

»Zum Beispiel?«

»Zum Beispiel darum, dass uns die Herren des zivilen Geheimdienstes SISDE ständig in die Quere kommen. Seit neuestem überwachen sie sogar schon in Palermo jeden unserer Schritte, dabei sollten die Kollegen wissen, dass wir uns nicht so einfach in die Karten sehen lassen.«

»Ja und …? Routine, oder?«

»Sicher doch.«

»Ist das Ihre Entschuldigung für unerlaubte Entfernung von der Truppe? Was gab es so Wichtiges für Sie?«

Sandro Montoglio schien nach Worten zu suchen. Plötzlich beugte er sich über den Tisch und flüsterte: »Ach … jetzt fällt es mir wieder ein. Besonders wichtig war für mich zu erfahren, was meine Frau in ihrer Freizeit alles anstellt.« Montoglio beobachtete lauernd den Oberst, der wie von der Tarantel gestochen von seinem Stuhl hochgesprungen war.

»Was interessiert mich Ihre Frau, Tenente?« Fessonis Blicke

durchbohrten den jungen Leutnant, der scheinbar unbeeindruckt den Wutausbruch seines Gegenübers verfolgte.
»Setzen Sie sich lieber!«, raunte Montoglio und schaute zu den Gästen auf der anderen Seite der Terrasse. »Sie wollen sicher nicht, dass Sie hier unangenehm auffallen. Contenance! Ihre ach so liebevoll gehegte Reputation steht auf dem Spiel.«
»Das wird Folgen haben, Tenente! Dafür werde ich sorgen ...«
Montoglios aufreizendes Lächeln brachte den Colonnello in Rage, und nur mit Mühe gelang es ihm, seine Haltung zu bewahren.
»Offen gestanden, Colonnello, im Augenblick verspüre ich wenig Lust, Ihnen Rede und Antwort zu stehen.«
»Sind Sie völlig verrückt geworden?«, presste der Oberst konsterniert hervor und sank auf den Stuhl zurück. »Mir scheint, Sie sind sich Ihrer Lage nicht bewusst. Sie und Casagrande hatten eindeutige Anweisungen, und es war Ihnen ebenso wie ihm klar, welche Aufgaben Ihnen übertragen wurden.«
Montoglio nickte und grinste über das ganze Gesicht. »Ja, glasklar ...«
»*Porca miseria!* Dann verstehe ich nicht, wie diese Scheiße heute Nacht passieren konnte. Sie wissen ganz genau, Neuwahlen stehen an, und eines kann ich Ihnen jetzt schon prophezeien: Wir sind von unserem Ziel weiter entfernt als Sie von Ihrer nächsten Beförderung.«
Montoglios erneutes Auflachen klang nicht so, als sei er belustigt. »Ich habe heute Nacht dazugelernt. Die höchste Beförderung beim Militär ist die ins Jenseits. Weshalb sollte ich darauf scharf sein?«
»Mir scheint, Sie drehen allmählich durch, Tenente. Wir befinden uns in einem Krieg! Das muss Ihnen doch bewusst sein!«
»Wenn ich Sie verbessern darf, Colonnello: Wir sind bei einer politischen Sauerei behilflich.«
Fessoni lehnte sich zurück und fixierte Sandro Montoglio mit einem hasserfüllten Blick. »Bei der Wahl Ihrer Worte sollten

Sie sehr vorsichtig sein! Als Offizier des militärischen Geheimdienstes SISMI haben Sie den Eid auf die Fahne geleistet. Sie haben dem ranghöchsten Offizier unserer Truppe absoluten Gehorsam geschworen. In unserem Kreis dulden wir keine Verräter!«

»Wollen Sie mir drohen?«

Fessoni kniff die Augen zusammen. »Ihr Auftrag hieß: lückenlose Überwachung der Zielperson«, erwiderte er mit einem gefährlichen Unterton. »Stattdessen verschwindet diese unter den Augen von vier Agenten einfach von der Bildfläche. Und das unter Ihrer Verantwortung!«

»Tja«, erwiderte Montoglio süffisant, »in Palermos Altstadt haben Ratten überall ihre Schlupfwinkel.«

»Haben Sie eine leise Ahnung, was Ihr Verhalten heute Nacht nicht nur für Sie und mich bedeutet? Welche politischen Folgen Ihr Verschwinden haben wird? Die Ratte, wie Sie die Zielperson nennen, kann einen politischen Erdrutsch verursachen. Haben Sie eine Vermutung, wo sie jetzt sein könnte?«

Montoglio schwieg und lächelte vielsagend.

»Verdammt, Tenente, machen Sie den Mund auf!«

»Bei allem Respekt, das Interesse an politischen Folgen ist, was mich angeht, im Augenblick marginal. Bedeutsamer ist für mich die Frage, seit wann das so geht. Ich meine, so von Mann zu Mann. Wir sind ja im Augenblick völlig unter uns.«

»Drücken Sie sich gefälligst deutlicher aus, Montoglio!«, raunzte Fessoni seinen Untergebenen an. »Worauf wollen Sie hinaus?«

»Sie und meine Frau. Wie lange …«, entgegnete der Oberleutnant ruhig.

Eisiges Schweigen stand plötzlich zwischen den beiden Männern. Fessonis Gesichtszüge erstarrten zu einer frostigen Maske. »Ich versteh nicht ganz …«

»Oh Signore, Sie verstehen mich ganz genau! Sie befehlen mich zur Observierung, obwohl wir gemeinsam eingeteilt waren,

und verpissen sich klammheimlich. Ich kann Sie ganz direkt fragen: Seit wann schlafen Sie mit meiner Frau?«
Fessoni rang sichtlich nach Fassung und steckte sich nervös eine Zigarette an. »Hören Sie, Montoglio … Das ist alles ein schrecklicher Irrtum. Offensichtlich sind Sie falsch inform…«
Der junge Offizier schnitt seinem Vorgesetzten rüde das Wort ab. »Halten Sie die Klappe, Fessoni! Ich weiß es. Meine Frau hat gebeichtet.« Seine Miene zeigte ein bitteres Lächeln. Seine Hände zitterten vor verhaltener Wut. Er griff in die Hosentasche, förderte ein goldenes Dupont-Feuerzeug zutage und knallte es vor Fessoni auf den Tisch. »Ihres, nicht wahr? Mit ihrer Namensgravur …«
Der Oberst wollte nach dem Feuerzeug greifen, doch Montoglio legte seine Hand darauf. »Wo haben Sie das her?«
»Es lag sinnigerweise im Schlafzimmer auf dem Nachttisch«, schleuderte ihm Montoglio entgegen. »Sozusagen bei der Zigarette danach einfach liegen gelassen. Sehr nachlässig, Colonnello!«
»Tsss …!«, wehrte Fessoni ab und schüttelte den Kopf.
»Also!«, presste der Oberleutnant zwischen den Zähnen hervor. »Ich will aus Ihrem Munde hören, seit wann das so geht!«
»Seit drei Monaten«, antwortete Fessoni resignierend. Waren ihm eben noch der Schreck und die Peinlichkeit ins Gesicht geschrieben, kehrte nun die Montoglio allzu bekannte überhebliche Souveränität zurück. »Und glauben Sie nur nicht, das wäre alleine meine Idee gewesen! Giulia hat sich mir angeboten.«
»Stronzo!«, zischte Montoglio und ballte die Hände zu Fäusten, so dass sich die Knöchel weiß verfärbten. »Nimm den Namen meiner Frau nicht noch einmal in den Mund, sonst schlag ich dir alle Zähne ein!«
Fessoni zuckte zurück und starrte Montoglio feindselig an. »Ich bin immer noch Ihr Vorgesetzter!«

»Und ich frage mich, ob du alles vögelst, was bei ›drei‹ nicht auf den Bäumen ist, oder ob du nur über die Frauen deiner Untergebenen herfällst?« In den Augen des jungen Offiziers loderte gefährliches Feuer. Unvermittelt war er zum respektlosen Du übergewechselt. Seine Lippen bebten, und er zeigte unverhohlenen Hass.
»Beherrschen Sie sich! Oder wollen Sie ein militärisches Strafverfahren riskieren?«
»Hab ich doch gewusst, dass du kein Mann bist! Ein mieses, kleines Stück Scheiße bist du. Eine arrogante und niederträchtige Sau, die sich hinter dem höheren Dienstgrad versteckt. Weiß der Himmel, wie du Karriere machen konntest!«
Fessoni sprang auf und nahm so etwas wie eine militärische Imponierhaltung ein. »Waschen Sie gefälligst Ihrer Frau Giulia den Kopf! Wenn Sie nicht imstande sind, Dienst von Privatem zu trennen, sind Sie in unserer Einheit fehl am Platz.« Der Oberst trat an seinen Untergebenen heran. »Stehen Sie gefälligst auf, wenn ich mit Ihnen rede, Tenente Montoglio!«
Der Oberleutnant schob aufreizend träge den Stuhl ein wenig vom Tisch weg und wippte provozierend auf zwei Stuhlbeinen nach hinten.
»Ich ersuche Sie, mir unverzüglich das Ihnen zu Verfügung gestellte technische Equipment zurückzugeben.«
»Das könnte Ihnen so passen!« Montoglio lachte ihm ins Gesicht. »Sie werden noch Ihre helle Freude mit Ihrem Spielzeug haben, Signore!«
»Sie melden sich morgen Vormittag im Vorzimmer von General Pelloda und erstatten über den gestrigen Abend Bericht! Außerdem gebe ich Ihnen bis dahin Zeit, alle sich in Ihrem Besitz befindlichen militärischen Ausrüstungsgegenstände an mich zu übergeben. Sollte sich herausstellen, dass Sie die Befehle nicht exakt nach meinen Weisungen befolgt haben, ist Ihre Karriere im militärischen Geheimdienst beendet. Ist das bei Ihnen angekommen?«

»Ist es.« Sandro Montoglio blickte einen kurzen Moment zu Boden, hob wie in Zeitlupe seinen Kopf und starrte Fessoni mit einem Anflug von Ekel in die Augen. »Welchen Bericht, meinen Sie, soll ich erstatten? Den, wie Sie den gestrigen Abend mit meiner Frau verbracht haben?«

»Casagrande wird bestätigen, wo ich mich aufgehalten habe«, erwiderte Fessoni triumphierend. »Er bestätigt immer das, was ich ihm auftrage. Haben Sie das noch nicht begriffen?«

Montoglio erhob sich unvermittelt, steckte das Feuerzeug ein und strich sich die Bügelfalten seiner Hose glatt. »Wir werden sehen«, entgegnete er kalt, warf seinen Zigarettenstummel Fessoni vor die Füße und verließ die Terrasse.

Fessoni verfolgte den Oberleutnant mit Blicken, bis dieser aus seinem Gesichtsfeld verschwunden war. Dann griff er in die Innentasche seiner Jacke, zog ein Handy hervor und wählte eine Nummer.

»Casagrande …? Ich bin es, Fessoni«, meldete er sich mit verhaltener Stimme. »Du musst mir einen Gefallen tun. Wir haben ein faules Ei in der Truppe. Es stinkt gewaltig.« Er hörte nur mit halbem Ohr der Antwort seines Gesprächspartners zu und unterbrach ihn sofort wieder. »Gerade hat sich Montoglio bei mir zurückgemeldet. Du hast doch gestern Nacht mit ihm die Observation unserer Zielperson durchgeführt.«

»Ja«, klang es vernehmlich aus dem Lautsprecher. »Etwa bis zehn Uhr dreißig. Plötzlich tauchte so eine Type auf, mit der sich Montoglio sehr vertraulich unterhalten hat. Meiner Meinung nach eine höchst obskure Begegnung, möglicherweise mit einem Informanten.«

»Kanntest du ihn? Hast du den Kerl schon einmal gesehen?«

»Nein«, entgegnete Casagrande. »Aber sie hatten es wichtig. Das habe ich gesehen. Ein paar Minuten später sind sie zusammen, ohne mir ein Wort zu sagen, verschwunden.«

»Einer von der Gegenseite?«

»Quatsch!«, wehrte Casagrande ab. »Die kennen wir doch alle! Weshalb fragst du?«
»Geht dich nichts an. Mach die Augen auf! Montoglio hat gerade das Ristorante verlassen. Er müsste jeden Augenblick an deinem Wagen vorbeikommen. Bleib ihm auf den Fersen! Ich will wissen, was er vorhat.«
»Was soll das?«, protestierte Casagrande lautstark ins Telefon. »Reicht es nicht, wenn ich mir die Knaben des SISDE vom Hals halten muss. Hier wimmelt es nur so von diesen Typen.«
Fessoni ballte wütend die Faust und schrie unbeherrscht in den Hörer: »Du tust gefälligst, was ich sage! Montoglio scheint auf die andere Seite übergelaufen zu sein.«
»Er ist was?«
»Übergelaufen. Wahrscheinlich ist er ein Maulwurf. Er könnte unsere Aktion gefährden. Gut möglich, dass er sich mit unserer Zielperson trifft. Wenn meine Vermutung richtig ist, haben wir ein Problem.«
Auf der anderen Seite herrschte betroffenes Schweigen.
»Hast du mich verstanden?«, fragte Fessoni mit eindringlicher Stimme.
»Ich sehe ihn«, erwiderte Casagrande.
»Dann lass dich um Himmels willen nicht abhängen! Montoglio ist kein Anfänger …«

Flirt in Bolognia

Cardone hatte für einen kurzen Moment seinen überschwenglichen Redefluss unterbrochen. Die aufregende Frau an seinem Tisch war zweifellos keine gewöhnliche Frau, dafür war ihr Parfüm zu teuer, die Halskette zu wertvoll und das Kleid zu extravagant. Er ertappte sich dabei, wie er sie unverhohlen anstarrte. Peinlich berührt kramte er in der Tasche nach seiner Zigarettenpackung, während er versuchte, mit einem Lächeln seine Unsicherheit zu überspielen. An seinem plötzlich eintretenden Herzklopfen spürte er, dass diese Frau in seinem Leben eine Rolle spielen würde. Vielleicht die bedeutendste überhaupt.

Er war fasziniert von dieser rassigen Schönheit, die ihm gegenübersaß. Ihr schmales Gesicht, von langem pechschwarzem Haar umrahmt, das ihr in ungestümen Wellen über die Schultern fiel, hatte einen orientalischen Einschlag, und ihr Anblick trieb ihm die Hitze in die Adern. Das enggeschnittene weiße Kleid betonte ihre körperlichen Vorzüge mit einer Raffinesse, wie sie sich nur ein Meister der Haute Couture ausgedacht haben konnte. Mit gesenkten Lidern zeichneten seine Augen die Linien ihres Körpers nach. Die festen Brüste, ein grandioser Hüftbogen und die schlanken Beine, die in sündhaft teuren Stiefeln steckten, lösten in ihm heimliche Sehnsucht aus. Der Saum des Kleides endete eine Handbreit über ihrem Knie und war an der Seite geschlitzt. Wenn er sich ein wenig zur Seite neigte, was er in Abständen möglichst unauffällig tat, bot sich ihm ein fabelhafter Blick.

Wie schön das Leben sein kann, dachte Cardone und war wieder einmal davon überzeugt, nirgends anders leben zu wollen als in Bologna. Hier gab es das beste Essen, die schönsten Frauen und das größte kulturelle Angebot Italiens. Sich von den mandelförmigen Augen der stolzen Schönheit loszureißen schien ihm unmöglich. Sie verrieten Leidenschaft und Klugheit, aber auch jene subtil zur Schau getragene Selbstsicherheit einer Frau, die sich ihrer verführerischen Wirkung durchaus bewusst ist.

Um diese Zeit war die Piazza Maggiore wie immer Ziel vieler Touristen, Studenten und Passanten, die von hier aus in die Gassen des mittelalterlichen Stadtkerns ausschwärmten. Die majestätische Schönheit der Stadt mit ihren prächtigen Palazzi und Kirchen, das Rot der Backsteine und die mit Flusskieseln gepflasterten Plätze übten seit jeher eine einzigartige Anziehungskraft auf die Besucher und auch auf die Menschen aus, die hier lebten.

Es war schwer, noch einen freien Stuhl in den Cafés und Bistros zu ergattern. Hier herrschte die immerwährende Sehnsucht, zu sehen und gesehen zu werden. Hier trugen Männer dunkle Sonnenbrillen, weitgeöffnete Hemden und Coolness zur Schau. Die Frauen zeigten ungeniert Bein. Cardone nannte Bologna oft Silicon Valley, weil die Frauen so perfekt waren, dass es eigentlich nicht mit rechten Dingen zugehen konnte. Doch die junge Schöne ihm gegenüber strahlte eine klare Natürlichkeit aus, wie sie unverfälschter nicht sein konnte. Sie raubte ihm schlichtweg den Atem.

Cardone entgingen die bewundernden Blicke der männlichen Gäste an den Nachbartischen nicht, die wie er unweit vom Palazzo dei Bianchi ihren Cappuccino oder Aperitivo tranken und die Frau an seinem Tisch mit unverhohlenem Interesse beobachteten. Sie passte perfekt in diese Kulisse, in der einst reiche Bankherren ihrem Beruf nachgingen und sich heute die elegantesten Geschäfte der Stadt befanden.

Bei seiner Lesung im Teatro Comunale an der Via Zamboni war sie ihm sofort aufgefallen. Sie saß in der ersten Reihe und hatte ihn mit ihrem bezaubernden Lächeln beinahe vergessen lassen, weshalb er eigentlich engagiert war. Er musste sich zusammenreißen, um sich konzentriert seinem Text zu widmen. Und nun saß sie, die sich ihm als Rosanna vorgestellt hatte, im Korbsessel des Straßencafés mit übergeschlagenen Beinen ihm gegenüber, strich sich mit einer unnachahmlichen Geste das Haar aus der Stirn und bestellte einen Espresso. Ein aufregendes Lebensgefühl durchströmte Cardone, und er lächelte voll innerer Zufriedenheit. Die sommerweiche Abendluft tat ihm gut. Das kräftige Ocker. Das Zinnoberrot. Der gelbgold glimmende Abendhimmel. Bologna zeigte seinen betörenden Glanz. Cardone beobachtete, wie Rosanna die Tasse mit einem Schluck leerte und vorsichtig wieder zurückstellte. Ihr Lippenstift hatte rote Spuren am Tassenrand hinterlassen.

»Und wie kommt man dazu, Schriftsteller zu werden?«, fragte sie mit einem unergründlichen Lächeln. Der warme Ton in ihrer Stimme legte sich wie ein Samthandschuh über seine Sinne. In seinen Augen flackerte die Glut der Obsession, als er über seine Arbeit und die Vorzüge guter Literatur dozierte, und er sprühte vor Begeisterung, wenn er auf seine Erfolge zu sprechen kam. Rosannas Miene wechselte zwischen kaum merklichem Unverständnis und milder Freundlichkeit. Manchmal versuchte sie sich ein Lachen zu verkneifen, indem sie sich auf die Lippen biss. Diese Lippen wechselten oft Form und Ausdruck, warfen sich auf, waren rund, wurden schmal, blass oder dunkel, wie von einer flackernden Flamme bewegt. Cardone hätte bemängeln können, dass ihre Nase nicht römisch, ihr Kinn nicht klassisch war, aber angesichts ihrer reizenden Mundwinkel hätte niemand gleichgültig bleiben können.

Es schien sie zu amüsieren, wie er von Satz zu Satz sprang, manchmal konfus, ohne den rechten Faden zu finden, manchmal weit ausholend, ausschweifend und blumig, um endlich wieder dort anzuknüpfen, wo er ursprünglich begonnen hatte.

Die Bedienung brachte Cardone einen weiteren Cappuccino an den ovalen Bistrotisch mit der marmorierten schwarzen

Platte. Er riss die Verpackung des Kekses auf, den er am Rand der Untertasse fand, und schob ihn genüsslich in den Mund. Ein ziehender Schmerz schoss ihm in den Kopf. Links hinten. Sein Backenzahn! Bestimmt ein freiliegender Zahnhals, konstatierte er im Stillen, ich sollte besser zum Zahnarzt gehen, als mit einer neuen Bekanntschaft zu flirten.

»Geht es Ihnen nicht gut?«

»Doch, doch ...«, sagte er abwesend und versuchte mit der Zungenspitze herauszufinden, ob der Schaden bereits fühlbar war.

»Sie müssen viele Verehrerinnen haben«, unterbrach Rosanna seine Zungenübung und holte ihn in die Realität zurück.

»Es hält sich in Grenzen«, erwiderte Cardone mit einem entwaffnenden Lächeln. Er wusste, dass er beim weiblichen Geschlecht gut ankam. Auch dass er mit seinen fünfundvierzig Jahren nicht unattraktiv war. Aber solche Überlegungen waren für ihn nebensächlich und nicht sonderlich wichtig, und er ließ sich nicht anmerken, dass er bewundernde Blicke von Frauen durchaus mit Genugtuung registrierte, insbesondere bei Literaturveranstaltungen und öffentlichen Auftritten.

Die ihm entgegengebrachte Aufmerksamkeit verbuchte er als eine Wertschätzung seiner literarischen Fähigkeiten, die ihm schmeichelte. Sie trug nicht unerheblich zu seiner Selbstzufriedenheit bei, was er gerne zugab. Bemerkte er jedoch, dass das Interesse nicht seiner Arbeit als Künstler, sondern ihm als Mann galt, gab er sich gekränkt. Er liebte den geheimnisumwitterten Nimbus eines Schriftstellers und badete mit einer gewissen Egozentrik in der Bewunderung, die ihm die Damenwelt entgegenbrachte.

Nichtsdestoweniger konnten ihn schöne Frauen zutiefst verunsichern, und er wusste nie so recht, wie er mit ihnen umgehen sollte. Heute jedoch musste ihn der Teufel geritten haben, als er nach der Lesung die Dame in der ersten Reihe angesprochen und in eine Cafébar eingeladen hatte. Insgeheim hatte er nur für sie gelesen, wollte sie mit seinem Feuer und seiner Leidenschaft einfangen, aber nun, da sie ihm gegenübersaß und ihm in die Augen sah, befürchtete er in einem Anflug elegischer Hilflosigkeit, dass diese Frau für ihn unerreichbar sein würde.

Umso überraschter war er, als sie beinahe liebevoll nach seiner Hand griff und sie vertraulich drückte.

»Darf ich Sie Roberto nennen?«, fragte sie. Der samtweiche Ton in ihrer Stimme regte seine Sinne über alle Maßen an.

»Selbstverständlich!« Unvermittelt durchflutete ihn eine kaum zu unterdrückende Lust auf Eroberung. Er legte seine Hand in der Überzeugung auf die ihre, dass das Begehren eines Mannes keine Beleidigung sein konnte.

»Kommt Ihre Frau nie zu Ihren Lesungen?«, fragte Rosanna, entzog ihm wie unabsichtlich die Hand und strich sich durch das volle Haar.

Cardone lächelte still in sich hinein. Frauen verwendeten doch immer die gleichen Tricks, wenn sie etwas erfahren wollten! Er hatte den Eindruck, als schmeichele ihm ihr Blick und ihr Körper erzähle von Hingabe. Dennoch, er fühlte einen kleinen Stich, weil er in Rosannas Stimme keine Neugierde entdecken konnte, sondern einen kaum merklichen Vorwurf. Als hätte sie in der Tiefe seiner Seele lesen können, hakte sie nach: »Sie sehen blendend aus. Meiner Erfahrung nach haben Männer wie Sie entweder eine Ehefrau oder mindestens eine Freundin. Manchmal auch beides.«

»Dio mio! Ich bin nicht verheiratet«, entrüstete sich Cardone. »Und ich habe auch keine Freundin«, fügte er energisch hinzu.

Auf Rosannas Nasenwurzel zeigten sich kleine Fältchen der Überraschung. »Dann leben Sie also alleine?« Sie musterte Cardone, sah in träumerische Augen, die sich schnell verdunkeln konnten, wenn er sich ärgerte, betrachtete seine männlichen, vollen Lippen, die lausbubenhaft lächelten, aber schmal wurden, wenn ihm etwas missfiel. Er hatte lange, feingliedrige Finger und große, weiche Hände, auf denen man die Adern unter der Haut pulsieren sah. Sein Körper war schlank, fast ein wenig zu athletisch für einen Schriftsteller, und mit seiner sonnengebräunten Haut schien er frisch vom Land zu kommen. Seine dunklen, fast schwarzen Haare standen in eigenartigem Kontrast zu seinen ausdrucksvollen blauen Augen, die Rosanna an einen liebenswerten Schuft erinnerten.

Cardone spürte beinahe körperlich ihren kritischen Blick und setzte sich in eine Position, von der er annahm, dass sie für ihn optisch günstiger war. Er wartete mit seiner Antwort, bis sie ihre ungenierte Betrachtung beendet hatte. »Nein. Ich teile mit einem Freund eine Wohnung, mitten in der Altstadt, in der Vicolo Santa Lucia, nicht weit von der Basilica di San Domenico. Carlo ist wie ich Schriftsteller. Es war für uns beide ein wahrer Glücksfall, dass wir uns kennenlernten. Wir ergänzen uns wundervoll, besonders bei unserer Arbeit. Wir ticken einfach ähnlich.«

»Ach so …« Rosannas Mundwinkel zuckten verdächtig. »Dann sind Sie …« Sie schien nach den richtigen Worten zu suchen. »Dann haben Sie also ein Faible für Männer …«

Er hätte sich ohrfeigen können, weil ihm seine Erklärung wie eine Einladung zu einem Missverständnis vorkam. Auf der anderen Seite gefiel ihm die Offenheit, mit der sie ihm begegnete. Voll missglückter Ironie fügte er schnell hinzu: »Ich bin nicht schwul, und eine Ehe konnte ich mir bis jetzt verkneifen. Sie wissen selbst, anständige Wohnungen sind in Bologna unbezahlbar. Die Schriftstellerei ist ein Beruf, der keine Frau in euphorische Begeisterungsstürme versetzt, sei sie noch so bindungswillig; Reichtümer werden da nicht verdient.«

»Sie wollen mich auf den Arm nehmen, nicht wahr? Wenn ich an Joanna Rowling und ihren ›Harry Potter‹ denke …«

»Ich bin Roberto Cardone und schreibe gesellschaftskritische Romane und anspruchsvolle Literatur, dass sollten Sie bedenken! Schriftsteller wie Stefano d'Arrigo, Antonio Tabucchi oder Umberto Eco sind meine großen Vorbilder.«

»*Whow!* Das klingt aber wichtig. Und was bedeutet das in der Praxis?«, fragte Rosanna herausfordernd. Dabei funkelten ihre dunkeln Augen spöttisch.

Für einen kurzen Augenblick war Cardone irritiert. Das Gespräch hatte eine Wendung genommen, die ihm zunehmend unangenehm wurde, zumal es ihm vorkam, als mache sich Rosanna über ihn lustig. Wieder suchte er ihre Augen. Ihre Blicke kreuzten sich, und Cardones Herz schlug plötzlich wild. Dieses Klopfen empfand er wie einen Befehl, der alles, was nichts mit ihr zu tun hatte, aus seinem Kopf verbannte. Mein Gott, war sie schön! Zwischen Rosannas schmaler, gerade gewachsenen Nase und den Winkeln ihres vollen Mundes hatten sich winzige Lachfalten gebildet, und sie hatte die starken Brauen über den samtigen dunkelbraunen Augen nach oben gezogen, als sei sie verwundert über sein plötzliches Pathos. Cardone wurde den Reflex nicht los, sich andauernd entschuldigen oder verteidigen zu müssen. Er konnte nur schwer seine Ironie unterdrücken, was ihn insgeheim ärgerte.

»Wissen Sie, für mich und achtundneunzig Prozent aller Schriftsteller gelten andere Gesetze. Kaum hat man für sich entschieden, einen schöpferischen Beruf zu ergreifen und Autor zu werden, wird man von der Familie verstoßen. Schreiben ist eine brotlose Kunst, und es ist beinahe zwangsläufig, dass man als Künstler verarmt, sich vorwiegend von Beeren, Wurzeln und Baumrinde ernährt und sich nur sonntags einen aufgewärmten Cheeseburger leistet. Oder einen Cappuccino, wenn man einer Frau wie Ihnen begegnet.«

»Schmeichler!«, flüsterte Rosanna und strahlte. »Trotzdem kann ich mir nicht vorstellen, dass Sie am Hungertuch nagen.«

Erst jetzt bemerkte Cardone, dass sie einen leichten Überbiss hatte und bei Worten mit einem scharfen »S« ein wenig lispelte, was ihren Charme noch unterstrich. »Na ja, bei mir ist die

Armut noch nicht im fortgeschrittenen Stadium, aber wenn ich an die Lyriker denke …« Er zog ein bedenkliches Gesicht. »Mein Freund Carlo ist das beste Beispiel.«

»Was ist mit den Lyrikern?«

»Fürchterlich, glauben Sie mir! Hier gilt die Regel: Je blumiger die Verse, desto kalorienärmer das Essen. Ein Grund mehr, weshalb wir uns beide zu einer Notgemeinschaft zusammengetan haben.«

Rosanna lachte laut auf. »Mit anderen Worten, Sie sind hungrig, und ich soll die beiden Künstler zum Essen einladen.« Ihr Blick wanderte über sein dunkelblaues, verwaschenes Hemd zu den abgestoßenen Manschetten, glitt musternd über die aus der Mode gekommene Hose nach unten und blieb an den ausgetretenen Slippern hängen. »Ein Paar neue Schuhe bräuchten Sie auch …«, stellte sie lapidar fest.

Cardone wurde sich bewusst, dass seine Ironie auf Rosanna wie unterschwellige Bettelei gewirkt haben musste. »So war das nicht gemeint!«, erwiderte er knapp.

»Und ich kaufe Ihnen keine Schuhe«, erwiderte sie belustigt, während sie provozierend seine schiefgelaufenen Absätze betrachtete. Cardone zog seine Beine unter den Stuhl. Nur mühsam gelang es ihm, seine Verlegenheit zu verbergen. Niemals zuvor hatte ihn eine Frau derart unverblümt fühlen lassen, auf welcher Sprosse der sozialen Leiter er in ihren Augen stand. Auch wenn er seinen ganzen Stolz daransetzte, humorvoll zu erscheinen, im tiefsten Inneren hatte ihn die verletzende Bemerkung getroffen.

»Noch kann ich mir meine Schuhe selber kaufen«, bemerkte er mit gespielter Gelassenheit. »Ich glaube, Sie verstehen mich nicht. Meine Prioritäten unterscheiden sich von denen der meisten Leute. Weder interessieren mich die neueste Mode, dicke Autos oder Sommersitze an der Riviera, noch jage ich dem Geld hinterher. Schreiben ist mein Leben! Es verleiht mir die größte Freiheit, die ich mir vorstellen kann. Gibt es etwas

Schöneres, als Menschen in fremde Welten zu entführen, sie in den Bann meiner Erzählungen zu ziehen? Sehen Sie, Rosanna ...« Er beugte sich ihr ein wenig entgegen und fuhr mit leidenschaftlicher Stimme fort: »Mit meiner Phantasie kann ich Berge versetzen, Leser glücklich machen, indem ich ihnen ein paar wundervolle Stunden beschere und sie vom frustrierenden Alltag ablenke. Davon bin ich überzeugt. Oder hat Ihnen mein Vortrag heute Abend nicht gefallen?«

»Ich war von Ihren Geschichten hingerissen«, antwortete sie und bedachte ihn mit einem bewundernden Blick.

Ein Zitat des griechischen Sophisten Lukianos kam ihm in den Sinn, der einst sagte, Amor sei ein gewalttätiger Tyrann. Das konnte er nur bestätigen, wenn er in Rosannas Augen sah.

»Sie müssen das verstehen«, knüpfte er an. »Wenn ich bemerke, dass ich mit meinen Büchern den Menschen etwas gebe, dann macht mich das glücklich. Welchen Stellenwert, glauben Sie, haben da ein paar neue Schuhe oder ein Designeranzug? Ich weiß, dass ich mit meinen alten Sachen keinen Eindruck mache. Ich kann es nicht ändern. Nicht nur der gesunde Menschenverstand ist ein großes Hindernis für Träumer wie mich. Für manche Menschen stecke ich in den falschen Kleidern. Aber bin ich deshalb für die Gesellschaft weniger wichtig als ein Bankdirektor oder ein Konzernmanager? Schon Lenin sagte: Wer nicht träumt, kann auch nicht Neues schaffen.«

»Und? Verkaufen sich Ihre Bücher gut?«

Knapp, schnörkellos und zielsicher hatte sie ihn mit einer einzigen Frage ausgehebelt. Cardone fühlte Ärger in sich hochkommen. »Leider nein.« Sein »Nein« klang unwirsch. Ihre Frage hatte ihn fühlen lassen, wie verwundbar er war, zumal er davon überzeugt war, dass außer seinem Freund Carlo niemand seine wahren Fähigkeiten schätzte. »Wenn man sich der Literatur verschrieben hat, landet man zwangsläufig in einem Haifischbecken. Talent, Phantasie, Kreativität und auch leben-

dige Leidenschaft, all das reicht alleine nicht aus, um Erfolg zu haben.«
Rosanna zog überrascht die linke Augenbraue nach oben und kräuselte wieder ihre Nase. »Nicht?«
»Es ist hilfreich, wenn der Verlag dem Publikum versichern kann, der Künstler sei von einer lesbischen Mutter aufgezogen worden und leide deshalb seit Jahren an Bulimie, während seine Schwester auf den Strich geht und der Vater wegen pädophiler Neigungen im Knast sitzt. Nur in diesem Zusammenspiel kann man in der Literaturszene groß herauskommen. Richtige Renner werden Bücher allerdings erst, wenn man zweiundzwanzig Jahre jung ist, weiblich, sexy und dann seine Memoiren schreibt. Es gibt zu viele Banausen, die gute Literatur nicht zu schätzen wissen.«
Rosanna legte ihren Kopf leicht schräg und sah ihn forschend an. »Zahlen Sie mir jetzt das mit ihren bejammernswerten Schuhen heim? Sie klingen verbittert, mein Lieber.«
»Ich bin nicht verbittert«, korrigierte er sie. »Ich sage die Wahrheit.«
Ihr warmer Blick lag auf ihm und schien ihn versöhnen zu wollen. »Immerhin können Sie sich als Dichter und Denker in dem Gefühl sonnen, zur geistigen Elite zu gehören, auch wenn Sie keine Bankkredite bekommen. Aber das könnten Sie ändern, nicht wahr?« Rosanna zog ihren Rocksaum zurecht, der nach oben gerutscht war und ihren Oberschenkel enthüllt hatte. »Im Prinzip haben sie die Wahl, entweder Bücher zu verfassen, die den Zeitgeist treffen, um damit ihr Auskommen zu sichern, oder mit knurrendem Magen Hochanspruchsvolles zu veröffentlichen, das ohnehin die wenigsten Menschen lesen wollen. Im letzten Fall aber sollten Sie sich dazu entschließen, eine reiche Frau zu heiraten! Das wäre für Sie die ideale Lösung.«
Cardone verschlug es die Sprache. »Bringen Sie mir noch einen Cappuccino, bitte«, rief er der vorbeieilenden Bedienung zu

und versuchte, seine Verstimmung hinunterzuschlucken und seine Gedanken zu ordnen. Ihrer Spitzzüngigkeit war kaum etwas entgegenzusetzen. »Leute, die schreiben«, sagte er, »sind unheilbar. Haben Sie das gewusst?«

Sie lachte schallend und schüttelte ungläubig den Kopf.

Cardone blickte Rosanna fest in die Augen. »Oder trauen Sie mir zu, dass ich mich an den welken Busen einer nicht unvermögenden Muse werfe?«

»Ach, kommen Sie! Wollen Sie aus ihrem Herzen eine Mördergrube machen? Hunger macht saure Bohnen süß.«

»Damit würde ich mich selbst verraten«, antwortete er empört.

»Ich wollte Sie doch nur ein wenig hochnehmen.« Rosanna legte ihre Hand versöhnlich auf seinen Arm und bedachte ihn mit einem tröstenden Blick. »Das Leben ist ungerecht, mein armer Poet! Auch für Verräter.«

»Nicht nur das Leben, auch die Rezensenten sind es. Aber weshalb rege ich mich überhaupt auf? Schließlich hat jeder Schriftsteller das Recht, sich sein Werk von kompetenten Leuten erklären zu lassen.«

»Womit kann ich Sie wieder versöhnen?«, Rosanna lachte, und in seinen Ohren klang es, als bedauere sie ihn.

»Das Letzte, was ich bei Ihnen hervorrufen wollte, ist Mitleid«, entgegnete Cardone grob und entzog ihr brüsk seinen Arm. Aber schon im gleichen Moment bedauerte er seine grobe Zurückweisung.

»Was haben Sie anderes erwartet? Alles, was Sie sagten, klang irgendwie enttäuscht, so als wollten Sie sich über die Welt beschweren. Sie sind ein kleiner Zyniker, Roberto, ein verletzter Individualist.«

»Ich dachte, Sie mögen mich? Immerhin haben Sie meine Einladung angenommen.«

»*Dio mio*, Roberto!« Auf Rosannas Stirn hatten sich zwei Falten eingegraben. »Ich sehe Ihnen an, dass ich Ihnen gefalle. Sie finden mich reizvoll und begehrenswert, und Sie tun alles, um mich zu beeindrucken. Aber ganz sicher bin ich nicht die Einzige in Bologna, die Ihnen gefällt. Ein Mann wie Sie findet im Handumdrehen eine gutaussehende Frau. Verstehen Sie mich richtig, ich bin keine Heilige, aber was mich angeht, machen Sie sich um Himmels willen keine Hoffnungen. Wir streben nach völlig unterschiedlichen Werten. Auch wenn es Ihnen und in Ihrer Welt profan erscheinen mag: Ich liebe Geld und Luxus, und ich könnte mir nicht vorstellen, darauf zu verzichten. Ich will es auch gar nicht. Von meiner Seite wird sich deshalb für Sie nie mehr als Sympathie entwickeln, und ich bitte Sie inständig, meine Einstellung zu respektieren.«

»Wie können Sie so schnell wissen, was sich zwischen uns entwickelt oder nicht entwickelt? Hass kann sich schlagartig in Liebe verwandeln, Sympathie in Antipathie, Wohlwollen in Missgunst. Niemand kann vorhersagen, ob sich die Gefühle nicht aus irgendeinem Anlass dem Willen entziehen. Außerdem kennen Sie mich erst seit drei Stunden. Weshalb also sind Sie sich so sicher?«

»Weil Armut ansteckender ist als jede Krankheit. Kennen Sie das Sprichwort: Armut studiert, Reichtum jubiliert?« Rosannas Gesichtszüge hatten einen strengen Ausdruck angenommen, und Cardone wagte nicht, ihr zu widersprechen, obwohl ihm tausend Argumente auf der Zunge lagen, mit denen er sie vielleicht hätte überzeugen können. Ihre entwaffnende Offenheit und Klarheit lähmte seinen Kampfgeist, schürte aber seinen Ärger.

»Sprüche …«, erwiderte er verächtlich.

»Wahrheiten!«, konterte sie mit ernster Miene. »Und sie bleiben so lange Wahrheiten, bis Sie mir das Gegenteil bewiesen haben.«

Wieder keimte in Cardone das Gefühl der Unterlegenheit auf. Den Ellbogen auf den Tisch und das Kinn in die Hand gestützt, starrte er ins Leere. Schöne Frauen sollten ohne Mund

und schlaue Frauen ohne Gesicht auf die Welt kommen, schoss es ihm durch den Kopf.
»Sie sehen aus wie ein geprügelter Hund«, hörte er Rosanna sagen. In ihrer Stimme lag unüberhörbarer Tadel. »Ihr trauriger Blick verbirgt viele unerfüllte Wünsche, Roberto. Vielleicht sollten Sie einmal darüber nachdenken, Ihr Leben zu ändern.« Sie nahm ihre Handtasche von der Stuhllehne, kramte in deren unendlichen Tiefen und legte einen Autoschlüssel auf den Tisch. »Wissen Sie, Roberto, ein wenig erinnern Sie mich an meinen Vater«, fuhr sie versöhnlich fort.
»Das ›Sie erinnern mich an meinen Vater‹ ist bis jetzt die netteste Art gewesen, mit der mir eine Frau gesagt hat, dass ich als Mann aus dem Rennen bin.«
»Sind Sie sehr enttäuscht?«, fragte Rosanna mit einem hinreißenden Lächeln.
»Ich weiß nicht. Na ja, ein wenig schon«, entgegnete Cardone. »Plötzlich fühle ich mich wie ein romantischer Idiot, aber vielleicht sollten Sie uns mehr Zeit geben, damit wir uns besser kennenlernen.«
»Wollen wir gehen?«, beantwortete sie Cardones fragenden Blick. »Ich will nur noch schnell ein neues Parkticket in mein Auto legen. Und dann möchte ich Sie einladen, wenn Sie Zeit haben.«
Cardone zog überrascht eine Augenbraue hoch.
»Ich kenne ein schickes Lokal ganz in der Nähe«, fuhr sie mit gleichmütiger Stimme fort. »Der Koch macht ein wundervolles *agnello arrosto*. Ein kleines Dankeschön für den wundervollen Leseabend und ihre angenehme Gesellschaft. Und keine Widerrede! Ich bin sicher, Sie sind hungrig.«
Er hatte Hunger und kam sich plötzlich auf unerklärliche Weise klein und unbedeutend vor. Am liebsten hätte er sich sofort unsichtbar oder, noch besser, auf den Heimweg gemacht. Aber er brachte es einfach nicht fertig, aufzustehen und zu gehen. Rosanna hatte etwas Magisches, etwas, dem er sich nicht ent-

ziehen konnte und auch nicht wollte. Wo nur war sein Stolz, wo seine Souveränität? Er nickte zustimmend und winkte der Bedienung, um zu bezahlen.
Beethovens »Für Elise« dudelte plötzlich in Cardones Jacke. Er griff in die Innentasche des Sakkos und holte sein Handy hervor.
»Pronto?«
Rosanna konnte eine aufgeregte Männerstimme am Telefon hören. Cardone verlor schlagartig alle Gesichtsfarbe. Er wollte etwas erwidern, kam aber erst zu Wort, als sein Gesprächspartner den Redefluss unterbrach. »Ich bin in zehn Minuten da«, stammelte er und legte das Handy kraftlos auf den Tisch.
»Schlechte Nachrichten?«, fragte sie.
»Anscheinend …« Er nickte und fasste sich an die Stirn. »Carlo, mein Freund, genauer gesagt, mein Mitbewohner …« Seine Gesichtszüge wirkten wie versteinert. Er wollte noch etwas sagen, doch er war nur zu einer fahrigen Bewegung imstande.
»Ich muss mich sofort auf den Weg machen«, sagte er hastig. »Entschuldigen Sie …« Sein Blick flog suchend umher. Von der Bedienung war weit und breit nichts zu sehen. »Könnten Sie das für mich übernehmen?«, fragte er sie und blickte gehetzt auf die geleerten Kaffeetassen.
Rosanna nickte, griff erneut in ihre Handtasche und reichte ihm eine Visitenkarte über den Tisch. »Unser Abendessen holen wir nach. Rufen Sie mich einfach an!«
»Danke«, erwiderte Cardone heiser. »Ich melde mich ganz bestimmt. Versprochen!« Er steckte die Karte in die Jackentasche und erhob sich so überstürzt vom Stuhl, dass dieser beinahe umkippte. *»Arrivederci!«* In höchster Eile tauchte er auf der belebten Straße zwischen den Passanten unter. Nur mühsam gelang es ihm, sich seinen Weg durch flanierende Fußgänger, hastende Geschäftsleute und dahinschlendernde Touristen zu bahnen. Er war wütend auf sich und gleichermaßen zutiefst beunruhigt über Carlos Anruf. Weshalb er unbedingt den Hin-

tereingang zur Wohnung nehmen sollte, wie sein Freund ihm geraten hatte, verstand er nicht. Keinesfalls solle er sich vor der Haustür sehen lassen, das waren Carlos Worte gewesen, bevor er das Telefonat beendet hatte.
Cardone bog in eine ruhige Seitenstraße ein und beschleunigte seine Schritte. Seine Gedanken sprangen hin und her, während er durch die engen, wie ausgestorbenen Gassen hastete. Auf die Begegnung mit Rosanna war jäh ein Schatten gefallen. Vielleicht … Wenn er energischer aufgetreten wäre, hätte aus dem Abend mehr werden können. Je näher er seiner Wohnung kam, desto verführerischer wurde Rosannas Bild. Gleichzeitig wuchs in ihm eine undefinierbare Angst, die sich auf seinem Weg unter Bolognas endlosen Arkadengängen allmählich steigerte. Er rief sich Carlos Stimme ins Gedächtnis zurück. Nie zuvor hatte er ihn so aufgelöst sprechen hören. Wieder drängte sich Rosannas Bild in seine Vorstellung, und mit ihm keimte eine Phantasie, die in verzweifeltes Begehren mündete.

Nur wenige Minuten später eilte Cardone über die Piazza Minghetti, bog in die Via Castiglione ein und erreichte nach ein paar Schritten ein schmales Gässchen. Seine Wohnung lag in einem Hinterhaus der Vicolo Santa Lucia inmitten eines verschachtelten Viertels der Bologneser Altstadt, deren Häuserfassaden in allen Schattierungen von Rostrot bis Sattgelb leuchteten.
Er blieb abrupt stehen, als er den Menschenauflauf sah. Direkt vor dem Eingang seiner Wohnung standen Leute in Gruppen, andere liefen aufgeregt hin und her, riefen sich etwas zu und gestikulierten wild. Er nahm Kabelstränge wahr, die quer über der Straße lagen. Mehrere Kameras waren auf das Haus gerichtet. Zwei starke Scheinwerfer strahlten eine Reporterin an, die in ein Mikrofon sprach und irgendetwas kommentierte. Dann deutete sie auf die oberen Stockwerke. In dem Haus war etwas geschehen, was mit Enrico, Cardones Bruder, zu tun haben

musste. Jetzt entdeckte Cardone auch den Übertragungswagen. Er stand quer in der Gasse und versperrte anderen Fahrzeugen den Weg. Dann las er die blaue Aufschrift:
»RAI Uno Televisione«.
Cardone hörte eine laute Männerstimme. Irgendein Idiot würde ihn nicht in die Wohnung lassen, schrie ein junger Mann in Richtung seiner Pressekollegen auf der anderen Straßenseite. Hektisch stürmte er mit dem Mikrofon auf einen der herumstehenden Nachbarn zu, die das Geschehen neugierig verfolgten. Cardones Herz klopfte bis zum Hals. Carlo hatte am Telefon gesagt, es sei etwas mit Enrico geschehen. Und dieses Getümmel vor dem Haus ließ nichts Gutes erwarten. Er griff sich an den Hals, weil ihm ein Kloß die Luft abschnürte. Sein Blut klopfte in den Schläfen. Regungslos verfolgte er im Schutz zweier geparkter Autos die Szenerie. Einer der Reporter hatte ein auskunftsfreudiges Opfer gefunden: Signora Pollina aus dem ersten Stock. Sie redete mit theatralischem Gestus ins Mikrofon, während sich immer mehr Menschen einfanden und gafften.
Cardone machte kehrt und stürmte um den Block, um zum Hintereingang des Hauses zu gelangen. Schwer atmend erreichte er den Durchgang an der Rückseite. Als ob er eine andere Welt betrete, öffnete sich hinter dem jahrhundertealten Torbogen ein ehemaliger Klostergarten, in dem der Geruch von Gewürzen und intensiv duftenden Kräutern die Luft erfüllte. Es war eine Oase, die jeden zum Verweilen einlud, der dieses vergessene Refugium betrat.
Cardone hatte jetzt keinen Blick dafür. Er hetzte zum Hintereingang des Gebäudes, das vermutlich vor hundert Jahren das letzte Mal renoviert worden war. Die Glocken von San Stefano läuteten zur Spätandacht und dröhnten in Cardones Ohren wie ein böses Omen. Zwei Stufen auf einmal nehmend, stürmte er in den dritten Stock. Mit fliegendem Atem fingerte er in der Hosentasche nach seinen Schlüsseln. Carlo erwartete ihn

bereits unter der Tür. In seinen Augen lag verstörte Beklommenheit.

»Was ist passiert?«, keuchte Cardone außer sich vor Besorgnis. »Was, um Gottes willen, ist mit Enrico? Und was wollen die Reporter vor unserem Haus?«

Carlo zog Cardone am Arm über die Türschwelle. »Komm schnell herein! Ich habe die Kerle schon ein paarmal rausgeworfen. Auch das Telefon musste ich aushängen. Es ist der reinste Terror, den die Presse veranstaltet. Sie wollten dich unbedingt interviewen. Ich habe gesagt, dass du nicht in der Stadt bist.«

»Mich interviewen? Aber weshalb?«

Sein Freund deutete in Richtung Wohnzimmer. »Sie bringen es gerade im Fernsehen. Sieh selber, ich kriege es nicht übers Herz ...«

Die sensationsgeladene Stimme eines Moderators schallte heraus auf den Flur. Der Name Enrico Cardone fiel. Elektrisiert eilte Roberto ins Wohnzimmer und blieb wie angewurzelt vor dem TV-Gerät stehen. Enrico in Großaufnahme. Nur allmählich begriff Cardone, was sich vor seinen Augen abspielte. Seine Finger gruben sich in die Lehne des vor ihm stehenden Sessels, und sein Magen revoltierte. Dann schlug der Schock wie eine feurige Woge über ihm zusammen und nahm ihm den Atem. Seine Augen schwammen in Tränen.

Carlo stand hilflos neben ihm und legte einen Arm über seine Schulter, als wolle er ihn beschützen. Ein Hund in der Nachbarwohnung schlug an, und kurz darauf drang die schrille Stimme einer keifenden Frau durch die Wände. Während im Haus das Leben brodelte, Kinderlachen und Geschrei der Nachbarn die Luft erfüllte, lief über den Bildschirm eine Videoaufzeichnung von Enricos Ermordung. Mit lähmendem Entsetzen sah Cardone, wie sein Bruder in völlig verdreckter Kleidung aus dem Dunkel ins Objektiv stolperte und auf die Knie fiel. Halb aufgerichtet, mit einer Drahtschlinge um den

Hals, griff sich Enrico mit entstellter Fratze an die Kehle. Es quoll ihm rot durch die Finger. Aus dem Hintergrund trat ein schlanker Mann in den Scheinwerferkegel. Unter seinem schwarzen Fedora-Hut kam ein Pferdeschwanz zum Vorschein. Er trug eine Sonnenbrille, eine dicke Goldkette um den Hals und eine glänzende schwarze Lederjacke. Sein jugendliches Gesicht war zu einem entschlossenen Grinsen verzerrt. Mit beiden Händen ergriff er die losen Enden der Würgeschlinge und zog sie mit brutaler Gewalt zu. Ein nicht enden wollender Ton kam aus Enricos Kehle, der nichts Menschliches mehr hatte.

Inmitten Palermos offener Wunde, zwischen umgestürzten Mülltonnen und aufgetürmten Abfällen, zwischen Häuserruinen, Abbruchgebäuden und stinkendem Abfall, dort, wo die Armut und die Wut gärten, dort brach sein Bruder gurgelnd in sich zusammen. Es war die perfide Inszenierung eines Mörders, der für einen kurzen Augenblick hohnvoll triumphierend erst auf den Sterbenden, dann in die Linse der Kamera blickte und in Sekundenschnelle in der nächtlichen Häuserschlucht verschwand.

In Überblendung vom Videoband zur aktuellen Reportage vom Tatort befragte das Reporterteam aufgebrachte Bürger und Passanten nach ihrer Meinung zu dem abscheulichen Verbrechen.

»Was sind das nur für Menschen?«, flüsterte Carlo fassungslos. »Das sind keine Berichterstatter, das sind koprophile Dompteure, die die voyeuristische Gier der Zuschauer mit den Exkrementen einer verrotteten Gesellschaft befriedigen. Diese Fernsehfritzen sind nicht besser als die Mörder!«

Carlo beobachtete besorgt seinen Freund. »Du solltest dir diese Geschmacklosigkeit nicht ansehen, Roberto!«

»Lass mich!«, wehrte Cardone vehement ab.

Wie der Kommentator zu berichten wusste, hatte die Leiche zwei Tage lang unentdeckt im Dreck gelegen. Die Kamera fing

herumliegenden Unrat, überquellende Müllcontainer, zerborstene Flaschen und das vollständig ausgeweidete Skelett eines Autos ein, um im fließenden Übergang die Großaufnahme des bis zur Unkenntlichkeit zugerichteten Opfers zu zeigen. Ratten und fortschreitende Verwesung hatten an der Leiche grausige Arbeit geleistet. Die lodernde Flamme, die sich in Cardones Innerem ausbreitete, versetzte ihn in eine tiefe Lethargie.
Die Kamera schwenkte über den Hinterhof. Der Sender bot im Rahmen der Live-Reportage ein abscheuliches Stimmungsbild, fing Palermos schlimmstes Elendsviertel ein, zeigte einen Pfuhl von Drogen und Waffen, von minderjährigen Müttern und jämmerlichen Wohnungen mit Großbildfernsehern; ein Viertel, in dem die Bewohner bei lebendigem Leib verrotteten. Ein Ort mit einem Namen wie eine düstere Prophezeiung, abstoßend und mitleiderregend zugleich. Das Röcheln des gequälten Bruders hatte sich wie ein unendlicher Widerhall in Cardones Ohren eingenistet.

Auf Cardone lag bleierne Schwere, und für Carlo gab es nichts, was er seinem Freund hätte sagen können. Hilflos stand er neben ihm, seine Hand auf dessen Schulter, schweigend und bestürzt. Die plötzliche Stille umschloss Roberto wie ein Panzer, der ihm das Herz zu erdrücken drohte. Das Schweigen war so undurchdringlich, als schließe ein luftleerer Raum die Wohnung von der Welt der Lebenden ab. Unvermittelt ging ein Ruck durch Cardone. »Weshalb hat der Mörder in die Kamera gelacht?«, murmelte er wie ferngesteuert. »Ist das eine neue Comedy-Show? Was meinst du, Carlo? Habe ich den Witz nicht verstanden?«
Carlo befürchtete, sein Freund habe den Verstand verloren. »Was redest du da, Roberto?« Er blickte ihn besorgt an. »Setz dich!« Und er schob den Freund, der mit leerem Blick auf den Fernsehschirm starrte, mit sanfter Gewalt zur Couch. Cardones Beine gaben nach, und er sank kraftlos in die Polster. »Ich

bringe dir einen Grappa«, sagte Carlo entschlossen und ging in die Küche.
Cardone bedeckte mit beiden Händen sein Gesicht, als wolle er nichts mehr sehen. Er hörte nicht, wie sich sein Freund, mit dem er seit Jahren die Wohnung teilte, in der Küche zu schaffen machte, klirrend eine Flasche aus dem Kühlschrank holte und ein Glas füllte. Er hörte auch nicht, wie Carlo zurückkehrte und ihm mit energischen Worten das Glas reichte. Der Tod des Bruders hatte ihn wie ein Keulenschlag getroffen. Sein Bewusstsein, eben noch voller Vorstellungen von der romantischen Begegnung mit einer schönen Frau, die ihn mit sprühenden Augen und lebendigem Charme in den Bann gezogen hatte, konzentrierte sich auf die grausame Gegenwart. Er wendete seinen Blick zum Fenster und starrte in die Dunkelheit. Tausende Bilder zogen an ihm wie ein rasender Film vorbei. Bilder aus Kindertagen, verdichtet auf wenige Augenblicke, schemenhaft und unwirklich. Enrico und er. Fußball spielend, lachend auf dem Schulhof, als Ministranten beim Gottesdienst … In der Ferne hörte er eine Sirene.

Wie eine geifernde Meute hatte die Presse den Toten vereinnahmt. »Rechtsanwalt vor Kamera hingerichtet«, titelten die Studios landesweit ihre Sondersendungen. »Exekution vor laufender Kamera«, lautete das Schlagwort in den Abendnachrichten der TV-Sender. Während Cardone zu begreifen versuchte, was sich da soeben vor seinen Augen abgespielt hatte, und teilnahmslos die aufgeregten Kommentare über sich ergehen ließ, kämpften Dutzende Reporter um die besten Plätze vor seiner Haustür.
Politiker aller Parteien nahmen Stellung zu dem verabscheuungswürdigen Verbrechen und zeigten sich bestürzt über das obszöne Drama. Und dennoch, schien es Cardone, als stillten die offiziellen Verlautbarungen lediglich den Quotenhunger der Anstalten und dienten der medialen Profilierung sogenann-

ter Meinungsbildner. Carlo fand, es sei genug. Entschlossen ging er zum Fernseher und schaltete ihn aus.
Grauenvolle Bilder hatten sich in Cardones Kopf eingebrannt. Er würde sie nie mehr loswerden. »Ich muss etwas tun!«, stöhnte er, »irgendetwas …«, und hob kraftlos die Hände.
»Du kannst jetzt gar nichts tun, Roberto«, hörte er seinen Freund sagen. »Wenn es dir hilft, können wir darüber reden, wir können aber auch …« Carlo ließ den Satz offen, denn es klingelte an der Wohnungstür. Erst einmal, dann mehrere Male hintereinander.
»Haben diese Schmierfinken von der Zeitung nicht die geringsten Skrupel?«, fauchte Carlo ungehalten. »Denen werde ich jetzt einige Takte erzählen!« Er stürmte zur Wohnungstür und riss sie auf.
Stimmengewirr drang durch den Flur. Cardone nahm wie durch dichte Nebel wahr, wie Carlo den Reportern energisch klarzumachen versuchte, dass sein Freund nicht zu Hause sei und man ihn gefälligst in Ruhe lassen solle. Jemand wollte partout Fotos von der Wohnung machen, während eine penetrante Frauenstimme nach einem Statement verlangte. Man wolle warten, bis Signore Cardone zurück sei, solange könne er, Carlo, für einige Fragen zur Verfügung stehen. Gleich darauf vernahm Cardone, wie sein Freund mit einem lauten Knall die Haustür zuwarf.
»Diese Medienfritzen kennen keine Hemmungen, wenn es um Sensationen geht«, fluchte er wütend. Kurz darauf machte er sich im Flur zu schaffen und kam mit gezücktem Schraubenzieher zurück ins Zimmer. »Ich habe die Klingel abgestellt. Ich glaube zwar nicht, dass es viel hilft, aber vorläufig haben wir unsere Ruhe.«
Cardone nickte abwesend und murmelte: »Wie komme ich an den Leuten vorbei, wenn ich weg will?«
»Was soll das?« Die Fäuste in die Hüften gestemmt, stand Carlo vor seinem Freund und blickte ihn fragend an. »Du kannst

jetzt nicht die Wohnung verlassen! Die Kerle von der Presse werden wie Wölfe über dich herfallen. Sie werden Fragen stellen wie: Was wissen Sie über den Mafiamord? Oder: Weshalb wurde Ihr Bruder hingerichtet? Oder: Wie fühlen Sie sich, wenn Sie solche Bilder im Fernsehen mit ansehen müssen? Sogar mich haben sie damit gelöchert. Du erlebst doch gerade selbst, in welche Richtung die Berichterstattung geht!«

»Das Schlimmste für mich ist die Ohnmacht, nichts dagegen tun zu können. Aber hier sitzen und die Hände in den Schoß legen kann ich auch nicht.« Cardones Augen starrten ins Leere. Plötzlich murmelte er kaum hörbar, jedoch mit düsterer Entschlossenheit: »Ich muss nach Palermo zur Questura! Ich will wissen, wer für diese miese Kampagne in den Medien verantwortlich ist. Irgendjemand bei den Carabinieri muss der Presse diese diffamierenden Informationen über meinen Bruder gegeben haben. Die saugen sich so etwas nicht einfach aus den Fingern.«

»Im Augenblick musst du gar nichts. Überlege erst einmal in Ruhe, was als Nächstes zu tun ist, Roberto!«

»Enricos Überführung nach Premeno. Er muss beigesetzt werden. Wer soll das Begräbnis organisieren, wenn nicht ich? Das heißt, ich muss mich um eine Grabstelle in Premeno kümmern.« Cardones Gesichtszüge zeigten Wut und Trauer. Er sah Carlos besorgten Blick. »Oder doch erst nach Palermo …?«

Carlo schüttelte den Kopf und setzte sich neben den Freund. »Im Augenblick kannst du nichts unternehmen. Premeno oder Palermo, das kannst du auch morgen entscheiden. Ich will dich nicht schockieren, aber du musst den Realitäten ins Auge sehen. Man wird Enricos Leichnam obduzieren. Bis er freigegeben wird, kann es Tage, vielleicht sogar Wochen dauern. Du solltest dich mit dem Gedanken anfreunden, dass Enrico in Sizilien beigesetzt wird. In Anbetracht der Situation ist das wahrscheinlich sogar das Vernünftigste.« Für einen Augenblick saßen die beiden schweigend nebeneinander, bis Carlo

die Stille unterbrach. »Hast du schon daran gedacht, was die Überführung eines Leichnams kostet?«
»Nein!«, erwiderte Cardone, und man sah ihm an, dass er darüber auch nicht nachdenken wollte. »Das Geld dafür werde ich irgendwie auftreiben. Es ist das mindeste, was ich für Enrico tun kann, außer dafür zu sorgen, dass diese rufschädigende Darstellung in der Presse aufhört!«
»Daran wirst du dir die Zähne ausbeißen. Versteh mich nicht falsch«, sagte Carlo mit der Eindringlichkeit des guten Freundes, »ich will dir das nicht ausreden! Man putzt sich verdammt schnell den Hintern mit einer alten Zeitung ab. Und wenn ich dir finanziell helfen kann … Ich meine, was die Kosten für das Begräbnis angeht. Du weißt, ich habe nicht viel, aber was ich übrig habe, gebe ich dir gerne.«
Cardone lächelte gequält. »Ich danke dir. Vielleicht brauche ich es nicht. Enrico hat …« Er hielt inne und presste die Handballen gegen die Schläfen. »Er hat sicher etwas hinterlassen. Und da ist auch noch unser Elternhaus …«
Carlo legte den Arm um Cardones Schulter und murmelte: »Du schaffst das, da bin ich mir sicher.«
»Braucht man mich in Palermo, um meinen Bruder zu identifizieren? Das ist doch üblich, oder?«
Carlo zuckte mit den Achseln. »Bis jetzt hat dich noch niemand dazu aufgefordert. Ich könnte mir vorstellen, dass hier bald Carabinieri auftauchen werden.«
»Auf die kann ich gut verzichten. Ich habe mir nie vorgestellt, auf diese Weise von meinem Bruder Abschied nehmen zu müssen. Ich will ihn auf jeden Fall noch einmal sehen, egal unter welchen Umständen.« Cardone hielt für einen kurzen Augenblick inne. »Morgen buche ich einen Flug nach Palermo. Bringst du mich zum Flughafen?«
Carlos musterte seinen Freund mit zusammengepressten Lippen. Robertos Gesicht wirkte grau und kraftlos. »Ich bin der Meinung, du solltest vorläufig hierbleiben.«

Roberto schüttelte energisch den Kopf. »Ich will die Stelle sehen, an der Enrico umgebracht worden ist. Ich will wissen, unter welchen Umständen er gestorben ist. Und das wird mir niemand verwehren.«

»Hältst du das für eine gute Idee?«, meinte Carlo skeptisch. »Es macht für dich alles nur noch schlimmer. Was glaubst du in Palermo zu finden? Die Wahrheit etwa? Sie ist nur wichtig, solange sie auch geglaubt wird.«

»Ich bin durchaus in der Lage, zwischen der Wahrheit und der Unwahrheit zu unterscheiden.«

»Traumtänzer! Es gibt hundert Wahrheiten über die gleiche Sache, und die meisten Wahrheiten stehen sich gegenseitig im Wege. Was soll der Unsinn?« Carlo schüttelte missbilligend den Kopf, denn seine Worte schienen den Freund nicht zu erreichen. »Außerdem glaube ich, dass eine Identifizierung des Leichnams nur notwendig ist, wenn die Identität nicht zweifelsfrei feststeht. So wie ich die Sache einschätze, wird man dich während der Ermittlungen nicht zu deinem Bruder lassen.«

»Das ist mir egal. Ich muss wissen, weshalb man Enrico das angetan hat. Ich habe einen Anspruch darauf, dass man mich an Ort und Stelle informiert.«

»Wir können gemeinsam zur hiesigen Questura gehen«, schlug Carlo vor. »Soviel ich weiß, ist für solche Fälle die Kriminalsektion der Carabinieri in der Via del Pratello zuständig. Die Beamten können sich direkt mit den Dienststellen in Palermo in Verbindung setzen. Vielleicht erfährst du auf diesem Wege alles, was du wissen möchtest. Außerdem ist es gut möglich, dass sie dir ein paar Fragen stellen wollen.«

»Ich kann das eine tun, und zum anderen schweigen.« Cardone erhob sich und ging hinüber zu seinem Arbeitsplatz. »Ich weiß nur«, fuhr er mit heiserer Stimme fort, »dass ich Enrico nicht in Sizilien lasse. Er soll in Premeno ruhen, auch wenn ich noch nicht weiß, wie ich das alles bewerkstelligen soll.«

Während er seinen Rechner startete, bat er Carlo: »Suchst du mir die Nummer der Questura heraus? Ich versuche in der Zwischenzeit ein Hotelzimmer in Premeno zu buchen. Ich werde die Kanzlei meines Bruders besuchen.«
»Weshalb?«, fragte Carlo überrascht.
»Wer die Gegenwart verstehen will, muss in die Vergangenheit schauen. Die Partner meines Bruders sollen mir sagen, wer mein Bruder wirklich war.«

Livio d'Aventura

In der Questura an der Via Agostino Catalano mitten im Herzen Palermos herrschte unerträgliche Hitze, obwohl die Sonne schon vor mehr als einer Stunde untergegangen war. Im dritten Stock des Dienstgebäudes der Spezialeinheit für organisierte Kriminalität, die in unmittelbarer Nähe zu den Slums des Albergheria-Viertels untergebracht war, herrschte gespannte Ruhe. Neonröhren an den Decken tauchten die Gänge in ein aseptisches Licht. Zwei Putzfrauen wischten den Granitboden des Korridors, während einige Uniformierte neben einem der Büros gelangweilt an der Wand lehnten und trotz des Verbotes rauchten. Das mit einer Aluminiumfassung umrahmte Schild an der Tür am Ende des Ganges trug die Aufschrift: »Direzione Investigativa Antimafia – Questore – Sandro Minetti«.

Durch die Tür drangen erregte Stimmen. Es war nicht zu überhören, dass zwei Männer lautstark diskutierten, während eine dritte Person dazwischenredete.

»Halte doch deinen Mund, Emilio!«, schnauzte d'Aventura seinen Assistenten an und wandte sich wieder seinem Gesprächspartner zu. Der hünenhafte Comandante im zerknitterten Sommeranzug stand angriffslustig vor dem Schreibtisch und sah seinen Vorgesetzten wütend an. Seine beiden Pranken hatte er auf Minettis polierte Schreibtischplatte gestemmt, und es schien fast, als wolle er ihm an den Kragen gehen.

Questore Minetti hatte wenige Minuten zuvor die Sitzung der Führungskräfte beendet, in der er seinen Mitarbeitern die Notwendigkeit verbesserter Arbeits- und Leistungsmotivation vor Augen geführt und im Zusammenhang mit dem brisanten Mordfall Cardone besonderen Einsatz gefordert hatte. Comandante d'Aventura war mit seinem Assistenten Commissario Emilio Venaro geblieben, um, wie er sich ausdrückte, Unstimmigkeiten mit seinem neuen Vorgesetzten zu klären. Jetzt hatte er sich in Rage geredet.

»Oberst Pallardo hat mich als leitenden Ermittler der Sonderkommission eingesetzt«, sagte er kategorisch, »und mir alle hierfür notwendigen Kompetenzen übertragen. Es ist allein meine Sache, wann ich wen und weswegen verhafte, verhöre oder nur zu einem Gespräch bitte.« Sein Blick hatte sich in dem Minettis festgebissen, und man sah ihm an, dass er nicht im mindesten daran dachte, klein beizugeben.

»Aber nicht, wenn wir den Täter eindeutig identifiziert haben und Sie stattdessen den größten Bauunternehmer Siziliens und einen einflussreichen Parteibonzen …«

»Und Vorsitzenden des Beirates der Gruppo Agosto«, unterbrach d'Aventura den Questore übellaunig.

»Werden Sie nicht spitzfindig!«, brüllte Minetti, dessen Adamsapfel vor Erregung auf und ab hüpfte. »Immerhin ist Massimo Parteichef der Vereinigten Rechten. Und lassen Sie mich gefälligst ausreden!«

Der Chef der Spezialbehörde war von seinem Sessel aufgesprungen, strich die Falten seiner blauen Uniformjacke glatt, richtete sich kerzengerade auf und nahm eine stramme Haltung ein. Dabei wippte er auf den Zehenspitzen, als wolle er sich zur Decke strecken. Minetti, ein Typ mit olivfarbenem Teint, war ein hagerer Mann von kleiner Statur mit Stirnglatze und schütteren, an den Seiten straff nach hinten gekämmten Haaren, die im fahlen Licht glänzten, als habe er sie mit einer Speckschwarte gebürstet. Seine rabenschwarzen, stechenden Augen schienen alles zu durchbohren, was in sein Blickfeld kam. Ein geflügeltes Wort sagt, wenn der Ehrgeiz als Zwerg zur Welt kommt, nennt man ihn Eitelkeit – was den Habitus des Questore treffend beschrieb. Seine blankgewichsten schwarzen Schuhe mit den extra dicken Absätzen und Sohlen machten ihn zwar um einige Zentimeter größer, doch neben d'Aventura wirkte er immer noch wie ein zu kurz geratener Napoleon. Gemessenen Schrittes und mit wichtiger Miene stolzierte er in die Mitte des Zimmers und zog abgemessene Kreise. Abrupt blieb er stehen, machte eine fast tänzerische Drehung in Richtung d'Aventura, der immer noch am Schreibtisch lehnte und den Chefermittler giftig anfunkelte.

Einen Augenblick lang kreuzten sich ihre Blicke feindselig, dann holte Minetti tief Luft. »Sie können nicht einfach einen Parteichef und einen der wichtigsten Arbeitgeber auf der Insel mehrere Stunden in Gewahrsam nehmen«, fauchte er. »Sie sind mit den Signori umgesprungen, als wären sie gewöhnliche Verbrecher. Mit dem Mord an Cardone haben sie nicht das Geringste zu tun. Akzeptieren Sie das gefälligst!«

»Ich habe die Herrschaften eingeladen, weil wir vom Geheimdienst wissen, dass sie enge Kontakte zum Mordopfer pflegten. Und keinesfalls bin ich mit ihnen umgesprungen, wie Sie es nennen. Ich habe sie behandelt wie jeden, den ich nicht leiden kann. Normal.«

Commissario Venaro, der auf einem der Besucherstühle dem Streit folgte, kicherte und erntete prompt einen gehässigen Blick von Minetti. Doch sofort konzentrierte sich der Questore wieder auf d'Aventura, der nach wie vor wie ein Felsblock am Schreibtisch stand. »Sie haben unbescholtene Bürger abholen lassen. Mit einem Polizeifahrzeug der Carabinieri! Sie demütigen ehrenwerte Männer … Außerdem ist Signore Santorini Bürgermeister von Prizzi, und den verfrachtet man nicht einfach in ein Polizeifahrzeug. Der Verteidigungsminister hat mich empört angerufen, weil er sich bei den Signori entschuldigen musste. Er war außer sich, hören Sie? Außer sich!«

»Ich hatte mich mit Oberst Pallardo vorher abgestimmt«, entgegnete d'Aventura.

»Kommen Sie mir nicht mit Pallardo! Er ist Offizier des Inland-Geheimdienstes SISDE, untersteht somit dem Innenministerium. Seine Aufgabe ist es, uns mit Informationen zu

versorgen. Nur in Ausnahmefällen kann er mir Weisungen erteilen, mehr auch nicht. Dazu bedarf es allerdings eines ministeriellen Beschlusses. Hat er den?«
»Keine Ahnung«, knurrte d'Aventura grimmig.
»Sehen Sie! Zur Auffrischung Ihres Gedächtnisses, werter Comandante, wir sind hier in der Direzione Investigativa Antimafia, und wir befassen uns mit der aktiven Bekämpfung terroristischer Vereinigungen und mafiöser Strukturen. Und Sie, verehrter d'Aventura, halten sich gefälligst an unsere Regeln!«
»*Mi scusate,* Signore Questore!«, entgegnete d'Aventura, machte eine höfische Verbeugung, indem er graziös ein Bein nach vorn stellte und eine Armbewegung andeutete, als grüße er mit d'Artagnans Federhut. »*Molto grazie* für die Aufklärung! Im Gegensatz zu Ihnen mache ich seit fünfzehn Jahren diesen Job. Was den Kampf gegen die Mafia angeht, sollte sich mittlerweile herumgesprochen haben, dass dabei besondere Bedingungen gelten. Das müsste selbst dem Verteidigungsminister klar sein. Ich werde keine Samthandschuhe anziehen, nur weil der Herr Minister seine Befindlichkeiten pflegen will. Abgesehen davon geht es ihn einen feuchten Kehricht an, wen ich verhafte und wen nicht. Oberster Dienstherr dieser Behörde ist, wie Sie selbst betont haben, das Innenministerium. *Basta!*«
»Das ist doch Jacke wie Hose! Signore Massimos Anwalt, Dottore Sirmione, hat sich beim Innenminister persönlich nach mir erkundigt. Wissen Sie, was das heißt, d'Aventura? Erkundigt!« Minettis Stirnader trat dunkelblau hervor. Die Brust nach vorn gereckt und die Hände hinter dem Rücken verschränkt, trat er auf den Comandante zu, wippte auf den Fußspitzen und sah, den Kopf in den Nacken gelegt, zu dem Hünen auf. »Wegen Ihnen setze ich nicht meine Karriere aufs Spiel, d'Aventura. Nicht wegen Ihnen!«
»Dann hätten Sie hier in Palermo erst gar nicht Ihren Dienst antreten sollen!«, konterte d'Aventura knapp.

Mit seinen tiefschwarzen, üppigen Haaren, die auf seinem Kopf ein unbändiges Eigenleben zu führen schienen und ebenso wenig zu zähmen waren wie sein überschäumendes Temperament, sah der Comandante mit seinen knapp zwei Metern Körpergröße furchterregend aus. Sein kurzer, muskulöser Hals ging ansatzlos in den kantigen Schädel über und zeigte an den Seiten beeindruckende Muskelstränge. An seinem kräftigen Unterkiefer und dem markanten Kinn konnte man Ungeduld, aber auch Durchsetzungswillen ablesen. Als ehemals erfolgreicher Zehnkämpfer und zweifacher Sieger des Ironman verfügte er über die Kraft eines ausgewachsenen Ochsen. Seine äußere Erscheinung verleitete manchen dazu, ihn als einen hirnlosen und vor Kraft strotzenden Grobian anzusehen, doch das war ein leichtsinniges Vorurteil. Sein analytischer Blick für komplexe Zusammenhänge und seine Fähigkeit, sich in Situationen und Menschen hineinversetzen zu können, waren nicht nur sein wichtigstes Kapital, sie waren in der Questura ebenso legendär wie seine ausgesprochene Ruppigkeit.

D'Aventura zog eine zerdrückte Zigarettenschachtel aus der Hosentasche und legte sie vor sich hin. Und während er nach seinem Feuerzeug suchte, fuhr er fort: »Ich kenne die Drahtzieher dieses abscheulichen Verbrechens seit mehr als zehn Jahren: Bettino Santorini, der den leutseligen Bürgermeister spielt, Licio Massimo, den dubiosen Parteibonzen und Berater des Waffenschiebers Romano Grasso sowie ursprünglich den wegen Korruptionsverdacht verjagten Minister Giacomo Gecco.«

»Haben Sie Beweise für ein Vergehen der genannten Signori, objektive Beweise für solche Anschuldigungen?«

»Nein! Sonst säßen sie bereits hinter Gittern. Aber wir haben jede Menge Hinweise auf Verstrickungen in Geldwäsche, Verdachtsgründe für Auftragsmord und überzeugende Indizien für Korruption und Bestechung.«

»Hinweise, Indizien, Verdachtsgründe … Ist das alles, was Sie zu bieten haben? *Madonna mia,* d'Aventura, kommen Sie mir nicht mit wachsweichen Dingen! Nicht einmal Procuratore Ponti konnte sich bislang entschließen, Ihren Argumenten zu folgen.«

»Wahrscheinlich *durfte* er nicht, das ist ein Unterschied!« Der Comandante zündete sich provokativ eine Zigarette an. »Außerdem kennt Staatsanwalt Ponti noch nicht alle Fakten. Er wird aber nicht mehr lange auf sie warten müssen.« Er setzte sich auf die Schreibtischkante und ließ ein Bein baumeln. Sein Blick fiel auf die wertvollen Aquarelle toskanischer Landschaften an der Wand. Sie gaben dem Büro ein gediegenes Aussehen, das eher an eine geordnete Welt als an abscheuliche Verbrechen erinnerte.

Neben d'Aventura kreuzten sich in einem Messingständer zwei Fahnenmasten. Am linken aufgezogen Italiens Nationalflagge, am rechten die blaue Europafahne. Manchmal war er nahe am Verzweifeln, wenn er daran dachte, dass die Ehre Italiens angesichts der unhaltbaren Zustände bei der Ermittlung gegen Mafiosi auf dem Spiel stand. Er versuchte sich zu konzentrieren und schaute Minetti direkt in die Augen.

»Die Antimafia-Kommission des italienischen Parlaments beschuldigte im März vergangenen Jahres einen Unterstaatssekretär im Verteidigungsministerium, enge Kontakte zur Mafia zu unterhalten und von ihr für seine Partei Wahlunterstützung bekommen zu haben. Dieser drohte daraufhin, einen Minister bloßzustellen, der seiner Aussage nach ebenfalls Kontakte zur Mafia pflegte.«

»Alles gut und schön«, erregte sich Minetti erneut, und so, wie er seinen direkten Untergebenen mit den Blicken aufspießte, drohte ihm jeden Augenblick der Geduldsfaden zu reißen. »Bleiben Sie gefälligst beim Thema!«

»Ich bin mittendrin«, antwortete der Comandante, dem die Zornesröte ins Gesicht stieg. »Bei dem besagten Minister, der denunziert werden sollte, ging es um dubiose Rüstungsaufträge in Milliardenhöhe. Minister Giacomo Gecco war für die Vergabe dieser Großaufträge zuständig.«

»Na und?«, bellte Minetti ungehalten. »In einer solchen Position hat man viele Neider. Soweit ich weiß, wurde Gecco nie verurteilt.«

»Kein Wunder.« D'Aventura lachte voller Bitterkeit. »Man hat ihn vorher umgebracht. Aber Sie sollten mich dennoch ausreden lassen.« D'Aventura holte tief Luft und fuhr fort. »Auffällig viele Aufträge gingen an die Waffenschmiede Gruppo Agosto. Sie erinnern sich? Die Zeitungen befassten sich wochenlang mit diesem Thema. Alles deutete auf gewaltige Schmiergeldzahlungen hin. Als die Verdachtsmomente konkreter wurden, richtete man einen Untersuchungsausschuss ein.« D'Aventura machte eine Kunstpause und drückte seine Zigarette in den Aschenbecher. »Kurz bevor die Affäre vor den Untersuchungsausschuss kommen sollte, wurden Gecco und seine Frau vor ihrem Haus von einem Unbekannten erschossen.«

»Das ist längst Geschichte«, brummte Minetti abweisend und winkte ab. »Wollen Sie die Sache etwa wieder aufwärmen?«

»Was heißt hier aufwärmen?«, protestierte d'Aventura, ohne sich aus dem Konzept bringen zu lassen. »Die Sache ist immer noch ungeklärt, der oder die Mörder sind noch nicht gefasst.«

»Deswegen werden die Signori Massimo und Santorini nicht zwangsläufig zu Verbrechern!«

D'Aventura blickte Minetti düster in die Augen. »Eines nach dem anderen, verehrter Questore Minetti. Zu meinem besonderen Freund Licio Massimo komme ich gerade. Er ist nicht nur Parteichef der Vereinigten Rechten Italiens, sondern auch Beiratsmitglied der Gruppo Agosto, des zweitgrößten Rüstungskonzerns.«

»Ah, ja!«, bemerkte Minetti sarkastisch. »Ich verstehe zwar immer noch nicht, worauf Sie hinauswollen, aber ich hoffe, Sie werden mich aufklären.«

D'Aventura nickte mürrisch.»Die Rüstungsaufträge an Agosto reichten nicht aus, dem Konzern aus der Patsche zu helfen, denn seit zehn Jahren sinken bekanntermaßen weltweit die Ausgaben für konventionelle Waffen. Um die Gruppo Agosto vor einem finanziellen Desaster zu bewahren, hat Massimo seine politischen Kontakte genutzt und über Romano Grasso Waffen in Krisengebiete vermittelt.«

»Sind Sie denn von allen guten Geistern verlassen?« Minetti drehte sich erregt um. »Was hat Romano Grasso mit unserem Mordopfer zu tun? Ihr Rundumschlag wird mir einfach zu viel!«

»Ich versuche, Ihnen lediglich die Zusammenhänge zu erklären«, antwortete d'Aventura mit unerschütterlicher Beharrlichkeit. »Don Grasso ist nach unserer Überzeugung der große Capo dei Capi, der Boss aller Paten. Wir vermuten, dass da Kompensationsgeschäfte in unübersehbarem Ausmaß getätigt wurden.«

Minetti schlug mit der flachen Hand auf die Schreibtischplatte, und sein Gesicht hatte eine dunkelrote Färbung angenommen. »Sie vermuten ..., Sie nehmen an ..., Ihrer Meinung nach ..., anscheinend ...! Werden Sie endlich konkret, d'Aventura! Wer, zum Teufel, tauscht Waffen gegen Nähgarn, Bananen, Nüsse oder was weiß ich, was Sie sich vorstellen?«

»Waffen gegen Drogen«, verbesserte der Comandante den wütenden Questore. »Die Abnehmer der Waffen verfügen nicht über genug Bares. Solche Kompensationsgeschäfte sind übrigens nicht neu. Die USA verfahren seit über zwanzig Jahren auf die gleiche Weise, und deren Regierung dealt beispielsweise mit Bolivien und der Junta in Nicaragua.«

»Wenn Sie das alles so genau wissen, weshalb haben Sie sich nicht schon längst an meinen Vorgänger gewandt?«, fragte Minetti in gereiztem Ton.

»Das habe ich«, erwiderte d'Aventura, »und nicht nur ihm habe ich davon Mitteilung gemacht. Er hat einen Bericht verfasst und ihn dem Verteidigungsminister geschickt. Wenige Tage später saßen Sie auf seinem Sessel!«

In Minettis Büro herrschte tödliches Schweigen. Es dauerte Sekunden, bis der Questore seine Fassung wiedergewonnen hatte. »Der Bericht steht in keinem Zusammenhang mit seiner Versetzung«, presste er mühsam über die Lippen. »Und auch nicht mit meiner Beförderung – um Missverständnisse zu vermeiden.«

»Habe ich auch nicht behauptet«, sagte der Comandante in leichtem Ton, aber sein Lächeln sagte das Gegenteil. »Lassen Sie mich fortfahren! In unserem Falle werden Drogen nach Italien gebracht, in Palermo und Umgebung veredelt und dann in ganz Europa verkauft. Der Erlös aus dem Drogengeld landet kofferweise in Steueroasen.«

Minetti starrte d'Aventura fassungslos an. »Sie sind doch völlig aus der Spur! Und jetzt wollen Sie mir sicher mitteilen, wer wahrscheinlich, vermutlich oder möglicherweise die Drogengelder außer Landes schafft. Nicht wahr?«

D'Aventura lachte freudlos. »Kuriere, wer sonst! Aber wer das Ganze managt, das weiß ich. Grasso, Santorini und Massimo. Sie drehen ein gigantisches Rad.«

Minetti lachte hysterisch. »Und wie kommt die Gruppo Agosto zu ihrem Geld, wenn es nicht auf ihrem Konto landet, sondern in einem Steuerparadies?«, fragte er höhnisch.

»Endlich stellen Sie die richtigen Fragen, Questore!«, knurrte d'Aventura grollend. »Denn ab jetzt geht es zu wie bei Monopoly. Die Auslandsabteilung des SISDE hat uns in Kenntnis gesetzt, dass in Vanuatu eine Offshore-Firma mit dem Namen Rizzolo Venture Capital gegründet wurde. Ihre Erkenntnisse weisen darauf hin, dass Enrico Cardone der Drahtzieher gewesen sein muss. Leider fehlen Beweise. Wechselnde Kuriere bringen die Bargeldbeträge in Grassos Privatjet nach Vanuatu.«

»Unbewiesen!«, keifte Minetti.

»Aber nur deshalb, weil die Guardia Finanza an italienischen Flughäfen aus welchen Gründen auch immer nie die Frachten in diesem Jet überprüft. Irgendjemand scheint Grassos Interesse zu teilen, dass die Scheinchen sicher Italien verlassen.«
»Aha! Und wie geht das Märchen Ihrer Meinung nach weiter?«
»In der Republik Vanuatu werden die vielen Dollars auf das Firmenkonto bei einer seriösen Bank einbezahlt«, erläuterte d'Aventura weiter, ohne sich aus der Ruhe bringen zu lassen. »Wir gehen davon aus, dass es sich entweder um die Western Union oder die Westpac Bank handelt.«
Minetti grinste herablassend. »Wir gehen wieder einmal davon aus ...!«
»Ja, genau!«, polterte d'Aventura. »Und ich hoffe, Sie freuen sich auf das Happy End meiner Geschichte.«
»Aber ja doch, erzählen Sie! Ich kann es kaum erwarten. Ich liebe Geschichten, wenn sie so phantasievoll sind wie die von Pinocchio und Cepetto.«
D'Aventura warf Minetti einen vernichtenden Blick zu, fuhr aber fort: »Die Gruppo Agosto brauchte viel Geld, um zu überleben. Wissen Sie weshalb?«
»Keine Ahnung! Hauptsache, Sie können es mir schlüssig erklären«, höhnte Minetti.
»Aber gerne doch! Ich gebe Ihnen ein Beispiel, damit Sie es auch begreifen: Ein Unternehmen verkauft ein Exportprodukt, sagen wir eine Schnellfeuerwaffe, an seine Offshore-Gesellschaft, die Romano Grasso und Konsorten und vielleicht auch einigen Politikern gehört, zu dem reduzierten Preis von fünf Euro. Grasso u. a. verkaufen die Knarre zum höheren internationalen Marktpreis von fünfhundert Euro. Der Gewinn verbleibt in der Offshore-Gesellschaft, Agostos Verlust aber wird bei unserem Finanzamt geltend gemacht. Zweimal verdient. Verstanden?«
Minettis Unterkiefer klappte nach unten.

»Faszinierend allerdings ist, wie das viele Geld schneeweiß in den legalen Finanzkreislauf Italiens zurückkehrt«, knurrte d'Aventura, während seine Augen angriffslustig funkelten. »Man gründet auf einer dieser paradiesischen Inseln eine Vertriebsgesellschaft. Die Gruppo Agosto geht Lieferverträge mit diesem Unternehmen ein, die sie mit festen Lieferdaten und einer hohen Konventionalstrafe bei Verzug absichern. Selbstverständlich kann die Vertriebsgesellschaft nicht vertragsgemäß liefern.« D'Aventura beobachtete mit scharfem Blick Minettis abweisende Miene.

»Und weiter?«, fragte der Questore unwillig.

»Die Gruppe Agosto verklagt das Unternehmen wegen Lieferverzug auf Schadensersatz und gewinnt natürlich vor Gericht. Das Unternehmen in der Karibik muss zahlen. Das Geld wird überwiesen – in einer völlig legalen Transaktion.«

Der Questore schüttelte ungläubig den Kopf. »Sie meinen, man missbraucht vorsätzlich unsere Richter?«

D'Aventura nickte und fuhr fort: »Es gibt mehrere Varianten der Geldwäsche. Grasso ist in dieser Hinsicht sehr einfallsreich. Aber nicht nur er. Kürzlich entdeckte man Exportwaren, die mit falschen Preisen ausgezeichnet waren. Bulldozer waren mit einem Preis von fünfhundertzwanzig Dollar deklariert, Gabelstapler kosteten dreihundertachtzig Dollar, wohlgemerkt das Stück! Das ging nach der gleichen Methode, wie ich sie eben erklärt habe. Allein der Steuerausfall für den italienischen Fiskus betrug zwanzig Milliarden Dollar. Aber kommen wir zurück zur Gruppo Agosto! Das System dort ging nur so lange gut, als man reguläre Gewinne in regulären Märkten schrieb. Doch plötzlich brach der Markt für konventionelle Waffen weltweit ein, man machte gigantische Verluste und raste auf eine Pleite zu. Und, oh Wunder, Agosto bekam wie durch himmlische Kräfte von der Banco di Roma einen Hundertmillionenkredit!«

Minetti winkte kategorisch ab. »Blödsinn! Keine Bank der

Welt gibt Geld ohne Sicherheiten. Schon gar nicht hundert Millionen.«

»Eben!« D'Aventura bleckte die Zähne. »Weil das so ist, bürgte die Western Union oder die Westpac gegenüber der Banco di Roma für das großzügige Darlehen an die Gruppo Agosto.«

»Und weswegen sollte irgendeine renommierte Bank auf dieser Welt das tun?«

D'Aventura verdrehte die Augen. »Weil Rizzolo Venture Capital mit dem eingezahlten Drogengeld bei der Western Union oder Westpac für die Bürgschaft geradesteht. Sie wissen doch: *Pecunia non olet!*«

»Das ist mir zu hoch, ich verstehe das nicht«, meckerte Minetti. »Halten Sie unsere Finanzämter für so kleingeistig, dass man solche Zusammenhänge nicht bemerkt?«

»Wie sollen sie das feststellen? In den Bilanzen der Gruppo Agosto stehen nur die Kredite der Banco di Roma. Es gibt keine nachvollziehbare Verbindung zu Rizzolo, zur Westpac oder zur Western Union.«

»Was Sie sich da zusammenphantasieren, funktioniert nicht. Die Gruppo Agosto muss irgendwann ihre Kredite zurückzahlen. Wie soll das gehen, wenn sie verschuldet ist?«

»Das habe ich Ihnen bereits erklärt, verehrter Questore. Prozesse wegen fehlerhafter Lieferungen und Ausfallbürgschaften. Im Fall Gruppo Agosto allerdings lief das ein wenig anders. Das Management hat seinerzeit einen schweren Fehler begangen. Die Banco di Roma verzichtete vor zwei Jahren wie aus heiterem Himmel auf erhebliche Darlehen. Angeblich habe man sich im Rahmen eines Sanierungskonzeptes des Vorstandes auf eine reduzierte Rückzahlung der Kredite geeinigt. Und da unser Staat etwa dreißig Prozent Anteile an der Gruppo Agosto hält, sitzen selbstredend auch Vertreter der italienischen Regierung im Beirat des Unternehmens. Und mit Sicherheit sind die gleichen Gentlemen auch Aktionäre bei Rizzolo.«

»Sie wollen doch nicht etwa behaupten, dass Minister unseres Landes …«
D'Aventura schnitt Minetti das Wort ab. »Doch! Das behaupte ich! Und alle Beteiligten haben etwas davon. Nicht nur, dass Waffendeals mit Drogen und Subventionsbetrug finanziert werden, die Gewinne landen auch noch steuerfrei auf Auslandskonten. Merkwürdigerweise wurde diese Geschichte nie weiter verfolgt. Das Finanzministerium argumentierte damals, der Fortbestand der Gruppo Agosto sei von nationalem Interesse, und die Sache war vom Tisch.«
Minetti starrte d'Aventura an, als wüsste er nicht, was er dazu sagen sollte. Er setzte sich wieder an seinen Schreibtisch, stützte seine Stirn in die Hand und seufzte. »Mir scheint, sie beschäftigen sich zu sehr mit Wirtschaftsthemen und mit den falschen Leuten.« Er sah auf und beobachtete, wie sich d'Aventura erneut eine Zigarette ansteckte. »Und qualmen sie mir nicht permanent die Bude voll. Das ist ekelhaft!«
D'Aventura grinste böse, blies provokativ einen Kringel in die Luft und fuhr fort. »Sie sollten mir lieber weiter zuhören, verehrter Questore!«
»Ich tue die ganze Zeit nichts anderes. Kommen Sie endlich zum Schluss!«, brummte Minetti und wedelte ungnädig mit der Hand, als wolle er einen Hund verjagen.
»Erkennen Sie denn nicht die Zusammenhänge?« fragte d'Aventura aufgebracht.
»Ich erkenne lediglich, dass die genannten Personen möglicherweise in privaten Beziehungen stehen.«
»Dann muss ich deutlicher werden. Romano Grasso, Santorini und Massimo sind mit hoher Wahrscheinlichkeit die Verantwortlichen bei Rizzolo Venture Capital. Und was glauben Sie, wer der Berater dieser Herrschaften war?«
»Ist das hier ein Ratespiel?«, fragte Minetti genervt.
D'Aventura schüttelte den Kopf. »Avvocato Enrico Cardone! Er war der Konstrukteur dieses Geldkarussells. Vermutlich

liegen in Vanuatu Hunderte von Millionen Euro aus Drogenverkäufen und Waffendeals.«

Minetti schüttelte unwillig den Kopf. »Wo liegt dieses Vanuatu überhaupt? Ich habe noch nie zuvor davon gehört.«

»Im Pazifik, früher Neue Hebriden«, erklärte d'Aventura. »Leider enden an den Staatsgrenzen Vanuatus die Kompetenzen der internationalen Bankenkontrolle. Ich stehe seit Jahren mit der FATF in Verbindung. Die ›Financial Action Task Force‹ ist eine Einrichtung der acht führenden Industrieländer. Jedes Jahr veröffentlicht sie eine Liste der nicht kooperativen Staaten und Gebiete im Zusammenhang mit der Bekämpfung der Geldwäscherei und der organisierten Kriminalität.«

»Ich bitte Sie, d'Aventura! Ich habe allmählich genug von Ihren Ausführungen. Was hat das alles mit dem Mord an Cardone zu tun?«

»Cardones Ermordung ist der Schlüssel zur Aufklärung eines Finanzskandals.« D'Aventura kramte erneut in seiner Hosentasche und förderte einen Zettel zutage. »Wenn Sie die Güte hätten, verehrter Questore, noch ein wenig zuzuhören, dann erschließt sich auch Ihnen mein Geheimnis.«

»Nun gut«, maulte Minetti eingeschnappt, »machen Sie weiter!«

»Danke«, murmelte der Comandante und las vor: »Zu den sogenannten Steuerparadiesen gehören derzeit Ägypten, die Cook Islands, Dominikanische Republik, Vanuatu, Guatemala, Indonesien, Israel, der Libanon, die Marshallinseln, Saint Vincent und Grenada, um nur die Wichtigsten zu nennen. Die UN schätzt die Höhe des gewaschenen Geldes alleine in Vanuatu auf zwei bis drei Milliarden US-Dollar pro Jahr, in den restlichen Steuerparadiesen auf mehr als hundert Milliarden Dollar. Damit kommen in Vanuatu mehr Euro auf den Quadratmeter, als Italien Einwohner hat.«

Minetti funkelte d'Aventura böse an. »Und wo ist der Witz?«

»Die Köpfe der Rizzolo-Konstruktion sind beziehungsweise

waren – wie wir wissen, aber leider nicht beweisen können – Enrico Cardone, Licio Massimo, Bettino Santorini und Don Romano Grasso. Die vier trafen sich laut SISDE regelmäßig sowohl in Palermo als auch am Lago Maggiore im Grand Hotel ›Des Iles Borromees‹ in Stresa.«

»Ich weiß nicht, weshalb Sie dieses Szenario aufbauen wollen, d'Aventura. Mich überzeugt es nicht. Konzentrieren Sie sich gefälligst auf den Mörder dieses Cardone und nicht auf die Geschäftsangelegenheiten angesehener Bürger! Vielleicht machen die Signori gerne miteinander Urlaub.«

»Von wegen Urlaub!«, entgegnete d'Aventura bissig. »Da geht es um die großen Deals und um nichts anderes.«

»Saßen Sie am Nebentisch? Konnten Sie mithören, was die Herren besprochen haben? Oder haben Sie an den Meetings teilgenommen? Sicher nicht!«

»Lassen Sie mich ausreden, verehrter Signore Questore. Cardone wurde seit zwei Jahren von Agenten des SISDE beschattet. Wie wir wissen, hat er kurz vor Bekanntwerden des Rüstungsskandals den Chef des Untersuchungsausschusses wegen einer unangenehmen Frauengeschichte in die Öffentlichkeit gezerrt und dessen Reputation nachhaltig zerstört. Der Mann musste zurücktreten. Gleichzeitig wurden seine dubiosen Kontakte zur Mafia ruchbar. Kurz darauf hat man zwei Staatsanwälten die Ermittlung in dieser Sache entzogen. Heute arbeiten sie in irgendeinem Provinzkaff, wo sie keinen Unfug mehr anstellen können. Eine Woche nach Versetzung der unbequemen Signori wurde Minister Gecco erschossen.«

Minetti war wieder von seinem Stuhl aufgesprungen und starrte d'Aventura zitternd vor Aufregung an. »Und weshalb konnte Cardone in Palermo umgebracht werden, während der Geheimdienst ihn überwachte? Und auch noch auf diese Weise? Madonna …! Lassen Sie die Kirche im Dorf, Comandante! Bis jetzt haben Sie nur Mutmaßungen, Annahmen, wilde Konstruktionen und Unterstellungen geäußert. Langer Rede kurzer Sinn: Ich befehle Ihnen, sich auf Ihre Arbeit zu konzentrieren und diese Leute in Ruhe zu lassen! Und wissen Sie auch weshalb?« Minettis Gesichtszüge wirkten herrisch und entschlossen. »Weil ich der Chef dieser Behörde bin, und als Questore der Antimafiadirektion in Sizilien kann mich Oberst Pallardo …«

»Kreuzweise?«, fiel d'Aventura Minetti ins Wort und grinste amüsiert. Doch im gleichen Augenblick verdüsterte sich seine Miene. »Weshalb werde ich das Gefühl nicht los, dass Sie mir mit aller Macht Knüppel zwischen die Beine werfen?«

In Minettis Gesicht machte sich ein süffisantes Lächeln breit. »D'Aventura, Sie sind, wie ich von vielen Seiten höre, ein hervorragender Kriminalist. Intelligent, geistreich, erfahren und renitent.«

»Er ist nicht renitent, er ist stur! Und er hat eine gute Linke«, tönte Venaro aus dem Hintergrund und feixte übers ganze Gesicht.

»Schnauze, Emilio!«, rüffelte d'Aventura seinen Assistenten und richtete wieder das Wort an Minetti. »Ich lasse mir von niemandem einreden, dass ich spinne.«

»Aber nur weil Sie von übergeordneter Ebene für diesen – ich gebe zu – spektakulären Mordfall Narrenfreiheit erhalten haben, müssen Sie sich nicht wie ein Bulldozer aufführen. Wir wissen doch beide, wie das hier läuft.«

»Ich schon!«, knurrte d'Aventura böse. Seine dunklen Augen blitzten, und er war außer sich vor Zorn. »Aber ob Sie das wissen, ist mir nicht so ganz klar. Weiß der Himmel, wer Sie auf diesen Sessel gehievt hat, Minetti. Ich vermute, irgendein Ministerfreund.«

»Ich dulde Ihre Unverschämtheiten nicht länger! Sie werden sich für diese Unterstellung sofort entschuldigen, sonst tragen Sie die Konsequenzen dafür!«

»Entschuldigen? Das werde ich nicht. Sie wissen ganz genau,

dass man mir diesen Sessel« – d'Aventura deutete auf Minettis Stuhl – »vor einem Jahr fest zugesichert hatte.«
»Sie werden sich dran gewöhnen müssen, dass *ich* in diesem Büro sitze.«
»Ich glaube nicht, dass ich mich daran gewöhnen werde«, entgegnete d'Aventura. »Auf der anderen Seite erlebe ich es nicht zum ersten Mal, dass manche Karrieren in diesem Zimmer schon bald an der Inkompetenz scheiterten. Ihr Vorgänger hat sich nur knapp ein Jahr auf Ihrem Stuhl gehalten.« D'Aventura hatte sich zur vollen Größe aufgerichtet und blickte auf seinen Vorgesetzten herab, dessen Stirnglatze vor Aufregung feucht glänzte.
»Ich muss schon sehr bitten«, zischte Minetti böse. »Reißen Sie sich zusammen, d'Aventura!«
»Sie sollten Livio einmal erleben, wenn er sich nicht zusammenreißt, Signore Minetti!«, kicherte Venaro, der entspannt in einem der Besuchersessel lümmelte und mit dem Aschenbecher spielte.
Venaros Haar hatte die für einen Sizilianer völlig untypische Farbe polierten Kupfers, und es strebte in wilden Locken in seinen Nacken. Sein blasses Gesicht war übersät mit auffälligen Sommersprossen, noch mehr aber fielen seine wasserhellen Augen auf. Sie waren ununterbrochen in Bewegung, und ihnen schien nichts zu entgehen. Der junge Mann redete nicht viel, doch wenn er es tat, dann mit einer forschen Schnoddrigkeit, die zu seiner arglosen Optik in krassem Widerspruch stand. Es fiel jedem schwer, den Blick von dem auffallenden Gesicht abzuwenden. Aber man nahm den immer lächelnden Mann nicht ernst, was die meisten von seiner Gefährlichkeit ablenkte. Zwar hatte sich der Questore über seine unmittelbaren Mitarbeiter und ihre Fähigkeiten unterrichten lassen, doch angesichts Venaros jugendlichen und beinahe unbedarften Aussehens fiel es ihm schwer, an dessen Kompetenz und kriminalistische Fähigkeiten zu glauben.

»Halten Sie die Klappe, Venaro!«, schnappte Minetti im Befehlston zurück. »Und für Sie immer noch Questore Menetti!« Er bedachte den jungen Commissario mit einem vernichtenden Blick.
Auch d'Aventura sah seinen Assistenten verärgert an. »Er hat recht! Halte wirklich die Klappe, Emilio!«
Venaro genoss sichtlich die Auseinandersetzung zwischen den Kontrahenten und machte den Eindruck, als sei er neugierig, wer das Duell gewinnen würde. Die gespannte Atmosphäre in Minettis Büro wurde durch die stickige Luft und die Hitze zusätzlich gesteigert. Die Klimaanlage war wieder einmal ausgefallen.
D'Aventuras Augen verrieten Enttäuschung, Verbitterung, vielleicht auch verletzte Eitelkeit, während er seinen Vorgesetzten Minetti musterte. Nach dem Weggang des ehemaligen Behördenleiters hätte er Anspruch auf den Chefsessel gehabt. Stattdessen setzte man einen neuen Mann aus Milano vor seine Nase, der zuvor einen Verwaltungsposten im Polizeidienst versehen und nicht die leiseste Erfahrung bei der Bekämpfung organisierten Verbrechens hatte, geschweige denn, dass er etwas über Sizilien wusste.
Wieder wandte sich d'Aventura an den Questore: »Was meine Narrenfreiheit angeht, wie sie sich auszudrücken beliebten, verehrter Signore, ich nenne sie die Erteilung von Vollmachten. Aber wir können es abkürzen: Der komplette Fall liegt deshalb auf meinem Schreibtisch, weil ihn die Guardia di Finanza auf Anordnung des Innenministers an mich abgeben musste. Enrico Cardone war nicht irgendwer, seine Anwaltskanzlei sollte wegen des Verdachtes auf Geldwäsche in den nächsten Tagen durchsucht werden. Cardone hat nach Geheimdienstinformationen bei der Verschiebung riesiger Summen eine zentrale Rolle gespielt, auch wenn er in einem Bergkaff am Lago Maggiore den unscheinbaren Rechtsanwalt spielte. Die verheerende Botschaft dieses öffentlichen Mordes

hat die Bevölkerung so massiv verunsichert, dass man mir die nachhaltige Klärung übertragen hat. Man ist sich sicher, dass die Lösung des Problems nicht nur in Sizilien zu suchen ist.«
»Na und?« Minetti war ungehalten. »Der Minister hat Ihnen keinen Freibrief erteilt, nach Gutdünken Beamte aus ganz Italien anzufordern. Sie benehmen sich wie ein toskanischer Stier.«
»Ich glaube, Sie verwechseln unsere Einheit mit einem Carabineriposten, der gewöhnliche Mordfälle aufzuklären hat. Haben Sie den Bericht vom SISDE gelesen?«
»Ich war bis gestern in Rom«, erwiderte Minetti ausweichend. »Sobald ich dazu komme, werde ich mich um die geheimdienstlichen Dossiers kümmern.« Dann zog Minetti ein Blatt aus der Tasche und las laut vor. »Zwei Beamte aus Genova, vier aus Firenze, drei aus Roma, einen aus Bergamo und drei aus Napoli. Haben Sie einen blassen Schimmer, was das kostet? Allein die Unterbringungskosten! Wie soll ich das dem Ministerium erklären?«
D'Aventura schüttelte missbilligend den Kopf. »Man könnte sie in der Jugendherberge unterbringen«, bemerkte er lapidar. »Fragen Sie doch einmal beim Herbergsvater nach, verehrter Questore. Bei Ihrem guten Draht zu ihm kriegen sie bestimmt Rabatt.«
»Genug mit diesen Unverschämtheiten! Ich rufe Sie hiermit letztmalig zur Ordnung, Comandante! Sie haben einen Stab von mehr als zweiundzwanzig Mitarbeitern, Ihren Adlatus Venaro nicht mit eingerechnet. Ich habe veranlasst, dass die Beamten bleiben, wo sie sind. Wir haben in unseren Abteilungen hervorragende Männer und brauchen niemanden von außen.«
»Oh doch!«, widersprach d'Aventura. »Ich habe die Leute angefordert, weil sie über Erfahrung und weitreichende Kenntnisse auf dem Gebiet internationaler Kapitalströme und Geldwäsche verfügen. Sie haben internationale Kontakte, gerade zu

Bankkreisen, die in Europa und den USA auf der schwarzen Liste stehen.«

Minettis Antwort war ein abfälliger Blick, und er wendete sich brüsk ab. Doch einen Wimpernschlag später schien er sich anders entschieden zu haben, und er antwortete: »Ich habe mich mit Oberst Pallardo bereits heute Vormittag abgestimmt. Geldwäsche ist nicht unser Thema, wir reden hier über einen Mord, begangen von einem Mitglied der Mafia. Haben Sie das endlich verstanden?«

D'Aventura wurde blass. Stocksteif stand er vor dem Schreibtisch. Seine Backenmuskeln traten als dicke Wülste hervor. »Pallardo oder, besser gesagt, das Innenministerium kann keinen Rückzieher machen. Jedenfalls vorläufig nicht, solange der Druck der Öffentlichkeit so groß ist. Es mag zynisch klingen, aber nur diesem grauenhaften Verbrechen habe ich es zu verdanken, dass mir eine einmalige Chance geboten wird, in der Ehrenwerten Gesellschaft aufzuräumen. Und glauben Sie mir, Signore, ich werde die Gunst der Stunde nutzen.«

Minetti sprang auf. Das Blut war ihm in den Kopf geschossen und seine Lippen bebten. »Sie halten sich an meine Anweisungen und stimmen jeden einzelnen Schritt und jede geplante Aktion in dieser Sache mit mir ab! Sollten Dienstreisen über zweihundert Kilometer anfallen, d'Aventura, dann wissen Sie, wie man Reiseanträge ausfüllt. Und wenn jemand mit Oberst Pallardo Abmachungen trifft, dann bin ich das und nicht Sie! Bevor Sie nicht meine Unterschrift haben, entscheiden Sie keinen Deut! Habe ich mich klar ausgedrückt?«

»Ist angekommen«, schnauzte d'Aventura zurück. »Welche Maßnahme also schlagen Sie vor?«

»Was haben wir über diesen Bruno Sowieso …«

»Sforzano.« D'Aventura zog aus einem Schnellhefter ein Farbfoto heraus und warf es auf den Tisch. »Bruno Sforzano, geboren 12. Januar 1978 in Prizzi. Vorbestraft. Verschiedene Kleindelikte, Raubüberfall, der ihm nicht nachgewiesen werden konnte. Lebte bis vor kurzem entweder bei seiner Schwester in Caltabellotta oder in Ficcuzzi bei einem Freund.«

»Großfahndung! Alarmieren Sie die Carabinieri in den Kasernen. Wir werden den Kerl in den Bergen einkesseln. Wenn wir das richtig organisieren, kriegen wir ihn im Handumdrehen.«

»Wie Sie wünschen, Questore.« D'Aventura lächelte kalt, winkte seinem Assistenten und verließ das Büro.

Die Fahndung

Comandante d'Aventura und Commissario Venaro brüteten im kargen Büro des Carabinieripostens von Caltabellotta über Ortsplänen und Landkarten der rauhen und menschenfeindlichen Bergregion. Um einen großen Kartentisch, auf dem generalstabsmäßig die zu durchsuchenden Gebiete ringförmig markiert waren, standen Offiziere der Polizia Stradale. Den Raum, der normalerweise von den Polizeibeamten der Region für ihre Besprechungen genutzt wurde, hatte man zur Kommandozentrale umfunktioniert. Telefone, Faxgeräte, Computer und Drucker sowie ein Funkgerät standen auf den Tischen. Es herrschte eine chaotisch anmutende Arbeitsatmosphäre.

D'Aventura machte sich nichts vor: Die Zusammenarbeit zwischen der örtlichen Polizia Stradale, den Carabinieri und der Auswahl von Spezialkräften des Antimafia-Teams aus Palermo war von gegenseitigem Misstrauen geprägt, und auch er war nicht in der Lage, es auszuräumen. Die einheimischen Polizeikräfte ließen keinen Zweifel aufkommen, dass sie ihn und seine Mitarbeiter als Fremdkörper, als Eindringlinge betrachteten. Er war für sie einer dieser verhassten Carabinerioffiziere aus der Großstadt, die sich anmaßten, im Kasernenhofton das Kommando in ihrem angestammten Verantwortungsbereich zu übernehmen.

Seit drei Tagen lief die Großfahndung nach Bruno Sforzano, eigentlich ohne Erfolg, denn außer zwei Kleinkriminellen und einem Dealer war der Truppe niemand ins Netz gegangen. Mehr als zweihundert Carabinieri hatten die Kleinstadt Caltabellotta abgeriegelt. Während etwa ein Dutzend Beamte alle eingehenden Informationen erfassten, analysierten Spezialisten und ortskundige Kollegen den jeweiligen Fortschritt. Eine weitere Gruppe bereitete entsprechende Maßnahmen vor und leitete sie an d'Aventuras Befehlsstelle weiter. Zeitgleich liefen Aktionen mit mehreren Hundertschaften in den Nachbargemeinden Campofelice, Prizzi, Castronovo und Giuliana, alles abweisende Dörfer am Fuße des gewaltigen Felsmassivs Rocca Bussambra gelegen.

D'Aventura und Commissario Venaro machten sich keine Illusionen, Sforzano fassen zu können. Die mehr oder weniger unzugänglichen Bergdörfer, in denen sich Cardones Mörder aufhalten sollte, boten einem Mann, der sich auskannte, Tausende von Schlupfwinkeln. Von der Bevölkerung, auch da machten sich die beiden nichts vor, war kaum Unterstützung zu erwarten.

Niemand würde Bruno Sforzano verraten, zumal er der Neffe des einflussreichen Bürgermeisters von Prizzi war. Im Übrigen bezweifelte d'Aventura, dass sich der Gejagte in seiner Heimatregion verborgen hielt. Er und Venaro hatten in den vergangenen zwei Tagen an die vierzig Zeugen in die Mangel genommen. Ohne Ergebnis. Das Schweigen der Menschen in dieser Region glich dem undurchdringlichen und kalten Winternebel in den zerklüfteten Bergen.

»Diese verfluchte Großfahndung ist eine einzige Farce«, grummelte Commissario Venaro, als er die neuesten Berichte der Suchaktionen auswertete. »Ich möchte wetten, Sforzano hält sich irgendwo in Palermo auf.«

D'Aventura nickte und sah nachdenklich aus dem Fenster. Nebel war aufgezogen, und die ganze Umgebung erschien so grau wie die Erfolgsaussichten. Noch einige Stunden, dann würde die Nacht anbrechen, und er würde die Jagd nach dem Mörder einstellen lassen. Es erschien ihm paradox, die Sinnlosigkeit einer Aktion zu erkennen und sie trotzdem auszuführen.

»Porca Miseria!« D'Aventura schlug mit der flachen Hand so heftig auf den Schreibtisch, dass die Beamten erschrocken auffuhren. Zwei Fahrzeuge waren vorgefahren. Mehrere Perso-

nen mit Filmkameras, Mikrofonen und Lampen quollen aus den Autos.
»Was, um Himmels willen, soll das?«, fauchte der Comandante.
»Presse«, hörte er jemanden auf dem Gang rufen.
D'Aventura griff sich an den Kopf, als vor dem Haus mehrere Männer begannen, mit routiniertem Arbeitseifer Kabeltrommeln auszuladen und Sendeeinrichtungen aufzubauen.
»Die haben mir gerade noch gefehlt!«, herrschte er einen uniformierten Beamten an, der die Tür aufgerissen hatte und zwei Männer einließ.
»Was ist denn hier los?«, fragte Venaro aus dem Hintergrund und nahm sein Computerheadset ab.
Bevor d'Aventura antworten konnte, baute sich ein modisch gekleideter Mann vor ihm auf. »Sandolo von Televisione RAI Uno!«, rief er und deutete auf die Kollegen hinter sich. »Und das sind meine Sendetechniker.« Hinter ihm drängten mehrere Männer mit Koffern und Kabelrollen nach und vervollständigten das Chaos in der Kommandozentrale. »Sie sind der Capo dieser Veranstaltung?«, fragte der Reporter und streckte d'Aventura die Hand entgegen. Dieser schwieg.
»Wir brauchen Licht!«, rief einer der Eindringlinge und wandte sich an den Comandante. »Wo sind die Stromanschlüsse?«
»Raus!«, brüllte d'Aventura mit hochrotem Gesicht und baute sich bedrohlich vor dem Fernsehreporter auf. »Wenn Sie nicht augenblicklich aus diesem Büro verschwinden, schleife ich Sie höchstpersönlich hinaus und stopfe Sie im Bündel in Ihre Scheißkarren!«
Der Kerl vor ihm ließ sich nicht beirren. »Der Bürgermeister von Prizzi, Signore Santorini, hat uns über die Fahndung informiert. Er ist der Meinung, dass die Questura mit unverhältnismäßigem Aufwand den Fernsehmörder Sforzano jagt. Häuser und Wohnungen würden ungerechtfertigt durchsucht, es würde massiv in die Privatsphäre von unschuldigen Bürgern

eingegriffen und deren Persönlichkeitsrechte würden eklatant verletzt. Was sagen Sie dazu?«

»Aha!« D'Aventuras Blick durchbohrte den Berichterstatter von RAI Televisione. »Das sagt Signore Bettino Santorini?«

Der dynamische Medienvertreter im feinen Outfit grinste süffisant. »Unsere Zuschauer haben ein Recht darauf, über den unnachgiebigen Einsatz der Carabinieri auf Sizilien informiert zu werden. Im Übrigen ist Signore Santorini voll des Lobes für Ihr Engagement, wenngleich er nicht einsehen kann, dass man die Bürger dieser Region pauschal wie Verbrecher behandelt.«

D'Aventura starrte den Reporter konsterniert an. »Santorini? Will er uns auf den Arm nehmen?«

»Wieso?«, fragte der Reporter mit ironischem Unterton.

»Unwichtig!«

Sandolo schien irritiert zu sein. »Signore Santorini hat sich bei unserem Sender beschwert, dass Sie mit einem Aufgebot von mehr als fünfhundert Carabinieri sechs Gemeinden der Region in Atem halten.«

D'Aventura lachte gallig auf. »Ein Signore Santorini ruft nicht den Sender an, er ruft Don Romano Grasso an. Und der wiederum unseren allseits bekannten und beliebten Medienmogul und Regierungsvertreter.«

»Interessante Darstellung! Würden Sie diesen Satz vor laufender Kamera wiederholen?«

»Ich will es mal so sagen: Sie gestalten mit Hilfe Ihres Brötchengebers unsere Arbeit hier oben zur Seifenoper um. Ich vermute, Sie sind später auch für die spannenden Wiederholungen in den TV-Sendern zuständig«, erwiderte d'Aventura voller Abscheu.

Sandolo schien die Anspielung zu überhören. »Wir haben uns umgesehen. Sie betreiben, was die Anzahl der eingesetzten Beamten und die schwere Bewaffnung betrifft, einen bemerkenswerten Aufwand, finden Sie nicht? Aber vielleicht geht es dabei um mehr? Sicher werden Sie unseren Zuschauern verraten können, was hinter dieser beispiellosen Aktion steht. Geht es etwa um interne Machtkämpfe der Mafia? Können wir von einem großen Schlag gegen die Paten ausgehen? Immerhin war unseren Recherchen nach der ermordete Cardone ein …«

»Machen Sie mich, verdammt noch mal, nicht wütend!«, schnitt d'Aventura dem Reporter das Wort ab. Seine Stimme hatte eine steinige Kantigkeit angenommen. »Erstens: Sie behindern eine Fahndung. Zweitens: Sie machen sich durch Ihre Berichterstattung der Strafvereitelung schuldig. Und drittens: Sie gehen mir auf die Nerven.«

»Jetzt wollen wir uns aber nicht so wichtig machen, Sie großer, starker Comandante! Oder wollen Sie sich mit der Presse anlegen?«

D'Aventura bedachte den geschniegelten Sandolo mit einem vernichtenden Blick. »Erinnere ich mich richtig? Sie sind nicht zufällig dieser scheinheilige Betroffenheitsquerulant, der Fernsehmorde realitätsnah und blutauthentisch kommentiert?«

»Probeaufnahme!«, brüllte sein Gegenüber den Technikern zu und sein Mienenspiel zeigte unverschämte Arroganz. »Unsere Zuschauer sind stets interessiert, wie Carabinieri mit den Medienvertretern umspringen. Und ja, ich bin der Typ, der unsere Zuschauer über die wahre Dimension grausamer Mafiahinrichtungen aufklärt.« Die Augen des Reporters blitzten vor Stolz.

»Wie war doch gleich Ihr Name?« D'Aventuras Stimme erinnerte an ein aufkommendes Gewitter, das sich jeden Moment entladen kann.

»Rodolfo Sandolo«, erwiderte der geschniegelte Berichterstatter und spreizte seine imaginären Federn wie ein bunter Pfau.

»Hören Sie mir zu, Rodolfo!«, donnerte d'Aventura, so dass sich die Fernsehleute instinktiv duckten. »Vermutlich sind Sie der Meinung, Fernsehzuschauer hätten Anspruch darauf, einen Mord möglichst plastisch mitzuerleben. Und wenn Sie schon so authentisch wie möglich sein wollen, weshalb lassen

Sie sich nicht einfach selbst umbringen? Dann könnten Sie aus eigener Perspektive berichten, wie sich das anfühlt.«
»Schön, dass Sie unseren Bürgern ihren engagierten Befehlston vorführen. Auf diese Weise wird Italien Zeuge Ihres einmaligen Arbeitsstils.«
»Signore Sandolo …« D'Aventura näherte sich dem modisch gekleideten Fernsehreporter bedrohlich. »Sie werden jetzt Zeuge Ihres eigenen Rauswurfs. Wenn die Ratte hinter Ihnen auf den Auslöser drückt, werde ich Sie und Ihre Kumpane verhaften und die Gerätschaften beschlagnahmen. Sie und Ihr Sender bekommen ein Verfahren an den Hals, das sich gewaschen hat.«
»Das glaube ich nicht«, erwiderte Sandolo. »Gericht und Staatsanwaltschaft von Palermo haben der Reportage zugestimmt. Questore Minetti hat sich dieser Entscheidung angeschlossen. Sie können ihn und Procuratore Ponti gleich selbst fragen, sie sind unterwegs hierher.«
D'Aventuras Faust schloss sich mit eisernem Griff um das Jackenrevers des Reporters, und er zog ihn so nah an sich heran, dass sich beinahe ihre Nasenspitzen berührten. Mit gefährlich leiser Stimme raunte er ihm zu: »Bis die offizielle Genehmigung bei mir vorliegt, halten Sie die Schnauze und verschwinden! *Capisce?*«
Venaro war herangetreten und zog seinen Chef zur Seite. »Halte dich zurück, Livio! Das gibt Ärger. Soll sich doch Minetti vor diesen Idioten blamieren!«
»Du hast recht«, entgegnete d'Aventura nach kurzem Überlegen, ließ den kalt lächelnden Reporter los und wandte ihm den Rücken zu.
»Minetti und Ponti müssen gleich hier sein, sie haben gerade angerufen«, flüsterte Venaro.
D'Aventura seufzte. Das war wieder so ein Tag, an dem er am liebsten alles hingeworfen hätte. »Die Sache mit Sforzano ist ohnehin gelaufen. Wenn allerdings Santorini scharf darauf ist,

seinen Ruf als Bürgermeister aufzupolieren, dann werde ich ihm dabei helfen. Machen wir in dieser Gegend ein wenig Propaganda für ihn und seinen Neffen!«
Commissario Venaro lachte amüsiert und sagte leise: »Übrigens, diesen Sandolo kenne ich von früher. Wenn ich mich recht erinnere, war er vor einigen Jahren in eine schmutzige Nuttensache in Milano verwickelt.«
»So sieht er auch aus«, antwortete d'Aventura bissig. Dann wandte er sich an Sandolo: »Gehen wir nach nebenan«, brummte er, zeigte nach rechts und ging voran. Die Fernsehleute folgten ihm. »Wo kommen Sie doch gleich her?«, fragte d'Aventura den Moderator, dem sein tückischer Blick entging.
»Aus Milano«, antwortete Sandolo und begann mit sensationslüsterner Stimme in sein Mikrofon zu sprechen. *»Test ... test ... uno ... due ... tre ...«* Er suchte den Augenkontakt zu seinem Tontechniker. *»Tutto chiaro?«*
Der Mann hob den Daumen.
Sandolos Augen glühten vor Eifer, und er legte los: »Der Mord an Enrico Cardone hat landesweit Entsetzen ausgelöst. Wir befinden uns in Siziliens abgelegener Bergregion, ein Gebiet, in dem scheinbar vor Hunderten von Jahren die Zeit stehengeblieben ist. Die Jagd nach dem Täter ist in vollem Gange. Wir wollen Hintergründe aufzeigen, auch die Betroffenheit der Bürger, wir wollen ganz Italien zeigen, wo Gewalt und Verbrechen zu Hause sind. Comandante d'Aventura ...« Sandolo hielt dem Angesprochenen das Mikrofon unter die Nase.
D'Aventura verdrehte die Augen und verzog das Gesicht, als habe er Rattengift verschluckt. »Kein Kommentar! Schalten Sie das Ding ab! Ist das klar?«
Sandolo schüttelte verständnislos den Kopf, während seine Begleiter die Beleuchtung installierten und die Kamera auf eine improvisierte Sitzecke ausrichteten. »Sie verstehen wirklich nicht, um was es hier geht. Am besten, Sie stellen sich dort

hin ...« Er zeigte auf die Sitzgruppe, ging zu Commissario Venaro und schob ihn mediengerecht in die Szene.

»Lassen Sie gefälligst meinen Mitarbeiter in Ruhe!«, donnerte d'Aventura in den Raum.

Sandolo winkte einige Kabelmonteure herbei, die er anstelle des Carabiniereoffiziers in Szene setzte. D'Aventura beobachtete den Alleinunterhalter mit Abscheu, der wie eine aufgeregte Springmaus hin und her wuselte, Positionen für die Kamera und die Ausleuchtung korrigierte und sich probeweise in Positur stellte.

»Ist Ihnen aufgefallen, Signore d'Aventura«, witzelte der Reporter weiter, »dass das Fernsehen vor einer entscheidenden Trendwende steht? Wenn man den Einschaltquoten und sonstigen TV-Statistiken Glauben schenken darf, werden in absehbarer Zeit mehr Dumpfbacken im Fernsehen sein als vor dem Fernseher. Damit wird das Fernsehen erstmals realistischer sein als das richtige Leben. Und Sie sind dabei!«

»Das sagen ausgerechnet Sie, Sandolo? Einer, der sich nicht scheut, die größten Schweinereien auf dem Bildschirm breitzutreten? Ich frage mich schon seit langem, weshalb man einem Moderator wie Ihnen trauen soll, der seine moralische Betroffenheit aus dem Konsum von Koks und russischen Prostituierten herleitet?«

»Hört, hört!« Sandolo lachte. »Schlagfertig ist der Comandante auch noch!« Trotz des leichten Tons konnte d'Aventura in der Stimme des Reporters so etwas wie Verunsicherung hören. Scheinbar hatte er ihn an einer empfindlichen Stelle getroffen.

Wieder ertönte draußen vom Flur eine Stimme. *»Il Capo ...!«* Sekunden später rauschten Ponti und Minetti mit gewichtigen Mienen in die Kommandozentrale, stiegen über Kabelstränge und duckten sich unter mobilen Beleuchtungsschirmen durch.

»Ah!«, rief Minetti wichtigtuerisch. »Da ist er.« Er deutete auf seinen Kommandanten.

D'Aventura hatte sich auf einen der Sessel fallen lassen, als Staatsanwalt und Questore den Raum betreten hatten. Während Minetti seine Uniform mit beiden Händen glattstrich, seine Bügelfalten kontrollierte und den Glanz seiner schwarzen Schuhe überprüfte, trat Procuratore Ponti an d'Aventuras Seite. »Ich weiß, die Veranstaltung nervt. Tun Sie mir trotzdem den Gefallen, lassen Sie sich nichts anmerken und versuchen Sie, ein freundliches Gesicht zu machen! Wenigstens während des Interviews. Und bitte ...« Der Procuratore sah d'Aventura streng an und sagte leise: »Nur Allgemeines! Keine polizeitaktischen Interna, keine vertraulichen Informationen!« Er lächelte aufmunternd und gab d'Aventura einen vertraulichen Klaps auf die Schulter. »Sie machen das schon!«

»Für wen halten Sie mich?«, begehrte d'Aventura auf.

Sandolo schob sich zwischen die beiden. »Also, Comandante, Sie werden jetzt berühmt«, begann er. »Bevor wir mit dem Interview beginnen, will ich Ihnen kurz den Ablauf erklären. Sie erzählen mir in kurzen Worten ein wenig über die Situation in Sizilien und die Schwerpunkte Ihrer Arbeit. Danach stelle ich Ihnen einige Fragen. Ich kommentiere Ihre Antworten noch einmal. Das Ganze werden wir morgen im Abendprogramm senden. Haben Sie alles verstanden?«

»Und jetzt hören Sie mir einmal genau zu, Rodolfo aus Milano!« D'Aventura machte eine bedeutungsvolle Kunstpause und baute sich bedrohlich vor dem Fernsehmoderator auf. »Die Scheinheiligkeit Ihrer Reportagen übertrifft jeden Horrorfilm – und das alles im Namen journalistischer Pflichterfüllung. Mir graut vor euch Medienmachern ebenso wie vor der Gedankenlosigkeit angeblich zivilisierter TV-Konsumenten.«

Staatsanwalt Ponti war mit wenigen Schritten zu d'Aventura geeilt und zog ihn am Jackenärmel beiseite. »*Madonna mia*, d'Aventura! Nehmen Sie sich zusammen! Erzählen sie ihm etwas Schönes von Sizilien!«

»Er kriegt von mir ganz gratis eine Lehrstunde, was ihn hier in Palermo oder, besser gesagt, in Sizilien erwartet.«

»Da bin ich aber gespannt!« Sandolo, der unbemerkt herangetreten war, lächelte hochmütig. Mit verschränkten Armen wandte er sich seinem Fernsehstab zu, als sei er der Star einer bedeutenden Veranstaltung. »Dann bringen Sie mir mal etwas bei, Comandante!« Seine herablassende Miene, die er dabei aufsetzte, provozierte d'Aventura aufs äußerste.

Wie eine schwere Maschine stampfte d'Aventura zu einem Sessel und ließ sich hineinfallen. Man sah es ihm an, dass er versuchte, seinen Zorn hinunterzuschlucken. Er fingerte in seiner Jackentasche nach einer Schachtel Lucky Strike und steckte sich eine Zigarette an. Gierig inhalierte er den Rauch und blies eine lange Fahne zur Decke.

»Waren Sie jemals in einem dieser Bergdörfer?«, fragte er dann unvermittelt sanft. »Wissen Sie überhaupt, wo Sie sich gerade befinden? Kennen Sie Prizzi, Bisaquino oder Vicari? Haben Sie sich je in Nester wie Corleone, Camporeale oder Cacciomo verirrt? Wenn nicht, dann sollten Sie das schleunigst nachholen.«

»Was ist an den Orten so Besonderes?«, fragte Sandolo aufreizend.

»Nichts. Es sind graue, gesichtslose Bergdörfer zwischen müllübersäten Hängen, umgeben von Betonskeletten angefangener, aber nie vollendeter Schwarzbauten. Verkehrsschilder sind durchsiebt von Schüssen, und an den Brunnen der Dorfplätze zapfen Bewohner ihr Trinkwasser in Kanister oder Flaschen ab. Gelangweilte junge Männer fahren stundenlang mit ihren Mopeds im Kreis umher.«

»Aha«, sagte Sandolo, als verstehe er, was d'Aventura sagen wollte.

»Hier in den Bergen regieren und residieren nach wie vor die Paten. Hier werden Clan-Kriege geboren, die dann in Europa und den USA unter den Familien ausgetragen werden. Denken Sie an die jüngsten Morde in Deutschland. Der Capo einer Familie schickt zwei solche Männer los, die ein Gemetzel in eine Duisburger Pizzeria veranstalten. Diese jungen Männer sind die idealen Handlanger der Mafia.«

»Gibt es noch andere Beispiele?« Sandolo schien von d'Aventuras Schilderung begeistert und hielt ihm das Mikrofon unter die Nase.

»Ich habe es in Prizzi und anderswo selbst erlebt«, fuhr d'Aventura fort. »Dort gibt es Schulkinder, die mit kugelsicherer Weste Schmiere stehen, und Notärzte, die sich nicht trauen, Schussverletzte von der Straße zu bergen – aus Angst, die Killer könnten zurückkommen. Ganze Regionen werden von der Mafia regiert. Sie sorgt für Wasser- und Stromanschlüsse, sie bestimmt, wer die nächste Gemeinderatswahl gewinnt. Schutzgeldzahlungen gehören zum akzeptierten Alltag. Sagen Sie das Ihren Zuschauern!«

»Weshalb lässt sich daran nichts ändern?«

D'Aventura warf Sandolo einen verächtlichen Blick zu. »Sie sind Mailänder! Schon deshalb werden Sie uns Sizilianer nie verstehen. Wir denken und fühlen anders als ihr aus dem arroganten Norden. Wir sind anders. Wir sind das Salz der Erde.«

»Jetzt machen Sie einmal einen Punkt!«, blaffte der Questore dazwischen. »Sizilien ist Italien!«

»Abgesehen davon«, schaltete sich Sandolo wieder ein und deutete mit dem Kinn in Richtung Commissario Venaro, »wo kommt eigentlich Ihr Mitarbeiter her? Mit dieser Haarfarbe ist er ebenso wenig Sizilianer wie ich.«

»Lassen Sie sich von meinen roten Haaren nicht irritieren! Ich stamme aus Agrigento«, konterte der junge Commissario ohne eine Miene zu verziehen.

»Sie mögen es für Gefühlsduselei halten, Signore Sandolo«, mischte sich d'Aventura wieder ein, »ob rothaarig oder nicht, die brennende Sonne, die einsame Hochebenen austrocknet, sie karg und feindlich macht, die Menschen zur Härte zwingt, aber auch zur Heiterkeit, so dass sie mit ihrer Fröhlichkeit die Straßen Palermos beleben – all das spiegelt unseren Charakter wider. Und dazu gehören auch die Grausamkeiten, die manche ihren Mitmenschen zufügen.«

»Was soll das? Gehört das zum Thema?«

»Ich wollte Ihrer Sendung einen anspruchsvolleren Rahmen geben als den üblichen«, knurrte d'Aventura. »Erst wenn Sie das verstanden haben, können Sie Ihren Zuschauern vermitteln, welch widersprüchliche Realitäten zum unermesslichen Reichtum der Paten führten.«

D'Aventuras Augen verrieten die glühende Liebe zu seiner Heimat, die selbst Minetti für einen kurzen Augenblick zu beeindrucken schien. Und ehe Sandolo nachdenken konnte, fuhr der Comandante fort: »Auch wenn wir Cardones Mörder hier oben suchen, es geht nicht in erster Linie um ihn; es geht um den Auslöser dieses Verbrechens.«

»Das ist interessant. Sagen Sie unseren Zuschauern: Was für ein Typ ist Sforzano?«

»Mehrfach vorbestraft, bislang nur unbedeutende Vergehen bis auf einen ungeklärten Raubüberfall vor zwei Jahren. Das Verfahren endete mit Freispruch, weil sich gewichtige Zeugen meldeten, die ihm ein Alibi verschafften. Bürgermeister Santorini zum Beispiel ...«

Sandolos Augen blitzten auf. »Ist der Bürgermeister möglicherweise selbst ...?«

Minetti schaltete sich ein und unterbrach den Reporter. »Signore Santorinis Rolle gehört nicht hierher! Er ist ein ehrenwerter Mann! Der Bürgermeister von Prizzi ist Parteivorsitzender und einer der wichtigsten Arbeitgeber der Insel.«

»Das weiß er doch längst.« D'Aventura deutete auf den Fernsehmoderator. Dann fuhr er ironisch fort: »Santorini ist eine integre Persönlichkeit, und selbstverständlich gibt es in der Partei der Vereinigten Rechten keine Korruption. Hat es auch noch nie gegeben. Nie käme ich auf den Gedanken, ein Bürgermeister könnte etwas Unrechtes tun. Deshalb ist es auch völlig normal, wenn ein Don Santorini nahezu eine Million Wählerstimmern für die Vereinigte Rechte kauft. Woher das Geld kommt, hat uns Polizisten schließlich nichts anzugehen.«

»Also handelt es sich hier um einen Skandal mit politischer Brisanz?«

»Hier handelt es sich um gar nichts«, brüllte Minetti außer sich vor Zorn. »Ersparen Sie uns Ihren penetranten Zynismus«, fuhr er d'Aventura an, und zu Sandolo gewandt zischte er: »Das wird nicht gesendet.« Wieder galt sein Unmut d'Aventura: »Hat Signore Santorini Ihnen eine Quittung gezeigt? Sind Sie verrückt, hier so etwas zu behaupten?«

Dann wandte er sich abermals an Sandolo: »Comandante d'Aventura ist manchmal ein wenig ruppig. In seinem Eifer trifft er nicht immer den richtigen Ton. Sehen Sie ihm das nach! Ansonsten ist er ein hervorragender Kriminalist. Der Bürgermeister von Prizzi, Signore Santorini, aber, und das möchte ich betonen, ist über jeden Verdacht erhaben.«

»Ja, ja …!« D'Aventura lachte. »Wenn er könnte, würde er den Betrag für den Kauf der Stimmen als Kosten bei der Steuer geltend machen. Wollen Sie etwa bestreiten, dass die Partei der Mafia den Boden bereitete, um sich neue Geschäftsfelder zu erschließen? Inzwischen tummeln sich die ehrenwerten Signori im internationalen Waffenhandel ebenso erfolgreich wie bei der Vermarktung von Drogen und der Ausplünderung von EU-Fördertöpfen.«

»*Madonna mia*«, jammerte Minetti und blickte demonstrativ gen Himmel, als wolle er dort um Hilfe bitten. »Um Gottes willen, senden Sie das bloß nicht«, bat er Sandolo, und an d'Aventuras Adresse gerichtet sagte er halblaut: »Bleiben Sie auf dem Teppich! Die Partei ist nicht schuld daran, das es Typen wie Cardone oder Sforzano gibt!«

Staatsanwalt Ponti, der sich bislang im Hintergrund gehalten hatte, konnte sich ein zustimmendes Grinsen nicht verkneifen, machte aber – von den anderen unbemerkt – eine Handbewegung, die d'Aventura signalisieren sollte, er möge sich ein wenig bedeckter halten.

Dieser warf Ponti einen ärgerlichen Blick zu und nahm Sandolo erneut ins Visier. »Um auf Ihre Frage zurückzukommen, Sforzano ist einer der gelangweilten und perspektivlosen Männer. Er stammt, wie gesagt, hier aus der Gegend und ist hier groß geworden. Und wie Sie sicher bemerkt haben, stehen hier keine Häuser, sondern es hängen Schwalbennester in den Felsen. In tausend Meter Höhe krallen sie sich in den Steilhang, und nur Touristen kämen auf die Idee, diese traurigen Behausungen mit dem Begriff pittoresk zu beschreiben. Wenn Sie nach Prizzi, Giuliana oder Campofelice fahren, sich dort umsehen und nach dem Mörder Sforzano fragen, kriegen Sie eine Gänsehaut, denn die Menschen sind so verschlossen und abweisend wie eine Betonmauer.«

»Woher Sforzano auch immer stammen mag«, wetterte Minetti, »wir werden ihn schnell haben, Signore Sandolo. Dann ist die Sache abgeschlossen. Verhör, Aussage, Geständnis, Gefängnis. So läuft das und nicht anders.«

D'Aventura zog unwillig seine Augenbrauen zusammen. Die überhebliche Selbstherrlichkeit des kleinen Wichtigtuers ging ihm auf die Nerven, und es kostete ihn sichtlich Überwindung, ruhig zu bleiben. »Wie kommen Sie zu dieser Mutmaßung, verehrter Questore? Sie wissen ja, wer Sforzanos Onkel ist.«

»Das ist mir offen gestanden einerlei. Der Mörder steht fest. Die Fahndung nach ihm läuft auf vollen Touren, oder irre ich mich?«

»Der Onkel heißt Santorini. Sforzano hat auf idiotische Weise die ehernen Gesetze der Mafia gebrochen. Er war so dämlich, sich filmen zu lassen, während er Cardone die Luft abdrehte. Damit dürfte ziemlich klar sein, dass wir ihn nicht finden

werden – jedenfalls nicht lebend. Onkel Santorini wird das wahrscheinlich persönlich in die Hand nehmen.«
Sandolo starrte d'Aventura verblüfft an. Zum ersten Mal schien er von den Worten des Comandante beeindruckt. »Tatsächlich?«
»Tun Sie doch bitte nicht so naiv!« D'Aventura drückte seine aufgerauchte Zigarette im Aschenbecher aus und seufzte schwer.
»Aber das kann ich so nicht senden, Signore d'Aventura!«
»Das sollen Sie auch nicht!«, antwortete der Comandante brüsk. »Stattdessen können Sie meine Meinung zu dem ganzen Fall Ihrem werten Publikum durchaus zum Besten geben. Der kleine Dreckskerl hat einen Mann umgebracht, der für die ehrenwerte Gesellschaft die Finanzen geregelt hat und möglicherweise ein wichtiger Zeuge gewesen wäre. Wir hätten mit ihm die Mafia empfindlich treffen können. Keine Ahnung, was in Sforzanos dämlichem Hirn vorgegangen ist, als er sich hat filmen lassen. Vielleicht dachte er, auf diese Weise ein großer Fernsehstar zu werden, so nach dem Motto: Ich bewerbe mich in der neuen Reality-Show. Italien sucht den geilsten Supermörder! Das sind doch im Augenblick die Quotenrenner Ihres Senders, nicht wahr?«
»Sie sind verrückt, d'Aventura!«, raunzte Minetti.
»Bin ich nicht«, erwiderte d'Aventura wütend. »Sehen Sie sich unsere Unterhaltungssendungen einmal an! Einige Sender in unserem Lande sind politisch sanktionierte Zwangsverblöder. Sie beginnen mit der Ignoranz gegenüber dem Humanpotenzial und enden mit der Vernichtung des Humankapitals, indem sie mit ihren Shows das Niveau zurückgebliebener Schimpansen unterschreiten.« Sein Blick traf den seines sprachlosen Vorgesetzten. Und weil er gerade so in Fahrt war, ließ er seiner Frustration freien Lauf: »Sicher werden Sie mir wieder vorwerfen, ich würde übertreiben. Aber mit bösem Zynismus schützt sich der desillusionierte Mensch vor der Resignation,

so sagt man doch. Und anders kann ich die Menschheit manchmal kaum noch ertragen.«

D'Aventura atmete tief durch. Es war gesagt, was er sagen musste. Anderenfalls wäre er erstickt. Jetzt suchte er in seinen Zetteln, die er aus der Tasche gezogen hatte, nach einer Notiz.

»Sehen wir uns das wahrscheinliche Motiv an! Mit dem Mord an Cardone hat man verhindert, dass die Finanzpolizei ein Wirtschaftsverbrechen nachweisen kann. Wir müssen nun befürchten, dass sämtliche Beweise vernichtet werden. Der Mord wird jedenfalls nicht ohne Folgen bleiben. Santorinis Männer werden Bruno Sforzano über kurz oder lang an irgendeiner Großbaustelle in einen Betonsockel gießen, wenn wir ihn nicht vorher einfangen.«

Sandolo warf seinem Kameramann einen begeisterten Blick zu. »Haben wir das im Kasten?«, rief er. Letzterer nickte nur und grinste genüsslich, während Minetti seine Backen aufblies und die Luft geräuschvoll aus seinem gespitzten Mund entwich.

Der Questore sprang auf. »Jetzt ist es aber genug!«

Auch Ponti hatte sich erhoben. Lächelnd kam er auf Sandolo zu. »Das Interview ist beendet, Signori. Sie können gerne noch ein paar Außenaufnahmen in den Bergen machen. Alles Weitere hören Sie von unserer Presseabteilung.«

Enttäuscht packten die Herren vom RAI zusammen, und nach wenigen Minuten waren Venaro, Minetti, Ponti und d'Aventura wieder unter sich. Das Gesicht des Questore erinnerte an einen roten Luftballon, der jeden Augenblick zu platzen droht. Nur die Anwesenheit Pontis brachte ihn dazu, seine Stimme in Zaum zu halten. »Wissen Sie, Comandante«, raunzte er ungnädig, »Prognosen sind eine schwierige Sache. Im Übrigen entbehrt Ihre These zum Motiv jeder Grundlage. Ich habe es Ihnen schon einmal gesagt: Sie stützen sich ausschließlich auf Mutmaßungen. Hätte, könnte, wäre! Mehr haben Sie nicht im

Köcher. Glauben Sie, die vom Fernsehen kriegen das nicht mit?«

D'Aventura wandte sich sichtlich genervt an Venaro, der bislang geschwiegen hatte. »Emilio, er begreift es nicht! Erkläre dem verehrten Questore, was unser eigentliches Problem ist!«

»Nun ja ...«, begann Venaro umständlich. »Ich weiß nicht, wo ich anfangen soll. Es gibt zwei wesentliche Blickwinkel. Wir sind nicht einen, sondern meist zwei Schritte zu spät. Die Mafia hat in Italien die Verwaltungen, die Medien und die Parteien infiltriert, dazu die Rechte, aber auch Teile der Linken. Sie spukt nicht nur in den Köpfen der kleinen Leute, wie man gerne glauben will, sie sitzt an den Schaltstellen der Macht. Gekaufte Politiker haben ein großes Interesse daran, dass es bleibt, wie es ist, weil sie abhängig und erpressbar sind. Und deshalb sind wir davon überzeugt, dass man die Paten vor einer Durchsuchung der Geschäftsräume in Premeno gewarnt hat. Das Gleiche gilt für die Fahndung hier. Sforzano war längst gewarnt, als wir hier in Caltabellotta anrückten.«

»Sie übertreiben, Venaro«, fuhr Minetti dazwischen.

»Ich übertreibe keineswegs. Es geht um zu viel Geld, um Reputation, Karrieren und Einfluss. Besitzstände werden mit allen Mitteln verteidigt. Ich will nicht ausschließen, dass es auch mutige Beamte, Politiker, Journalisten und Geschäftsleute gibt, aber die Grenzen verschwimmen. Die Mafia ist seit einigen Jahren unsichtbar geworden. Eine Realität, die nur wenige der Verantwortlichen zur Kenntnis nehmen wollen.«

»Haben Sie das gehört, d'Aventura?«, giftete Minetti wie eine kleine Viper, »Venaro ›will nicht ausschließen‹! Was für einen Kerl haben Sie da an Ihrer Brust genährt? Der redet wie Sie!«

Der Questore schritt zum wiederholten Male in zackig strammer Haltung den Raum ab, machte eine plötzliche Kehrtwendung und reckte in unbeabsichtigter Nachahmung sein Duce-Kinn vor. Mit durchdringendem Blick fixierte er seinen Comandante.

Venaro bekam einen Lachanfall. »*Mama* d'Aventura«, prustete er und schlug sich vor Vergnügen mit der Hand auf die Schenkel.
»*Chi presto decide talvolta più presto si pente!*«, frozzelte d'Aventura und raunte Venaro zu: »Fehlt nur noch das Hackenknallen und der Faschistengruß.«
»Ich darf wohl bitten«, fuhr Staatsanwalt Ponti dazwischen. »Halten Sie sich mit Beleidigungen zurück, d'Aventura! Ich kann Ihre Frustration sehr gut verstehen, aber was zu weit geht, geht zu weit.«
Der Questore hatte d'Aventuras Bemerkung anscheinend überhört. »Ich brauche von Ihnen keinen Ratschlag«, sagte er, »was ich wann und auf welche Weise bewerten muss.« Dann richtete er das Wort an Venaro, der augenblicklich ernst wurde. »Sie übertreiben genauso wie unser lieber d'Aventura. Was bitte sollen Ihre Ausführungen beweisen? Sie versuchen mir mit blumigen Worten Gesellschaftskritisches zu verkaufen. Ich wette, Sie werden mir gleich eine ähnlich rührende Geschichte aus den Bergen erzählen wie Ihr Chef.«
»Die Geschichte ist nicht so rührend, wie es sich anhört. Dafür genauso interessant, weil es da noch eine andere Seite gibt.«
»Sie spannen mich auf die Folter, werter Venaro. Lassen Sie mich an Ihren Gedanken teilhaben!«
»Es sind die Frauen, die uns gerade bei Verbrechen wie im Mordfall Cardone erhebliche Probleme bereiten. Sie hüten die Geheimnisse der Mafia. Sie sind es auch, die ihre Söhne decken und schweigen, und sie entscheiden, ob eine Vendetta weitergeht oder nicht. Mütter greifen heute machtvoller denn je ins Geschehen ein und lassen sich eher umbringen, als ihre Männer und Söhne zu verraten. Bei einem Kerl wie Cardone, der möglicherweise zur Gefahr für die Existenz vieler wird, nehmen die Frauen, wenn auch trauernd und leidend, sogar die Verhaftung ihrer Söhne hin. Sie stiften zwar in der Kirche Kerzen, wenn ein Verräter rechtzeitig das Zeitliche segnet,

erfahren werden Sie bei Ihren Ermittlungen trotzdem nichts. Und nicht zuletzt aus diesem Grunde werden wir hier ohne Ergebnis abrücken.«

»Lassen Sie es mich weniger theoretisch ausdrücken«, unterbrach d'Aventura seinen jungen Assistenten und wandte sich an seinen Chef. »Hier oben gibt es für uns keine Arbeit. Wenn es Streit gibt, sieht man ihn nicht. Kein Mensch ruft die Polizei. Noch weniger wenden sich die Betroffenen an die Gerichte, die zehn oder zwanzig Jahre benötigen, um eine Auseinandersetzung zu regeln. Der Boss vor Ort regelt das an einem Tag. Alles ist miteinander verflochten. Überlegen Sie, Minetti, da drücken zwei Schüler nebeneinander die Schulbank. Der eine wird Polizist, der andere wird Mafioso. Was glauben Sie, wie die Dinge laufen, wenn es einmal Schwierigkeiten gibt?« D'Aventura machte eine kleine Kunstpause. »Man hilft sich gegenseitig. Und insofern hängen scheinbar völlig banale Vorgänge in den Bergen ganz unmittelbar mit den Einnahmen aus Schutzgeldern, Prostitution, Drogenverkauf einerseits und mit der Korruption und der Geldwäsche andererseits zusammen.«

»Ich weiß selbst, dass die Situation schwierig ist«, entgegnete Minetti ärgerlich. »Aber Herausforderungen muss man annehmen, man muss Lösungen erarbeiten und sich für die Sache einsetzen. Und unsere gegenwärtige Herausforderung heißt: Verhaftung dieses Sforzano, damit er aussagen kann, sofern es in dieser Richtung etwas zum Aussagen gibt. Und wenn Sie sich ausschließlich darum kümmern, werden wir auch erfolgreich sein.«

Der Comandante lachte bitter auf. »Diese Worthülsen kenne ich, seit ich bei der Polizei Dienst tue. Ich sage Ihnen, wie solche Lösungen aussehen. Sie werden in aller Regel in Büros wie in diesem hier ausgesessen.«

Minetti zog ein Gesicht, als habe er auf eine Zitrone gebissen, während Ponti im Hintergrund schweigend den Disput verfolgte und sich seine eigenen Gedanken zu machen schien.

»Nehmen wir den aktuellen Vorgang!«, spann d'Aventura seinen Faden weiter. »Die öffentliche Hinrichtung dieses Rechtsanwaltes hat einen Sturm der Entrüstung hervorgerufen und sich wenige Minuten nach der Ausstrahlung zum Politikum ausgeweitet. Gerade die Politiker, die sich gefährdet fühlen, verbreiten nun mediengerecht besagte Worthülsen, stecken aber selbst tief im Korruptionssumpf. Haben Sie es gesehen? Unser Innenminister hat im Fernsehen wieder einmal eine gute Figur gemacht!«

»Sie sind anmaßend und unverschämt, d'Aventura! Wenn Sie unterstellen wollen, dass unser verehrter Herr Minister selbst ...« Minetti griff sich erregt an die Stirn. »Sie sind völlig verrückt geworden, d'Aventura. Das kann Sie den Kopf kosten.«

»Und wenn schon! Ich bin, seit ich denken kann, der Meinung, dass man mit einem monströsen Ego nur in die Politik oder zur Bühne gehen kann. Sehen sie sich die ehrenwerten Signori auf der politischen Ebene an!«

»Treiben Sie es nicht auf die Spitze«, keifte Minetti außer sich vor Zorn, »sonst werde ich Sie auf der Stelle suspendieren!«

»Etwas Besseres fällt Ihnen nicht ein? Lassen Sie mich gefälligst meine Arbeit tun, und bleiben wir bei unserem Beispiel! Arbeitsgruppen und Sonderkommissionen werden gebildet, Politiker loben die exzellente Zusammenarbeit in der Ermittlungsbehörde. Die Carabinieri vor Ort dagegen haben schwere Augenleiden und unerklärliche Gehbehinderungen bei der Suche nach den Verbrechern. Stellt sich versehentlich heraus, dass der Mord nur die Spitze des Eisbergs ist, kann sich unser oberster Staatsanwalt in Rom plötzlich des Gedankens nicht erwehren, dass Strafe mehr schadet als das Verbrechen selbst, und bläst die Durchsuchung einer Rechtsanwaltskanzlei der Mafia ab.«

»Sehen Sie sich vor, was Sie sagen«, brüllte Minetti. »Sie reden sich um Kopf und Kragen.«

D'Aventura steckte sich erneut eine Zigarette an und schaute seinem Vorgesetzten ungerührt in die Augen. Zorn und unbeugsamer Wille sprachen aus seiner Miene.
Mit kalter Stimme fuhr er fort: »Schlimm genug, dass ein TV-Sender ein anonym zugespieltes Video ausstrahlt und das Drama mit tendenziösen Kommentaren anreichert. Was tut man nicht alles für Quoten! Ist es nicht wundervoll, wenn das aufzuklärende Volk vor den heimischen Bildschirmen miterleben darf, wie Berichterstatter mit unschlagbarer Wichtigtuerei ihrer Aufklärungspflicht nachkommen? Wissen Sie, was ich bei der Vorstellung empfinde, wenn in überfüllten Restaurants *spaghetti alle vongole* aufgetragen werden, während gleichzeitig eine blondgefärbte Kommentatorin mit sensationsgeladener Stimme quasi den gelungenen Tomatensugo mit Blut und Tod verfeinert? Verbrechen als Unterhaltungssendung, das ist einfach zum Kotzen! Vor allem lenkt es von den wahren Problemen ab.«
»Unsinn! Ich hoffe, Sie haben ihren Vortrag in Sachen Ethik beendet«, fuhr Minetti mit triefendem Spott dazwischen. »Wollten Sie mir nicht Lösungen anbieten? Tun Sie sich keinen Zwang an, ich bin ganz Ohr!«
»Alles zu seiner Zeit«, presste d'Aventura über die Lippen. »Nach dieser spektakulären Exekution werden unsere Politiker als Zeichen großen Engagements zwei nagelneue Polizeiautos nach Caltabellotta schicken, aber nicht bevor sie die TV-Sender informiert haben. Schließlich sollen die Wähler erfahren, was man alles tut, um die Sicherheitskräfte bei der Jagd nach einem Mörder zu unterstützen. Leider ist zu befürchten, dass die Beamten hier oben nicht sehr motiviert sein werden, mit den neuen Polizeiautos nach Bruno Sforzano zu fahnden. Denn immerhin wäre zu befürchten, dass der Festgenommene den Hinweis auf einen Auftraggeber liefert. Und nun, verehrter Signore, werde ich mich ganz pragmatisch den Lösungen widmen.«

D'Aventura wuchtete seinen massigen Körper aus dem Sessel, gab seinem Assistenten einen Wink und verließ gemeinsam mit ihm den Raum.
»Fahren wir nach Hause!«, brummte er.

Eine knappe Stunde später erreichten d'Aventura und Venaro die Direktion der Antimafiabehörde in Palermo. Schweigend betraten sie das Dienstgebäude.
»Kommst du noch mit?«, fragte der Comandante vor der Tür des Kommissariats.
»Gleich«, murmelte Venaro entschuldigend. »Ich muss erst pinkeln.«
D'Aventura nickte und betrat das Vorzimmer, in dem um diese Zeit niemand mehr arbeitete. Wütend schlug er die Tür hinter sich zu, warf sein Jackett über den Stuhl, ging zum Fenster und riss beide Flügel weit auf. Er beugte sich hinaus und blickte missgelaunt hinunter auf die Straße. Wie er vorausgeahnt hatte, die Suchaktion war ein Schlag ins Wasser und hatte seiner Meinung nach eher geschadet als genutzt.
Eine gleißende Perlenkette von Scheinwerfern fraß sich zur Piazza Principe di Camporeale, einer der Hauptverkehrsachsen Palermos. Stimmen junger Leute vermischten sich mit dem Lärm knatternder Mopeds und aufheulender Motoren. In den schwarzen Häuserblöcken, deren glatte Giebel sich am düsteren Himmel wie Scherenschnitte abzeichneten, wirkten die erleuchteten Fenster wie trübe Augen. Der Anblick rief bei d'Aventura eine Art melancholische Bitterkeit hervor. Er fühlte sich plötzlich unendlich müde und abgespannt. Am liebsten wäre er nach Hause gegangen. Aber dort wartete niemand auf ihn.
Seine Frau hatte ihn vor Jahren nicht nur aus Angst vor der Mafia verlassen, sondern weil sie auch seinen beruflichen Ehrgeiz nicht mehr ertragen konnte. Seine Vision, den Kampf gegen die Ehrenwerte Gesellschaft eines Tages zu gewinnen,

hatte ihn einsam gemacht, unfähig zum partnerschaftlichen Dialog, verbissen und hart. Die Aussicht, in einer leeren, stillen Wohnung vor der Glotze zu sitzen, machte ihn nicht fröhlicher. Und wenn er daran dachte, dass er im Fall Cardone keinen Schritt weitergekommen war, hätte er sich am liebsten einen angetrunken.

Premeno

P*orca miseria!* Kann der Kerl nicht fahren? Cardone bremste scharf ab, hielt am äußersten Straßenrand an und zog die Handbremse.

Ausgerechnet an der steilsten Stelle der Auffahrt nach Premeno kam ihm ein schwerbeladener Lkw entgegen und rangierte in der Spitzkehre. Zentimeter um Zentimeter mahlten sich die Zwillingsreifen des Ungetüms in den weichen Untergrund der Bankette und näherten sich bedrohlich dem senkrecht abstürzenden Hang. »Wenn er so weitermacht, ist er schneller im Tal, als ihm lieb ist«, knurrte Cardone und schüttelte den Kopf. Mit einem Zischen stellte der Fahrer die Druckluftbremse fest, sprang aus dem Führerhaus und ging um sein Fahrzeug, um nachzusehen, wie weit er noch zurückfahren konnte. Auf dem Rücken seines dunkelroten Overalls leuchtete die Firmenaufschrift: *»Distruggi documenti professionali«*.

Ich möchte wissen, was der mit seinem Aktenvernichter hier oben will, dachte Cardone ungeduldig und trommelte nervös mit den Fingerspitzen aufs Lenkrad. Endlich bestieg der Fahrer wieder seinen Laster und stieß einen Meter zurück. Eine schmale Lücke tat sich auf. Cardone ließ die Kupplung hart kommen, und sein alter Fiat schoss mit aufheulendem Motor an dem Hindernis vorbei. Einige Serpentinen noch, dann würde er das Dorf auf dem Plateau erreichen.

Schnell näherte er sich der letzten Kuppe, die für einen Augenblick im juliblauen Nichts endete. Abrupt nahm er den Fuß vom Gas. Premeno! Mit kreischenden Reifen lenkte er seinen Wagen über die Piazza Centrale und parkte zwischen zwei Platanen direkt vor einer niedrigen Steinmauer.

Für einen Augenblick verharrte er im schäbigen Polster seines Wagens, dann stieg er aus. Er fühlte sich elend und schuldig zugleich. Enricos Tod erfüllte ihn mit Trauer und Wut, in die sich Bilder von Rosanna mischten. Die Erinnerung an die anregende Stunde mit ihr auf der Piazza Maggiore in Bologna drängte sich immer wieder in den Vordergrund.

Noch während er den Wagen abschloss, beobachtete er aufmerksam seine Umgebung, als rechne er damit, verfolgt zu werden. Sein Blick streifte über eine Gruppe alter Männer, die sich auf einer Parkbank in der überschatteten Grünanlage des Dorfes angeregt unterhielten. Sie kümmerten sich nicht um ihn genauso wenig wie der zottelige Straßenköter, der mitten auf der Piazza dösend in der Sonne lag. An der im milchigen Dunst liegenden Bergkette auf der gegenüberliegenden Seite des Lago Maggiore rissen sich letzte Wolkenfetzen des nächtlichen Unwetters von den Felsspitzen los, und die Sonne warf breite Lichtbalken auf den See. Es würde ein heißer Sommertag werden.

Mit schnellen Schritten näherte sich Cardone den mittelalterlichen Bruchsteinhäusern von Premeno. *»Centro storico«* war auf einem Wegweiser zu lesen. Der grandiose Blick über die dicht bewaldeten Steilhänge und die sattgrünen Wiesen hinunter auf den See berührten ihn auf eine seltsame Weise. Seine Gedanken verknüpften die Gegenwart mit der weit zurückliegenden Vergangenheit aus Kindertagen. Jedes Haus und jeder Baum waren ihm vertraut und doch wieder fremd. Auch die kleine Cafébar am Ortseingang, deren Tür weit offen stand. Stimmen der Gäste drangen an sein Ohr. Er tauchte in die enge Gasse zwischen den Häusern ein, deren grobe Steinfassaden im Himmelsspalt scheinbar zusammenwuchsen. Obwohl die Neuzeit mit ihren Errungenschaften längst auch hier eingezogen war, auf den ersten Blick schien die Zeit vor hundert Jahren stehengeblieben zu sein.

Das grelle Sirren einer Bandsäge drang aus einem offenen Tor und vereinigte sich mit dem Stakkato eines aufgeregten Radiosprechers. Im Halbdunkel der Gasse hockte ein Greis geduckt

auf einem Schemel vor seiner Werkstatt. Cardone warf im Vorbeigehen einen Blick ins Innere. Bilder aus seiner Jugendzeit standen ihm wieder vor Augen. Es hatte sich seither kaum etwas verändert. Wie schon vor dreißig Jahren war die Schusterwerkstatt immer noch das gleiche düstere Loch, aus dem der Geruch von gegerbtem Leder, Schuhleim und modrigem Schimmel kroch.
Cardone nickte dem Alten einen Gruß zu und bog in die Via Santa Magdalena ein. Über seinem Kopf flatterte frisch gewaschene Wäsche. Er lächelte, als er einen Blick durchs trübe Schaufenster des Ladens warf, den Signora Petrelli seit einer kleinen Ewigkeit betrieb. Es schien ihm, als habe sie die Dekoration seit Gründung des Geschäftes nie mehr geändert. Auch heute noch konnte man bei ihr Blumenvasen, Lockenwickler, Nachthemden, Einweckgummis, Büstenhalter und so nützliche Dinge wie Sechskantschrauben oder Taschenlampen erstehen. Gleich daneben lag die Bäckerei von Puzzano und gegenüber Silvio Galettas Metzgerei. Die beiden Kaufleute standen auf der Gasse vor ihren Ladentüren und unterhielten sich, satte Zufriedenheit in den Mienen. Ungesehen war schon vor zwanzig Jahren niemand an ihnen vorbeigekommen, selbst wenn es regnete.

»*Salve* Roberto!«, murmelte Puzzano, der den dunkelhaarigen, großgewachsenen Mann entdeckte. In der Stimme des beleibten Bäckers lag voyeuristische Neugier. »Mein Beileid! Eine furchtbare Sache! Ich hab es vorgestern im Fernsehen mitgekriegt. Einfach furchtbar! Es muss ein schwerer Schlag für dich sein.«
Cardones feine Gesichtszüge wirkten angespannt. »Ja, furchtbar ...«, erwiderte er knapp und beschleunigte seinen Schritt.
»Wie kann man nur mit einer solchen Grausamkeit leben«, bemerkte Galetta mitfühlend. Cardone winkte nur ab, ging zügig weiter und presste die Lippen zusammen. Keinesfalls wollte er

sich ein Gespräch aufzwingen lassen, schon gar nicht auf der Straße, wo sich in Windeseile viele Neugierige einfinden würden.

»Traurig! Wenn man sich nach Jahren wieder begegnet, ist der Anlass entweder ein Todesfall oder eine Hochzeit«, brummelte Puzzano seinem Nachbarn zu. »In dessen Haut möchte ich nicht stecken.«

»Wo du recht hast, hast du recht«, pflichtete ihm Galetta bei und wandte sich an eine Kundin, die mit einer prallgefüllten Einkaufstasche aus der Ladentür trat. *»Grazie e arrivederci, Signora.«*

Cardone hatte die mit groben Kieseln gepflasterte Gasse hinter sich gelassen. Der Duft von Rosmarin und Lavendel durchdrang die Luft, und der Besucher atmete ihn tief ein. Er verlangsamte seine Schritte und blieb vor einem ehemals herrschaftlichen Haus stehen. Wie ein kleiner Palazzo stand das Anwesen auf einer Anhöhe, umgeben von einem weitläufigen Park. Das üppige Blättermeer alter Glyzinien rankte sich entlang der Fassade, überwucherte Simse und Traufen und gab dem Gebäude einen typisch mediterranen Charme. Die Sonne hatte über die Jahre die grau getünchte Front porös werden lassen. An vielen Stellen bröckelte der Putz und gab den Blick auf grob zusammengefügte Bruchsteine frei.

Oft hatte Cardone seinen Bruder in der Kanzlei nicht besucht. Meist waren sie in der kleinen Cafébar neben der Kapelle Sant' Andrea Apostolo verabredet. Er erinnerte sich an sein letztes Treffen mit Enrico. Es lag viele Jahre zurück. Völlig überraschend hatte Enrico ihn gebeten, nicht mehr in die Kanzlei zu kommen, auch nicht nach Premeno. Einen Grund hatte er nicht genannt, und Roberto hatte auch nicht gefragt. Es wäre sinnlos gewesen. Der Ton, in dem sein Bruder ihn gebeten hatte, sich künftig unten am See in Baveno oder Stresa zu treffen, hatte ihn abgehalten, tiefer in Enrico zu dringen. Der hatte ihn spüren lassen, dass er sich wegen ihm schämte, wegen ihm und

seiner armseligen Schriftstellerexistenz, wie er sich einmal ausdrückte. Aber an jenem Tag sprach aus seiner Stimme nicht Scham, sondern etwas Beunruhigendes, eine diffuse Angst, die für Roberto nicht greifbar gewesen war. Dennoch, Enrico hatte ihn damit zutiefst verletzt. Auch wenn Roberto ihm nie verzeihen konnte, er respektierte den Wunsch seines älteren Bruders. Umso mehr litt er nun darunter, dass er ihn nicht noch einmal vor seinem Tod hatte sehen können. Nicht einmal in Palermo hatte man ihm die Möglichkeit gegeben, von Enrico würdevoll Abschied zu nehmen.
Abgewimmelt hatte man ihn. Die Polizeibeamten und auch der Staatsanwalt Ponti hatten ihn mit entwürdigendem Misstrauen behandelt. *Una faccia, una razza*, sagt man in Italien – ein Gesicht, eine Rasse –, wenn man alle Mitglieder einer Familie über einen Kamm scheren möchte, und dementsprechend hatte man ihn mit feindlichem Argwohn abgefertigt. Auch der Zutritt ins gerichtsmedizinische Institut war ihm kategorisch verweigert worden. Er könne seinen Bruder sehen, wenn die Leiche behördlicherseits freigegeben wurde, wann immer das sein mochte. Auch ein hoher Carabiniereoffizier in der Questura war nicht bereit gewesen, ihm nähere Auskunft über die Mordtat zu geben. Man stecke mitten in der Ermittlungsarbeit, und es bestehe strikte Nachrichtensperre. Palermo erwies sich für ihn als eine Mauer, an der seine Fragen und seine Trauer wirkungslos abprallten.
Zutiefst schockiert hatte er in der Via Albergheria an dem von den Carabinieri immer noch abgesperrten Tatort eine blutrote Rose abgelegt, die er auf dem Ballarò gekauft hatte. Das war das Einzige, was er in Palermo für Enrico hatte tun können. Wütend und frustriert war er wieder nach Bologna zurückgeflogen. Und bei der Ankunft hatte er sich spontan entschieden, ins Auto zu steigen und nach Premeno zu fahren. Er hoffte, wenigstens in der Kanzlei seines Bruders ein paar Auskünfte zu erhalten.

Mit seinem Heimatdorf verband ihn nichts mehr. Er hatte in Premeno eine endlos langweilige Kindheit verbracht, war in einer Klosterschule ganz nach dem Leitbild der italienischen Elite erzogen worden und hatte in asketischer Umgebung eine strenge Erziehung erfahren. Trotzdem hatte er sich nie dem harten Diktat der Lehrer gebeugt und galt deshalb als schwarzes Schaf, auch in der Familie. Die Beendigung des Gymnasiums mit der *maturità* erschien ihm wie eine Befreiung aus einem beengenden Gefängnis. Er studierte in Bologna Literatur, arbeitete nach seinem Examen einige Jahre bei einem Verlag und wandte sich danach der Schriftstellerei zu. Seine Eltern und alle seine Verwandten hielten ihn für verrückt, als er ankündigte, in Zukunft Bücher schreiben zu wollen. Keiner seiner Freunde und Bekannten wollte begreifen, dass Schreiben für ihn die Erfüllung war. Seine Familie wandte sich von ihm ab, als er mit seinem Vorhaben Ernst machte und ständig unter Geldnot litt.

Er liebte sein Leben in Bologna, denn diese Stadt war für ihn nicht nur ein Ort, an dem er arbeiten wollte. Die Universität lockte seit jeher nicht nur Studenten aus allen Nationen an. Hier lebten Päpste und Herrscher, Berühmtheiten wie Thomas Becket, Dante, Boccaccio, Petrarca und Copernicus, die sich dem Flair und der Schönheit der Stadt nicht entziehen konnten. Endlose Lauben- und Bogengänge, harmonische Arkaden aus der Renaissance und dem Barock boten eine verführerisch schöne Szenerie, die er niemals mehr missen wollte. Ja, er lebte in einer aufregenden Stadt, direkt im mittelalterlichen Kern, dort, wo sich Kunst, Wissenschaft und Reichtum seit mehr als einem Jahrtausend begegneten. Trotz des wenigen Geldes, das er mit Berichten und Zeitungsartikeln nebenher verdiente, war er glücklich, und er fühlte sich weitgehend unabhängig, auch wenn er sich stets gerade über Wasser halten konnte.

Cardone atmete tief durch und stemmte sich gegen die schwere Eichentür, die sich mit durchdringendem Knarzen öffnete. Im Treppenhaus schlug ihm angenehme Kühle entgegen. Die großzügig geschwungene Marmortreppe mit den geschmiedeten Geländern, die feinen Mosaiken im Aufgang, der verspielte Stuck an den Decken, sie zeugten von längst vergangener Gediegenheit.

Die morbide Stimmung und der undefinierbare muffige Geruch erinnerten ihn an Verfall und Krankheit, erinnerten ihn plötzlich an die Fernsehbilder aus Palermo. Ein stumpfes Messingschild im ersten Stock gab Besuchern ganz unprätentiös bekannt, wer hier residierte. »Senna, Cardone & Pantrini, Ufficio Legale«.

Gerade wollte Cardone die Klingel betätigen, als er Schritte hörte und die Tür zur Kanzlei geöffnet wurde. Paolo Senna stand mit abweisender Miene vor ihm.

»*Buon giorno,* Roberto. Ich habe dich nicht erwartet«, begrüßte der drahtige Mann den Besucher und machte eine knappe, einladende Geste. »Mein Beileid. Scheußliche Angelegenheit! Ich kann nachempfinden, wie du dich fühlen musst …«

Cardone nickte und trat schweigend ein. Für einen Augenblick standen sich die beiden Männer gegenüber und schienen nicht so recht zu wissen, was sie sagen sollten. Cardone sah sich neugierig um. Eine unerklärlich abweisende Atmosphäre umgab ihn plötzlich, eine Distanziertheit, mit der er nicht gerechnet hatte und die ihn aufwühlte.

»Du warst lange nicht mehr hier«, bemerkte Senna, und es schien Cardone, als bemühe sich der Anwalt, eine Konversation in Gang zu bringen.

»Es war auch jetzt schwierig«, erwiderte er. »Ich konnte meine Wohnung kaum verlassen. Dutzende von Fotografen lagen mit ihren Kameras auf der Lauer. Ich habe mich in aller Frühe aus dem Hinterausgang schleichen müssen und bin ein paar Haltestellen mit dem Bus gefahren. Ein Freund hat mir mein

Auto gebracht. Ich hoffe, dass keiner der Reporter mitbekommen hat, dass ich hier bin.«

»Die Bluthunde werden auch ohne deine Hilfe bald auftauchen, darauf kannst du wetten«, murmelte Senna. »Gehen wir in mein Büro!« Er wandte sich um und zwängte sich durch aufgetürmte Umzugskisten und abgebaute Computeranlagen in das Büro am Ende des Ganges. Cardone folgte ihm. Das karge Ambiente und die schummrige Beleuchtung machten nicht den Eindruck, es handle sich hier um eine gutgehende Kanzlei, in der sich Ratsuchende die Klinke in die Hand gaben. Cardone hatte nie begriffen, was seinen Bruder dazu bewogen hatte, seine renommierte Kanzlei in Rom aufzulösen und sich ausgerechnet in seinen Heimatort am Lago Maggiore zurückzuziehen.

Nach Premeno, einem Bergdorf mit etwas mehr als siebenhundert Einwohnern, verirrten sich im Sommer bestenfalls Touristen, die durch das historische Ortszentrum streiften oder in der wildromantischen Gegend Wanderungen unternahmen. Cardone hatte sich des Öfteren gefragt, was in aller Welt drei tüchtige Anwälte in diesem abgeschiedenen Kaff suchten? Immerhin zählte sein Bruder schon wenige Jahre nach seinem Universitätsabschluss zu den kompetentesten Wirtschaftsanwälten Italiens. Milano, Bologna, Firenze – es gab wahrlich genug attraktive Städte, wo es an zahlungskräftiger Klientel nicht mangelte und in denen man weit erfolgreicher agieren konnte.

»Zieht ihr um?«, fragte Cardone irritiert und betrat Sennas Arbeitszimmer. Er musterte aufmerksam den Raum. Die gelben Vorhänge ließen das Licht wie durch einen Filter ein. Die Aktenregale waren wie leergefegt und die Schränke leergeräumt. Bündel von Papieren türmten sich auf dem Konferenztisch und auf Sennas Arbeitsplatz. Selbst auf den Besucherstühlen lagen Schriftverkehr und Gerichtsunterlagen aufeinandergestapelt. In Sekundenschnelle schoss eine Flut von Fragen durch

Cardones Kopf, nicht zuletzt in Anbetracht der Tatsache, dass die Schlagzeilen in den Zeitungen seinen Bruder als dubiose Figur im Dunstkreis der Mafia bezeichneten.
»Ich würde dir gerne einen Platz anbieten«, wich Senna der Frage aus, »aber du siehst selbst. Außerdem bin ich ziemlich in Zeitnot; jeden Augenblick kann der Möbelwagen kommen, um die restliche Einrichtung abzuholen.«
»So plötzlich?«
»Was heißt hier plötzlich?«, entgegnete der Anwalt sichtlich angespannt. »Wir schließen die Kanzlei. Da du schon hier bist, könntest du Enricos persönliche Sachen mitnehmen, bevor Carabinieri oder der Staatsanwalt darin herumstöbern. Sie liegen in einer Kiste in seinem Büro.«
Cardone fühlte, wie sich zu seiner Trauer und seiner Bestürzung unterschwelliger Ärger gesellte. Er beschloss, sofort auf den Punkt zu kommen. »Was ist an den Zeitungsartikeln dran? Ich nehme an, du hast die Vorwürfe in der Presse gelesen.«
»Was die Reporter sich aus den Fingern saugen, sind Spekulationen. Mich überraschen die diffamierenden Berichte nicht im Geringsten. Solch ein grausames Medienspektakel bietet immer Raum für Mutmaßungen. Damit muss man leben.«
»Wie kannst du nur so emotionslos argumentieren? Weshalb bietet ihr dieser diskriminierenden Berichterstattung nicht Einhalt? Ihr seid doch Anwälte! Oder wollt ihr einfach zuschauen, wie Enrico in den Schmutz gezogen wird und alle Welt sensationslüstern im Dreck wühlt?«
»Gegenfrage!«, schnauzte Senna ihn ungehalten an. »Willst du gegen die Presse in den Ring steigen? Ich kann dir dazu nur eines sagen: Lass dich nicht mit denen ein! Je weniger du reagierst, desto schneller beruhigen sich die Gemüter. Übermorgen wischt sich der Leser den Hintern mit der Zeitung von gestern ab.«
Senna schien vom Tod seines Partners kaum berührt zu sein. Der sehnige, von der Sonne gebräunte Mann zeigte die kühle

Distanz eines abgebrühten Juristen. Als wäre Cardone nicht anwesend, sortierte er Briefe und Prozessunterlagen. Roberto kannte den Partner seines Bruders nicht besonders gut, doch bei den seltenen Besuchen hatte dieser sich immer freundlich und aufgeschlossen gezeigt, ja beinahe herzlich. Und nun diese völlig neue, abweisende Seite. Er musste sich beherrschen, um seinen Unmut nicht zu zeigen.

»Übrigens, was hat ein Staatsanwalt in Premeno zu suchen, wenn Enrico in Palermo umgebracht wurde?«

»Bei einem Kapitalverbrechen wird überall herumgeschnüffelt. Und bei einer solch spektakulären Sache sowieso. Du kannst darauf warten, bis es hier von Polizisten und Presse nur so wimmelt.« Senna hielt inne und fixierte sein Gegenüber.

»Wie redest du denn über die Ermordung meines Bruders? Ist sein Tod für dich nur eine Sache?«

»So war das nicht gemeint«, erwiderte Senna kühl.

Cardones Magen zog sich allmählich zu einem Klumpen zusammen. »Mich erstaunt die Gleichgültigkeit, die du an den Tag legst.«

»Was hast du erwartet? Soll ich am Schreibtisch sitzen und weinen? Ich habe zu tun, wie du siehst. Überdies ist meine Zeit sehr bemessen, aber das habe ich dir bereits gesagt.«

»Dein Weinen brächte auch nichts in Ordnung, Senna!« Cardones Backenmuskeln zuckten. Es fiel ihm zunehmend schwer, seine Selbstbeherrschung zu bewahren, während er beobachtete, wie der Anwalt scheinbar unbeeindruckt weiter Akten sortierte. »Alle Welt schaut zu, wie Enrico erdrosselt wird, und ihr macht euch ein paar Tage später aus dem Staub. Du solltest mir das erklären!« Cardone griff wütend in die Tasche und suchte seine Zigaretten.

Bevor er sich eine anzünden konnte, zischte Senna: »Würdest du das bitte unterlassen? Hier wird nicht geraucht!«

Cardone steckte die Zigarette wieder in die Packung zurück. »Je länger ich dir zusehe, desto stärker wird mein Verdacht, dass Enrico tatsächlich eine dubiose Figur war, wie die Zeitungen schreiben. Was ist hier eigentlich los?«

Senna warf ihm einen schiefen Blick zu. »Unsere Klienten haben es nicht so gerne, wenn Fremde die Nase in Unterlagen stecken, die niemanden etwas angehen. Jeder rechnet damit, dass der Staatsanwalt unser Büro auf den Kopf stellen wird. Fast alle unserer Mandanten haben nach den Schlagzeilen in den Zeitungen und den Fernsehberichten panisch reagiert und uns angewiesen, vertrauliche Unterlagen zu vernichten oder sie zurückzugeben. Einen derartigen Verlust an Reputation verkraftet keine Kanzlei. Schon deshalb ist es besser, rechtzeitig die Rollläden herunterzulassen. Selbst wenn sie diesen wild gewordenen Mistkäfer bald fassen sollten, man würde Jahre brauchen, um das Vertrauen der Klientschaft wiederzugewinnen. Befriedigt dich diese Erklärung?«

»Ich verstehe«, antwortete Cardone mit sarkastischem Unterton. »Mit anderen Worten, ihr habt euren Kunden dabei geholfen, das Finanzamt zu betrügen, und jetzt hat man wohl Angst, das könnte auffliegen. Ist es nicht so? In allen Artikeln kann man lesen, dass ihr Geld ins Ausland verschoben habt.«

»Du bist doch nicht bei Trost!« Senna zeigte Cardone den Vogel und schüttelte den Kopf. »Erstens laufen wir hier nicht mit Geldkoffern herum, und zweitens erstellen wir keine Bilanzen. Und drittens geht es in dieser Kanzlei ausschließlich um Firmengründungen und die damit verbundenen Strategien. Es sind sensible Vorgänge, mit denen wir uns hier beschäftigen. Begreifst du das nicht? Wir tun hier nichts Ungesetzliches. Poeten haben keine Ahnung davon, dass es im Wirtschaftsleben nun einmal Dinge gibt, die man nicht unbedingt in der Öffentlichkeit breittritt. Dieser öffentliche Mord bedeutet für die Kanzlei, für mich und für Pantrini den Ruin!«

»Ich höre immer nur Kanzlei, Mandanten, Ruin. Täusche ich mich oder berührt dich das scheußliche Verbrechen an meinem Bruder nicht persönlich? Geht es dir nur ums Geschäft?

Schließlich habt ihr mehr als zehn Jahre zusammengearbeitet. Da muss doch so etwas wie Freundschaft zwischen euch entstanden sein!«

»Freundschaft, sagst du?« Sennas Augen glitzerten böse. »Freundschaft ist etwas Wunderbares – außerhalb dieser vier Wände, wenn du verstehst, was ich meine. Es tut mir leid, dir das so offen zu sagen, aber wie mir scheint, muss ich etwas richtigstellen. Dein Bruder war ein Despot, ein Choleriker, ein mieser, hinterlistiger Sklaventreiber, und wir waren lediglich seine Handlanger. Du müsstest ihn doch am besten kennen! Man soll zwar Toten nichts Schlechtes nachsagen, aber ich mach für dich eine Ausnahme.«

Cardone kämpfte mit seiner Fassung und versuchte, nicht seinem ersten Impuls zu folgen und dem Anwalt an die Gurgel zu fahren.

»Räumt ihr Hals über Kopf die Bude, weil ihr bedroht werdet?«

»Quatsch! Wer, um alles in der Welt, sollte uns bedrohen? Wir sind eine unbedeutende Anwaltskanzlei«, wiegelte Senna mit einem verkrampften Lächeln ab. »Wie ich dir bereits gesagt habe: Wir beschäftigen uns mit Verträgen, begleiten fachlich diverse Firmengründungen. Wir sind weder einflussreich noch wichtig oder außergewöhnlich interessant. Aber was ist mit dir? Bist du von den Carabinieri noch nicht befragt worden? Verdächtig sind doch alle Leute, die Zeit haben. Du zum Beispiel schlägst doch mit Schreiben die Zeit tot, oder?«

Senna blickte Cardone zum ersten Mal offen in die Augen. Seine Mundwinkel zeigten ein überhebliches Lächeln. Mehrere Sekunden hielt Roberto diesem Blick stand. Was immer dieser Advokat mit seiner Frechheit bezweckte, er würde sich keine Blöße geben.

»Dein Angriff sieht aus wie ein Rückzugsgefecht, Senna.«, unterbrach Cardone die schmerzhafte Stille. »Mein Freund hat mich einen Tag nach dem Mord in die Questura gebracht. Ich war nicht imstande, ein Auto zu fahren. Aber keiner war zuständig, und keiner wollte Auskunft geben. Stattdessen wollten sie wissen, ob ich irgendetwas über euch weiß und was Enrico in Palermo gemacht haben könnte. Sie fragten mich, ob er dort mit jemandem verabredet war, ob wir Freunde in Sizilien haben oder Geschäftsverbindungen dorthin.«

»Ja, ja …, so sind sie, die Carabinieri! Vielleicht hast du nur falsch gefragt.«

»Ein Polizeioffizier faselte etwas von Nachrichtensperre. Er hat mir abgeraten, nach Sizilien zu fliegen, aber er hat mir nicht verboten, hier nach dem Rechten zu sehen.« Cardone lächelte böse.

»Und …?« Senna hatte wieder diesen lauernden Blick. Sein Mund zuckte unmerklich und blieb bitter verzogen.

»Was, und …?«

»Wie ging es weiter?«, insistierte Senna. »Warst du in Palermo?«

»Natürlich war ich dort. Doch anstatt meine Fragen zu beantworten, wollten sie alles Mögliche von mir wissen. Aber was sollte ich sagen? Enrico hat mir gegenüber kaum ein Wort über seine Arbeit verloren. Ich habe den Ermittlern geraten, sich an euch zu wenden.«

»Wir können den Carabinieri auch nicht helfen«, entgegnete Senna ruppig und steckte Kontoauszüge in den Reißwolf.

Cardone deutete provokativ auf den Schredder. »Wer anderen eine Grube gräbt, sollte den Spaten gut verstecken.«

»Du sprichst in Rätseln«, stieß Senna hervor.

»Tu nicht so naiv! Du weißt genau, was ich meine.« Cardone ging aufgeregt in Sennas Büro auf und ab. Plötzlich blieb er stehen. »Was wollte Enrico in Palermo? Du bist sicher über jeden seiner Schritte informiert gewesen. Hat er sich mit jemandem getroffen? War er mit einem Mandanten verabredet? Hatte er einen Gerichts- oder Besprechungstermin? Und erzähle mir jetzt bitte keine Märchen!«

Cardone blickte in Sennas kalte Augen und versuchte, in dem glatten Gesicht die Gedanken seines Gegenübers zu lesen. Doch die Miene des gewieften Anwaltes verriet nichts. Wie ein Eisblock starrte er Cardone an.

»Ich habe keine Ahnung, was dein Bruder dort vorhatte.« Senna sortierte fahrig ein paar Schriftstücke, bildete neue kleine Stapel auf seinem Schreibtisch und schob unablässig Schriftstücke und Dokumente in den Papierwolf. »Er buchte seine Flüge selbst. Weshalb, warum, weswegen – frag mich etwas Leichteres! Schließlich war er mir keine Rechenschaft schuldig. Ich kümmere mich um meinen eigenen Kram. Pantrini ebenso. Wir sind rund um die Uhr mit Verwaltungskram und Kundenakten beschäftigt. Dein Bruder ist … äh … war ständig auf Achse, wie man so schön sagt. Arbeit und nichts als Arbeit …«

»Sind Enricos Termine irgendwo vermerkt?«

»Frag die Bruschella!«, schnappte Senna ungehalten zurück. »Seine Sekretärin machte die Terminplanung für ihn. Ihre Visitenkarte mit Adresse und Telefonnummer hängt an der Pinnwand neben ihrem Schreibtisch.« Er deutete zum Vorzimmer. »Nimm einen guten Rat von mir an: Du solltest der Polizei die Arbeit überlassen!«

»Danke für den Hinweis«, bellte Cardone ungehalten. »Du wirst verstehen, dass ich mich mit deinen Ratschlägen nicht zufriedengeben werde. Sie bringen mich kein Stück weiter. Wenn du mir nicht sagen kannst, was Enrico in Palermo wollte, dann sag mir wenigstens, was du vermutest!«

»Meiner Meinung nach ist dein Bruder von einem Irren umgebracht worden.«

»Ich glaube weder an einen Irren noch glaube ich, dass du mir klaren Wein einschenkst. Es ist mir unerklärlich, weshalb du mich nicht unterstützt, die Wahrheit über meinen Bruder herauszufinden.«

»Weil ich es nicht kann«, giftete Senna.

Cardone schüttelte ungläubig den Kopf und lief aufgeregt im Zimmer hin und her. Plötzlich blieb er stehen. »Ich bin davon überzeugt, Enricos Ermordung hing mit seiner Arbeit zusammen.«

»Quatsch!«, knurrte der Anwalt, drehte Roberto den Rücken zu und suchte ein Dokument im Papierkorb, das er kurz zuvor hineingeworfen hatte.

»Der Bedarf an Heiligenscheinen ist sprunghaft gestiegen. Hast du dir auch schon einen angeschafft? Wenn ja, solltest du ihn vorsorglich blankputzen. Nicht, dass er Flecken hat, wenn jemand nachsehen will.«

Während Senna in den Tiefen des Papierkorbes wühlte, fiel Cardones Blick auf einen Zettel, der auf Sennas Schreibtisch lag. Schnell trat er einen Schritt näher und nahm ihn an sich. In Fettdruck stand als Überschrift: »Konten der Dreizehn«. Darunter waren Vornamen aufgelistet, hinter denen jeweils eine neunstellige Nummer stand. Intuitiv zählte er die Namen.

»Womit war Enrico zuletzt beschäftigt?«, fragte er und hielt Senna den Zettel unter die Nase. »Was bedeutet das? ›Konten der Dreizehn‹? Hier stehen aber nur elf Namen.«

»Das geht dich nichts an!«, blaffte Senna. »Habe ich mich deutlich genug ausgedrückt? Du bist nicht der Staatsanwalt!« Er riss Cardone die Liste aus der Hand und steckte sie in den Reißwolf.

Cardone sah Senna entgeistert in die Augen. »Stimmt. Ich bin nur ein Schreiberling. Aber auch ein Schreiberling kann denken. Wusstest du das? Und er fragt sich die ganze Zeit, weshalb der Partner seines Bruders ständig ausweicht und weshalb er ununterbrochen Kontoauszüge und obskure Listen in diesen Scheißreißwolf schiebt.«

»Weil der Partner die Sachen nicht mehr benötigt«, höhnte Senna.

»Hältst du mich für so verblödet, dass ich nicht eins und eins zusammenzählen kann? Entweder gebt ihr den ganzen Mist an eure Mandanten zurück, oder da stehen irgendwelche Zahlen drauf, die niemand sehen darf. Es ist deine verdammte Pflicht, mich nicht einfach im Regen stehen zu lassen.«

»Denke von mir aus, was du willst!«, sagte Senna mit süffisantem Unterton. »Du weißt doch, der Tod entbindet von allen Pflichten. Besonders von solchen, mit einem naiven Menschen überflüssige Gespräche zu führen.«

»Spar dir den Sarkasmus, Senna!«

»Mein Sarkasmus betrifft das, was deine Vorstellung offensichtlich übersteigt. Wir gehen in Rente!«

»Weil Enrico ermordet wurde, räumt ihr die Kanzlei und macht euch aus dem Staub?«

»Was hat das damit zu tun?«

»Ich weiß es nicht, sag du es mir! Pleite seid ihr garantiert nicht.«

»Roberto, ich gebe dir einen guten Rat: Verschwinde von hier! Verschwinde aus Premeno! Fahr nach Hause, und kümmere dich um deine Angelegenheiten! In dieser Kanzlei findest du keine Antwort. Und bemühe dich nicht, etwas zu konstruieren! Wir haben Enricos Sachen in besagte Kiste gepackt. Sie steht in seinem Büro. Nimm an dich, was du willst, und verschwinde!«

Cardone hob den Kopf und starrte den Rechtsanwalt an, als komme ihm ein Gedanke, dessen Tragweite er noch nicht ganz fassen konnte. »Vermutlich habt ihr darauf geachtet, dass keine dummen Erklärungen für Enricos Reise dabei sind.«

Doch Senna ließ sich nicht beirren, lächelte höflich und sagte: »Nimm das Zeug und geh!«

»Du wiederholst dich. Diese Büroauflösung stinkt zum Himmel.«

»Okay! Ich erkläre es einmal so, dass es auch ein romantisches Poetengemüt wie du versteht: Die Mandate wurden uns gekündigt. Also setzen wir uns zur Ruhe. Pantrini und ich haben beschlossen aufzugeben. Akzeptiere das endlich!«

»Senna, das ist die billigste Ausrede, die ich je gehört habe. Du lügst, das sehe ich dir an«, fuhr Cardone ihm wütend über den Mund. »Ihr schafft Tatsachen. Packt und verschwindet.« Er trat an den Schreibtisch heran und blickte dem Anwalt provozierend in die Augen. »Wo ist er eigentlich?«
»Wer?«, fragte Senna irritiert.
»Na, Pantrini, dein sauberer Partner. Wer denn sonst?«
Senna zuckte mit den Achseln und presste ein kaum verständliches »Unterwegs« durch die Zähne.
»Ihr habt Angst, dass euch die Polizei unangenehme Fragen stellt.«
Senna richtete sich auf und vergrub seine Hände in den Hosentaschen. Seine Augen funkelten feindselig. »Du willst hoffentlich damit nicht andeuten, dass wir etwas mit der Sache zu tun haben, oder?«
»Weshalb nicht? Offen gestanden, mir scheint der Gedanke inzwischen gar nicht so abwegig. Wo sind eure Mitarbeiter? Haben sie Urlaub? Oder sind sie plötzlich alle krank geworden?«
»Wir haben sie nach Hause geschickt. Sie hätten nur gestört«, entgegnete Senna gereizt.
»*Madonna mia!* Wobei? Beim Packen etwa?«
»Mir scheint, du solltest dich mit einer einfachen, wenn auch bitteren Tatsache abfinden, mein Lieber. Soweit ich weiß, hat sich dein Bruder in einem dieser dubiosen Viertel Palermos herumgetrieben. Weiß der Teufel, was er dort wollte. Vielleicht hat er eine Nutte gesucht und wollte sich einen heißen Abend machen. Stattdessen ist er von ihrem geldgierigen irren Luden überfallen worden, der Enrico ausgenommen und dann umgebracht hat. So und nicht anders wird es gewesen sein.«
»Jetzt hör du mir zu, Senna! Dieser Lude, wie du ihn nennst, war offensichtlich so weitsichtig, einen Kameramann zu bestellen und sich bei dem bestialischen Mord filmen zu lassen. Und noch etwas! Der Eiertanz, den du hier aufführst, die Art,

wie du um den heißen Brei redest, die Tatsache, dass du vor meinen Augen brisante Unterlagen vernichtest, das alles bedeutet für mich, dass du mir nicht die Wahrheit sagst.« Cardone unterbrach seinen wütenden Redefluss und schlug sich mit der flachen Hand gegen die Stirn. »Da fällt mir ein, kurz bevor ich hier oben ankam, begegnete mir ein Lkw. Wenn ich richtig vermute, hatte er eine Ladung voller Akten und Dokumente. Es gehört nicht viel Phantasie dazu, sich vorzustellen, welche Akten zur Vernichtung abtransportiert wurden ...«

Sennas Gesichtszüge gefroren zu Eis, und seine Augen flackerten gefährlich. »Ich habe im Laufe meines Lebens eine Menge Großkotze kennengelernt. Irgendwie glichen sie alle dem Nenner in einem Bruch. Je größer er sich macht, desto geringer fällt das Ergebnis aus. Bei dir verhält es sich genauso, wenn man dir zuhört. Pass auf, dass du nicht versehentlich zur Null wirst!«

Cardone biss die Zähne zusammen. Am liebsten hätte er auf Senna eingeprügelt. »Deine Arroganz sucht ihresgleichen! Glaube mir, auch wenn Enrico und ich nicht das beste Verhältnis zueinander hatten, wenn ich herausfinden sollte, dass du und Pantrini hinter diesem Verbrechen steckt, dann Gnade euch Gott! Ich werde keine Ruhe geben, bis ich es herausgefunden habe. Verlass dich darauf!«

»Du führst dich auf wie der große Rächer in einem schlechten Western.« Senna lächelte und fuhr höhnisch fort: »Zu dumm, dass du im falschen Film bist. Enrico hat dich nie für voll genommen. Für ihn warst du ein Versager, genauer gesagt, ein armes Schwein mit romantischen Träumen. Geh nach Hause und schreib Gedichte! Vielleicht kannst du das besser.«

Cardone starrte Senna fassungslos an, doch einen Wimpernschlag später hatte er sich wieder in der Gewalt. »Liegen hier irgendwo noch Enricos Hausschlüssel herum?«

»In seinem Büro am Haken neben der Tür hängen die Ersatzschlüssel. Nimm sie dir und verschwinde!«

»Weißt du, Senna, was mir noch aufgefallen ist?« Cardone ballte die Fäuste in den Hosentaschen, während ihm Enricos ehemaliger Partner mit gerunzelter Stirn und abweisendem Blick gegenüberstand. »Enricos Bestattung scheint dich absolut nicht zu interessieren. Nicht wann, nicht wo, überhaupt nicht.«

»Sollte mich das interessieren?«, gab Senna zurück und lächelte böse.

Cardone machte auf dem Absatz kehrt, ging in Enricos Arbeitszimmer und holte sich die Hausschlüssel. Er konnte nicht sehen, dass aus Sennas Miene tiefe Verachtung sprach. Er konnte auch nicht sehen, dass der Anwalt beobachtete, wie er mit Enricos Kiste durch den Gang stürmte und die Kanzleitür mit Wucht hinter sich zuschlug.

Vor dem kleinen Palazzo blieb Cardone stehen und atmete tief durch. Die Sonne stand im Zenit und brannte unbarmherzig herab. Er wischte sich mit dem Handrücken den Schweiß von der Stirn und drehte sich noch einmal um. Im Zimmer hinter dem Fenster glaubte er einen Schatten wahrzunehmen. Der Vorhang hatte sich bewegt, als habe ihn jemand beiseitegeschoben.

Mit Genugtuung konstatierte Cardone, dass Senna ihn nicht aus den Augen ließ, und das vermutlich aus gutem Grund. Er ging mit energischen Schritten zum Parkplatz, mit dem Gefühl, dass Sennas Blick ihm im Nacken saß. Als er in die schmale, schattige Gasse zum Ortskern eintauchte, schlug ihm der Geruch von frischer Fleischsoße entgegen. Prompt meldete sich sein Magen. Seit dem Frühstück hatte er keinen Bissen gegessen. Der Golfplatz oberhalb von Premeno fiel ihm ein. Er hatte einmal mit seinem Bruder im rustikalen Clubhaus gegessen. Nicht nur die Küche, sondern auch die charakteristischen Räumlichkeiten hatten sich unter den verwöhnten Gourmets herumgesprochen. Das Ristorante war zwar nicht gerade Cardones Preisklasse, aber um diese Uhrzeit war es wahrscheinlich, dass er dort ungestört sein würde und die Ruhe fand, die er jetzt zum Nachdenken brauchte.

Er hoffte, unbehelligt durch das Zentrum von Premeno zu kommen. Er wollte nicht ständig von den Leuten auf die Ermordung seines Bruders angesprochen werden. Offen zur Schau gestellte Trauer, die man an diesen abgeschiedenen Ort noch erwartete, erschien ihm wie eine exhibitionistische Seuche, mit der man sich auf der Dorfstraße bei Nachbarn einen oder zwei Tage lang interessant machen konnte, bevor man wieder in dumpfe Bedeutungslosigkeit eintauchte.

Er passierte die Villa Bernocchi mit ihrer blumenreichen Parkanlage und erreichte den Parkplatz. Eine dunkelblaue BMW-Limousine mit getönten Scheiben, die neben seinem Fiat parkte, fiel ihm sofort auf. Beim Näherkommen registrierte er das Mailänder Kennzeichen und eine dunkelhaarige Frau auf dem Fahrersitz. Sie prüfte im Kosmetikspiegel ihr Make-up, und wenige Sekunden später zog sie sich mit einem Stift die Konturen ihrer Lippen nach. Aufgrund der getönten Scheiben konnte er allerdings nichts Deutlicheres erkennen.

Nachdenklich stellte er die Kiste in den Kofferraum, stieg in seinen Wagen und startete nach mehreren vergeblichen Versuchen den Motor.

Die Fahrt hinauf zum Pian di Sole führte ihn vorbei an ländlichen Villen und großzügigen Anwesen reicher Mailänder, an saftigen Wiesen und ausgedehnten Kastanienwäldern. Die einmalige Landschaftskulisse mit dem Blick hinunter auf die Seestädtchen Cannero, Oggebbio und Ghiffa sowie auf den See konnten ihn von seinem Schmerz und seiner Trauer kaum ablenken. Zu allem kam nun noch ein diffuses Gefühl unerklärlichen Ärgers hinzu.

Wenige Minuten später erreichte er die noble Golfanlage, in der sich an den Wochenenden die Reichen und Schönen Mailands einfanden. Wie erwartet, standen nur wenige Fahrzeuge vor dem Clubhaus. Die Tische auf der überdachten Terrasse waren gedeckt, jedoch noch ohne Gäste. Er stellte seinen Wagen im Schatten einer riesigen Platane ab und trat ins Lokal. Auch drinnen im Gastraum hielt sich niemand auf. Nur an der Cafébar stand ein schmächtiges Männchen, das sich angeregt mit dem Kellner unterhielt. Halb auf dem Barhocker sitzend und seinem Gesprächspartner zugewandt, hielt er eine Espressotasse in der Hand. Obwohl Cardone ihn nur von hinten sehen konnte, erkannte er den Mann sofort: Sennas Kollege Pantrini.

Der Rechtsanwalt hatte die Schritte gehört, drehte den Kopf und sah Cardone mit fragendem Blick entgegen. Für einen Augenblick schien er nachzudenken. Dann erkannte er ihn. Seine entspannte Miene veränderte sich unvermittelt. Der Schreck stand ihm ins Gesicht geschrieben. Nervös blinzelte er durch seine Nickelbrille, doch sehr schnell schien er sich wieder in der Gewalt zu haben. Mit seinem schütteren, zwischen grau und schwarz changierenden Haar, das er peinlich genau so hingekämmt hatte, dass der Großteil seiner Halbglatze bedeckt wurde, war Pantrini einer dieser nichtssagenden Männer, wie man sie in jedem italienischen Finanzamt traf.

»Roberto ...!«, entfuhr es ihm. Er stellte seine Tasse ab und einem Heilsbringer gleich schritt er mit weit ausgebreiteten Armen Cardone entgegen. »Wer hat dir gesagt, dass du mich hier findest?«

»*Buon giorno*, Matteo«, erwiderte dieser kühl und schlug in die dargebotene Hand ein. Es war eine kalte, schlaffe Hand, die leblos wirkte und abstieß. Mit gleichmütiger Miene wandte Cardone sich an den Kellner. *»Un espresso, prego.«*

Er wandte der Bar den Rücken zu und lehnte sich an den Tresen, um der Umarmung des Anwaltes zu entgehen. Aus der Vergangenheit wusste Cardone, dass dieser kleine Anwalt über einen scharfen Verstand verfügte und man seine zuweilen messerscharfe Zunge fürchtete, die ihn zu einem unbequemen Gesprächspartner machte. Es gab zwar keinen Grund, Pantrini zu misstrauen, aber dennoch hatte Cardone ein ungutes Gefühl, ihm jetzt gegenüberzustehen. Er versuchte seine Unsicherheit zu überspielen und so unbefangen wie möglich zu wirken. Der schmächtige Anwalt mit dem gemütlichen Kugelbauch schob die Nickelbrille zurecht, während seine Augen hin und her huschten, als habe man ihn in die Enge getrieben. In seinem Blick lag etwas, was Roberto sich nicht erklären konnte. »Ich bin zufällig hierhergekommen«, bemerkte er. »Ich wollte hier eine Kleinigkeit essen und habe nicht damit gerechnet, dich anzutreffen. Übrigens komme ich gerade von eurer Kanzlei, und ich bin, ehrlich gesagt, entrüstet.«

Pantrini nickte und setzte eine Leidensmiene auf. »Lass dir mein herzliches Beileid sagen! Ein schrecklicher Verlust für dich, für uns alle! Ich finde keine Worte für das, was da geschehen ist. Diese grausame Fernsehübertragung hat mich völlig fertiggemacht. Die Bilder verfolgen mich im Traum. Ich habe nachts kein Auge zugemacht, so aufgewühlt hat mich die Sache. *Dio mio*, du musst dich schrecklich fühlen!«

»Um ehrlich zu sein«, erwiderte Cardone gepresst, »ich würde mich am liebsten von irgendeiner Brücke stürzen, nur um diese Bilder wieder aus dem Kopf zu bekommen.«

»Mach keine Dummheiten!«, entgegnete Pantrini. »Die Zeit heilt Wunden, so sagt man doch. Lass uns auf die Terrasse gehen, ich habe dir etwas Wichtiges zu sagen.«

»Das trifft sich gut, denn ich habe auch ein paar dringende Fragen«, erwiderte Cardone und kippte seinen Espresso mit einem Schluck hinunter.

Die beiden ungleichen Männer setzten sich an den letzten Tisch auf der Terrasse. Eine ganze Weile saßen sie sich schweigend gegenüber, und es hatte den Anschein, als warte jeder darauf, dass der andere endlich das Wort ergriff. Und plötzlich erkannte Robert in den Augen Pantrinis, was er zuvor nicht ergründen konnte: Angst. Grauenhafte, verzweifelte Angst.

Pantrini begann leise und nachdrücklich zu sprechen: »Du kommst gerade aus unserer Kanzlei, nicht wahr?«
»Ja, das sagte ich doch soeben.«
»Ich werde alt«, schalt der Anwalt sich lächelnd. »Dann weißt du auch, dass wir die Sozietät liquidieren.«
Cardone hielt es für angebracht nicht zu antworten. Seine Ungeduld wuchs zunehmend, und er wartete darauf, dass Pantrini endlich fortfuhr. Offenbar suchte sein Gegenüber nach den passenden Worten.
»Senna und ich, wir werden uns völlig aus dem Anwaltsgeschäft zurückziehen. Es ist aus und vorbei.«
Das war für Cardone zwar nicht neu, aber die Art, wie Pantrini es formulierte, klang nicht danach, als sei die Schließung der Kanzlei freiwillig. »Und weshalb? Ich habe es bis jetzt noch nicht begriffen. Senna sitzt seelenruhig in seinem Büro, steckt kiloweise Kontoauszüge und Bankunterlagen in den Schredder und erzählt mir etwas von Rente. Ich habe ihn gefragt, weshalb ihr das tut, und er hat mich mit billigen Ausreden abgespeist. Ich glaube, er hält mich für völlig verblödet.«
»Ich will deinen Vorwurf weder kommentieren noch möchte ich, dass du voreilige Schlüsse ziehst. Ich bitte dich auch, mir diesbezüglich keine Fragen zu stellen. Das wäre auch ganz bestimmt im Sinne deines Bruders. In Enricos Büro steht übrigens eine Kiste. Wir haben seine persönlichen Sachen hineingepackt. Ich habe in seinem Büro einen verschlossenen Umschlag gefunden. Er ist an dich gerichtet. Er liegt ungeöffnet in der Kiste. Senna weiß nicht, dass ich ihn hineingelegt habe. Behalte es aber bitte für dich, ich will nicht …«
»Die Kiste habe ich mitgenommen«, schnitt Cardone dem Anwalt das Wort ab. »Sie ist bereits in meinem Auto. Übrigens, ich lasse mir nicht den Mund verbieten, Matteo! Und deshalb frage ich dich: Weshalb lasst ihr tonnenweise Unterlagen verschwinden?«
Pantrinis Augen verengten sich zu schmalen Schlitzen. Dann

nahm er die Nickelbrille ab und polierte mit seinem Einstecktuch die Gläser. Umständlich setzte er die Brille wieder auf und erwiderte eisig: »Wir lassen nichts verschwinden. Wir entsorgen nur Müll, uralte Korrespondenzen, alte Gerichtsakten.«
Cardone lachte auf. »Eine ganze Lkw-Ladung?«
»Unsinn! Der Servicewagen macht bei verschiedenen Firmen seine Runde. Bei dieser Gelegenheit hat er unseren Abfall mitgenommen.«
»Ja, ja … Abfall. Und wer sind die Dreizehn?«
Pantrini erstarrte und riss die Augen auf. »Ich verstehe nicht … Äh …, was meinst du?«
»Hab ich vorhin auf Sennas Schreibtisch gelesen. Was hat es mit den Kontonummern auf sich?«
Pantrini zog ein Taschentuch aus der Hosentasche und betupfte sich die Stirn. »Davon weiß ich nichts. Da hättest du Senna fragen sollen.«
Cardone schwieg. Er glaubte diesem kleinen Rechtsanwalt kein Wort. Aber so, wie es aussah, würde er auch nichts Bedeutsames von ihm erfahren.
»Und was hast du jetzt vor?«, hörte er Pantrini fragen.
Er blieb vorsichtig und antwortete ausweichend. »Darüber muss ich nachdenken. Trotzdem würde mich interessieren, weshalb du Senna misstraust. Ich meine, du legst heimlich einen Brief zum Nachlass meines Bruders. Wer weiß, vielleicht steht etwas drin, was euch unangenehm werden könnte?«
Pantrinis Körper schien resignierend in sich zusammenzusinken. Unvermittelt griff er nach Cardones Arm und hielt ihn mit einer Kraft fest, die ihm dieser nicht zugetraut hätte. »Kann sein, kann nicht sein. In dieser Kanzlei hat keiner keinem getraut. Wir haben mit der Arbeit unsere Unschuld verloren.« Er senkte den Kopf, und wie zur Bestätigung wiederholte er kaum hörbar die Worte: »Die Unschuld verloren …«
»Du sprichst in Rätseln«, erwiderte Cardone ungehalten und

entzog sich dem verzweifelten Griff, indem er sich zurücklehnte und die Arme verschränkte. »Was meinst du damit?«

»*Dio mio!* Gute Rechtsanwälte sind die Folge von schlechten Menschen.«

Cardone musste unwillkürlich lächeln. »Welch eine zynische Logik! Immerhin vertreten sie das Recht ...«

»Rechtsanwälte vertreten nicht das Recht, sondern ihre Mandanten«, verbesserte ihn Pantrini bitter. »Und trotzdem ... Irgendwann tut man etwas, was man besser unterlassen hätte. Die schlimmsten Fehler macht man, wenn man einen begangenen mit einem neuen Fehler gutmachen will. Plötzlich stellst du fest, dass du selbst zu einem großen, unübersehbaren Fehler geworden bist. Aber lassen wir das Philosophieren! Sieh zu, dass du beim Nachlassgericht alles regelst! Enrico ist nicht arm gewesen. Was er dir hinterlässt, reicht, damit du in Zukunft einigermaßen über die Runden kommst.«

»Ich bin nicht nach Premeno gekommen, weil ich eine Erbschaft antreten wollte, Matteo! Das Einzige, was mich wirklich interessiert, ist der Grund für die Ermordung meines Bruders.«

»Madonna!«, stieß Pantrini aus, und wieder packte er Cardone am Arm. »Sei doch nicht so verdammt starrköpfig! Das macht Enrico nicht wieder lebendig. Abgesehen davon stellst du deine Fragen am falschen Ende Italiens.« Pantrinis eindringliche Worte klangen in Cardones Ohren wie eine Warnung.

»Ich war bei den Carabinieri in Bologna und in Palermo, obwohl man mir abgeraten hat, nach Sizilien zu fahren. Dort sagte man mir, der Fall sei politisch. Nachrichtensperre. Ich habe seit Tagen das Gefühl, als renne ich gegen eine Betonwand!«

»Du hättest um Palermo einen Bogen machen sollen, einen sehr großen Bogen«, betonte Pantrini düster. »Während der Ermittlungen wird dir kein Richter die Möglichkeit einräumen, Enrico zu sehen.«

Cardone blickte irritiert auf. »Das werden wir noch sehen! Ich gebe nicht auf, darauf kannst du dich verlassen. Kein Gericht der Welt kann mich davon abhalten, von meinem Bruder Abschied zu nehmen. Auch wenn er derzeit in Palermo im gerichtsmedizinischen Institut liegt.«
Pantrini lächelte herablassend. »Lass die Dinge ruhen! Im Recht zu sein, kann zu einem entscheidenden Nachteil werden.«
»Was willst du damit sagen?«
»Nichts«, antwortete Pantrini. »Außerdem …«
»Was, außerdem?«
»Was soll an Enricos Ermordung politisch sein? Welcher Idiot hat dir diesen Schwachsinn eingeflüstert? Jeder zweite Mensch hat schon mindestens einmal an Mord gedacht. Frage einfach mal Eheleute! Nebenbei bemerkt, ich habe vorhin nicht die Carabinieri gemeint, als ich sagte, dass du die Fragen am falschen Ende Italiens stellst«, fügte er hinzu und schüttelte den Kopf.
»Wen denn sonst?«
»Lassen wir das besser!«, antwortete Pantrini brüsk. Er schien sich für einen Moment zu besinnen und sagte nach einer Weile nachdenklich: »Das habe ich nur so dahergesagt. Vergiss es einfach!«
»Niemand sagt etwas ohne Grund. Du auch nicht, Pantrini. Irgendwie habe ich den Eindruck, ihr beide, Senna und du, ihr wollt partout etwas verbergen. Es stimmt, was man sagt: Nirgendwo wird mehr gelogen als vor Gericht und an Gräbern. Aber dass ihr zwei mich anlügt …«
Pantrinis Blick verengte sich wieder. »Weshalb gehst du nicht einem stinknormalen Beruf nach und heiratest? Suche dir eine Frau, gründe eine Familie und zeuge ihr ein paar Söhne, dann tust du wenigstens etwas Sinnvolles! Mach dir ein schönes Leben! Enrico hat dir genug hinterlassen, es dürfte für dein restliches Leben ausreichen.«

»Mit anderen Worten, ich soll alles schweigend hinnehmen, was du mir auftischst?«

»Wenn es sich als klüger erweist zu schweigen, sollte man auch schweigen können. Offensichtlich kannst du weder schweigen noch bist du klug.«

Rosanna kam Cardone in den Sinn und das, was sie ihm in Bologna auf der Piazza Maggiore unverblümt an den Kopf geworfen hatte. In ihren Augen war er ein armer Schlucker, ein dichtender Habenichts ohne nennenswerte Zukunft. Doch mit einem Male sah alles ganz anders aus. Würde er den Anteil an der Kanzlei und sein Elternhaus verkaufen, wäre er mit einem Schlage alle Existenzängste los. Und Rosanna würde ihn mit anderen Augen sehen und ihre Meinung ändern. Wieder schlich sich schlechtes Gewissen bei ihm ein. Wie konnte er so pietätlos sein und jetzt an seine Erbschaft denken? Wie konnte er so plötzlich alle Werte in Frage stellen, die noch vor zwei Tagen so wichtig für ihn waren?

Pantrini schien in Cardones Gedanken lesen zu können und nickte ihm aufmunternd zu. »Verkaufe die Immobilien! So, wie ich dich einschätze, hast du ohnehin kein Interesse, hier in Premeno zu leben.«

»Woher willst du so genau wissen, wo und wie ich in Zukunft leben möchte, Matteo? Als Schriftsteller spielt es keine Rolle, an welchem Ort ich arbeite. Außerdem kann es dir doch ganz egal sein, wie ich mein Leben führen will.«

»Lass dir gesagt sein, lieber Roberto«, raunte Pantrini und sah Cardone durchdringend an, »Schweine und Künstler werden erst nach ihrem Tod geschätzt. Willst du darauf warten, bis du ein paar mehr oder weniger wichtige Bücher verfasst hast und dich irgendein Kritiker als unsterblich einstuft? Geh nach Pallanza zum Nachlassgericht, melde dein Erbe an und verschwinde nach Bologna! Es wäre sicherlich auch in Enricos Sinn ...! Hau einfach ab!«

Bis vor wenigen Tagen war Cardone fest davon überzeugt,

niemals nach Premeno zurückkehren zu wollen. Doch diese unverschämte Anmaßung, diese Impertinenz, mit der Pantrini und auch Senna versuchten, ihn loszuwerden, suchte seinesgleichen. Es war, als wollten sie ihn aus seinem Heimatdorf vertreiben. Vertrieben zu werden, das war etwas ganz anderes, als freiwillig zu gehen, oder auf ein Recht zu verzichten.
Cardone spürte, wie eine imaginäre Faust auf seinen Brustkorb schlug. Er hätte am liebsten laut geschrien. Unvermittelt kochte alles in ihm hoch. Plötzlich überwältigten ihn Wut, Enttäuschung und ohnmächtige Verzweiflung. Pantrinis »gute Ratschläge« waren der berühmte Tropfen, der das Fass zum Überlaufen brachte. Mit hochrotem Kopf sprang er auf und stieß den Stuhl mit einer Wucht beiseite, dass er quer über die Terrasse flog und mit lautem Getöse an die Wand krachte. Vornübergebeugt stemmte er seine Fäuste auf den Tisch. Mit loderndem Blick durchbohrte er den Anwalt. »Was seid ihr zwei doch für verlogene und hinterfotzige Scheißkerle!«, brüllte er. »Ihr wollt mich loswerden, was? Ihr denkt, ihr hättet einen Idioten vor euch? Ein sensibles Kerlchen, das man verjagt wie einen Hund? Ihr beide glaubt doch tatsächlich, dass ihr mich verarschen könnt!«
»Beruhige dich!«, versuchte Pantrini ihn zu besänftigen und hob abwehrend die Hände. »Es gibt keinen Grund durchzudrehen.«
»Ich würde dir am liebsten so lange die Fresse polieren, bis du mir sagst, was ihr vor mir verheimlicht.« Cardones Körper bebte vor Zorn. »Sei froh, dass du ein alter Sack bist, ich würde dich sonst auf der Stelle verprügeln!«
Noch bevor Pantrini antworten konnte, wandte Cardone sich ab und stürmte aus dem Ristorante. Auf dem Parkplatz angekommen, stützte er sich mit den Händen gegen das Autodach seines Fiat und atmete tief durch. Er war sich sicher, Senna und Pantrini kannten die Hintergründe des Mordes an seinem Bruder. Doch jetzt galt es, wieder zur Ruhe zu kommen, es galt,

wieder klar zu denken, Abstand zu gewinnen. Nur so war es möglich, herauszufinden, was wirklich geschehen war.
Während er nach seinem Autoschlüssel in der Tasche kramte, bemerkte er am anderen Ende des Parkplatzes den dunkelblauen BMW. Er stieg nachdenklich in seinen Wagen und startete den Motor. Kaum hatte er den Gang eingelegt, fuhr auch die dunkle Limousine los, bog auf die Landstraße ein und verschwand mit hoher Geschwindigkeit hinter der nächsten Kurve. »Ein Tag voller Merkwürdigkeiten und Rätsel«, murmelte Cardone. Mit aufheulendem Motor folgte er dem Wagen, doch es war ein sinnloses Unterfangen. Die Bremslichter des BMW sah er in der nächsten Kurve ein letztes Mal. Wahrscheinlich sehe ich Gespenster. Ich muss mich ablenken, sonst werde ich noch verrückt, sagte er zu sich selbst.
Er nahm die Geschwindigkeit zurück und versuchte seine Gedanken zu ordnen. Eine Menge Termine lagen an, und im Geiste ging er die Liste durch. Erst würde er Pater Ernesto in Premeno aufsuchen, dann wegen der Sterbeurkunde ins Rathaus gehen und im Anschluss das Gericht in Stresa aufsuchen. Auf die Bank und ins Reisebüro musste er auch noch. An einem Tag würde er das alles nicht bewältigen. Während er gemächlich die Serpentinen in Richtung Premeno nahm, überlegte er, ob er im Haus seines Bruders übernachten sollte. Das letzte Mal hatte er Enrico vor fünfzehn Jahren dort besucht und dann das Haus nach einem Streit mit ihm nie mehr betreten.
Langsam ließ er den Wagen vor der Auffahrt ausrollen. Von hohen Eisengittern und Bruchsteinmauern umgeben, hatte sich die alte, dreistöckige Villa in den letzten Jahren sehr verändert. Zahlreiche Kameras überwachten Grundstück und Haus und registrierten jede Bewegung in der Umgebung. Niemand konnte sich unbemerkt dem Eingang nähern. Grübelnd betrachtete er die riesigen Flügel des schmiedeeisernen Tores, die mittels Fernbedienung bewegt wurden. Enrico hatte das

elterliche Anwesen in einen Hochsicherheitstrakt verwandelt. Seine Ermordung hatten die modernen Sicherheitsvorkehrungen allerdings nicht verhindern können.
Der Gedanke, dort die Nacht zu verbringen, war Roberto unangenehm. Enricos Festung zu betreten – nein, das kam nicht in Frage. Er würde sich ein Hotelzimmer unten am See suchen und von dort aus Carlo informieren, dass er länger als geplant unterwegs sei. Er startete den Motor und fuhr weiter. In der letzten scharfen Kurve, die kurz vor Ghiffa in die Landstraße am Lago Maggiore mündete, kam ihm der dunkle BMW mit hoher Geschwindigkeit entgegen und verschwand hinter der nächsten Biegung. Nur schemenhaft hatte er die Frauengestalt mit der überdimensionalen Sonnenbrille am Steuer wiedererkannt, die ihm, wie es schien, im Vorbeifahren einen prüfenden Blick zuwarf.

Omertà, onuri e sangu

Auf d'Aventuras Schreibtisch stapelte sich unerledigter Verwaltungskram, eine Arbeit, die ihn extrem frustrierte. Er hasste Akten, Formblätter und Statistiken, die zu nichts anderem nutze waren, als ihn von seiner eigentlichen Arbeit abzuhalten. Doch nach mehr als zehn Dienstjahren machte ihm weit mehr die Erkenntnis zu schaffen, eine Hydra zu bekämpfen, die nicht zu besiegen war. Das Offenkundige war präsent, lag wie ein düsterer Schatten über der Stadt, und schien doch unlösbar zu sein. Es gab zu wenig Beamte, zu wenig Geld, zu wenig Unterstützung. Die Herren in der Regierung wurden nicht müde, mit populistischen Reden und in theatralischer Einigkeit das organisierte Verbrechen als eiterndes Geschwür zu verurteilen, das mit Stumpf und Stiel ausgerottet werden müsse. Die mangelnde Präsenz des Staates jedoch sprach eine andere Sprache. Nicht einmal die Justiz konnte sich den gebotenen Respekt verschaffen.

Sicher, er konnte viele Erfolge vorweisen. Gleichzeitig waren diese nicht selten mit Enttäuschungen verbunden. Denn oft genug erwiesen sich spektakuläre Verhaftungen als reine Alibifestnahmen der zweiten Garnitur, gelenkt vom Kreis mächtiger Paten und lanciert von höchster politischer Stelle. Opfer waren die Dummen und jene Mafiosi, die man loswerden wollte, weil sie ihrerseits zur Gefahr für die Paten geworden waren.

D'Aventura biss sich mit leerem Blick auf die Unterlippe, bis sie schmerzte. Seine Fäuste öffneten und schlossen sich, als wenn sie jemanden erdrosseln wollten. Es schien, als würde er mit seinem Zorn kämpfen. Die Mafia war längst nicht mehr ein Problem Siziliens, sie nahm in ganz Italien Einfluss. Und nicht nur auf die Medien. Sie war auch verantwortlich für die

Arbeitslosigkeit, die Perspektivlosigkeit der Jugend, die wirtschaftliche Schwäche. Ein völlig zerrüttetes Gesundheitssystem stank zum Himmel wie eine eiternde Wunde.

»Wahrlich«, murmelte d'Aventura, »es ist eine Schande!« Italiens Sondereinheiten zur Mafiabekämpfung verfügten über erstklassig ausgebildete Spezialbeamte, aber an deren Spitze saß ein Technokrat, von dem niemand wusste, was ihn zu dieser Stellung befähigte und weshalb ausgerechnet er für die Führung ausgewählt worden war. Den besten Beweis für seine Unfähigkeit hatte Minetti mit der Fahndungsanordnung in Caltabellotta und der Genehmigung des Fernsehinterviews geliefert.

D'Aventura schloss die Fenster und schaltete den Deckenventilator über dem Schreibtisch ein. Der setzte sich schnurrend in Bewegung und befächelte ihn sanft. Der Comandante ließ sich in den Polstersessel fallen und dimmte seine Schreibtischleuchte ein wenig herunter. Im dämmrigen Lichtkreis lagen mehrere Ordner aufeinandergestapelt, obenauf ein roter Schnellhefter. Er trug die Beschriftung: »Enrico Cardone«.

Ein Klopfen an der Tür unterbrach d'Aventuras Gedanken. Bevor er »herein« rufen konnte, trat der schlaksige Venaro ein.

»Immer noch hier?« Er lächelte breit.

»Wo sonst?«, fragte d'Aventura knapp und ordnete einige Meldungen auf dem Schreibtisch. »Wie üblich opfere ich meine Freizeit unserem Land.«

»Ich weiß nicht, wie du es siehst, ich jedenfalls denke, Freiheit ist nicht Genuss, sondern Arbeit, unausgesetzte Arbeit an den großen Kulturaufgaben des modernen Staates.« Commissario Venaro plumpste übermütig in den gepolsterten Sessel der Besprechungsecke neben d'Aventuras Schreibtisch, und musterte vergnügt seinen Chef.

Venaro war trotz seiner jungen Jahre bereits ein erfahrener und überdies hochintelligenter Kriminalist mit überdurchschnittlichem Einfühlungsvermögen. Er beherrschte die Klaviatur aller Verhörmethoden perfekt, spielte Verdächtige mit unglaublicher Effektivität gegeneinander aus, kannte jeden schmutzigen Trick und ließ keine Falle aus, um Täter zu überführen. Seit fünf Jahren war er d'Aventuras zuverlässiger Assistent und engster Vertrauter. In den wenigen Jahren seines Dienstes bei der Antimafiabehörde hatte er die schlimmsten Verbrechen erlebt: erschossene, erstochene, erwürgte Opfer, brutal erschlagene und ertränkte Menschen. Doch niemals zuvor hatte er eine grauenhaftere Bluttat erlebt wie die an Enrico Cardone.

Die beiden Carabiniereoffiziere ergänzten sich bei der Bekämpfung organisierter Verbrechen nicht nur menschlich, sie waren überdies perfekt aufeinander eingespielt. Venaro stellte den intellektuellen Typus dar, der wegen seines Scharfsinns gefürchtet war, während d'Aventura eher als Pragmatiker mit untrüglichem Spürsinn galt. Hatten die beiden erst einmal eine Spur, verfolgten sie diese mit zermürbender Ausdauer, was ihnen einen gefürchteten Ruf in der Unterwelt eingebracht hatte.

»Du solltest den Questore ignorieren. Wenn du dich über ihn ärgerst, bestrafst du dich nur mit seiner Dummheit.«

»Oder mit seiner vorsätzlichen Ignoranz«, erwiderte d'Aventura gereizt. »Auf ein Magengeschwür habe ich keine Lust. Wie sage ich immer? Vorurteilskraft befähigt zum höchsten Amt. Manchmal frage ich mich, ob es ein Leben vor der Rente gibt.«

Der Comandante ging hinüber zur Besprechungsecke, setzte sich mit einem bitteren Lächeln und drückte die Zigarette im Aschenbecher aus. »Man hat Minetti nicht versehentlich zum Questore gemacht. Er ist nach oben ungefährlich und nach unten hinderlich, das ist der Grund. Und er funktioniert auf Knopfdruck.«

»Letztendlich hat Pallardo das Sagen, was willst du mehr«, fügte Venaro mit ernstem Gesicht hinzu. »Immerhin ist er direkt dem Innenministerium unterstellt. Ich weiß zwar auch nicht, was ich von diesem Typen halten soll, aber wenn man sich gut mit ihm stellt, dann erreicht man bei ihm alles.«

»Wie man hört, weist der Oberst rektal gemessen in seiner Behörde den höchsten Staubzuckergehalt auf«, blaffte d'Aventura ärgerlich.

»Dann kauf dir einen Sack Puderzucker, der Kerl liebt das, und damit bremst du Minetti aus.«

»Ich kann nur hoffen«, antwortete d'Aventura lachend, »dass bei der Masse an Kriechern sein Arsch auf Dauer nicht wählerischer wird. Aber im Ernst, du weißt genau, was mich auf die Palme bringt. Man weiß nie so richtig, wie die Kräfteverhältnisse in den Ministerien sind. Gestern noch hat mir Oberst Pallardo die volle Verantwortung für den Fall Cardone übertragen. Und jetzt? Du hast es selbst erlebt. Es hat nicht einmal zwei Tage gedauert, und schon schießt dieser uniformierte Gnom quer.«

»Minetti kann dir nicht die Kompetenzen entziehen. Jedenfalls nicht, solange der Fall ungelöst ist. Außerdem hat Procuratore Ponti noch ein Wörtchen mitzureden.«

D'Aventura lachte bitter auf. »Sei nicht so blauäugig! Da weißt du auch nicht, hinter wem der Signore Staatsanwalt letzten Endes steht. Ich verstehe nicht, weshalb er Minetti vor den Fernsehfritzen den Rücken gestärkt hat. Man kann sich auf niemanden verlassen, nicht auf Pallardos Zusicherungen und auch nicht auf den Rückhalt unseres werten Staatsanwaltes. Großspurige Anweisungen mutieren spätestens dann zu Worthülsen, wenn wir bei unseren Ermittlungen auf Dynamit stoßen. Wenn es diffizil wird, bekommen alle massiven Gedächtnisschwund.«

»Das kann sehr erholsam sein.« Venaro lachte.

»Mach du nur deine Witze! Eigentlich müsste man zuerst in unseren Behörden aufräumen, bevor wir der Mafia den Kampf ansagen. Hier kämpft jeder gegen jeden. Ein Behördenzweig erschlägt den anderen mit der undurchsichtigen Macht seiner Zuständigkeit. Ich habe es oft genug erlebt, dass mir einfach der Strom abgestellt wurde, wenn ich an den ganz großen Nummern dran war und sie hätte überführen können.«

»Wie ich immer sage«, unkte Venaro, »das Hauptanliegen unserer Politiker sind Ufergrundstücke.«

»Jedenfalls wissen sie, an wen sie sich wenden müssen, um günstig an gesuchte Lagen zu kommen. Aber Spaß beiseite, ich habe Arbeit für dich.« D'Aventura warf Venaro einen Stapel Papiere auf den Schoß. »Das sind deine Unterlagen, sie lagen auf meinem Tisch.«

»Die habe ich schon die ganze Zeit gesucht«, meinte Venaro und zog ein missmutiges Gesicht. »Auf eine interessante Sache bin ich gestoßen«, sagte er und zog ein Dokument aus seiner wilden Blattsammlung. »Die gesamte Häuserzeile um den Tatort gehört Santorini. Über neunzig Wohnungen!«

»Ach.« D'Aventura seufzte. »Schön für ihn, aber inwiefern bringt uns das in der Sache weiter? Dass Santorini mit Abbruchhäusern Geschäfte macht, ist zwar moralisch zweifelhaft, aber nicht strafbar. Ich garantiere dir, dass er das Albergheria-Viertel seit zehn Jahren nicht mehr betreten hat. So kriegen wir den Kerl nicht an den Eiern.«

»Es war nur so ein Gedanke«, sagte Venaro. »Jedenfalls will ich ihn nicht ganz vergessen. Wer weiß, vielleicht führt dieser Sachverhalt doch noch irgendwann zu etwas Konkretem.«

»Du musst morgen die Sitzung für mich leiten und die Aufgaben an die Kollegen verteilen«, antwortete d'Aventura, ohne weiter auf die Mietshäuser einzugehen. »Mir geht es insbesondere darum, den Auftraggeber des Mordes zu identifizieren. Halte dich an Massimo und Santorini! An Romano Grasso kommen wir ohnehin nicht ran. Und konzentriere dich auf das Umfeld von Bruno Sforzano.«

»Wieso ich?«, fragte der junge Commissario. »Das können meine Männer besser. Da habe ich übrigens eine gute Nachricht. Wir haben einen neuen Mann in unserer Truppe. Er stammt aus der Gegend von Corleone. Wir werden versuchen, ihn in Prizzi einzuschleusen. Ich traue den Carabinieri dort oben nicht, aber mit ihm haben wir eine Chance, mehr über Sforzano zu erfahren.«

»Gute Idee. Aber seid vorsichtig! Wenn er auffliegt, lebt er nicht mehr lange. Und rede auf keinen Fall mit irgendjemandem in unserem Haus über seinen Einsatz. Kontakt nur über uns beide!«

Venaro nickte zustimmend. »Was hast du vor?«

»Ich fliege morgen mit der ersten Maschine nach Bologna.«

»Was willst du denn dort?«

»Das Mordopfer hatte einen Bruder«, sagte d'Aventura grübelnd. »Über den wissen wir bis jetzt so gut wie nichts. Ich kann nicht ausschließen, dass Cardones Bruder Roberto in die Anwaltsgeschäfte eingeweiht war. Wenn wir Glück haben, erfahren wir von ihm etwas über das Mordmotiv.«

Venaros Gesicht verriet wenig Optimismus. »Wie lange wirst du unterwegs sein?«

»Ich weiß es noch nicht. Ich habe vor, im Anschluss mit zwei Kollegen aus Verbania nach Premeno zu fahren. Dass Cardones Partner verhört werden, habe ich bereits veranlasst. Ich will den beiden ...« D'Aventura blätterte im Dossier des Geheimdienstes. »Ah ..., hier hab ich es, diesem Senna und dem Pantrini auf den Zahn fühlen. Ich hoffe, dass sie plaudern. Enrico Cardone soll nach Erkenntnissen der SISDE regelmäßig, das heißt alle zwei Monate, nach Vanuatu Island gereist sein. In Antigua war er auch mehrere Male. Wieso wissen die Agenten von SISDE, wie oft Cardone in die Karibik und auf die Hebriden geflogen ist, aber nichts darüber, wer in seiner Kanzlei aus und ein ging?«

»Ich habe im Bericht irgendwo gelesen, dass sich Massimo und Santorini in Premeno nie haben sehen lassen. Man hat sich vorzugsweise in Stresa getroffen, manchmal auch in Milano.«

»Das weiß ich auch«, polterte d'Aventura. »Verstehst du nicht, worauf ich hinauswill?«
Venaro schüttelte irritiert den Kopf.
»Die Kanzlei hatte keinen Publikumsverkehr, sondern nur einen einzigen Mandanten. Für mich ist das ein deutliches Indiz dafür, dass Cardone ausschließlich für die Mafia tätig war. Von was sonst hätte er leben sollen? Ich fresse einen Besen, wenn er nicht die rechte Hand von Romano Grasso war. Und genau diesen Beweis will ich finden.«
»Wie willst du das anstellen?« In Venaros Stimme lag Hoffnungslosigkeit.
D'Aventura steckte sich erneut eine Zigarette an und schob die Packung hinüber zu seinem Assistenten. »Schau dir die Puzzleteile genau an! Grasso ist erwiesenermaßen ein Waffenschieber. Massimo hat Kontakte zu den Ministerien Rüstung, und Finanzen und Santorini ist der größte Drogenpate in Europa.«
»Bekannt, aber nicht bewiesen, Livio!«, erwiderte Venaro schnoddrig. »Das hat uns schon Minetti unter die Nase gerieben.«
»Ja, ja! Auf wessen Seite stehst du eigentlich?«, brummte der Comandante. »Wirf einen Blick auf die Struktur der Rüstungsindustrie in Italien. Während in Großbritannien und Deutschland eine streng privatwirtschaftlich ausgerichtete Rüstungspolitik entwickelt wurde, hält der Staat in Frankreich, Italien und Spanien Anteile an bestimmten Rüstungsfirmen.«
»Woher weißt du das?«, fragte Venaro überrascht.
»Das kannst du überall nachlesen. Italien hält erhebliche Beteiligungen an Firmen mit hochentwickelten Waffentechnologien. Somit hatte der Verteidigungsminister nicht nur ein vitales Interesse daran, dass die Gruppo Agosto das Desaster überlebte, zumal dort Milliarden für Forschung und Entwicklung hineingepumpt wurden. Wenn ein solcher Laden in Schwierigkeiten gerät, hat auch das Verteidigungsministerium ein Problem. Dennoch kam Agosto finanziell ins Trudeln und geriet

aufgrund gewaltiger Umsatzeinbrüche in schwere Schieflage. Agosto machte Hunderte von Millionen Euro Verluste.«

»So weit, so gut«, erwiderte Venaro und drückte seine Zigarette im Aschenbecher aus. »Notfalls wird doch so etwas über das Verteidigungsbudget wieder hingebogen. Da werde ich als Steuerzahler nicht gefragt.«

»Das ist es doch! Das Rüstungsbudget wurde nicht erhöht, und trotzdem erstrahlte Agosto ein Jahr später in neuem Glanz. Die Manager legten eine Bilanz vor, die jedes Bankerherz höher schlagen ließ. Grasso war der große Retter im Hintergrund und Cardone dessen Finanzfuzzi.«

»Dann müssen Senna und Pantrini in die Geschäfte eingeweiht sein. Wenn wir irgendetwas nachweisen wollen«, schlussfolgerte Venaro entschlossen, »dann nur, wenn wir uns an Cardones Partner halten. Sie sind die Einzigen, die uns den Beweis liefern können.«

»Genau«, antwortete d'Aventura. »Und exakt das werde ich tun. Es ist geradezu unglaublich, auf was man so alles stößt, wenn man sich über Cardone kundig machen will. Wieso kann sich ein Rechtsanwalt mit einer popeligen Kanzlei in einem nichtssagenden Bergdorf eine millionenschwere Villa in der Karibik leisten? Weshalb steht in unseren Unterlagen nichts darüber, welche persönlichen Kontakte er in Palermo pflegte, obwohl er ständig hin und her pendelte? Für einen Geheimdienst wie SISDE ein paar unbeantwortete Fragen zu viel. Findest du nicht?«

»Das Gleiche meine ich auch«, antwortete Venaro. »Glaubst du wirklich, dass SISDE uns wesentliche Informationen vorenthalten hat?«

»Sind dir die Lücken in den Berichten nicht aufgefallen?«

»Natürlich! Aber es fällt mir schwer zu glauben, dass sie ganze Passagen aussparen, obwohl sie verpflichtet sind, ihre vollständigen Erkenntnisse mitzuteilen.«

D'Aventura lachte freudlos auf. »In diesem Verein kochen sie ihr eigenes Süppchen. Die sagen uns nur, was sie unbedingt sagen müssen.«

»Vielleicht bringt uns Cardones Ehefrau ein Stück weiter.«

Der Comandante blickte seinen Assistenten erstaunt an. »Wenn ich das richtig sehe, hast du den neuesten Bericht der SISDE noch nicht gelesen.«

»Noch nicht eingehend. Er liegt uns erst seit knapp zwei Tagen vor«, verteidigte sich Venaro ungehalten. »Hast du einen blassen Schimmer, was sich auf meinem Schreibtisch stapelt? Du bist nicht der Einzige, der hier arbeitet. Du solltest einen großen Bogen um mein Büro machen, wenn du nicht Gefahr laufen willst, dass dich meine Leute meucheln.«

»Scusi«, grummelte d'Aventura versöhnlich. »Aber zurück zu Cardone! Er hatte eine Ehefrau, machte aber keinen Gebrauch von ihr«, fuhr er zynisch fort. »Sie hat sich vor einem halben Jahr erhängt. Also können wir sie nicht mehr befragen.« Er blätterte in seinen Akten und schien etwas zu suchen. »Hast du noch etwas über Cardone herausfinden können? Ich hatte bisher keinen Nerv, mich mit deinen Unterlagen zu beschäftigen.«

Venaro kratzte sich im Nacken. »In Premeno aufgewachsen und zur Schule gegangen. Die *maturatà* hat er in Baveno absolviert und studierte danach in Milano Rechtswissenschaften. Weil ihm das wohl nicht genug war, hängte er Betriebswirtschaft dran. Nach dem Examen stieg er in eine der renommiertesten Kanzleien in Milano ein. Bei Basso & Voltri, wenn dir das etwas sagt. Schon nach zwei Jahren hatte er es zum Juniorpartner gebracht. Ich habe mit Signore Basso persönlich gesprochen, und er sagte mir, so etwas sei in der Kanzlei während ihres vierzigjährigen Bestehens nur ein einziges Mal vorgekommen.«

»Dio cane!«, entfuhr es d'Aventura anerkennend.

»Ja, er war ein kluges Kerlchen«, fügte Venaro hinzu. »Binnen kürzester Zeit hatte er einen hervorragenden Ruf als Wirtschaftsanwalt. Nur sechs Jahre später gründete er eine eigene

Kanzlei und lag wenig später im Clinch mit seinem ehemaligen Arbeitgeber. Angeblich soll er einige wichtige Mandanten mitgenommen haben. Jedenfalls wissen wir, dass er die Vorstände großer Konzerne betreut hat. Wie aus heiterem Himmel löste er vor zehn Jahren seine Kanzlei in Milano auf und gründete in seinem Heimatdorf Premeno eine Sozietät. Allerdings hatten seine Partner nicht viel zu sagen. Er war der Boss.«

»Und wo hatte er seine Partner her?«

»Senna und Pantrini haben die Rechtsabteilungen von Versandhäusern geführt.«

D'Aventura war sichtlich beeindruckt. »Wie kommt ein solcher Mann mit der Mafia in Berührung?« Er schüttelte ungläubig den Kopf.

Venaro zog die Mundwinkel nach unten. »Pffff ...«, was wohl so viel heißen sollte, dass er es nicht wusste.

»Cardone hatte seit Jahren eine Freundin«, knüpfte der Comandante an Cardones Lebenslauf an. »Das kannst du im Bericht des Geheimdienstes nachlesen. Dummerweise kommen wir an diese Karibikblüte nicht heran. Sie lebt in Saint John's, genauer gesagt, auf Cardones Anwesen.«

»Wo?«

»In Saint John's, die Hauptstadt von Antigua. Das Anwesen liegt an der Half Moon Bay. Angeblich soll er es vor acht Jahren erworben haben. Niederschmetternd, wie lückenhaft das Geheimdossier ist, was genaue Hintergrundinformationen angeht. An Grundbucheinträge oder ähnliche Dokumente ist auch nicht heranzukommen, und letztlich lässt sich auch nichts beweisen. Es wird angenommen, dass Cardones Villa offiziell dieser Signorina Silvia Alvarez gehört. So heißt die schnuckelige Dame. Wir haben sogar ein Foto von ihr.«

»Ist sie hübsch?«

D'Aventura blätterte in einem der Ordner, zog ein Bild aus einer Plastikfolie und reichte es seinem Assistenten.

Commissario Venaro betrachtete mit sichtlichem Vergnügen

das Hochglanzfoto. *»Madonna! Una bellezza sconvolgente* – welch eine Schönheit! Wie alt sagtest du, war Cardone?«
»Siebenundvierzig.«
»Sie ist doch höchstens achtundzwanzig!«
»Du brauchst es nur nachzulesen! Steht auch im Bericht. Der heiße Feger ist zweiunddreißig«, erwiderte d'Aventura.
Venaro pfiff leise durch die Zähne. »Fünfzehn Jahre jünger als er! *Madonna!* Da sieht man mal wieder: Geld überbrückt jeden Altersunterschied. Weshalb nimmt sich eine solche Frau keinen jungen, gutaussehenden Mann?«
D'Aventura schüttelte missbilligend den Kopf. »Einen wie dich etwa?«
»Warum nicht?« Venaro grinste.
»Du hast weder ihre Blutgruppe noch kämpfst du in der richtigen Gewichtsklasse. Du hast keine Ahnung, was sich Frauen dieses Kalibers wünschen. Kennst du das Sprichwort: Je älter der Bock, desto härter das Horn?«
»Madonna ...! In deinem fortgeschrittenen Alter solltest du es unterlassen, dumme Sprüche zu klopfen!« Venaro lachte. »Oder wolltest du gerade Eigenwerbung machen?«
»Das hab ich nicht nötig. Schau in den Spiegel, dann siehst du selbst, was du für ein mickriges Kerlchen bist! Und auch noch rothaarig! Kein Wunder, das du bis jetzt keine abbekommen hast.«
Venaro lachte amüsiert in sich hinein, während er das Foto der schönen Silvia Alvarez betrachtete. »Irgendwie kommt sie mir bekannt vor!«, murmelte er. »Wenn ich nur wüsste, an wen sie mich erinnert? Gibt es kriminologische Erkenntnisse über diesen karibischen Traum aller Männer?«
D'Aventura verneinte.
»Schade, dass wir nicht wissen, was alles nicht im Dossier steht«, alberte Venaro. »Für mich ist es immer wieder frappierend, weshalb man uns nur mit Informationshäppchen versorgt, damit wir nie ein komplettes Bild bekommen.«

»Siehst du«, sagte d'Aventura voll triefendem Spott. »Das ist es, was ich meine. Geheimdienstgeheimnisse sind meist so geheim, dass der Geheimnisträger selbst zum Geheimnis wird und kein Mensch weiß, wer der geheimnisvolle Verfasser der Geheimnisse ist. Ich bin sicher, unsere geheimen Kollegen wissen ganz genau, welch hochkarätige Kundschaft Cardone und Kollegen hatten, mit wem er verkehrte und welchen völlig verarmten Menschen er zum Wohlstand verholfen hat. Aber dieses Mal, das schwöre ich dir, Emilio, dieses Mal haben wir die Chance, ein ganz dickes Ding aufzureißen. Der falsche Kerl wurde mit falschen Methoden am falschen Platz umgebracht. Und RAI Uno hat dafür gesorgt, dass einigen Leuten der Arsch auf Grundeis geht. Das ist das Einzige, was wir diesem Sender zu verdanken haben.«

»Dann sollten wir den Questore nur mit so vielen Informationen füttern, dass er sich dabei nicht verschluckt!«

»Ich bin sicher, Minetti hat mich angelogen«, grunzte d'Aventura böse. »Er hat uns etwas vorgemacht. Das Dossier kennt er auswendig, sonst hätte er nicht versucht, mir vorzuschreiben, jeden Entwicklungsfurz in diesem Fall mit ihm abzustimmen. Aber lass uns jetzt anfangen ...«

Venaro nahm einen Zettel und einen Kugelschreiber zur Hand. »Dann stellen wir zusammen, was als Nächstes zu tun ist.«

»*Ecco lo*, das Gleiche wollte ich gerade auch vorschlagen. Cardones Handy muss ausgewertet werden. Lass abklären, ob er noch andere Verwandte hatte und wo sie gegebenenfalls leben. Ich versuche herauszufinden, an welchen Fällen der Verblichene gearbeitet hat. Vielleicht gelingt es mir dieses Mal nachzuweisen, dass Romano Grasso sein Hauptklient war. Der Mann war Anwalt. Solche Leute führen gewöhnlich einen Terminkalender. Du könntest in der Zwischenzeit bei Staatsanwalt Ponti eine Verfügung beantragen, damit wir Einsicht in alle Konten der Kanzlei bekommen.«

»Die Verfügung bekommen wir nie im Leben«, widersprach

Venaro. »Er wird sagen, dass wir uns auf den Mörder konzentrieren sollen.«

»Mach ihm klar, dass wir Informationen über die Einnahmen brauchen, wenn wir weiterkommen wollen. Ich will alles über die Transfers, Umsätze, Bonifikationen, alles, was mit Geld zu tun hat, wissen. Wenn ich dazu komme, sehe ich mir auch sein privates Umfeld an, Freunde, Bekannte, Frauen ...«

»Dein Wort in Gottes Ohr«, sagte Venaro. »Aber wenn du schon dabei bist«, fügte er hinzu, »kannst du dort am Nachlassgericht nachfragen, wer den ganzen Mammon erbt. Vielleicht gibt es ein Testament.«

D'Aventura nickte. *»D'accordo!«*

»Wir hören uns sicherheitshalber noch einmal im Albergheria-Viertel um, wie es die Fernsehfritzen fertiggebracht haben, vor uns am Tatort zu sein. Meiner Ansicht nach hat man sie entweder dort hingeführt oder man hat ihnen einen Tipp gegeben.«

»Es ist nicht zu glauben.« D'Aventura schüttelte den Kopf. »Im SISDE-Bericht steht, die Agenten hätten Cardone rund um die Uhr observiert. Was er aber in Palermo getrieben hat, fehlt im Dossier völlig. Er kam morgens um neun Uhr an und wurde abends gegen zwanzig Uhr umgebracht. Ich habe das Gefühl, man will uns veralbern. Die Redakteure behaupten, man habe ihnen das Video kommentarlos via E-Mail zugespielt. Habt ihr die Mailadresse überprüft?«

»Glaubst du, wir sind beschränkt?« Venaro fuhr hoch. »Natürlich haben wir sie überprüft. Abgesendet wurde die Mail aus der Via Albergheria Nummer vierzig, das ist eine Wohnung im dritten Stock. Sie ist möbliert, aber unbewohnt.«

»Wie praktisch«, raunzte d'Aventura. »Die Aufzeichnung lässt kaum erkennen, wo der Mord stattgefunden hat. Aus den Bildausschnitten kann man zwar das Wohnhaus nebenan sehen, aber wer weiß, wo das ist? Von wem also wussten die Berichterstatter von RAI Uno, wo die Leiche liegt? Ich will wissen, auf welche Weise sie über den Tatort informiert wurden. Quetscht diese Pharisäer von Kommentatoren noch einmal aus! Wahrscheinlich lügen sie uns einfach nur frech an, und es gab eine zweite Mail, von der wir nichts wissen. Manchmal wünsche ich mir, man könnte diesen Sensationsreportern das Handwerk legen.«

»Sei nicht so ungerecht, Livio!« Venaro lachte. »Journalisten haben es schwer genug. Das sind Leute, die ein Leben lang darüber nachdenken, welchen Beruf sie verfehlt haben.«

»Quatsch! Sie glauben an das Schlechte im Menschen, weil sie viel zu oft von sich selber ausgehen. Weshalb also konnte die Leiche zwei Tage unentdeckt im Hinterhof liegen? Dort spielen tagsüber Kinder. Leute gehen ein und aus. Autos werden abgestellt, Waren ein- und ausgeladen. Wir müssen unbedingt etwas finden! Geht den Kreditkartenzahlungen nach! Grast die Restaurants ab, fragt die Taxifahrer am Flughafen! Ich brauche ein möglichst komplettes Bewegungsprofil des Opfers. Alles klar?«

»Securo!«

D'Aventura zog die Schreibtischschublade auf, kramte nach seiner Taschenlampe und steckte sie in die Jackentasche. Venaro beobachtete seinen Chef mit einem Ausdruck der Verwunderung.

»Ich fahre noch einmal zum Tatort und sehe mich in den Häusern der Umgebung um«, grummelte der Comandante, als er Venaros Blick wahrnahm, und warf sich die Jacke über die Schulter.

»Eine ziemlich blödsinnige Idee, wenn du mich fragst.«

»Dich fragt aber niemand, Emilio«, erwiderte d'Aventura brüsk. »Es kommt immer wieder vor, dass wir eine Kleinigkeit übersehen, ein winziges Detail, das wir nicht für wichtig halten oder auf das niemand achtet.«

»Unsere Leute haben im Umkreis von fünfhundert Metern jeden Zentimeter abgegrast. Es gibt nichts, was du dort noch finden könntest«, meckerte Venaro.

»Ich überzeuge mich lieber selbst, wenn du erlaubst.«
»Wir wissen nicht einmal, ob der Mörder das Opfer nicht dort hingebracht hat. Keine Spuren, keine Hinweise darauf, dass sich Cardone gewehrt hätte, keine Abdrücke von Reifen. Nichts. Niemand hat etwas gehört oder gesehen. Die Leute in dieser Gegend schweigen wie ein Grab.«
»Trotzdem! Ich muss mir noch einmal ein Bild vom Tatort und den Gegebenheiten machen.«
Venaro setzte ein sorgenvolles Gesicht auf. »Ich finde deine Alleingänge nicht vernünftig. Soll ich mitkommen?«
D'Aventura schüttelte ablehnend den Kopf.
Der junge Commissario schaute seinen Chef wütend an. »Verdammt, sei nicht so stur!«
»Du verstehst das nicht.« D'Aventura ging zum Fenster und blickte hinunter auf die Straße. »Es war ein Abend wie dieser, als Cardone umgebracht wurde. Ich will mich in die Situation hineinversetzen. Ich will die Umgebung des Tatortes auf mich wirken lassen. Für mich ist es eminent wichtig, solche Eindrücke selbst zu erfahren.«
»Nimm wenigstens deine Pistole mit!«, riet Venaro seinem Chef und erhob sich. »Ruf mich an, wenn etwas sein sollte!« Dann verließ er das Zimmer.
D'Aventura räumte die Unterlagen in den Aktenschrank und verschloss ihn. Er griff zum Hörer und meldete sich bei der Zentrale ab, ein tägliches Prozedere, der Sicherheit wegen. Dann warf er noch einmal einen Blick aus dem Fenster. Immer noch herrschte dichter Verkehr auf den Straßen. Er überlegte, ob er noch einen Cappuccino unten in der kleinen Cafeteria trinken sollte, bevor er sich aufmachte. Bestimmt würde er um diese Zeit eine halbe Stunde lang einen Parkplatz suchen müssen. Er nahm seine Jacke über den Arm, schaltete die Schreibtischlampe aus und verließ das Büro.
Vor der Cafeteria musizierte eine Männergruppe mit Gitarre, Okarina und Tamburin. Aus den rauhen Kehlen erklang ein

grausiger, sizilianischer Sprechgesang, der von Tod und Heimtücke, von Blut, Vergeltung und Rache erzählte. »*Chi vive di speranza muore cantando*«, so tönte d'Aventura der zynische Refrain entgegen – »Wer voller Hoffnung lebt, stirbt singend.«

Obgleich die Gesänge der *malavita* in Italien strengstens verboten waren, hielt man sich in Sizilien nicht daran. Carabinieri hörten weg oder verschwanden, wenn das Schellentamburin der klagenden Okarina den Takt vorgab. D'Aventura blieb überrascht stehen und hörte den Männern eine Weile zu. Eine melancholisch-pathetische Stimme erhob sich plötzlich und wurde von einer Maultrommel rhythmisch begleitet. Sie schien den Comandante mit dem grausamen Refrain *Omertà, onuri e sangu* zu ermahnen, der Ehrenwerten Gesellschaft Respekt zu erweisen. Gleich einer Metapher unabwendbarer Sterblichkeit erinnerte der düstere Gesang an einen schnellen Tod. D'Aventura spürte die Gewalt, die in dem Gesang, dem »*Canto di mala vita*«, steckte, beinahe körperlich, eine Gewalt, die seit mehr als hundert Jahren die Köpfe der Sizilianer beherrschte. Angst und Misstrauen bestimmten als elementare Prinzipien das Leben der Menschen. Sie schwebten über allem wie ein Phantom und stellten die inneren Kräfte des herrschenden Systems dar. Gewalt war die Hebamme der sizilianischen Geschichte.

Unvermittelt löste sich ein Mann mit Schlapphut und Gitarre aus der Gruppe und tanzte vor dem Comandante, als wolle er sagen: Sieh dich vor! Ein Schauer lief d'Aventura über den Rücken und drängte ihn, wie von einer unsichtbaren Macht getrieben, weiterzugehen.

Prizzi

Auf dem belebten Corso Umberto, der Hauptstraße des über tausend Meter hoch gelegenen Bergdorfes Prizzi, herrschte immer noch die glühende Hitze des Hochsommers. Die Sonne schickte sich an, hinter den Hängen des Monte dei Cavalli unterzugehen, was Abkühlung versprach. In den verwinkelten Gassen und engen Sträßchen des am Steilhang gelegenen Ortes erwachte das betriebsame Leben. Sich in dem verzweigten und verwirrenden Labyrinth des unwegsamen Straßennetzes zurechtzufinden, war schon für Einheimische schwierig, für Fremde aber nahezu unmöglich. Tausende und Abertausende von Stufen, unzählige Absätze und Stiegengänge verbanden die verschachtelten grauen Häuser. In den stillen Gassen hallten die Schritte lange nach. In verstaubten Winkeln und auf abgelegenen Plätzen hörte man nichts weiter als den eigenen, angestrengten Atem. Durchbrüche und ineinander übergehende Hinterhöfe, atemberaubende Terrassen und abenteuerliche Anbauten durchzogen das wie ein undurchdringliches Bollwerk wirkende Dorf, dessen Bewohner von einem Ortsende zum anderen mehr als zweihundert Höhenmeter überwinden mussten.

Zwei Männer, wie sie von ihrer Statur unterschiedlicher nicht sein konnten, trotteten auf der belebten Hauptstraße in Richtung der Chiesa di San Francesco. Der eine war groß, massig und beleibt. Sein Schädel mit schmalem Haarkranz saß auf einem Stiernacken, der in einen mächtigen Rumpf überging. Blauschwarze Tränensäcke ließen seinen Blick melancholisch erscheinen. In seinem gutmütigen Gesicht lag unendliche Traurigkeit. Während er wie ein schwergewichtiger Erpel mit rudernden Armen die Straße entlangwatschelte, schoben sich

seine gewaltigen Hinterbacken gleich mächtigen Schiffskolben auf und ab.
Der andere hingegen war hager und klein. Er glich Don Quichotte, dem Ritter von der traurigen Gestalt – ein ausgemergelter, herber Typ mit derbem, zerfurchtem Gesicht. Seine hohen, buschigen Augenbrauen und die riesige Hakennase erinnerten an einen Raubvogel. Besonders auffällig war aber seine ungesunde, graue Gesichtsfarbe, der man ansah, dass der Alte im Leben nichts ausgelassen hatte. Er rauchte wie ein Schlot, und es gab nur wenige, die ihn jemals ohne Zigarette im Mundwinkel gesehen hatten. Auch jetzt wippte der unvermeidliche Stummel zwischen seinen dürren Lippen.
Der Kleidung nach zu urteilen waren die Senioren keine Bauern, vielmehr musste man angesichts der Maßanzüge und der teuren Schuhe vermuten, dass es sich bei den beiden um gutsituierte Unternehmer handelte, die ihren Lebensabend im wohlverdienten Ruhestand verbrachten. Sie schienen bekannt in Prizzi, denn die Passanten begegneten ihnen mit freundlicher Ehrerbietung.
Don Licio Massimo und der kleine Don Bettino Santorini nahmen die Grüße mit kaum wahrnehmbarem Nicken entgegen, wechselten da und dort ein paar Worte mit Bekannten, denen sie zufällig begegneten, kümmerten sich aber ansonsten nur am Rande um das Geschehen auf der belebten Straße. Hin und wieder blieben sie stehen, diskutierten gestenreich miteinander, um nach einer Weile ihren gemächlichen Spaziergang wieder fortzusetzen.
Don Massimo und Don Santo, wie sie von Einheimischen genannt wurden, waren die Herrscher Siziliens und genossen jenen Respekt, den sich manche Politiker wünschten, ohne ihm jedoch teilhaftig zu werden. Jeder wusste, was die beiden so mächtig hatte werden lassen. Santorini, Bürgermeister und größter Bauunternehmer der Insel, war nicht nur Herr über unzählige Arbeitsplätze, man sagte ihm auch beste Verbindun-

gen zu ranghohen Politikern in Rom nach. Die straffe Organisation seines Familienclans rang den Menschen Achtung ab. Gab es Schwierigkeiten oder Probleme, konnte man sich an ihn wenden und durfte auf eine unbürokratische Regelung hoffen.

Ebenso verhielt es sich mit Licio Massimo. Er genoss Reputation als ehemaliger Abgeordneter und Vorsitzender der Vereinigten Rechten und galt in der Region als Wohltäter. Viele verdienten ihr Brot in den zahlreichen Firmen, die er als Vorstandsmitglied oder Geschäftsführer leitete.

Die Konsequenzen freilich, wenn man sich gegen sie stellte, waren allen klar. In Sizilien war das kein Geheimnis. Für die Paten gab es weder Gewerkschaften, die gegen Überstunden protestierten, noch Betriebsräte, die sich Kündigungen entgegenstellten, noch einen Aufsichtsrat, der Rechenschaft über Investitionen verlangte. Was sich nicht regeln ließ, sich nicht von selbst erledigte oder nicht automatisch erledigt wurde, das ließ sich kaufen. Und darin waren die Dons nicht kleinlich. Unangenehm wurden sie nur, wenn man sie hintergehen wollte. Doch darüber schwieg man.

Don Massimo und Don Santo waren vor einer kleinen Pizzeria angekommen, die sich in einer schmalen Seitengasse hinter der Chiesa di San Francesco befand. Zielstrebig betraten sie das Ristorante »*Bel Soggiorno*«, das den beschönigenden Namen kaum verdiente. Der wenig einladende, rechteckige Raum wirkte ungemütlich kalt, was den Neonröhren an der Decke und der lieblosen Einrichtung zuzuschreiben war. Ein blasser, graugrüner Fliesenboden verstärkte das unbehagliche Ambiente. Wie eine düstere Barriere standen an der Stirnseite quer zum Raum ein mit dunkelbrauner Holzfolie beklebter Tresen sowie ein Getränkeschrank mit Cola- und Limonadendosen. Einfache Holztische und schäbige Stühle, deren Farbe nicht mehr zu erkennen war – mehr Gemütlichkeit hatte die Pizzeria nicht zu bieten.

Außer einem jungen Paar, das herumalberte und kicherte, befand sich niemand im Gastraum. Die grauhaarigen Männer setzten sich wortlos an den Tisch in der äußersten Ecke. Wie aufgescheucht erhob sich das Paar, als es bemerkte, wer das Restaurant betreten hatte. In aller Hast legten die beiden ein paar Euro auf den Tisch und verließen das Lokal. In der einfachen Pizzeria, in der es nach Tomatensugo, gebratenem Hackfleisch und Basilikum roch, wirkten die zwei Paten wie Fremdkörper. Nichtsdestoweniger schien ihnen die Umgebung vertraut zu sein.

Ein bunter, bis zum Boden reichender Perlenvorhang trennte die Küche vom Gastraum. Ihn teilte ein junger Mann, den seine kleine und gedrungene Statur schwerfällig und phlegmatisch wirken ließ. Mit seinen kurzen tiefschwarzen Haaren und dem auffallend durchdringenden Blick strahlte er etwas Gefühlloses, Abweisendes aus, auch wenn er voll ängstlicher Ergebenheit seine Gäste im Auge behielt. Ächzend kniete er nieder, zog aus dem untersten Regal eine verstaubte Flasche Nero d'Avola und brachte den dunkelroten Wein mit zwei Gläsern an den Tisch.

»*Buona sera*, Don Massimo.« Der Wirt küsste in ehrerbietiger Haltung die ihm gereichten Hände. Seine devote Beflissenheit verriet den unterwürfigen Respekt, den er dem Paten entgegenbrachte. Dann wandte er sich an den zweiten Gast. In jovialer Manier klopfte Don Santo dem jungen Wirt auf die Schulter, als wolle er sagen: Gut gemacht, du weißt, was wir brauchen. Laut sagte er: »*Salve*, Luigi. *Tutto bene?*« Seine rasselnde und kurzatmige Stimme klang, als stünde er kurz vor dem Erstickungstod.

Der mit Luigi Angesprochene nickte dankbar und wischte mit einem feuchten Tuch den Tisch sauber.

»Lass uns alleine!«, krächzte Don Santo heißer und erstickte beinahe in einem Hustenanfall. »Und schicke jemand an die Tür! Wir wollen in Ruhe reden.«

Er wedelte mit seiner klobigen Hand, als wolle er einen Hund verjagen.
»*Naturalmente*«, antwortete der Wirt eilfertig, deutete so etwas wie eine Verbeugung an und ging mit energischen Schritten zum Eingang. Er drehte die Pappe mit der ungelenken Aufschrift »*Chiuso*« um und hängte sie in den Fensterausschnitt der Tür. Ebenso unauffällig, wie er gekommen war, verschwand er wieder in der Küche.
Don Massimo entkorkte den Wein und schenkte die beiden Gläser voll. »*Salute, amico!*«, prostete er Don Santo zu und nippte an seinem Glas.
»*Veramente! Un buono saggio di vino!*«, bemerkte Santorini genüsslich und wischte sich mit dem Handrücken den Mund ab. »Ich sollte mir bei Gelegenheit ein paar Kisten davon anschaffen.«
Auch wenn Don Massimo entspannt wirkte, Santorini kannte ihn gut genug, um zu wissen, dass es unter der Oberfläche des dickfelligen Paten brodelte. Mit wachsender Unruhe beobachtete er, wie sein schwergewichtiges Gegenüber mit den Wurstfingern seiner linken Hand auf den Tisch trommelte. »Du bist nervös heute«, bemerkte er.
»Wundert dich das?«, gab Massimo bissig zurück. »Ich finde es beschissen, wenn dein Name im Zusammenhang mit Bruno gebracht wird. Die Fahndung hier oben war ziemlich ärgerlich.«
»Na und!«, antwortete Santorini grinsend. »Die ganze Aktion war nichts weiter als ein Sturm im Wasserglas.«
»Hoffen wir, dass es Don Grasso auch so sieht!«
»Ich glaube, im Augenblick gibt es ernstere Dinge, über die wir reden sollten. Deine Nervosität ist übertrieben.«
Massimos faltiges Gesicht verzog sich. »Meine Leute sind gerade dabei, die letzten Stäubchen aus den Büros zu fegen. Solange ich nicht sicher sein kann, dass alle Geschäftspapiere im Schredder verschwunden und die Festplatten der Computer

eingestampft sind, solange darf ich doch wohl nervös sein.« Unvermittelt beugte sich Don Massimo vor. »Es geht mir auf die Nerven, wenn Aktionen wie diese gerade noch im letzten Augenblick durchgezogen werden. Hätten wir nicht den Tipp aus dem Ministerium bekommen, dass dort in der Kanzlei eine Razzia bevorsteht, säßen wir die nächsten zehn Jahre in Einzelzellen.«

»Seit wann wurde Enricos Kanzlei observiert?«, erkundigte sich Santorini.

»Don Grasso sagte mir, angeblich seit zwei Jahren. Ich verstehe nicht, dass Enrico nichts davon mitbekommen haben soll«, brummelte Massimo undeutlich. »André Filloni, der Einsatzleiter der Observierungsgruppe, hat einen Bericht verfasst und ihn an das Comando Generale in Rom geschickt. Don Grasso wurde darüber informiert, ein Freund war ihm noch einen Gefallen schuldig. Das musst du dir einmal vorstellen! Für den Einsatz fehlte nur noch das grüne Licht vom Ministerium. Hätte man nur ein paar Tage früher zugeschlagen, wäre das einem schweren Erdbeben in Rom gleichgekommen. Dort wäre kein Stein auf dem anderen geblieben.«

»Könnte es möglich sein, dass Enrico davon wusste, uns aber aus Angst nichts gesagt hat?« Santorini steckte sich am heruntergerauchten Stummel eine neue Zigarette an und drückte ihn im Aschenbecher aus.

Massimo seufzte vernehmlich. »Möglich, dass er die Hosen voll hatte. Das wäre mir an seiner Stelle nicht anders gegangen!« Massimo lachte in sich hinein, und sein mächtiger Leib bebte. »Allerdings hat er uns damit um ein Haar in Schwierigkeiten gebracht.«

»So schlimm wäre das auch nicht gewesen«, erwiderte Don Santo heiser. »Im Knast kriegst du alles: Schwule, Rauschgift, Waffen, Schnaps und ein Kommunikationsnetz, das die Leistungsfähigkeit unserer Telefongesellschaft bei weitem übertrifft.«

»Deinen Humor möchte ich haben!«, antwortete Massimo süßsauer. »Nur gut, dass mich Don Grasso gewarnt hat. Man hätte Cardone, Senna und Pantrini verhaftet, bevor *wir* sie in die Finger bekommen hätten. Du kannst Gift darauf nehmen, wie Kanarienvögel hätten sie gesungen, um ihre Haut zu retten.«

Santorini verzog das Gesicht. »Daraus wäre ein schöner Skandal entstanden!«

»Wie sagt Don Grasso immer? Skandale entstehen nur dann, wenn man den Carabinieri erlaubt, ihnen ein Ende zu bereiten. Aber so weit sind wir noch nicht. Senna und Pantrini wurden abgeholt und nach Genua gebracht. Ich gebe zu, ein wenig umständlich, aber sicher.« Massimo blickte auf seine Armbanduhr. »Gerade werden sie mitsamt ihrem Gepäck auf See entsorgt.«

Santorinis Augen glänzten höhnisch. »Immerhin tauschen sie den Lago Maggiore mit der Riviera.«

»Deshalb aber ist unser Palermo-Problem noch immer nicht gelöst«, sagte Massimo mit einem lachenden Unterton. »Es ist heikel. Dein Neffe muss von der Bildfläche verschwinden. Du verstehst, was ich meine?«

Santorini nickte bedrückt! »Ich habe wirklich keine Ahnung, was in ihn gefahren ist. Wie konnte er mir nur so etwas Unangenehmes antun ...?« In seinen Augen trat so etwas wie schmerzliche Verletztheit. »Er hat mich mit dieser Dummheit beleidigt.«

»Er hat es vermasselt!«, giftete Massimo und kratzte sich nachdenklich am Hinterkopf. »Er muss von der Bildfläche verschwinden!«

»An wen denkst du?«, fragte Santo, dessen Bedauern aus den Augen verschwunden war.

»Es kommt niemand aus unserer Umgebung in Frage«, erwiderte Don Massimo. »Ein Staatssekretär aus dem Verteidigungsministerium hat mich wissen lassen, dass die Angelegen-

heit einigen Herren an der Regierungsspitze ziemlich gegen den Strich gehe. Man verlasse sich darauf, dass wir zügig und ohne großen Wellenschlag handeln. Meiner Meinung nach sollten wir Don Grasso bitten, Perlaquale zu beauftragen. Wir sollten ihn daraufhin ansprechen.«
Santo zog ein skeptisches Gesicht. »Er wird ziemlich ungehalten reagieren, wenn ich ihm diesen Vorschlag mache.«
»Ich weiß!«, seufzte Don Massimo, trank von seinem Wein und blickte zur Decke. »Die Sache ist eilig«, fügte er hinzu. »Vor allem will ich nicht wie ein Idiot dastehen, wenn Don Grasso mich auf das Problem anspricht.«
»Vielleicht sollten wir die Sache selbst in die Hand nehmen. Perlaquale ins Spiel zu bringen, halte ich für ungeschickt.« Santorini atmete schwer und nippte an seinem Glas. »Wir sehen Don Grasso morgen Abend auf der Jacht. Bis dahin brennt nichts an. Ich denke, es ist am besten, wenn wir die gelöste Stimmung ausnutzen und einen günstigen Augenblick abwarten.«
Missmutig faltete Massimo seine Finger über den sich wölbenden Bauch und streckte die Beine von sich. »Eines verstehe ich bis jetzt immer noch nicht. Wie konntest du nur auf die Idee kommen, ausgerechnet diesem paranoiden Scheißkerl den Auftrag zu erteilen, das Premeno-Problem aus der Welt zu schaffen?«, bemerkte er ungehalten. »Du hättest wissen müssen, dass dein Neffe nicht alle Tassen im Schrank hat. Fehler wie diese fallen auf uns zurück.«
»Glaub mir doch!«, erwiderte Santo eindringlich und zündete sich erneut eine Zigarette an. »Ich hatte keine Ahnung, dass Bruno spinnt. Er wollte partout in der Familienhierarchie aufsteigen. Weshalb hätte ich ihm die Chance nicht geben sollen? Letztendlich waren wir auch gezwungen, schnell zu reagieren. Cardone hatte alle möglichen Ausreden, bis ich ihm klargemacht habe, dass er nach Palermo kommen muss, wenn er vermeiden will, dass meine Männer ihn in Premeno besuchen.«

»Wer war der andere?« Massimos Frage klang, als habe er sie beiläufig gestellt. Doch Santo kannte ihn zu gut. Der Dicke stellte nie beiläufige Fragen.

»Wen meinst du?«

»Den Hobbyfilmer. Ich meine, Bruno muss den Kerl gut kennen.«

Santorini bekam einen heftigen Hustenanfall und drückte seine Zigarette aus. »Ich habe keine Ahnung, wen er dabeihatte.«

»Belassen wir es dabei! Es ist, wie es ist. Nun müssen wir eben den kleinen Fehler korrigieren«, sagte Massimo, zog ein Tuch aus der Tasche und schneuzte sich geräuschvoll. »Wenn ich allerdings daran denke, dass es irgendwo in Palermo die Originalaufnahme gibt, wird mir schlecht. Sorge dafür, dass die Sache restlos bereinigt wird!«

Santorini nickte und wechselte übergangslos das Thema. »Wann, hast du gesagt, erwartet uns Don Grasso?«

»Morgen Abend gegen neun Uhr. Wir treffen uns mit den Dreizehn im Grand Hotel ›*Villa Igiea*‹. Von dort aus werden wir mit einem Boot direkt zur Jacht gebracht. Sie liegt vor dem Hotelhafen.«

»Wissen die Herrschaften, dass wir dabei sind, Rizzolo Venture umzutopfen?«

Erneut machte Don Massimo eine wegwerfende Handbewegung, griff nach seinem Weinglas und schluckte geräuschvoll. »Das geht nur Don Grasso etwas an. Keine Ahnung, ob er sie darüber informiert hat. Er hatte sowieso vor, sich von der Westpac Bank zu trennen, weil sie seit Jahren unser Kapital mit nur knapp drei Prozent Zinsen beleidigt. Niemand konnte damit rechnen, dass die Transaktionen plötzlich eilig werden. Warten wir ab, was die Dreizehn sagen, wenn Don Grasso ihnen die Entwicklung mitteilt. Sicher wollen sie ein Wörtchen mitreden, schließlich geht es auch um ihr Geld.«

Don Santo stützte seine Stirn in die Hand. »Wer kommt noch, außer dem internen Kreis?«

»Er hat ein paar Freunde eingeladen. Sogar der Questore von Palermo und der Militäroberst werden dieses Mal da sein. Nach dem Fest sollen die Gäste außer den Dreizehn wieder im Hotel abgesetzt werden. Danach geht es in die Sitzung.«
Massimo seufzte. »Es wird diesem Minetti unangenehm sein, wenn er auf uns trifft.«
»Peinlichkeit ist nur halb so unangenehm, wenn sie nach Geld riecht«, meinte Santorini. »Du kennst doch Don Grasso, er bittet niemanden auf die ›Alexandra‹, wenn er keinen Nutzen darin erkennt. Er nennt es immer: die laufende Bewässerung bereits bestehender Sümpfe. Übrigens, hast du die Zeitung gelesen?«
Don Santos klappriger Körper zitterte, als er in sich hineinkicherte. »Ich frage mich, weshalb sich einige dieser selbstherrlichen Wichte immer in den Vordergrund drängen müssen. Irgendjemand war beleidigt, weil er zu Grassos Sommerfest nicht eingeladen wurde. Gestern titelte der ›Corriere‹, die Metastasen der Bestechlichkeit Italiens ballten sich auf einer Luxusjacht zu einem großen Krebsgeschwür zusammen. Abgeordnete, Politiker, Industriegrößen und Meinungsbildner seien nicht eingeladen, sondern von dem großen Romano Grasso nach Palermo beordert worden.«
»Reine Hasstiraden und Neid, wenn du mich fragst.« Massimo, der sich beim Trinken seines Roten verschluckt hatte, hustete.
»Man muss in Zukunft verhindern, dass solche Artikel erscheinen«, röchelte Santo, dem es beim Rauchen ähnlich erging.
»Das ist schwierig. Der ›Corriere‹ ist eine der wenigen unabhängigen Zeitungen«, wandte Massimo ein. »Unserem großen Parteivorsitzenden der VRI ist es unglücklicherweise noch nicht gelungen, auch noch die größte Tageszeitung unter seine Kontrolle zu bringen. Wie dem auch sei, im Augenblick haben wir Wichtigeres zu erledigen. Grasso braucht die neuesten Zahlen der Off-Shore-Firmen.« Massimo starrte brütend aus

dem Fenster und nahm erneut einen Schluck. »Hoffentlich meldet sich Ruffo bald! Ich habe keine Lust, von Grasso einen Anschiss zu kriegen. Er möchte mit guten Zahlen glänzen und den Beiratsmitgliedern bei dieser Gelegenheit mitteilen, in welchem schönen Hafen unsere Vermögen in Zukunft Früchte tragen sollen.«

Don Santo nickte ernst. »Sobald Gallerte und Ruffo die Sache über die Bühne gebracht haben, werden sie sich melden. Im Augenblick müssen wir uns noch gedulden. Sie sind vor ein paar Stunden in Brisbane gelandet. Schneller war es einfach nicht zu machen. Morgen fliegen sie weiter.«

»Wieso erst morgen?«, knurrte Don Massimo ungehalten. »Das wird verdammt knapp. Hast du ihnen nicht klargemacht, wie dringend die Sache ist? Ich hoffe nicht, dass die beiden glauben, wir hätten ihnen einen Urlaub gebucht.«

»Der Pilot musste einen Tag Ruhepause einlegen. Die Flugsicherung ist ziemlich pingelig. Außerdem musste der Jet betankt und durchgecheckt werden.«

Von Don Massimos undurchdringlicher Miene war nicht abzulesen, was er dachte. »Wir sind ziemlich in Zeitnot. Don Grasso erwartet, dass wir ihm Vollzug melden, wenn wir an Bord kommen. Du weißt, wie unangenehm der *patrone* werden kann, wenn etwas nicht klappt. Ich will in der Sache gut dastehen.«

»Mach dir nicht in die Hosen!«, murrte Don Santo verärgert. »Deine ständigen Bedenken gehen mir auf die Nerven. Gallerte und Ruffo haben Don Grassos Vertrauen. Meines übrigens auch. Sie sind zuverlässig, und sie haben mich noch nie enttäuscht. Außerdem sprechen sie fließend Englisch. In dieser Situation hätten wir niemand anderen losschicken können. Dafür werden auch die Dreizehn Verständnis aufbringen müssen. Ich habe vor einer Stunde mit den beiden telefoniert. Wenn Geoffrey Gee & Partners den Auftrag zur Überweisung haben, sind die Transfers nach Saint Lucia in maximal einer Stunde erledigt. Die beiden werden uns informieren, sobald sie sich bei der Westpac Bank davon überzeugt haben, dass die Transfers auch tatsächlich ausgeführt worden sind. *Questo, noi vediamo domani*«, murmelte Don Santo. »Lass uns gehen! Wir treffen uns morgen um die gleiche Zeit hier im ›*Bel Soggiorno*‹.«

»Dein Wort in Gottes Ohr«, polterte Massimo. »Im Augenblick bin ich ein wenig dünnhäutig. Don Grasso ist verdammt sensibel seit der Geschichte mit Cardone.«

Die Männer erhoben sich und verließen das Lokal.

Vierundzwanzig Stunden später wurden die zwei ehrenwerten Signori vor der Pizzeria von mehreren Männern erwartet und durch das Zentrum von Prizzi begleitet. Misstrauisch beobachteten die Leibwächter alles, was auf der Straße vorging, als rechneten sie jederzeit mit einem Angriff. Sie nahmen die beiden Paten in die Mitte, wobei sie stets einen respektablen Abstand einhielten. Sie trugen grausame, gewalttätige Mienen zur Schau, die Augen hinter verspiegelten Sonnenbrillen versteckt. Ihr Auftritt demonstrierte für jedermann sichtbar den Machtanspruch der ehrenwerten Familie und der beiden Paten.

Den Fußweg zur Chiesa di San Francesco legte die Gruppe in einigen Minuten zurück. Auf der Piazza vor der Kirche parkten abfahrbereit drei dunkelblaue Mercedes-Limousinen. Während einer der Männer den Wagenschlag des in der Mitte stehenden Fahrzeuges aufriss, damit die Dons Platz nehmen konnten, stiegen die anderen in die Begleitfahrzeuge. Der Chauffeur im Auto der Paten, dessen Motor bereits lief, fuhr sofort los. Er kannte das Ziel. Vor und hinter ihnen fuhr je ein Wagen des Begleitschutzes, nicht nur, um eventuelle Gefahr zu begegnen, sondern auch, um Machtfülle zu demonstrieren.

»Wenn wir in Palermo sind, fahre erst in die Via Ruggero Settimo, ich brauche noch ein Dinnerjackett«, wies Don Massimo den Fahrer an. »Ich steige an der Ecke aus.« Zu seinem Freund gewandt raunte er: »Wir wollen doch bei der Party wenigstens einen guten Eindruck hinterlassen! Brauchst du auch noch etwas?«

Santorini brummte ablehnend und sah aus dem Seitenfenster. »Meine Abendgarderobe habe ich gestern schon auf die ›Alexandra‹ bringen lassen.«

Die Straße wand sich in langgezogenen Kurven durch eine urwüchsige, wilde Gebirgswelt, vorbei an trostlosen Gehöften und trutzigen Bergdörfern, in denen die Zeit stillzustehen schien. Nebel lag über dem Land, Dunstschleier hingen schwer über dem Horizont und vor den Umrissen der Berge. Die Gebirgsgegend wurde allmählich von riesigen Waldgebieten und blühender Macchia abgelöst. Die hoch aufragenden Steilhänge des Bosco di Ficuzza, aus dem sich das eindrucksvolle Felsmassiv des Rocco Busambra steil in den abendlichen Himmel emporreckte, wirkten im Zwielicht bedrohlich und abweisend. Die Straße führte über kahle Pässe und durch karge Hochebenen, die allmählich in fruchtbare Täler übergingen und zuletzt in sanften Hügeln ausliefen.

Schweigend beobachteten die beiden Paten die vorbeiziehende Landschaft. Nach etwas mehr als einer Stunde erreichte der Konvoi die Vororte von Palermo, deren abgewirtschaftete Wohnblocks und heruntergekommenen Behausungen wie Kraken ihre Tentakel in das fruchtbare Land ausstreckten. Die Stadt hatte sich schon vor vielen Jahren vom Meer abgewandt, die alte Seepromenade war verschwunden, zugeschüttet, bebaut. Die Gärten der »Conca d'oro«, die alten Zitrushaine rings um die Stadt und hinauf in die südlichen Berge am Fluss Orete, waren zugepflastert mit Wohnsilos. Skrupellose Spekulanten hatten mit ihrer ungezügelten Bauwut der Hafenstadt schwere Wunden zugefügt, nicht ohne die Hilfe korrupter Politiker, die in den sechziger Jahren Wohnblöcke für jene bauen ließen, die in den Kellergeschossen der Gesellschaft lebten.

Armut war oft die Folge eines Lebens, das von zerrissenen

Familien, Drogensucht, langen Strafregistern und Bandenkriegen gezeichnet war. In Palermo, einst eine der schönsten Städte der Welt, prallten Glanz und unerträgliches Elend erbarmungslos aufeinander, was die Insassen der Luxuslimousine freilich kaum berührte. Sie hatten die Welt der Armut nie betreten, selbst in ihrer Jugend nicht, auch wenn sie an diesem Ort der Gewalt und Hoffnungslosigkeit ihre besten Mitarbeiter rekrutierten. Junge Männer, die kein besseres Leben kannten, die kämpften und mordeten, um sich an die Spitze der Società d'Onorata hinaufzuarbeiten und später ein Dasein auf der gestohlenen Sonnenseite zu verbringen.
Der Konvoi erreichte die Schnellstraße, legte ein zügiges Tempo vor und erreichte wenige Kilometer später über die Via Oreto und die Via Roma die Stadtmitte. Der dichte Verkehr zwang die Fahrzeuge zu einem kleinen Umweg. Der Chauffeur der Paten lenkte den Mercedes routiniert durch den abendlichen Verkehr der Innenstadt. Hochherrschaftliche Häuser, majestätische Gebäude mit antiken Säulen und maurischen Ornamenten, wechselten sich mit Museen und den filigranen Türmen spanischer Kirchen ab. Er fuhr über die Küstenparallele zur Via Maqueda, kreuzte die Piazza Quattro Conti und gelangte wenig später an die Porta Felice. Die Stadt glich mit ihren hell erleuchteten Straßen, den überfüllten Cafés, frequentierten Boutiquen und strahlenden Geschäften einem einzigen großen Jahrmarkt. Der Fahrer verlangsamte seine Geschwindigkeit und bog in die Via Ruggero Settimo ein, in die Straße des Reichtums. Sanft ließ er den Wagen ausrollen und hielt vor einem luxuriösen Geschäft für Herrenbekleidung.
»Ich bin in ein paar Minuten wieder zurück«, sagte Massimo und wuchtete seinen gewaltigen Körper aus der Limousine. Schattengleich folgten ihm zwei Leibwächter aus dem nachfolgenden Fahrzeug. In der Einkaufmeile der begüterten Menschen reihten sich Banken und Juwelierläden an exklusive Ein-

kaufstempel und Edelboutiquen. In den Schaufenstern lag protzige Mode aus, Haute Couture von jener Sorte, wie sie Gattinnen hoher Beamter, Politiker, Unternehmer und Mafiosi in diesem Sommer bevorzugten. Die Damen trugen sie zu den Festen und Galaempfängen in den Gärten oder auf den Terrassen ihrer Villen in Mondello und an der Addaura, Kleider oder Kostüme, deren Preis höher war als der Monatslohn ihrer Kindermädchen, ihrer Köche oder der philippinischen oder arabischen Tellerwäscher, von denen Palermo voll war. In den Nebenstraßen der Via Ruggero Settimo befanden sich die Kanzleien wichtiger Rechtsanwälte, die Büros erfolgreicher Kaufleute, die Luxuspraxen beliebter Ärzte sowie die Studios jener Architekten und Innenausstatter, die gerade in Mode waren. Hier fand man auch Antiquare und Galeristen, die sich in den letzten Jahren maßlos bereichert hatten. Auf dieser Fläche von nicht mehr als tausend Quadratmetern schien der ungeheure Reichtum Palermos zusammenzuströmen. Hier vermengten sich nicht zuletzt die unermesslichen Gelder aus dem Drogenhandel, aus dubiosen Bauaufträgen, aus Geschäften jeglicher Art.

Minuten später kam Don Massimo ein wenig außer Puste zum Wagen zurück, stellte eine edle Einkaufstüte auf den Beifahrersitz und setzte sich schnaubend wieder in den Fond. »Es kann weitergehen«, keuchte er kurzatmig. »Die Luft da draußen ist unerträglich. Hoffentlich ist es auf der ›Alexandra‹ ein wenig angenehmer!«

Santorini grinste unverschämt. »Wenn du ein wenig abspecken würdest, käme es dir nicht so heiß vor. Du solltest mehr Joghurt essen.«

»Und du weniger qualmen«, brummelte Massimo.

Der Chauffeur startete das schwere Fahrzeug und reihte sich wieder in den Verkehr ein. An der Piazza Marina öffnete sich das Blickfeld auf die endlose Lichterkette entlang der Küste des Tyrrhenischen Meers. Bald hielt die luxuriöse Limousine

mitsamt den Begleitfahrzeugen vor dem imposanten Eingang des Grand Hotels »Villa Igiea«.
Ehe der Portier herbeieilen konnte, um den Wagenschlag zu öffnen, standen die Leibwächter aus den Begleitfahrzeugen am Wagen der Dons, um ihnen beim Aussteigen behilflich zu sein. Die Mienen der beiden Männer strahlten Stolz und Selbstbewusstsein aus, wohl wissend, dass man sie in den berühmten Hotel als Gäste hoch schätzte. Flankiert von vier breitschultrigen Männern, die in ihrer Umgebung jede Person und jede Bewegung wahrzunehmen schienen, durchquerten sie das prächtige Foyer des Hotels, dessen Gediegenheit und Luxus Weltruhm genoss. Für die Gäste, die instinktiv zur Seite traten, um der martialisch wirkenden Gruppe Platz zu machen, boten sie einen befremdlichen Anblick. Santorini und Massimo steuerten die Hotelbar an und tranken noch einen Espresso, bevor sie sich auf den Weg zu Don Grassos Jacht machten. Die bulligen Leibwächter warteten in Achtung gebietender Entfernung und beobachteten misstrauisch das Kommen und Gehen im Hotel.
»Die Gäste der ›Alexandra‹ sind vor wenigen Minuten aufgebrochen«, bemerkte einer der Kellner an der Hotelbar.
Massimo nickte und trank seine Tasse mit einem Schluck leer. »Dann wollen wir die Herrschaften nicht warten lassen«, brummte er.

Die »Alexandra«, eine Fünfundvierzig-Meter-Luxusjacht, gebaut von der in Viareggio ansässigen Benedetti-Werft, lag in Festbeleuchtung etwa zweihundert Meter außerhalb des hoteleigenen Hafens vor Anker. Ihre schnittige Schönheit kam im hellen Licht gut zur Geltung und bot den Hotelgästen auf der Terrasse eine großartige Kulisse. Die parkähnliche Anlage des Hotels im Schatten von Pinien und schwarzernsten Zypressen erhob sich auf einem sanften Hügel über dem Wasser, entrückt vom Getriebe und Lärm der Stadt. Herb duftende

Buchsbaumhecken begrenzten das weitläufige Areal, zwischen denen goldrot Granatäpfel glühten. Es war ein Ort, der das Gefühl vermittelte, endlich allein mit sich sein zu können, mit sich, seinen Gedanken und seiner Seele.

Eine lange, schmale Steintreppe führte hinunter zum Bootshafen. Die Barkasse des Hafenmeisters wartete am mit Mahagonidielen ausgelegten Schiffsanleger. Mehrere kleine Holzboote lagen vertäut daneben und schaukelten auf dem träge schwappenden Wasser.

Aus den Augenwinkeln nahm Massimo einen alten Kahn wahr, dessen Bootslack schon bessere Tage gesehen hatte. Im Inneren türmten sich grobmaschige Netze. Traniger Geruch wehte in des Paten Nase. Der Fischer, vermutlich der Besitzer, saß rauchend in gebeugter Haltung auf dem Bootsrand und blickte mit zusammengekniffenen Augen hinüber zur »Alexandra«. Massimo beobachtete für einen Moment den alten Mann, der scheinbar zufrieden mit sich und der Welt die Abendstimmung genoss. Für einen Wimpernschlag sah man im Gesicht des Paten einen melancholischen Zug, als erinnere er sich an vergangene Tage seiner Kindheit. Tief sog er die Luft ein.

»Tutto bene?«, rief er dem Fischer zu.

Der Alte lachte und zeigte dabei ein halbes Dutzend brauner Zahnstummel. Mit seiner knotigen Hand machte er eine einladende Geste, als wolle er sagen: Setz dich neben mich! Doch Massimo winkte mit einem gequälten Lächeln ab.

»Was machst du denn?«, krächzte Santorini. »Wir müssen los!«

Der schwergewichtige Don schien aus seiner Erstarrung zu erwachen und watschelte zur Barkasse. Unsicher schwankte er über die schmale Gangway und ließ sich schwer atmend auf eine hölzerne Sitzbank nieder. Die vier Leibwächter der Paten versammelten sich am Heck, rauchten und unterhielten sich leise.

Weithin sichtbar fand auf dem eleganten Traumcruiser, von dem es im gesamten Mittelmeerraum nur eine Handvoll vergleichbarer Exemplare gab, ein gesellschaftliches Ereignis statt. Auf den Decks konnte man Menschen in Abendgarderobe erkennen. Ausgelassenes Lachen und gedämpfte Musik schallten zum Ufer. Bewegungslos lag die »Alexandra« auf dem schwarzen Wasser, und ihre gleißende Beleuchtung spiegelte sich tausendfach im Meer.

»Ich werde es nie begreifen«, polterte Don Massimo und schüttelte verächtlich den Kopf. »Romano hat recht, wenn er sagt: Der Lebensinhalt vieler besteht aus dem Anschein äußerster Wichtigkeit. Das ist auch der Grund, weshalb sie solche Einladungen niemals versäumen, bei denen sich alles vor der Nase der Neider abspielt. Je bedeutender sich die Bagage vorkommt, desto weniger bemerkt sie, dass die Falle größer ist als der Speckwürfel.«

»Wie heißt es doch?«, fügte Don Santo mit einem abfälligen Lächeln hinzu. »Was sinkt zuletzt, wenn ein Staatsschiff untergeht? Wahrscheinlich das kalte Büfett. Sie werden sich dort oben die Bäuche vollschlagen, weil es nichts kostet.« Er beugte sich vor, steckte sich seine unvermeidliche Zigarette an und starrte missmutig aufs Meer hinaus. »Aber wenn es um ihr eigenes Geld geht, gehen sie heimlich in die Pizzeria um die Ecke.«

Mit einem leichten Stoß legte die Barkasse längsseits an die »Alexandra« an. »Auf zum Gefecht!«, grummelte Don Massimo und wuchtete sein Gewicht von der Holzbank hoch. Während Santorini geschickt von der Barkasse aufs Unterdeck der Luxusjacht sprang, mussten Massimo zwei Bodyguards Hilfe leisten. Mit festen Griffen schoben und zogen sie ihn hinüber. Der Don atmete tief durch. Sein Gesicht war ernst. Heute Nacht würde nicht nur gefeiert werden, auch wichtige Entscheidungen sollten getroffen werden. Wenn nach dem Sommerfest die Gäste abgeholt und an Land gebracht wurden, würden sich die dreizehn Mitglieder des inneren Kreises im Konferenzraum der »Alexandra« versammeln.

Als Don Massimo und Don Santo mit ihren Bodyguards das erste Oberdeck betraten, war der Gesellschaftsabend bereits voll im Gange. Tanzmusik erklang, die von Rufen und Gelächter begleitet wurde. Champagnerkorken knallten und Beifall erfüllte das Deck.
Don Santo wandte sich an eine seiner Leibwachen: »Geh hinauf und gib Don Romano Bescheid, dass wir angekommen sind! Wir ziehen uns um und kommen in einer Viertelstunde. Dann übernehmt ihr die Wache auf den Oberdecks!«
Die Dons begaben sich nach unten. In der unmittelbaren Nähe des Maschinenraumes war nur das leise Vibrieren der mächtigen Generatoren, die für die Energie auf dem Schiff sorgten, zu hören. Ein Hubschrauber näherte sich der »Alexandra«. Die beiden Paten blickten unwillkürlich zur Decke, und einen Augenblick später konnten sie das Aufsetzen des Hubschraubers auf dem Landepunkt über der Brücke spüren.
»Aha«, knurrte Don Massimo. »Die höchstbezahlten Arbeitsscheuen des Landes sind eingetroffen. Ich frage mich, wie sie ihre Privatflüge vor dem Parlament rechtfertigen.«
Don Santo lachte hämisch. »Politiker sind nicht an Weisungen gebunden – höchstens an Überweisungen.«
»Ich mag Überweisungen«, grummelte Massimo. »Besonders, wenn sie viele Nullen vor dem Komma haben …«

Republic of Vanuatu

Der Lear-Jet auf dem Weg von Brisbane nach Vanuatu verlor allmählich an Höhe. Zwei Männer saßen nebeneinander in den bequemen Ledersesseln und waren in Zeitschriften vertieft. Seit sie in Palermo gestartet waren, waren sie jetzt nahezu dreißig Stunden unterwegs; den zwölfstündigen Zwischenstopp an der australischen Küste nicht mitgerechnet. Sie machten nicht den Eindruck entspannter Urlauber, und wie es schien, sahen sie auch keineswegs unbeschwerten Ferientagen entgegen. Mit ihren weißen Designerhemden, den dezenten Krawatten und teuren Armani-Anzügen strahlten sie eine Mischung dominanter Männlichkeit und humorloser Geschäftigkeit aus. Ihren ernsten Mienen war weder Lebensfreude noch unbeschwerte Leichtigkeit abzulesen, und an Bord befand sich kein Urlaubsgepäck. Gallerte und Ruffo waren mit den beiden Piloten und dem Steward allein.

Während sich der Kapitän über den Lautsprecher in der Kabine meldete, sammelte der Flugbegleiter Besteck und leere Trinkgläser ein und entsorgte sie in einer Metallbox.

»In wenigen Minuten erreichen wir den International Airport von Vila Bauerfield in Vanuatu. Ortszeit: neun Uhr fünfundvierzig.«

Ruffo, ein schlanker, großgewachsener Mann mit gewellten tiefschwarzen Haaren, breiten Schultern und athletischer Figur unterbrach die Lektüre. Er legte sein Magazin auf die Ablage und warf einen Blick nach unten. Sein scharfgeschnittenes, aber nichtsdestoweniger sympathisches Gesicht verriet beim zweiten Hinsehen einen Anflug von Hochmut, der zu deuten war, wenn man ihm in die Augen blickte. Aus ihnen sprach eine abschätzende Verachtung, bei der man das Gefühl nicht loswurde, der Mann nehme niemanden ernst.

Das tiefblaue Meer tief unter Ruffo kam allmählich näher, und er konnte die Schaumkronen auf den Wellenkämmen erkennen. Langsam schwenkte die Maschine parallel zur Küste ein.
»Auf der Insel Éfaté herrschen derzeit neununddreißig Grad Celsius«, hörte er den Piloten sagen. »Also, meine Herren, genießen Sie die angenehme Kühle, solange Sie noch an Bord sind! Zu Ihrer Information: Port Vila ist der Hauptort auf dem melanesischen Archipel und gleichzeitig das größte und einzige Wirtschaftszentrum. Heute leben in der Stadt etwa dreißigtausend Menschen. Die Atolle sind von schneeweißen Sandstränden umgeben und bieten phantastische Tauchmöglichkeiten in glasklarem Wasser. Es lohnt sich, sofern Sie Zeit haben und sich von Ihrem Business erholen wollen, von Éfaté aus mit dem Boot die Inseln Kaiviti und Makura zu besuchen. Besonders sehenswert ist der überdachte Markt in Port Vila, auf dem alle landwirtschaftlichen Produkte des Landes angeboten werden.«
»Was denkt sich der Kerl eigentlich?«, knurrte Ruffo. »Anscheinend glaubt er, wir sind hierhergekommen, um Kokosnüsse zu kaufen.«
»Hast du auch seinen intelligenten Wortwitz bemerkt, Pietro«, erwiderte Gallerte, ohne eine Miene zu verziehen. ›Wirtschaftszentrum‹ hat er gesagt.«
Gallerte war ein kleiner, vierschrötiger Typ mit einem abgebrochenen Schneidezahn. Seine Lippen waren nur ein Strich, und sein Lächeln hatte etwas Brutales. Seine Miene ließ den meisten Menschen, die mit ihm zu tun hatten, das Blut in den Adern gefrieren. Bei Fremden hinterließ er nach der ersten Begegnung fast immer den Eindruck, gerade noch einmal einer Grausamkeit entkommen zu sein. Seine gegelten schwarzen Haare hatte er straff nach hinten gekämmt; sie endeten in einem kurzen Zopf, der mit einem gelben Gummiring zusammengehalten wurde. Dank seines untersetzten und sehr muskulösen Körperbaus wirkte er, obwohl nur knapp über einen

Meter sechzig groß, kräftig und respekteinflößend. Gallerte war im gleichen Dorf wie Ruffo aufgewachsen, in Lercara Friddi im sizilianischen Hinterland, wo die Mafia leichte Beute bei der Rekrutierung ihres Nachwuchses machte. Die beiden galten seit ihrer Jugend als unzertrennlich. Quer über Gallertes rechte Wange lief eine gezackte Narbe, die er sich bei einer Messerstecherei in den Straßen Palermos zugezogen hatte und seine Bereitschaft zur Gewalttätigkeit unterstrich. In seinem Familienclan galt er als schlau und gefährlich. Oft genug hatte er bewiesen, dass er über eine intuitive Intelligenz verfügte, was ihn zu einem gefährlichen Gegner machte. Überdies sprach er mehrere Sprachen fließend, und er konnte sich wie ein Chamäleon blitzschnell an neue Situationen oder an seine Umwelt anpassen.

»Ich darf Sie jetzt bitten, sich anzuschnallen«, kam es aus dem Lautsprecher. »Ich wünsche Ihnen einen erholsamen Aufenthalt in Tax-Heaven, eine der besten Steueroasen im Pazifik.«

»Schau mal hinunter!«, murmelte Gallerte, der am Fenster saß. »Wie es sich für eine Steueroase gehört. Es gibt Wasser, es gibt Palmen, und sie haben ein paar bunte Hütten, nur eine Bank kann ich nicht entdecken.«

In seinem Jungmännergesicht mit den schmalen, sarkastisch lächelnden Lippen und dem durchdringenden Blick zeigte sich so etwas wie abfälliger Hohn.

Er beobachtete, wie die Maschine schneller an Höhe verlor. Sein Blick schweifte über die vielen Inseln, die aussahen, als habe eine gigantische Hand grüne Smaragde ins Wasser geworfen. Vor seinen Augen tauchte inmitten des azurblauen Korallenmeers, dessen Wasser vom hellklaren Türkis ins Grün changierte, der Archipel Vanuatu auf. Die Maschine zog einen engen Bogen über Etmat Bay Beach und senkte sich über den Hafen. Das Fahrwerk wurde ausgefahren und rastete mit einem vernehmlichen »Klack« ein.

»Willkommen auf James Cooks Schatzinsel«, murmelte Ruffo

ironisch. »Ich bin gespannt, ob uns Captain Flint abholt. Ich hoffe nur, dass sein Planwagen Aircondition hat.«

»Der Hotelmanager des ›Iririki Island Ressorts‹ hat mir versichert, dass Sie mit einem Mercedes abgeholt werden«, wandte sich der Steward an Gallerte. »Ich habe bereits von Brisbane alles organisiert.«

»Fragt sich nur, welches Baujahr«, frozzelte Ruffo. »Am Arsch der Welt weiß niemand, was ihn erwartet.«

Der Flugbegleiter lächelte gezwungen. »Zu Ihrer Information«, fügte er freundlich hinzu, »das Hotel liegt auf einer Insel vor dem Hafen. Sie brauchen den klimatisierten Wagen nicht zu verlassen. Die Fähre braucht nur fünf Minuten bis zum Hotelanleger. Danach erwartet Sie ein Superhotel.«

Gallerte verzog sein Gesicht zu einem süßsaueren Grinsen. »Eine Fähre! Auch das noch!« Er streckte seine Glieder und versuchte seine Muskeln zu lockern. »*Dio mio*, bin ich froh, dass dieser Marathon vorbei ist. Ich brauche eine Dusche, eine Zigarette und eine Poolbar mit drei Blondinen. Und zwar genau in dieser Reihenfolge.«

»Ich bin fix und fertig«, bemerkte Ruffo. »Ich frage mich, weshalb es Don Massimo so wichtig ist, dass wir gleich morgen die Konten clearen. Auf zwei oder drei Tage wäre es wirklich nicht angekommen. Ich hätte mich gerne erst einmal ausgeruht und mich ein wenig umgesehen. Bei solchen Aktionen will ich vorher wissen, wo ich bin. Abgesehen davon, dass uns jetzt eine Woche Urlaub gutgetan hätte.«

»Sie haben es eilig«, meinte Gallerte. »Irgendetwas muss verdammt danebengegangen sein. *Subito*, hat Don Massimo zu mir gesagt.«

»Wenigstens haben wir noch den ganzen Tag vor uns und können ausspannen«, erwiderte Ruffo. »Also, machen wir das Beste draus! Laut Hotelprospekt bekommst du eine komfortable Stelzenhütte am Wasser mit Special-Room-Service und Privatpool. Das Ding nennt sich Kingsize Suite.«

»Privatmassagen inbegriffen«, kicherte Gallerte anzüglich, blickte aus dem Fenster und verfolgte die Landung.

»Wie beruhigend!« Ruffo lehnte sich in den Sessel zurück und stemmte seine Füße auf den Boden. »Fehlt nur noch eine fleißige Mami, die meine Hosen in Ordnung bringt. Sieh dir meine Bügelfalten an!«

»Du hast Sorgen!«, stöhnte Gallerte. »Bei einem Preis von vierhundertfünfzig Dollar die Nacht schiebt dir der Kellner pürierte Langusten in den Hintern. Was glaubst du, was die erst mit deinen Hosen machen!«

Ruffo lachte amüsiert.

Die Maschine setzte hart auf, rollte nach starkem Bremsmanöver langsam aus und nahm die Parkposition wenige Meter vor dem Flughafengebäude ein. Auf dem einstöckigen, langgestreckten Bau standen eine Handvoll Menschen, die interessiert die Ankommenden beobachteten. Es schien den Sizilianern nichts auszumachen, dass sie in ihren dunkelgrauen Maßanzügen und gestärkten Designerhemden exotischer wirkten als Afrikaner in der Antarktis.

Sie waren in einer Inselrepublik angekommen, in der über zwanzigtausend westeuropäische Unternehmen und gut betuchte Bürger mehr als dreißig Milliarden Dollar vollkommen steuerfrei parkten, einem winzigen Land im Pazifischen Ozean, in dem es so gut wie keine Bankenkontrolle gab und die Regierung den Anlegern absolute Vertraulichkeit zusicherte. Rechtshilfeersuchen aus dem Ausland gingen ins Leere. Riesige Kapitalmengen wurden von Vanuatu aus unter Umgehung aller Kontrollen rund um den Globus transferiert und das, ohne je Spuren zu hinterlassen. Brüllende Hitze schlug Gallerte und Ruffo entgegen, als sie ausgestiegen waren.

»Wir sehen uns übermorgen«, wandte sich Ruffo an den Kapitän, der noch hinterm Steuerknüppel saß und den Lear-Jet für das Check-out und die Betankung vorbereitete. »Wir warten um elf Uhr an den Terminals in der Abflughalle.«

»Terminals ist gut.« Der Pilot griente. »Es gibt nur zwei Schalter.«

»Dann können wir uns kaum verfehlen. Übrigens, wo kriegen wir unsere Koffer?«, erkundigte sich Ruffo.

»Ihr Gepäck wird in die Halle gebracht. Neben der Cafébar ist ein Meeting Point. Dort warten Sie bitte. Um Zollformalitäten brauchen Sie sich nicht zu kümmern. Wir haben das bereits von Italien aus arrangiert. Man weiß Bescheid. Es wird keine Probleme mit Ihrem Gepäck geben.«

Ruffo nickte. »Das will ich auch hoffen.«

Schwülheißer Wind wehte über das Rollfeld. Die Luftfeuchtigkeit nahm ihnen den Atem. Obwohl sie ihre Jacketts ausgezogen und die Ärmel ihrer Hemden über die Ellbogen gekrempelt hatten, waren sie nach wenigen Sekunden schweißgebadet. Sie atmeten auf, als sie durch die Tür des klimatisierten Ankunftsbereiches traten. Sichtlich erschöpft gingen sie zur Glaskabine des Zolls. Sie war jedoch unbesetzt.

»Anscheinend will keiner etwas von uns«, raunte Ruffo. »Ich denke, wir gehen einfach durch.«

Gallerte gab keine Antwort und strebte entschlossen auf die Milchglastüren zu, die mit »Exit« beschriftet waren. Ruffo folgte ihm.

»Welche Sprache sprechen die hier?«, fragte Gallerte und sah sich interessiert um.

»Du nervst«, gab Ruffo mürrisch zur Antwort. »Offizielle Amtssprachen sind Englisch und Französisch, aber die Einheimischen sprechen Pidgin oder Bislama. Soweit ich weiß, gibt es hier Hunderte unterschiedlicher Dialekte.«

»*Dio cane,* was bist du doch ein kluges Kerlchen! Du hast wohl im Lexikon nachgeschlagen«, entgegnete Gallerte belustigt.

Wie aus dem Nichts erschienen zwei Zöllner, postierten sich am Durchgang und verlangten die Pässe.

Während einer der einheimischen Beamten freundlich nickte und mit einer müden Handbewegung den Weg zum Ausgang wies, steckte sich der andere an die Zollkabine gelehnt eine Zigarette an und starrte zwei gutaussehenden Stewardessen hinterher.

»Die haben einen stressigen Job«, bemerkte Gallerte und nahm die Pässe wieder entgegen. »Wahrscheinlich haben sie den ganzen Vormittag auf uns gewartet, um uns dabei zu helfen, etwas Verbotenes mitzubringen.«

»Es sind eben Zöllner, die ihre Grenzen kennen!« Ruffo grinste und bleckte die Zähne.

Die Abfertigungshalle erinnerte an einen Bienenstock. Mürrisch zwängten sich Gallerte und Ruffo durch Rucksacktouristen, amerikanische Reisegruppen, Studenten, schreiend bunt gekleidete Einheimische und schaulustige Passanten, stiegen über abgestellte Koffer und schlängelten sich zwischen Kisten und Bergen von Gepäckstücken hindurch. Brodelndes Durcheinander vermittelte die Atmosphäre eines folkloristischen Jahrmarkts.

Wenige Minuten später brachte ein Mitarbeiter des Flughafens die schwarzen Samsonites zum Meeting Point. Wortlos nahmen die Sizilianer ihre Koffer und traten ins Freie. Vor dem Gelände wiegten sich hohe Palmen im Wind, und würziger Geruch stieg ihnen in die Nase.

Ein baumlanger Polynesier in der Dienstlivree des Fünf-Sterne-Hotels »Iririki« lehnte am Kotflügel eines weißen Mercedes, einer amerikanischen Langversion. Das Fahrzeug stand vor dem Hauptausgang an der Parklinie und war offenkundig eine Attraktion für Einheimische. Als sich Ruffo und Gallerte dem Fahrzeug näherten, ging der Chauffeur um den Wagen, öffnete den Kofferraum und setzte ein breites Grinsen auf. *»Welcome in Vanuatu, Sirs … Welcome in the blue pacific paradise!«*

»Weiß er, von was er redet?«, schnauzte Gallerte und wischte sich mit dem Ärmel die schweißnasse Stirn ab. »Selbst ein Paradies ist nicht auszuhalten, wenn es keine Eiswürfel in den Drinks gibt und keine Blondinen am Pool auf uns warten.«

»Mir sind Schokobraune lieber«, murmelte Ruffo mehr zu sich selbst und wuchtete seinen Koffer in den Wagen. »Aber im Augenblick bevorzuge ich einen vollen Kühlschrank.«

Der Chauffeur half Gallertes Koffer zu verstauen, während sich die Männer in die klimatisierte Limousine flüchteten.

»Wie lange brauchen wir zum Hotel?«, fragte Ruffo den Fahrer, der hinter dem Steuer Platz genommen hatte und wie ein Besessener losfuhr. Ruffo lockerte seine Krawatte, öffnete den Hemdkragen und schickte in Anbetracht des Verkehrs ein Stoßgebet zum Himmel.

»*Don't worry!* In zehn Minuten sind wir am Hafen«, erwiderte der Chauffeur und bog mit quietschenden Reifen in die Mainstreet ein. »Die Fähren legen jede Viertelstunde ab. Wenn wir Glück haben, sind Sie in zwanzig Minuten im Hotel. Die Begrüßung ist traditionell an der Bali Hai Bar. Dort bekommen sie erst einmal einen Willkommensdrink.«

»Das klingt gut.« Gallerte seufzte und wandte sich an Ruffo. »Wir sollten uns zuerst leichtere Klamotten kaufen. Die Hitze bringt mich um. Gott sei Dank ist unser Banktermin erst morgen früh!«

»Vielleicht kriegen wir 'ne Badehose und ein paar leichte Sachen im Hotel.«

Der Chauffeur schien die Unterhaltung der beiden verstanden zu haben und nickte lachend. »Auf ›Iririki Island‹ bekommen sie alles. Auch nette Damenbegleitung, wenn Sie es wünschen.«

Die Fahrt von Airport Bauerfield nach Port Vila führte vorbei an Kakao- und Kaffeeplantagen. Das dichte Grün durchzogen üppige Orchideen, deren Farben und Düfte sich in betörender Vielfalt offenbarten. Den Ankömmlingen zeigte sich ein Bild wie in Goethes Traum vom einfachen Leben unter Palmen, bei ewig heiterem Himmel auf einer der seligen Inseln in der end-

losen Weite des Pazifischen Ozeans. In losen Gruppen wachsende Palmen wechselten ab mit dichtem Hibiskus, orange blühenden Tulpenbäumen und Bougainvilleen. Nirgendwo sonst auf der Welt war das Meer so blau, waren Blüten so farbig, die Natur und die Menschen von solcher Schönheit wie auf Vanuatu. Den Sizilianern, die stoisch aus dem Fenster blickten, bot sich eine überwältigende und einzigartige Flora. In windschiefen, grell bemalten Hütten sahen sie unbekümmerte Einheimische voll spürbarer Lebensfreude. Teilnahmslos verfolgten die beiden die beeindruckende und fremde Schönheit der Umgebung und das ständig wechselnde Szenario einer paradiesischen Landschaft.
Ein zusammengewürfelter Haufen von Stelzenhäusern am Uferrand, der wie eine Mischung aus Künstlerviertel und Kolchose wirkte, zog Ruffos Blick an. Erfinderische Zeitgenossen hatten auf dem Wasser ihrer Phantasie freien Lauf gelassen und aus ausrangierten Floßhütten und alten Booten eine kreative Heimat errichtet. Zwischen den verwegen aussehenden Wohnstätten entdeckte er überdimensionale Skulpturen und Plastiken aus Schrottteilen, Holzresten und Kunststoff. Ein Netz aus hölzernen Leitern, Stegen und Brücken ließ die Siedlung wie eine futuristische Traumstadt aus Treibholz aussehen. Grell, farbenfroh und bizarr. Kuppelgebäude, bewohnbare Figuren, selbst liebevoll angelegte Ziergärten mit Blumen und Kräutern hatten die Bewohner in der absonderlichen Kolonie geschaffen. Das Fahrzeug näherte sich der Hauptstadt Vanuatus. Port Vila präsentierte sich von seiner attraktiven Seite: eine saubere, kleine und quirlige Hafenstadt mit modernen Häusern und gepflegter Palmenpromenade.
Wie der Chauffeur vorausgesagt hatte, erreichten die beiden Sizilianer nach zwanzig Minuten den Anleger des Hotelressorts. Sie betraten eine exotische Insel mit einer einzigartigen Blütenpracht. Die offene Bauweise des Hotels, dessen Gebäude in die wildwuchernde Pflanzenwelt eingepasst waren,

machte einen angenehmen Eindruck Das Personal verriet die Leichtigkeit einer naiven Weltanschauung, gepaart mit freundlichem Geschäftssinn, die den beiden Italienern zum ersten Mal so etwas wie ein Lächeln abzwang.

Gallerte und Ruffo verbrachten ihren Ankunftstag unbeschwert am Pool bei kühlen Drinks und entspannten. Sie hatten sich im Hotel leichte Sommerhosen und Hemden gekauft und waren nun dem Klima entsprechend gekleidet. Sie dösten abseits des Hoteltrubels auf Liegestühlen und beobachteten das Treiben der Gäste. Ganz allmählich ließen auch sie sich vom trägen Rhythmus der polynesischen Urlaubsatmosphäre einfangen, und es stellte sich langsam eine für sie ungewohnte Gelassenheit ein. Für den späten Nachmittag hatten sie sich vorgenommen, durch Port Vila zu schlendern. Doch die Zeitumstellung und die Strapazen der Reise verlangten ihren Tribut, und sie wurden bald müde. Da sie den polynesischen Straßenküchen nicht trauten, kehrten sie ins Hotel zurück. Dort bereitete einer der Hotelköche am Rand des Pools auf heißen Steinen Spanferkel zu und *poisson cru*, ein Thunfischvorgericht auf polynesische Art. Schweigend löffelten die beiden Sizilianer ihr Essen und kehrten dann ebenso wortlos in ihre Zimmer zurück.

Am nächsten Morgen hatten sie sich nach einem ausgiebigen Frühstück in die Stadtmitte von Port Vila chauffieren lassen und standen nun im Zentrum vor dem Raffea House am Kumul Highway. In dieser Einkaufsstraße herrschte morgendliche Gemächlichkeit. Viele Ladengeschäfte waren noch geschlossen oder öffneten gerade. Auch in dem zweistöckigen Geschäftshaus schien gerade das Leben zu erwachen; Jalousien wurden herabgelassen und Angestellte betraten das Bürogebäude. Gallerte deutete auf das Schild neben dem Eingang. In goldenen Lettern stand auf schwarzem Marmorgrund:

»Geoffrey Gee & Partners. Barristers, Solicitors and Notary Public. Second Floor.«

»Andiamo …«, murmelte Ruffo. »Bringen wir den Herren die frohe Botschaft!«

Die großzügige Ausstattung des Treppenhauses mit Marmorstufen, verchromten Handläufen und edlem Stuck signalisierte, dass es sich hier um eine erfolgreiche Offshore-Kanzlei handelte. An den samtgrauen Wänden hingen Schwarzweißfotos, auf denen Banknoten unterschiedlicher Währungen als Collage dargestellt waren. *»Pecunia non olet«*, bemerkte Ruffo sarkastisch und deutete im Hinaufgehen auf die Bilder.

»Kein Wunder«, antwortete Gallerte grinsend. »Es wird ja hier gewaschen.«

Im zweiten Stock betraten die beiden durch eine doppelflügelige Glastür die Kanzlei. Der schwere, blassrote Teppich harmonierte angenehm mit den Pastelltönen des Foyers und dem Mahagonidesk, das die Besucher von der Empfangsdame trennte.

»Hi«, grüßte Ruffo kurz, nahm die Sonnenbrille ab und blickte auf das Namensschild der Angestellten, die die beiden Fremden mit unbekümmerter Neugierde betrachtete. »Mein Name ist Ruffo. Der da …«, er drehte sich um und deutete auf seinen hinter ihm stehenden Partner, »… ist Signore Gallerte.« Der stämmige Sizilianer, der sich nach wie vor hinter einer Sonnenbrille versteckte und unverdrossen Kaugummi kaute, machte eine übertriebene Verbeugung. »Wir kommen aus Palermo«, fuhr Ruffo fort, »im Auftrag der Rizzolo Venture Capital.« Mit zusammengekniffenen Augen lauerte er auf die Wirkung seiner Worte. Aber die Empfangsdame schien unbeeindruckt. »Wir sind bei Mister Lan Hua angemeldet. Geben Sie ihm bitte Bescheid!«

Die üppige Einheimische beobachtete freudestrahlend, wie Gallerte mit seinem Kaugummi einen Ballon produzierte, der unvermittelt platzte, so dass Reste an Oberlippe und Nase kleben blieben. Sie lachte laut auf und ihr schwerer Busen wogte vor Begeisterung. Während Gallerte mit spitzen Fingern die Reste des Kaugummis aus dem Gesicht pulte, warf Ruffo seinem Partner einen vernichtenden Blick zu. *»Idiota!«*

»Kann ich bitte Ihre Ausweise sehen?«, fragte die Einheimische immer noch lachend und hielt abwartend die Hand auf. »Wir versichern uns immer gerne vorher, ob Sie auch tatsächlich sind, wer Sie …«

Beide griffen, ohne eine Miene zu verziehen, in die Innentasche ihrer Jacke und legten ihren Reisepass auf den Tresen. Während die Angestellte schweigend in den Dokumenten blätterte und die Passbilder mit den Gesichtern verglich, trommelte Ruffo ungeduldig mit den Fingern auf das Desk. »Ob sie lesen kann?« murmelte Gallerte, der mit aufgestütztem Ellbogen neben Ruffo lümmelte.

»Just a moment.« Ohne Beanstandung reichte die gewaltige Empfangsdame die Pässe zurück und verschwand in der Tür hinter ihr. Nach nur wenigen Augenblicken erschien sie mit einem dunkelhäutigen Mann in einem dezent grauen Anzug und schreiend bunter Krawatte. »Mister Lan Hua«, kündigte sie ihren Chef an und wandte sich dann dem Papierkram auf ihrem Schreibtisch zu.

Mister Hua streckte Ruffo freudestrahlend die Hand entgegen. Seine weichen exotischen Gesichtzüge, die braunen Augen und seine gedrungene Figur vermittelten eher das Bild eines zufriedenen Stammeshäuptlings, der versehentlich in einem Zweireiher steckte.

»Welcome in the most powerful financial centre of the Melanesian area, Sirs!« Lan Hua lachte und auf seiner Stirn stand Stolz geschrieben. Die starken Gläser seiner Hornbrille vergrößerten seine Augen, die die Ankömmlinge zu hypnotisieren schienen wie eine Lupe.

Mister Hua gab ein absonderliches Bild ab. Nichtsdestoweniger galten er und seine Kompagnons als eine der besten Adressen im südpazifischen Raum, spezialisiert auf die unbürokratische Gründung von Offshore-Firmen und die Verwaltung riesiger Kapitalsummen. Es handelte sich um eine boomende Branche, um einen wichtigen und rasant wachsenden Teil der Finanzwelt. Die Globalisierung der Finanzmärkte hatte dazu geführt, dass gewaltige Kapitalmengen beinahe ohne jegliche Kontrolle rund um den Globus transferiert wurden. Gallerte gaffte den Anwalt staunend an und vergaß dabei seinen Kaugummi, während sich Ruffo vollkommen im Griff hatte.

»Folgen Sie mir bitte!«, sagte Mister Hua, wandte sich um und watschelte mit schnellen Schritten in sein Büro. »Nehmen Sie Platz, meine Herren!« Er zeigte auf die Polstersessel am Konferenztisch, wohingegen er sich wie ein Imperator hinter seinem riesigen Mahagonischreibtisch verschanzte. »Ich hoffe, Sie konnten sich ein wenig von den Reisestrapazen erholen. Darf ich Ihnen eine Erfrischung bringen lassen? Oder lieber Kaffee?«, fragte er höflich. Doch Ruffo wehrte mit der Hand ab und verzog das Gesicht. »Was kann ich für Sie tun, meine Herren?«, fragte der Anwalt.

Ruffo zog seine Aktentasche auf den Schoß und entnahm ihr einen Schnellhefter, der mit großen Lettern beschriftet war: »Rizzolo Venture Capital«.

»Da Sie die Konten der Rizzolo verwalten und Ihre Kanzlei den geschäftsführenden Direktor stellt, muss ich Sie heute davon in Kenntnis setzen, dass sich eine wichtige Änderung ergeben hat. Unser Verwaltungsrat hat beschlossen, den Sitz der Rizzolo Venture Capital zu verlegen und die Vermögen mit sofortiger Wirkung auf ein neues Konto nach Castries auf Saint Lucia, West Indies zu transferieren. Wir möchten, dass sie die Gelder auf neue Treuhandkonten überweisen. In der Akte finden Sie die Liste der Konten mit den jeweiligen Einzelvollmachten und Verfügungsberechtigungen sowie die Kontonummern auf Saint Lucia.« Ruffo erhob sich vom Sessel und legte den Schnellhefter auf Huas polierten Schreibtisch.

Als sei die Sache für ihn damit erledigt, ließ er sich wieder in den weichen Polstersessel fallen, schlug die Beine übereinander und lehnte sich zurück.
Lan Huas Lippen umspielte ein kaum merkliches Lächeln, als er die Akte aufschlug und die Papiere überflog. Gleich darauf schloss er die Mappe wieder und schob sie zurück. Aufreizend ruhig tippte er mit dem Zeigefinger auf sie. »Die Papiere können Sie wieder an sich nehmen. Ich fürchte, es handelt sich um ein Missverständnis Ihres Verwaltungsrates. Hat man Sie nicht informiert?«
Ruffo und Gallerte wechselten überraschte Blicke.
»Rizzolo Venture Capital wurde aufgelöst, die Konten wurden vor drei Wochen gekündigt«, fuhr Lan Hua freundlich fort. Er griff nach dem Telefonhörer und gab eine Anweisung in einer Sprache, die die beiden Besucher niemals zuvor gehört hatten. Sekunden später traten zwei weitere dunkelhäutige Herren in tadellos sitzenden Anzügen ein und begrüßten die Sizilianer mit einem kurzen Kopfnicken. »Meine Partner«, beantwortete Lan Hua Ruffos irritierten Blick. Wortlos überreichten die eingetretenen Anwälte den Besuchern ihre Visitenkarten. Einer der beiden hielt ein Schriftstück bereit, das er Lan Hua in die Hand drückte.
»Wie dürfen wir das verstehen?«, fragte Gallerte schroff und schielte misstrauisch auf die Aktennotiz. »Ich meine …« Wieder blickten sich die beiden Sizilianer an. »Sie sagen, Rizzolo Venture Capital gibt es nicht mehr?«
Hua faltete die Hände und lächelte.
»Das ist völlig unmöglich!«, konstatierte Ruffo energisch.
»Weshalb unmöglich?«, erwiderte Hua mit strahlendem Lächeln und zeigte seine blendend weißen Zahnreihen. »Wir arbeiten stets zügig und verlässlich.«
Konsterniert warf Ruffo seinem Begleiter einen hilfesuchenden Blick zu, doch der zuckte nur ratlos mit den Achseln. Dann wandte Ruffo sich wieder an Hua. »Sie glauben doch

nicht ernsthaft, dass unser Auftraggeber nicht weiß, was er uns aufträgt?«

Lan Hua überflog die Aktennotiz. Bedauernd blickte er auf. »Wenn ich es genau nehme, darf ich Ihnen überhaupt keine Auskünfte geben. Sie sind schließlich nicht mehr unsere Klienten. Wie Sie sicher wissen, arbeiteten wir jahrelang mit Consigliere Cardone zusammen und das zu beiderseitiger Zufriedenheit. Doch dieses Kapitel ist abgeschlossen.«

Wie ein Jäger, der auf Karnickel anlegt, kniff Ruffo ein Auge zu. »Aber hier sind unsere Vollmachten!«

»Sie haben keine Relevanz. Aber da die Herren Massimo und Santorini Freunde des Hauses und Sie eigens aus Italien hierhergereist sind, will ich eine Ausnahme machen.« Mister Hua legte eine bedeutungsvolle Pause ein und fuhr dann mit fester Stimme fort: »Am zweiten Juni hat uns Mister Cardone bei seinem persönlichen Besuch angewiesen, die in ihren Vollmachten genannten Konten bei der Westpac Banking Corporation in Port Vila abzuwickeln. Auftragsgemäß haben wir am gleichen Tag die Westpac Bank in Kenntnis gesetzt und die Orders ausführen lassen. Sämtliche Formalitäten zur Abmeldung der Rizzolo Venture Capital wurden von mir persönlich weisungs- und ordnungsgemäß durchgeführt. Rizzolo existiert nicht mehr.«

Gallerte und Ruffo saßen sekundenlang wie erstarrt in den Polstersesseln, während die drei Anwälte bedeutungsvolle Blicke austauschten. Gallerte fand als Erster die Sprache wieder. »*Porca miseria!* Sind Sie völlig verrückt geworden?«

»Ich wiederhole es Ihnen gerne mit anderen Worten«, sagte Lan Hua freundlich. »Die Guthaben wurden abgezogen. Das bedeutet in unserer Bankensprache: abwickeln. Der Geschäftssitz der Rizzolo Venture Capital in Vanuatu ist erloschen.«

»Der Kerl will uns veralbern«, zischte Gallerte und stieß Ruffo in die Seite. Seine Narbe auf der Wange leuchtete vor Aufregung glutrot. »Wir hocken drei Tage lang in einem Jet, fliegen ans Ende der Welt, nur um von diesen drei Halbaffen zu erfahren, dass unser Geld nicht mehr da ist.«

Der Anwalt ging souverän über die beleidigenden Worte, wenn er sie verstanden hatte, hinweg. »Das ist sicherlich sehr bedauerlich«, antwortete er mit triefender Freundlichkeit, »dass Sie sich umsonst die Mühe gemacht haben. Ein Telefonat aus Italien wäre sicher hilfreich gewesen. Aber das ist nicht unser Problem.« Die Miene des Rechtsanwaltes blieb undurchsichtig, wenngleich man in seinen Augen den Anflug von Schadenfreude zu erkennen glaubte.

»Wo ist das Geld jetzt?«, flüsterte Ruffo kaum hörbar. Er hatte sich erhoben. Bleich und mit bebenden Lippen stützte er sich auf den Schreibtisch des Anwaltes.

Lan Hua lehnte sich erschrocken zurück. »Vermutlich in Antigua«, erwiderte er zögernd. »Zumindest ist das unser Wissensstand, seit wir das letzte Mal mit der kontoführenden Westpac Bank in Verbindung standen.«

»Dann veranlassen Sie sofort, dass alles wieder rückgängig gemacht wird!« Ruffo beugte sich über den Schreibtisch und raunte dem Anwalt zu: »Oder soll ich Ihnen dabei helfen?«

Lan Hua sprang von seinem Sessel auf und blickte Ruffo unerschrocken an. »Ich muss Sie schon sehr bitten, Signore Ruffo! Wir selbst bedauern am allermeisten, das Mandat verloren zu haben. Aber Mister Cardone handelte als Generalbevollmächtigter und im Auftrag Ihres Verwaltungsrates. Auch wenn ich mich wiederhole: Wir führten lediglich die Anweisungen aus.«

»Was soll diese Scheiße!«, brüllte Ruffo unvermittelt. Er und Lan Hua standen sich Auge in Auge gegenüber. Doch der kleine Rechtsanwalt ließ sich nicht einschüchtern. »Nur Signore Gallerte und ich sind autorisiert, die Konten der Rizzolo neu zu regeln und die bestehenden Bürgschaften für die Gruppo Agosto zu erneuern. Hier drin sind die verfluchten Vollmachten.« Er tippte mit dem Zeigefinger wütend auf den Schnellhefter. »Wir verlassen das Büro erst, wenn wir die Sache in unserem Sinne geregelt haben. *Capice?*«

»Mister Ruffo, mein Name ist Geoffrey Gee«, mischte sich nun einer der hinzugekommenen Anwälte ein. »Ich bin Senior President dieser Kanzlei. Ich habe Ihren Wortwechsel aufmerksam verfolgt. Wie es scheint, reden wir nicht nur aneinander vorbei, sondern Sie sind auch noch unverschämt. Wenn Sie keine Schwierigkeiten haben wollen, dann benehmen Sie sich! Unsere Polizei kann, wenn es sein muss, sehr ungesellig werden. Die Sache, wie Sie sie nennen, ist völlig korrekt abgewickelt worden und aus unserer Sicht geregelt. Völlig unabhängig davon, ob Sie bevollmächtigt sind oder nicht, wir wurden nicht darüber informiert, dass Sie und Mister Gallerte Consigliere Cardones Aufgaben übernommen haben. Insofern ist Ihre Aufregung unbegründet. Also mäßigen Sie sich im Ton!«

»Mäßigen! Hast du das gehört, Sandro? Mäßigen soll ich mich!« Dann wandte er sich an Geoffrey Gee: »*Madonna,* Signore Presidente«, fuhr er den Anwalt an, »Sie sollten es vermeiden, mich wütend zu erleben! Ich meine, so richtig wütend. Dann nämlich hilft Ihnen niemand mehr, weil Sie Hilfe gar nicht mehr benötigen.« Ruffo bleckte die Zähne wie ein bissiger Hund. »*Allora …* Was gedenken Sie, in dieser Angelegenheit zu tun?«

Geoffrey Gee strahlte eine unerschütterliche Ruhe aus und lächelte den Sizilianer provozierend an. »Nichts.«

»Sie enttäuschen mich, Signore«, erwiderte Ruffo plötzlich in sanftem Ton. »Kennen Sie Romano Grasso?«

Geoffrey Gee zuckte nur mit der linken Augenbraue als sichtbares Zeichen, dass er den Don kannte.

»Der wird diese wunderbare Kanzlei zu feinstem Granulat verarbeiten, wenn hier nicht gleich etwas passiert!«

»Mister Ruffo, richten Sie Signore Grasso meine besten Grüße aus, wenn Sie wieder zu Hause sind. Wir sind einander sehr verpflichtet. Und was Ihre Sache angeht – Enrico Cardone hat das Mandat, wie bereits erwähnt, am zweiten Juni gekündigt. Damit ist unsere Arbeit beendet. Wenden Sie sich mit Ihren Vollmachten an die Westpac Banking Corporation. Vielleicht haben Sie dort mehr Erfolg. Wir jedenfalls können Ihnen nicht helfen.«

Ruffo stand sekundenlang ratlos zwischen den Anwälten, die sich vor ihm aufgebaut hatten und mit unmissverständlicher Haltung zeigten, dass für sie das Gespräch beendet war. »Okay, okay ...!« Der Sizilianer hob beschwichtigend beide Hände und trat einen Schritt zurück.

Doch nun schaltete sich Gallerte ein: »Und wie sieht es mit den Namen der dreizehn Kontoinhaber aus?«, fragte er in scharfem Ton. »Die Rizzolo Venture Capital unterhielt dreizehn Konten. Haben Sie noch Aufzeichnungen, Listen, Kontobewegungen? Das wäre für uns hilfreich ...«

»Aufzeichnungen?«, erwiderte Lan Hua und blickte überrascht seinen Partner Gee an. »Wir wurden von Signore Santorini angewiesen, dafür Sorge zu tragen, dass keine Namen und keine Daten aufbewahrt werden.«

»Auch nichts über die transferierten Guthaben?«, fragte Ruffo aus dem Hintergrund.

Geoffrey Gee schüttelte mitleidig den Kopf. »Wenn es Notizen im Safe gab, so hat sie Mister Cardone an sich genommen. Wir haben in seinem Beisein alle Stammdaten gelöscht. Ich gehe davon aus, dass Mister Cardone sich bei einem hiesigen Anwaltsbüro weitere Unterstützung geholt hat.«

»Wer käme dafür in Frage?«, erkundigte sich Gallerte unwirsch.

Geoffrey Gee zuckte mit den Achseln. Seine Miene zeigte wenig Interesse, behilflich zu sein. »Die Signori Grasso, Massimo und Santorini kennen die üblichen Verfahren, die notwendig sind, um große Vermögen andernorts anzulegen. Sie kennen auch die lokalen Anwaltskanzleien. Wir jedenfalls können Ihnen in dieser Sache keine weiteren Auskünfte geben. Wie ich Ihnen sagte, gehen Sie zur Westpac!«

Ruffo lachte auf. Er schien einem hysterischen Anfall nahe. »Und wo ist diese Scheißbank?«

»Drei Blocks weiter«, entgegnete der dritte Anwalt, der etwas abseits stand.

»Was ist denn das für einer?«, knurrte Ruffo abweisend und schnellte wie eine wütende Natter um seine eigene Achse. »Hat der auch etwas zu sagen?« Sein glühender Blick drohte den Mann aufzuspießen.

»Hat er«, entgegnete der Angesprochene unbeeindruckt und zeigte sein bestes Pokerface. »Und er erklärt Ihnen jetzt den Weg. Wenn Sie auf die Straße treten, wenden Sie sich nach links und gehen dann möglichst zügig immer geradeaus. Wir danken für Ihren kurzen und überflüssigen Besuch.«

Die Sizilianer starrten sich fassungslos an. »Hast du das mitbekommen, Gallerte? Er hat Humor, er dankt!« Für eine Sekunde sah es so aus, als wolle Ruffo dem dunkelhäutigen Mann an die Gurgel fahren. Dann schien er es sich aber doch anders überlegt zu haben. *»Andiamo!«*, zischte er. Wortlos wandte er sich um und verließ mit Gallerte im Schlepptau das Haus.

Schäumend vor Wut trat er auf die Straße und schlug mit der flachen Hand auf das Dach eines vor dem Bürohaus parkenden Autos. »Ich hätte die Kerle auf der Stelle umlegen sollen«, knurrte er. Unvermittelt trat ein tückischer Zug in seine Miene. *»L'occasione fa l'uomo ladro!* Wer sagt uns, dass diese Affen uns nicht beschissen haben?«

»Sieht aber eher danach aus, als hätte uns Enrico die Sache eingebrockt«, bemerkte Gallerte. »Oder hältst du es für möglich, dass Don Grasso einen Blackout hatte? Vielleicht hat er vergessen, dass Cardone bereits vor Wochen den Auftrag zur Auflösung der Konten hatte?«

»Hast du noch alle Tassen im Schrank? Glaubst du etwa, Don Massimo schickt uns aus Versehen um die halbe Welt? Wir haben ein verdammtes Problem.« Ruffo, der einen sichtlich blasseren Teint hatte als Gallerte, sah sich suchend um. »Die

Westpac ist in dieser Richtung.« Er deutete auf ein nahe gelegenes Kaufhaus. »Gleich hinter dem Gebäude muss sie sein. Wir sind vorhin an ihr vorbeigefahren.«
»Auf ein Neues!«, brummte Gallerte. »Die werden uns auslachen, wenn wir nach dem Geld fragen. Eigentlich habe ich absolut keine Lust, mich zum Hampelmann machen zu lassen. Gut möglich, dass diese drei Affen da oben vorsorglich die Polizei informieren. Hab ich dir nicht gestern bei der Ankunft gesagt, dass man auf dieser Insel mit allem rechnen muss?«
»Und wenn schon! Was willst du Don Massimo erzählen?«, erwiderte Ruffo gereizt. »Dass sich das Geld in Luft aufgelöst hat? Es muss uns irgendetwas Vernünftiges einfallen.«
Gallerte schwieg und dachte nach. »Okay, wir werden das Geld auftreiben, so oder so. Wir sollten bei dieser Bank etwas eindringlicher sein und deutlich werden. Was meinst du?«

Vicolo Santa Lucia

Er war nicht nur zwei Tage später als geplant nach Bologna zurückgekehrt, er hatte sich wegen des starken Verkehrs auch noch verspätet. Carlo würde sicher wie auf glühenden Kohlen sitzen und ihn erwarten. Obwohl sich die letzten Kilometer auf der Autostrada beinahe endlos hingezogen hatten, war Cardone froh gewesen, Zeit zum Nachdenken gehabt zu haben. Die Schlagzeilen über Enrico wollten nicht abreißen, und die Mutmaßungen über seinen Bruder hatten ihn zutiefst getroffen. »Wer war Enrico Cardone?«, titelte der »Corriere della Sera« und stellte gewagte Vermutungen über die Kanzlei in Premeno an. Auch wenn Roberto nicht glauben wollte, dass sein Bruder eine »ominöse Figur« der ehrenwerten Gesellschaft gewesen sein soll, seine Beobachtungen in der Anwaltskanzlei schienen diese Behauptungen eher zu bestätigen.

Zu allem Überfluss hatte auf der ganzen Fahrt extreme Hitze geherrscht, bis endlich die Sonne am Horizont verschwand. Jetzt war es im Auto erträglicher, und Cardone genoss den angenehmen Luftzug durch das geöffnete Seitenfenster. Auf dem Weg zur Stadtmitte nahm er die Messeausfahrt, weil sie um diese Zeit ein besseres Durchkommen versprach. Es war die richtige Entscheidung. In weniger als fünfzehn Minuten erreichte er die gotische Basilica di San Domenico unweit seiner Wohnung in der Vicolo Santa Lucia. Sogar einen Parkplatz fand er auf Anhieb. Er schloss den Wagen ab und wuchtete die Kiste seines Bruders aus dem Kofferraum. Notfalls würde er wieder den Hintereingang benutzen, sollten immer noch Reporter die Haustür belagern. Doch als er in die Straße einbog, schien alles ruhig zu sein. Anscheinend hatten die Herrschaften von der Presse die Geduld verloren.

Carlo erwartete ihn seit einer Stunde. Sie hatten zwischendurch zweimal miteinander telefoniert und der Freund hatte ihm geraten, vorsichtig zu sein. Und tatsächlich! Als er in die Einfahrt kam, entdeckte er Fremde, die offenkundig auf ihn warteten. Aber auch auf der Rückseite des Gebäudes lehnten zwei Männer, die er nicht kannte, an der Hauswand. Cardone hatte sich eine Ausrede zurechtgelegt, für den Fall, dass er angesprochen werden sollte. Aber wider Erwarten sprach ihn niemand an. Zügig durchquerte er mit seiner Kiste den Hinterhof. Trotz seiner Anspannung war er nicht in der Lage, die Gedanken abzustellen, die ihm ständig durch den Kopf gingen. Zu viel war am Lago Maggiore geschehen, was sein Leben nachhaltig verändern würde. Er war froh, einen Freund und Vertrauten zu haben, mit dem er die völlig unerwarteten Perspektiven besprechen konnte, die sich ihm eröffneten.

Er war auf Carlos Gesicht gespannt, wenn der hörte, dass Enrico ihn zum Besitzer zweier Häuser und Inhaber eines Bankkontos gemacht hatte. Ein wenig über fünfzigtausend Euro hatte Enrico auf der Cassa di Risparmio angesammelt. Der Wert der Immobilien, auch wenn sie renovierungsbedürftig und in einer eher abgelegenen Region lagen, war seiner Einschätzung nach beträchtlich. Cardone fühlte sich auf seltsame Weise unwohl, weil er eine heimliche Freude über diesen Geldsegen empfand und sich seine Existenzsorgen von jetzt auf gleich erledigt hatten.

Er schloss die Wohnungstür auf und traf im Flur auf Carlo in einer Küchenschürze. Ein wenig außer Atem setzte er die Kiste ab und hockte sich darauf. »Du siehst aus wie deine eigene Mutter!«

»Schön, dass der Bambino endlich da ist. Das Essen ist fertig«, erwiderte Carlo feixend, kam ihm entgegen und schlug ihm kameradschaftlich auf die Schulter. Seine langen schwarzen Haare fielen auf sein schwarzes T-Shirt, das seine drahtige Figur unterstrich. *»Tutto bene«*, prangte in großen weißen Lettern quer über seiner Brust. »Du siehst abgekämpft aus. Ich

hoffe, du hast wenigstens Hunger. Ich fürchte, ich habe versehentlich für eine Kompanie gekocht.«
»*Buona sera*, erst mal …« Cardone schnupperte in Richtung Küche. »Ich habe seit heute Morgen nichts mehr gegessen.«
»Wie ist es dir ergangen, erzähl doch!«
Cardone blies die Backen auf. »Drei Tage nur Rennereien! Du glaubst nicht, auf welche Pietätlosigkeit man bei Behörden trifft. Ich dachte immer, Gott schuf keine Anträge und Formblätter. Aber vermutlich habe ich die Schöpfungsgeschichte nur flüchtig gelesen.«
»Er hat Menschen und Beamte erschaffen, Letztere die Formulare. Wie kannst du erwarten, dass Staatsbedienstete Mitgefühl zeigen, wenn sie Vorschriften und Verordnungen eigens dafür erfunden haben, dass du sie einhältst? Hast du die heutigen Zeitungen gelesen?«
»Ja, hab ich«, antwortete Cardone angewidert. »Sogar im Radio berichten sie ununterbrochen davon. Es ist zum Kotzen! Man kann es nicht mehr anhören.«
»Dann hoffe ich, dass dir die Fernsehnachrichten den Appetit nicht restlos verderben. Apropos Fernsehen …«
»Was ist damit?«, erkundigte sich Cardone ohne großes Interesse.
»Immer wenn mein Handy klingelt oder ich ans Telefon gehe, schneit es auf dem Bildschirm. Irgendetwas ist kaputt. Ich hoffe nur, dass der Apparat noch eine Zeit hält; im Augenblick können wir uns keinen neuen leisten.«
»Ich kann dich beruhigen«, sagte Cardone leichthin. »Seit heute können wir.«
Carlo schaute ihn überrascht an.
»Später, später!« Cardone grinste. »Sag mir lieber, was du gekocht hast!«
»Ich hoffe, du hast Hunger«, erwiderte Carlo. »Es gibt mit Ricotta gefüllte Tortelloni und danach *bollito misto* mit grüner Soße. Ich habe ihn mit Rindfleisch, Kalbfleisch, Zunge und

Huhn gemacht, ein wenig *cotechino, zampone* und Wurzelgemüse dazugegeben, genau so, wie du ihn gerne magst. Wir können sofort essen.« Dann rief er aus der Küche: »Meine Neugierde bringt mich fast um.« Er trug zwei randvolle Teller ins Wohnzimmer, und sein Blick streifte das Gesicht seines Freundes. »Deiner Miene nach zu urteilen, geht es dir nicht gut.«

Cardone wiegte den Kopf. »Das sieht nur so aus. Ich hatte im Auto viel Zeit zum Nachdenken. Die Fahrt und das ganze Drumherum haben mich ziemlich mitgenommen. Premeno war so bedrückend, die Gespräche mit den Partnern meines Bruders mehr oder weniger ein Desaster. Am Nachlassgericht in Pallanza musste ich stundenlang warten, und befriedigende Auskünfte habe ich dort auch nicht bekommen. Wenigstens war der Richter sehr freundlich, aber das half mir auch nicht weiter.«

»Was ist in der Kiste?«, fragte Carlo, deutete mit dem Kopf auf die Pappkiste und machte es sich am Tisch bequem.

»Sachen von Enrico. Aller möglicher Papierkram, angefangen von der Geburtsurkunde bis zu seinen Versicherungsunterlagen. Ach ja, und ein Brief an mich. Ich habe ihn noch nicht geöffnet. Irgendwie habe ich ein mulmiges Gefühl, und ich wollte ihn erst lesen, wenn ich wieder zu Hause bin. Nach meinem Querfeldeinlauf durch sämtliche Zimmer des Bürgermeisteramtes sowie dem Besuch des Nachlassgerichtes und des Bestattungsunternehmens hatte ich die Nase gestrichen voll und wollte erst mal keine weiteren Aufregungen.«

»Apropos Aufregungen. Ich war heute Morgen für zwei Stunden aus dem Haus, Einkaufen«, wechselte Carlo plötzlich das Thema. »Als ich wiederkam, hatte ich das Gefühl, als wäre irgendjemand in unserer Wohnung gewesen.«

»Wieso dachtest du das?«

»Weil ich mir sicher bin, dass der Küchenstuhl nicht im Wohnzimmer gestanden hat. Ich habe die alte Sanati von nebenan gefragt, weil sie manchmal unsere Blumen gießt. Aber die wusste von nichts. So verkalkt wie die allerdings ist … Auf jeden Fall kam mir das ziemlich merkwürdig vor.« Er nahm einen Schluck aus seinem Weinglas. »Ach, übrigens, auf dem Tisch liegt Post«, bemerkte er beiläufig. »Wahrscheinlich Rechnungen.«

»Nichts vom Gericht oder der Questura?«

»Schau selber! Die Briefe liegen auf deinem Tisch neben dem Computer.«

»Dann esse ich lieber, bevor ich mich unangenehm überraschen lasse«, sagte Cardone und griff nach seinem Besteck. Schweigend stocherte er im Teller, während sich Carlo mit großem Appetit über das Essen hermachte.

»Jetzt erzähl doch endlich!«, drängte Carlo neugierig. »Du hast am Telefon merkwürdige Andeutungen gemacht.«

»Stell dir vor! Enricos Kanzlei wird aufgelöst«, platzte Cardone heraus. »Senna und Pantrini, seine Partner, haben nichts Eiligeres zu tun, als den Laden dichtzumachen. Lachhaft, kann ich dir nur sagen. Angeblich wollen sie in Rente gehen.«

»Sind sie schon so alt?«

»Das ist es ja eben! Sie könnten alle beide noch zwanzig Jahre arbeiten. Aber nein …! Weißt du, ich hatte das Gefühl, sie machen sich Hals über Kopf aus dem Staub. Sie kamen mir vor, als sei der Teufel hinter ihnen her.«

»Hast du sie darauf angesprochen? Irgendjemand muss die Kanzlei doch weiterführen. Sie können doch nicht Knall auf Fall laufende Geschäftsbeziehungen aufgeben.«

»Das habe ich auch gedacht. Aber wenn du die zwei gehört hättest! Der Laden ist fast leergeräumt, und die Mitarbeiter haben sie nach Hause geschickt. Computer, Akten, Kopierer, Telefone, alles türmt sich auf einem Haufen. Und das Größte: Dieser Senna steht mutterseelenallein in seinem Büro und stopft vor meinen Augen Kontoauszüge und Geschäftsbelege in den Schredder, als sei ich nicht anwesend!«

Carlo vergaß das Essen! »Ja und …?«
»Was und …?«
»Das ist garantiert nicht in Ordnung! An deiner Stelle hätte ich ihn …«
»Du glaubst doch nicht etwa, dass ich nur zugesehen habe! Senna ist wie ein Fisch. Du kannst ihn nicht angeln, wenn er das Maul hält.«
»*Quest' e vero!*« Carlo lachte. »Und was ist mit deinem Elternhaus?«
»Kanzleigebäude und Elternhaus gehören mir, sobald das Nachlassgericht das Erbe ordnungsgemäß bestätigt hat. Außerdem hat mir Enrico fünfzigtausend Euro hinterlassen. Sie liegen auf der Cassa di Risparmio in Pallanza.«
»*Madonna!* Bei allem Respekt, Roberto, dann bist du ja jetzt einigermaßen saniert!« Carlo hatte staunend sein Besteck abgelegt. »Das ist doch phantastisch! Aber dann wirst du sicher nach Premeno umziehen.« Seine Miene hatte sich plötzlich verdüstert. »Ich könnte es verstehen. Immerhin würdest du mietfrei wohnen und bräuchtest nicht andauernd hinter kümmerlichen Zeitungshonoraren herzuschreiben.«
»Mir ist auf der Fahrt hierher kurz durch den Kopf gegangen, dass wir beide an den Lago Maggiore ziehen könnten. Mein Elternhaus ist groß, wir hätten sehr viel Platz, und wo wir arbeiten, wäre letztendlich egal.«
»Und was spricht dagegen?«, fragte Carlo. Seine schwarz glitzernden Augen schienen ihren Glanz verloren zu haben.
»Dass ich die Nähe zur Kultur und zur intellektuellen Szene nicht gegen die saturierte Urlaubsmentalität am Lago eintauschen möchte. Die wahre Lebensqualität habe ich hier.«
»Auf der anderen Seite hängt doch jeder irgendwie an seiner Heimat.«
Cardone zuckte mit den Schultern. »Es war merkwürdig, als ich nach Hause zurückkehrte und durchs Dorf ging. Wenn du den Ort nach langer Zeit wieder besuchst, in dem du deine

Jugendzeit verbracht hast, merkst du, dass es nicht die Örtlichkeit ist, nach der du dich gesehnt hast. Es ist die eigene Kindheit, die man erwartet. So viel hat sich verändert, und doch ist eine Menge gleich geblieben. Weder möchte ich das haben, was sich verändert hat, noch das, was gleich geblieben ist. Außerdem würde ich mir in Premeno nicht nur die Fesseln einer dem Tourismus dienenden Ordnung anlegen, sondern auch die einer vergangenen Zeit. Wenn man von Bologna zurückkommt an den Lago Maggiore, hat man das Gefühl, plötzlich alt zu sein.«

»Das verstehe ich«, antwortete Carlo bedrückt. »Ich kenne das Gefühl.« Er blickte gedankenverloren ins Leere.

»Was ziehst du für ein Gesicht?«, knurrte Cardone. »Du weißt, dass ich niemals von Bologna wegziehen würde. Niemals!« Er warf seinem Freund einen aufmunternden Blick zu. »Einmal ganz abgesehen von der Tatsache, dass du dir die Miete hier alleine gar nicht leisten könntest. Nein, das kommt nicht in Frage!«

Carlos Miene hellte sich auf. »Immerhin wäre es finanziell gesehen um Einiges vorteilhafter für dich.«

»Es ist jetzt so oder so vorteilhafter. Thema erledigt«, erwiderte Cardone. »Es ist schön zu wissen, dass ich in Zukunft unbelastet schreiben kann, ohne die Angst, wie ich den nächsten Monat überstehen soll. Unsere Freunde werden mich jetzt reich nennen«, brummte Cardone.

»Reich bist du erst, wenn es dir egal ist, wie viel dir das Finanzamt abnimmt. In deinem Falle wird es immer viel zu viel sein. Trotzdem, ich freue mich für dich.«

Auch in Cardones Augen konnte man zum ersten Mal so etwas wie verhaltene Zuversicht und sogar Freude erkennen.

Eine ganze Weile saßen sie nach dem Essen zusammen, und Cardone erzählte detailliert alles, was er in Premeno erlebt und welche Auseinandersetzungen er mit den Partnern seines Bruders gehabt hatte. Er schilderte, wie ihm der Richter das

Alleinerbe über das gesamte Vermögen seines Bruders in Aussicht gestellt hatte, da es außer ihm keine Verwandten gab. »Und nun ist da nur noch dieser Brief, den ich bisher nicht gelesen habe. Er steckt zwischen Enricos Unterlagen in der Kiste.«

»Mach ihn endlich auf!«, meinte Carlo. »Oder fürchtest du dich davor?« Er stemmte sich aus dem Stuhl und brachte das Geschirr in die Küche. Als er mit zwei Gläsern Rotwein zurückkehrte, saß Cardone immer noch unschlüssig am Tisch. Carlo stellte ein Glas vor ihn und sah ihm direkt in die Augen. »Du hast Angst. Stimmts?«

»Ist das ein Wunder? Wenn ich nur an die Nachrichtensendungen im Fernsehen denke, die Enrico in die Nähe der Mafia rücken. Ich habe Angst, in dem Brief könnte stehen, dass die Schlagzeilen in den Medien zutreffen.«

»Schlimmer als die Medien behaupten, kann es nicht werden«, unkte Carlo. *»Salute! Morituri te salutant!«* Er hob sein Glas und nahm einen Schluck.

Cardone zuckte fatalistisch mit den Achseln. »Mein Bruder und ich hatten uns nicht viel zu sagen. Ich habe nicht gefragt, was er tut, und er hat meine Arbeit nicht ernst genommen. Er konnte nie verstehen, dass ich mich der brotlosen Literatur zugewandt habe.«

Carlo seufzte vernehmlich. »Verstehen beruht auf der Grundannahme, dass der andere recht haben könnte. Doch der Mensch irrt, jeder auf seine Weise und mancher sogar vorsätzlich.«

Cardone lachte freudlos. »Da kannst du recht haben. Mein Bruder hat vermutlich nur sich selbst verstanden. Wir waren vollkommen verschieden in unseren Ansichten. Ehrlich gesagt, es überrascht mich wirklich, dass Enrico mir einen Brief geschrieben hat. Das hat er zuvor noch nie getan.« Er stand auf, holte die Kiste ins Zimmer und beförderte einen handbeschrifteten braunen Briefumschlag zutage. Er legte ihn bedächtig vor sich auf den Tisch und betrachtete ihn wie einen Fremdkörper. Der Schein einer altertümlichen Stehlampe tauchte das spartanisch eingerichtete Zimmer in ein warmes Licht. Cardone starrte auf die Handschrift seines Bruders. Die schwungvollen Züge, leicht schräg gestellt und in Großbuchstaben, waren mit blauer Tinte geschrieben. Sie strahlten Kraft und Willen aus. Cardone gab sich einen Ruck, schob einen Zeigefinger unter die Lasche und riss das Kuvert auf. Vorsichtig, als befürchte er, sie zu beschädigen, faltete er die Seiten auseinander.

»Lies vor!«, drängte Carlo, der es vor Spannung kaum aushalten konnte.

Cardone strich die Briefbogen glatt und begann leise:

Mein lieber Roberto,
wenn Du diesen Brief in Deinen Händen hältst, bin ich nicht mehr am Leben. Ohne pathetisch zu sein: Du sollst wissen, dass ich Dich insgeheim immer bewundert habe. Es ist bedauerlich, dass wir nie haben zusammenfinden können, zu unterschiedlich war unser Leben angelegt, zu verschieden waren unsere Ziele, zu unterschiedlich waren wir selber. Du bist Dir treu geblieben, was mir nicht gelungen ist, und manchmal habe ich Dich um Dein Leben beneidet. Als Anwalt habe ich stets geplant, alles durchdacht und Risiken vermieden. Du dagegen bist der Träumer, der sich himmlische Oasen zaubert und sie den Menschen in der Wüstenei der Erde als Paradies verkauft. Der Realist hat verloren! Ich hatte vergessen, dass die Menschen in Wahrheit lieber träumen als um Karriere, Erfolg und Geld zu kämpfen.

Wer nimmt, der verkauft sich! Ich habe das zu spät bemerkt und dafür bezahlt. Man hat mir die Rechnung präsentiert, als ich dachte, bis ans Ende meines bis ins Detail organisierten Lebens ausgesorgt zu haben. Nun kam alles anders. Versuche nicht zu verstehen, dass ich jetzt wenigstens für Dein Leben sorgen will, nachdem es für meines nicht gelang.

Im Anhang findest Du die Adresse der IBA, die International Bank of Antigua. Dort habe ich ein Konto eingerichtet und Dich als meinen Erben dafür bevollmächtigt. Es handelt sich um ein Passwortkonto, über das Du nur verfügen kannst, wenn Du persönlich dort vorsprichst. Du wirst also nach Antigua fliegen müssen. Das Passwort ist der Name unseres Hundes, der uns in unseren Jugendjahren ein ständiger Begleiter war.

Vielleicht mache ich mich mit diesem Vermächtnis schuldig an Dir, ich weiß es nicht. Aber Du bist stärker als ich, weil ich mit der Illusion lebte, mit Hilfe meines Verstandes allem gewachsen zu sein. Du dagegen hast immer geträumt. Heute weiß ich: Träume sind realisierbar – Illusionen nicht. Wie Du das Geld verwendest, liegt in Deiner Hand. Damit kannst Du Deine Träume wahr machen.

Wenn Du Dich nicht unglücklich machen willst, sprich mit niemandem über mein Vermächtnis außer mit meinem engsten Freund in Saint John's auf Antigua. Er heißt Sir Edwin Ghallager, ist Mitglied des Parlaments und des Kabinetts des Premiers von Antigua und gleichzeitig Vorsitzender des Verwaltungsrates der IBA. Seine Adresse findest Du ebenfalls im Anhang.

Ich habe diesem Schreiben ein Testament beigefügt, in dem ich Dich als Alleinerben einsetze. Du kannst es dem Nachlassgericht vorlegen.

Im Banksafe auf Antigua befindet sich ein Notizbuch mit wichtigen Aufzeichnungen. Solltest Du in Schwierigkeiten geraten, übergib es dem Generalstaatsanwalt Dottore Silvio Santapola im Justizministerium in Rom. Und nur ihm! Denn lediglich er kann und wird Dir im Notfall helfen.

Ich weiß nicht, was Du mit unserem Elternhaus und dem Kanzleigebäude machen möchtest. Ich lege die Entscheidung hierüber in Deine Hand.
Ich will meinen Brief mit einem letzten Gruß an Dich enden, in der Hoffnung, dass ich Dir dennoch etwas bedeutet habe.

Dein Bruder Enrico

Cardone blickte auf das Datum des Briefes. »Er hat ihn zwei Tage vor seinem Tod geschrieben«, murmelte er. »Um Gottes willen, was muss das für ein fürchterliches Gefühl sein, wenn man ahnt oder gar weiß, dass man umgebracht wird.«
»Grässlich.« Carlo nickte ergriffen. »Weshalb ist er nicht zur Questura gegangen?«, fragte er nachdenklich.
»Im Brief ist die Rede von einem Notizbuch«, sagte Cardone. »In einem Banksafe in Saint John's. Auf was, um Himmels willen, hat er sich nur eingelassen? Und weshalb soll mir im Notfall nur dieser Santapola helfen können?«
»*Dio cane!*«, erwiderte Carlo konsterniert. »Das klingt, als erwartet er, dass auch dir etwas zustoßen könnte.«
»Ja, danach klingt es. Aber wieso denkt er das?«
»Du solltest sofort zu Questura gehen! Und nimm das nicht auf die leichte Schulter!«
»Und was soll ich den Carabinieri sagen? He, hallo, Leute! Mein Bruder hat ein Notizbuch in einem Banksafe auf Antigua versteckt. Darin werdet ihr wahrscheinlich etwas Interessantes finden ... Ja, aber was? Weshalb schreibt er dann nicht, ich soll mich an die Carabinieri wenden, sondern explizit an den Staatsanwalt? Verdammt, Enrico hätte selbst gehen müssen!« Cardone schneuzte sich. »Vor zwei Wochen war mein Leben noch in Ordnung. Und jetzt? Plötzlich habe ich das Gefühl, auf einer Bombe zu sitzen, bei der ich nicht weiß, wann sie hochgehen wird.«
»Lass uns nachdenken! Das ist allemal besser, als deinem Bru-

der nachträglich Vorwürfe zu machen. Stell dir die Angst vor, die er gehabt haben muss!«

»Du hast recht! Wahrscheinlich war er paralysiert. Anders kann ich mir den Inhalt seines Briefes nicht erklären. Niemand lässt sich wie ein Lamm freiwillig zur Schlachtbank führen, und wenn er noch so Schlimmes von Seiten der Carabinieri oder des Staatsanwalts zu befürchten hat.«

Carlo stimmte schweigend zu, stand auf und ging in die Küche, um die Rotweinflasche zu holen.

»Ich bin sicher«, rief Cardone seinem Freund nach, »Senna und Pantrini wissen genau, was los ist. Während der Fahrt habe ich mir überlegt, was ich wegen der beiden unternehmen könnte.«

Er überflog noch einmal den Brief seines Bruders, bevor er ihn langsam zusammenfaltete und in den Umschlag zurücksteckte. Tränen standen ihm in den Augen. Nie hätte er Enrico solch ergreifende Worte zugetraut. Nie hatte ihn sein Bruder zu Lebzeiten gesagt, dass er ihn auf seine Art schätze.

»Wie um alles in der Welt kommt mein Bruder zu einem Konto in der Karibik?«, wandte er sich an Carlo, der mit der Flasche Wein zurückkam. »Das ist doch völlig verrückt!«

»Schwarzgeld?«, antwortete dieser, aber von seinem Gesicht konnte man ablesen, dass auch er sich keinen Reim darauf machen konnte. »Vielleicht hat er Geld unterschlagen und ahnte, dass man ihn zur Verantwortung ziehen würde? Cardone wiegte skeptisch den Kopf, während Carlo weitersprach. »Eines ist jedenfalls sicher: Wegen ein paar tausend Euro treibt keiner den Aufwand, in Antigua ein Konto zu eröffnen, von dem keiner etwas weiß.«

»Wenn er das Geld unterschlagen hätte«, wandte Cardone ein, »hätte ihn der Geprellte angezeigt.«

»Weshalb?«, entgegnete Carlo. »Wenn es schwarz war, hätte derjenige sich selbst belastet?«

»Stimmt ...«, flüsterte Cardone nachdenklich. »Enrico muss etwas gewusst haben, was für irgendjemanden gefährlich werden konnte. Aber dass man ihn auf diese Weise ermordet hat!«

»Meinst du, er hat jemanden erpresst?«

»So sieht es für mich aus. Jedenfalls kann es sich nicht um Schwarzgeld oder Steuerhinterziehung handeln. Finanzämter bringen ihre Schuldner nicht um. Aber die Mafia!«

Endlich hatte er es ausgesprochen, was er die ganze Zeit aus Angst verdrängt hatte, und endlich sah er der Wahrheit ins Gesicht. Enrico hatte Verbindungen zur Mafia unterhalten. Eine andere Erklärung gab es in Anbetracht der Umstände nicht. Die öffentliche Hinrichtung seines Bruders, Sennas hektische Säuberungsaktion im Büro, Pantrinis unterschwellige Warnung, der Brief – all das ließ keinen anderen Schluss zu.

»Ach du Scheiße …!«, entfuhr es Carlo bestürzt. »Das kann heiter werden.«

»Und ich sitze mittendrin«, bemerkte Cardone düster, »obwohl sich alles in mir weigert zu akzeptieren, dass Enrico kriminell war. Klar ist, Senna vernichtet keine Bankbelege, wenn alles in bester Ordnung wäre.«

»Logisch betrachtet würde das aber eher für Schwarzgeld sprechen und nicht für eine idiotische Erpressung«, folgerte Carlo. »Kein Mensch ist so dämlich, sich mit der Mafia anzulegen.«

»Das ist es doch, was mich so kirre macht. Enrico war alles, nur nicht dumm oder gar naiv. Von einem Konto im Ausland hat er niemals gesprochen. Viel Geld schien er nie zu haben.«

»Hast du je versucht, von ihm Geld zu bekommen?«, fragte Carlo. »Ich kann mich gut daran erinnern, als es dir manchmal wirklich sehr schlecht ging …«

»Natürlich habe ich versucht, ihn anzupumpen. Er hat mich abgewimmelt und gesagt, ich müsse selber sehen, wie ich zurechtkäme.«

»Ich kenne das. Frage nie die Verwandtschaft nach Geld, du bekommst immer wachsweiche Ausreden!«

»Wenn du das Kanzleigebäude oder das Haus meiner Eltern anschaust, würdest du kein Geld vermuten. Die Häuser haben eine Renovierung dringend nötig.«
Carlo zuckte mit den Achseln. »Wenn du ehrlich bist, weißt du nicht besonders viel über deinen Bruder, oder? Jedenfalls scheint es, als habe dein Enrico ein Doppelleben geführt.«
Cardone lächelte verkniffen. »Auch wer ein Doppelleben führt, stirbt nur einmal.«
»Stimmt. Wenigstens ist auf die Ungerechtigkeit Verlass, in dieser Hinsicht wurde noch niemand enttäuscht.«
Cardone überhörte Carlos Wortspielereien, die er nur allzu gerne und bei jeder passenden oder unpassenden Gelegenheit zum Besten gab. »Liegt Antigua nicht irgendwo bei Kuba?«
Carlo sprang auf, holte seinen Laptop und startete ihn. »Das werden wir gleich ganz genau wissen. Wozu gibt es Google?«
Während Carlo sich im Internet umsah, überflog Cardone noch einmal den Brief. Sein Herz begann plötzlich wie wild zu pochen. Er spürte, dass seine Hände schweißnass vor Aufregung wurden. Enrico hatte illegales Geld, das stand fest. Wahrscheinlich sehr viel Geld. Und plötzlich waren sie da: die Argumente, die man nur in seinem Innersten findet und kaum wagt, laut auszusprechen. Konnte man ihn zur Verantwortung ziehen, weil sein Bruder etwas Ungesetzliches getan hatte? Und wenn er dieses Geld an sich nahm? Was dann? Hatte er, wenn Enrico tatsächlich die Mafia ausgenommen hat, ein Recht, sich schadlos zu halten? Er rief sich zur Ordnung und starrte auf die Seiten. Enrico hatte alles bedacht, bevor er auf so grässliche Weise gestorben war. Bankanschrift, Telefonnummer und den Namen des Vorsitzenden des Verwaltungsrats. Sogar die Privatadresse Sir Ghallagers hatte er vermerkt. Vielleicht war Enrico nur extrem sparsam gewesen? Nein! Unterschlagungen? Nein! Auch das traute er seinem Bruder nicht zu. Und dennoch, Enrico schien sich unrechtmäßig bereichert zu haben. Um wie viel, das würde er erst erfahren, wenn er der

Sache auf den Grund ging. Egal, welche Summen auf dem Konto in Antigua schlummerten, Cardone versuchte sich vorzustellen, was passieren würde, wenn er das Vermögen behielt.
»Ich habe hier etwas Interessantes gefunden«, rief Carlo. »Ich lese es dir mal vor: Die Inseln Antigua und Barbuda bilden neben anderen Inseln in der Karibik einen unabhängigen Inselstaat innerhalb des Commonwealth. Sie liegen zwischen dem Nordatlantik und der Karibik, südöstlich von Puerto Rico. Die Hauptstadt ist Saint John's. Staatsoberhaupt ist der Monarch des Vereinigten Königreiches, derzeit also Königin Elizabeth II. Auf den Inseln selbst wird sie von einem Generalgouverneur vertreten. Amtssprache ist Englisch.«
»Klingt nach Limborhythmen, dicken Bankkonten, Palmen und viel Sonne!«, murmelte Cardone.
»Es kommt noch besser«, rief Carlo. »Komm doch mal her!« Cardone erhob sich und blickte Carlo über die Schulter. »Hier steht es wortwörtlich«, fuhr Carlo aufgeregt fort und las laut vor: »Antigua und Barbuda zählen zu den verschwiegenen Steuerparadiesen. Laut eines Kommentars des italienischen Finanzministers gehe es in Antigua vor allem um Anonymität und Vermögensschutz. Heimische Banken werben um Geldanleger und Kapitalgesellschaften. In Wahrheit aber, so unser Finanzminister, dienen diese Angebote vor allem der Steuerhinterziehung, Kapitalflucht, Eigentümerverschleierung und Geldwäsche.«
»Enrico, der clevere Anwalt und Steuersünder?«, unterbrach Cardone den Lesefluss seines Freundes. »Enrico ist …«
»… war, solltest du sagen. Dein Bruder ist tot.«
»Okay. Er war kein schlechter Mensch. Auf Geldwäsche hätte er sich nie eingelassen. Und bevor ich nicht genau weiß, was mich in Antigua erwartet, will ich hoffen, dass er nur Geld am Finanzamt vorbeigeschafft hat.«
»Wer weiß, vielleicht hat er es gehalten wie ein Bekannter von

mir. Der behauptet, Einkommen nennt man die Provision, die einem der Staat für die Erarbeitung der Steuern zuerkennt. Möglicherweise war dein Bruder ähnlicher Meinung. Er hat seine Honorare nach Antigua überwiesen und besagte Provision in Italien ausgegeben. Klingt doch irgendwie plausibel. Findest du nicht?«

Cardone tippte sich mit dem Zeigefinger an den Kopf. »So funktioniert das garantiert nicht. Die Mandanten meines Bruders hätten dann das Honorar in bar bezahlen müssen …« Er stockte.

»Eben!« Carlo grinste.

»Ich weiß nicht. Aber wie kriegst du Geld unbemerkt über die Staatsgrenze?«

»Keine Ahnung, ich hatte noch nicht so viel, um es ernsthaft zu versuchen. Mit einem Koffer, nehme ich an. Flug buchen, hinfliegen, einzahlen, in dieser Reihenfolge«, meinte Carlo und leerte sein Weinglas.

»*Dio mio*, bist du naiv! Wie soll denn das bei den heutigen Kontrollen funktionieren?« Cardone schüttelte ungläubig den Kopf. »Trotzdem, wenn ich das so höre … Ich meine, wenn man sich auf einmal direkt damit auseinandersetzt … Irgendeinen Dreh wird es geben.« Er zog seine Stirn kraus und dachte nach. »Was gibt es noch Interessantes über Antigua?«, fragte er plötzlich.

Carlo legte eine Hektik an den Tag, die Cardone an ihm nicht kannte. Er rannte zum Drucker und zog einen kleinen Stapel Ausdrucke aus dem Schacht. »Du wirst es nicht für möglich halten. Die Regierungen dieser karibischen Kleinstaaten werben unverhohlen darum, man möge das Kapital in ihrem Land anlegen. Dort sei es jedem fiskalischen Zugriff entzogen. Anwaltsbüros preisen die Offshore-Welt als perfekte Umgebung an, um Vermögen zu schützen. Offshore-Zentren, so sagen sie, sind Finanzplätze mit mehr als hunderttausend Briefkastenfirmen, die die günstige Steuersituation und die niedrigen Standards in der Regulierung nützen. Und hier erst! Hör dir das an, Roberto! Das muss man sich einmal reinziehen! In Antigua kennt man weder Buchführungspflicht noch Bankenaufsicht oder Steuerkontrollen. Ebenso wenig gibt es – hier steht es wortwörtlich – strafrechtliche oder Rechtshilfebestimmungen.«

»Weißt du, was das heißt?«, erwiderte Cardone.

Carlo grinste. »Klar! Du brauchst nur die Kommentare zu lesen, die ich hier gefunden habe. Viele kriminelle Organisationen nützen die günstigen Möglichkeiten in den Offshore-Zentren, um Briefkastenfirmen zu errichten oder ihr Geld dort zu parken.« Er schaute triumphierend auf. »Was sagst du dazu? Wahrscheinlich hat nicht nur die Mafia dort ihre Konten.«

»Sondern offensichtlich auch mein Bruder«, erwiderte Cardone sarkastisch.

»Mensch, Roberto! Mach nicht so ein Gesicht! Dein Bruder hat dir ein steuerfreies Vermögen vermacht! Wir sollten darauf anstoßen. Friede seiner Asche! Du darfst nur nicht der Mafia in die Quere kommen!«

»Ich glaube, ich träume«, murmelte Cardone, der allmählich seine Situation in ihrer ganzen Tragweite zu begreifen schien. Er setzte sich aufs Sofa und überlegte. Wenn das Geld aus unrechtmäßigen Quellen stammte …? Er erschrak vor sich selbst, als er an den von ihm oft zitierten Satz dachte: Je mehr Geld, desto weniger Skrupel. Wie war es denn um seine Skrupel bestellt? Was würde das Vermögen bei ihm bewirken, wenn er es annahm, wie Enrico es sich gewünscht hatte?

Unvermittelt sprang er auf und umrundete mehrmals den Wohnzimmertisch. Er rang mit sich selbst. »Wenn ich Geld hätte, würde ich die Koffer packen und mit dem nächsten Flieger in die Karibik fliegen«, sagte er. »Ich muss wissen, aus welchen Quellen das Geld stammt!«

»Was redest du denn für einen Unsinn? Willst du den Scheinchen ansehen, wer der vorherige Besitzer war? Abgesehen davon hast du mir vor einer Stunde erzählt, dass dir dein Bruder Geld auf der Cassa di Risparmio hinterlassen hat. Fünfzigtausend Mäuse! Das wird doch wohl reichen, um ein Ticket zu buchen.«

»Bevor ich vom Nachlassgericht keine offizielle Mitteilung habe, kann ich keinen Cent abheben.«

»Wie viel Geld hast du auf deinem eigenen Konto?«, fragte Carlo.

»Knapp zweitausend. Mein Lesehonorar vom Teatro Comunale wird nächste Woche überwiesen. Aber viel ist das auch nicht. Du weißt selbst, wie knauserig Verlage sind. Alles in allem sind höchstens die Flugkosten und ein paar Tage Aufenthalt gedeckt. Wer weiß, wie viele Tage ich in der Karibik bleiben muss, bis ich an das Konto herankomme. Außerdem, ohne Papiere vom Nachlassgericht. Wer weiß, ob eine gerichtliche Verfügung aus Italien überhaupt anerkannt wird. Vielleicht braucht man sogar eine notarielle Beglaubigung.«

»Hat der Richter gesagt, wie lange es dauern wird, bis du über Enricos Konto in Premeno verfügen darfst?«

»Er rechnet mit fünf bis sechs Wochen. Aber du weißt selber, wie es bei den Gerichten zugeht.«

»Na und …«, bemerkte Carlo leichthin. »Dann gehst du zu deiner Bank und nimmst einen Kredit auf. Den zahlst du zurück, sobald du an dein Geld kommst. Wo ist das Problem?«

»Ohne Erbschein keinen Kredit. Das dürfte das Problem sein. Du weißt doch selber, wie es bei Banken zugeht!«

Carlo grinste.

»Bankdirektoren und Kreditsachbearbeiter sollte man im fünfzigsten Lebensjahr pensionieren, weil sie nicht mehr beurteilen können, was jüngere Menschen brauchen.«

»In deinem Fall ist das völlig egal«, brummte Carlo. »Du gehst mit deinem jugendlich wirkenden Gesicht, dynamisch und erfolgreich zu deiner Bank und legst mit einem Siegerlächeln das Testament vor. Wenn die Jungs lesen, dass du zwei Häuser ge-

erbt hast, stehen sie stramm und werfen dir das Geld hinterher.«
Cardone überlegte einen Augenblick. »Ich könnte es versuchen ...« Er verstummte plötzlich. Dann rief er: »Ich habe genug, ich gehe ins Bett. Vielleicht fällt mir im Schlaf ein, was ich morgen tun werde ... Du weißt doch, den Ahnungslosen schenkt der Herr einen leichten Schlaf und schöne Träume.«

Bankgespräche

In der Filiale des größten Bankhauses Australiens und des pazifischen Wirtschaftsraumes in Port Vila bauten sich die zwei Sizilianer vor dem marmornen Tresen imponierend auf.
»Wer ist der Direktor dieser Bank?«, bellte Ruffo die Dame an der Rezeption an. Sein kalter Blick durchdrang die Einheimische und schien sie zu hypnotisieren.
»Mister Harry McSandor«, antwortete sie völlig perplex auf die rüde Frage. »Aber er hat … er ist … Ich glaube, er hat gerade ein Kundengespräch. Ich weiß nicht, ob ich ihn stören …«
»Mir ist völlig egal, was er gerade ist oder hat, Miss …«, schnitt Ruffo ihr das Wort ab. »Stören Sie ihn!« Er blickte sie abschätzend an. »Wie ist doch gleich ihr Name?«
»Miss Bloomfield«, erwiderte sie hastig und riss die Augen ängstlich auf.
»*Bene*, Miss Bloomfield! Sie gehen jetzt zügig zu Ihrem Herrn und Meister und teilen ihm mit, dass hier in der Halle ein sehr ungeduldiger Signore Ruffo, Bevollmächtigter der Rizzolo Venture Capital wartet und ihn zu sprechen wünscht! *Capisce?*«
Die Empfangsdame nickte verängstigt und verschwand hinter einer spanischen Wand, von wo sie bald in Begleitung eines Mannes zurückkehrte. Der Banker war offensichtlich Australier, ein schlanker und sommersprossiger Typ, Mitte vierzig mit wasserblauen Augen und rostroten Haaren. Seine Haut schien beinahe durchsichtig zu sein. Mit verunsicherter Miene trat er an den Tresen, während sich seine Mitarbeiterin im Hintergrund hielt und mit großen Augen die Szene beobachtete.
»Guten Tag, die Herren. Ich habe gerade gehört … Sie wollen mich dringend sprechen?«

»Ruffo, mein Name«, antwortete der schlaksige Sizilianer. »Sagt Ihnen mein Name etwas?«
»Ich bin McSandor, der Direktor«, erwiderte der Banker und schien seiner Bedeutung gemäß ein wenig zu wachsen. Angesichts Ruffos bohrendem Blick, fiel er jedoch wieder in sich zusammen und trat nervös von einem Bein auf das andere.
»Das weiß ich«, fauchte Ruffo und warf seinem Begleiter einen belustigten Blick zu, als frage er sich, ob der Bankdirektor ganz bei Trost sei.
»Ich nehme an, Sie sind die autorisierten Vertreter der Rizzolo Venture Capital aus Italien«, beeilte sich der Bankier zu bemerken und schien sich an seinen Worten fast zu verschlucken.
»Dann kennen Sie sicher auch die Signori Massimo und Santorini.«
McSandor nickte. »Die Herren Direktoren hielten bis vor kurzem in unserer Bank einen größeren Kapitalstock. Wenn ich mich richtig entsinne, handelte es sich insgesamt um dreizehn Konten.«
»Das haben Sie jetzt wirklich gut gemacht, Signore! Und? Weiter?«
»Soeben hat mich Mister Hua informiert, dass Sie auch in seinem Hause waren. Ich fürchte, dass ich …« McSandor unterbrach den begonnenen Satz, als er Ruffos Augen sah.
»Non è vero!«, knurrte dieser. »Gibt es im Hause Geoffrey Gee etwa Bongos? Hat man Ihnen auch die Info zugetrommelt, weshalb wir zu Ihnen kommen?«
»Nein«, stotterte der Banker. »Nicht so genau …«
»Verstehe, er kam wohl aus dem Takt«, unterbrach Ruffo den Bankdirektor, der allmählich die Fassung zu verlieren schien. »Dann sag ich es Ihnen noch einmal im richtigen Rhythmus: Wir wollen die Konten der Rizzolo Venture Capital einsehen. *Capisce?* Und zwar sofort!« Ruffo hielt ihm den Schnellhefter unter die Nase. »Hier, die Vollmachten! Über die Buschtrommeln war es vermutlich ein wenig undeutlich.«

McSandor zeigte einen Anflug von Mut und antwortete: »Auch wenn Sie es nicht glauben, wir haben auf der Insel bereits Telefon.«
»Tatsächlich?«, zischte Gallerte böse.
Der Banker machte ein betretenes Gesicht und schien nicht so recht zu wissen, wie er sich verhalten sollte. »Darf ich Sie in mein Büro bitten?« Er wies mit einer linkischen Geste in den Hintergrund des Schalterraumes, an dessen Stirnseite sich einige Türen befanden. »Ich darf vorgehen?«
»Ja, ja …« Ruffos ungnädige Stimme verunsicherte den Direktor zunehmend, denn er blickte sich nach jedem zweiten Schritt ängstlich um.
»Nur keine Sorge!«, brummte Gallerte. »Wir gehen Ihnen bestimmt nicht verloren!«
In McSandors Büro angekommen, schloss Gallerte die Tür und lehnte sich mit dem Rücken dagegen, während Ruffo sich neugierig in dem Raum umsah.
Das Büro hatte eine geschäftsmäßig funktionale Atmosphäre. Computer, Telefon, Telefax und ein paar Notizzettel, das war das einzig sichtbare Equipment, das auf Arbeit hinwies. Das mausgraue Mobiliar und sechs verchromte Stühle um einen Besprechungstisch vervollständigten die unpersönliche Einrichtung. Über McSandors Schreibtisch hing ein Foto der Außenansicht der Bank anlässlich der Fünfundzwanzig-Jahr-Feier.
»Bitte setzen Sie sich, meine Herren!« Der Direktor blieb neben seinem Schreibtisch stehen und rückte mit einer fahrigen Geste seine Hornbrille zurecht. Dann räusperte er sich, und sein Blick flog zwischen den beiden Männern hin und her. Schweigend und kühl musterten sie McSandor. Scheinbar war er sich nicht schlüssig, wie er und ob er überhaupt das Gespräch beginnen sollte.
»Was ist jetzt mit den Konten?«, blaffte Ruffo unvermittelt los. »Wir möchten sie einsehen und nicht ewig hier herumstehen.«

Der Direktor strich sich nervös seine Haare aus der Stirn. Es kostete ihn sichtliche Anstrengung, Ruffos Frage zu parieren. Erneut räusperte er sich. Zögernd begann er zu sprechen: »Also … sehen Sie …! Die Konten der Rizzolo Venture Capital wurden aufgelöst. Von Signore Cardone … von Ihrem Bevollmächtigten … und dem ehemaligen Geschäftsführer der Rizzolo, Mister Geoffrey Gee. Beide waren persönlich anwesend. Soweit ich weiß, hat man Sie darüber unterrichtet.«

»Alle Konten?«, fragte Gallerte knapp. McSandor zuckte zusammen.

»Alle«, bestätigte er kaum hörbar und wischte sich mit einem Taschentuch die Schweißperlen von der Schläfe.

»Wo ist das Geld jetzt?«

McSandor duckte sich unter den eiskalten Blicken der Sizilianer. »Darüber kann ich keine Auskunft geben. Sie verstehen … Das Geld wurde transferiert. Ihre Vollmachten nützen Ihnen nichts, meine Herren … Ich … wir haben die Vertraulichkeit zu wahren … Wir können nicht …«

»Ach!«, fauchte Gallerte giftig. »Sie können also nicht …« Blitzartig griff er in sein Jackett, zog eine Beretta hervor und presste den kalten Stahl auf McSandors Stirn. »Können Sie jetzt?«

Die Augen des Bankers weiteten sich in panischer Angst. Die Farbe wich schlagartig aus dem Gesicht. Ruffo grinste diabolisch, als McSandor einen Würgeanfall bekam und sich beinahe übergeben musste.

»Hör genau zu, was ich dir sage!«, raunte Gallerte. »Vermutlich hast du keinen blassen Schimmer, mit wem du es zu tun hast.«

Der Direktor schloss die Augen und schüttelte den Kopf. Er brachte keinen Ton heraus.

»Dachte ich mir«, fuhr Gallerte drohend fort. »Macht nichts. Es würde dir auch nicht helfen. Aber ich gebe dir einen Tipp. Du gehst an deinen Computer und lässt dir ausdrucken, wohin das Geld überwiesen wurde. Wir wollen die Adresse der Bank und die Kontonummern.«

McSandor verharrte immer noch völlig starr. Ruffo packte ihn mit beiden Händen an den Revers, zog ihn zum Schreibtisch und stieß ihn in den Sessel. McSandor plumpste kraftlos ins Polster und startete den Rechner.

»Es dauert einen Augenblick«, stammelte er leise und wischte sich den Schweiß von der Stirn. »Meines Wissens wurde das Geld der dreizehn Konten auf ein einziges Konto überwiesen.« Er tippte sein Codewort ein, und bald darauf erschienen auf dem Bildschirm die Buchungen der Rizzolo Venture Capital.

»Wenn jemand erfährt, dass ich Daten weitergegeben habe, bin ich meinen Job los«, entgegnete er mit weinerlicher Stimme und blickte wie ein geprügelter Hund die beiden Männer an.

»Und wenn du nicht gleich den ganzen Mist ausdruckst, dann brauchst du keinen Job mehr«, sagte Gallerte und entsicherte seine Waffe.

McSandor fiel in sich zusammen. Ein weiterer Mausklick, und der Drucker spukte die Daten aus:

Total transfer of all Rizzolo Venture Capital Accounts to:
Mister Enrico Cardone
International Bank of Antigua
SWIFT Code: WPACSIVX, Kto. 766 23,
BSB Number: 039-033
No. 11 Pavilion Drive, P.O. Box 3300
Saint John's, Antigua, West Indies
Phone 268.480.3700 / 268.480.3737 or 3740 Fax
www.bankofantigua.com

Gallerte griff nach dem Papier und überflog den Text. »Verdammter Mist. Die Kohle ist tatsächlich weg!« Der smarte Italiener kratzte sich an der Stirn und schien nachzudenken. Wieder wandte er sich an McSandor. »*Ecco lo*«, grunzte er.

»Versuchen wir es anders! Kann man das Geld irgendwie wieder zurückholen? Eine Fehlüberweisung oder so etwas Ähnliches?«
Der Banker schüttelte den Kopf. »Unmöglich. Diese Art der Überweisung ist unwiderruflich. Außerdem könnte nach mehr als zehn Tagen ein Rückruf nur innerhalb unseres Staates und auch dann nur mit einem Gerichtsbeschluss erfolgen.«
Gallerte stöhnte und bedachte den Banker mit einem drohenden Blick. »Damit wir uns richtig verstehen, verehrter Mister McSandor …« Der Sizilianer ließ den Banker keine Sekunde aus den Augen. »Sollten Sie die Polizei rufen oder uns Schwierigkeiten machen, dann dürfen Sie mit einem weiteren Besuch rechnen. Und der hätte für Sie sehr unangenehme Konsequenzen. Haben wir uns verstanden?«
McSandor nickte und versuchte seine zitternden Hände ruhigzustellen, indem er sie auf die Oberschenkel presste.
»Übrigens … wir sind sehr verschwiegen«, fügte Ruffo grinsend hinzu. »Schließlich sind Bankangelegenheiten Vertrauenssache. Aber wem sag ich das …«
Gallerte steckte den Ausdruck ein und forderte Ruffo mit einer Kopfbewegung auf, ihm zu folgen. Schweigend verließen sie das Büro.
Unschlüssig standen sie wenig später vor dem Bankgebäude und blickten sich gegenseitig an. »Und was jetzt?«, fragte Gallerte. »Irgendetwas müssen wir unternehmen!«
»Unser Ausflug nach Vanuatu ist zu Ende«, knurrte Ruffo. »Fahren wir ins Hotel zurück! Von dort aus rufen wir Don Santo an und geben ihm die Neuigkeit durch.«
»Die Nachricht wird in Sizilien ein Freudenfest auslösen.« Gallerte spuckte sein Kaugummi im hohen Bogen auf die Straße. »Schade, dass diese Mistkröte von Consigliere tot ist. Ich hätte ihm gerne die Eier abgeschnitten.«
»Vermutlich wird Don Grasso den Toten vierteilen und das Leichenschauhaus mitsamt diesem Kerl in die Luft sprengen«,

entgegnete Ruffo mit einem bitteren Lachen. »Und wenn wir Pech haben, sprengen sie uns gleich mit in die Luft.«
»Wie kommst du darauf?«, fragte Gallerte verunsichert. »Den Mist haben doch nicht wir verbockt. Dafür müssen Santorini und Massimo den Kopf hinhalten.«
»Wir gehören zur Santorini-Familie, und wir bringen schlechte Nachrichten. Wenn Don Grasso wütend ist, können wir uns auf etwas gefasst machen. So sieht das aus, *caro mio*. Ich bin in dieser Hinsicht nicht so entspannt wie du. Dazu kenne ich Don Grasso zu gut.«
»Vielleicht hat Santorini eine Idee, wie wir an das Konto Antigua kommen. Irgendwie muss das doch zu deichseln sein.«
»Das kannst du dir abschminken. Willst du dich jetzt in den Jet setzen und dreißig Stunden auf die andere Seite der Erdkugel fliegen? Abgesehen davon, dieser Cardone war ein raffinierter Hund. Wer weiß, ob das Geld überhaupt noch in Saint John's liegt. Dort gibt es in tausend Meilen Umkreis mehr steuerfreie Inselrepubliken, als wir beide Finger an den Händen haben. Das Geld kann inzwischen überall sein.«
»Okay. Vielleicht kann uns Don Massimo sagen, was jetzt zu tun ist«, entgegnete Ruffo gereizt. »Ich werde mich vom Hotel aus vorsichtshalber mit dem Piloten in Verbindung setzen. Er soll die Maschine startbereit machen. Danach werde ich in Sizilien anrufen. Es kann sein, dass man uns sofort wieder auf die Reise schickt. Ich hoffe, man lässt uns ein paar Tage ausspannen. Vom Fliegen habe ich im Augenblick die Schnauze gestrichen voll. Wenn ich allerdings die Wahl zwischen Antigua und Sizilien hätte, wüsste ich, was ich täte.«
Ruffo balancierte, beide Hände tief in die Hosentaschen vergraben, am Straßenrand auf dem Randstein entlang. »Wenn ich Don Massimo gleich anrufe, wissen wir wenigstens, was Sache ist«, meinte er plötzlich.
»Jetzt gleich?«, fragte Gallerte skeptisch. »Du weißt, je größer die Insel des Wissens, desto größer der Strand der Verzweif-

lung. Und wenn Don Grasso erst einmal erfahren hat, dass seine Dollars verschwunden sind, weiß ich nicht, an welchem Strand wir noch landen werden.«

Ruffo gab sich einen Ruck, zog sein Handy aus der Tasche und wählte. »*Salve*, Don Massimo«, meldete er sich. »Schlechte Nachrichten«, begann er ohne Vorwarnung. »Cardone hat sich die Kohle unter den Nagel gerissen. Das Geld ist auf seinem Konto in Antigua. Rizzolo gibt es nicht mehr.« Wie es schien, hatte es seinem Gesprächspartner die Sprache verschlagen. Aber als er Don Massimo den Stand der Dinge erläutert hatte, konnte sogar Gallerte, der einige Meter entfernt stand, das Gebrüll aus dem Handy hören.

Mit einem missmutigen *»d'accordo!«* beendete Ruffo das Telefonat. Er wandte sich an Gallerte. »Don Massimo will uns zurückrufen.«

»Wann?«

»In den nächsten Stunden, denke ich. Don Massimo weiß noch nicht, wie es weitergeht.«

»Auch nicht schlecht«, erwiderte Gallerte. »Dann können wir wenigstens etwas ausspannen, bevor es richtig anstrengend wird.« Er steckte seine Hände in die Hosentaschen und kickte eine leere Coladose vor sich her.

»Okay, dann lass uns ins Hotel zurückfahren!«, meinte Ruffo. »Mir wird schlecht, wenn ich an das Gesicht von Don Grasso denke.«

Gallerte winkte ein Taxi herbei. Der Straßenkreuzer, der schon bessere Tage erlebt hatte, schaukelte gemächlich heran und stoppte neben den beiden.

»›Iririki‹-Hotel«, befahl Ruffo und ließ sich ins Polster fallen.

Verabredung

Cardone war mit einem Brummschädel aufgestanden. Er rührte nicht nur vom Rotwein des Vorabends her. Die halbe Nacht hatte er sich in Alpträumen gewälzt, war zweimal schweißgebadet aufgewacht. Erst nachdem er um drei Uhr morgens eine heiße Milch mit einem Löffel Honig getrunken hatte, war er fest eingeschlafen. Er blickte benommen auf die Uhr. Es war kurz vor zehn.

Auf dem Küchentisch fand er eine Nachricht von Carlo, der bereits aus dem Haus gegangen war. Er sah aus dem Fenster. Wolkenloser Himmel. Er beschloss, sich einen Espresso zu machen und auf der winzigen Dachterrasse zu frühstücken. So oft es das Wetter erlaubte, benutzten er und Carlo den luftigen Dachausschnitt, den man von ihrer Wohnung über ein paar steile Stufen erreichte.

Cardone ordnete Panini, Marmelade, etwas Butter und Geschirr auf ein Tablett und balancierte dieses aufs Dach. Carlo und er hatten zwischen Oleanderbüschen, die in Terrakottatöpfen über die Brüstung hinausragten, eine Sitzecke eingerichtet. Über den Dächern Bolognas empfand Roberto ein Gefühl des Entrücktseins. Er genoss es, hoch über gelebter Geschichte inmitten einer lebendigen Stadt zu sitzen. Er kannte keinen Platz, an dem ihm der Himmel so kräftig blau erschien wie hier, und besonders am Abend gab es kaum einen Ort, den die Sonne mit sanfteren Lichtstrahlen verwöhnte.

Die Aussicht von der Terrasse in düstere Gassen, auf geheimnisvolle Gestalten, filigrane Spitzbogenfenster und imposantes Mauerwerk mit morbidem Charme, den Blick auf die roten Dächer der Altstadt und die Türme – sie konnten jeden verzücken. Von hier oben konnte man die kunstvollen Fassaden bewundern, von denen allmählich der Putz bröckelte, die liebevoll arrangierten Geranientöpfe in winkligen Nischen, Fenstersimse, auf denen Katzen dösten, efeuberankte Balkone und Dachterrassen, auf denen es üppig blühte.

Wie oft hatte er hier die besten Einfälle gehabt und wie oft hatten sich Carlo und er im Schatten der Oleander die Köpfe heiß geredet oder sich Geschichten ausgedacht. Aber großer Erfolg war ihnen nie beschieden. Selbst wenn man ein exzellentes Manuskript abgeliefert hatte, fand sich meistens ein Text im Druckwerk, den der Autor nicht so geschrieben hatte, wie er da stand. Aber gute Dichter kannten das Phänomen und lachten darüber. Es funktionierte beim Schreiben wie in der Evolution. Hundertmal wurde etwas verschlechtert, aber dann einmal durch Zufall etwas verbessert. Wie schon Maxim Gorki sagte: Schriftsteller bauen Luftschlösser, Leser wohnen darin, und Verleger ziehen die Miete ein.

Cardone schlürfte seinen heißen Espresso und dachte über seinen Bruder Enrico nach. Es schien ihm wie ein Wunder, dass er bisher den Paparazzi der Regenbogenpresse noch nicht in die Arme gelaufen war.

Dann hörte er Schritte auf der Treppe.

»Bist du dort oben?«, rief Carlo.

»Ja«, antwortete Cardone. »Bring dir eine Tasse mit!«

Wenig später erschien Carlo mit einem Bündel Zeitungen. Cardone konnte in seinem Gesicht lesen, dass Enrico wieder für Schlagzeilen gesorgt hatte. Er warf einen Blick auf die Balkenüberschrift des »Messaggero«: »Cardone ein Pate der Mafia?«

»Lies den Artikel lieber nicht!«, sagte Carlo, setzte sich mit einer Tasse Cappuccino auf die Brüstung der Terrasse und ließ ein Bein baumeln. Roberto griff nach der Zeitung und las:

Wie aus Kreisen der Carabinieri verlautet, geht die Anti-Mafia-Kommission davon aus, dass Enrico Cardone zum inneren Kreis der Mafia zählte. Nach ersten Erkenntnis-

sen spricht vieles für eine Schlüsselposition, die Cardone als Syndikus der ehrenwerten Gesellschaft innehatte. Allem Anschein nach war Premeno das geheime Finanzzentrum mächtiger Paten. In polizeinahen Kreisen wurde die Vermutung geäußert, dass Cardone eng mit dem Waffenhändler Romano Grasso befreundet war, was die Spekulationen nährt, dass er eine zentrale Rolle im Rüstungsskandal der Gruppo Agosto gespielt hat. Laut gut informierter Quellen soll E. Cardone maßgeblich an der spektakulären Auflösung des Untersuchungsausschusses mitgewirkt haben, der massive Unregelmäßigkeiten innerhalb des Konzerns aufklären sollte. Angeblich – so ein geheimes Papier, das der Redaktion zugespielt wurde – soll das Netzwerk dubioser Waffenlieferungen in Krisengebiete bis in höchste Regierungskreise reichen.
Von Seiten des Innenministeriums wurde diese Mutmaßung als diffamierend und skandalös gewertet. Man werde den verantwortungslosen und staatsschädigenden Behauptungen in aller Schärfe entgegentreten und gegebenenfalls die Urheber zur Rechenschaft ziehen.
In der Kanzlei des Rechtsanwaltes in Premeno wurde gestern niemand mehr angetroffen. Scheinbar wurden die Büros überstürzt geräumt, die beiden Partner M. P. und P. S. sind mit unbekanntem Ziel verreist.
Enrico Cardone wurde von einem Killer der Mafia öffentlich liquidiert. Unsere Redaktion berichtete ausführlich …

Wütend warf Cardone die Zeitung in die Ecke und steckte sich eine Zigarette an. »In welchem Film bin ich gelandet? Kannst du mir sagen, was man unter ›polizeinahen Kreisen‹ versteht?«
Carlo zuckte die Achseln. »Vielleicht der Geheimdienst.«
»Ich frage mich, was als Nächstes kommt. Woher haben die

Zeitungen nur diese Infos? Oder saugen sich diese Wortakrobaten das nur aus den Fingern? Ich kann diesen abscheulichen Mist nicht mehr lesen!«

»Du wirst ihm kaum entgehen«, entgegnete Carlo, verließ die Brüstung und setzte sich an den Tisch. »Es hat keinen Wert, sich darüber aufzuregen. In spätestens zwei Wochen redet keiner mehr davon. Der nächste Skandal ist so sicher wie das Amen in der Kirche.«

»Es ist der reinste Horror! Ganz egal, ob ich den Fernseher anschalte oder durch die Stadt gehe, an jeder Ecke schaut mir Enrico entgegen. Wohin ich sehe, springen mir die Headlines der Presse in die Augen. Bald wird mir eine Horde gefräßiger Piranhas im Genick sitzen.«

»Setz dir eine Perücke auf und geh als Frau aus dem Haus!« Carlo lachte. »Du kannst dir aber auch einen Mastino Napoletano anschaffen. Da geht dir jeder weiträumig aus dem Weg.«

»Quatschkopf! Ich haue ab!«, beschloss Roberto mit fester Stimme. »Ich habe die Schnauze voll. Im Brief meines Bruders war von einem Sir Ghallager die Rede. Enrico schrieb, er sei sein bester Freund gewesen. So wie ich meinen Bruder gekannt habe, war er immer extrem misstrauisch gegenüber Bekannten. Wenn er diesem Mann sogar sein Geld anvertraut hat, dann weiß Ghallager garantiert eine Menge über meinen Bruder. Ich muss ihn sprechen. Es ist traurig, aber wahr, Ghallager ist der Einzige, der mir helfen kann, das Bild meines Bruders zurechtzurücken.«

»Das hört sich vernünftig an«, erwiderte Carlo.

»Ist es auch. Ich brauche das ominöse Notizbuch, und ich will wissen, was es mit dem Bankkonto auf sich hat.«

Plötzlich fiel ihm Rosanna ein und der laue Abend, an dem er mit ihr im Café gesessen hatte. Irgendwo hatte er noch ihre Visitenkarte. Er kramte in seinen Taschen. Nichts. Dann fiel ihm ein, sie musste in der Tasche des Jacketts stecken, das er an jenem Abend getragen hatte.

Carlo beobachtete stirnrunzelnd seinen Freund. »Suchst du etwas?«
»Ja, eine Telefonnummer. Ich muss dringend telefonieren!«
Cardone kletterte die schmale Treppe nach unten in die Wohnung. An der Garderobe hing besagte Jacke. Er fand die zerknitterte Karte in der Innentasche. Zum ersten Mal warf er einen genauen Blick auf das teuere Papier. In schön geschwungen Schriftzügen las er: »Rosanna Lorano, Mobil 0713-2174588«. Keine Adresse, kein Beruf, nur diese Nummer. Er erinnerte sich, dass er Rosanna auch nicht gefragt hatte, ob sie überhaupt in Bologna lebte. Spontan ging er in sein Zimmer, holte sein Handy und wählte ihre Nummer. Nach dem vierten Rufton hörte er Rosannas warme Stimme.
»Cardone«, meldete er sich und spürte sofort, wie ihn leise Erregung befiel. »Der Schriftsteller … Erinnern Sie sich? Wir saßen vor dem Palazzo die Bianchi …«
»Ach, Sie sind es, Roberto! Wie schön, dass Sie sich doch noch haben durchringen können mich anzurufen. Ich dachte, Sie haben mich vergessen.«
Rosannas Worte riefen ein Wetterleuchten in seiner Seele hervor. Nicht einmal seinen Vornamen hatte sie vergessen. »Wie können Sie so etwas nur denken!«, entgegnete er aufatmend. »Ich habe Ihnen versprochen, dass ich anrufen werde.«
»Sie sind damals so plötzlich aufgebrochen. Aber ich habe Ihnen verziehen.« Rosannas helles Lachen verzauberte ihn auf der Stelle.
»Ich weiß, ich weiß … Es tut mir leid. Aber es ist etwas Schreckliches passiert. Ich war ein paar Tage unterwegs und konnte mich nicht melden.« Roberto stockte. Der Schock saß ihm immer noch tief in den Knochen und machte ihm mehr zu schaffen, als er sich eingestehen wollte. Rosanna sagte nichts. Er hörte nur ihren ruhigen Atem. »Mein Bruder ist umgebracht worden. Sie haben es im Fernsehen gezeigt … Vielleicht haben Sie es …«

Ein Aufschrei am anderen Ende der Leitung. »*Madonna, è dura! Santo cielo!* Das war Ihr Bruder?« Sie schien völlig niedergeschmettert zu sein. Offenkundig wusste sie nicht, was sie sagen sollte. Erst nach wenigen Sekunden sprach sie leise weiter. »Ich habe es gesehen. *Le mie sentite condiglianze!* Ganz Italien spricht davon. Sie haben mein ganzes Mitgefühl! Ich danke Ihnen, dass Sie mir Bescheid gegeben haben. Sicher haben Sie nun viel um die Ohren. Rufen Sie mich an, wenn Sie das Schlimmste überstanden haben und es Ihnen wieder bessergeht!«

»*Grazie*«, antwortete Cardone. Ihre warme, einfühlsame Stimme tat ihm gut. »Es geht mir schon besser.« Er wollte keinesfalls den Eindruck eines Mannes erwecken, der nicht auch mit schwierigen Situationen und Schicksalsschlägen fertig wird. »Wie sagt man?«, fügte er gequält hinzu: »Das Leben geht weiter.«

Vielleicht unter völlig neuen Bedingungen, ging es ihm durch den Kopf, und er hatte das Gefühl, als habe sich zwischen ihm und Rosanna unvermittelt eine besonders intensive Nähe aufgebaut.

»Eigentlich rufe ich an«, fuhr er fort, »weil ich mich mit Ihnen verabreden wollte. Es wäre schön, wenn ich Sie zum Essen einladen dürfte.«

»Wirklich?« Rosannas Stimme klang überrascht.

»Würde es Ihnen morgen Abend passen?« Dieses Mal gelang ihm ein leichterer Ton. »Ich hätte Ihnen so viel zu sagen.«

»Sehr gerne, Roberto. Aber sind Sie sicher, dass Sie in der Verfassung sind, mit mir auszugehen? Ich wäre nicht böse, wenn wir unsere Begegnung später nachholten.«

Wie aus dem Nichts spürte er eine große Sehnsucht, sie sofort zu sehen. »Kommt nicht in Frage«, widersprach er energisch. »Ich will Sie unbedingt treffen.«

»Aber nur, wenn Sie sich wirklich gut fühlen. Offen gestanden hätte ich ein schlechtes Gewissen bei dem Gedanken, dass Sie mir nur einen Gefallen tun wollen.«

»Unsinn!«, widersprach er erneut. »*Sie* tun *mir* einen Gefallen. Außerdem brauche ich andere Eindrücke, ein paar Stunden, in denen ich andere Gesichter sehe und ich mich ein wenig ablenken kann. Ich kenne niemanden, mit dem ich jetzt lieber zusammen wäre. Die letzten Tage waren für mich schlimm genug.«

»Danke für das wunderschöne Kompliment«, hauchte sie ins Telefon. »Ich habe unsere Begegnung damals auch sehr genossen. Hoffentlich sitzen Sie nicht schweigend am Tisch und leiden unter Appetitlosigkeit. Das würde ich nämlich sehr bedauern.«

»Das werde ich ganz bestimmt nicht. Aber es gibt noch einen Grund, weshalb ich Sie so bald wie möglich treffen möchte. Ich werde in den nächsten Tagen verreisen und kann Sie dann eine ganze Weile nicht sehen.«

»Sie machen mich neugierig, Roberto. Wohin soll es denn gehen?«

»Das verrate ich Ihnen morgen«, antwortete er mit geheimnisvollem Unterton. »Ich muss mich um den Nachlass meines Bruders kümmern und einige wichtige Unterlagen abholen. Er hat sie in einer Bank deponiert.«

»Weshalb lassen Sie sich die Sachen nicht einfach zuschicken?«

»Das ist leider unmöglich. Auch als rechtmäßiger Erbe ist in diesem Fall meine persönliche Anwesenheit erforderlich. Wenn Sie wüssten, wie ich solchen Verwaltungskram hasse!«

»Falls ich helfen kann, dann tue ich das gerne. Sie können sich auf mich verlassen, Roberto! Wir reden darüber beim Essen. *D'accordo?*«

Cardones Herz klopfte vor Aufregung so ungestüm, dass er befürchtete, Rosanna könne seinen Pulsschlag hören. Die Begegnung mit ihr würde ein Aphrodisiakum gegen Trauer und Schmerz sein.

»Was schlagen Sie vor? Wo sollen wir uns treffen?«

»Auf der Piazza Maggiore? Ich denke, am besten in der Cafébar, in der wir uns neulich getroffen haben. Sagen wir gegen einundzwanzig Uhr. Dann können wir beratschlagen, wohin wir gehen wollen.«

»Ich freue mich!«, antwortete sie ganz vertraulich. *»Ciao,* Roberto! *A domani!«*

Cardone konnte es kaum fassen, dass Rosanna so schnell zugesagt hatte. Er würde sie wiedersehen! Allein ihre Stimme hatte ausgereicht, seine Sorgen zuzudecken, und seine Laune hatte sich schlagartig verbessert. Im Stillen fragte er sich, ob seine Freude, Rosanna wiederzusehen, pietätlos war. Nein! Es war gut, dass er wieder Leben in sich spürte. Als er ins Wohnzimmer kam, saß Carlo vor seinem Laptop und betrachtete sich Fotos aus der Karibik.

»Tolle Gegend! Dort würde ich auch Urlaub machen, wenn ich mir das leisten könnte.« Er sah Cardones entspanntes Gesicht. »Du scheinst gute Nachrichten zu haben, so wie du lächelst«, bemerkte er. »Mit wem hast du telefoniert?«

»Ich habe vor ein paar Tagen jemanden getroffen«, begann er ein wenig verlegen.

»Was soll das heißen?« Carlo grinste. »›Jemanden getroffen‹? Hast du seit neuestem Geheimnisse? Eine Frau?«

Weshalb soll ich Carlo nichts von meiner Eroberung erzählen?, dachte Cardone. Bisher haben wir noch nie Geheimnisse voreinander gehabt. Schließlich kannte er auch Carlos Eroberungen. Oft genug hatten sie zusammengesessen, und sich ausgesprochen, wenn sie einen Reinfall oder eine Enttäuschung erlebt hatten oder ganz und gar hingerissen waren von einer amourösen Begegnung. Wenn er so darüber nachdachte, war es schon merkwürdig, dass es weder er noch Carlo fertiggebracht hatten, eine Beziehung aufzubauen, die von Dauer gewesen war. Carlo stürzte sich regelmäßig in aufregende Amouren, aber letztendlich gingen seine Romanzen stets schnell vorüber. Und er? Ihm fehlte immer die notwendige Hingabe, um sich wirklich zu verlieben. Erst Rosanna hatte in ihm etwas ausgelöst, was er in dieser Intensität nicht gekannt hatte. Er gab sich einen Ruck.

»Ja, eine Frau!«

»Ach!«, erwiderte Carlo wie aus der Pistole geschossen. »Hast du sie etwa in Premeno kennen gelernt?«, bohrte er weiter. »Mach es doch nicht so spannend!«

»Quatsch!« Cardone winkte ab. »Bei meiner letzten Lesung. Wir haben uns danach auf der Piazza Maggiore verabredet und einen Kaffee getrunken.«

»*Chiaro*«, antwortete Carlo spöttisch. »Wo sonst! Und das sagst du mir erst jetzt?«

»Ich hatte keine Gelegenheit ...«

»Sehr verdächtig, wenn du mir eine Eroberung verheimlichst! Ich hoffe, es ist nichts, was mir Kopfzerbrechen bereiten müsste. Immerhin waren die Ziele unseres Lebens formuliert, als wir zusammenzogen. Erinnere ich mich richtig? Das weiße Blatt Papier, alte Bücher und junge Frauen! Aber nichts, was uns zwingen würde, zwei Wohnungen zu mieten.«

»Davon kann bis jetzt keine Rede sein!«, erwiderte Cardone.

»Wenn ich dein Lächeln richtig interpretiere, hat es dich enorm erwischt.«

»*Madonna mia!* Mach kein Drama daraus! Ich bin einfach nicht dazugekommen, dir davon zu erzählen«, verteidigte sich Roberto. »Es war der Tag, an dem sie Enricos Ermordung im Fernsehen gezeigt haben. Du hast mich angerufen und mir gesagt, ich soll sofort nach Hause kommen. Da saß ich gerade mit Rosanna in der Cafébar an der Piazza Maggiore.«

»Rosanna heißt sie also«, bemerkte Carlo mit süffisantem Ton. »Wie alt ist sie?«

Cardone zog die Mundwinkel nach unten. »Ich habe sie nicht gefragt.«

»Und wo kommt sie her?«

»Ich glaube, aus Bologna.«
»Und? Wie ist sie? Erzähle! Wie sieht sie aus?«
Cardone holte tief Luft und schien die richtigen Worte zu suchen. »*Guarda!* Was soll ich sagen? Sie ist … Ach, eigentlich kann man sie nicht beschreiben! Sie ist eine Schönheit, eine Göttin! Wenn du mich fragst, man müsste einen Planeten nach ihr benennen. Du würdest mir sofort zustimmen, wenn du sie sehen könntest. Klug, intelligent, charmant …«
»*Caro cielo,* Roberto!« Carlo lachte amüsiert. »Klug, intelligent … Man beachte den erotischen Subtext! *Dio mio*, Roberto, schöne Frauen haben seit undenklichen Zeiten das Vorrecht, dumm sein zu dürfen. Und jetzt bringst du auch noch eine an, die klug ist. Solche Frauen machen mich extrem misstrauisch.«
»Musst du immer alles schlechtmachen, Carlo? *Madonna*, du kannst es mir glauben! Sie ist einmalig, wahnsinnig sexy, sie hat Feuer und Esprit! Ich habe noch nie zuvor eine solche Schönheit getroffen. Wir haben uns für morgen Abend verabredet und wollen Essen gehen.«
Carlo hatte seinem Freund mit ungläubigem Staunen zugehört. »Ich habe dich noch nie so euphorisch über eine Frau reden hören«, bekannte er und schüttelte lachend den Kopf. »Ich hoffe nur, dass deine Venus nicht partiell aus Plastik ist!«
»Sie ist nicht der Typ, der zu Schönheitschirurgen geht. Das hat sie nicht nötig«, entgegnete Cardone energisch.
Unvermittelt sprang Carlo auf einen Stuhl, machte eine Verbeugung, als stünde er auf einer Theaterbühne und legte seine Hand aufs Herz. »Die Liebe ist der Quell der Begeisterung, der Jugend, der Heldentaten, der Religionen. Sie verlangt nicht nach Opfern. Sie verlangt nach dem Schönen und dem Wahren, frei von Silikon und Hyaluronsäure.«
»Blödmann!«, schnauzte Cardone. »Das, was du bislang nach Hause geschleppt hast, war jedenfalls selten das Gelbe vom Ei. Ich erinnere dich an deine Letzte, wie hieß sie doch gleich?«

»Vanessa.«
»Stimmt, die mit dem gebärfreudigen Becken!«
»Ich mag es eben etwas breiter«, antwortete Carlo und pfiff genießerisch durch die Zähne.
Cardone schüttelte missbilligend den Kopf.
»Ich weiß, du magst mehr die Marke Kleiderständer.«
»Jetzt mal im Ernst! Was meinst du?« Cardone blickte seinen Freund fragend an. »In welches Restaurant könnte ich mit ihr gehen? Du weißt doch immer so gut Bescheid, welche Küche in Bologna gerade en vouge ist. Ich kann Rosanna nicht in irgendein gewöhnliches Lokal ausführen.«
Carlos Mund stand vor Staunen offen. »Sieh an! Die Dame ohne Herkunft und Alter ist auch noch anspruchsvoll!« Er rollte die Augen in Richtung Decke. »Einer, der mich nähme, den könnte ich nicht nehmen, ich stell höhere Ansprüche. Ist es so eine?«
»*Porca miseria!* Musst du immer alles ins Lächerliche ziehen? Ich will mit ihr einen schönen Abend verbringen, das ist alles! *Capisce?*«
»*Scusi*«, murmelte Carlo. »Ich wollte dich nicht kränken. Es ist einfach nur überraschend, dass du ausgerechnet jetzt damit kommst, so knapp nach dem Tod deines Bruders.«
Cardones Miene wurde grüblerisch. »Es ist einfach passiert. Ist es nicht ein Irrsinn? Ich beklage den Tod meines Bruders, erbe zwei Häuser und ein Bankkonto auf Antigua und treffe beinahe zeitgleich auf die Frau meines Lebens.«
Carlo schaute ebenso entgeistert wie verwundert. »Erlaube, Roberto! Ich missbrauche die Intention meines Poems ›Die Göttliche Fügung‹.« Dann rezitierte er mit übertriebenem Pathos aus seinem Werk: »Manche Dinge bleiben immer wahr. Leben und Tod. Erde und Himmel, Reichtum und Armut. Die Geschenke der Göttin: Intuition und Liebe, Sehnsucht und Erfüllung.«
Cardone hatte sich auf die Couch geworfen und blickte gedan-

kenverloren an die Decke. Tatsächlich, dachte er, Carlos lyrischer Ausflug klingt plötzlich gar nicht mehr so abgehoben wie sonst. Welch eine Fügung! Ein verwegener Gedanke schlich sich in seine Überlegungen und nahm mehr und mehr von ihm Besitz. Vielleicht könnte er Rosanna das Leben bieten, das ihr zustand? Sie würde ihn mit völlig anderen Augen sehen, wenn er ihr erst einmal eröffnete, dass sie nicht den armen Mann vor sich hatte, den sie in der Cafébar kennengelernt hatte. Mit einem Male eröffneten sich für Roberto Perspektiven, an die zu denken er noch vor ein paar Tagen weit von sich gewiesen hätte. Reichtum und Moral vertrugen sich einfach nicht. Das war bislang seine unumstößliche Überzeugung. Und nun?

Sein Bruder hatte ihm einmal gesagt, mit dem Geld sei es wie mit den Frauen: Um es zu behalten, müsse man sich darum kümmern. Er hatte damals lachend darauf geantwortet, dass er stattdessen lieber die Zeit nutzen würde, um etwas Gutes zu schreiben. Nur das habe Bedeutung. Enrico stand plötzlich vor seinem geistigen Auge. Erst dessen Tod hatte ihm mit dem Erbe den Weg frei gemacht zu einem anderen Umgang mit dem Leben, vielleicht auch mit seinen Talenten und seiner Zeit. Erst Enricos Tod war der Keim nicht nur zu neuen Ideen, sondern auch neuer Sehnsüchte.

Vor Cardones Augen schien sich ein imaginärer Schleier zu öffnen. Als habe jemand auf der Bühne seines Daseins einen Theatervorhang beiseitegeschoben, eröffnete sich ihm die ernüchternde Realität seiner Umgebung in einer bisher unbekannten Schärfe. Das Wohnzimmer mit den durchgesessenen Polstermöbeln, bezogen mit abgewetztem rotem Cordstoff, der biedere Lüster, an dem die Spinnweben lange Fäden zogen, die schäbige Couch, auf der er gerade lag, und der Flickenteppich, mit dem Carlo und er vor einigen Jahren den unansehnlichen Terrakottaboden bedeckt hatten. Sein Blick fiel auf das längst aus der Mode gekommene Sideboard. Sie hatten es auf

dem Flohmarkt gekauft, weil für etwas Besseres das Geld nicht gereicht hatte. Und dann seine Arbeitsecke; sie war nicht mehr als eine Sperrholzplatte auf zwei Holzböcken, die aber ihren Zweck erfüllte. All das kam ihm plötzlich erbärmlich vor.
Was ihm bis vor wenigen Stunden völlig ausreichend erschien, ausreichend um zu leben, zu arbeiten und sich wohl zu fühlen, zeigte sich ihm nun in neuem Licht. Er wagte sich nicht vorzustellen, wie Rosanna reagieren würde, sollte sie je ihren Fuß über die Schwelle dieser Wohnung setzen. Das durfte niemals geschehen.
Vor Cardones geistigem Auge zogen mit einem Male Bilder der weiten Welt vorüber. Unvermittelt beschlich ihn die verführerische Sehnsucht nach einem anderen Leben, nach exotischen Eindrücken, unbeschwert und sorgenfrei. Oh ja, er hatte schon ungefähre Vorstellungen, wie er sein neues Leben gestalten könnte. Einen neuen Wagen würde er sich jedenfalls bald zulegen. Seinen alten Computer würde er gegen einen modernen austauschen, und sein Zimmer würde er ganz nach seinem Geschmack einrichten. Nach und nach erwachten in ihm beängstigende Wünsche, die er früher, der Not gehorchend, erstickt hatte und von denen er sich später einredete, dass sie überflüssig waren. Und nun …? Nun war scheinbar alles möglich, er brauchte nur zuzugreifen.
Enricos Brief, Senna, Pantrini und deren auffälliges Benehmen drängten sich zwischen seine Gedanken. Mit dem Verkauf der Häuser und dem Konto in Verbania waren seine Wünsche zu realisieren, ohne dabei ein schlechtes Gewissen zu haben. Was ihn in Antigua erwartete, darüber wagte er kaum nachzudenken. Nichtsdestoweniger hatte er den festen Entschluss gefasst, das Geheimnis seines Bruders aufzudecken, obwohl ihn irgendetwas in seinem Inneren warnte. Er schob diese Intuition beiseite. Er musste in die Karibik reisen, und das Notizbuch im Bankschließfach würde seine Fragen beantworten. Egal, was er zu entdecken fürchtete, er musste es einfach tun.

Aus welchen Quellen das Geld auf Antigua auch immer stammte, was sprach dagegen, es zu behalten? Kein Mensch würde davon erfahren. Was hatte er mit den Geschäften seines Bruders zu tun? Das Finanzamt würde sich nicht für ihn interessieren, denn so wie die Dinge lagen, hatte Enrico das Geld unbemerkt im Ausland angelegt und wohl auch dafür gesorgt, dass niemand etwas davon wusste.
War es unmoralisch, Wünsche zu haben? Cardone schreckte vor seinen Träumen zurück, die ihn zu überfluten drohten. Es war sinnlos, sich gegen das aufzubäumen, was sich in seiner Seele breitmachte. Wenn er ehrlich zu sich selber sein wollte, musste er zugeben, dass ihm Enricos Brief wie ein gefräßiges Monster im Nacken saß: Moral war eine Hure, für Geld machte sie alles. Man konnte es drehen und wenden wie man wollte, sie passte sich jeder Situation an. Ob er Rosanna dazu überreden konnte, mit ihm in die Karibik zu fliegen? So, wie er sie einschätzte, würde sie wahrscheinlich nur nachsichtig lächeln, ihn vielleicht sogar auslachen. Es war im Augenblick besser, nicht mehr darüber nachzudenken.

Carlo stand plötzlich mit einem Brief vor ihm und weckte ihn aus seinen Tagträumen. »Ich würde eine Menge dafür geben, deine Gedanken zu lesen.« Er lachte, doch in seinem Blick lag Besorgnis. Es schien, als habe er in die Seele seines Freundes geschaut. »Du solltest weniger über deine neue Eroberung nachdenken. Werde dir lieber klar, was als Nächstes auf dich zukommt!«
Cardone erwiderte ernst: »Du hast recht, Carlo. Genau darüber denke ich gerade nach.«
»Der Briefträger war da, du hast Post aus Palermo.« Carlo reichte dem Freund das Kuvert. »Ich hoffe, nichts Schlimmes.«
Cardone nahm den Brief entgegen und schaute neugierig auf den Absender. »Comune di Palermo« stand auf dem Stempel. Er riss den Umschlag auf und faltete das Blatt auseinander.

»*Madonna!* Sind die von allen guten Geistern verlassen?«, brüllte er durchs Zimmer. »Schau dir das an!« Er hielt Carlo das Schreiben hin. In seinen Augen standen Wut, Tränen und Ohnmacht.

»Was ist los?« Carlo nahm den Brief und las:

Comune di Palermo 17. Agosto 2008
Il Regolamento di Conti

Anbei die Abrechnung
für eine behördlich angeordnete Beisetzung des
Signore Enrico Cardone
auf dem Cimiterio Bagheria der Comune di Palermo.

Euro: 2745,40

Bedauerlicherweise hat es einen Kommunikationsfehler gegeben, den wir nicht zu verantworten haben. Die Beisetzung wurde nach Freigabe des Leichnams von der Comune di Palermo angeordnet. Da davon ausgegangen wurde, dass es keine Anverwandten des Verblichenen gibt, wurde Enrico Cardone kremiert und die Urne in die Grabstelle 2267 verbracht.

Wir bedauern, dass wir erst jetzt vom Gericht informiert wurden, dass Sie, verehrter Signore Cardone, ein Verwandter zweiten Grades sind. Aus diesem Grunde sind Sie auch kostenpflichtig. Wir bitten um schnellste Regulierung des oben stehenden Betrages.

Comune di Palermo

In der Wohnung lastete eine bedrückende Stille.

Hinterhof der Hölle

D'Aventura hatte bei der nervenaufreibenden Suche nach einem Parkplatz die verwahrlosten Elendsquartiere im Albergheria-Viertel zum zweiten Mal umrundet, bis er endlich eine Lücke fand. Der Stadtteil war das unumschränkte Herrschaftsgebiet der Mandamenti, der Bezirksbosse der Mafia. Er stellte seinen Alfa Romeo an der Ecke der Piazza Ballarò ab. Das verwirrende Altstadtlabyrinth mit seinen baufälligen Palazzi, Kirchen und Märkten war der ideale Nährboden jedweder krimineller Aktivitäten. Tagsüber war die Gegend bedrückendes und zugleich spannendes Ziel für Touristen, nachts dagegen ein Gebiet, das man besser vorsichtig und nicht allein durchstreifen sollte. Taschendiebe, *scippatori* – Handtaschenräuber – und andere kleine Ganoven fanden hier ein reiches Betätigungsfeld. D'Aventura verschloss seinen Wagen und tauchte in die basarartige Atmosphäre ein.

Bunte Markisen überspannten wie Zeltdächer die quirligen Gassen. Wie in einem farbenfrohen Souk waren die Straßenzüge mit Ständen und Geschäften gesäumt. Schon Goethe hatte auf seiner Reise nach Palermo voller Begeisterung dieses Ambiente beschrieben. Auf nichts trifft seine Beschreibung vom Duft der Märkte, von der Seele der Stadt und vom Geschrei der Händler besser zu, als auf Palermos ältesten Markt, den Mercato Ballarò.

D'Aventura überließ sich dem Strom der Fußgänger. In den Gassen, in denen unter einem schmalen Himmelsstreifen Wäsche trocknete, in denen die Luft von Essigdüften durchsäuert war und sich bejahrtes Weibervolk über die Köpfe der Passanten hinweg von Balkon zu Balkon das Tagesgeschehen zuschrie, spürte er den ungeheuren Lebensstrudel dieser Stadt, der alles zu verschlingen drohte. Er schlenderte an armseligen *bassi* vorbei, trüben Kellerwerkstätten, in denen vielköpfige Familien, vom Finanzamt unbemerkt oder geduldet, Textilien, Schuhe und Handtaschen nähten. Das Geflecht der schmalen Gassen und Hinterhöfe war erfüllt von vitalem Leben. Hier wohnten die Ärmsten der Armen. Der Comandante konnte sie im Vorbeigehen durch die offenen Parterrefenster oder Türen sehen, oft drei Generationen einer Familie, die in zwei kleinen Zimmern hausten mit nicht mehr als dem Farbdruck des Gekreuzigten an der Wand und ein paar heruntergekommenen Möbelstücken.

Hier im alten arabisch-jüdischen Viertel, zwischen Albergheria, Piazza Carmine und der Piazza Ballarò drängten sich Hunderte von Gemüseständen. Jeder Winkel, jede noch so kleine Nische, Kirchenportale, Ruinen, Treppenaufgänge und Hinterhöfe wurden als Verkaufsplatz genutzt. D'Aventura musste lächeln, als er die *abbanniata* hörte, konkurrierende Gesänge der Händler, die ihre Waren lautstark priesen; sie klangen wie eine Mischung aus den sizilianischen *cante storie* und den Rufen eines Muezzins.

Der Comandante ließ sich mit der Menschenmenge an den Ständen vorbeitreiben. Hier konnten Hausfrauen frisch gekochte Kartoffeln und Artischocken mit nach Hause nehmen. Es gab *estratto di pomodoro* – Tomatenmark –, wilden Fenchel, Rosinen, *pinoli*, Peperoni und Olivenöl. An einem Stand kochte ein Händler frischen *polpo* und servierte den Passanten den Oktopus mit Zitrone. Gegenüber hantierte schwitzend ein Mann, auf dessen Holzkohlengrill Lammkoteletts, Schweinebauch und *coratelle* brutzelten.

D'Aventura verspürte plötzlich Hunger, als der würzige Duft in seine Nase stieg. Seit dem Vormittag hatte er keinen Bissen mehr zu sich genommen. Er schlenderte weiter und probierte an der Auslage einer Osteria *sarde a beccaficu*, Sardinenröllchen, gefüllt mit wildem Fenchelgrün, Ingwer, Pinienkernen und in Öl gebratenen Brotkrumen. Dazu genehmigte er sich einen Schluck *zibbibo di pantelleria*, einen Süßwein aus getrockneten Trauben. Er hätte noch Stunden hier verbringen können, ohne sich auch nur einen Moment zu langweilen. Früher war er öfter mit seiner Frau hier gewesen. Verliebt hatten sie in aller Frühe den Markt durchstreift, während noch alles ruhig war und das weiße Morgenlicht nach bröckelnden Fassaden, zersprungenen Gipsmadonnen und baumelnden Rinderköpfen griff. Eine schöne Erinnerung! Doch das war lange her. Er lächelte in sich hinein. Der Ballarò war eine Pracht, und d'Aventura war, als ginge er in einem opulenten Gemälde eines alten Meisters spazieren.

Gemächlich bummelte er weiter, vorbei an dichtgedrängten Menschentrauben vor den Marktständen, vorbei an Hausfrauen, die kennerisch Innereien begutachteten. Mitten in einem schmalen Durchgang waren Tische aufgebaut, an denen man für ein paar Euro frittierte Milz, Kichererbsenfladen und Reisbällchen essen konnte, eine Versuchung, der d'Aventura nicht widerstehen konnte.

Nachdem er sich gestärkt hatte, machte er sich auf den Weg durch das enge Häuserlabyrinth des geschundenen Stadtteils, ein unüberschaubares Durcheinander von engen Gassen, brüchigen Mauern, und bröckelnden Balkonen, Stiegenabsätzen und Hinterhöfen. Es war der übelriechende Stadtteil, in dem sich Wahnsinn, Fieber, giftiger Schaum und die mörderische Wut wie ein Borkenkäfer unter der Rinde eines sterbenden Baumes eingenistet hatten. Tod und Not hatten hier die gleiche Adresse.

Vor wenigen Wochen glich dieses Viertel einem Schlachthaus. Das rumorende Gassenverlies Palermos war zur Fleischerei geworden, voll von Blutlachen und roten Rinnsalen, abgedeckt mit alten Zeitungen und schmutzigen Leintüchern.

Seit Jahresbeginn hatte es hier mehr als siebzig Tote gegeben, ermordet, Hände und Füße aneinandergefesselt, wie man es mit den Zicklein auf dem Markt machte, erstickt, geköpft, ent-

mannt, in schwarze Plastiksäcke gepackt, in Kofferräume gepfercht.
Unwillkürlich drängte sich d'Aventura der Gedanke auf, alles hinzuwerfen. Es war nicht das erste Mal, dass er diesen Wunsch nach Veränderung spürte. *»Money talks«*, hatte ihm augenzwinkernd eine amerikanische Touristin gesagt und damit aus Palermo und der Mafia ganz pragmatisch eine simple Gleichung gemacht. Aber sie irrte! Geld *sprach* in Palermo nicht, es versickerte lautlos, und es wurde schweigend von allen entrichtet, die in ihren Läden einen störungsfreien Geschäftsalltag haben wollten. Aber dieser Ausspruch hatte ihn aufgerüttelt und in den Zustand zurückversetzt, in dem er sich vor vielen Jahren voll innerer Überzeugung dem Kampf gegen die Mafia verschrieben hatte.

Es waren noch etwa zweihundert Meter, die d'Aventura bis zum Tatort zu gehen hatte. Hier in einem Quartier der Ruinen und des Zerfalls, gab es kein Menschengewimmel, keine lauten Stimmen und bunten Farben, die von den stinkenden Abfällen ablenken konnten. Er beschleunigte seine Schritte. Trotz der angenehmen Temperatur fröstelte er. Er ging vorbei an Fassaden, die blatternarbig entstellt waren, über verspielte Treppchen, passierte die blinden Fenster unbewohnter Häuser und durchschritt Torgewölbe und Durchgänge, deren Tuffsteinmauern klaffende Risse aufwiesen und sich in einem jammervollen Zustand zeigten.
Dort, wo die Häuser eingestürzt oder verlassen waren, hatten städtische Bulldozer die Reste eingeebnet, Löcher in das Straßengewirr gerissen und große Flächen von Erdaushub mit Kalk abgedeckt und mit Mauern umschlossen. Hinter diesen Mauern türmten sich die Abfälle des Marktes und der Einwohner sowie die Knochenreste der Metzgereien. Tagsüber spielten dort die Kinder, Hunde und Katzen wälzten sich im Müll, Mäuse tanzten darauf. Hier war Palermo ein Beirut, zer-

stört durch einen mafiösen Krieg, der jetzt über vierzig Jahre dauerte.
Nach einigen Minuten erreichte der Comandante ein Eckhaus. Eine gelbe Markise ragte weit über den Bürgersteig, unter der der Wirt seine Terrasse mit mannshohen Lorbeerbüschen umstellt hatte. Ein paar alte Männer saßen vor der Tür beim Espresso und verfolgten d'Aventura mit misstrauischen Blicken. Er bog in einen nachtschwarzen Häuserspalt ein, die Seitenstraße zur Via Albergheria. Dann stand er vor dem Hinterhaus mit den blinden Fensterhöhlen und bröckelnden, rußgeschwärzten Mauern, an der Stelle, wo Enrico Cardone ermordet worden war. D'Aventuras Augen gewöhnten sich nur allmählich an die Dunkelheit. Er zog ein letztes Mal an seinem Zigarettenstummel und schnippte ihn zur Seite. Dann schaltete er seine Stablampe ein und leuchtete den Ort des grausamen Geschehens ab. Eine ganze Weile verharrte er schweigend und nachdenklich. Er betrachtete eingehend die Stelle mit den noch sichtbaren Kreideumrissen, die die Lage des Opfers markierten.
Ein merkwürdiges Gefühl erfasste ihn. Intuitiv drehte er sich um und ließ seine Blicke schweifen. Sein Instinkt hatte ihn gewarnt. Im gleichen Augenblick gellte ein Pfiff aus dem gegenüberliegenden Haus. D'Aventura sprang in zwei, drei schnellen Sätzen an die Hauswand und drückte sich in eine Nische. Ein kaum wahrnehmbares Geräusch drang an sein Ohr und schoss wie ein Elektrostoß durch seine Venen. Schnelle Schritte, die davonliefen. Sein Magen krampfte sich zusammen. Er war beobachtet worden. Wie zufällig sah er nach oben. Im vierten Stockwerk der bejammernswerten Absteige sah er in einem der unbeleuchteten Fenster schemenhaft einen Kopf.
D'Aventura richtete den starken Blendstrahl seiner Taschenlampe nach oben. Blitzartig verschwand das Schattenwesen. Er war sich sicher, dass er den Pfiff ausgelöst hatte, weil man jemanden vor ihm warnen wollte. Er musste schnell handeln.

Durch seinen Kopf rasten tausend Warnungen. Der Eingang zu den Wohnungen lag auf der Rückseite des Hauses, und mit einer Schnelligkeit, die man dem Hünen niemals zugetraut hätte, sprintete er los, stolperte über einen querliegenden Müllsack und hatte alle Mühe, sein Gleichgewicht zu halten. Im letzten Moment gelang es ihm. Er hastete weiter und blieb unter der geöffneten Tür stehen. Tastend suchte er die Wand nach einem Lichtschalter ab. Stattdessen fühlte er nur lose Drähte, die aus einer zerstörten Verteilerdose ragten. *»Merda«*, fluchte er verhalten.

Dem schmalen Lichtkegel seiner Taschenlampe folgend, eine Hand schützend über Mund und Nase, wand sich d'Aventura durch das dunkle Treppenhaus. Vorsichtig nahm er Stufe für Stufe, setzte den Fuß zwischen Pizzakartons, verstümmelte Barbiepuppen, Spritzen und zerbrochene Crackpfeifchen. Immer höher stieg er, vorbei an Graffitisymbolen rivalisierender Familienclans und einem zertrümmerten Feuerlöscherschrank. Im dritten Stock schlug ihm jäh ein Gestank entgegen, der jedem Menschen den Atem nehmen musste. In den üblichen Geruch von Urin und faulenden Essensresten mischten sich der Gestank von Kot und benutzten Windeln.

D'Aventura leuchtete die nächsten Stufen aus und blieb stehen, als er zwischen Chipstüten, einer Programmzeitschrift und den Windeln die Augen einer Ratte im Lichtkegel aufblitzen sah. *»Porca miseria«*, fluchte er kaum hörbar und stampfte angewidert mit dem Fuß. Fluchtartig trippelte das Tier ins Dunkel. »Menschen sind schädlich, sagte die Ratte«, knurrte der Comandante und steuerte auf die nächste Etage zu. Er hatte sich die Lage des Fensters genau eingeprägt und wusste, in welcher Wohnung der Schatten verschwunden war. Er war sich sicher, in diesem Treppenhaus konnte niemand unbemerkt an ihm vorbeikommen. Damit er kein Ziel bot, schaltete er die Lampe aus. Mit gezogener Dienstwaffe tastete er sich weiter nach oben.

Der Unbekannte, der ihn vom Fenster aus beobachtet hatte, schien die Gefahr erkannt zu haben, sonst hätte er nicht augenblicklich seinen Kopf wieder zurückgezogen. D'Aventuras Nerven waren bis zum Äußersten angespannt. Diffuse Geräusche drangen zu ihm, Geräusche, die er nicht einordnen und deren Herkunft er nicht feststellen konnte. Rührte das Knacken vor ihm von Menschen?

Unter ihm wurde eine Tür zugeworfen, und er zuckte zusammen. Vorsichtig lehnte er sich über das Treppengeländer und blickte nach unten. Zwei Schatten huschten im Abstand von mehreren Sekunden die Treppe hinunter. Er kniff die Augen zusammen, um die Gestalten besser zu erkennen. Zu spät. Doch das erste Phantom war bereits aus seinem Gesichtsfeld verschwunden. Nur die zweite flüchtende Person konnte er noch sehen. Den leichtfüßigen Bewegungen und der Figur nach zu urteilen, hätte es eine sportliche Frau sein können. Die schemenhafte, filigrane Gestalt schien zu schweben und war in Sekundenschnelle aus dem Stiegenhaus verschwunden. D'Aventuras Mund war ausgetrocknet, und seine Kopfhaut juckte, für ihn ein untrügliches Zeichen von Gefahr. Er hatte gelernt, auf seine Gefühle zu achten, doch er wischte diese Regung schnell beiseite. Ich bin ein Idiot, dachte er und hätte sich für seinen Leichtsinn, alleine hierhergekommen zu sein, am liebsten geohrfeigt. Doch ein Zurück gab es jetzt nicht.

Er griff in die Seitentasche seiner Jacke und fummelte nach dem Handy. Siedend heiß fiel ihm ein, dass er es auf seinem Schreibtisch hatte liegenlassen. »Mist«, presste er durch die Lippen. Es war besser, sich jetzt auf das zu konzentrieren, was ihn erwartete, als sich über seine Nachlässigkeit zu ärgern. Er atmete tief durch. Plötzlich war ihm, als flüstere jemand in seiner unmittelbaren Nähe.

Instinktiv duckte er sich und versuchte, so flach wie möglich zu atmen, um besser zu hören. Bildete er sich nur ein, Stimmen zu hören? Das Wispern kam eindeutig aus der Richtung hinter seinem Rücken. Mindestens zwei Personen mussten sich in seiner unmittelbaren Nähe aufhalten. Hatte man ihn auf dem Ballarò beobachtet und ihn bis hierher verfolgt? Kaum denkbar! Vielleicht sind es auch nur Geräusche aus einer anderen Wohnung, versuchte er sich zu beruhigen.

Mit äußerster Vorsicht wandte er sich um und schlich dem Flüstern nach. Er spürte etwas Hartes unter seinem Fuß, aber es war zu spät. Das Knacken empfand er wie einen Schuss, der durch das Treppenhaus hallte. Er schreckte zusammen und hielt inne. Das Tuscheln erstarb.

Seine Augen versuchten die Dunkelheit zu durchdringen. Er konnte den sich in drei Richtungen teilenden Gang und Konturen herumstehender Gegenstände und Hindernisse einigermaßen wahrnehmen. Wie festgenagelt verharrte er auf dem Absatz des vierten Stockes und lauschte. Es herrschte beängstigende Stille. Er überlegte, ob er weitergehen sollte oder nicht. Der Schattenmensch vom Fenster musste sich seiner Einschätzung nach hinter der vorletzten Wohnungstür aufhalten. Wenn er der Sache auf den Grund gehen wollte, musste er sich beeilen.

Er entsicherte die Pistole und wandte sich wieder um. Er musste darauf vertrauen, dass er nicht von hinten angegriffen wurde. Schritt für Schritt näherte er sich der Wohnung. Nach wenigen Sekunden, die ihm selbst wie eine Unendlichkeit vorkamen, stand er vor dem Eingang. Er legte sein Ohr an die Tür. Zu seiner Überraschung war sie nur angelehnt und er zuckte zurück. Wie ein Stromschlag raste ein Warnsignal durch seine Adern. Es gab zwei Möglichkeiten: Entweder wurde er hinter der Tür erwartet und das Ganze war eine Falle, oder die Wohnung war bereits verlassen.

Zentimeter für Zentimeter schob er seine Hand durch den Türspalt und tastete nach einem Lichtschalter. Endlich fühlte er ihn. In der gleichen Sekunde, in der er den Schalter umlegte und das Licht aufflammte, stieß er mit einem brutalen Fußtritt die Tür auf und ließ sich auf die Knie fallen, die Pistole in die

Wohnung gerichtet. Hektisch irrte sein Blick durch den ersten Raum.
Bis auf halbe Höhe waren die Wände mit Spanplatten verkleidet, darüber blätterte die weiße Tünche ab. Ein schäbiger Tisch in der Mitte, über dem eine noch schäbigere Lampe mit rosa Schirm hing. Das Linoleum auf dem Boden war durchgetreten, und der Betonestrich schimmerte durch.
Sofort fiel d'Aventura der Aschenbecher auf und der aufsteigende Rauch einer heruntergebrannten Zigarette. Jemand musste sich in der Wohnung befinden. Er hielt den Atem an. Für eine Sekunde wunderte er sich, weshalb keine Reaktion erfolgte. Nicht der kleinste Laut drang an sein Ohr. Rechter Hand fiel ihm eine angelehnte Tür auf. Er blickte nach links. Eine zweite Tür, jedoch geschlossen. Welche Richtung er auch zuerst einschlagen würde, es könnte die letzte Entscheidung seines Lebens gewesen sein. Sprungbereit sah er sich um und überlegte fieberhaft.
Zerknüllte Kleidungsstücke und schmutzige Unterwäsche türmten sich auf den Sitzflächen der billigen Stühle. Aufgerissene Briefkuverts, leere Bierdosen, Essensreste auf einem Teller und eine aufgeschlagene Zeitung offenbarten die bedrückende Atmosphäre einer verwahrlosten Dachwohnung. Drüben an der Wand sah er ein zerwühltes Matratzenlager, auf dem eine völlig verdreckte Decke lag. Es roch säuerlich im Zimmer.
D'Aventura richtete sich langsam auf und blieb in geduckter Haltung stehen. Was sich vor seinen Augen auftat, glich einer Müllhalde. Im Augenwinkel entdeckte er ein schwarzes Etwas auf dem Esstisch neben einem Topf mit den Resten eines Risottos. Sein Blick wanderte weiter. An der rechten Wand befand sich ein Regal und ein Schreibtisch. Darauf standen ein älteres Computermodell und ein Drucker. Daneben CDs und ein Headset. Mit äußerster Vorsicht schlich sich der Comandante an der rechten Wand entlang und näherte sich der ange-

lehnten Tür. Seine Nerven waren zum Zerreißen angespannt. Sein Fußtritt gegen die Holzfüllung ließ die Tür krachend gegen die Wand knallen, während er in der gleichen Sekunde bäuchlings liegend die Waffe in den Raum richtete.
Augenblicklich kämpfte er mit Brechreiz. Vor ihm auf dem Boden lag eine männliche Leiche, deren Gesicht bis zur Unkenntlichkeit zerfetzt war. Der Kopf lag in einem See rotschwarzen Blutes. Rings um ein Einschussloch an der Küchenwand hingen Blut und Fleischfetzen. Fliesen, Möbel und Fußboden waren über und über mit Blut bespritzt, als hätte ein Gemetzel stattgefunden. D'Aventura sprang auf, zog ein Taschentuch aus der Hosentasche und hielt es sich vor Mund und Nase. Die Zigarette! Die andere Tür!, schoss es ihm durch den Kopf. Er wirbelte herum und näherte sich mit äußerster Vorsicht der gegenüberliegende Seite des Raumes. Neben dem Türstock presste er sich an die Wand. Die Kälte des Verputzes drang durch sein schweißnasses Hemd und ließ ihn frösteln. Sekundenlang hielt er den Atem an. Nichts regte sich hinter der Tür. Millimeterweise drückte er die Klinke herunter und riss die Tür auf.
Er holte tief Luft. Das Bad war leer. Mit dem Arm wischte er sich seine Stirn ab, dann kehrte er in die Küche zurück. Er beugte sich über den Mann, der unwirklich in sich verdreht auf der Seite lag. Angeekelt untersuchte er den Leichnam. Er legte seinen Handrücken auf das, was die Wange des Toten gewesen war. Das Opfer hatte noch normale Körperwärme. D'Aventura betrachtete eingehend die Eintrittswunde. Ein großkalibriges Geschoss war in den Hinterkopf eingedrungen und hatte dem Opfer beim Austritt das halbe Gesicht weggerissen. Der Mord musste vor wenigen Minuten passiert sein. Einen Schuss aber hatte der Comandante nicht gehört, weder unten auf der Straße noch, als er sich im Treppenhaus befand. Offensichtlich hatte der Mörder einen Schalldämpfer verwendet. Ob er sich noch im Haus aufhielt?

D'Aventura wusste nur zu gut, wie die Dinge in dieser Gegend liefen. Selbst wenn er den Kerl hier schnappen würde, bekäme er die üblichen Geschichten zu hören, wie man sie in allen Gerichtssälen, in der Questura und in den Gefängnissen zu hören bekam. Diese Typen, erwischte man sie mit einer Waffe, behaupteten durch die Bank, sie hätten die Knarre gerade gefunden: hinter einem Baum, in der Mülltonne, im Gebüsch oder – wie in diesem Fall – irgendwo im Treppenhaus. Auch wenn die Waffe frisch geölt war und eine Kugel im Lauf steckte, behaupteten sie stets, man habe keinen blassen Schimmer, wie man damit überhaupt umgehe und eigentlich sei man gerade im Begriff gewesen, sie bei den Carabinieri abzugeben.
Ihm fiel auf, dass die eine Hand des Toten zu einer Faust geballt war. Er ging in die Hocke und sah sich die Hand genau an. Zwischen den Fingern ragte das winzige Stück eines Papierfetzens heraus. Vorsichtig bog er Zeige- und Mittelfinger auf und zog den zerknüllten Zettel hervor. Hastig faltete er ihn auseinander. In krakeliger Schrift las er: »Fes…«, eine Zeile darunter: »das Schwe…« und in der nächsten Zeile: »…ft m…ner Frau«. Der Rest des Textes musste auf dem abgerissenen Teil stehen. »Merkwürdig«, murmelte der Comandante kaum hörbar. War das Wortfragment »Fes« der Anfang eines Namens? Er schüttelte ratlos den Kopf, faltete den Zettel wieder zusammen und steckte ihn in die Hosentasche. Es war müßig, sich jetzt einen Reim darauf zu machen.
Dann trat er zurück und sah sich im Zimmer um. Das schwarze Etwas auf dem Tisch kam wieder in sein Blickfeld, kaum größer als zwei Zigarettenschachteln. Er beugte sich darüber. Eindeutig eine Kamera, genauer gesagt, eine Spezialkamera mit versenkbarem Objektiv und raffiniert eingepasstem Display. Es war keinesfalls ein gängiges Modell, wie man es im Laden kaufen konnte. Er zog seine Stirn kraus. Wo hatte er eine solche Kamera schon einmal gesehen?
Er richtete sich auf und trat zurück, da spürte er einen Luft-

zug. In diesem Moment explodierte ein greller Blitz in seinem Schädel, der seine Hirnschale zu zerreißen schien. Den Aufprall auf dem Betonestrich spürte er nicht mehr.

Grelles Licht strahlte direkt in seine Augen. »Aufwachen! Hören Sie mich, Signore? Sagen Sie ihren Namen!«
Er öffnete die Augen. Schemenhaft sah er einem Mann im weißen Kittel, der sich über ihn beugte.
»Livio d'Aventura«, antwortete er mühsam.
»Welchen Wochentag haben wir?«
»Freitag? Ich glaube Freitag …«
»Gut …! Haben Sie Schmerzen?«
Idiot, dachte d'Aventura, drehte vorsichtig den Kopf zur Seite und versuchte zu erkennen, was um ihn herum vorging. Undeutlich erkannte er Venaro, der mit einer Leidensmiene direkt neben ihm stand. Ein brutaler Schmerz schoss ihm in den Kopf, und er zuckte hoch. Doch sein Assistent drückte ihn mit sanfter Gewalt zurück. »Bleib liegen! Ganz ruhig, Livio!«
D'Aventura schloss die Augen wieder. Er hatte das Gefühl, als würde jemand mit einem Vorschlaghammer auf seinen Schädel einschlagen. Irgendetwas an seinem Hinterkopf brannte wie Feuer. Eine Hand fuhr in seinem Gesicht herum und zog ihm die Augenlider hoch. »Haben Sie außer im Kopf weitere Schmerzen?«, hörte er den Mann fragen, der ihm mit einer kleinen Taschenlampe in die Pupillen leuchtete.
»Nur im Kopf«, presste er stöhnend über die Lippen und wollte die Hand wegschieben. Doch sein Arm war schwer wie Blei.
»Können Sie die Finger bewegen?«, fragte der Mann weiter. »Machen Sie eine Faust!«
D'Aventura schloss die Finger zur Faust. »Wo …, wo bin ich?«
»Sie sind im Krankenhaus, Comandante. Hören Sie mich? Im Krankenhaus«, sagte eine Frau.

D'Aventura wollte etwas antworten, brachte aber nicht mehr als ein schwaches Nicken zustande. Der hämmernde Schmerz war kaum zu ertragen, und er glaubte, dass sein Schädel jeden Moment zerspringen würde. Allmählich nahm er seine Umgebung klarer wahr. Verwundert stellte er fest, dass er auf einer Bahre lag. Es roch süßlich, nach Jod oder Chloroform, dachte er. Venaros grinsendes Gesicht erschien über ihm.

»Du bist ein Irrer, Chef! Sag nichts.« Er fühlte die Hand seines Assistenten an seiner Schulter. Er wollte sich aufsetzen, um besser zu sehen, doch Venaro drückte ihn wieder in seine liegende Position zurück. »Du sollst dich nicht bewegen!«, hörte er ihn sagen. »Sie flicken dich jetzt wieder zusammen. Du hast eine Platzwunde am Kopf.«

Eine Schwester schob die Rollbahre in einen Lift. Dumpf und abwesend registrierte er den Geruch von scharfem, süßlichem Desinfektionsmittel. Dann legte sich um ihn ein Schleier, den er weder durchdringen konnte noch wollte.

Dass er in die Röntgenabteilung gebracht wurde, registrierte er nur am Rande. Und auch später, als man ihn in den OP verfrachtet hatte, spürte er kaum, dass man ihm etwas auf die Nase stülpte. Kurz darauf schwanden ihm vollständig die Sinne. Er hörte auch nicht, dass der Arzt sagte, ihm sei noch nie in seiner Praxis ein solch harter Schädel vorgekommen.

Als d'Aventura am nächsten Morgen mit brummendem Schädel und einer Beule, so groß wie eine saftige Pflaume, sein Frühstück im Krankenzimmer einnahm, vernahm er ein Klopfen an der Tür. Venaro streckte seinen Kopf durch den Spalt. »Wie ich sehe, schmeckt es dir wieder?« Er trat ein, schloss hinter sich die Tür und schob einen Stuhl ans Bett. Mit einem fröhlichen Grinsen musterte er seinen Chef. »*Madonna*, bin ich froh, dass dir nicht mehr passiert ist! Ich hab's dir schon gestern gesagt, Livio, du bist ein Irrer. Aber das hast du nicht mitbekommen. Du warst nicht ansprechbar.« Venaro drückte d'Aventuras Hand mit einer Herzlichkeit, dass dieser das Gesicht vor Schmerz verzog. »Du siehst wieder ganz munter aus. Die hübschen Schwestern scheinen dir gutzutun!«

»Du hast keine Ahnung! Krankenschwestern sind Wesen, die es mit ihrer penetranten Durchführung des Organisationsplanes schaffen, dass sich die Patienten nach der Entlassung erst richtig bettlägerig fühlen«, brummelte d'Aventura missmutig. »Schön, dass du nichts anderes zu tun hast, als hierherzukommen. Wenn du eine Knarre dabei hast, kannst du hierbleiben und meine Gesundheit verteidigen.«

Venaro lächelte gequält. »Ich habe dir ein paar Sachen mitgebracht. Rasierzeug, frische Socken und Unterwäsche.«

»Danke für deine Fürsorge!«, antwortete d'Aventura. »Du kümmerst dich rührender um mich als meine Mama.«

»Du kommst wohl schneller auf die Beine, als dir guttut, Comandante.« Mit amüsiertem Interesse betrachtete Venaro den Turban auf d'Aventuras Kopf. »Steht dir gut! Musstest du genäht werden?«

»Ja, der Arzt sagte, vier Stiche. Eine kleine Platzwunde und eine Gehirnerschütterung. Kaum der Rede wert.«

»Du untertreibst wie immer, wenn es um deine Gesundheit geht«, meinte Venaro in leichtem Ton. »Ich habe vorhin mit deinem Arzt gesprochen. Er meint, du wirst noch mindestens eine Woche hier sein müssen.«

»Blödsinn!«, grunzte d'Aventura. »Im Krankenhaus wird man nicht gesund, man wird entlassen. Das solltest du doch wissen. Willst du einen Espresso?« Er beugte sich zum Klingelknopf, um die Schwester zu rufen.

Der junge Commissario hob abwehrend eine Hand. »Lass die Mädels in Ruhe, die haben genug zu tun! Sag mir lieber, wie das passieren konnte!«, erwiderte er vorwurfsvoll. »Ich hatte dir doch gesagt, du sollst nicht alleine gehen. Deine Alleingänge bringen dich eines Tages noch ins Grab! Aber was sage ich? Genauso gut könnte man gegen eine Wand reden.«

»Lass gut sein!«, brummte d'Aventura und machte ein schuldbewusstes Gesicht. »Ich mache mir selber die größten Vorwürfe. Ich hätte umkehren sollen, als ich in die Via Munzio kam. Ich hatte das Gefühl, dass man mich beobachtete. Blödsinnigerweise habe ich Idiot auch noch mein Handy auf dem Schreibtisch liegenlassen.«

»Glücklicherweise«, korrigierte ihn Venaro. »Als du weg warst, bin ich noch einmal in dein Büro, weil ich eine Akte gebraucht habe. Bei der Gelegenheit habe ich dein Handy auf dem Schreibtisch gesehen. Plötzlich hatte ich so ein komisches Gefühl. Da habe ich einige Kollegen alarmiert und bin sofort losgefahren. Wir haben dein Auto am Ballarò gefunden, und ich dachte mir, dass du am Tatort sein musst. Aber du warst nirgends zu sehen. Wir sind dann sofort ins Haus und haben dich gesucht. Zwanzig Minuten später haben wir dich und die Leiche in der Wohnung gefunden. Ich frage mich, was dich so leichtsinnig hat werden lassen? Du weißt ganz genau, wie gefährlich diese Gegend ist.«

»Du kennst doch solche Situationen genauso gut wie ich. Als ich unten im Hinterhof stand, habe ich jemanden im vierten Stock gesehen. Das Ganze kam mir sofort verdächtig vor. Dann hat plötzlich irgendjemand laut gepfiffen und der Kerl im Fenster verschwand. Ich bin sofort losgespurtet. Es war eine ganz spontane Reaktion. Dumm, ich weiß das jetzt selbst. Dort oben war etwas nicht in Ordnung, und ich wollte der Sache auf den Grund gehen.«

»Ja, ja … Ich kenne solche Situationen«, belehrte Venaro seinen Chef. »Eben deshalb mache ich auch keine Alleingänge. Schon gar nicht in dieser Gegend.«

»Sei es, wie es ist«, erwiderte d'Aventura. »Ich bin hinauf und habe festgestellt, dass die Tür zur Wohnung nur angelehnt war. In der Küche habe ich den Toten gefunden. Der Kerl muss unmittelbar zuvor erschossen worden sein. Wahrscheinlich habe ich den Mörder sogar im Treppenhaus gesehen, ohne zu

ahnen, was mich oben in der Wohnung erwartete. Als ich die Leiche untersuchte, hat mir jemand von hinten eins übergezogen. Von diesem Zeitpunkt an habe ich einen Filmriss.«
D'Aventura tastete mit der Hand vorsichtig den Verband ab. »Tut kaum noch weh …«, meinte er und verzog sein Gesicht. Dann sah er Venaro fragend an. »Und?«
»Was und?«, entgegnete der Assistent.
»Ja, was ist jetzt mit dem Toten? Habt ihr herausgefunden, wer es ist? Kennt ihr den Namen?«
»Es soll sich um einen gewissen André Monti handeln. Das sagen jedenfalls die Nachbarn. Wir haben weder Ausweispapiere noch Scheckkarte oder seinen *codice fiscale* in der Wohnung gefunden. Für uns ist er ein völlig unbeschriebenes Blatt. Aber wahrscheinlich nur deshalb, weil er uns bisher nicht in die Fänge geraten ist. Teure Kleidung, teure Schuhe. Wir haben überprüft, ob er möglicherweise gedealt hat. Aber der Name Monti ist auch bei den Kollegen der Drogenfahndung noch nicht in Erscheinung getreten. Du weißt selbst, ohne Steuernummer kannst du weder eine Wohnung mieten noch ein Auto oder ein Handy kaufen. Aber auch bei den Finanzbehörden gibt es keine Registrierung unter André Monti. Er ist ein Phantom. Wir gehen davon aus, dass es sich nicht um den richtigen Namen handelt. Jedenfalls steht fest, er war Italiener und sprach palermitischen Dialekt. Das jedenfalls haben wir herausfinden können.«
»Und er war mit Sicherheit der Kameramann, den wir gesucht haben«, ergänzte d'Aventura im Brustton der Überzeugung. »Habt ihr Tomaten auf den Augen?«
Venaro blickte seinen Chef verwundert an. »Wie kommst du darauf?«
»Es lag eine Kamera auf dem Tisch. Die könnt ihr doch nicht übersehen haben! Neueste Technik, so ein Ding kriegst du im freien Handel nicht zu kaufen. Sie wird ausschließlich bei der Armee und beim Geheimdienst eingesetzt und würde jedes

Profiherz höherschlagen lassen. Ich verwette meine ganze Abteilung mitsamt unserem Questore, dass mit diesem Gerät der Mord aufgenommen wurde. Ich kann mich gut daran erinnern, eine solche Kamera bei Lino Savinelli gesehen zu haben. Er hat sie mir einmal vorgeführt.«

»Meinst du Oberst Savinelli vom militärischen Geheimdienst?«

»Ja. Genau den.«

»Wie kommt eine Type wie Monti an eine solche Kamera, wenn man sie nicht kaufen kann?«

»Frag mich etwas Einfacheres! Außerdem standen auf dem Schreibtisch ein Computer und ein Drucker. Einen DVD-Recorder habe ich auch gesehen. Ich verstehe nicht, wie ihr das Zeug übersehen …«

»Von was redest du?«, unterbrach Venaro seinen Vorgesetzten und blickte ihn erstaunt an. »Wir haben mit fünf Leuten die Wohnung auf den Kopf gestellt. Keine Kamera, kein Computer, kein DVD-Gerät. Natürlich waren wir auch nebenan. Jede einzelne Wohnung auf dem Stockwerk wurde gefilzt. Die Absteige, in der wir dich mit dem toten Monti gefunden haben – da spricht alles dafür, dass dort niemand auf Dauer gewohnt hat. Unsere Spurensicherung ist überzeugt davon, die Wohnung sei ein Fake, eine Art potemkinsches Appartement.«

D'Aventura fuhr hoch, verzog vor Schmerz sein Gesicht und fasste sich stöhnend an den Kopf. »Dann wurde sie erst nach dem Mord bezogen?«

»Kann nicht anders sein …! Die Möbel sehen aus wie aus einem Theaterfundus. Es gab nichts, was man übersehen hätte können. Tatsache bleibt, alles ist ominös. Ich kann dir auswendig das ganze Inventar aufzählen, doch wir haben nichts von all dem gefunden, was du gerade erwähnt hast. Tja, und die Küche … Du weißt ja, wie die ausgesehen hat.«

»Keine Spuren, keine Fingerabdrücke, keine DNA?«

Venaro schüttelte den Kopf. »Bis jetzt nichts. DNA-Spuren,

sofern vorhanden, werden im Labor geprüft. In den Taschen des Toten haben wir auch nichts gefunden. Eines aber können wir mit Sicherheit sagen: Monti wurde von einem Profi mit einer richtig großen Kanone umgenietet. Der Ballistiker meinte, dass es sich bei der Waffe um eine 357er Magnum handelte. Seiner Einschätzung nach hat der Mörder eine halbautomatische Selbstladepistole der Marke Dessert Eagle verwendet. Sie wird von Israel Military Industries hergestellt. Ziemlich ungewöhnliche Kanone! In Italien völlig unüblich. Die Kugel hat Montis Kopf durchschlagen. Der Mörder hat Hülse und Projektil eingesammelt und mitgenommen. Die Spurensicherung ist immer noch im Haus. Heute Abend bekomme ich einen ersten Bericht. Dass wir etwas Verwertbares finden, wage ich zu bezweifeln. Die Leiche liegt in der Gerichtsmedizin.«

»Ist das alles?«, fragte d'Aventura. »Gab es auch nichts im Treppenhaus? Abdrücke, Zigarettenkippen ...«

»Wir haben nicht einmal Spuren gefunden, dass außer dir noch jemand in der Wohnung gewesen ist.«

»Merda«, grunzte d'Aventura.

»Ich bin froh, dass du lebst«, meinte Venaro sarkastisch. »Anderenfalls müsste ich jetzt deinen Mist im Büro übernehmen und mich mit Minetti alleine herumstreiten.«

D'Aventura schob das Frühstückstablett auf den Nachttisch und stopfte sich ein zweites Kissen in den Rücken. »Da hat sich jemand Arbeit gemacht«, erwiderte er bitter. »Als ich in die Wohnung kam, muss es kurz vor acht Uhr gewesen sein. Wann genau habt ihr mich gefunden?«

»Etwa eine Stunde später«, antwortete Venaro. »Kurz nach einundzwanzig Uhr.«

»Ecco lo! Dann hatte der Säuberungsdienst der Mafia etwas mehr als eine Stunde Zeit, um die Sachen mitzunehmen.«

»Weshalb macht sich ein Mafioso die Mühe, zwar das technische Equipment wegzuschaffen und die Spuren zu beseitigen, lässt aber dich am Leben?«, fragte Venaro. »Und bei allem Respekt, Livio. Das ist dumm! Schließlich kannst du zu Protokoll geben, was du gesehen hast. Ein Killer erschießt erst Monti, lauert dir auf, schlägt dich nieder und schafft dann das ganze Zeug vier Etagen durchs Treppenhaus mit dem Risiko, gesehen zu werden …«

»Vielleicht war er der Meinung, ich sei tot«, wandte d'Aventura ein.

»Hast du jemals einen so dämlichen Mafioso getroffen, der nicht weiß, ob jemand noch am Leben ist oder nicht? Ich nicht. Du sagst, dass du vielleicht den Mörder gesehen hast?«

»Ich habe zwei Personen im Treppenhaus flüchten sehen.«

»Zwei? Kannst du sie beschreiben?«

»Quatsch! Es war stockdunkel. Ich habe nur Schatten gesehen, die wie verrückt die Stufen hinunterrannten. Ich kann nicht sagen, ob die Gestalten, die durchs Treppenhaus flitzten, die Mörder waren. Wäre es so, müsste mindestens einer von ihnen zurückgekommen sein, während ich mich in der Wohnung aufhielt.«

»Auch das kann ich kaum glauben, Livio. Wärst du dem Killer in die Quere gekommen, hätte er dich erschossen. Punkt. Aus. *Finito!* Du kannst ausschließen, dass er versehentlich zu wenig Munition dabei hatte. Viel wahrscheinlicher ist, dass der Mord, die verschwundene Kamera und die beiseitegeschaffte Computeranlage zusammen eine Aktion von höchster Wichtigkeit darstellen. Jemand hat dich beobachtet, als du in die Wohnung eingedrungen bist, und dieser Jemand musste dich außer Gefecht setzen; du hast gestört. Er hat dir eins übers Hirn gebraten, um in Ruhe die Bude zu säubern.«

»Hast du an die Möglichkeit gedacht, dass Kamera und Computer noch irgendwo im Haus sind? Ich meine, die Zeit war verdammt knapp. Was hältst du von dieser Idee?«

»Nichts. Allmählich beschleicht mich ein fürchterlicher Gedanke, Livio. Ich traue mich kaum, laut auszusprechen, was ich denke.«

»Sag schon! Heraus damit.«
»Könntest du dir vorstellen, dass dieser Monti nicht von einem Mafiakiller, sondern von einem Agenten der SISMI erschossen wurde?«
Betretenes Schweigen machte sich im Krankenzimmer breit. D'Aventura verzog das Gesicht, als habe er Rattengift gefrühstückt. »Wenn du recht hast, dann haben wir ein ernstes Problem.«
Venaro starrte aus dem Fenster. Plötzlich begann er leise zu sprechen, als rede er mit sich selbst: »An der Cardone-Monti-Film-Geschichte stimmt von vorne bis hinten gar nichts. Unwahrscheinlich, dass Monti an eine solche Kamera kam, es sei denn, man überließ sie ihm.«
»Er könnte sie auch geklaut haben«, wandte d'Aventura ein.
»Ach? Monti beklaut einen Agenten des militärischen Geheimdienstes?«
»Nein«, brummte d'Aventura. »War nur so ein Gedanke.«
»So unangenehm mir das ist, Livio, aber mir fällt keine andere Version ein: Ein SISMI-Agent gibt einem Kerl, den niemand kennt und von dem keiner weiß, woher er kommt, eine Spezialkamera.«
»Und weshalb?«, wandte d'Aventura ein.
»Das ist doch jetzt erst einmal völlig egal. Monti filmt Bruno Sforzano beim Erwürgen von Cardone, was mich auf den Gedanken bringt, dass dieser Mord von ganz oben angeordnet wurde. Allerdings lief die Aktion nicht wie geplant. Sforzano türmt aus ziemlich nachvollziehbaren Gründen. Er will nicht erwischt werden.«
»Bis dahin bin ich bedingt einverstanden«, entgegnete d'Aventura. »Er ließ sich bei der Hinrichtung filmen. Diese Tatsache wiederum setzte voraus, dass Sforzano bereits vorher gewusst hat, wo der Film hinterher landet.«
Venaro wiegte den Kopf. »Vielleicht. Vielleicht aber auch nicht. Die Motivlage«, führte er seine Gedanken weiter aus, »ist mir

immer noch völlig unklar. Dennoch, Monti blieb am Ort des Geschehens, zumindest irgendwo im Albergheria-Viertel. Das Drama wurde im Fernsehen ausgestrahlt. Von diesem Augenblick an wurde Monti zur Gefahr für den Geheimdienst, zumal die Kamera immer noch in seinen Händen war. Ich frage mich, weshalb verschwand Monti nicht einfach von der Bildfläche? Wartet man in dieser Situation auf seinen Henker?«

»Hmm … Und? Wie geht es weiter …?«

»Jetzt kommst du ins Spiel. Nach Dienstschluss verschaffst du dir noch einmal einen Überblick am Tatort. Just zur gleichen Zeit will der Agent in der Via Albergheria seine Kamera zurückholen. Daraus folgere ich, dass der Agent genau wusste, wo er zu suchen hatte. Er bemerkt, dass du ihm in die Quere kommst und erschießt diesen Monti, bevor der plaudern kann. Danach versteckt er sich auf dem Stockwerk. Kaum bist du in der Wohnung, haut er dir eins über die Birne und verschwindet mit Kamera und Equipment.«

D'Aventura hatte seinem Assistenten schweigend zugehört. Jetzt sagte er: »In mir weigert sich alles, das zu denken, was du gerade denkst …«

»Weil dir der Verdacht, den ich schon die ganze Zeit habe, unmöglich erscheint?«, fragte Venaro.

»Nein, weil ich mir nicht vorstellen kann, dass ein Agent mit Mafiakillern zusammenarbeitet. Und weil ich mir noch viel weniger vorstellen kann, dass ein SISMI-Agent den Mord eines Mafioso filmen lässt! Das ist doch irre!«

»*Porca miseria*, Livio! Erinnere dich an die Auseinandersetzung zwischen dir und Minetti! Wie fragte doch der Questore so richtig? Wie konnte Cardone umgebracht werden, wenn der Geheimdienst ihn quasi rund um die Uhr beschattete? Weshalb gehen wir eigentlich die ganze Zeit davon aus, dass hinter Cardones Mord die Mafia steckt?«

»Weil Bruno Sforzano zu Santorinis Clan gehört, deshalb! Es ist doch völlig unmöglich, dass der Geheimdienst mit der Mafia gemeinsame Sache macht, ja, sogar einen Mord so koordiniert, dass nichts schiefgeht.«

Venaro schien von d'Aventuras Einwand kaum beeindruckt zu sein. »Nur weil sich für uns noch kein Sinn ergibt, muss ich nicht falsch liegen, zumal man dich nicht einfach umgebracht hat. Kollegenhemmung, würde ich das nennen.« Der junge Commissario blickte plötzlich nachdenklich hinüber zum Fenster. »Als ich hier ankam, standen drei obskure Typen mit Tamburin, Gitarre und Okarina vor dem Eingang und haben gesungen. Gesänge aus den Bergen, sizilianische *malavite*. Der Text klang so ähnlich wie: Der Sinn des Lebens besteht in der Vorbereitung auf den Tod. Er ging mir durch Mark und Bein. Einen Augenblick dachte ich, sie hätten dich doch noch erwischt, so wie Monti.«

»Sag mal, in welchem Theaterstück sind wir eigentlich?«, knurrte der Comandante grimmig.

»Gute Frage ...«

»Hast du über ihn denn gar nichts Handfestes?«

»Über wen?«, fragte Venaro abwesend.

»Über diesen Monti.«

»Wie gesagt, er ist ein Mann ohne Identität. Das trifft freilich im Allgemeinen nur auf Mitarbeiter der Geheimdienste zu.«

»Wenn es so wäre, wie du sagst, würden wir es nie erfahren«, brummte d'Aventura. »Sowohl SISMI als auch SISDE werden sich hinter ihrer Geheimhaltung verschanzen. Ich werde mich vor Ermittlungen in diese Richtung hüten.«

»Du bist mir ein schöner Chef!«

D'Aventura tippte sich an die Stirn. »Wenn wir damit anfangen, wird die Luft recht schnell ziemlich dünn. Aber mir fällt etwas ein. Sieh mal in meiner Hose nach! Sie hängt im Schrank. Da muss ein Zettel in der Tasche stecken.«

Venaro ging zum Kleiderschrank und nahm die Hose heraus. Er suchte in den Taschen und förderte den Fetzen Papier zutage, den d'Aventura erwähnt hatte. »Ist er das?«

Der Comandante nickte. »Den umklammerte Monti mit einer Hand. Es steht so etwas wie ein unvollständiger Name drauf. Vielleicht könnt ihr etwas damit anfangen.«
Venaro warf einen Blick auf die ungelenke Schrift und zuckte mit den Achseln. »Wie leichtsinnig von dem Killer! Ich gebe den Zettel ans Labor weiter.« Er runzelte die Stirn, als denke er nach. »Wo waren wir gerade stehengeblieben?«
»Bei der Kamera«, erwiderte d'Aventura.
»*Si, corretto!* Leider ist aus dem Film nichts herauszuholen, ob weitere Personen in der Nähe waren und zugesehen haben.«
»Ich habe den Film ein paarmal angesehen, die Umgebung lag völlig im Dunkeln.«
Venaro sah d'Aventura schweigend an und seiner Miene war keine Regung abzulesen. »Trotzdem, Aufnahmen in dieser Qualität, das sagen unsere Experten, kann man nur mit einer Spitzenkamera aufnehmen. Allerdings brauchte man starkes Licht.«
»Diese Kamera hat ein spezielles Objektiv. Eine starke Lichtquelle wird nicht benötigt. Mit anderen Worten, man kann mit ihr jederzeit nachts mit einem gewissen Anteil an Restlicht filmen.«
»Okay! Jetzt stell dir die Sache einfach mal praktisch vor! Monti richtet sein Objektiv auf dem Hinterhof in Albergheria auf Cardone und Sforzano. Die Filmsequenz dauerte genau eine Minute und vier Sekunden. Das ist eine verdammt lange Zeit. Und das soll niemandem aufgefallen sein, obwohl Cardone observiert wurde? Das glaubst du doch selbst nicht!«
D'Aventura warf die Bettdecke zurück und richtete sich auf. »Stimmt. Und je länger ich darüber nachdenke, desto weniger hält es mich in diesem Krankenzimmer. Ich gehe wieder zur Arbeit«, polterte er ungehalten los. »Hier bleibe ich keinen Tag länger!«
»Du bist verrückt! Du kannst nicht einfach das Krankenhaus auf eigene Faust verlassen!«

»Wer will mir das verbieten? Ob ich Kopfschmerzen im Büro habe oder hier, bleibt sich völlig gleich. Und wenn ich einen neuen Verband brauche, gehe ich zu meinem Arzt. Ich werde verrückt, wenn ich hier noch länger tatenlos herumliege.«

Venaro kannte seinen Chef zu gut. Hatte der Comandante einen Entschluss gefasst, war er nicht mehr davon abzubringen. Wortlos ging Venaro zum Schrank, holte d'Aventuras Kleidung heraus und legte sie auf das Bett, während der Comandante zum Waschbecken ging und seinen Rasierapparat anschaltete.

»Minetti wird dich nach Hause prügeln, wenn er dich im Büro erwischt.«

»Minetti wird uns auch als unrealistische Trottel bezeichnen, wenn wir ihn über unseren Verdacht unterrichten. Ich gehe nicht ins Büro, ich fliege nach Bologna.«

»Wenn das keine Folgen hat …«, erwiderte Venaro ernst.

»Darauf kann ich keine Rücksicht nehmen. Ich muss mit Roberto Cardone sprechen! *Capisce?* Danach werde ich, wie geplant, nach Premeno fahren. Ich bin gespannt, was mir Cardones Partner Senna und Pantrini zu sagen haben. Und du kümmerst dich in der Zwischenzeit um die Bewohner des Albergheria-Viertels. Vielleicht haben sie doch etwas gesehen, und möglicherweise erfährst du etwas von Santorini. Hast du nicht gesagt, der Häuserblock gehört ihm?«

»Ja! Habe ich gesagt.«

»Dann hat er diesem Monti die Wohnung vermietet. Drohe ihm mit einem Verfahren wegen Steuerbetrug, wenn er dir keine vernünftige Auskunft geben will. Nimm ihn in die Mangel! Irgendeinen Ansatzpunkt müssen wir finden, einen Hebel, mit dem man diese Paten zum Stolpern bringt.«

Sommernachtsfest

Nach Romano Grassos Überzeugung waren Politiker habgierig und machtbesessen. Nur allzu gerne nahmen sie lukrative Beraterverträge oder Funktionen in prosperierenden Unternehmen an. Man brauchte ihnen nicht lange zu erklären, welche Vorteile auf sie warteten, wenn sie sich in Aufsichtsgremien florierender Firmen engagierten oder als Beiräte wichtige Verpflichtungen erfüllten. Arbeitsplatzsicherung war immer der beste Köder für Wählerstimmen. Winkte eine gute Presse und positive Publicity, hingen sie wie fette Karpfen an der Angel. Dann brauchte man sie nur noch bei den Wahlen zu unterstützen, ihnen ausreichend Stimmen zu kaufen und verschwiegene Konten auf entfernten Inseln einzurichten, und schon fraßen sie einem aus der Hand. Solange Behörden und Verwaltungen die einzigen Organisationen waren, die auf Krisen mit der Zunahme unterbezahlter Mitarbeiter reagierten, solange würde sich der Pate keine Sorgen um die Zukunft machen müssen.

Grassos Einschätzung bestätigte sich darin, dass seine festlichen Veranstaltungen stets gut besucht waren. Die Politiker produzierten zu viele inhaltsleere Worthülsen, redeten zu schnell und dachten fast ausschließlich an ihre eigenen machtpolitischen Vorteile. Diese Profilneurotiker waren in Grassos Augen arme Wichte. Nur zu gerne ließen sie sich feiern und nur selten in den Unternehmen sehen. Weder verstanden sie etwas vom Geschäft, noch interessierten sie sich für Bilanzen, sie hielten aber immer die Hand auf. Stellten sie Fragen, war es zu spät. Sie waren erpressbar und taten ihres guten Rufes wegen und aus Angst vor Verlust an Reputation beinahe alles, um ihren Kopf zu retten. Grassos Weitsicht hatte sich schon seit langem bezahlt gemacht.

Obwohl das Sommerfest ein Ereignis war, das einen entspannten Abend versprach, war in den Gesichtern der beiden Dons keine Vorfreude zu entdecken. Eine unerklärliche Spannung lastete auf Massimo und Santorini. Als Ersterer die Umkleidekabine im Unterdeck betreten wollte, klingelte sein Mobiltelefon. Er schaute auf das Display und grunzte.

»Alles erledigt?«, fragte er, ohne seinen Namen zu nennen. Seine Miene erstarrte, und sein Gesicht schien wie in Stein gemeißelt. »Sag, dass das nicht wahr ist!«

Don Santo verfolgte Massimos stumme Verzweiflungsgesten. Er sah, dass sein Freund die Augen schloss und wie in Trance das Handy von sich streckte. Der Pate setzte sich auf einen Polsterstuhl und rang mit zusammengepressten Lippen um Haltung. Sein Mund öffnete sich, als wolle er etwas sagen, aber mehr als ein unverständliches Murmeln kam nicht über seine Lippen. Dann brüllte er unvermittelt wie von Sinnen: *»Ma che cacchio!* Keine Ahnung, was ihr jetzt machen sollt. Lass mich nachdenken …« Mit einer verzweifelten Geste griff er sich an den Kopf, schloss die Augen und sagte: »Am besten ihr betet zur Madonna oder wünscht euch ein Wunder!«

»Was ist los?«, fragte Don Santo dazwischen.

Massimo winkte ab, um genauer hören zu können. »Ihr bleibt, wo ihr seid. Irgendjemand wird dich zurückrufen. In einer Stunde. Entweder ich oder Don Grasso.«

Niemals zuvor hatte Santorini seinen Freund in einer ähnlichen Verfassung erlebt. »Sag, wer war dran?«

»Ruffo«, krächzte Massimo. »Es war Ruffo. Sie sind in Vanuatu.«

»Ja, das weiß ich. Und weiter?«

»Er sagt, Cardone hat vor drei Wochen die Rizzolo Venture Capital in Vanuatu liquidiert und die Konten geräumt.«

»Non è vero!« Don Santo schien zur Statue erstarrt. Seine Lippen bebten, und seine Hände zitterten. »Du machst Witze«, presste er mühsam über die Lippen.

Don Massimo schüttelte den Kopf. »Sehe ich aus, als wollte ich mich amüsieren?«, krächzte er und richtete sich auf. Mit glasigen Augen starrte er die Wand an, unfähig, noch etwas zu sagen. Für einen Augenblick herrschte quälende Stille.
»Wissen Ruffo und Gallerte, wo das Geld geblieben ist?«, fragte Don Santo. In seiner Stimme klang so etwas wie eine vage Hoffnung.
»Ruffo sagt, die Westpac Bank hat das gesamte Kapital der Rizzolo Venture Capital auf ein Konto in Antigua überwiesen. Angeblich ist der Kontoinhaber Enrico Cardone. Wenn das stimmt, sind wir geliefert. Wer, verdammt noch mal, soll an das neue Konto kommen?«
»Wieso haben wir das nicht mitbekommen?«, fragte Don Santo völlig verstört. »Wieso haben wir nicht das Geringste bemerkt, Licio?« Er fuhr sich mit beiden Händen über die Stirn, als wolle er Spinnweben beiseitewischen.
»Wieso, wieso! Du stellst Fragen! Wer vom Pech verfolgt wird, ertrinkt garantiert in einer Sitzbadewanne. *Dio cane!* Wir müssen den Stöpsel aus der Wanne ziehen!«
Santorinis Miene erhellte sich plötzlich. »Vielleicht gibt es doch noch eine Möglichkeit. Tote haben Erben, oder irre ich mich?«
Massimo blickte auf. »Stimmt«, erwiderte er. »Und dieser Erbe ist Cardones Bruder Roberto.«
»Dann stehen die Chancen gut, das Geld wiederzubekommen! Perlaquale ist ihm ohnehin auf den Fersen. Wir müssen Don Grasso sofort informieren, bevor es zu spät ist. Glaubst du, dass Enrico bei seinem Bruder Unterlagen gebunkert hat?« Don Santo bekam einen Hustenanfall und drückte seine Zigarette aus.
Massimo blickte ihn an, als hätte er den leibhaftigen Teufel gesehen. »Mach mich nicht schwach! Darüber will ich im Augenblick nicht nachdenken.«
»Wir sollten uns etwas einfallen lassen, für den Fall, dass Don Grasso auch auf diese Idee kommt! Was meinst du?«

»*Porca miseria!* Wir werden ihm reinen Wein einschenken müssen.«
Don Massimo blies ängstlich die Backen auf. »Lass uns nach oben gehen, Grasso wird sonst ungeduldig.«

Mit maskenhaften Mienen betraten die beiden Paten das Hauptdeck, auf dessen Ebene sich die Bar, der Salon, ein Konferenzraum und das Herrenzimmer befanden. Die Abtrennungen zu den Räumlichkeiten waren weit geöffnet. Die Gäste standen oder saßen in kleinen Gruppen im riesigen Salon. Auf dem Deck herrschte eine ausgelassene Atmosphäre. In einer Nische hatte sich eine bekannte Band eingerichtet und spielte dezente Musik. Einige Paare tanzten, andere bedienten sich am Büfett oder nahmen Drinks an der Bar.
Massimo entdeckte durch die Fenster ein halbes Dutzend Sicherheitsleute, die sich dezent im Hintergrund hielten und rauchten. Bei den Treffen der Dreizehn gehörten sie zur Stammcrew und dienten dazu, rechtzeitig vor unangemeldetem Besuch zu warnen.
Der Blick des gewichtigen Don Massimo fiel auf das meterlange, opulent bestückte Büfett, an dem mehrere Servicekräfte die Gäste mit ausgesuchten Köstlichkeiten verwöhnten. Sein Gesicht verzog sich erstmals zu einem breiten Lächeln. Don Grasso wusste, was man Freunden bieten musste, um sie im Gefühl eigener Wichtigkeit zu bestärken. Manche Mäuse legten eben Wert darauf, von besonders schön gezeichneten Katzen gejagt und gefressen zu werden, lautete Don Grassos makabrer Scherz, wenn man ihn nach dem Anlass seiner Feste fragte.
Wie es schien, hatte er sich noch nicht unter die Gäste gemischt. Don Santo streifte mit seinem Partner suchend durch die Räume. Wie jedes Jahr las sich Grassos Gästeliste wie das »Who is Who« der italienischen Politelite, und wie Don Santo beiläufig feststellte, waren alle geladenen Gäste bereits eingetroffen.

Die beiden Paten entdeckten unter ihnen einige gute Bekannte, darunter den stellvertretenden Verteidigungsminister, zwei Staatssekretäre mit einigen Abgeordneten der Vereinigten Rechten sowie den Questore Minetti nebst Gattin. Einige Industrielle mit zu jungen und zu blonden Begleiterinnen schienen sich bei Champagner und Kaviar bestens zu amüsieren, während ein paar Meter von den Paten entfernt ein Tablett mit Cocktails über den Köpfen der Gäste schwebte. Bei ihrem Rundgang erblickten sie den Carabinieregeneral Luigi Ponti, der sich mit einem hochangesehenen Richter aus Neapel und zwei bildhübschen Damen zweifelhaften Rufes unterhielt. Gerade wollten die beiden Paten sich zu der Gruppe gesellen, als jemand Don Santo von hinten auf die Schulter tippte.
Er drehte sich um. Oberst Gianni Fessoni stand lächelnd mit einem Glas Whiskey vor ihm. »Das ist eine Überraschung, verehrter Santorini! Ich wusste nicht, dass Sie auch eingeladen sind. Sind Sie mit Signore Grasso schon länger bekannt?«
Verblüfft suchte Don Santo nach Worten, während er den elegant gekleideten Offizier musterte. Die arroganten Gesichtszüge, das überhebliche Grinsen und die herablassende Gestik des jugendlich wirkenden Mannes waren ihm in unangenehmer Erinnerung geblieben. Vor ihm stand, davon war er schon nach der ersten Begegnung überzeugt gewesen, ein *pezzonovante*, ein anmaßender Idiot, der auf Kosten anderer Karriere gemacht hatte.
»Äh …, wie meinen Sie denn das, Signore …?«, antwortete Don Santo lahm.
»Erinnern Sie sich nicht?«, fragte der Offizier mit herausfordernder Miene und klopfte Don Santo jovial auf die Schulter. »Mein Name ist Fessoni. Wir sind uns bei einer Gala in Rom begegnet. Wo Sie sind, kann Signore Massimo nicht weit sein.«
Don Santo versuchte ein Lächeln aufzusetzen, das aber eher an einen bissigen Bullterrier erinnerte als an eine verbindliche Geste. Er deutete mit dem Daumen hinter sich.

Don Massimo schien seinen Namen gehört zu haben und kam zu den beiden. »Ach! Signore Colonnello«, brachte er mühsam über die Lippen. »Ich bin immer irgendwo in der Nähe.«
»Keinen Titel!«, wies ihn Oberst Fessoni mit gesenkter Stimme zurecht und blinzelte dabei konspirativ. »Ich bin heute Abend sozusagen inkognito hier, wenn Sie verstehen, was ich meine.«
Don Santo schaute den Oberst lange an und ließ seinen Blick mit einem Ausdruck der Verwunderung in der Runde schweifen, ehe er antwortete. »Aha! *Incognito, ergo sum.* Hier auf dem Schiff geht das den meisten so, nicht wahr? Wir möchten alle gerne sehr berühmt sein, aber unerkannt bleiben. Sie sind heute zum ersten Mal an Bord der ›Alexandra‹, nicht wahr?«
Colonnello Fessoni nickte. »Signore Grasso hat mich um ein vertrauliches Gespräch gebeten. Ich hatte keine Ahnung, dass auf dem Schiff eine Veranstaltung stattfinden würde. Es ist mir ein wenig unangenehm.«
»Quatsch«, mischte sich Massimo ein. »Sie sind unter Freunden, mein Lieber!«
»Das jährliche Sommernachtsfest«, ergänzte Santorini mit ausdrucksloser Miene und musterte die anderen Gäste, als sei der Oberst gar nicht anwesend. Wie beiläufig richtete er eine Frage an ihn: »Haben Sie sich bei all diesen wichtigen Menschen bekannt gemacht?«
»Das war nicht notwendig. Ich kenne die meisten. Mit einigen Herrschaften bin ich ständig in Kontakt.« Er lächelte selbstherrlich und prostete den beiden Paten zu.
»Dann haben Sie sicher herausgefunden, dass wir uns heute in Gesellschaft der Spitzenneurotiker unseres Landes befinden«, sagte Massimo mit zynischem Grinsen. »Wir sollten sie entsprechend bewundern. Also tun Sie ihnen den Gefallen! Sie entschuldigen mich.«
Don Massimo drängte seinen Freund weiter und ließ den brüskierten Oberst stehen. Sie nahmen die Richtung zur Tür im

vorderen Teil der »Alexandra«, die auf der Backbordseite zur Treppe zum Oberdeck führte. Oben befanden sich Don Grassos Privaträume. Sie hofften, ihn allein anzutreffen. Das, was sie ihm zu sagen hatten, war für fremde Ohren nicht geeignet. Als sie gerade die Stufen hinaufgehen wollten, kam ihnen der Don in Begleitung dreier Leibwächter entgegen. Der *Capo dei tutte le Capi*, Don Romano Grasso, im weißen Smoking mit roter Fliege, imposant und herrisch. Der Boss der Cupola strahlte nicht nur aufgrund seiner Köpergröße von nahezu zwei Metern Macht und Durchsetzungsvermögen aus. Er beherrschte ganze Räume, sobald er sie betrat. Seine Bewegungen glichen denen einer leichtfüßigen Raubkatze, die sich ihrer Stärke und ihrer Überlegenheit bewusst ist. Trotz seiner fünfzig Jahre war Don Grasso körperlich durchtrainiert. Sein schmales, intelligentes Gesicht und seine dichten schwarzen Haare, die an den Schläfen silbergrau waren, gaben ihm den Nimbus unangreifbarer Seriosität und starker Willenskraft. Er war zweifellos eine Persönlichkeit, der jedermann natürlichen Respekt zollte.

»Da seid ihr ja! Ich habe euch erwartet«, begrüßte der Patrone die beiden und reichte ihnen die Hand. Sein wachsamer Blick wechselte blitzschnell zwischen den zweien hin und her. »Was ist mit euch los?« Er lächelte. »Ihr seht aus, als hätte man euch die Brieftasche gestohlen.« Er gab Don Massimo einen vertraulichen Schlag auf den Oberarm, deutete in Richtung des Salons und wollte die beiden zur Tür schieben. »Hattet ihr eine gute Fahrt?«

Santorini räusperte sich und krächzte ein leises: *»Sì, securo.«* Dann nahm er sich ein Herz. »Auf ein Wort! Wir müssen mit dir sprechen! Allein ... Es ist dringend!«

Grasso schaute die beiden überrascht an. »Wir sehen uns doch später im internen Kreis. Hat es nicht so lange Zeit?«

Santorini schüttelte den Kopf.

Don Grasso blickte seinen Geschäftspartner ruhig an. Nur die

Mundwinkel zuckten leicht, was ein Anzeichen von Missfallen war. Die beiden Paten kannten ihn gut genug, um zu wissen, was dieses Zucken zu bedeuten hatte. Und ihre Nachrichten waren alles andere als gut.

»Kommt mit!«, sagte Grasso, drehte sich um und stieg wieder hinauf zum Oberdeck. »Ihr auch!«, befahl er seinen Leibwächtern, die abwartend hinter ihm auf dem Treppenabsatz standen.

Die Männer betraten Grassos Allerheiligstes, den Kommandostand, wie er sein Arbeitszimmer nannte. Die wertvollen Möbel aus hellen Wurzelhölzern, der Mahagoniboden und die Messingbeschläge an Türen und Fenstern harmonierten mit dem warmen Rotbraun eines persischen Gabbeh-Teppichs, der etwa zwei Drittel des Fußbodens bedeckte. Der Raum war mit modernster Kommunikationstechnik ausgestattet, die schnelle Verbindungen in alle Welt ermöglichte. Im großzügigen Büro, das mehr Ähnlichkeit mit einem gemütlichen Salon als mit einem Arbeitszimmer hatte, standen neben dem Schreibtisch mit edlem Büffelleder überzogene Polstermöbel. Im Hintergrund befand sich eine gutgefüllte Bar, die jedem Nobelrestaurant zur Ehre gereicht hätte.

»Setzen wir uns dort drüben!«, lud Grasso seine Besucher mit einer knappen Handbewegung ein und nahm an der Stirnseite eines ovalen Tisches Platz. Von dort hatte er nicht nur die Tür, sondern auch die breite Glasfront im Blick. Die gläserne Schiebetür führte zu einem Außendeck und zum Pool, um den sich Liegestühle und Tische gruppierten. »Wenn du dich kurz fassen würdest, wäre es mir angenehm.« Grasso schaute unverwandt Don Massimo an, der sich schwer in einem der Sessel niederließ.

»Es geht um die Transaktion des Rizzolo-Kapitals«, begann Letzterer mit dem Blick auf die Leibwächter, die sich im Hintergrund hielten und so taten, als würden sie weghören.

»Was ist damit?«, fragte Don Grasso, schlug die Beine übereinander und zündete sich eine Zigarre an. »Meine Männer sind taub«, fügte er hinzu, als er den zögerlichen Gesichtsausdruck Massimos bemerkte. Genüsslich blies er den Rauch in die Luft.

»Cardone, das Schwein ...«, übernahm Santorini das Wort.

»Was ist mit ihm? Die Sache ist doch erledigt, soweit ich das aus den Medien entnehmen konnte.« Die Bemerkung war nicht ohne eine gewisse Schärfe gefallen.

Santorini nickte eilig. »Das schon, Romano. Aber er hat die Konten der Rizzolo Venture Capital geplündert. Ruffo und Gallerte haben vor wenigen Minuten aus Vanuatu angerufen. Sie sagen, dass Geoffrey Gee & Partners die Anweisung erhalten hätten, das Geld auf die International Bank of Antigua zu überweisen. Im Anschluss habe Cardone die Rizzolo Venture Capital aufgelöst.«

Dieses Mal zuckten Grassos Mundwinkel unübersehbar. »Mit anderen Worten, wir können uns heute Abend die Beiratssitzung der Dreizehn sparen?«

»Wenn du es so sehen willst ...«, begann Santorini verlegen, wurde aber sofort von Don Grasso unterbrochen.

»Wer ist der neue Kontoinhaber?«, erkundigte sich der Patrone mit gepresster Stimme. Die ansonsten so hart gesottenen Paten zuckten zusammen. »Ich kann es mir zwar denken«, fuhr Grasso ironisch fort, »aber ich will es von dir hören, Bettino.«

Santorinis Gesicht hatte eine aschfahle Färbung angenommen. Schweißperlen rannen ihm an den Schläfen hinunter. Unvermittelt straffte er seinen Körper und richtete sich auf, als habe er allen Mut zusammengenommen. »Der Kontoinhaber ist vermutlich Enrico Cardone. Und der ist ja nun leider vorzeitig von uns gegangen.«

Im Arbeitszimmer herrschte eisige Stille. Don Grasso tat einen tiefen Zug an seiner Zigarre und starrte scheinbar gelassen zur Decke. Obwohl er die ungeheuerliche Nachricht regungslos zur Kenntnis nahm, fühlten die beiden Paten, dass die Atmosphäre zum Zerreißen angespannt war. Der *Capo dei Capi* schwieg und rauchte. Massimo und Santorini beobachteten nervös Don Grasso, bis der sich mit einem Seufzer aus dem Sessel stemmte und zu seinem Schreibtisch ging. Er klappte seinen Laptop auf und aktivierte mit einem Tastendruck den Bildschirm. Nach wenigen Sekunden gab er einige Befehle ein und studierte die Zahlenkolonne. Seine Augenbrauen zogen sich zusammen, und der Blick verengte sich. Seine frostige Miene ließ die beiden Paten erstarren, als er den Rechner wieder abschaltete.

»Dann reden wir über dreihundertzweiundachtzig Millionen Dollar«, sagte er mit gespielter Freundlichkeit. »Ist dir das bewusst, Bettino?« Sein sachlicher Ton klang, als sei ein Schmiedehammer wuchtig auf einen Amboss aufgetroffen.

»Wir werden das wieder in den Griff bekommen, Romano«, versuchte ihn Santorini mit einem Anflug von Panik in der Stimme zu besänftigen. »Wir müssen nur schnell handeln. Ich bin der Meinung, wenn Perlaquale sich mit …«

»Es geht nicht darum, ob ihr das wieder in den Griff bekommt oder nicht, *amici*«, unterbrach ihn Grasso kalt. »Wir reden auch nicht darüber, was Perlaquale tun könnte. Es geht darum, dass ihr beide seit einiger Zeit unverzeihliche Fehler begeht. Ist euch überhaupt nur ansatzweise klar, was der Diebstahl dieses beschissenen kleinen Anwalts bedeutet?«

Massimos und Santorinis Mienen wirkten wie versteinert. Sie wagten kaum noch zu atmen.

»Ich werde es euch sagen«, fuhr der Patrone fort. »Die Bürgschaften der Gruppo Agosto sind nicht mehr gesichert. Du, Massimo …« Grasso deutete auf den dicken Paten, der wie vom Donner gerührt die Augen aufriss. »Du solltest es am besten wissen, was passieren wird. Ein Zig-Milliarden-Dollar-Konzern wird innerhalb weniger Tage in die Pleite rasen! Es wird ein europaweites Erdbeben geben, bei dem kein Stein auf dem anderen bleiben wird. Die Regierung wird von der Presse auch im Namen der Steuerzahler zerfleischt.« Er bedachte die beiden Paten mit einem angeekelten Blick. »Macht euch keine Illusionen, einige Minister werden alles tun, um ihren Untergang nicht ungerächt zu lassen. In eurer Haut möchte ich nicht stecken.«

»Darüber mache ich mir weniger Sorgen. Minister fallen doch wie Butterbrote … gewöhnlich auf die gute Seite. Weshalb sollen die Bürgschaften nicht mehr gesichert sein, es war doch das Geld der Dreizehn! Unser Geld!«

»Blöde bist du auch noch«, donnerte Grasso. »Du meinst also, die Dreizehn verzichten großmütig auf ihr Geld, weil ihr beide einen dummen Fehler gemacht habt?«

Santorini hob abwehrend die Hände, und aus Massimos Körper schien die Luft zu entweichen, denn er sackte immer mehr in sich zusammen.

Don Grassos Mundwinkel bebten. »Dafür muss ich geradestehen! Ich werde meinen Freunden im Ministerium nicht sagen: Tut mir leid ihr Lieben, eure Dollars sind nicht mehr da. Dafür werden sie kein Verständnis haben. Oder wollt ihr beide das Geld auftreiben?«

»Unser Geld ist auch weg«, begehrte Massimo niedergeschlagen auf. »Wir sind genauso bestohlen worden wie alle anderen.«

»Wenn ich euren Anteil abziehe, muss ich immer noch dreihundertzwanzig Millionen kurzfristig für die Agosto-Bürgschaftskonten aufbringen.«

Don Santo versuchte etwas zu sagen, brauchte aber mehrere Anläufe, um endlich einen vernünftigen Satz herauszubringen. »Roberto Cardone wird garantiert der Erbe sein, und dann …«

»Was dann?« Grasso schnitt ihm rüde das Wort ab und bedachte ihn mit einem mörderischen Blick. »Also …?«

»Perlaquale muss sofort informiert werden«, stotterte Santorini. »Bevor … ich meine … wenn die Sache aufs richtige Gleis gestellt wird, dann …« Er stockte, als er in Grassos Augen sah. Hilfesuchend blickte er zu seinem Freund Licio. »Stimmt etwas nicht …? Du hast mir doch vor ein paar Tagen selber gesagt, dass Enricos Bruder bereits im Visier ist. Bist du nicht auch sicher, dass wir das Geld wieder zurückkriegen?«

Massimo reagierte nicht auf Santorinis Hilferuf. Er schnaufte, wie ein krankes Nilpferd. »Ich bin der Meinung, wenn jemand imstande ist, die Sache wieder geradezubiegen, dann ist es Perlaquale«, richtete er das Wort an Don Grasso. »Mit den richtigen Argumenten wird Enricos Bruder das Geld gern wieder abtreten.«

»Ach? Wird er das?«, erwiderte Don Grasso zynisch.

Santorini und Massimo schauten sich irritiert an. »Du hast selbst gesagt, Perlaquale sei dein verlässlichstes Pferd im Stall«, sagte Massimo.

»Und sollte sich Enricos Bruder dennoch am Geld vergreifen, dann …«, fügte Don Santo an.

Don Grassos Augen sprühten plötzlich wie der Ätna bei einem heftigen Ausbruch. »Aha!«, konstatierte er scharf und richtete sich auf. »Habt ihr hellseherische Fähigkeiten? Ihr seid also der Meinung, wenn wir Roberto Cardone haben, dann haben wir auch das Geld? Und wenn wir das Geld haben, dann ist auch die Gruppo Agosto aus dem Schneider? Und kein Schwein würde mitbekommen, dass eines der größten italienischen Unternehmen massive Liquiditätsprobleme bekommt? Das denkt ihr also?«

»Das hab ich nicht gesagt«, entgegnete Santorini entsetzt, der scheinbar erst jetzt das wahre Ausmaß des Desasters begriff.

»Soweit ich weiß«, flocht Massimo niedergeschlagen ein, »ist Enricos Bruder Schriftsteller oder so etwas Ähnliches. Bekanntermaßen sollen solche Typen sehr feinfühlig sein. Er wird bestimmt nicht daran denken, das Geld für sich zu beanspruchen, wenn wir ihm das klarmachen. Wir müssen nur schnell handeln und …«

»Wenigstens hast du deinen Humor behalten, Licio«, fiel ihm Don Grasso ins Wort. »Woher willst du wissen, ob dieser beseelte Poet nicht zu den Carabinieri rennt und mit ihnen über sein großartiges Erbe spricht?«

»Quatsch! Das macht er nicht!«, widersprach Massimo und versuchte überzeugend zu wirken.

»Soso, das macht er nicht«, zischte Don Grasso, dessen Augen sich zu schmalen Schlitzen zusammengezogen hatten. »Woher nimmst du beispielsweise die Überzeugung, dass Enrico nicht haarklein unsere Transaktionen dokumentiert und das alles irgendwo deponiert hat? Zum Beispiel dort, wo mein Geld ist?«

»Er wird es nicht gewagt haben …«, versuchte der Dicke einzuwenden.

Doch wieder schnitt ihm Grasso das Wort ab: »Wenn er mein Geld gestohlen hat, traue ich ihm auch Verrat zu. Ist die Nachricht inzwischen zu dir gedrungen, dass man Comandante d'Aventura eingesetzt hat, den Fall Cardone aufzuklären? Wie lange glaubst du, braucht dieser Bluthund, bis er feststellt, dass Enrico einen sensiblen Bruder hatte? Wie viel Zeit wird er benötigen, um zu erfahren, dass Bruno Sforzano Bettinos Neffe ist?«

»Wir müssen ihm zuvorkommen«, griff Santorini eifrig ins Gespräch ein. »Wir werden …«

»Wir?«, brüllte Don Grasso unvermittelt. »Wer, wir?« Er bedachte die beiden Paten mit Blicken, die sie sofort wieder zum Schweigen brachten. »Wenn ihm einer zuvorkommt, dann ich!« Er sog an seiner Zigarre und bemerkte, dass sie erloschen war. Missmutig zündete er sie wieder an und paffte ein paar Züge, ohne die Paten aus den Augen zu lassen. »Domino«, sagte er, nun wieder leise. »Man nennt das Dominoeffekt. Wegen einer einzigen idiotischen Nachlässigkeit fällt ein Stein, und schon haben wir die Kettenreaktion. Ihr lasst den Consigliere von einem Irren beseitigen, der nichts Besseres zu tun hat, als sich dabei filmen zu lassen. Damit nicht genug! Der Film landet bei der RAI, und ich muss mir diese Scheiße im Abendprogramm ansehen. Als wenn das noch nicht genug wäre, lasst ihr die beiden durchgeknallten Komiker seelenruhig zwei Tage in Palermo herumlaufen.«

»Sie waren untergetaucht«, verteidigte sich Santorini verzweifelt.

»Das ist mir klar.« Don Grasso lachte mit beißender Ironie. »Mich hätte es nicht gewundert, wenn die beiden Witzfiguren bei der Questura um Polizeischutz gebeten hätten. Übrigens«, wandte er sich jetzt an Massimo, »um den Regisseur des Filmdramas ›Palermo bei Nacht‹ hat sich Perlaquale gerade noch rechtzeitig gekümmert. Reden wir also nicht um den heißen Brei herum! Sforzano konnte türmen und erfreut sich noch immer seiner Gesundheit. Wann sich dieser Zustand verschlechtert, ist zwar nur eine Frage der Zeit, aber jede Minute ist verflucht brisant. Ich will mir nicht vorstellen, was passiert, wenn d'Aventura ihn in die Finger bekommt.« Grasso brannte seine erkaltete Zigarre neuerlich an und paffte in kurzen Zügen, bis sie wieder tiefrote Glut hatte.

»Wenn wir alle verfügbaren Männer auf ihn ansetzen, kann sich Sforzano nicht lange verstecken«, wandte Santorini ein.

»Der Kerl interessiert mich im Vergleich zu euch nur am Rande«, brummte Grasso und blies einen dünnen Rauchfaden zur Decke. »Für eure Dummheit finde ich kaum eine adäquate Bezeichnung, wenn man bedenkt, dass eure Fehler nicht nur international Empörung heraufbeschworen, sondern auch ziemlichen politischen Wirbel verursacht haben. Man hat mich mehrfach darauf angesprochen und nicht erst heute Abend. Und nun zu dir, Licio!«

»Aber wir haben auf deine Anwei…«, versuchte Don Massimo sicht zu rechtfertigen. Kurzatmig schnaubte er wie ein Walross durch den halbgeöffneten Mund.

»Du hast Pause, wenn ich rede, *capisce?*«, fuhr ihn Grasso

schmallippig an. Rauchend schritt er auf und ab. »Ist es richtig, dass d'Aventura euch zu einem Verhör nach Palermo hat bringen lassen?«

Massimo und Santorini blickten sich überrascht an. »Zwei Stunden später waren wir wieder zu Hause«, grunzte Massimo aufgebracht. »Die Carabinieri hatten nichts in der Hand. Avvocato Sirmione hat das Innenministerium in Rom angerufen. Damit war die Sache erledigt. Der Minister hat sich telefonisch bei uns entschuldigt.«

»Hat er das ...«, erwiderte Grasso ironisch. »Zu deiner Information, Licio, ich habe Minister Lucca angerufen, nachdem mich Sirmione über eure Verhaftung informiert hat. Daraufhin fühlte sich der Minister wohl verpflichtet und hat Minetti Bescheid gegeben. Die Aktion im Polizeifahrzeug hat Kreise gezogen. Der persönliche Referent des Verteidigungsministers hat mich gefragt, ob man sich sorgen müsse.« Bevor einer der beiden auf die Neuigkeit reagieren konnte, fuhr Grasso fort: »Ich habe beim Minister nicht interveniert, weil ich euch so gern habe, mir ging es darum, zu erfahren, ob es relevante Tatsachen gibt, die mir schaden könnten. Cardone, du und Bettino, jeder von euch hatte Generalvollmacht über die Rizzolo-Konten. Es war, wenn ich mich nicht abermals irre, eure Aufgabe, dafür zu sorgen, dass für die Zeit nach Cardone alles reibungslos verläuft. Oder sehe ich das falsch?«

»Nein, aber du weißt doch selbst, dass wir erst Enrico nach Palermo holen mussten«, stotterte Licio perplex. Aus seinem Gesicht sprach die blanke Angst. »Enrico war misstrauisch. Er wäre gewarnt gewesen, hätten wir ihm vorher die Vollmachten entzogen.«

»Muss ich euch erst erklären, wie man solche Dinge *just in time* erledigt? Einer von euch hätte schon Tage vorher in Vanuatu Gewehr bei Fuß warten können. Spätestens bei dieser Gelegenheit wäre euch Pfeifen aufgefallen, dass die Konten geräumt waren. Die idiotische Aktion von Sforzano hat genau das ausgelöst, was wir unter allen Umständen haben vermeiden wollen: Aufmerksamkeit!«

»Du kannst uns nicht verantwortlich machen, nur weil wir nicht wussten, dass in Sforzanos Kopf eine Schraube locker ist.« Massimo schien zu ahnen, wohin das Gespräch steuerte, und versuchte, seine letzten Trümpfe auszuspielen. »Denk doch einmal daran, wie alles begonnen hat! Cardone wollte sein Mandat niederlegen und mit unseren Geschäftsunterlagen Druck auf uns ausüben. Wahrscheinlich wusste er seit langem, dass man ihn beschattete. Aber er hat kein Wort darüber verloren. Wir wären aufgeflogen, Romano!« Seine Stimme überschlug sich, als er weitersprach. »Du kannst dir vorstellen, was für ein Fressen es für Staatsanwalt Ponti gewesen wäre, wenn die Nutznießer der Konten in Vanuatu bekannt geworden wären.«

»Ponti, Ponti! Was hat der denn zu sagen? Bevor er begriffen hätte, wäre er längst in der Wüste.« Grasso schüttelte abfällig den Kopf.

»Du hast selbst gesagt, wir müssten schnell …«, versuchte sich Massimo erneut zu verteidigen.

Der Patrone blieb abrupt stehen und warf ihm einen vernichtenden Blick zu, so dass ihm der Satz im Halse steckenblieb. »Wenn Cardone überwacht wurde, sind wir ebenso im Visier. Nicht etwa in dem der Carabinieri aus Palermo. Wir haben es mit anderen Kalibern zu tun, dem SISDE!«

»Bis jetzt wissen die gar nichts«, keifte Santorini.

»Ach!«, raunzte Grasso. »Ihr glaubt doch nicht im Ernst, dass man beim SISDE nicht längst ahnt, was gespielt wird.«

Massimo schnaubte aufgebracht, und man sah ihm an, dass er wieder Selbstvertrauen gewann. »Was interessiert uns der Inlandsgeheimdienst! Du selbst brüstest dich doch immer mit deinen exzellenten Kontakten zum Verteidigungsminister. Damals beim Untersuchungsausschuss wegen der Agosto-Sache … weißt du noch? Wie hast du damals noch gesagt? Die

Militärs haben den SISDE im Griff. Und solange das so ist, brauchen wir absolut nichts zu befürchten.«

»Ja, aber die Dinge haben sich geändert«, schnauzte Grasso wütend zurück. »Inzwischen weiß ich, dass der Innenminister alles daransetzt, uns an den Karren zu fahren. Wenn er uns hat, dann hat er auch seine politischen Gegner. Über euch führt der Weg unmittelbar zu mir. Wenn die Bürgschaften der Banco di Roma fällig gestellt werden, ist das Desaster perfekt. Und das wird in ein paar Tagen sein.«

»Trotzdem weiß niemand, wer hinter den Rizzolo-Geldern steht«, widersprach Massimo, der alles versuchte, um Grasso konzilianter zu stimmen. »Sie werden nie dahinterkommen, wie die Bürgschaften zustande kamen.«

Grasso nickte. »Stimmt soweit. Italien hat keine Rechtsmittel, Verfügungsberechtigte der Konten und der Vermögen aufzudecken. Dazu haben sie auch keinen Anlass. Aber bei einer solchen Finanzkatastrophe …!« Seine Mundwinkel zuckten unentwegt, und in seinen Augen loderte ein gefährliches Feuer. »Die Dreizehn …« Grasso stockte und korrigierte sich: »Zukünftig werden sich die Elf große Sorgen machen, dass sie in den Strudel von Ermittlungen geraten. Was glaubt ihr, wen sie dafür verantwortlich machen werden?«

»Wenn man sofort handelt … Notfalls kann ich auch Ruffo und Gallerte in Marsch setzen«, versuchte Massimo die Situation zu retten. Doch seine Miene verriet, dass er selbst nicht so recht daran glaubte.

»Was du kannst oder nicht kannst, sage *ich* dir …!«, skandierte Grasso. »Ich werde mich hüten, euch mit irgendetwas zu betrauen. Blindheit und Taubheit sind schlechte Voraussetzungen für Jobs, für die man alle Sinne benötigt. Dass ich im letzten Augenblick die Durchsuchung der Kanzlei in Premeno verhindern konnte, ist nicht euer Verdienst. Cardone wusste, dass eine Razzia unmittelbar bevorstand. Zumindest hat er es geahnt. Damit war ihm auch klar, was das für ihn bedeutete.

Im Grunde hat Sforzano unserem lieben Consigliere einen Gefallen erwiesen.«

»Ich wäre nie auf die Idee gekommen, dass man Cardone observiert«, entfuhr es Massimo verblüfft. »Dann hätte ich doch ganz anders reagiert …«

Grasso schüttelte den Kopf. »Sforzano hätte bei euch gleich weitermachen sollen. In manchen Köpfen fühlt sich das Gehirn nicht wohl, ganz besonders in euren. Ein einziges Fax hätte genügt, um Cardone rechtzeitig sämtliche Vollmachten zu entziehen. Auf einen Tag früher oder später wäre es nicht angekommen. Und ihr zwei hockt auf euren fetten Ärschen und tut nichts!«

»Enrico muss den Transfer von langer Hand vorbereitet haben, da bin ich mir sicher«, brüllte Santorini plötzlich und schien für eine Sekunde seine Angst vor Grasso verloren zu haben. »Die Überweisungen wurden vor mehr als drei Wochen veranlasst.«

»Eben …«, flüsterte Don Grasso, doch es hörte sich wie ein fernes Donnergrollen an. »Drum hat er auch mindestens zwei oder drei Monate vorher darüber nachgedacht, wie er die Sache deichselt. Und ihr habt von alldem nichts bemerkt.«

»Wir sind doch keine Hellseher!« Massimos Widerstand brach angesichts der unversöhnlichen Miene des Patrons in sich zusammen. »Nicht wahr?«, wandte er sich an seinen Freund Santorini.

»Was soll ich dazu sagen?«, erwiderte der und zuckte hilflos die Achseln. »Niemand konnte ahnen, dass Enrico die Konten plündert.«

»Und jetzt?«, schnappte Grasso ruppig. »Hast du Vorschläge?«

»Könnten wir nicht mit der Bank sprechen? Wenn wir der Westpac deutlich machen, dass Enrico nicht rechtens gehandelt hat, werden sie die Gelder zurückrufen. Missverständnisse passieren doch andauernd!«

Grasso lachte schallend auf. »Ein Dreihundertzweiundachtzig-Millionen-Missverständnis? Bist du noch ganz bei Trost? Merkst du nicht, welchen Unsinn du redest? Das ist ungefähr so absurd, als würde ein konfessionsloser Richter einen gottlosen Gauner ins Gebet nehmen.« Mit nachdenklicher Miene deponierte er seinen Zigarrenstummel im Aschenbecher und rieb sich das Kinn. »Haben Gallerte und Ruffo irgendwelche weiteren Anweisungen von euch erhalten«, fragte er, »oder machen die beiden Urlaub auf eure Kosten?«

»Nein, natürlich nicht. Sie warten auf unseren Anruf«, entgegnete Massimo kategorisch. »Die Maschine ist aufgetankt. Sie könnten jederzeit nach Antigua weiterfliegen.«

»Und was sollen sie dort?«, brüllte Grasso nun außer sich. »Etwa die Bank ausrauben? Ich glaube nur an Wunder, die ich selbst vollbringe.«

Don Santo und Don Massimo saßen betroffen in den Sesseln und vermieden den Blickkontakt mit Don Grasso.

»Ich rufe sie an und beordere sie nach Sizilien zurück.« Der Patrone setzte schweigend seinen Spaziergang im Arbeitssalon fort, während sich die drei Leibwächter wie auf ein geheimes Zeichen hin im Raum verteilten und die beiden Paten belauerten. »Bettino«, wandte sich Grasso an Santorini. »Du hattest engen Kontakt zu Enrico. Du kanntest ihn genau, und du hättest misstrauisch werden müssen, dann hättest du bemerkt, was sich hinter unserem Rücken zusammenbraut. Als du mir vor zwei Monaten erzählt hast, Cardone habe dir gegenüber angedeutet, dass seine Risiken in keinem Verhältnis zum Honorar stünden, spätestens da hätten bei dir alle Alarmglocken klingeln müssen. Aber nein, du hast es damit abgetan, dass es nur so ein Gerede sei, anstatt nach den Risiken zu fragen. Enrico sei überlastet, hast du gemeint.« Der Patrone schloss für einen Moment die Augen und seufzte.

»Damals klang es nicht so, als würde er irgendetwas befürchten. Ich habe ihn sogar gefragt, weshalb er sich auf einmal so komisch benimmt. Wer konnte denn damit rechnen, dass er uns auf diese Weise reinlegen würde?«

Der Patrone griff zum Telefon auf seinem Schreibtisch und wählte eine Nummer. Gleich darauf gab er die Anweisung: »Wir lichten die Anker. Auslaufen!« Auf die offensichtliche Frage von der Brücke antwortete er: »Nein … kein besonderes Ziel. Ich denke, dreißig Seemeilen in Richtung Sardinien, danach nehmen wir in langsamer Fahrt wieder Kurs auf Palermo. Seht zu, dass wir den Fischkuttern weiträumig ausweichen!«

Er legte auf und ging zu einem seiner Männer. »Giulio …«, sprach er den Muskelberg leise an, der sofort eine aufmerksame Haltung einnahm. »Sorge dafür, dass alle Stewards auf dem Gästedeck sind und dort auch bleiben. Danach bringst du die vier Begleiter meiner lieben Freunde in das Unterdeck. Ich möchte nicht, dass es auf der ›Alexandra‹ zu irgendwelchen plötzlichen Unruhen kommt. Mach ihnen klar, dass mir ihre Mitarbeit wichtig ist und ich Loyalität erwarte!«

Der Muskelberg verzog keine Miene, machte auf dem Absatz kehrt und verließ den Raum.

»Wisst ihr, welches Problem wir haben?«, richtete Grasso das Wort nun an Massimo und Santorini. »Ihr gefährdet durch euren Leichtsinn und eure Dummheit meine Macht. Wer an Macht verliert, der verliert auch sein Gesicht. Das kann ich mir nicht leisten. Ihr müsst verstehen, dass ich noch nicht bereit bin, wegen euch meinen Status zu verlieren.« Er wandte sich ab und schaute zu einem schlanken kleinen Mann mit pomadisierten Haaren und stechendem Blick, der auf einem Zahnstocher kaute. »Und du, Marco, bist mir verantwortlich, dass es meinen Freunden in diesem Büro gutgeht. Sie haben nämlich keine Lust mehr zu feiern. *È chiaro?*«

Der geschniegelte Dandy im maßgeschneiderten Abendanzug strich sich affektiert durchs Haar und grinste erfreut. *»Chiaro«*, erwiderte er, zog eine Automatic aus dem Schulterhalfter,

setzte sich herausfordernd auf die Tischkante und behielt die beiden Paten im Blick. Als wäre es das Normalste in der Welt, holte er aus der Innentasche seines Jacketts einen Schalldämpfer und schraubte ihn auf den Lauf seiner Pistole.
Don Grasso blickte missbilligend zu Marco, der mit Inbrunst an seinem Zahnstocher kaute und ihn mit artistischem Geschick von einem Mundwinkel zum anderen schob. »Nimm dieses Scheißholz aus dem Mund! Du bist kein Affe.«
Don Grasso winkte einen dritten Mann zu sich heran, der gelangweilt an der Bar gelehnt und das Gespräch schweigend verfolgt hatte. »Silvio, geh hinunter ins Unterdeck. Neben der Maschine ist der Geräteraum. Dort drinnen liegen Taucheranzüge, Sauerstoffflaschen und anderes Equipment. An der rechten Wand hängen Bleigürtel am Haken. Die schaffst du an die Ladeluke am Heck. Danach schaltest du die Strahler im Unterdeck aus und gibst hier oben Bescheid.«
Silvio, ein stämmiger Bursche mit der Physiognomie eines zurückgeblieben Bauern, war Grassos zuverlässigster Begleiter. Brutal, skrupellos und ungemein gefährlich. Er verzog seine wulstigen Lippen, was offenkundig heißen sollte, dass er verstanden hatte.
»Gut!«, meinte Grasso und trat zu Massimo. Er musterte aufmerksam dessen Jackett. »Neu?«
Massimo schaute an sich hinunter. »Ja, ich habe es mir gerade eben bei Bernini gekauft.«
»Bernini!« Grasso stieß einen anerkennenden Pfiff aus. Interessiert nahm er den Reverskragen zwischen die Finger und befühlte die Qualität des Stoffes. »War nicht billig! Du hattest schon immer einen guten Geschmack, das muss man neidlos anerkennen.« Er beugte sich zu Massimos Ohr. »Schade«, flüsterte er. »Eine völlig unrentable Investition.«
Der Patrone richtete sich wieder auf, und mit einem Blick zu Marco sagte er: »Du bist mir dafür verantwortlich, dass es hier oben keine Störungen gibt. *Chiaro?*«

Marco nickte und pulte in Ermangelung eines Zahnstochers jetzt mit dem Zeigefinger in seinen Backenzähnen.
»Ich muss zu meinen Gästen«, fuhr Grasso fort. »Sieh zu, dass der Abgang der beiden geräuschlos vonstatten geht! Und nimm endlich eine Zahnbürste und nicht die Finger! Das ist ekelhaft!«
»Was hast du vor?«, rief Massimo aus dem Hintergrund. Panik sprach aus seinen Augen, und er hatte Mühe, seine zitternden Hände unter Kontrolle zu halten. Sein Blick kreuzte sich mit dem Santorinis, der aschfahl im Sessel zusammengesunken war. Schweiß stand auf seiner Stirn, und seine Augen flehten Don Grasso an.
»Du wirst doch jetzt nicht anfangen zu jammern!«, fauchte der Patrone.
»Das kannst du nicht tun! Wir sind doch Freunde!«, wimmerte Santorini. »Den ganzen Scheiß hat Massimo zu verantworten. Jahrelang habe ich deinen Deppen gespielt, habe dir die Kastanien aus dem Feuer geholt, den Rücken freigehalten … Du wirst doch jetzt nicht …«
»Halte die Klappe, Santorini!«, raunzte Grasso barsch und schüttelte ungläubig den Kopf. »Es ist doch immer dasselbe! Nichts kann man euch beiden recht machen! Ihr beklagt euch über euer Leben? Weshalb bedauert ihr dann das Ende?«
»Du Hurensohn! Damit kommst du nicht durch!«, brüllte nun Massimo wieder, als wolle er den *Capo dei Capi* beeindrucken.
Doch Grasso wandte sich ab und schien die beiden gar nicht mehr zu bemerken. Ohne ein weiteres Wort zu verlieren, verließ er seine Kommandozentrale.
Das leise Vibrieren des Schiffskörpers kündigte an, dass die zwanzigtausend Pferdestärken der gewaltigen Motoren ihre Arbeit begannen. Ratternd hob sich die Ankerkette.

Die »Alexandra« hatte Kurs auf Sardinien genommen. Hinter ihr glich Palermo einer schillernden Diva mit einer Diamantkette, deren Lichter das nächtliche Ufer säumte. Der Muskelberg Giulio war aufs Deck zurückgekehrt und wartete mit undurchdringlicher Miene an der Tür. Er hatte Don Grasso im Gespräch mit einigen Gästen entdeckt und versuchte Augenkontakt herzustellen. Als der Patrone zu ihm hinübersah, gab er ihm mit einem kaum wahrnehmbaren Nicken zu verstehen, dass alles vorbereitet war.

Don Grasso begab sich unauffällig zum Außendeck, von dem aus eine schmale Treppe nach unten führte. Auf ihr erreichte er das Unterdeck. Ungesehen kam er nach einigen Schritten ins Achterschiff. Das im Dunkel knapp über der Wasserlinie liegende Heck war kaum zu erkennen. Grasso beugte sich aus dem kleinen Seitenausschnitt der Bordwand, zog sein Handy aus der Tasche und wählte.

»*Buona sera*, Perlaquale«, meldete er sich nach wenigen Sekunden. »Schön, dass ich dich gleich erreicht habe.« Er hörte für einen Moment zu, und in seinem Gesicht zog ein zufriedenes Lächeln auf. »Ich wusste, dass du das hinkriegst. Allerdings gibt es eine kleine Änderung im Programm. Ich bin gerade auf der ›Alexandra‹. In etwa vier Stunden wird sie wieder in Palermo einlaufen. Ruf mich zurück, ich muss ungestört mit dir reden!« Angespannt hörte er sich an, was die Stimme am anderen Ende der Leitung zu sagen hatte, und augenblicklich erstarrten seine Züge. »Ein Banksafe? Aufzeichnungen? Über mich? Hmm …« Eine Sekunde lang dachte Don Grasso nach. Jetzt war das eingetreten, was er am meisten befürchtet hatte. Sein ehemaliger Consigliere war nicht nur ein Dieb, sondern auch ein Verräter. Er hatte die *omertá* verletzt und gefährdete post mortem möglicherweise das ganze System. *»Senti!«*, begann er leise ins Handy zu sprechen. »Beschaffe mir unter allen Umständen diese Unterlagen! Mir ist gleich, wie du das anstellst. Du gibst sie mir persönlich. Und noch etwas: Enricos

Bruder ist zu einem unkalkulierbaren Risiko geworden. Hörst du? Ruffo und Gallerte werden dich unterstützen, dafür sorge ich. Sie werden Kontakt zu dir aufnehmen. Halte dich weiterhin bedeckt und lass sie die Drecksarbeit machen! Wenn alles erledigt ist, fliegt ihr sofort wieder zurück nach Palermo!« Er senkte die Stimme, die plötzlich einen merkwürdig weichen Klang bekam. »Ich freue mich, dich bald zu sehen. Vergiss nicht, dich in vier Stunden bei mir zu melden, damit ich dir die Einzelheiten durchgeben kann!« Grasso beendete mit nachdenklicher Miene das Gespräch und wandte sich dem Heck der »Alexandra« zu.

Schemenhaft nahm er mehrere rauchende Männer wahr, deren Gesichter beim Aufglimmen der Zigarettenglut bizarre Umrisse annahmen. Sie standen im Halbkreis und unterhielten sich. Der Patrone sah die Konturen von zwei auf dem Boden zusammengekrümmten Leibern. Er trat näher und blickte auf sie hinunter. Santorini und Massimo lagen geknebelt und mit dünnem Draht an Händen und Füßen gefesselt auf den kalten Mahagoniplanken. Grassos Blick fiel hasserfüllt auf seine ehemaligen Weggefährten.

Mit vor panischer Angst geweiteten Augen beobachteten diese, was um sie herum vorging. Don Grasso beugte sich zu ihnen hin und überprüfte den Sitz der Bleigürtel, die man um ihre Hüften gezurrt hatte.

»Eure Dummheit und Leichtsinnigkeit hätten mich den Kopf kosten können«, sagte er. »Es tut mir leid, ich habe keine andere Wahl.« Er wandte sich an die Männer, die regungslos neben dem Stellhebel für die Ladeluke standen. »Luke öffnen!«, befahl er.

Einer der Männer legte den Hebel um, und die hintere Bordwand senkte sich. Ein gähnend schwarzer Schlund tat sich auf, und das von zwei Schiffsschrauben schäumend aufgewirbelte Wasser übertönte jedes Geräusch. Der Blick des Patrone schweifte über die See und das funkelnde Palermo, dann lehnte er sich nach vorn und schaute nach oben. Keiner der Gäste schien sich auf dem Freideck aufzuhalten. In der Ferne glitzerten die Lichter an Palermos Ufer.

Grasso wandte sich an die Leibwächter der verschnürten Dons. Immer noch standen sie abwartend im Hintergrund und beobachteten mit Respekt und demütiger Angst die gespenstische Szene. »Wie tief könnte das Wasser hier sein?«, fragte der Patrone zynisch in ihre Richtung.

Die Bodyguards blickten sich ratlos an.

»Keine Ahnung, was?«, knurrte Don Grasso. »Ich schätze, hundertdreißig Meter. Raus mit ihnen!«, befahl er und machte eine Kopfbewegung in Richtung Wasser.

Kopf in der Schlinge

Kurze Zeit später stand Romano Grasso im Achterschiff an der Reling und wählte Ruffos Nummer. Hier draußen auf offener See war die Gefahr denkbar gering, dass seine Telefonate abgehört wurden, zumal er über modernste technische Einrichtungen an Bord verfügte, die eventuellen Lauschern nur ein durchdringendes Rauschen liefern würden.

»Bist du das, Ruffo?«, meldete sich Grasso in scharfem Ton. »Der Urlaub ist zu Ende. Ihr setzt euch sofort in den Jet. Du fliegst mit Gallerte nach Antigua. Hast du mich verstanden?«

Grassos Miene zeigte Zufriedenheit, als er die Antwort seines Gesprächspartners hörte. »Nein!«, knurrte er auf die Frage aus dem Äther. »Santorini und Massimo sind Vergangenheit. Fischfutter. *Capisce?* Ab sofort redet ihr ausschließlich mit mir, und ihr tut, was ich euch auftrage. *Tutto chiaro?*«

Ein knappes »*Si*, Don Grasso« kam aus dem Satellitennetz. »Sie können sich auf uns verlassen.«

»Ihr fliegt umgehend nach Saint John's. Ich werde später dem Piloten entsprechende Anweisungen erteilen. Perlaquale wird mit euch Verbindung aufnehmen. Ich gebe euch in den nächsten Stunden durch, wo ihr euch treffen könnt. Roberto Cardone wird sicher in Antigua auftauchen und sich an meinem Geld vergreifen wollen. Perlaquale ist ihm auf den Fersen und wird vermutlich ein oder zwei Tage nach euch in Saint John's ankommen. Verschafft euch in der Zwischenzeit einen Überblick, damit es keine Komplikationen gibt. Wenn Cardone ankommt, lasst ihn nicht mehr aus den Augen! Keine Sekunde, *capisce?* Ihr seid mir für mein Geld verantwortlich. Ich möchte nicht, dass es wieder versehentlich verlorengeht?«

Don Grasso unterbrach seine Anweisungen und hörte zu, was Ruffo ihm zu sagen hatte. Dann erwiderte er: »Ihr behandelt

Perlaquale mit Respekt, sonst kastriere ich euch höchstpersönlich! Ihr werdet euch exakt an die Anweisungen halten, *tutto chiaro?*« Romano Grasso nickte zufrieden, als er Ruffos »*capito*« hörte. »Der Pilot soll mich schnellstens anrufen und mir Flugzeiten und Ankunft in Antigua durchgeben, damit ich den Rest organisieren kann.«
Ruffo hatte verstanden, und Grasso beendete das Telefonat. Es wurde Zeit, sich wieder bei den Gästen sehen zu lassen, zumal er noch eine wichtige Angelegenheit zu erledigen hatte.

Eine Minute später betrat er das Hauptdeck, sah sich suchend um und ging auf Colonnello Fessoni zu, während er einigen Gästen verbindlich zunickte. »Ich möchte Sie einigen Bekannten vorstellen«, flüsterte er ihm freundlich zu. Fessonis Augen leuchteten dankbar.
Don Grasso führte ihn von Gruppe zu Gruppe und präsentierte seinen Schützling, ohne mit anerkennenden Worten für ihn zu sparen. Dem Colonnello war anzusehen, dass er seine Rolle als scheinbar wichtiger Freund des mächtigen Grasso genoss, und er versuchte seiner Miene trotz seiner erkennbaren Nervosität eine gewisse Würde zu verleihen.
»Sie haben sicherlich ein paar Minuten Zeit für mich, Colonnello«, bemerkte Grasso beiläufig. »Lassen Sie uns in ein ruhiges Eckchen gehen, damit wir uns ungestört unterhalten können!«
»Aber mit Vergnügen, Signore Grasso!« Fessoni nahm eine stramme Haltung ein.
Er schien die Bitte seines Gastgebers als besondere Ehre anzusehen, was sich in seiner ausgesucht beflissenen Haltung ausdrückte. Mit Achtung heischenden Blicken folgte er Grasso auf das zweite Oberdeck. In dessen vorderem Teil befand sich ein im Stil einer alten Kapitänskajüte eingerichteter Besprechungsraum.
»Zigarre?« Grasso reichte dem Colonnello eine Holzkassette mit Havannas. »Sonderanfertigung«, bemerkte er. »Ein Ge-

schenk meines guten Freundes Castro. Die biete ich nicht jedem an.«
Fessoni bediente sich, dankte militärisch knapp und schnupperte in weltmännischer Manier an dem teuren Stück. Nachdem die zwei Männer in den schweren Ledersesseln Platz genommen und ihre Zigarren angezündet hatten, schob Grasso den Kristallaschenbecher in die Mitte und musterte sein Gegenüber freundlich.
»Ich habe Sie, verehrter Fessoni, auf Empfehlung des Vice Ministro della Finanza Gasparo eingeladen. Er leitet, wie sie wissen, das Dipartimento für Wirtschaft und Steuern und hat enorme politische Ambitionen. Ein beeindruckender Mann, finden Sie nicht?«
Fessoni nickte und nippte an seinem Glas. Bevor er auf Grassos Worte reagieren konnte, fuhr jener fort: »Er ist ein Mann, der sich hervorragend als unser neuer Ministerpräsident eignen würde. Ihr Vorgesetzter ist, wenn ich mich nicht irre, sehr eng mit Gasparo befreundet. Und wie ich bereits sagte, er hält große Stücke auf Sie.«
»Er hat mich empfohlen?«, echote Fessoni erstaunt.
»Das kann Sie doch nicht wirklich überraschen, mein Lieber! Sie wissen, dass Sie viele Fürsprecher haben. Leistung spricht sich schnell herum. Wo man auch hinhört, man äußert sich außerordentlich positiv über Sie, lieber Oberst. Sie gelten als engagiert, als erfolgreich und haben innerhalb kürzester Zeit eine bemerkenswerte Karriere gemacht. *Chapeau!* Italien braucht Männer wie Sie.«
»Danke für das Kompliment«, entgegnete der Colonnello.
»Nicht zuletzt haben Sie mir wertvolle Dienste geleistet«, fuhr Grasso fort. »Ihre Kontakte zu hohen Militärs in diversen Spannungsgebieten sind exzellent. Die Industrie hat viel von Ihren Verbindungen profitiert.«
Fessonis Miene zeigte Genugtuung, und er deutete eine Verbeugung an, die sowohl Respekt als auch Ergebenheit aus-

drückte. »Ich fühle mich geehrt, diese Anerkennung aus Ihrem Munde zu hören, Signore.«

Grasso lächelte über die Beflissenheit in Fessonis Zügen. Wie es ihm schien, nahm das Gespräch mit dem Colonnello den von ihm gewünschten Verlauf, zumal Fessoni hinzufügte: »Ich betrachte es als besondere Anerkennung, auf Ihrem Schiff Gast sein zu dürfen.«

Grasso winkte ab. »Nicht der Rede wert! Allerdings ...«, fuhr er mit einem Unterton in der Stimme fort, der nach leiser Kritik klang.

Fessonis Augenbrauen zogen sich verunsichert zusammen. »Ja ...?«

»Sie wissen, dass ich Ihren Arsch gerettet habe?«

Der Colonnello sah Grasso konsterniert an. »Ich habe keine Ahnung, was Sie meinen, Signore ...«

»Machen Sie sich keine Gedanken, mein Lieber! Es ist gerade noch einmal gutgegangen.« Grasso lächelte undurchdringlich. »Lassen Sie mich gleich auf den unerfreulichen Teil unseres Gespräches kommen! Umso schneller haben wir ihn hinter uns.« Er zog genüsslich an seiner Havanna. »Kennen Sie Signore Monti?«

Fessoni starrte Grasso an, als verstehe er jetzt gar nichts mehr.

»Tenente Monti! Ihr Freund, Mitarbeiter und Kollege!«, setzte Grasso nach, als wolle er seinem Gegenüber den Namen ins Gedächtnis rufen. »André Monti hat Mist gebaut. So großen Mist, dass Sie in ernsthafte Schwierigkeiten geraten wären, wenn ...«

Don Grasso erhob sich, ging hinüber zu einem Wandschrank und holte aus einer Schublade einen schwarzen Gegenstand. Mit einem maliziösen Lächeln legte er ihn vor Fessoni auf den Rauchtisch.

Fessonis Blick heftete sich wie hypnotisiert auf den schwarz glänzenden Gegenstand. »Das ist eine Kamera«, stotterte er überrascht. »Wie kommen Sie zu ...« Er sprang erregt auf und fasste sich mit den Händen an die Schläfen. »*Porca miseria! Maledetto!* Wie sind Sie an meine Kamera gekommen?«

»Spielt das eine Rolle?«, erwiderte Grasso. »Nun enttäuschen Sie mich ein wenig.« Wie es schien, kostete Grasso die Fassungslosigkeit seines Gegenübers aus, denn er wartete eine quälende Weile, bis er fortfuhr. »Andererseits kann ich Ihre Aufregung verstehen. Da kann es schon einmal passieren, dass man an einem Punkt zu denken aufhört, an dem man eigentlich damit beginnen müsste.«

»Ich verstehe immer noch nicht …«

»Wenn ich richtig kombiniere«, unterbrach Grasso den Colonnello, der leichenblass geworden war und nervös an der Unterlippe kaute, »hatten Sie die Kamera Monti zu Dokumentationszwecken überlassen, nicht wahr?«

»Ja, schon … Signore Grasso! Die Minikamera ist eine Spezialanfertigung und wird ausschließlich für besondere Einsätze verwendet.« Fessoni atmete tief durch. »Ihre Technik ist streng geheim …«

»Ich weiß«, erwiderte Grasso. »Man kann mit ihr drahtlos Filme über Satellit direkt auf Server in der ganzen Welt schicken. Ein tolles kleines Wunderwerk! Vermutlich ein Einzelstück, wie?«

»Es wurden bisher zwanzig Exemplare davon hergestellt. Zu militärischen Testzwecken«, raunte Fessoni, und es war ihm anzusehen, dass ihm nicht wohl in seiner Haut war. »Dem freien Handel nicht zugänglich. Wenn mein Vorgesetzter erfährt, dass die Kamera in Ihren Händen …«

»Umso schlimmer, Signore Colonnello«, schnitt ihm Grasso rüde das Wort ab. »Meines Wissens waren Tenente Monti und Sie zur Überwachung dieses Enrico Cardone eingesetzt, oder täusche ich mich?«

Jetzt starrte Fessoni den Don fassungslos an. »Sie sind über Dinge unterrichtet, die Sie gar nicht wissen dürften! Ich meine, wer hat Sie über das alles informiert?«

Grasso lehnte sich ins Lederpolster zurück und schlug die Beine übereinander. »Sagen wir es so, mein lieber Fessoni: Ein Mann in meiner Position tut gut daran, nicht überrascht zu werden. Sie haben sich bei der Beschattung Cardones in Palermo abgewechselt, nicht wahr? Und als Sie ihn ablösen sollten, war Oberleutnant Sandro Montoglio – Monti war doch sein Deckname, oder?« Grasso machte eine Pause und sah Fessoni mit zusammengekniffenen Augen an. »Auf einmal war er verschwunden, der gute Montoglio! Stattdessen fanden Sie die Leiche Enrico Cardones. War es nicht so?«

Fessoni wand sich wie ein waidwundes Tier. »Ist ... ist er ...« Der Colonnello stockte, als überlege er, ob er weiterreden dürfe. »Woher kennen Sie seinen Namen?«

»Das tut nichts zur Sache, Fessoni«, winkte Grasso ab, als sei dies ein lästiges Gespräch über Nichtigkeiten. »Wo waren Sie denn, als der Mord an Cardone geschah?«

»Äh ... Ich habe Monti gesucht. Er sollte sich über eine gesicherte Leitung melden. Ich wusste nicht, wo er steckte ...«

»Klar«, erwiderte Grasso mit einem kalten Lächeln. »Sie haben den Vorfall sicher sofort Ihrem Vorgesetzten gemeldet. Und sicher haben Sie ihm auch berichtet, dass Ihre Kamera verschwunden war ...«

»Ja, natürlich ... Aber ...«

»Sehr gut! Haben Sie Monti gefunden?«

Colonnello Fessoni schüttelte den Kopf. »Er ... war ... Ah...« Augenscheinlich war er nicht imstande, einen vollständigen Satz zu formulieren.

»Tenente Monti ... Montoglio war plötzlich wie vom Erdboden verschluckt, als Sie beide sich ablösen wollten«, vervollständigte Grasso Fessonis Satz. »Und zwei Tage später zeigten alle Fernsehkanäle des Landes Cardones Ermordung.« Grasso gab dem Colonnello kurz die Gelegenheit, seine Fassung wiederzufinden. Dann fuhr er fort: »Was ist nur mit diesem Monti passiert, werden Sie sich fragen, nicht wahr? Sie waren doch

gut bekannt, wenn ich richtig informiert bin ...« Grasso ließ Fessoni nicht eine Sekunde aus den Augen und verfolgte auch die allerkleinste Reaktion seines Gegenübers.
Fessoni zuckte hilflos mit den Achseln. »Er war fast so etwas wie ein Freund gewesen. Wir hatten auch privat einiges miteinander unternommen. Nur in letzter Zeit ...«
»Was war in letzter Zeit?«, bohrte Grasso weiter.
»... war er irgendwie anders. Er hat sich von mir und den anderen Kollegen mehr und mehr zurückgezogen. Ich konnte mir das nicht erklären. Aber weshalb wollen Sie das alles wissen, Signore?«
»Haben Sie eine Ahnung, weshalb er verschwunden sein könnte?«, fuhr Grasso fort, ohne auf Fessonis Frage einzugehen.
»Wir glauben, er ist durchgedreht. Wir nehmen an, er hat diesen grässlichen Mord an Cardone mitansehen müssen, ohne eingreifen zu können. Vielleicht ist er traumatisiert und versteckt sich irgendwo. Ich weiß es wirklich nicht. Meine Leute suchen ihn immer noch verzweifelt.«
»Das brauchen Sie nicht mehr. Sie erfahren in Kürze, wo er ist.«
»Sie ... Sie wissen es also ...«
Grasso nickte, ließ aber Fessoni keine Chance, Luft zu holen, und fragte: »Wissen Sie, was auf dem Speicher dieser Kamera ist?«
Fessoni schüttelte verstört den Kopf.
»Schauen Sie es sich an!«
Mit spitzen Fingern fischte Fessoni die Kamera vom Tisch, ließ den winzigen Monitor an der Seite ausfahren und startete das Programm. Im gleichen Augenblick wich die Farbe völlig aus seinem Gesicht. Seine entsetzte Miene verzog sich zu einer angewiderten Fratze. »Das ist ja der Film, den sie im Fernsehen gezeigt haben! Wie ... wie kommt der Film auf diese Kamera?«, keuchte er. Seine Stirn war nass, und an seinen Schläfen glitzerte Schweiß.

»Tenente Sandro Montoglio! Wer sonst? Oder ist es Ihnen lieber, wenn ich ihn mit seinem Decknamen nenne?«
Fessoni blickte Grasso an wie ein paralysiertes Karnickel. »Er hat … meine Kamera für diese … Sauerei benutzt?«, stotterte er fassungslos.
»Ich sage Ihnen, Fessoni, Monti ist, wenn man so will, Mittäter. Und sagen Sie mir nicht, dass Sie es nicht geahnt haben!«
Fessoni machte eine abwehrende Handbewegung, als wolle er protestieren, aber Grassos Blick ließ ihn kleinlaut schweigen.
»Sie müssen mir nichts vormachen, mein lieber Fessoni«, fuhr der Don fort. »Sie vögeln seit Monaten Montoglios Frau. Ich weiß es, Sie wissen es sowieso, und Montoglio wusste es. Er hat es Ihnen nur nicht auf die Nase gebunden.« Er griff in die Jackentasche und warf ein silbernes Feuerzeug auf den Tisch. »Ihres?«
Fessoni schien wie gelähmt. Zögernd nahm er das Feuerzeug und blickte auf die Gravur mit seinem Namenszug. »Das … Ich dachte, ich hätte es verloren«, stammelte er perplex.
»Es lag auf dem Tisch in der Wohnung im Albergheria-Viertel«, erwiderte Grasso kalt. »In der Wohnung, in der man Monti gefunden hat. Mit einem Loch im Schädel. Ihr lieber Kollege scheint das Feuerzeug eingesteckt zu haben. Man hätte schnell auf die Idee kommen können, dass Sie derjenige waren, der die Mordaufnahmen gemacht hat, und dass Sie den Mord an Montoglio begangen haben. Ein Motiv wäre ja naheliegend: freie Bahn bei Montoglios rassiger Ehefrau.«
»Das ist Wahnsinn …!« Fessoni schien kurz vor einem Nervenzusammenbruch.
»Wie gesagt«, raunte Grasso, und seine Augen leuchteten triumphierend, »ich habe Ihren Arsch gerettet. Fragen Sie mich nicht, wie das Filmchen zu den Sendern gekommen ist! Aber man wird Sie fragen, weshalb der Film auf Ihrer Kamera ist.«
»Ich denke, Monti hat …«
»Tenente Montoglio wurde liquidiert!«, erwiderte Grasso mit

einer Stimme, die sich anhörte, als würde sie direkt aus der Arktis kommen.
»Haben Sie ihn …?« Fessoni saß mit weit aufgerissenen Augen vor Grasso und war keiner Bewegung mehr fähig. Seine blutleeren Lippen zitterten, und er knetete seine linke Faust.
»Ich?« Grasso lachte laut. »Du liebe Güte, wo denken Sie hin! Sie sollten sich eher Gedanken darüber machen, was es für Sie bedeutet hätte, wenn Ihre Rolle bei der Observierung in der Öffentlichkeit breitgetreten worden wäre, oder wenn Sie sich vor einem Gericht wegen zweifachen Mordes hätten rechtfertigen müssen. Wie hätten Sie denn beweisen wollen, dass Sie nichts damit zu tun hatten? Oder wie hätten Sie die Frage beantwortet, wie geheimes militärisches Gerät in die Hände eines Psychopaten geraten konnte? *Arrivederci la carriera!*«
»*Madre d'Dio …!*«
In Grassos Gesicht erschien ein ärgerliches Lächeln. »Tun Sie nicht so, als hätten Sie sich nicht längst selbst die Frage gestellt, welche Konsequenzen die Sache mit Monti haben könnte! Sie sind alles andere, nur nicht naiv!«
Fessoni schüttelte abwehrend den Kopf. »Ich habe doch niemanden …!« Allmählich kehrte seine Gesichtsfarbe zurück, aber sein Atem flog vor Aufregung.
Grasso setzte sich bequem im Sessel zurecht. »Nun versuchen Sie sich endlich zu beruhigen! Schauen wir uns die Dinge von außen an! Der Film wurde auf einen Computer überspielt und via Mail an RAI Uno geschickt. Das hat uns allerhand Ärger bereitet, weil wir nicht nur die Kamera, sondern auch den Rechner brauchten, sonst wären Sie geliefert gewesen.« Grasso machte eine Pause und beobachtete Fessonis Reaktion. »Sie können beruhigt sein, wir haben alles gefunden. Ich werde diese verfluchte Kamera für Sie aufbewahren.« Ehe sich Fessoni versah, hatte ihm Grasso das Spezialgerät aus der Hand genommen und schloss es in einem Wandsafe ein. »Niemand wird je erfahren, dass Ihr Equipment für diesen unappetitli-

chen Vorgang benutzt wurde. Und nun fassen Sie sich endlich wieder!«

Fessoni richtete sich schwach im Sessel auf. Seine Miene verriet, dass er konzentriert nachdachte. »Ich verstehe immer noch nicht, was für eine Rolle Sie bei der ganzen Sache spielen. Wie es aussieht, bin ich jetzt in Ihrer Hand.«

Grasso lachte süffisant. »Ich will Ihnen helfen! Viel wesentlicher ist doch die Frage, weshalb Monti diese Schweinerei aufgenommen hat! Und diese Frage dürfte nun obsolet sein, sofern seine Frau den Mund hält und Ihre nichts davon erfährt.«

»Ich begreife das nicht.« Fessoni rieb sich die schweißnasse Stirn mit einem blütenweißen Taschentuch ab. »Ich glaube kaum, dass er …« Der Oberst unterbrach jäh den begonnenen Satz und korrigierte sich schnell: »Seine Frau wird bestimmt nicht …«

»Was sie bestimmt tut oder nicht tut, ist eine Sache, die müssen Sie in Ordnung bringen! Das kann ich nicht auch noch für Sie tun. Merkwürdig, Sie haben also nicht bemerkt, dass Monti hinter ihr Techtelmechtel gekommen ist? Monti hätte Sie nicht nur um ein Haar aus dem Weg geschafft, er hätte dann auch Ihren Job übernommen. Ihre Affäre mit seiner Frau scheint ihn so getroffen zu haben, dass er Ihnen eine raffinierte Falle gestellt hat. Dass er diesen Sforzano von früher kannte, konnten Sie nicht ahnen. Montoglio und Sforzano stammen nämlich aus dem gleichen Dorf. Sie waren Nachbarskinder. Ich wusste es auch nicht, bis mich gute Freunde aus Palermo angerufen haben. Jetzt müssen wir nur noch diesen kleinen Idioten Sforzano finden. Mehr brauchen Sie nicht zu wissen. Die Dinge sind geregelt.«

»Und Monti …?«, fragte Fessoni entgeistert.

»Die Carabinieri haben gestern seine Leiche im Albergheria-Viertel gefunden. Kopfschuss. Die Kamera ist gut aufgehoben, Ihr Feuerzeug haben Sie auch wieder und die Kleinigkeiten, die auf Ihre Anwesenheit hingedeutet hätten, haben wir verschwinden lassen. Es gibt keine Spuren. Fragen Sie mich nicht, wer den Dreck weggeräumt hat! Wie Sie sehen, haben Sie einen guten Freund, der auf Sie aufpasst. Und nun lassen Sie uns über etwas Erfreulicheres reden!« Grasso entzündete erneut seine Zigarre, die im Aschenbecher erkaltet war. »Übrigens, wo haben Sie Ihre Frau gelassen?« Aufmerksam beobachtete er den Colonnello, der noch immer schlaff im Sessel saß. »Kommen Sie, Fessoni! Ich habe Sie nicht aus Versehen eingeladen. Sie sind mir wichtig!«

Fessoni löste sich langsam aus seiner Apathie, während Grasso ihm durch eine freundschaftliche Geste das Gefühl gab, als sei es eine Unerlässlichkeit, einen Mann wie ihn in seiner Gesellschaft zu wissen. »Haben Sie Ihre Frau zu Hause gelassen?«

Der Colonnello schien seine Fassung wiedergewonnen zu haben und bejahte die Frage.

»Ich hätte mich gefreut, sie hier zu begrüßen.« Grasso erhob sich und ging zu einem Barschrank. »Mögen Sie?« Er zog eine Flasche aus dem Kühler und hielt sie hoch. »Den werden Sie jetzt gut gebrauchen können … Ein ganz wundervoller Grappa!«

»Gerne«, antwortete Fessoni und schien Grassos Aufmerksamkeit allmählich entspannter zu genießen.

Der Don reichte dem Oberst das gefüllte Glas, prostete ihm freundlich zu und nahm wieder in seinem Sessel Platz. »Ich nehme an, Vizeminister Gasparo hat Ihnen gesagt, dass ich Sie unbedingt kennenlernen wollte. Diese alljährliche Sommergesellschaft vor der Kulisse Palermos hat inzwischen Tradition, müssen Sie wissen. Besonders unser Dinner auf dem Freideck mit anschließendem Tanz ist ein beliebtes Highlight. Es kommen immer die gleichen Herrschaften, sehr interessante Leute. Und ganz besonders freue ich mich, wenn ein neuer Freund das Fest bereichert.«

Fessoni lächelte verlegen. »Vizeminister Gasparo hat nichts

von einer Abendgesellschaft erwähnt. Ich bin davon ausgegangen, dass Sie mit mir ein vertrauliches Gespräch führen wollen.«

»Das haben wir auch, nicht wahr? Ein Gespräch unter Freunden, wie man so schön sagt.«

»Auf Ihr Wohl!« Fessoni hob das Glas und leerte es auf einen Zug. »Ich war völlig überrascht, dass Sie auf der ›Alexandra‹ eine Sommerparty feiern. Meine Frau hätte sich sicher sehr gefreut, Sie und die anderen Gäste kennenzulernen.«

Grasso zog überrascht die Augenbrauen hoch. »*Madonna!* Ich bin untröstlich, lieber Fessoni. Ein wirklich dummes Missverständnis. Ich denke, wir sollten das wiedergutmachen!«

»Nun«, Fessoni räusperte sich, »ich weiß nicht, eine Gelegenheit wie diese wird es vermutlich so bald nicht mehr geben … Ich meine, Ihre phantastische Jacht, das Galadinner, die Gäste, das ist alles sehr beeindruckend, was sag ich, es ist grandios!«

»Ach was!«, wiegelte Grasso ab. »Sie sollten den Abend genießen, und was Ihre Frau angeht, habe ich auch eine Idee. Darf ich fragen, für wann Sie ihren nächsten Urlaub geplant haben?«

Fessoni schaute Don Grasso erstaunt an. »Für Oktober, wir gehen immer außerhalb der Saison. Das ist nicht so teuer.«

Grasso lächelte wissend. »Mein lieber Fessoni, ich darf Sie doch Gianni nennen?« Und noch bevor der Colonnello zustimmen konnte, fuhr Grasso fort: »Ich bin Romano.« Er reichte ihm jovial die Hand, die der Oberst perplex ergriff, um das Angebot in sprachloser Ehrfurcht mit einem kräftigen Händedruck zu besiegeln. »Kommen Sie doch im Oktober auf meinen Sommersitz in George Town auf den Cayman Islands!«, führte Grasso das Gespräch fort. »Er liegt direkt am Seven Mile Beach, gar nicht weit von der Residenz des Gouverneurs. Überhaupt leben auf der Insel bemerkenswerte Leute. Sehr viele Italiener übrigens. Ich verrate Ihnen kein Geheimnis, wenn ich Ihnen sage, dass Sie dort wirklich wichtige

Persönlichkeiten kennenlernen. Freunde von mir, die übrigens sehr förderlich für Ihre Karriere sein dürften.« Don Grasso beobachtete Fessoni mit belustigtem Interesse.

»Ich weiß nicht, ob ich das annehmen kann, Romano. Verstehen Sie mich bitte nicht falsch, Ihr Angebot ist außerordentlich großzügig. Aber ich möchte Ihnen nicht zur Last fallen. Außerdem könnte man das falsch verstehen.«

»Was reden Sie für einen Unsinn«, wischte Grasso Fessonis Einwand beiseite. »Wer um alles in der Welt soll daran etwas auszusetzen haben?«

»Vorgesetzte ...«

»Du liebe Güte! Sie würden Ihre Anwesenheit in unserem Kreis als Förderung eines Parteifreundes und ambitionierten und vielversprechenden jungen Offiziers bewerten. Und ganz abgesehen davon, selbstverständlich weiß ihr Chef von unserem Zusammentreffen. Ich gehe davon aus, dass ein Mann wie Sie weiß, wann ihm eine großartige Chance geboten wird. So schätzt Sie auch Vizeminister Gasparo ein. Und, offen gestanden, ich habe sofort bemerkt, weshalb mein Freund Gasparo Sie mir ans Herz gelegt hat. Also! Nur nicht so bescheiden!«

»Sie schmeicheln mir, Romano. Es ist nicht so, dass ich die Chance nicht erkennen würde, aber ...«

»Hören Sie, Gianni!«, unterbrach Grasso den Colonnello. »Ich habe mich für Sie eingesetzt, habe Ihnen einige peinliche Unannehmlichkeiten erspart, und ich denke, daran erkennen Sie die Wertschätzung, die ich Ihnen gegenüber hege. Nun sollten wir uns auch weiterhin wie Männer verhalten. Sie sagen mir, wann Sie den Lear-Jet brauchen, und er wird startbereit auf Sie warten. Er steht Ihnen und Ihrer Gattin jederzeit zur Verfügung. Tun Sie mir den Gefallen und besuchen Sie uns! Die Caymans sind ein einziger Traum. Schneeweiße Strände, schöner als auf Postkarten, phantastische Ressorts, ausgewähltes Publikum und diskrete Banken, wenn Sie wissen, was ich meine.«

Fessoni lachte unsicher. »Bisher haben wir von solchen Urlauben nur geträumt, meine Frau und ich«, antwortete er mit einem Hauch von Wehmut. »Wir könnten uns eine solche Reise niemals leisten.«

»Na, sehen Sie! Geld ist zum Ausgeben da! Es macht wenig Sinn, später mal der Reichste auf dem Friedhof zu sein. Machen Sie es einfach wie Generale Salvatori! Er hat auch einmal angefangen wie Sie. Er ist übrigens heute unter den Gästen. Sicher haben Sie ihn schon gesehen. Seine Gattin weicht ihm keinen Schritt von der Seite, eine auffallende Blondine, die ihn um einen Kopf überragt.«

Fessoni lächelte. »Nur von weitem, ich kenne ihn nicht persönlich.«

»Ich werde Sie ihm vorstellen. Er hat vor Jahren ganz in der Nähe meines Sommersitzes ein Anwesen gekauft. Wir alle lieben die Cayman Islands und das Klima, auch wenn man den einen oder anderen Hurrikan ertragen muss. Übrigens, der Verteidigungsminister wird im Oktober mit seiner Gattin den Urlaub bei uns verbringen. Sie wären also in bester Gesellschaft.«

Colonnello Fessoni blieb die Luft weg. Mit einer solchen Entwicklung hätte er nie und nimmer gerechnet. Seine ungläubige Verwunderung schlug allmählich in grenzenlosen Stolz um. Scheinbar hatte nicht nur ein Vizeminister, sondern auch Don Romano Grasso einen Narren an ihm gefressen. Insgeheim gratulierte er sich zu seiner sozialen Kompetenz, die es ihm ermöglichte, auch mit Männern wie dem Signore Grasso umgehen zu können. Wie aber würden es seine Kollegen aufnehmen, wenn er nicht nur Grassos Gastfreundschaft auf einer Luxusjacht in Anspruch nahm, sondern ihm auch in den Urlaub auf die Caymans folgte? Dass sein eindrucksvoller Gastgeber eine schillernde Figur war, das war ihm bekannt, aber angesichts der Gäste auf dem Schiff, deren Integrität nicht in Zweifel gezogen werden konnte und die zu den honorigen

Bürgern des Landes zählten, schien ihm eine Besorgnis übertrieben. Wenn selbst der Vice Ministro della Finanza mit Grasso freundschaftlich verkehrte, konnte er getrost seine Bedenken zurückstellen.

»Was sagen Sie dazu? Darf ich mit Ihnen rechnen, lieber Freund?« Grasso verfolgte mit hintergründigem Lächeln Colonnello Fessonis inneren Kampf um Haltung. Wie es schien, hatte er ihn richtig eingeschätzt. Er wusste nur zu gut, es gab keinen Makel, den man mit Großzügigkeit nicht verstecken konnte. Er hielt sich stets an seine Maxime: Wer Geschenke annimmt, verliert die Freiheit. Angesichts des Geltungsdrangs seines Gegenübers führte keine Verhaltensweise schneller zum Ziel als scheinbar uneigennützige Freundschaftsdienste.

»Ich weiß nicht, wie ich Ihnen danken soll, Romano«, stotterte Fessoni. »Wenn ich das meiner Frau erzähle ... Sie hat sich schon immer eine Reise in die Karibik gewünscht.«

»Dann überraschen Sie ihre Gattin! Sie wissen doch, wie Frauen sind. Sie wollen auf ihre Männer stolz sein. Und wenn Sie es richtig anpacken, mein Lieber, wer weiß, dann werden Sie bald einer unserer geschätzten Nachbarn.« Grassos Ton hatte sich verändert. Er hatte den freundlichen Klang verloren. Der Don hatte nicht gebeten, er hatte befohlen. Kategorisch. Mit imperativer Endgültigkeit.

Fessoni saß wie hypnotisiert im Sessel und hörte Grasso zu.

»Es war schön, mit Ihnen zu plaudern, Gianni«, meinte Grasso plötzlich wieder mit der sanften Freundlichkeit eines schnurrenden Katers. Er erhob sich, legte seine Zigarre im Aschenbecher ab und leerte den Rest seines Glases. »Gut, dass Sie sich dazu entschlossen haben. Enttäuschen Sie mich nicht!« Er reichte Fessoni seine Visitenkarte. »Rufen Sie mich an!« Er lächelte ermunternd. »Ach ..., eh ich es vergesse. Vermutlich brauche ich es nicht zu betonen, Sie sind ein kluger Mann. Aber erlauben sie mir die Bemerkung trotzdem: An Ihrer Stelle würde ich gegenüber Freunden oder Kollegen Stillschwei-

gen über unser kleines Arrangement bewahren. Neid macht so vieles ungenießbar, sogar einen Urlaub.«
»Wie recht Sie haben!« Fessoni lachte und ergriff Grassos Hand.
»Noch etwas ...« Grasso machte eine kleine Pause und legte vertraulich seine Hand auf Fessonis Schulter. »Sagt Ihnen der Name d'Aventura etwas?«
Fessoni verzog das Gesicht. »Er leitet den Sondereinsatz Cardone.«
»Achten Sie auf ihn! Er kann Ihnen verdammt gefährlich werden. Ich möchte nicht, dass meine Bemühungen, sie aus dem Schlamassel zu ziehen, umsonst gewesen sind.«
Der Colonnello blickte Don Grasso verdattert an. »Weiß er etwas über die Sache Monti?«
»Man hat die Leiche gefunden. Wie lange braucht er, bis er herausgefunden hat, dass es keinen Monti gab? Wie viele Tage vergehen, bis er weiß, für wen der Mann ohne Namen gearbeitet hat? Für meinen Geschmack ist Comandante d'Aventura ein wenig zu clever. Kümmern Sie sich um ihn!«
Fessoni verfiel in nachdenkliches Grübeln, während Grasso ihn mit zufriedenem Lächeln beobachtete. Der Don ließ ihm eine Minute Zeit, bis er die Stille unterbrach.
»Und nun sollten wir uns wieder den anderen Gästen widmen. Lassen Sie uns nach unten gehen!«

Rosanna

Roberto Cardone verließ gemeinsam mit Carlo gegen zehn Uhr vormittags das imposante Gebäude. Mit einem merkwürdigen Hochgefühl trat er auf die Via Francesco Rizzolo, die quer durch die historische Altstadt von Bologna führte. Tief zog er die noch frische Luft in seine Lunge. Die Sonne scheuchte die Wolken in die Berge und versprach einen heißen Tag.

»Dass es so einfach ist ...« Roberto schüttelte ungläubig den Kopf und lachte. »Kannst du mir erklären«, wandte er sich an Carlo, »weshalb sich ein armes Schwein plötzlich sauwohl fühlen kann? Nicht einmal eine Stunde hat es gebraucht, vom engen Pferch der Geldknappheit in die blühende Landschaft eines reichlich gefüllten Kontos umzuziehen.«

Carlo bedachte ihn mit einem merkwürdigen Blick.»Das auf Kredit gekaufte Schwein grunzt immer. Du solltest jetzt noch deinen Namen ändern, denn du bist nicht mehr der Gleiche!«

»Lieber keine Moral als eine doppelte, mein lieber Carlo!«, antwortete Cardone ironisch. »Wer hat mich denn auf die Bank getrieben?«

Ein Kreditsachbearbeiter der renommierten Banca Monte dei Paschi di Siena hatte ihm, nachdem er das Vermächtnis Enricos vorgelegt hatte, unbürokratisch einen großzügigen Kreditrahmen eingeräumt. Solange er in dieser Bank sein Konto hatte, konnte er sich nicht erinnern, dass man ihm je mit besonderer Freundlichkeit begegnet war. Das Telefonat des Kreditberaters mit dem Nachlassgericht in Pallanza hatte jedoch eine wundersame Wandlung in der Behandlung seiner Person bewirkt. Sein Bruder Enrico hatte recht gehabt, als er ihm seinerzeit erklärte, dass Wunder organisiert werden müssen.

Das erste Mal in Robertos Leben steckte in seiner Brieftasche eine Scheckkarte, mit der er an Geldautomaten täglich bis zu zweitausend Euro abheben konnte. Der Sachbearbeiter hatte ihm auch sogleich nahegelegt, verschiedene Kreditkarten zu beantragen, damit er, sollte er auf Reisen sein oder dringend einen Einkauf erledigen wollen, jederzeit flüssig sei. »Auf gute Zusammenarbeit«, hatte ihn der Sachbearbeiter verabschiedet und ihn sogar bis zur Tür begleitet.

Cardones Blick richtete sich nach rechts, wo Bolognas berühmte Wahrzeichen standen: der Torre degli Asinelli und der Torre Garisenda. Wie zwei lange Finger reckten sie sich in die Höhe, als wollten sie ihm zeigen, dass es der Herr im Himmel gut mit ihm meinte und der Segen von oben kam.

»Ein wahrlich erhebender Anblick!«, rief er übermütig aus. »Nicht nur ich bin ein neuer Mensch. Schau, Carlo, alle anderen um mich herum auch! Sogar die Häuser sehen aus, als freuten sie sich mit mir. Komm, ich lade dich zu einem Espresso an der Piazza Maggiore ein!« Und er zog seinen Freund vom marmornen Treppenabsatz der Bank auf die Straße.

»Das ist das Mindeste, was du für meinen freundschaftlichen Beistand tun kannst.« Carlo grinste. »Danach werde ich nach Hause gehen und mich ein wenig hinlegen.«

Cardone sah an sich hinunter. »Kaum zu glauben, dass die mich da hinein gelassen haben«, spottete er und deutete mit dem Daumen hinter sich auf das monumentale Portal des Bankhauses. »Findest du nicht, dass ich mit diesen Klamotten schäbig aussehe? Außerdem brauche ich dringend neue Schuhe. So, wie ich aussehe, kann ich Rosanna nicht unter die Augen treten.«

Carlo schüttelte lachend den Kopf. »Dann bring das Geld unter die Leute, Roberto! Du solltest nur bedenken, dass Geld auf der Bank sich verhält wie Zahnpasta in der Tube: leicht herauszubekommen, aber kaum wieder zurückzukriegen!«

»Hab dich nicht so! Ich kaufe nur das Nötigste.«

»Ja, dann kleide dich schön hübsch ein! Aber bedenke, Lifestyle ist teuer, wenn du so aussehen willst wie die da drüben.« Er deutete auf zwei junge Männer, die nach der letzten Mode gekleidet großspurig die Straße entlangkamen.

»Mein Profil ist allemal auffallender als deren Klamotten«, protestierte Cardone und stieß seinem Freund mit dem Ellbogen in die Seite. »Selbst wenn ich als lebende Coladose die Straße entlangrollen würde, wäre ich attraktiver als die beiden Papagalli.«

»Ja, du bist der Schönste!«, frozzelte Carlo. »Mit deiner Unwiderstehlichkeit wirst du Rosanna im Sturm erobern. Übrigens, wann lerne ich sie denn kennen? Nach dem Essen vielleicht?«

»Quatsch, es wird bestimmt spät«, wich Cardone aus, dem es unangenehm war, dass Carlo ihn derart direkt auf Rosanna ansprach. »Aber du könntest mich jetzt begleiten.«

»Etwa beim Einkaufen?«, erwiderte Carlo erschrocken. »Das fehlte noch! Dazu habe ich keine Lust. Du musst dich ohne mich amüsieren.«

Cardone verzog sein Gesicht, als habe er in eine Zitrone gebissen. »Du bist ein Verräter!«

Die beiden schlenderten die Via Rizzolo hinauf bis zur Piazza und suchten sich unweit des Doms eine kleine Cafébar. Die Stühle unter den Arkaden waren noch fast alle unbesetzt, und allmählich füllten sich Straßen und Plätze. Erste Touristengruppen reihten sich vor dem Eingang des Domes auf. Die Stadt war im Begriff, lebendig zu werden. Während die beiden Freunde ihren Cappuccino genossen, beobachteten sie das Treiben auf der Via dell'Indipedenza und hätten auf die Art bequem den ganzen Vormittag verbummeln können.

»Was macht Rosanna beruflich?«, erkundigte sich Carlo. »Du redest zwar ununterbrochen von ihr, aber über das, was von Bedeutung ist, hast du noch kein Wort verloren.«

»Ich weiß es nicht. Ich habe sie nicht danach gefragt«, antwortete Cardone. »Auf der Visitenkarte stehen nur ihr Name und die Telefonnummer. Ich tippe auf die Modebranche. Sie war wahnsinnig elegant gekleidet, und ich denke, sie legt sehr viel Wert auf ihr Äußeres. Ich meine nicht diesen modischen Schnickschnack. Was sie trug, sah ausgesprochen teuer aus. Trotzdem halte ich sie nicht für oberflächlich. Im Gegenteil. Nach spätestens drei Sätzen weißt du, wes Geistes Kind sie ist. Wenn du sie sehen würdest …« Cardone schwebte unvermittelt in euphorischen Sphären. »Rosanna ist etwas ganz Besonderes«, fügte er hinzu. »Einer solchen Frau begegnet man im Leben nur ein Mal.«

»Hmm …«, brummte Carlo. »Hat sie auch Fehler? Du weißt: Der Geist ist willig, aber das Fleisch ist teuer.«

»Scheinbar bist du nur glücklich, wenn du deine Aphorismen anbringen kannst«, schimpfte Cardone, ohne es wirklich ernst zu meinen, und leerte seine Tasse.

Carlos Miene wurde nachdenklich. Roberto war seit dem Tod seines Bruders nicht mehr der Gleiche, was den Freund mehr und mehr beunruhigte. Was Cardone bislang als erstrebenswerte Lebensinhalte empfunden hatte, spielte plötzlich eine nebensächliche Rolle. Von heute auf morgen hatte sich sein Dasein zu einer winzigen Insel reduziert, auf der es scheinbar nur noch Rosanna gab. Auch zum Schreiben war er nicht mehr gekommen, obwohl er doch sonst jede freie Minute, gleichgültig, wie er sich fühlte, zum Arbeiten nutzte.

»Allmählich wirst du mir unheimlich, Roberto.«

»Weshalb?« Cardone sah seinen Freund überrascht an.

»Ich habe das Gefühl, dass du dich ohne nachzudenken in etwas hineinstürzt. Du weißt bemerkenswert wenig über deine Rosanna. Ist dir einmal in den Sinn gekommen, dass sie liiert sein könnte? Vielleicht ist sie verlobt oder verheiratet. Möglicherweise hat sie einen Haufen Kinder …«

Cardone verzog unwillig das Gesicht. »Sie ist nicht ›meine‹ Rosanna. Außerdem machte sie einen sehr ungebundenen Eindruck.« Dann schwieg er und sagte eine ganze Weile gar nichts.

»Seit du in Premeno und Pallanza warst«, begann Carlo erneut mit unterschwelligem Vorwurf, »hast du keine Zeile mehr geschrieben. Aber selbst diese Lethargie bemerkst du nicht mehr!«

Cardones Miene verriet Betroffenheit. »Vielleicht hast du recht«, kam es gepresst über seine Lippen.

»Natürlich habe ich recht«, entgegnete Carlo. »Sieh mal!« Er legte eine Hand freundschaftlich auf Cardones Arm. »Einerseits kann ich dich gut verstehen. Ein Schicksalsschlag, wie du ihn erleben musstest, kann jeden aus dem Gleichgewicht bringen. Plötzlich ist alles anders, und man braucht eine ganze Zeit, bis man sich wieder fängt. Andererseits heißt das nicht, dass mit Gewalt alles anders werden muss.«

»Seit Enricos Tod haben die Tage kein Datum mehr für mich. In der Tat, alles ist anders als vorher. Ich könnte dir nicht einmal sagen, was mich immer noch vom Arbeiten abhält. Zuerst lähmten mich der Schock und die miese Zeitungskampagne, und ich war mit meiner Trauer beschäftigt. Aber selbst dafür hatte ich kaum Zeit. Letzte Woche habe ich zudem Rosanna kennengelernt, und sie spukt seither in meinem Kopf herum. Manchmal denke ich, es hängt mit dem Geld zusammen, das Enrico mir vererbt hat. Mein Kopf produziert andauernd Gitterstäbe oder Karibikinseln. Mir fehlt der innere Antrieb, das Vergnügen und auch diese Ungeduld, endlich wieder an der Tastatur zu sitzen. Es ist mir etwas abhandengekommen, und ich weiß nicht was.« Dann fügte er nach einer kleinen nachdenklichen Pause hinzu: »Keine Schreiblust! Jedenfalls vorübergehend. Meine Gedanken sind mit tausend Dingen gleichzeitig beschäftigt. Ich fühle mich innerlich komplett zerrissen und brauche Abstand für eine gewisse Zeit. Die Ideen werden irgendwann und von ganz alleine wiederkommen.«

»Hoffentlich«, erwiderte Carlo streng und lachte wieder. »So schwer wie du möchte ich es auch einmal haben! Vor noch gar nicht langer Zeit war dein Motto: Man müsste reich sein, um sich an Büchern arm zu kaufen. Stattdessen willst du dich nun einkleiden. Sehr bedenklich, wenn du mich fragst.«

Cardone blickte auf seine Armbanduhr. »Ich muss los. Je schneller ich das Unvermeidliche hinter mich bringe, desto besser.« Die beiden erhoben sich, Cardone bezahlte und brach auf. »*Ciao*, Carlo! *Noi vediamo dopo!*«

Zielstrebig wandte er sich zur Via dell'Indipedenza, die direkt auf die Piazza Maggiore mündet und zu den beliebtesten Einkaufsstraßen Bolognas zählt. Gemächlich schlenderte er unter den Arkaden an Modegeschäften vorbei, musterte die Schaufenster, konnte sich aber nicht entschließen, einen Laden zu betreten. Wenn er etwas hasste, dann Einkaufen. Es rangierte auf der negativen Skala noch vor Hausputz. Kleidung zu kaufen empfand er als eine Qual, aber es war immer noch erträglicher, als der Kauf von Rasierschaum, bei dem man zwischen einer Unzahl bunter Dosen wählen musste. Er blieb vor einem edlen Herrenausstattungsgeschäft stehen: Brunellis Men Fashion. Interieur und Ambiente waren erlesen, das Verkaufspersonal vornehmer als die präsentierte Herrenmode. Der Laden war noch menschenleer, eine günstige Voraussetzung, zügig bedient zu werden.

Cardone zögerte, als er die Preisschilder an den Anzügen von Prada und Versace las, obwohl ihm die Sachen ganz gut gefielen. Auch die Budapester Schuhe machten etwas her. Dennoch hielt er den Einkauf von Kleidung nach wie vor für Zeitverschwendung. Er war zutiefst davon überzeugt, wer in mehr als zwei Geschäfte gehen musste, um ein passendes Hemd zu finden, hatte entweder Figurprobleme, keinen Geschmack oder war kein Mann. Der Gedanke an Rosanna schoss ihm durch den Kopf. Sie würde ganz sicher die Qualität eines teuren Anzuges von weitem erkennen. Er betrat das Geschäft.

Knapp zwanzig Minuten später hatte er alles zusammen, was er seiner Meinung nach für den Abend mit Rosanna brauchte. Einen sündhaft teuren anthrazitfarbenen Anzug von Zegna, eine rote, fein gemusterte Seidenkrawatte, ein blaues Hemd, die passenden Schuhe aus dem Schaufenster und einen edlen Ledergürtel. Zufrieden und mit einer riesig wie teuer aussehenden Tragetasche verließ er das Modegeschäft.

Niemals zuvor hatte Cardone mit einer solchen Geschwindigkeit so viel Geld für so wenig Kleidung ausgegeben. Er hatte sich einen Espresso in der Cafébar nebenan verdient, den er inmitten einer Traube geschäftiger Menschen an der Theke einnahm. Genüsslich kaute er an einem Tramezzino mit Ei und Kapern und beobachtete das betriebsame Kommen und Gehen. Ohne Eile machte er sich auf den Weg. Eigentlich wollte er weiter zur Via Manzoni, da fiel sein Blick auf das Schaufenster eines Reisebüros. Fasziniert starrte er auf ein Plakat. Menschenleere, feinsandige Lagune, Palmen und smaragdgrünes Meer. So stellte er sich Antigua vor. Spontan betrat er den kleinen Laden.

»Buon giorno«, grüßte er die Dame hinterm Tresen. »Haben Sie Flüge nach Antigua im Angebot?«

»Naturalmente«, antwortete die junge Frau mit herablassendem Unterton und kramte einige Prospekte aus einem Stapel von Heften hervor. »Wir haben einen speziellen Katalog für Reisen auf die Antillen. Guadeloupe, Antigua, Jamaika … Ausschließlich Viersternehotels. Sie können dort einen paradiesischen Urlaub verbringen. Haben Sie einen besonderen Wunsch?«

Cardone zögerte. »Wie viel kostet ein Flug nach Antigua und zurück?«

»Ohne Hotel?«, fragte die Angestellte, ohne sich Mühe zu geben, den kritischen Unterton zu unterdrücken. »Oder haben Sie schon eine Unterkunft?« Ihr Blick taxierte ihn skeptisch, wanderte an ihm hinunter und blieben an seiner prallen Einkaufstasche von Brunellis Men Fashion hängen. Scheinbar ließ diese Rückschlüsse auf eine gewisse monetäre Leistungsfähigkeit zu, denn sie fügte sogleich hinzu: »Ich könnte Ihnen einige hervorragende Häuser empfehlen. Nicht ganz billig, liegen aber noch im Rahmen.«

Cardone schüttelte den Kopf. »So schwer kann es nicht sein, an Ort und Stelle ein anständiges Quartier zu finden.« Er blickte freundlich in das mürrische Gesicht seiner Reiseberaterin, einer fülligen Blondine, nicht unsympathisch, mit geröteten Pausbäckchen, einem lustigen Pferdeschwanz und einem niedlichen Schmollmund. »Ich wollte mich lediglich erkundigen, was ein Flug kostet und wie die Verbindungen aussehen.«

»Vom Flughafen Bologna gibt es mehrere Verbindungen. Ich suche sie Ihnen gerne heraus.«

»Dachte ich mir«, murmelte Cardone. Nachdem, was er inzwischen über Steueroasen und Kapitalflucht gelesen hatte, wäre es verwunderlich gewesen, wenn er dreimal hätte umsteigen müssen. Geschäftemacher liebten Effizienz und kurze Wege.

»Hier habe ich es ...«, sagte die Blondine. »Tägliche Verbindungen. Was die Preise angeht, so hängen sie davon ab, zu welcher Zeit Sie fliegen wollen. Im Augenblick haben wir Hochsaison, und da müssen Sie mit eintausendfünfhundert bis zweitausendfünfhundert Euro rechnen. Es geht natürlich auch teurer.« Sie lächelte das unergründliche Lächeln der Sphinx.

Cardone Gesicht hellte sich auf. »Ich habe Schlimmeres erwartet«, erwiderte er erleichtert. Anscheinend war der Bedarf an Flügen zu den steuerbegünstigten Banksafes in der Karibik so stark, dass man einen Pendelverkehr eingerichtet hatte.

»Fliegen Sie alleine?«

Cardone stutzte. So konkret hatte er sich die Frage noch gar nicht gestellt, obwohl er insgeheim längst mit der Vorstellung gespielt hatte, wie es wohl wäre, wenn Rosanna mitkäme. »Wahrscheinlich«, erwiderte er nachdenklich. »Ich würde doch gerne ein paar Prospekte mitnehmen.«

Wieder kramte die Blondine in ihren Stapeln und suchte die

passenden Unterlagen heraus. Cardone warf einen kurzen Blick auf die Broschüren voller Palmen, einsamer Sandstrände und bronzefarbener Badenixen und steckte sie in die Tragetasche zu seinen Neuerwerbungen.
»Gibt es in dieser Woche noch günstige Plätze?«
»Momento«, entgegnete die junge Frau und suchte in ihrem Computer nach Reiseverbindungen. »Am kommenden Samstag, also in fünf Tagen, da hätte ich noch drei freie Plätze. Allerdings nur Economy Class! Eintausendneunhundertvierzig Euro hin und zurück.«
»*Molto grazie,* Signorina«, sagte Cardone mit einem verbindlichen Lächeln. »Möglicherweise sehen wir uns bald wieder.« Er wandte sich um und verließ das Reisebüro.
Während er unter den endlosen Arkaden zu seinem Friseur spazierte, schlich sich die Idee in seinen Kopf, Rosanna beim Abendessen zu fragen, ob sie ihn in die Karibik begleiten würde. Sofort verwarf er den verwegenen Gedanken. Entweder würde sie ihn auslachen oder den Vorschlag als einen seichten Annäherungsversuch werten. Schließlich kannten sie sich noch kaum. Weshalb also sollte sie ausgerechnet mit ihm nach Antigua fliegen. Das war ein Ziel für frisch Vermählte und Liebespaare. Er bog in die Seitengasse ein, in der sein *barbiere*, mit dem er sich gewöhnlich über Gott und die Welt unterhielt, ein kleines, altertümliches Geschäft betrieb. Er beschloss, die ganze Sache noch einmal eingehend zu überdenken, solange er unter der Schere saß. Auf Friseurstühlen hatte er meist hervorragende Einfälle, besonders während der Kopfmassage.

Der Abend war hereingebrochen, und Cardone saß mehr als zwanzig Minuten vor der Zeit im Café »Canton de Fiori«. Er hatte sich eine kleine Eckbank ausgesucht, von der er den Eingang und einen Teil der Straße überblicken konnte. Um die Wartezeit zu überbrücken, hatte er sich den »Corriere della Sera« mitgenommen. Immer wieder schaute er auf, ob er

Rosanna entdeckte. Je näher es gegen neun Uhr ging, umso nervöser schweifte sein Blick umher.
Den kleinen Artikel über einen Kulturabend hatte er schon zum vierten Mal angefangen und immer noch nicht zu Ende gelesen. Stattdessen versuchte er sich eine Strategie zurechtzulegen, wie er Rosanna beeindrucken könne. Einer Frage ging er allerdings aus dem Weg: Was wäre, wenn man sich näherkommen und den Abend oder gar die Nacht miteinander verbringen würde? Seine Wohnung könnte er ihr niemals zumuten, das war gewiss. Schon die Vorstellung jagte ihm einen Schauer über den Rücken. Dann wäre alles vorbei, bevor es überhaupt begonnen hatte. Ob sie ihn zu sich nach Hause mitnehmen würde? Wie sie wohl wohnte? Er riss sich von diesen Überlegungen los und versuchte sich wieder auf die Zeitung zu konzentrieren. Er blätterte weiter und überflog gerade eine Kolumne über politische Skandale in Milano, als er hinter sich eine Frauenstimme hörte.
»Was ist denn mit Ihnen passiert, Roberto? Sie sehen ja aus, als hätten Sie ein Modegeschäft geplündert!«
Cardone legte überrascht den »Corriere« beiseite und sprang auf. Rosanna! Ihre Erscheinung, ihr Lächeln, ihr warmer Blick lähmten seine Stimme, und alles, was er zustande brachte, war ein: »Wie schön ...!« Er wollte ihr die Hand reichen, sie aber trat nahe zu ihm und legte einen Arm um seinen Nacken. Betörender Zimtgeruch stieg ihm in die Nase, als sie ihn auf die Wange küsste.
»Haben Sie sich für mich so schick gemacht?«, fragte sie mit ironischem Unterton, in dem verhaltene Bewunderung mitschwang. »Das mit den Schuhen haben Sie sich wohl sehr zu Herzen genommen«, zog sie ihn auf. Sie winkte dem Kellner und bestellte einen Espresso. »Wenn ich bedenke, wie unwichtig Ihnen noch vor wenigen Tagen ein Designeranzug war – und nun stecken Sie in einem solchen!« Sie lachte herzlich.
»Ich war einkaufen«, antwortete Cardone ein wenig verlegen.

»Immerhin gehe ich heute Abend mit einer phantastischen Frau zum Essen! Wenn ich ehrlich bin, ich muss mich selbst erst an die Kleidung gewöhnen. Im Pullover fühle ich mich irgendwie wohler.«

Rosanna lachte wieder. »Haben Sie eine Idee, wohin wir gehen wollen?« Während sie sich zu ihm auf die Eckbank setzte, berührte sie wie zufällig seine Hand, als wolle sie sagen: Ich freue mich auf einen schönen Abend mit dir.

»Ich habe uns einen Tisch bestellt. Kennen Sie das Ristorante ›Tamburini‹ in der Via Caprarie?«

»Nein, ich habe nur gehört, dass es sehr exklusiv sein soll.« Rosanna musterte ihn abermals lächelnd. »Die Frauen werden neidisch sein, wenn sie mich mit Ihnen sehen.«

Cardone fühlte sich sichtlich geschmeichelt und sein Blick ruhte bewundernd auf Rosanna.

Sie war noch schöner, als er sie in Erinnerung hatte. Ihr Haar war von einem glänzenden Schwarz und floss ihr dicht und in kräftigen Wellen über die Schultern. Heute wirkte ihr Teint dunkler als beim ersten Mal, und die feinen Lider verliehen ihren Mandelaugen etwas Geheimnisvolles. Sie trug einen knielangen bordeauxfarbenen Rock, eng geschnitten, dazu eine tiefdekolletierte weiße Bluse. Auf ihren Schultern lag ein cremefarbener Schal, dessen lange Enden über ihren Rücken fielen.

Cardones Herz klopfte bei ihrem Anblick plötzlich bis in die Fingerspitzen, weitete sich fühlbar, als wolle es sein Blut verströmen. Wie ein schleichendes Gift, das man in seine Venen und Gehirnwindungen träufelte, breitete sich das Verlangen aus, sie zu berühren. Tief atmete er den feinen Zimtgeruch ein, der sie umgab.

Ihre Lippen umspielte ein wissendes Lächeln, während sie den Zucker in ihrem Espresso verrührte. »Sie haben einen guten Geschmack«, bemerkte sie und betrachtete Cardone anerkennend. »Ich hatte fast erwartet, Sie würden mich heute Abend in Jeans und Sandalen in eine Pizzeria ausführen. Nachdem ich

Sie ganz anders kennengelernt habe, könnte ich auf den Gedanken kommen, dass Sie plötzlich zu Geld gekommen sind. Aber davon abgesehen, so gefallen Sie mir erheblich besser … Ich bin stolz auf Sie, Roberto!«

»Danke«, murmelte Cardone. »Ich muss mich erst an mein neues Outfit gewöhnen.«

»Das geht schneller, als man denkt.« Rosanna lachte. »Teures Stück«, meinte sie und prüfte den Stoff des Anzugs, indem sie ihn zwischen Daumen und Zeigefinger nahm. »Steht Ihnen gut!«

»Mein Bruder hat mir ein kleines Vermögen hinterlassen. Aber das wollte ich Ihnen eigentlich erst beim Abendessen verraten. Ich glaube, in meinem Leben wird es eine große Wendung geben.«

»Das Äußere spricht dafür«, antwortete sie mit einem verschmitzten Lächeln.

»Ich erbe mein Elternhaus und sein Kanzleigebäude am Lago Maggiore. Die Häuser sind zwar renovierungsbedürftig, aber trotzdem ziemlich viel wert. Ich werde sie wohl verkaufen.«

»Glückwunsch kann ich schwerlich sagen, wenn man bedenkt, wie Sie zu der Erbschaft gekommen sind. Aber sagten Sie mir nicht am Telefon, dass sie wegen des Nachlasses ins Ausland müssen?«

»Ja. Enrico hat mir offenbar noch mehr hinterlassen. Ich muss das auf einer Bank in Antigua klären. Aber lassen Sie uns darüber später reden! Im Augenblick brennen mir ganz andere Fragen auf der Seele.« Er blickte Rosanna forschend an. »So weiß ich zum Beispiel nicht einmal, ob Sie in Bologna wohnen.« Er setzte das verführerischste Lächeln auf, zu dem er imstande war.

»War das Ihre brennendste Frage?«, kokettierte sie und bedachte ihn mit einem unnachahmlichen Augenaufschlag. »Wahrscheinlich werden Sie fürchterlich enttäuscht sein. Ich lebe nicht in Italien. Ich habe vorübergehend eine Wohnung am Stadtrand von Bologna, bis ich meinen Job erledigt habe, draußen am Flughafen.«

»Und wo ist Ihr eigentliches Zuhause?«

»Ich lebe in einer kleinen Stadt in Israel. Der Name wird ihnen kaum etwas sagen«, erwiderte sie unbestimmt und schwieg. Ihre Miene vermittelte Cardone den Eindruck, dass sie auf das Thema »Zuhause« nicht eingehen wollte.

»Aber Sie sind Italienerin, nicht wahr? Das können Sie kaum verleugnen.«

Rosanna nickte. »Ich bin in Italien geboren und aufgewachsen. Als ich knapp zehn Jahre alt war, zogen meine Eltern nach Teverya, das einstige Tiberias. Mein Vater bekam damals schnell Arbeit in einem Kibbuz. Seither lebe ich dort.«

»Ach, bei Ihren Eltern?«, fragte er überrascht.

»Nein! Im Haus meiner Eltern.« Rosannas Augen bekamen unvermittelt einen kalten Glanz, und obwohl sie ihn anlächelte, hatte er das Gefühl, als sei sie innerlich eingefroren.

»Sie sagen das, als seien Ihre Eltern gestorben«, bemerkte er vorsichtig.

»Ja, sie sind schon lange tot.«

Der Ton in ihrer Stimme ließ ihn frösteln. »Hmm …! Ich wollte nicht unangemessen in Sie dringen, entschuldigen Sie bitte«, entgegnete er und versuchte dem Gespräch eine Wendung zu geben. »Nicht alltäglich, dass eine italienische Familie nach Israel auswandert. Den Namen Tiberias kenne ich noch aus dem Alten Testament. Das liegt doch an einem See, nicht wahr?«

»Es ist die Stadt Johannes' des Täufers und liegt in Galiläa am See Genezareth, nicht weit von den Golanhöhen. Eine wunderschöne Kleinstadt mit einer noch schöneren Promenade am Wasser.«

»*Dio mio!* Ist das nicht gefährlich? Ich meine, wegen der Anschläge der Palästinenser?«

Rosanna zog die Nase kraus. »Wie man es nimmt. Es sind nicht nur die Palästinenser. Israel hat einige unfreundliche Nachbarn. Syrien, den Libanon. Es gibt immer wieder Anschläge. Aber meist in Tel Aviv, Haifa oder auch in Hazafon. Man gewöhnt sich an die Gefahr, wenn man dort lebt. Wir verstehen es, uns zu verteidigen. Mittlerweile kann ich die Gefahr riechen und ihr aus dem Weg gehen. Aber Tiberias ist einigermaßen sicher. Es kommen viele Touristen, wir haben sehr schöne Hotels, und das Klima ist angenehm.«

»Darf ich fragen, was Sie beruflich machen?«, bohrte Cardone weiter, weil Rosanna nicht sehr redselig zu sein schien, wenn er das Gespräch auf ihre Person lenkte. »Ich könnte mir vorstellen, dass die Job-Angebote dort nicht gerade üppig sind.«

»Sie sind neugierig, Roberto! Ich arbeite freiberuflich«, erwiderte sie ausweichend, fügte aber auf Cardones fragenden Blick hinzu: »Versicherungen. Man könnte meine Tätigkeit manchmal auch als Notfallintervention bezeichnen.«

Cardone grinste. »Und was darf ich darunter verstehen?«

»Sie wollen es aber ganz genau wissen! Ich helfe gegen Honorar wichtigen Menschen bei schwierigen Problemen.« Rosanna leerte ihre Tasse. »Wollen wir gehen?« Wieder strich sie über Cardones Hand. Ihre Berührung versetzte ihn erneut in Aufruhr, und er fühlte sich ihr plötzlich sehr nah.

»Gerne!« Er sprang ein wenig ungestüm auf und legte einen Fünf-Euro-Schein auf den Tisch, während Rosanna in ihrer Handtasche nach dem Autoschlüssel kramte.

»Mein Wagen steht ein paar hundert Meter von hier in einer Seitenstraße«, sagte sie. »Ich musste mehrmals um den Block fahren, bis ich endlich einen Platz gefunden hatte.« Sie erhob sich und trat zu Cardone. »Darf ich?«, fragte sie mit kokettem Unterton, griff nach seiner Krawatte und rückte den Knoten zurecht. »Perfekt!«, murmelte sie. Dann hakte sie sich wie selbstverständlich bei ihm unter, und sie verließen die Cafébar.

Er genoss den Weg zu Rosannas Auto, wie er selten zuvor einen Spaziergang durch das nächtliche Bologna genossen hatte. Er spürte ihre wiegenden Hüften, ihren Oberschenkel, der ihn bei jedem Schritt sanft streifte und eine intime Vertrautheit auslöste. Auch Rosanna schien Cardones Nähe zu suchen, denn wie es schien, versuchte sie nicht die flüchtigen Berührungen zu vermeiden. Die beiden waren in ein schmales Gässchen abgebogen, und Rosanna blieb vor einer dunkelblauen BMW-Limousine stehen.

»Schönes Auto!«, bemerkte Cardone überrascht. »Ich hätte eher angenommen, dass Sie ein sportliches Cabriolet fahren.«

Rosanna lächelte. »Es ist ein Dienstwagen, wenn Sie so wollen. Ich benutze ihn für die Zeit, in der ich in Italien zu tun habe. Er ist bequem und schnell, und ich fahre ihn gerne, auch wenn er mir ein wenig zu bonzenhaft ist.«

Sie fuhr routiniert und zügig, und Cardone hatte den Eindruck, als würde sie sich bestens in Bologna auskennen. Verstohlen beobachtete er, wie geschickt sie den Wagen durch den abendlichen Verkehr manövrierte, als würde sie den ganzen Tag nichts anderes tun. Sie fährt wie ein Mann, dachte Cardone und lehnte sich entspannt lächelnd zurück.

Knapp zwanzig Minuten später hatten die beiden ihren Tisch im Ristorante »Tamburini« eingenommen, einem erstklassigen Traditionslokal mit künstlerischem Flair. Rosanna sah sich neugierig um, und wie es schien, gefiel ihr das Ambiente. »Ich liebe solche Restaurants«, bemerkte sie anerkennend. »Sind Sie öfter hier?«

»Nein.« Er lachte. »Das hätte ich mir bis vor ein paar Tagen nicht leisten können.«

»Alle Achtung!«, bemerkte sie anerkennend. »Schicke Kleidung und dieses phantastische Restaurant ... Anscheinend geht es Ihnen wirklich gut. Wenn ich an Ihre Worte bei unserem ersten Treffen denke!«

»Wollen wir uns nicht duzen?«, erwiderte Cardone und bedachte Rosanna mit einem fragenden Blick.

»Gerne.« Sie lächelte und nahm seine Hand.

Cardone winkte den Kellner herbei und bestellte eine Flasche Champagner. »Dieser Abend ist ein ganz besonderer Abend für mich«, fuhr er mit feierlicher Stimme fort. »Erinnern Sie … entschuldige, erinnerst du dich an unser erstes Gespräch?«
Rosanna nickte. »An jedes Wort. Und ich weiß, dass ich nicht immer sehr freundlich, manchmal sogar ein wenig provokativ war. Es tut mir leid. Trotzdem, ich habe mich sehr amüsiert.«
»Ich habe dir damals gesagt, dass du nicht wissen kannst, ob sich zwischen uns etwas entwickeln wird oder nicht. Aber jetzt …« Er schaute sie bewundernd an, als wolle er sagen: Mein Gott, eine solche Frau hab ich nicht verdient! Er musste ihr einfach sagen, wie er sich fühlte, auch wenn sein Verstand ihm sagte, dass es dafür zu früh war. »Meine Lebensumstände haben sich völlig ins Gegenteil verkehrt. Auch wenn es in deinen Augen so aussehen mag, als würde ich dir überstürzt Avancen machen, es ist nicht so. Glaube mir, Rosanna, ich habe mir genau überlegt, was ich dir jetzt sage! Ich möchte mit dir zusammen sein. Und ich wünschte, du könntest mich begleiten.«
Sein Herz klopfte bis zum Hals, und er befürchtete, dass man ihm die Angst ansehen würde, die er vor einer Zurückweisung hatte. Er blickte in Rosannas überraschte Augen.
»Begleiten? Wohin?«
»Auf eine wundervolle Insel.«
Der Kellner stellte zwei Gläser auf den Tisch, öffnete die Champagnerflasche und schenkte ein, während Cardone nervös mit den Fingern auf das Tischtuch trommelte.
»Lass uns auf die Zukunft anstoßen!«, sagte er leise in vertraulichem Ton und hob das Glas.
Rosannas Augen verdunkelten sich und bekamen einen eigenartigen Glanz, den Cardone nicht zu deuten vermochte. »Ist das nicht ein bisschen überstürzt? Trinken wir auf eine gute Freundschaft!«
»Das ist mir zu wenig!«, erwiderte er mit einer Bestimmtheit,

vor der er selber erschrak. Er nahm all seinen Mut zusammen. »Du bist mir verdammt wichtig geworden.«
Sie schloss für einen Augenblick die Augen, als müsse sie verdauen, was er gerade zu ihr gesagt hatte. »Das mag sein, Roberto, aber wir sollten uns nichts vormachen. Ich werde bald wieder nach Israel zurückkehren. Jeder von uns hat seine Arbeit, den Alltag, Familie und Freunde.«
»Ich habe einen Freund und keine Familie. Nicht mehr. Aber hier steht mein Schreibtisch«, meinte Cardone nachdenklich. »Das hört sich zwar etwas merkwürdig an, aber ich lebe nun mal vom Schreiben.«
»Schreiben könntest du überall, ob in Timbuktu oder Teverya.«
»Stimmt«, meinte er. »Aber nirgends so gut wie in Bologna.«
»Siehst du«, erwiderte sie mit ernstem Gesicht, »Veränderungen sind gar nicht so einfach, sobald man ernsthaft darüber nachdenkt. Und von Fernbeziehungen halte ich nicht viel.«
»Schade, dass du die Dinge so nüchtern siehst«, antwortete er. »Wo ein Weg ist, ist nicht immer ein Wille, oder so ähnlich. Wäre es für dich so abwegig, dir vorzustellen, hier zu leben?«
»Ja.«
Cardone versuchte, sich seine Enttäuschung nicht anmerken zu lassen. »Wie lange hast du noch in Bologna zu tun?«
»Das weiß ich noch nicht genau. Aber du hast meine Frage von vorhin noch nicht beantwortet. Auf welche Insel sollte ich dich begleiten?«
»Ich muss dringend für einige Tage nach Antigua. Ich hatte gehofft, du könntest mitkommen.«
Rosanna zog konzentriert die Brauen zusammen. »Hat Enrico dort Geld angelegt?«, fragte sie mit einem harten Unterton in der Stimme.
Cardone war für einen kurzen Augenblick verwirrt. »Woher kennst du den Vornamen meines Bruders?«
»Du hast ihn verschiedentlich genannt. Außerdem habe ich

ihn in der Zeitung gelesen«, antwortete sie ein wenig kühl, aber eine Sekunde später tauchte ihr vertrautes Lächeln wieder auf. »Im Fernsehen war übrigens auch die Rede davon, was er beruflich tat. War er nicht Consigliere?«

»Avvocato«, verbesserte er sie. »Er hatte seine Kanzlei in Premeno.« Cardone musste an die kurze Begebenheit am Lago Maggiore denken, als er die Kiste seines Bruders in den Kofferraum seines Wagens stellte. In dem dunkelblauen BMW auf dem Parkplatz saß eine junge Dame am Steuer, die, wie ihm jetzt schien, Rosanna hätte sein können. Auch der BMW, mit dem Rosanna zum »Tamburino« gefahren war, hatte abgedunkelte Scheiben, ein Mailänder Kennzeichen und war dunkelblau.

Er versuchte, den absurden Gedanken beiseitezuschieben. Wieso sollte sich ausgerechnet Rosanna in dieses abgelegene Kaff verirrt haben? Er fühlte, wie sich in ihm leises Misstrauen regte, und er ertappte sich dabei, wie er ihr kritisch in die Augen sah.

Der Kellner kam an den Tisch und verteilte die Speisekarten. Cardone und Rosanna entschieden sich für *pasta* und ein *agnello arrosto* mit Speckbohnen und *patate fritte*.

»Warst du schon einmal in Premeno?«, fragte Cardone unvermittelt.

Rosanna hob ruckartig den Kopf. Wieder verdunkelten sich ihre Augen, und sie schien für den Bruchteil einer Sekunde verunsichert. »Nein. Wie kommst du darauf?«

Sie begegnete seinem Blick offen, und er konnte weder Verlegenheit noch Heuchelei entdecken. Beinahe entschuldigend fuhr er fort: »Als ich letzte Woche wegen meines Bruders in Premeno war, dachte ich, dich gesehen zu haben. Neben meinem Auto parkte genau so ein Wagen, wie du einen fährst. Und die Frau hinterm Steuer sah aus wie du.«

Rosanna schüttelte den Kopf. »Ich war noch nie am Lago.«

»Möglich, dass ich in der Aufregung Phantome gesehen habe.

Du musst mir meine komischen Fragen nachsehen, aber seit Enricos Tod geschehen andauernd absonderliche Dinge. Befremdliche. Wunderliche. Beängstigende. Allein die Tatsache, dass ich von allen Seiten höre, Enrico sei ein Mitglied der Mafia gewesen, jagt mir Angst ein. Dann diese Reporter, die mir an jeder Ecke auflauern. Und wenn ich den Paparazzi entkommen bin und zu Hause den Fernseher einschalte, laufen gebetsmühlenartig Sendungen über den Mord an meinem Bruder. Manchmal glaube ich, alles sei nur ein böser Traum, und bestimmt hältst du mich für übertrieben sensibel.«

Rosanna hatte ihm regungslos zugehört, und ihre Augen hatten für Cardone etwas Beunruhigendes. Es schien ihm plötzlich, als sitze eine fremde Frau mit ihm am Tisch, eine, die nichts mit ihm zu tun hatte. Täuschte er sich, oder hatte Rosanna einen unerbittlichen Zug um den Mund? Aber von einer Sekunde auf die andere verwandelte sich ihre strenge Ungerührtheit wieder in die verbindliche Wärme, die er an ihr so mochte.

»Ich kann mir gut vorstellen, wie es in dir aussieht«, sagte sie plötzlich.

»Seit wir uns getroffen haben, gehst du mir nicht mehr aus dem Kopf. Ich werde dich auch nicht mehr aus dem Kopf bekommen, selbst wenn ich wollte.«

Rosanna hörte ihm mit gesenktem Kopf zu und spielte mit der Serviette. »Du bist ein alter Schmeichler, Roberto. Wie gesagt, ich war noch nie am Lago Maggiore. Überdies gibt es ganz sicher sehr viele BMWs, auch dunkelblaue.«

Cardone nickte und nahm sich vor, diesen dummen Gedanken völlig aus seiner Erinnerung zu streichen. »Wir waren bei unserer Reise stehengeblieben«, nahm er das Thema wieder auf. »Wir könnten ein paar Urlaubstage anhängen und dabei feststellen, ob wir zusammenpassen. Wie findest du das?« Gespannt wartete er auf ihre Reaktion.

»Du liebe Güte, Roberto! Du überfällst mich mit Ideen! Ich kann nicht einfach …«

»Bevor du darauf antwortest …«, unterbrach er sie. »Die Reise kostet dich keinen Cent. Ich übernehme alle Kosten.«

Rosanna strich über Cardones Haare. »Quatschkopf!«, flüsterte sie und hauchte ihm einen Kuss auf den Mundwinkel. »Die sicherste Art, arm zu werden, ist reich erscheinen zu wollen. Du musst mir nichts vorspielen. Ich mag dich, wie du bist. Und das Geld, das dir dein Bruder hinterlassen hat, wird nicht ewig vorhalten.«

»Ich sage ja nicht, dass ich reich bin, obwohl …«. Er unterbrach den angefangenen Satz und dachte kurz nach. »So ganz genau weiß ich es eigentlich nicht. Wer weiß, was auf dem Konto in Saint John's liegt und welche Papiere im Safe deponiert sind.«

»Du hast wirklich keine Ahnung, wie viel Geld dein Bruder dort hinterlegt hat?«

»Nein.«

»Woher stammt das Geld eigentlich?«

»Das habe ich mich auch gefragt. Bis vor ein paar Tagen dachte ich, Enrico hat gerade so viel, dass er damit einigermaßen über die Runden kommt. Gut, wir haben uns nicht oft gesehen, aber trotzdem … Ich hatte keine Ahnung, dass er Geld im Ausland hatte.«

»Und was sind das für Papiere, die im Banksafe liegen?«

Sie strich sich energisch eine Haarsträhne aus dem Gesicht. Ihre Augen schienen auf eine Antwort geradezu zu gieren, und ihre Anspannung war spürbar. Etwas lag in der Luft, was Cardone nicht beschreiben konnte.

»Enrico hat in seinem Brief nur eine Andeutung darüber gemacht«, bemerkte er. »Es klang ein wenig …, wie soll ich sagen? Es klang irgendwie beängstigend, aber auch so, dass ich das Gefühl hatte, ich sollte mich sofort darum kümmern. Deshalb ist mir die Reise nach Saint John's auch so wichtig.« Er sah ihr in die Augen. »Wie ist es? Kommst du mit?«

»Das ist ganz und gar unmöglich«, erwiderte sie streng.

»Komm schon …! Oder hast du wichtige Gründe, die dagegen sprechen?«

»Ja. unaufschiebbare. Außerdem kennen wir uns nicht gut genug, findest du nicht? Was weißt du denn von mir? Vielleicht gehen wir uns in kürzester Zeit auf die Nerven. Abgesehen davon kann ich nicht einfach alles stehen und liegen lassen und mit dir in die Karibik abhauen.«

Bevor Cardone etwas erwidern konnte, klingelte Rosannas Handy in der Handtasche. »Entschuldige«, murmelte sie, »ich erwarte einen wichtigen Anruf von einem Auftraggeber.« Sie kramte das Handy aus ihrer Tasche und verließ den Raum in Richtung Toilette.

Während Cardone beobachtete, wie Rosanna sich mit schwingenden Hüften zwischen den Tischen hindurchschlängelte, lehnte er sich zurück, um nachzudenken. Er musste Rosanna so weit bringen, mit ihm zu fliegen. Alles andere würde sich von alleine ergeben. Er fühlte, dass er Boden gewonnen hatte und sie ihn nicht nur attraktiv und unterhaltsam fand. Diese Frau, das wusste er jetzt, bedeutete ihm weit mehr, als er zu denken wagte.

Cardones Blick war auf Rosannas Handtasche gefallen, die halb geöffnet auf dem Stuhl lag. Wie ein Blitz schoss unerträgliche Hitze durch seine Adern. Der Knauf einer Pistole ragte zwischen Papiertaschentüchern, einer Brieftasche und einem Notizbuch hervor. Er beugte sich hinüber und zog die Waffe mit spitzen Fingern hoch, ohne dass es jemand an den Nachbartischen hätte bemerken können. Er hatte sich nicht getäuscht. Ihm war, als habe er glühende Kohlen in der Hand, und er ließ die Pistole rasch in die Tasche zurückgleiten. Nervös schob er seine Hände zwischen die Knie und presste diese zusammen, während sein Blick immer wieder zur Handtasche wanderte. Er versuchte seinen Atem zu beruhigen, aber es nutzte nichts. Das Blut pochte in seinem Schädel, als säße er unter einer Vakuumpumpe, die ihm jegliches Denken aus dem

Kopf saugte. Jäh erwachte er aus der Erstarrung, denn Rosanna kam mit einem strahlenden Lächeln zurück.

»Mein Auftraggeber …«, begann sie fröhlich und ließ sich auf den Stuhl fallen, aber ihre Miene verdunkelte sich, als sie Cardones Gesicht sah. »Ist etwas passiert?«, fragte sie besorgt. Zwei kleine, senkrechte Falten zeigten sich über ihrer Nasenwurzel.

Cardone starrte unverwandt auf ihre Handtasche. Er bewegte seine Lippen, brachte aber kein Wort heraus.

Rosannas Blick folgte dem seinen. »*Madonna!* Das ist es also!«, entfuhr es ihr, und sie lächelte verständnisvoll. »Du hast sie entdeckt. Wie leichtsinnig von mir!«

Cardone nickte und sah ihr in die Augen. Sie beugte sich zu ihm und küsste ihn auf den Mund. Ihre weichen, samtigen Lippen versetzten seinen Körper in Aufruhr, und er erwiderte den Kuss mit geschlossenen Augen. Rosanna strich ihm durchs volle Haar.

»Ich habe eine Waffe, weil ich mich damit sicherer fühle«, hörte er ihre beruhigende Stimme.

Als hätte man eine Statue zum Leben erweckt, entspannte sich Cardones Miene, und er öffnete die Augen. Es gelang ihm ein unsicheres Lächeln. »Was ist das für ein Job, den du machst? Du hast vorhin von Notfallintervention und Versicherungen gesprochen.« Er fühlte, wie eine Art Galgenhumor Besitz von ihm ergriff. »Seit wann braucht man dazu eine Kanone? Hast du renitente Kunden, die sich gegen den Abschluss einer Lebensversicherung sträuben?«

Rosanna lachte laut auf, beugte sich zu ihm und legte ihren Kopf auf seine Schulter. »Es tut mir wirklich leid, wenn ich dich erschreckt habe. Das wollte ich ganz bestimmt nicht!«

»Mich hat beinahe der Schlag getroffen«, erwiderte er ernst. »Bist du etwa Polizistin?«

Sie setzte sich wieder auf und schenkte ihm ein bezauberndes Lächeln. »Ich wollte es dir vorhin nicht so direkt sagen. Vor allem war ich mir nicht sicher, ob es dich abstößt, wenn ich dir meinen Beruf verrate. Ich begleite Personen und sorge für deren Schutz.«

Cardone stutzte. Dann lachte er amüsiert. »Du …?« Sein Blick wanderte abschätzend über ihren Körper. »Ein so zartes Wesen?« Er schüttelte zweifelnd den Kopf. »Das glaube ich nicht!«

»Weshalb nicht?«

»Du wirkst so fein und zerbrechlich. Ich kann mir einfach nicht vorstellen, dass du mit einer Knarre in der Tasche Geldsäcke beschützt!«

»Das ist mein Vorteil …!«

»Sieh dich doch an!« Er lachte ungläubig. »Du bist ganz das Gegenteil eines maskulinen Typs. Also wirklich …« Er lachte wieder, doch es klang nach allem anderen, nur nicht nach unbefangener Erleichterung.

»Ich habe eine Spezialausbildung in der israelischen Armee gemacht«, erwiderte Rosanna und setzte wieder ihr verschmitztes Lächeln auf, das Cardone so wehrlos machte. Plötzlich näherten sich ihre Lippen Cardones Mund und sie flüsterte. »Wenn du mit mir Streit anfängst, lege ich dich in zwei Sekunden aufs Kreuz.« Unvermittelt küsste sie ihn und hauchte ihm gleich darauf zärtlich ins Ohr: »Du hättest nicht die allerkleinste Chance, mein lieber Poet!«

Cardone konnte nicht anders, er zog Rosanna an sich und küsste sie leidenschaftlich, ohne irgendeine Rücksicht darauf zu nehmen, wo sie sich gerade befanden.

»Langsam, nicht so stürmisch! Wir beide haben alle Zeit der Welt«, flüsterte Rosanna peinlich berührt und löste sich von Cardone. »Die Leute schauen zu uns herüber!«

Schmunzelnd stützte er seine Ellbogen auf den Tisch und legte sein Kinn auf die Hände. »Wie hast du dieses Ding eigentlich durch die Flughafenkontrolle bekommen?«

Rosanna lächelte ihn vielsagend an. »Das ist nur umständlich beim Einchecken. Bei der Ankunft ist es kein Problem. Da kontrolliert niemand. Aber Schluss jetzt mit diesem Thema! Ich habe eine Überraschung für dich, Roberto.«

Cardone rückte näher, umfasste Rosannas Hüfte und schaute sie neugierig an. »Ich liebe Überraschungen. Sag«, drängte er, »willst du mir beichten, dass du massenhaft aufdringliche Männer umgelegt hast?«

»Quatschkopf!« Sie lachte erneut. »Gerade hat mir mein Auftraggeber mitgeteilt, dass er meine Hilfe vorläufig nicht mehr benötigt. Mein Job ist erledigt. Wenn du es mit deiner Einladung ernst gemeint hast und immer noch willst, dann fliege ich mit dir nach Antigua …«

»Wirklich?« Cardone konnte die plötzliche Wendung kaum fassen. »Ich freue mich«, flüsterte er Rosanna ins Ohr, obwohl er sich seltsamerweise kaum erleichtert fühlte. Er versuchte in sich hineinzuhören. Was nur machte ihn so unsicher? So ängstlich? Rosanna hatte ihn in wenigen Minuten durch emotionale Höhen und Tiefen gescheucht. Und wenn er ehrlich mit sich selbst sein wollte, dann hegte er trotz ihrer plötzlichen Zusage im Stillen die Befürchtung, sie könne es sich im letzten Moment noch anders überlegen. Der Kellner servierte die *pasta* und lenkte Cardone für einen Augenblick von seiner Unsicherheit ab. Inzwischen hatte sich das Lokal bis auf den letzten Platz gefüllt, was ihn störte.

Rosanna schien seine Gemütsschwankungen wie ein Seismograph wahrzunehmen. Ihre Mandelaugen sahen ihn prüfend an. Sie waren dunkler, als sie Cardone je in Erinnerung hatte. »Roberto«, begann sie leise, aber mit einer Bestimmtheit in der Stimme, die ihn das Schlimmste befürchten ließ. »Ich fliege mit dir, weil ich dich sehr mag. Für meinen Geschmack, zu sehr. Genügt dir das?«

Sie hatte genau im richtigen Moment das Richtige gesagt. Cardone atmete auf und versuchte das Gespräch auf eine sachlichere Ebene zu bringen. »Erst die Arbeit, dann das Vergnügen.

Ich muss mich nach der Ankunft um einen Termin bemühen«, erwiderte er. »Ein Freund meines Bruders lebt auf Antigua. Er verwaltet den Nachlass Enricos. Ich muss dort Papiere für die Bank unterschreiben, damit ich über das Konto und die Dokumente meines Bruders verfügen kann.«
»Kennst du ihn?«, fragte Rosanna.
»Nein«, erwiderte Cardone und schob sich eine Ladung Spaghetti in den Mund. »Er ist ... äh ... war ein enger Freund von Enrico. Dem Namen nach ist er ein englischer Adliger.«
»Immerhin scheinst du dir viel zu erwarten, wenn du extra des Nachlasses wegen hinfliegst und mir noch dazu die Reise finanzieren willst.«
»Ich weiß nur, dass es dort dieses Konto gibt.« Cardone grinste. »Ich habe aber keine Ahnung, was mich dort erwartet.«
Rosanna lächelte kühl. »Wer weiß, vielleicht bist du in Kürze ein schwerreicher Mann.«
»Das glaube ich nicht. Ich bin immer noch misstrauisch. Für mich ist das alles wie eine Geschichte aus einem dicken Märchenbuch.«
Rosanna schob ihren Teller beiseite und fragte: »Sollen wir einen Wein bestellen?«
»Ich schlage Rotwein vor«, entgegnete er.
»Ungewöhnlich«, nahm sie den Gesprächsfaden wieder auf, »dass ein Anwalt ein Konto in der Karibik hat. Normalerweise gehen solche Leute zur Cassa di Risparmio. Oder hatte der böse, böse Enrico etwa Schwarzgeld?« Sie lächelte Cardone zuckersüß an und griff nach der Weinkarte.
Cardone versuchte, sich die innere Irritation nicht anmerken zu lassen, die ihn jäh überkam. »Wie kommst du auf Schwarzgeld?«, antwortete er mit rauher Stimme und in ihm keimte der Verdacht, Rosanna stelle ihm Fragen, deren Antworten sie bereits kannte.
»Die Zeitungen haben darüber gemunkelt, und so, wie sich die Geschichte über deinen Bruder anhört ...«

»Zeitungen, Zeitungen! Genau das ist es, was mich allmählich in den Wahnsinn treibt. Wie sagte Tucholsky so treffend? Ereignisse haben manchmal unrecht – die Zeitung nie.«

»Aber an Tatsachen kannst selbst du nicht vorbei!«, erwiderte Rosanna.

»Ich rege mich nicht über Tatsachen auf, wenn sie denn auch zutreffen. Aber in diesen Blättern wird Seite um Seite mit Verdächtigungen gefüllt, es wird gemutmaßt, angenommen, unterstellt! Ich gebe zu, offenkundig habe ich meinen eigenen Bruder kaum gekannt. Und wie ich dir schon sagte, es macht mir Angst. Aber etwas Handfestes, etwas, worauf ich mich verlassen kann, das habe ich nicht. Nicht einmal die Carabinieri wissen etwas Konkretes. Jedenfalls haben sie das mir gegenüber verlauten lassen. Irgendwie ist alles zur Glaubensfrage geworden. Also muss ich mich selbst davon überzeugen, was mit meinem Bruder los war.«

Rosanna hatte ihm aufmerksam zugehört und ihre Hand beruhigend auf die seine gelegt. »Ich mag dich, Roberto«, sagte sie leise. »Lass uns miteinander nach Antigua fliegen! Ich muss noch ein paar Termine prüfen und gegebenenfalls absagen. Aber länger als acht Tage kann ich nicht unterwegs sein.«

Störfeuer

Bei der Ankunft auf dem Flughafen Guglielmo Marconi in Bologna wurde d'Aventura überraschenderweise von zwei Männern erwartet, die ihn in der Ankunftshalle abfingen. Im ersten Augenblick vermutete er, dass sein Assistent für Abholung gesorgt und er Kollegen vor sich hatte.

»Comandante Livio d'Aventura?«, fragte ihn der Größere der beiden.

»Si«, erwiderte er, stellte seine Reisetasche ab und musterte die Männer neugierig. Unvermittelt beschlich ihn ein unangenehmes Gefühl, als er in die tückischen Augen des schlaksig wirkenden Mannes blickte, der ihn angesprochen hatte. Miene und Habitus des Fremden stießen ihn ab.

»Schön, dass wir Sie gleich getroffen haben«, unterbrach der Mann d'Aventuras Gedanken. »Ich bin Gianni Fessoni und das ...« Er wies mit der Hand auf seinen Begleiter. »... ist Maggiore Mauro Casagrande.« Er zog ein Lederetui aus der Tasche, klappte es auf und hielt es d'Aventura unter die Nase.

Die Augenbrauen des Comandante zogen sich unwillig zusammen, als er las: Comitato Esecutivo per i Servizi d'Informazione e di Sicurezza Militare Italiana. SISMI. Colonnello Gianni Fessoni.«

»Wir müssen mit Ihnen sprechen«, sagte Fessoni im Befehlston und steckte das Etui wieder in die Tasche.

D'Aventura fühlte, wie in ihm kalte Wut hochstieg. »Was will der militärische Geheimdienst ausgerechnet von mir?«

»Das werden wir Ihnen gleich erklären. Lassen Sie uns erst einmal zum Wagen gehen«, bat der Colonnello d'Aventura mit dem Anflug eines Lächelns und wollte ihm die Hand reichen. Doch der Comandante tat, als bemerke er die Geste nicht, und antwortete abweisend: »Na, da bin ich mal gespannt.«

Obwohl er bereits ahnte, was die beiden von ihm wollten, konnte es er sich nicht verkneifen, noch einen Seitenhieb auszuteilen. »Werde ich von Ihnen observiert?« Er lächelte gezwungen, nahm seine Tasche und schloss sich den Geheimdienstoffizieren an.

»Ich bitte Sie!«, entgegnete Casagrande pathetisch. »Wir hätten Sie hier nicht überfallen, wenn es nicht dringend wäre.«

»Lassen Sie doch die Spielchen! Wie wollten Sie denn sonst wissen, dass ich im Flugzeug nach Bologna unterwegs war!«

Fessoni lächelte vielsagend. »Das ist unser Job. Sie kennen das ja.«

D'Aventura ließ sich nicht anmerken, was er dachte. Eigentlich hätte er seinem ersten Impuls folgend die Begleitung in die Stadt dankend ablehnen sollen. Doch ebenso spontan änderte er seine Meinung. Wenn zwei Agenten mit ihm über den Grund seiner Reise nach Bologna reden wollten, könnte es durchaus spannend werden, wobei er sich die Frage stellte, woher sie den Anlass seines Besuches in der Stadt kannten. Die drei stiegen in das Fahrzeug ein, das mit laufendem Motor direkt vor dem Ausgang gewartet hatte. Zügig ging es vom Flughafen in die Innenstadt.

Dem hageren und harten Gesicht des Geheimdienstoffiziers Gianni Fessoni konnte man Befehlsgewohnheit und Autorität ansehen. Er wirkte stolz und selbstbewusst, trug sein Haar militärisch kurz, sein feiner Anzug saß soldatisch korrekt. Für d'Aventuras Geschmack war der Zwirn des Colonnello ein wenig zu fein. An dessen Schläfen zeigte sich erstes Grau, was auf Frauen sicher sehr anziehend wirkte. Die schwarzbraunen Augen mit den gelben Einsprengseln erinnerten an einen Wolf und standen in seltsamem Kontrast zu seinem empfindlich hellen Teint. Auf eine unangenehme Weise strahlten sie selbstgefällige Arroganz und aufgesetzte Souveränität aus. Mit einem Blick auf Casagrande konstatierte d'Aventura, dass er beide nicht mochte. Ebenso wenig gefiel ihm der Eiertanz, den die beiden bei der Wahl unverfänglicher Themen veranstalteten, während sie sich durchs Verkehrsgewühl schlängelten. Der militärische Geheimdienst war weder für die Aufklärungsarbeit in Sachen Mafia noch für Terrorbekämpfung zuständig.

»Wie schätzen Sie das derzeitige Gefahrenpotenzial der Mafia in Palermo ein, Signore d'Aventura?«, fragte Maggiore Casagrande, ein drahtiger Mann in mittleren Jahren. »Wenn ich richtig informiert bin, befassen Sie sich gerade mit einem brisanten Fall.« Sein durchdringender Blick, die verlebten und die tiefen Falten vermittelten den Eindruck, als läge der Mann ständig auf der Lauer.

»Was geht SISMI meine Ermittlungsarbeit an?«, antwortete d'Aventura brüsk und überlegte, ob er sich diesen kindischen Smalltalk aufdrängen lassen sollte oder nicht. »Sie erwarten doch von mir nicht etwa einen Ermittlungsbericht? Einmal davon abgesehen, dass Sie sich um Angelegenheiten kümmern, die Sie nichts angehen.«

»Ich will es einmal so formulieren«, sagte Fessoni gedehnt. »Es gibt gewisse Überschneidungen, was den Mordfall Cardone angeht.«

»Weshalb reden Sie dann nicht mit Oberst Pallardo vom Inlandsdienst? Von ihm erhalten Sie die Informationen sozusagen aus erster Hand.« D'Aventuras Misstrauen wuchs von Sekunde zu Sekunde, und er ließ Fessoni nicht aus den Augen. »Sofern der SISDE Ihnen überhaupt Informationen gibt«, fügte er grinsend hinzu. »Wie man weiß, belauern sich die beiden Dienste gegenseitig und gönnen sich nicht das Schwarze unter dem Nagel. Kurz gesagt: Ihr geht euch gegenseitig gewaltig auf den Sack, nicht wahr?«

Unter gesenkten Augenlidern beobachtete er den neben ihm sitzenden Casagrande, während er mit Fessoni sprach, der auf dem Beifahrersitz Platz genommen hatte. Beide zeigten ein Pokergesicht.

»Sie sind der Chef der Sondereinheit Mafiabekämpfung und verantwortlich für die Aufklärung der Mordsache Cardone. Sie arbeiten an vorderster Front, Signore d'Aventura«, erwiderte Fessoni jovial. »Von wem also sollten wir eine authentischere Situationsbeschreibung erhalten als von Ihnen?«

»Stimmt«, antwortete der Comandante lapidar. »Und deshalb habe ich soeben beschlossen, dass meine Arbeit *Sie* nichts angeht. Sollten Sie allerdings *mir* etwas Interessantes zu berichten haben, bin ich ganz Ohr. Sollten Sie aber von Problemen übergeordneter Natur gequält werden, habe ich einen Chef mit dem schönen Namen Minetti. Wenden Sie sich an ihn, vielleicht können Sie mit ihm ein paar Geheimnisse austauschen. Sie mögen doch Geheimnisse, nicht wahr?«

»Weshalb so ablehnend, d'Aventura«, meinte Casagrande barsch. »Colonnello Fessoni wollte nur eine allgemeine Einschätzung der Situation in Sizilien, mehr nicht.«

»Wenn er meine ganz allgemeine Meinung dazu hören will, habe ich nichts dagegen, wenn wir ganz allgemein plaudern«, antwortete d'Aventura, »auch wenn ich ziemlich sicher bin, dass Sie das Allgemeine nicht die Bohne interessiert.«

»Lassen wir es auf einen Versuch ankommen!« Casagrande lächelte.

D'Aventura nickte. »Also gut … Für mich ist die Mafia ein gesellschaftspolitisches Problem. Speziell in Sizilien sind die Wurzeln des Übels: schlechte Ausbildung, hohe Arbeitslosigkeit, keine Perspektiven, kein Geld. Die EU und Rom pumpen Milliarden in die Insel, und nichts davon kommt da an, wo es gebraucht würde. Es verschwindet auf wundersame Weise in den Taschen der *Società d'Onorata*. Fahren Sie mit dem Auto durch Palermo! Dann sehen Sie, dass die ganze Stadt von skandalösem Siechtum befallen ist. Europäisches Geld für die Stadtruine wird entweder zweckentfremdet oder landet auf mafiösen Konten.«

»Das ist auch meine Meinung«, bestätigte Casagrande d'Aventuras Analyse. »Sie haben völlig recht. Man muss für die Jugend besser sorgen, ihnen Arbeitsplätze anbieten, sich um sie kümmern und ihnen erkennbare Perspektiven bieten.«

D'Aventura lachte bitter. »Das sind die üblichen Floskeln, die ich jeden Tag höre, vor allem von Leuten, die nichts von der Sache verstehen. Wie wollen Sie Industriebetriebe dazu bringen, in Sizilien zu investieren und Arbeitsplätze zu schaffen, wenn sie sofort ausgeplündert oder erpresst werden? Die Paten sind und bleiben die Einzigen, die Arbeitskräfte suchen. Sie brauchen Leute, die Schutzgeld erpressen, Leute, die jemanden umbringen, die Attentate vorbereiten. Würde man sichere Rahmenbedingungen für industrielle Investitionen und natürlich auch für den Mittelstand schaffen, dann dürfen Sie auch auf Perspektiven für die Jugend hoffen.«

»Sie sehen das aber sehr verbissen«, erwiderte Casagrande und lachte.

»Was heißt verbissen? Ihrer Meinung nach ist die Mafia wohl ein schweigsamer Schützenverein, der in der Freizeit Strohmänner bastelt, Geld mit dem Verkauf von Zitronen verdient und nach dem Spruch handelt: Lasst uns Gutes tun, lasst uns Morden!«

»Was Ihren Zynismus angeht, den haben Sie wohl gut trainiert, wie? Es ist allgemein bekannt, dass sich allmählich Widerstand regt. Aussteiger oder *pentiti*, wie man sie bei den Mafiosi nennt, werden von unserer Justiz sehr gut abgeschirmt. Sie bekommen neue Identitäten, Freiheit, Geld …«

»Träumen Sie Ihren Traum weiter, Maggiore! Ich jedenfalls kann bei meinen Ermittlungen die vielen Frauen nicht übersehen, die mit der Gewalt nicht zurechtkommen, die Aussteiger, die quälende Ängste haben, und die Kinder, die bei Drogen Zuflucht suchen wie das sechzehnjährige Mädchen, das kürzlich von einer meiner Beamtinnen verhört wurde. Seit Jahren wird es von der Vorstellung gepeinigt, es gehe nackt über eine Dorfstraße, und jeder, der es wagt, sie anzusehen, werde erschossen. Diese Phantasie ist ganz und gar real. Sofern das Dorf auf Sizilien liegt und sofern das Mädchen die Tochter eines Mafiabosses ist. Denn wagt es ein Junge, ein Mafiamädchen zu küssen, ist er dem Tod geweiht. Als unmoralisch gilt es, sich außerhalb der Ehe zu verlieben oder mit Polizisten zu sprechen. Die Regeln der Mafia sind streng und erbarmungslos. Das eiserne Gesetz des Schweigens verpflichtet alle Angehörigen der Mafia, nicht über ihre Erfahrungen zu sprechen. Und doch kann man den Leuten vieles an den Gesichtern ablesen.«

»Ach, kommen Sie, d'Aventura, wollen Sie uns mit sentimentalen Geschichten langweilen?« Casagrande lächelte süffisant und musterte d'Aventuras bullige Statur. »Dabei machen Sie mir nicht den Eindruck, als seien Sie gerade ein Seelchen.«

»Hmm … Sentimental nennen Sie das also! Ich bin Sizilianer und habe erlebt, wie es auf dem Dorf zugeht. Man drückt einem sieben- oder achtjährigen Jungen eine Pistole in die Hand. Man will wissen, ob er damit umgehen kann. Der *bambino* muss ein Tier erschießen, einen Hund oder eine Katze, früher auch mal ein Pferd. Die nächste Stufe ist: Er muss eine Person mit einem Stock quälen. Wenn das alles gutgeht, gibt es die Feuerprobe: den Mord. Das erste Mal wird der Junge von einem Profikiller begleitet. Wenn er die Nerven behält, kann er in die Mafia aufgenommen werden.«

»Doch ein Seelchen!« Casagrande grinste aufreizend. »Wer hätte das gedacht!«

D'Aventura ließ sich nicht aus der Ruhe bringen. »Sie sind aus Roma, nicht wahr? Ein Ignorant, anmaßend und überheblich. Insofern ist es für Sie vielleicht hilfreich, wenn Ihnen jemand erzählt, wie es in Sizilien wirklich zugeht.«

»Wir wollen doch nicht persönlich werden, oder?«, schaltete sich Colonnello Fessoni ein. »Ihre mystifizierende Darstellung einer Mafiakarriere kann ich in jedem mittelmäßigen Roman nachlesen.«

»Wenn Sie es wenigstens täten!«, antwortete d'Aventura knapp. »Dann hätten Sie eine kleine Ahnung, was Sie in diesen mystischen Gefilden antreffen, nämlich eine kompakte Gegenwelt zu unserer erwünschten Gesellschaft in Italien. Eine festgefügte Organisation mit einer eigenen, höchst bizarren Moral. Die heiligste Institution der Mafia ist die Familie, sie darf nicht angetastet werden. So sind beispielsweise Scheidungen immer noch streng verboten. Um bestehen zu können, muss der Mafioso zeigen, dass er seine Familie fest im Griff hat. Ist der Sohn homosexuell, wird er verstoßen. Ist die Ehefrau fremdgegangen, muss sie nach den Regeln der Mafia erschossen werden, denn sie hat dem Mann und der ganzen Familie die Ehre geraubt. Die Betroffenen bleiben stumm und leidend zurück; seine Gefühle unter Kontrolle zu halten, ist oberste Mafiamaxime.«

»Einzelschicksale«, bemerkte Casagrande. »Sizilien ist meiner Meinung nach der unterentwickelte Schandfleck Italiens.«

D'Aventura schüttelte fassungslos den Kopf. »Haben Sie sich je Gedanken gemacht, wie dieser unterentwickelte Schandfleck funktioniert? Ich rede hier über die mafiöse Psyche. Es herrscht die totale Unterwerfung ohne jedes Nachdenken. Man verlangt die absolute Treue zur Mafia, die Verleugnung des eigenen Ichs. In festgefügten Mechanismen wird die Rollenaufteilung von Mann und Frau ins Extrem gesteigert. Und es wird ohne jede Emotion getötet. Man bekommt einen blutigen Auftrag und führt ihn aus, ohne zu fragen, warum und wieso.«

»Ich bin überzeugt, es würde sich lohnen, den Mezzogiorno mitsamt Sizilien gesellschaftlich und moralisch zu fördern. Dazu braucht man natürlich auch viel Geld. Was das angeht, gebe ich Ihnen völlig recht.«

»Für die Mafia würde es sich nicht lohnen, wenn Siziliens Entwicklung gefördert wird. Es ist doch hinreichend bekannt, ein Großteil der finanziellen Zuwendungen wird von der Organisation mit dem Effekt abgefangen, dass alles bleibt, wie es ist. Die Perversität dieser Erkenntnis besteht darin, dass einige maßgebliche Herren in der Regierung an dieser Schweinerei kräftig mitverdienen.«

»So provokativ kann man das nicht ausdrücken«, sagte Fessoni herablassend, als sei d'Aventura ein dummer kleiner Junge, dessen überschäumendes Temperament von einer Autorität in die richtige Bahn gelenkt werden müsse. Abrupt lenkte der Offizier das Gespräch in Richtung Fernsehmord. »Wie schätzen Sie den Mord an Enrico Cardone ein? Fällt er Ihrer Meinung nach auch in die Kategorie der Kriminalromantik?«

D'Aventura warf dem Colonnello einen vernichtenden Blick zu. »Wenn wir bei Ihrem Terminus ›Kriminalromantik‹ bleiben wollen, dann nehmen Sie bitte zur Kenntnis, dass dieser Mord nur die Spitze des Eisberges ist. Was mich an der Sache besonders stört ist die Tatsache, dass kein Mitglied der Ehrenwerten Gesellschaft sich derart in Szene setzen würde, es sei denn, er habe den Verstand verloren. Ich glaube nicht an die Tat eines Irren.«

»An was sonst?«, fragte Fessoni mit aufreizendem Unterton.

D'Aventura sah aus dem Seitenfenster. Mögen diese beiden Pappnasen noch so unwissend tun, dachte er, immerhin scheint die Ermittlungsmaschinerie des militärischen Geheimdiensts angelaufen zu sein. Weshalb sich aber der SISMI für Cardone interessierte, war ihm noch nicht klar.

Der Wagen stoppte in einer Seitenstraße vor einem Lokal, dessen Name d'Aventura bekannt vorkam.

»Wir sind da«, bemerkte Casagrande, stieg aus und sagte zum Fahrer, dass er sie in zwei Stunden wieder abholen solle.

Sie standen vor einem Gourmettempel, für den d'Aventuras Spesenbudget nicht annähernd ausgereicht hätte, aber er war ja eingeladen. Schon der Ort der Bewirtung warnte d'Aventura davor, allzu vertrauensvoll zu sein. Die beiden wollten ihn sicher weich kochen und aushorchen. Er wusste, welche

Antworten er geben und welche Köder er ihnen vor die Nase halten würde.

Das Feinschmeckerlokal »Donatello« in der Via Righi Augusto, ganz im Stil der vorigen Jahrhundertwende gehalten, war gut besucht. Kein Wunder, die Küche genoss den Ruf, einheimische Speisen exzellent zuzubereiten. Hier verkehrten namhafte Künstler und Politiker, und die Gäste nahmen oft einen weiten Weg und lange Wartezeiten in Kauf, nur um sich hier mit typischen Gerichten aus der Emilia Romagna verwöhnen zu lassen. Nirgendwo in der Stadt bekam man so gute *pasta*, und die *rigatoni spazzacamino* ließen auch den verwöhntesten Gaumen in Verzückung geraten.

Die Männer hatten einen ruhigen Tisch in einer Nische ausgewählt, die mit unzähligen Fotografien berühmter Persönlichkeiten tapeziert war, die dem Restaurant und seiner Küche dankten. D'Aventura nahm die vor ihm kunstvoll aufgerichtete Serviette beiseite, räusperte sich und wandte sich an Casagrande.

»Dieser Bruder von Cardone«, sagte er, »ich glaube, er heißt mit Vornamen Roberto ...«

»Was ist mit ihm?«, fragte der Maggiore, ohne sich beim Studium der Speisekarte stören zu lassen.

»Sie sagten vorhin selbst, es gebe Berührungspunkte, Sie nannten es vorhin – glaube ich – Überschneidungen. Also nehme ich an, dass Sie einiges über ihn wissen. Was macht er beruflich?«

Casagrande blickte auf und grinste amüsiert. »Scheinbar haben Sie ihre Hausaufgaben nicht gemacht.«

»Weshalb hätten wir uns um ihn kümmern sollen?«, fragte d'Aventura scheinheilig, lächelte verbindlich und fuhr fort: »Sie geben mir sicherlich Nachhilfeunterricht.«

»Er dichtet Verse, schreibt kleine Büchlein, und wenn ich mich auf unsere Erkenntnisse und Recherchen verlassen darf, liest er bildungshungrigen Damen mittleren Alters in stimmungsvollem Rahmen aus seinen Werken vor. Meiner Meinung nach ist er eine romantische Existenz mit poetischer Ader. Er hatte kaum Kontakt mit seinem Bruder. Ich vermute, die beiden mochten sich nicht besonders. Zumindest hört man das in ihrem Heimatdorf Premeno. Roberto Cardone wohnt seit mehr als zehn Jahren hier im Centro Storico in der Vicolo Santa Lucia, Hinterhaus, dritter Stock, zusammen mit seinem Dichterfreund Carlo Alberti. Aber das wissen Sie längst, sonst wären Sie nicht nach Bologna gekommen.«

»Was ist das hier?«, knurrte d'Aventura. »Katz und Maus?«

»Sie sind viel zu misstrauisch, verehrter d'Aventura!«, erwiderte Casagrande und versuchte ein freundliches Lächeln. »Ich würde es einen kollegialen Austausch von Informationen nennen.«

»Dann wäre ich Ihnen dankbar, wenn Sie weitererzählen«, murmelte d'Aventura.

Fessonis arrogante Gesichtszüge schienen noch einen Tick selbstgefälliger zu werden, als er nun sagte: »Die beiden sind unverheiratet, und wir halten sie für überdrehte Spinner. Wahrscheinlich schwul. Wenn Sie die Reise nach Bologna wegen dieses Roberto Cardone gemacht haben, hätten sie sich den Weg sparen können.«

D'Aventura wandte seine Aufmerksamkeit der Speisekarte zu und schien bald etwas nach seinem Geschmack gefunden zu haben. Auch seine Begleiter hatten gewählt und warteten auf den Kellner. »Hat er verdächtige Kontakte, ist er politisch aktiv?«, fragte der Comandante. »Gibt es Anzeichen für ein Doppelleben? Vielleicht Frauen? Spielt er, oder hat er hohe Schulden?«

»Nichts dergleichen.« Casagrande schüttelte den Kopf. »Allerdings, sollte er bisexuell sein, würde ich Frauengeschichten nicht ausschließen.« Er lachte anzüglich. »Aber auch darüber ist mir nichts bekannt.«

In d'Aventuras Miene schlich sich ein tückischer Ausdruck.

»*Madonna mia,* Signori! Sie sehen mich überrascht! Der militärische Geheimdienst beherrscht die Ermittlungsarbeit beinahe besser als wir in Palermo. Sogar besser als die Kollegen vom Inlandsdienst.«

»Die Kollegen vom SISDE nehmen wir nicht sehr ernst«, entgegnete Casagrande. »Dilettanten, wo man nur hinsieht. Aus Sicht unseres Dienstes ist er völlig überflüssig. Die Aufgaben sollten besser in unsere Zuständigkeit überführt werden. Aber darüber wollten wir uns mit Ihnen nicht unterhalten.«

»Stimmt!«, bestätigte Fessoni knapp.

Casagrande goss sich aus einer Karaffe eisgekühltes Wasser ins Glas und nahm einen Schluck. Dann tupfte er mit der Serviette den Mund trocken, beugte sich über den Tisch zu d'Aventura und sagte leise: »Der SISMI hat ein vitales Interesse, die Hintergründe des Mordes an Cardone zu beleuchten.«

»Wie wäre es, wenn Sie den Begriff vitales Interesse konkretisieren? Vielleicht kann ich Ihnen helfen?«, antwortete d'Aventura ebenso leise.

»Helfen?« Fessoni lachte auf. »Ja, d'Aventura, das ist eine gute Idee! Wobei denn?«

Der Comandante zuckte unbestimmt mit den Schultern, während er das Mienenspiel zwischen den beiden Agenten aufmerksam beobachtete. »Bei der Aufklärung darüber, was Cardones Funktion war.«

»Soweit ich weiß, kursieren in Palermo allerhand Spekulationen!«, bemerkte Fessoni mit unüberhörbarem Sarkasmus. »Der ermordete Anwalt soll viel Geld verschoben haben.«

D'Aventuras Nerven standen schlagartig unter Starkstrom. Endlich hatte Colonnello Fessoni das Gespräch in die Richtung gebracht, auf die es ihm ankam. »Soweit wir wissen«, sagte der Comandante, »war Cardone Rechtsanwalt und machte üble Geschäfte mit der Großindustrie.«

»Ob übel oder nicht, dürften Sie kaum beurteilen können.«

»Quatsch!«, fuhr d'Aventura Fessoni über den Mund. »Sie

halten mich wohl für einen Idioten! Ich kann Ihnen die Funktion dieses sauberen Zeitgenossen gerne präzisieren. Er war Consigliere des größten Mafiapaten Italiens: Romano Grasso, Waffenschieber, Drogenbaron und gerngesehener Gast im Verteidigungsministerium.«

»Sind Sie von Beruf Hellseher, oder neigen Sie eher zum Kaffeesatzlesen?«, erwiderte Fessoni mit einem maliziösen Lächeln.

»Zu beidem, aber um sicherzugehen, überprüfen alle meine zweiundvierzig Ermittler in Palermo jedes Ergebnis noch einmal anhand von Tarotkarten. Hilft das auch nicht, beten wir zur Jungfrau Maria.«

»Verscheißern können wir uns alleine«, schaltete sich Casagrande wütend ein. »Sie sind also im Grunde hinter einem honorigen Ehrenmann her? Was glauben Sie denn noch alles zu wissen?« Casagrande blickte d'Aventura mit wutverzerrter Miene an. »Ihr Chef Minetti sagte so etwas. Sie wollen ein großes Fass aufmachen, wie man hört.«

»Sie haben mit Minetti gesprochen?«, fragte d'Aventura scheinbar überrascht.

»Er ist, wie wir gehört haben, ein wenig besorgt. Er sagt, Sie neigen dazu, übers Ziel hinauszuschießen«, meinte Fessoni grinsend.

»Ach? Sagt er das? Interessant ... Hat er noch mehr über mich erzählt?«

»Und was haben Sie jetzt vor, Signore d'Aventura?«, erkundigte sich Fessoni, ohne auf die Frage einzugehen.

»Ich werde Roberto Cardone aufsuchen. Ich bin sicher, dass ich von ihm Substanzielleres erfahre als von Ihnen.«

»Überflüssig! Der Mörder ist bekannt. Es gibt nichts, was für Sie und Ihre Leute in Palermo noch von Interesse wäre.«

D'Aventura wollte gerade antworten, als der Kellner kam und mit gezücktem Block und Kugelschreiber fragend auf die Männer blickte.

»Prego, desidera Signori ...«

»Ich nehme vorerst die *rigatoni spazzacamino«*, murmelte d'Aventura. »Die habe ich noch nie gegessen.« Er reichte die Speisekarte zurück und legte seine Zigaretten auf den Tisch.

»Dreimal«, vervollständigte Casagrande die Bestellung mit einem Blick zu seinem Geheimdienstkollegen, der zustimmend nickte. »Dazu *acqua minerale gassata e tre bicchiere di vino.«*

»Rauchen ist verboten!«, bemerkte der Ober mit einem Blick auf die Zigarettenschachtel. *»Bianco? Rosso?«*, fragte er kurz angebunden.

»Sollen wir besser gleich eine Flasche Montepulciano nehmen?«, fragte Fessoni in die Runde. Man war damit einverstanden.

Der Blick des Comandante aus Sizilien wanderten zwischen den beiden Agenten hin und her, und es kam ihm so vor, als hätten die beiden die Dramaturgie des Gesprächsverlaufs vorher genau abgestimmt. Casagrandes Äußerungen hatte er vor drei Tagen aus Minettis Mund gehört, und damit war für ihn klar, dass sich hinter seinem Rücken etwas zusammenbraute. Er nahm sich vor, der Sache auf den Grund zu gehen. »Für unsere Einheit in Palermo«, sagte er, »ist noch eine ganze Menge von Interesse. Schließlich sind wir die ermittelnde Behörde. Dass wir den Mörder kennen, ist eine Sache, dass für uns damit die Ermittlungen erst beginnen, die andere. Sforzano ist meiner Meinung nach nur ein unbedeutender Handlanger. Eine der wichtigen Fragen ist: Hat sich Sforzano aus krankhafter Profilierungssucht dabei filmen lassen ...«

»Oder?«, knurrte Colonnello Fessoni und kniff die Augen zusammen.

»... oder hatte irgendjemand ein politisches Interesse und deshalb die Tat auf dramatische Weise inszeniert, weil er nur so damit rechnen durfte, dass nichts unter den Teppich gekehrt wird.« Die zwei Geheimdienstler wechselten einen schnellen Blick, der d'Aventura nicht entging. »Wie ich bemerke, denken Sie ganz ähnlich über Bruno Sforzano«, fügte er hinzu. Fessoni und Casagrande zuckten nicht einmal mit der Wimper. »Kennen Sie unser entsprechendes sizilianisches Sprichwort?«, redete d'Aventura weiter, ohne sich etwas anmerken zu lassen.

Casagrande verneinte kopfschüttelnd und lächelte unverschämt. »Lassen Sie hören!«

»Kleine Mörder töten mit der Waffe in der Hand, große Mörder mit Geld oder mit Hilfe einer mächtigen Institution, zum Beispiel des Staates. Wir haben es in diesem Fall mit großen Mördern zu tun. Jedenfalls ist das meine Überzeugung.«

D'Aventura fühlte, wie seine innere Anspannung allmählich wuchs, weil seine beiden Begleiter ihr Mienenspiel immer schlechter im Griff hatten. Für ihn lag es auf der Hand, dass es die zwei freundlichen SISMI-Offiziere nicht bei einem lockeren Gespräch unter Berufskollegen bewenden lassen würden. Der Fall Cardone hatte offenkundig genau den Stellenwert, den er selbst ihm zugewiesen hatte.

»Es muss Verbindungen zwischen der Mafia in Palermo und der Anwaltskanzlei am Lago Maggiore geben«, klopfte d'Aventura weiter auf den Busch. »Vielleicht kann mir der Bruder des Toten weiterhelfen.«

»Wie es scheint, haben Sie sich in etwas verrannt«, widersprach Fessoni und schüttelte herablassend den Kopf. »Vermutlich lassen Sie sich auch von Ihrer fixen Idee nicht abbringen, dass möglicherweise der Staat seine Finger im Spiel hat. Ihnen ist tatsächlich nicht zu helfen!«

D'Aventura blickte Fessoni fest in die Augen und sagte: »Weder weiß ich, wie Roberto Cardone denkt, wie er fühlt und wie eng die Verbindung zu seinem Bruder tatsächlich war, noch weiß ich, welche Rolle Ihre Institution dabei spielt. Aber im Augenblick sind Sie mir nicht wichtig. Das Nächste, was mich und meine Mitarbeiter in Palermo beschäftigt, ist: Finden wir Sforzano tot, stehen wir auf dem Schlauch, finden wir ihn lebend, werden wir mehr über die Hintergründe der Tat erfahren. Aber solange wir ihn nicht haben, müssen wir uns an jene Personen halten, die uns etwas erzählen können.« Er schaute die beiden ernst an. »Mehrere Hundert Carabinieri durchkämmen zurzeit jeden nur möglichen Schlupfwinkel in Prizzi und Caltabellotta, alle verfügbaren Kräfte in Palermo sind auf der Suche nach Sforzano. Aber wir drei hier am Tisch wissen doch jetzt schon: Die Wahrscheinlichkeit, ihn lebend zu finden, ist gleich null. Ergo konzentrieren wir uns auf die Frage: Was und wer steckt hinter diesem inszenierten Mord?«

»Sie sagen uns nichts Neues«, erwiderte Casagrande knapp.

»Ach«, knurrte d'Aventura bissig. »Jetzt enttäuschen Sie mich schon wieder! Ich dachte, ich könnte Sie schlauer machen. Dann drehen wir doch einfach den Spieß um, und Sie erzählen mir etwas, was ich noch nicht weiß!« Er lehnte sich zurück, faltete die Hände und beobachtete die beiden Männer mit innerem Vergnügen. Doch wie es schien, überlegten beide immer noch fieberhaft, wie sie mit ihm umgehen sollten.

Der Comandante seufzte, riss eine Packung Grissini auf und knabberte an einer Gebäckstange.

»Nun gut!«, spann er den Faden weiter. »Da Sie nicht wissen, was Sie mir sagen wollen, plaudern wir eben wieder über Dinge, die Sie ohnehin wissen, auch auf die Gefahr hin, dass Sie sich langeweilen.« D'Aventura konnte sich seine Häme kaum verkneifen. »Sehen wir einfach den Tatsachen ins Auge! Dem Spähersystem der Mafia in den Bergen und ihren zahllosen Verstecken und Fluchtwegen haben wir nichts entgegenzusetzen. Der Zufall oder Männer wie Sie werden uns wieder einmal helfen müssen, wenn wir diesen dubiosen Mordfall aufklären wollen.«

»Sie brauchen sich nicht über uns lustig zu machen, verehrter d'Aventura«, begann Fessoni endlich. »Selbstverständlich befassen wir uns eingehend mit der Sache Cardone. Nach Auswertung des Videobandes ist auch uns längst klar, dass die dramatische Exekution eines unbedeutenden Rechtsanwaltes darauf hindeutet, dass das Opfer so unbedeutend nicht war. Er muss ein wichtiges Mitglied der Ehrenwerten Gesellschaft gewesen sein. Und nicht nur das. Für uns liegt es auf der Hand, dass Enrico Cardone zur existenziellen Gefahr für einige Herren des inneren Kreises der Mafia geworden war.«

D'Aventuras zog die Augenbrauen zusammen. »Tun Sie nicht so zurückhaltend! Wir in Palermo sind nicht so verblödet, wie man in Rom gerne annimmt. Sie können die Namen der beiden Hurensöhne, um die es geht, ruhig aussprechen!«

»Ich habe von Ihrem unglücklichen Vorgehen bei der Vernehmung der Signori Santorini und Massimo gehört.« Casagrande lachte und stieß Fessoni amüsiert in die Seite.

»Unglücklich?«, fragte d'Aventura. »Ich werde diesen Bastarden nachweisen, dass sie bis zum Hals im Dreck stecken. Und Gnade ihnen Gott, wenn ich sie zwischen die Finger bekomme. Dann werden sich auch einige hochrangige Politiker warm anziehen müssen.«

»Haben Sie etwas Konkretes?«, fragte Fessoni feixend. »Sie machen mich neugierig.«

»Es fehlen mir noch ein paar Mosaiksteinchen«, antwortete d'Aventura sibyllinisch. »Dann lass ich die Herrschaften mitsamt der Gruppo Agosto hochgehen.«

Fessoni starrte den Comandante an, als habe er sich verhört oder den Sinn nicht ganz verstanden. Doch eine Sekunde später entspannte sich seine Miene wieder. Mit innerer Genugtuung hatte d'Aventura die kurze Fassungslosigkeit des Colonnello bemerkt. Der Ballon, den er hatte aufsteigen lassen, bestätigte ihm: Er war auf der richtigen Fährte. Und freudig registrierte er, dass die Unterhaltung exakt die Richtung nahm, die er von Anfang an angepeilt hatte.

»Sie hören sich an, als hätten Sie etwas wirklich Großes vor, mein Lieber«, mischte sich Casagrande ein. »Massimo, Santorini, Gruppo Agosto. Aber Sie befinden sich in der falschen

Gewichtsklasse, fürchte ich. Es wird Ihnen niemand ein Denkmal bauen …«

»Sie haben noch jemanden vergessen, Signore Maggiore«, entgegnete d'Aventura mit beißendem Spott.

»Ich glaube nicht, dass Maggiore Casagrande jemanden vergisst«, mischte sich Fessoni ein, nippte an seinem Glas Wasser und beobachtete d'Aventura unter den Augenlidern hervor.

Der Comandante beschloss, den nächsten Ballon steigen zu lassen, und grinste hintergründig. »Ich meine Romano Grasso, den großen Patrone im Hintergrund, Signore.« Und an Casagrandes Adresse gerichtet, flüsterte er: »Dieser kleine Wichtigtuer neben Ihnen? Passt er auf, dass Sie nicht versehentlich etwas Falsches sagen?«

»Was erlauben Sie sich?«, fuhr Fessoni wie von einer Tarantel gestochen hoch.

»Sei's drum«, erwiderte d'Aventura im Plauderton. »Meiner Meinung nach ist Grasso der Drahtzieher des größten Finanz- und Rüstungsskandals Italiens.«

»Das ist mir neu«, entgegnete Fessoni. »Wir jedenfalls haben in dieser Richtung jedenfalls keine Erkenntnisse.«

»Aber der Name ist Ihnen bekannt?«, fragte d'Aventura mit einem tückischen Glanz in den Augen.

»Selbstredend! Wer kennt ihn nicht. Er gehört zu den herausragenden Persönlichkeiten in unserem Land. Signore Grasso ist nicht nur ein großer Wohltäter, er unterstützt auch die Partei der Vereinigten Rechten. Und abgesehen davon, Signore d'Aventura …« Fessoni bedachte den Comandante mit einem durchdringenden Blick und versuchte ihn buchstäblich mit den Augen festzunageln. »… Romano Grasso ist nicht irgendwer! Er leistet dem Staat wertvolle Dienste. Unbezahlbare Dienste.«

»Sie wollen mich jetzt nicht veralbern, Signore? Ich meine …«, d'Aventura suchte nach Worten. »Ich will zu Ihren Gunsten annehmen, dass Sie diese Bemerkung nicht ernst gemeint haben. Oder habe ich den Witz nicht verstanden?«

»Ich meine immer, was ich sage. Oder haben Sie mich lachen gesehen? Romano Grasso ist über jeden Zweifel erhaben.«
Die überraschte Miene d'Aventuras war nicht zu übersehen. »Für mich ist Grasso der Kopf der Cupola. Ich halte ihn für einen der größten Verbrecher, die je in Italien ihr Unwesen getrieben haben.«
»Sie sollten vorsichtig sein, was Sie sagen, verehrter d'Aventura! Sehr vorsichtig!«
»Wollen Sie mir drohen?«
»Sie sehen Gespenster. Ich habe Ihnen einen guten Rat gegeben, nichts weiter«, zischte Fessoni.
»Na gut, dann sage ich es Ihnen noch einmal.« D'Aventuras Augen hatten sich zu schmalen Schlitzen verengt. »Grasso steckt bis zum Hals im Dreck. Ich bin seit zwölf Jahren hinter ihm und seinen beiden Freunden Massimo und Santorini her. Und immer, wenn ich dachte, ich sei ganz nah dran, wurde ich zurückgepfiffen. Zufall? Oder hat man ganz oben Angst, weil ich auf Dinge stoße, die einigen wichtigen Signori unangenehm werden könnten?«
Fessoni lächelte selbstgefällig. »Ich vermute, Sie waren zu ehrgeizig und haben den Falschen nachgestellt. Was die Signori Santorini und Massimo angeht, kann ich mir kein Urteil bilden. Über Sie und Ihre Arbeit schon eher. Ihnen eilt der Ruf voraus, dass Sie ziemlich schnell bei der Hand sind mit ungerechtfertigten Verhaftungen. Ihre Ermittlungsmethoden finden im Übrigen auch nicht überall Beifall.«
»Wer anderen Schmutz nachwirft, hat keine sauberen Finger, das sollten Sie bedenken, Colonnello! Ich bleibe dabei: einmal Mafioso, immer Mafioso.«
»Sie sollten nicht alles so verbissen sehen, verehrter d'Aventura!« In Fessonis Stimme lag ein Unterton, der verbindlicher klang. »Seit wir die Kronzeugenregelung haben, tut sich etwas. Wie ich Ihnen bereits vorhin sagte: Inzwischen haben weit über tausend *pentiti* aus den Familien der Mafia Geständnisse abge-

legt. Erstmals zeigen sich durch die Reuigen – ich nenne sie Verräter – Risse im System der *omertá*, der Schweigepflicht. Auf den Blutschwur können sich die großen Bosse nicht mehr unbedingt verlassen. Allmählich kippt dieser Mythos von der Ehre.«

»Tsss …« D'Aventura blickte die beiden fassungslos an. »Wollen Sie damit ankündigen, dass sich Santorini und Massimo als Kronzeugen zur Verfügung stellen wollen?«

»Man kann nichts ausschließen, d'Aventura, nicht wahr?«

Der Kellner brachte die *rigatoni* und die Männer schwiegen, bis sie wieder unter sich waren.

»Mein verehrter Signore d'Aventura«, setzte Colonnello Fessoni das Gespräch fort, »ich sage Ihnen nichts Neues: Die sizilianische Mafia ist seit Jahren das größte Wirtschaftsunternehmen Italiens. Nach unseren Erkenntnissen macht sie in diesem Jahr mittlerweile hundert Milliarden Euro Umsatz, doppelt so viel wie der Fiat-Konzern. Bei einer solchen Größenordnung müssen Sie sich nicht wundern, wenn auch Politiker der ersten Garnitur – ich drücke mich einmal vorsichtig aus – in Interessenkonflikte geraten.«

»Tut mir leid, Oberst, diplomatische Formulierungen wie die Ihren machen mich wahnsinnig. Was ist das für ein Staat, der keine Vertrauensarbeit leistet und nachvollziehbar etwas für die Bevölkerung in Sizilien und im Mezzogiorno tut? Erst dann würde sich tatsächlich etwas ändern. Aber das hatten wir bereits.« D'Aventuras Augen glühten vor Leidenschaft und er ballte die Fäuste.

»Nehmen Sie doch nicht alles so persönlich, d'Aventura!«, erwiderte Fessoni mit amüsiertem Lächeln.

»Ich weiß nicht, was Sie komisch finden, Oberst! Nichts, aber auch gar nichts geschieht. Stattdessen muss beispielsweise der ehrenwerte Staatsanwalt Scarpinato rund um die Uhr auf Schritt und Tritt von Leibwächtern mit gezückter Waffe bewacht werden. Nicht besser geht es dem Staatsanwalt Dottore

Facconi und dem Richter Belsanto aus Rom. Wenn sie zum Frischeluftschnappen auf den Balkon wollen, müssen sie auf allen vieren kriechen, um nicht in die Schusslinie der Mafia zu geraten.« D'Aventura holte Luft und suchte ärgerlich den Augenkontakt zu seinen Begleitern. Die aber schienen alles andere als beeindruckt. »Ihre Arroganz kotzt mich langsam an!«, bellte der Comandante.

Colonnello Fessoni hatte seine Ellbogen auf den Tisch gestützt und faltete die Hände. »Sie sind einfach zu dünnhäutig, verehrter d'Aventura. Es gibt Sachzwänge, die sich nicht so einfach aus der Welt schaffen lassen. Sagte ich nicht einhundert Milliarden Dollar? Wir reden über eine Zahl mit elf Nullen, eine Größenordnung, an der kein Staat vorbeikann, schon gar nicht Italien.«

D'Aventura richtete sich sichtlich schockiert im Sessel auf und starrte sein Gegenüber an. Seine Augen zeigten blanke Entrüstung.

»Sachzwänge? Dass ich nicht lache! Interessenkonflikte? Ein niedlicher Ausdruck, mit dem Sie die Geldgier einiger Minister entschuldigen. Die Korruption macht nicht einmal vor der Regierungsspitze halt, und Sie scheinen das gutzuheißen! Diese vielen Milliarden Euro bleiben mitsamt den Schmiergeldern nicht in Italien. Sie werden in Steuerparadiese transferiert, auf diskrete Konten einiger Regierungsmitglieder und Paten, nicht wahr?«

»Wie wäre es, wenn Sie Ross und Reiter nennen, nachdem Sie Minister der Korruption bezichtigen, d'Aventura?«

»Das ist nicht notwendig. Wir wissen beide, dass es so ist.«

»Sie sind naiv, d'Aventura«, wies Fessoni den Comandante zurecht. »Ein beträchtlicher Anteil dieser Vermögen wird in die italienische Wirtschaft reinvestiert. Firmen werden gegründet, es entstehen Arbeitsplätze, die Menschen konsumieren, was wiederum die Wirtschaft ankurbelt.«

»Ach so!«, erwiderte d'Aventura mit gespielter Verwunde-

rung. »Weshalb schaffen wir dann nicht einfach die Steuergesetze ab?«
»Werden Sie nicht kindisch, d'Aventura!« Fessoni wurde wütend. »Seien wir doch einmal ehrlich, man kann weder Bestechung und Korruption noch illegale Kapitalverschiebungen ganz unterbinden.«
»Das streite ich nicht ab«, sagte d'Aventura, »aber man kann – wie in einem Teich – den Wasserstand so niedrig halten, dass den Fröschen die Lust am Quaken vergeht.«
»Sie wollen mich einfach nicht verstehen. Sie machen sich das Leben nur schwerer, als es ist!«
D'Aventura quittierte den Vorwurf des Geheimdienstlers mit einem zynischen Lächeln. »Apropos … Sie werden es zwar nicht gerne hören, aber da wir gerade dabei sind, Klartext zu reden, sollten Sie Folgendes zur Kenntnis nehmen. Ich traue Ihnen nicht einen Meter über den Weg. Der Verein, für den Sie tätig sind, hat laut einem internen Papier gemeinsam mit dem zivilen Geheimdienst Staatsanwaltschaften in Milano, Torino, Roma und Palermo sowie über zweihundert Richter in Italien und ganz Europa ausspioniert. Darüber hinaus haben Mitarbeiter Ihres Dienstes Richter mit Einschüchterungsaktionen bedroht und deren Glaubwürdigkeit in der Öffentlichkeit in Frage gestellt. Zu welchem Zweck eigentlich? Und wer ordnet bei euch so etwas an? Doch wohl euer ehrenwerter General Nicolo Pelloda!«
»Können Sie etwas leiser sprechen?«, fuhr Fessoni d'Aventura an und ließ seinen Blick durchs Restaurant schweifen. »Und was das ›ehrenwert‹ angeht, unterlassen sie gefälligst ihre sarkastische Betonung.«
D'Aventura bleckte grinsend die Zähne. Er hatte Fessonis wunden Punkt erwischt und scheinbar ins Schwarze getroffen.
»Der Kerl hat so viele Orden, wenn der Schluckauf bekommt, ersetzt er jeden Schellenbaum.«

Fessoni bedachte d'Aventura mit einem frostigen Blick. »Wollen Sie sich über einen verdienten Offizier lustig machen?«

»Ich finde Ihre ganze Aktion lustig. Und was ich gerade gesagt habe, kann jeder hören. Dieser Skandal steht ohnehin morgen oder übermorgen in allen Zeitungen.«

»Die Regierung hat den betroffenen Richtern bereits das volle Vertrauen ausgesprochen, und ich sage Ihnen hiermit inoffiziell: die Führungsspitze des militärischen Geheimdienstes wird neu besetzt. Man bereitet gerade eine Pressekonferenz vor.«

»Das ist alles? Mehr passiert nicht?«

»Wie soll ich das wissen?«, blaffte Fessoni zurück.

»Vermute ich richtig, dass der Geheimdienst, dem Sie angehören, kaum motiviert ist, sich selber in den Knast bringen?«

Casagrande schlug mit der flachen Hand auf den Tisch, dass das Besteck hüpfte, und griff in das Gespräch ein. »Ihr Zynismus geht mir auf die Nerven. Die puristische Ausstattung in Ihrem Schädel scheint Ihr Denkvermögen stark zu beieinträchtigen. Sie sollten Ihre kleine sizilianische Polizistenwelt nicht als Maß aller Dinge ansehen.«

D'Aventura lachte. »Dann erklären Sie mir, was im Namen der sogenannten Sachzwänge passiert. Meinen Sie damit Auftragsmord, Korruption, Vorteilnahme, Behinderung der Justiz, um nur einige Beispiele aufzuzählen? Wenn man bedenkt, dass der SISDE über ausreichende Kenntnisse verfügen würde, um diesen Mafiosi das Handwerk zu legen, komme ich mir verarscht vor, vor allem, wenn Sie mir erklären wollen, dass hundert Milliarden Dollar Schwarzgeld ein Wirtschaftsfaktum darstellen, das der Staat im eigenen Haushalt berücksichtigt.«

Fessoni fuhr dazwischen: »Sie haben mich missverstanden, lieber d'Aventura. Ohne anmaßend zu sein, wir können von der Bevölkerung kein Verständnis erwarten, wenn die Regierung wegen politischer und ökonomischer Gegebenheiten anders handeln würde. Die Bürger würden es gar nicht verstehen. Es ist im Interesse unseres Staates.«

D'Aventuras Körper spannte sich. Unbändige Wut stieg in ihm auf. »Wissen Sie, was Sie da sagen?«, blaffte er den Colonnello an. »Sie behaupten in Ihrer unermesslichen Überheblichkeit, die Bürger seien dämlich. Sie sagen implizit, der Staat braucht Verbrecher wie Romano Grasso, damit der Haushalt wieder stimmt. Sie liefern dem Staat das Alibi, nichts gegen die Mafia zu unternehmen, weil das Geld ohnehin wieder in den Wirtschafts- und Finanzkreislauf zurückfließt. Sie legitimieren Unrecht …«

»Halten Sie die Klappe!«, fuhr Fessoni den Comandante an.

»Was wollen Sie tun, wenn ich sie nicht halte?« D'Aventura grinste.

»Sie werden sich gleich wundern …!«, schaltete sich Casagrande ein.

»Das tue ich schon, seit Sie mich abgeholt haben. Ihr zwei seid mir die Richtigen!«, antwortete der Comandante belustigt. »Eure Argumente spiegeln genau das wider, was in Sizilien alle Bürger fühlen. In ihren Augen hat die Regierung, besser gesagt, haben die Politiker jede Glaubwürdigkeit verloren. Sie haben diesen beschissenen Sesselfurzern noch nie geglaubt. Ich übrigens auch nicht. Ohne den lähmenden Fatalismus in weiten Teilen der Bevölkerung hätte die Mafia auf Sizilien niemals Herrschaft ausüben können.« Mehr und mehr verdichtete sich d'Aventuras Verdacht, dass mit dem Colonnello irgendetwas nicht stimmte. »Sagen Sie, Fessoni, wollen Sie mir Romano Grasso und seinen Machenschaften schönreden? Oder provozieren Sie mich nur, um zu erfahren, ob ich in die in Ihren Augen falsche Richtung ermittle und dabei einigen Ministern gefährlich werden kann?«

»Wie kommen Sie denn auf diesen abstrusen Gedanken?«, fragte Fessoni unwirsch.

»Weil ich das Geschäft zu lange kenne. Weil ich weiß, dass Ihr Geheimdienst in den vergangenen Jahren in die größten Schweinereien verwickelt war. Weil mir als Bürger dieses Landes auch bekannt ist, dass unser Staat an fast allen bedeutenden Rüstungsunternehmen beteiligt ist. Schon deshalb ist es naheliegend, dass man Sie geschickt hat. Ich bin sicher, Sie stehen mir nicht wegen Cardone auf den Hacken, sondern wegen Romano Grasso.«

»Verwechseln Sie Realität und Fiktion?«, fragte Fessoni mit schneidender Stimme. »Sie hören sich an wie ein frustrierter Zitronenbauer, der eine miese Ernte hatte. Ich sage es Ihnen noch einmal: Romano Grasso ist das wichtigste Bindeglied zwischen dem Verteidigungsministerium und der Rüstungsindustrie.«

»Und Sie arbeiten, verzeihen sie mir, wenn ich das so deutlich sage, offenkundig für den falschen Verein, Signore Colonnello. Mir können Sie keine Geschichten erzählen, dazu bin ich, wie ich bereits erwähnt habe, zu lange dabei. Ich sage es Ihnen ganz offen, ich traue Ihnen alles Mögliche zu.«

»Sind Sie völlig von Sinnen?«, giftete Fessoni.

»*Madonna, grazie per l'amaestramento!* Schauen Sie sich in Rom den Regierungssitz an! Die riesige Wandelhalle des Parlaments ist eine einzige Intrigenschmiede, in der die Mafia seit Jahrzehnten ihre politischen Waffen schärfen und härten lässt. Wie im alten Byzanz dient Ranküne für das Fortkommen und für persönliche Vorteile, für Posten und Pöstchen, für Machtzuwachs, für Privilegien – für was auch immer. Ich könnte endlos fortfahren. Hier und dort ein geflüstertes Wort hinter vorgehaltener Hand hat oft mehr Gewicht als jede offizielle Rede. So läuft das und nicht anders. Aber wem erzähle ich das! Die Gesinnung, die Sie mir gegenüber an den Tag legen, bestätigt nur, was ich sage.«

»Sparen Sie sich die beleidigenden Äußerungen!«, zischte Fessoni wütend. »Ich kann gut verstehen, dass man Ihnen den Posten des Questore nicht angeboten hat. Hardcorepolizisten haben einfach etwas Dämliches an sich! Na ja, wir wissen, dass Sie sich in Dinge verrennen und sich andauernd den Kopf irgendwo anstoßen. Kann es sein, dass Sie starke Kopfschmerzen haben?« Er deutete auf d'Aventuras Druckverband am Hinterkopf. »Es muss schmerzhaft sein, wenn man ständig durch die Wand will, nicht wahr?«

»Apropos Kopf …« Die Augen des Comandante verengte sich wieder. »Wir haben in der Nähe des Tatortes einen Toten gefunden. Angeblich heißt er André Monti. Kennen Sie den Mann?« D'Aventura hatte alle Antennen ausgefahren und beobachtete jede Regung seines Gegenübers. Es war nicht zu übersehen, dass die Nennung des Namens bei Fessoni eine gewisse Gesichtsblässe auslöste.

»Wer soll das sein?«, entgegnete der Colonnello ein wenig zu hastig. Sein kaltes Lächeln schien eingefroren, und er hielt dem durchdringenden Blick des Comandante stand.

»Diese Antwort habe ich erwartet. Ich kann gut verstehen, dass ein Colonnello des SISMI den einen oder anderen Decknamen seiner Mitarbeiter vergisst. Ich bin aber davon überzeugt, dass Sie ihn kannten.« D'Aventura beugte sich vor, als wolle er Fessoni etwas Vertrauliches sagen. »Monti war einer aus Ihrem Verein. Übel zugerichtet, kann ich nur sagen. Dem Mann fehlte das halbe Gesicht. Und meine Kopfwunde stammt von einem Schlag auf den Hinterkopf. Seitdem habe ich Halluzinationen. Sie glauben gar nicht, welch merkwürdige Bilder einem erscheinen. Sehen Sie …« D'Aventuras Blick schien den Offizier in einen Würgegriff zu nehmen. »Man hat mich mit der Aufklärung des Mordes an Cardone beauftragt. Seltsamerweise beschattete der Inlandsgeheimdienst seit zwei Jahren diesen Rechtsanwalt, weil man dort wusste, dass er Mitglied der Mafia war. Dann haben wir Ihren SISMI, auch der beschattete Cardone seit geraumer Zeit. Dazu stand die Staatspolizei in den Startlöchern, Cardones Kanzlei zu stürmen, weil sie Erkenntnisse hatte, dass er der Consigliere von Romano Grasso war. Jetzt geistern in meinem kranken Kopf zwei Fragen herum, die mich völlig verwirren.« D'Aventuras Augen glitzerten diabolisch. »Wie viele Agenten haben bei der Ermordung Cardones zugesehen? Und welche Interessen verfolgen Sie, mein lieber Fessoni?«

»Die gleichen wie Sie.« Der Colonnello wechselte einen schnellen Blick mit Casagrande, der unmerklich nickte. »Aus diesem Grunde, verehrter Comandante, werden Sie mir jetzt sagen, was Sie als Nächstes zu tun gedenken.«

»Wie bitte?« D'Aventura saß stocksteif auf seinem Stuhl. Die Farbe war aus seinem Gesicht gewichen. Seine Lippen bebten. »Wie darf ich das verstehen?«

»Die Ermittlungen im Mordfall Cardone sind ab sofort ausschließlich auf der Ebene des Innenministeriums angesiedelt und werden auch von dort koordiniert.«

»Das könnt ihr zwei Spinner überhaupt nicht entscheiden!« Der Comandante lachte.

»Das können wir. Und wie wir das können!«, giftete Fessoni. »Und um Missverständnisse auszuräumen: Das war ein Befehl und keine Bitte. Sollten Sie sich querlegen, können Sie Ihren Job an den Nagel hängen, das garantiere ich Ihnen. Wenden Sie sich an Ihren Chef Minetti. Er wartet bereits auf Ihren Anruf.«

»Von wem kommt diese Sauerei?«

»Von ganz weit oben. Wir haben uns mit Questore Minetti bereits abgestimmt. Sie sind aus dem Spiel! Und nun verrate ich Ihnen noch ein Geheimnis: Wir überwachen Roberto Cardone seit einiger Zeit. Sozusagen hautnah. Übrigens auch das Anwaltsbüro in Premeno. Sie würden unsere Kreise nur stören. Um Premeno machen Sie gefälligst einen großen Bogen. Das gilt auch für Ihren Wadenbeißer, diesen Commissario Venaro.«

D'Aventuras legte das Besteck auf den Tellerrand. »Ach, daher weht der Wind!«, fauchte er.

»Gegenwind, mein Lieber!« Fessoni grinste unverschämt. »Bei Rückenwind kann man keinen Drachen steigen lassen, haben Sie das schon einmal bemerkt? Es bewahrheitet sich doch immer wieder«, flüsterte d'Aventura über den Tisch. »Arschkriecher sind deshalb so schwer auszumerzen, weil sie jeder gesunden Verdauung entgehen. Sie werden meine Ermittlungen nicht aushebeln!« Außer sich vor Wut warf er die Serviette auf den Tisch. »Da haben Sie ganz schlechte Karten, Signori. Ich darf mich empfehlen und wünsche weiterhin guten Appetit. *Buona giornata!*« Er stand auf, schob geräuschvoll seinen Stuhl beiseite, griff nach seiner Reisetasche und verließ das Restaurant.

Schlechte Nachrichten

Vor der Tür des Ristorante »Donatello« winkte er einem Taxi, das gerade vorbeifuhr, stieg ein und ließ sich zur Piazza Maggiore fahren. Dort mischte er sich unter die Passanten und ließ sich im Strom flanierender Menschen durch die Altstadt treiben. Kurz entschlossen betrat er ein Kaufhaus, erwarb einen Stadtplan und verließ das Haus wenige Minuten später durch den Hinterausgang. Gleich neben der Drehtür blieb er an die Wand gelehnt stehen, rauchte eine Zigarette und suchte im Stadtplan die Vicolo Santa Lucia, während er gleichzeitig die Straße unter den Augenlidern hervor beobachtete. Nach einigen Minuten war er sich sicher, dass ihm niemand gefolgt war.

Gemächlich spazierte er unter Bolognas Arkaden weiter in Richtung Vicolo Santa Lucia. Ockerfarbene, gelbe und zinnoberrote Häuserfronten mit kunstvollen alten Holztüren säumten die engen Gassen des mittelalterlichen Stadtkerns. Besonders die Innenhöfe mit ihren zierlichen Säulen, steinernen Brunnen und üppigen Bepflanzungen faszinierten ihn immer wieder. Nach knapp fünfzehn Minuten stand er vor Roberto Cardones Haus. Vor dem Eingang lungerte eine Gruppe jüngerer Leute, die sich als Mitarbeiter von Klatschjournalen entpuppten und, wie er im Vorbeigehen aus ihren aufgeregten Diskussionen heraushören konnte, ebenfalls mit Cardone sprechen wollten. D'Aventura gab sich nicht zu erkennen und betrat das Haus. Von Cardones Nachbarin erfuhr er, dass die beiden Freunde vermutlich wie jeden Tag in der Via dell Pratello ihren Espresso trinken würden. »Sie können die beiden nicht verfehlen«, gab sie ihm gegen ein kleines Trinkgeld Auskunft, während sie eine verschwörerische Miene aufsetzte. »Meistens sitzen die zwei im Café ›Giubilo‹.«

D'Aventura warf noch einmal einen Blick auf das Foto von Roberto Cardone, das er sich aus dem Internet hatte ausdrucken lassen, um sich das Gesicht einzuprägen.

In dem Moment, als der Kellner Roberto und Carlo zwei Espressi brachte, trat ein bulliger Mann im zerknitterten Leinenanzug und mit einem großen Pflaster am Kopf an ihren Tisch und setzte sich ihnen gegenüber. Wortlos verglich er ein Foto mit den Gesichtern der beiden Freunde und steckte es wieder in die Tasche. Sein Blick fiel auf den Reisekoffer, der neben Cardones Stuhl stand.

»*Buon giorno,* Signori! Ich störe Sie nur ungern. Mein Name ist Livio d'Aventura, Comandante der Carabinieri in Palermo. Sie gestatten, dass ich mich zu Ihnen setze?«

»Bleibe gelassen mein Herz! Schon größere Frechheit ertrugest du«, zitierte Carlo aus Homers »Odysseus«. »Wollen Sie länger bleiben?«

»Sie sind der Poet Carlo Alberti, wenn ich mich nicht irre«, erwiderte d'Aventura süffisant. »Und das ...« Er deutete auf Cardone. »... ist sicher Ihr Dichterfreund Roberto Cardone.«

»Wie recht Sie haben, Signore! Und Sie werden es mir nachsehen, dass wir als Poeten und Dichter keine Ungereimtheiten vertragen«, konterte Cardone ungehalten. »Vor allem, wenn sich Reporter als Carabinieri ausgeben.«

D'Aventura griff in die Innentasche und zeigte Cardone seinen Ausweis. »Zufrieden?«

»Auf Ihresgleichen bin ich auch nicht gut zu sprechen. Was wollen Sie?«

»Sie sind ziemlich aufgebracht, Signore Cardone. Kann ich auch verstehen, nachdem, was Ihrem Bruder passiert ist. Übrigens, mein Beileid.«

»Danke, dass Sie extra aus Palermo gekommen sind, um mir mitzuteilen, dass mein Bruder mit behördlicher Anordnung eingeäschert wurde!«

D'Aventuras Augenbrauen zogen sich zusammen. »Ich verstehe Sie nicht ganz …«
Cardone griff in die Tasche seines Jacketts, faltete wütend ein Blatt Papier auseinander und reichte es dem Comandante über den Tisch.
»Was ist das?«, fragte d'Aventura widerstrebend.
»Lesen bildet ungemein«, erwiderte Cardone sarkastisch. »Sie müssen die Buchstaben nur in der richtigen Reihenfolge lesen!«
D'Aventura schüttelte den Kopf. »Sie sind eine merkwürdige Type, wissen Sie das?« Er warf einen Blick auf die Rechnung der Stadt Palermo. Betroffen schloss er die Augen. *»Dio mio«*, sagte er leise, legte die Mitteilung vor sich auf den Tisch und stieß hörbar die Luft aus. »Hören Sie, Cardone! Das tut mir wahnsinnig leid. Glauben Sie mir!« Er blickte seinem Gegenüber offen in die Augen. »Das ist wirklich furchtbar.«
»Ja«, sagte Cardone, »das ist es. Haben Sie eine Ahnung, wie ich mich fühle? Erst wird mein Bruder umgebracht, dann von den Medien durch den Dreck gezogen, im Anschluss von Carabinieri beschlagnahmt. Danach schafft man den Toten ins Leichenschauhaus und steckt ihn in eine Kühlkammer, und zu guter Letzt wird er behördlich verbrannt. In welchem Staat lebe ich eigentlich? Können Sie mir das verraten?«
»Es tut mir leid«, wiederholte d'Aventura. »Sie sind zu Recht empört. Aber deshalb bin ich nicht hier. Ich wollte mich mit Ihnen über Ihren Bruder unterhalten.«
»Nur zu!«, fuhr Cardone aufgebracht hoch. »Haben Sie noch ein paar Pietätlosigkeiten auf Lager? Ich bin ganz Ohr.«
D'Aventura war offenkundig bemüht, seinen Gesprächspartner nicht weiter zu reizen. »Jetzt beruhigen Sie sich! Ich bin nicht dafür verantwortlich, wenn ein Sachbearbeiter in irgendeiner Behörde Mist baut. Ich habe nichts dagegen, wenn Sie das Rathaus in Palermo stürmen und dem Deppen eine reinhauen.«

Offenbar hatte d'Aventura die richtige Tonlage getroffen, denn Cardone entspannte sich.
»Wir kennen zwar den Mörder, aber nicht das Motiv«, fuhr der Comandante fort und steckte sich eine Zigarette an.
»Haben Sie ihn gefasst?«
D'Aventura schüttelte bedauernd den Kopf. »Wir suchen ihn noch. Aber es ist nur eine Frage der Zeit, bis wir ihn haben.« Wieder warf er einen Blick auf den Reisekoffer. »Ihrer?«
Cardone zuckte mit den Achseln. Statt zu antworten, fragte er: »Was ist das für ein Schwein, das Enrico das angetan hat?«
»Der Mann heißt Bruno Sforzano. Er gehört der Mafia an. Klingelt da etwas bei Ihnen?«
»Weshalb sollte etwas bei mir klingeln?«, antwortete Cardone abweisend. »Ich habe bisher versäumt, die Mitgliedsliste der Mafia einzusehen, ich werde es aber nächste Woche nachholen.«
»Witzbold!«, brummte d'Aventura und drückte die angefangene Zigarette im Aschenbecher aus. »Mir wäre geholfen, wenn Sie mir einiges über Ihren Bruder erzählen könnten. Was war er für ein Mensch? Welche Hobbys hatte er? Hatte er irgendwelche Vorlieben? Vielleicht hatte er Angst und Sie ins Vertrauen gezogen? Hat er Ihnen gegenüber etwas über eine Verbindung zur Mafia erwähnt? Das sind doch alles Dinge, die man sich unter Brüdern erzählt oder einfach weiß!«
Cardone musterte sein Gegenüber mit sichtlichem Widerwillen. Sein Blick blieb an d'Aventuras Kopfverband haften. »Wahrscheinlich haut man Ihnen andauernd auf den Kopf, weil Sie Menschen in Cafés abpassen und dumme Fragen stellen oder atemberaubende Behauptungen aufstellen.«
Der Comandante lachte laut auf, legte seine Packung Zigaretten auf den Tisch und winkte der Bedienung. *»Un café doppio, prego«*, und im gleichen Atemzug meinte er an Cardone gewandt: »Der Tod Ihres Bruders scheint Ihnen nicht sehr nahezugehen.«

»Nein.«
»Was meinen Sie mit nein? Können Sie auch ganze Sätze bilden?«
Carlo schaltete sich ins Gespräch ein. »Nein ist ein vollständiger Satz und bedeutet in diesem Falle: Der Tod seines Bruders geht ihm nahe. Danken Sie dem Herrn für Ihre Sprachbarriere. Sie bewahrt Sie davor, von uns gelangweilt zu werden.«
»Sie habe ich nicht gefragt!«, knurrte d'Aventura. »Und wenn Sie sich aus unserem Gespräch nicht heraushalten, dann wird Ihnen ganz schnell ganz langweilig!«
»Der Tod meines Bruders geht mir nahe«, wiederholte Cardone, ohne eine Miene zu verziehen. »Der Grad meiner Trauer lässt sich wohl kaum an der Anzahl der vergossenen Tränen ablesen.«
»Immerhin erben Sie ein Vermögen, wenn ich mich nicht irre. Häuser, Konten, eine gutgehende Kanzlei? Insofern gibt es für die Trauer keinen Anlass, nicht wahr?«
»Wenn Sie es so genau wissen«, antwortete Cardone einsilbig, »weshalb fragen Sie mich?«
»Sicher hat Ihr Bruder ein Testament verfasst«, bohrte d'Aventura weiter, »schließlich war er Anwalt.«
»Ja.«
»Das möchte ich bitte sehen.«
»Weshalb?«
»Weil ich gerne wüsste, welche Reichtümer Ihr Bruders im Laufe der Jahre angesammelt hat.«
»Enrico war nicht reich!«, erwiderte Cardone aggressiv. »Ich bekomme mein Elternhaus und das Haus, in dem mein Bruder die Kanzlei betrieben hat. Beide sind renovierungsbedürftig, wenn ich das anmerken darf.«
»Vergiss das Konto in Verbania nicht!«, schaltete sich Carlo ein und hielt erschrocken seine Hand vor den Mund! »*Scusi*, Signore! Ich habe ja Redeverbot.«
Cardone verstand den Hinweis seines Freundes sofort. »Rich-

tig«, sagte er und wandte sich an d'Aventura. »Ein Konto bei der Cassa di Risparmio. Etwas über fünfzigtausend Euro. Damit kann ich nicht einmal die Fenster erneuern.«
D'Aventuras Blick schweifte wie zufällig über die sich am Café vorbeidrängenden Passanten. Wie es schien, dachte er über Cardones Worte nach, während die Bedienung einen Espresso vor ihn hinstellte. Der Comandante nahm zwei Löffel Zucker und starrte in die Tasse. »Wo ist das Testament?«, fragte er, ohne aufzublicken.
»Machen Sie einen Ausflug an den Lago Maggiore! Es befindet sich beim Nachlassgericht in Pallanza.«
D'Aventura schien die Ruhe selbst, obwohl in ihm der Ärger über die ablehnende Haltung Cardones gärte. »Verzeihen Sie, Signore Cardone«, sagte er, »Sie haben keinen Grund, mir so feindselig zu begegnen.«
Cardone schaute unverwandt den Koloss an, der mit Inbrunst den Zucker in seinem Espresso verrührte. »Man hat mich bei den Carabinieri behandelt wie einen Verbrecher, als ich mich um die sterblichen Überreste meines Bruders kümmern wollte. Ich habe mich sogar an Ihre Behörde in Palermo gewandt. Niemand gab mir eine vernünftige Antwort auf meine Fragen. Ich wurde regelrecht abgewimmelt! Stattdessen werde ich von Reportern verfolgt und kann seit Tagen nicht auf normalem Wege das Haus verlassen. Leute wie Sie habe ich bis hierhin!« Er legte die Handkante unter das Kinn. »Sie erlauben?« Er griff nach d'Aventuras Zigarettenschachtel und bediente sich.
»Da kann ich Sie nur darum bitten, für meine Kollegen Verständnis zu haben. Sie sind in einer schwierigen Situation. Der Fall Ihres Bruders ist brisant. Sicher ist Ihnen bekannt, dass er Consigliere der Mafia war. Die Spekulationen in der Presse können Ihnen nicht entgangen sein, oder?«
»Früher hatten die Menschen die Folterbank, ein paar Jahrhunderte später wurde sie durch die Presse ersetzt, und jetzt nerven Sie mich mit rhetorischen Fragen!«

D'Aventura lächelte verständnisvoll. »Ich gehe davon aus, dass Sie sich kooperativ zeigen und mich bei meiner Arbeit unterstützen. Alles deutet darauf hin, dass Ihr Bruder in Premeno ausschließlich für die Mafia gearbeitet hat. Jetzt wüssten wir gerne, was er in Palermo wollte.«

Cardone schnellte vom Stuhl hoch und stützte sich mit beiden Armen auf die Tischplatte. »Sie nerven mich mit Ihrer Fragerei! Ich dachte bislang, eine lebhafte Phantasie sei nur uns Künstlern vorbehalten. Woher nehmen Sie die Gewissheit, dass Enrico Consigliere der Paten gewesen sein soll?«

»Der Geheimdienst hat ihn zwei Jahre lang beobachtet«, entgegnete d'Aventura ruhig. »Er war der persönliche Finanz- und Rechtsberater der Signori Santorini und Massimo. Wussten Sie das nicht?«

Cardones Knie gaben nach, und er sackte zurück auf den Stuhl. »In den Zeitungen stand so etwas, aber es wurden keine Namen genannt. Weshalb fragen Sie mich und nicht diese Männer? Verhaften Sie sie doch!«

D'Aventura nippte an seinem Espresso, und Cardone schien es, als sei sein Gegenüber unangenehm berührt. »Sie haben überzeugende Ideen, Signore!«, erwiderte der Comandante knurrend.

»Ist es eigentlich erlaubt, einen Toten zu diffamieren?«

D'Aventura fixierte Cardone mit einem kritischen Blick. »Wollen Sie etwa den Unschuldsengel spielen? Ich wette, Sie wissen verdammt viel über die Arbeit und die Klienten Ihres Bruders. Erzählen Sie mir doch etwas über seine Schwarzgeldkonten.«

Das Blut wich aus Cardones Gesicht, und seine Lippen bebten. »Was stellen Sie sich eigentlich vor? Selbst wenn mein Bruder Schwarzgeld gehabt hat, hätte mich das nicht im Geringsten interessiert! Und wenn er Konten im Ausland hatte, würde ich das Ihnen nicht auf die Nase binden. Also verschonen Sie mich mit diesem Quatsch! Stellen Sie diese Fragen gefälligst seinen Partnern! Wenn jemand darüber etwas weiß, dann die beiden.«

»Interessant!« D'Aventura schlug die Beine übereinander und wirkte plötzlich völlig entspannt. »Kennen Sie den Ausspruch: Der Kopf produziert Gitterstäbe oder Südseeinseln? Mich würde interessieren, wie sich das bei Ihnen verhält.«

Unter den gesenkten Augenlidern hervor beobachtete er Cardones zunehmende Nervosität. Der bemühte sich, seine Hände still zu halten, und suchte mit Blicken bei seinem Freund Hilfe.

Der Comandante lächelte wissend in sich hinein. »Täusche ich mich, oder sind Sie so ein gelangweilter Typ, der in Anwesenheit Fremder stets so eine Art leise Verachtung zeigt?«

»Nur wenn Fremde aufdringlich werden.«

»Na gut … Sie haben die Wahl. Sie können mir bei einem gemütlichen Plausch ein wenig über die Machenschaften Ihres Bruders erzählen, ich kann Sie aber gleich in die Questura mitnehmen. Ganz wie Sie möchten! Das ist dann nicht ganz so gemütlich wie hier in dem Café. Und ich würde mir natürlich sehr viel Zeit für Sie nehmen.«

Cardone erschrak. »Das dürfen Sie gar nicht.«

»Oh doch«, entgegnete d'Aventura. »Bei einem begründeten Verdacht darf ich alles.«

»Beamte sind unbestechlich«, grummelte Carlo dazwischen. »Sie sagen immer die Wahrheit. Sogar für Geld.«

»Und Sie, mein Lieber, Sie sind mir suspekt«, zischte d'Aventura durch die Zähne, schaute aber Cardone in die Augen, der den Blick kalt erwiderte.

»Sich von einem ungerechten Verdacht reinigen zu wollen ist entweder überflüssig oder vergeblich«, antwortete Cardone. »Schon deshalb wäre es überflüssig, mich vorzuladen, wenn Sie verstehen, was ich meine.«

»Versteht er nicht«, mischte sich Carlo wieder ein und lachte. »Er ist ein Carabiniere! Du musst wissen, Roberto, wer Verdacht erregt oder sich in verdächtiger Weise verdächtig macht, wird verdächtigt, ein Verdächtiger zu sein.«

»Ihr zwei Komiker seid nicht ganz dicht«, erwiderte d'Aventura verärgert. »Signore Cardone, ich gebe Ihnen jetzt eine Kostprobe, was Sie erwarten könnte: Ihr Bruder war ein ganz gerissenes Kerlchen und hat verdammt viel Geld beiseitegeschafft. Ein Haufen Leute sind hinter dem Geld her, vorwiegend Menschen ohne Humor, wenn Sie wissen, was ich meine. Dann gibt es noch andere, die glauben, dass Sie gefährlich werden könnten. Die Sorte hat noch weniger Humor.«

»Sind Sie verrückt?«, presste Cardone hervor.

»Nein. Aber Sie scheinen naiv zu sein. Nutzen Sie die einzige Chance, die Sie haben! Reden Sie mit mir!«

Cardone seufzte. »Also gut! Zwei Tage nach der Fernsehsendung war ich in Enricos Kanzlei«, begann er leise. »Ich wusste nicht, was ich tun sollte. Die Carabinieri hier in Bologna wollten mir nichts sagen, die Beamten der Questura in Palermo haben mich abgewimmelt. Da dachte ich, Senna und Pantrini, die Partner in Premeno, könnten mir helfen.« Er schwieg plötzlich. Wie entrückt saß er da, als blicke er sich selbst in die Seele.

»Und?«, bohrte d'Aventura weiter. »Konnten sie?«

Cardone blickte d'Aventura wie ferngesteuert an. »Ich habe zuerst nur Senna angetroffen«, antwortete er, »und ihn natürlich gefragt, was mein Bruder in Palermo wollte. Aber er versuchte, mich genauso abzuwimmeln wie alle anderen.«

D'Aventura kniff die Augen zusammen. »Sie sehen mir nicht danach aus, als wenn man Sie so einfach wegschicken könnte. Was war los in Premeno?«

»Sie haben recht«, murmelte Cardone. »Ich war wütend.« Plötzlich fuhr er den Comandante an. »Senna hat mich behandelt wie einen Idioten, verstehen Sie? Er redete mit mir von oben herab, als seien meine Fragen infantil und weltfremd. Dabei war nicht zu übersehen, dass etwas nicht stimmte. Die

Kanzlei soll geschlossen werden, sagte er. Damit hatte ich überhaupt nicht gerechnet. Außerdem schob er andauernd Dokumente in den Schredder.«

»Dokumente?«

»Alles Mögliche. Kontoauszüge, Listen, Briefe. Ich habe mich noch gewundert, weshalb er mir ein herumliegendes Blatt aus der Hand gerissen und sofort in den Papiervernichter gestopft hat. Es standen zehn oder zwölf Namen drauf, und ich glaube, es waren Zahlen dahinter vermerkt. Ich habe ihn natürlich gefragt, was das Ganze soll …«

»Was?«, fuhr d'Aventura auf. »Sagen Sie das noch mal!«

»Er hat Dokumente vernichtet.«

»Ja, das haben Sie schon gesagt. Ich meine die Namen! Was für Namen, was für Zahlen waren das? Kontonummern? Telefonnummern? Geldbeträge? Können Sie sich erinnern?«

Cardone stöhnte unwillig. »Vornamen und Kontonummern, soweit ich mich erinnere. Ich habe das Blatt höchstens zwei Sekunden in der Hand gehabt.«

»Was für Vornamen?«

»Carlo, Romano, Emilio, Bettino … Es sah aus wie eine Liste möglicher Taufnamen für einen männlichen Nachwuchs. Die Zahlen waren sieben- oder achtstellig, ich habe nicht so genau drauf gesehen.«

»Ist Ihnen sonst noch etwas aufgefallen?«

Cardone dachte nach. »Ja. Kurz vor meiner Ankunft in Premeno begegnete mir ein Lastwagen. Von einem Unternehmen, das professionell Akten vernichtet.«

D'Aventura schloss die Augen und stützte seinen Kopf in die Hände. »Sind Sie sicher?«

Carlo blickte seinen Freund, der an seiner Unterlippe kaute, besorgt an. Er gab ihm unterm Tisch einen warnenden Fußtritt.

Cardone schreckte zusammen und nickte. »Pantrini, den ich später getroffen habe, sagte mir, sie hätten altes Zeug entsorgt.

Was sollte ich tun? Mich gehen diese Dinge nichts an. Im Übrigen waren die Büros sowieso fast völlig geräumt.«
»Weshalb haben Sie nicht die Carabinieri informiert?«, fauchte d'Aventura ungehalten. »Da müssen doch alle Alarmglocken bei Ihnen geläutet haben!«
Wieder spürte Cardone einen Tritt unterm Tisch, und er sah Carlos warnenden Blick. Er wandte sich an d'Aventura und sagte: »Es gab absolut keinen Grund, das zu tun. Und ab jetzt können Sie mich mal! So, wie Sie fragen, kommt es mir vor, als stamme ich aus einem Verbrechernest, sei vielleicht sogar selber einer von diesen Mafiosi. Ich lasse mir von niemandem das Andenken an Enrico zerstören. Auch nicht von Ihnen!«
D'Aventura überging Cardones emotionalen Ausbruch. »Wann haben Sie Ihren Bruder das letzte Mal gesehen?«
Carlo mischte sich wieder ins Gespräch ein und sagte sarkastisch: »Vor zwölf Tagen im Fernsehen.«
»Hören Sie ... Sie Dichter!«, zischte d'Aventura böse und kniff die Augen zusammen. »Könnten Sie liebenswürdigerweise die Klappe halten?« Er wandte sich wieder an Cardone. »Also?«
»Lebend?«, fragte Cardone und blickte den Polizeikommandanten kalt an.
»Ja.«
»Vor mehr als zwei Jahren. Wir hatten ein schwieriges Verhältnis. Und wenn Sie jetzt fragen wollen, ob mein Bruder mich über seine Geschäfte oder seine Mandanten informiert hat, dann können Sie sich das sparen. Darüber hat er mit mir nie gesprochen, und ich wollte darüber auch nichts wissen. Ist das endlich alles?«
»Mit anderen Worten, eine stille Übereinkunft. Sie ahnten also, dass Ihr Bruder unsaubere Geschäfte tätigte.« D'Aventura beobachtete sein Gegenüber wie eine lauernde Natter.
Cardone winkte d'Aventura mit einer knappen Handbewegung näher zu sich heran, als wolle er ihm etwas Vertrauliches sagen. Dann raunte er: »Die Schlichtheit Ihrer Schlussfolge-

rungen unterschreitet sogar die dümmsten Vorurteile über Carabinieri. Haben Sie es nicht begriffen? Ich habe keine Lust mehr!«

»Den Witz kannte ich, mein Lieber! Ich will nicht unken, aber meiner Meinung nach hat in unserem Land jeder Rechtsbrecher einen Anspruch darauf, bestraft zu werden. Deshalb kümmere ich mich auch um Leute wie Sie! Wissen Sie, Cardone«, fuhr d'Aventura freundlich fort, »die einen schieben Wahrheiten vor sich her, die anderen tragen sich krumm an der Lüge. Welcher der beiden Gruppen gehören Sie denn an?«

»Dreimal dürfen sie raten. Und wenn Sie ihren Espresso ausgetrunken haben, verschwinden Sie! Ich habe Ihnen nichts mehr zu sagen, außer: Finden Sie Enricos Mörder!«

D'Aventura nickte nachdenklich. »Ach, noch eine letzte Frage: Wohin wollen Sie reisen?«

Cardones Stimme überschlug sich fast. »Darf ich etwa nicht?«, fragte er scharf zurück.

»Das habe ich Sie nicht gefragt«, antwortete d'Aventura.

»Möglicherweise mache ich einen Kurzurlaub, um mich von Ihnen zu erholen. Dagegen spricht doch nichts, oder?«

Der Comandante sah Cardone ruhig in die Augen. Dann kippte er den Rest seines mittlerweile kalten Espressos hinunter, erhob sich und verschwand ohne ein weiteres Wort im Menschengewühl unter den Arkaden der Via dell'Indipedenza.

Kaum war er ein paar Schritte gegangen, klingelte das Handy in seiner Tasche.

»Hi, Livio! Ich bins, Emilio. Wo bist du gerade?«

»In Bologna, wo sonst«, erwiderte d'Aventura. »Vor einer Minute habe ich mit Roberto Cardone gesprochen und habe erfahren, dass die Kanzlei in Premeno aufgelöst wurde. Anscheinend haben die Herrschaften alle Akten beiseitegeschafft.«

»Aus dem gleichen Grund rufe ich an«, antwortete Venaro, »unter anderem. Bevor du weiterredest, erst einmal das Wichtigste: Minetti will sofort mit dir sprechen. Hier raucht die Bude.«

»Ich kann mir denken, weshalb.«

»Wie es aussieht, will er dich vom Fall abziehen.«

»Das höre ich heute zum zweiten Mal«, polterte d'Aventura. »Minetti kann mich … Ich fliege mit der nächsten Maschine nach Varese und lasse mich dort abholen. Ich will morgen nach Premeno zu den Anwaltskollegen dieses Cardone …«

»Das kannst du dir sparen«, unterbrach Venaro den Comandante. »Die Carabinieri aus Stresa wollten die beiden gestern zum Verhör abholen, haben aber nur eine leere Kanzlei vorgefunden. Dort hängt nicht einmal mehr ein Vorhang. Zu Hause waren die Herren auch nicht. Sie scheinen fluchtartig das Land verlassen zu haben. Den Nachbarn zufolge wurden sie seither nicht mehr gesehen.«

»Porca miseria!«, fluchte d'Aventura.

»Wie dem auch sei«, fuhr Venaro fort, »ich muss dich mit dem Chef verbinden. Wenn er erfährt, dass wir beide …«

»Später!«, fuhr d'Aventura seinem Assistenten über den Mund. »Ich drehe fast durch. Es geht alles schief, was nur schiefgehen kann. Aber der Reihe nach …! Wer hat die Einäscherung unseres Cardone angeordnet?«

D'Aventura hörte aus dem Handy überraschtes Atmen. »Spinnst du?«

»Nein! Roberto Cardone hat mir vor zehn Minuten den Wisch unter die Nase gehalten. In dem Brief stand irgendetwas von einem Kommunikationsfehler. Man hätte nicht gewusst, dass der Tote einen Verwandten habe. Wie kann so etwas passieren?«

»Die Leiche ist direkt nach Einlieferung in die Gerichtsmedizin vom Staatsanwalt freigegeben worden. Es gab keinen Anlass, sie zu obduzieren. Normalerweise teilt in einem solchen Fall das Gericht den Angehörigen sofort mit, dass die Bestattung vorgenommen werden kann.«

»Aber genau das ist nicht passiert!«

»Und was jetzt?«, fragte Venaro mürrisch. »Soll ich seine Asche reanimieren?«

»Es reicht, wenn der lebendige Cardone in Bologna stinksauer ist. Und das mit Recht.«

»Ich werde mich um eine Entschuldigung kümmern, Livio. Übrigens, Rosanna Lorano ist in Italien eingereist. Sagt dir der Name etwas?«

»Perlaquale?« D'Aventura stockte der Atem. Entsetzt fasste er sich an die Stirn. »Sieh doch mal in den Unterlagen nach! Der SISDE hat sie als die gefährlichste Killerin der Mafia eingestuft.«

»Glaubst du, ich schlafe bei der Arbeit? Ich habe längst in deinen Akten nachgesehen. Es stimmt!«

»Wann ist sie eingereist?«

»Heute vor zwei Wochen. Sie kam mit der Maschine aus Haifa in Bologna an, also noch vor Cardones Ermordung.«

»Und weshalb erfahren wir das erst jetzt?«, schimpfte d'Aventura und trat ungehalten gegen einen Laternenpfahl.

»Die vertrauliche Information habe ich unter der Hand bekommen. Offiziell wissen wir überhaupt nichts von ihrer Anwesenheit.«

»Was soll diese Geheimniskrämerei?«, fluchte d'Aventura los. »Weshalb sollen wir als Antimafiabehörde darüber nichts wissen?«

»Frag den Geheimdienst! Ich weiß nur, dass die Kollegen in der Questura von Bologna zufällig Wind von ihrer Einreise erhalten haben. Die Dame wurde sozusagen inkognito durch den Zoll geschleust. Ich verstehe das selber nicht.«

»Könntest du dich präziser ausdrücken? Was bedeutet ›durchgeschleust‹?«

»Bei den Kollegen lag die Info vor, Lorano sei eine mutmaßliche Mafiakillerin, und man wollte sie bei der Ankunft abfangen. Stattdessen wurde sie, sofern mich mein Informant richtig ins Bild gesetzt hat, vom Staatsschutz über die Grenze eskortiert. Ich konnte es zuerst nicht glauben und habe mich sofort mit den Beamten am Flughafen in Verbindung gesetzt. Sie haben mir klipp und klar bestätigt, dass man sie kurz vor dem Zugriff zurückgepfiffen hat. Wir sollen uns ans Innenministerium wenden. Da frage ich mich, warum.«

»Ich mich auch«, entgegnete d'Aventura nachdenklich.

»Mein Informant hat sich an die Eskorte drangehängt«, fuhr Venaro fort, »und mitbekommen, dass die Lorano mit einem dunklen Mercedes mit römischem Kennzeichen am Flughafen abgeholt wurde. Wenn du mich fragst, war die Ankündigung, dass Lorano in Italien einreist, lanciert.«

»Dann sollten wir herausfinden, wer von ihrer Ankunft erfahren sollte. Wir? Romano Grasso? Der militärische Geheimdienst?«

»Ehrlich gesagt«, erwiderte Venaro, »die ganze Angelegenheit stinkt inzwischen zum Himmel.«

»Steht fest, dass sie nicht nach Palermo weitergeflogen ist?«, fragte d'Aventura.

»Es gibt viele Wege, um nach Palermo zu kommen. Aber das ist jetzt meine Vermutung. Jedenfalls stand sie auf keiner Passagierliste. Theoretisch wäre es auch mit dem Auto oder mit dem Schnellzug möglich. Aber wie ich gerade sagte, sie ist abgeholt worden. Ich kann mir absolut keinen Reim darauf machen.«

»Haben wir den Autotyp und Kennzeichen?«

»S-Klasse und Kennzeichen des Innenministeriums.«

»*Dio mio!* Halten die in Rom uns für Idioten? Ich werde allmählich wahnsinnig. Was will sie in Bologna?«

»Zu deiner Information, ich habe sofort Pallardo angerufen, weil ich wissen wollte, ob der SISDE seine Finger drin hat. Aber der Oberst sagte, die Lorano würde seinen Dienst nicht im Geringsten interessieren. Vielleicht bilde ich es mir nur ein, vermutlich war sie jedoch auf die Anwälte Senna und Pantrini angesetzt, denn zwei Tage nach ihrer Ankunft tauchte sie in einem siebener BMW in Premeno auf. Sie wurde dort zufällig von einem Dorfpolizisten gesehen, der mir die Signorina ziemlich gut beschreiben konnte. Er wusste zwar nicht, um wen es sich handelte, aber ihr außergewöhnliches Aussehen ist ihm aufgefallen. Aber da ist noch etwas …!«

»Und? Weiter!«

»Just zum gleichen Zeitpunkt tauchte Roberto Cardone in der Kanzlei seines Bruders auf. Das deckt sich mit deiner Ermittlung. Und nun frage ich mich, was das alles zu bedeuten hat.«

»Darauf sollten wir schnell eine Antwort finden, mein Lieber. Und klemm dich bitte dahinter, wer da noch seine Finger im Spiel hat. Ich werde das idiotische Gefühl nicht los, dass wir wie die Deppen an der Nase herumgeführt werden.«

»Dann geht es dir wie mir«, erwiderte Venaro trocken. »Ich habe mir die Akte dieser Dame angesehen. Das ist vielleicht ein Herzchen! Ich kann es dir mal vorlesen: Knapp vierunddreißig Jahre alt. Sie lebt seit dem zwölften Lebensjahr in Teverya, Israel, ein Kaff nahe der Golanhöhen. Abitur, Studium, Militär. Spezialausbildung in der Armee … Lieber Himmel!«, murmelte Venaro in den Telefonhörer. »Ihr Lebenslauf liest sich wie ein billiger Kriminalroman. Nahkampfausbildung und Expertin auf dem Gebiet der Pyrotechnik. Innerhalb von zwei Jahren avancierte sie zum Leutnant. Willst du noch mehr wissen?«

»Lies weiter!«, erwiderte d'Aventura, »wenn sie Gebäude in die Luft sprengen kann, könnten wir sie fragen, ob Sie uns nicht da und dort einen kleinen Gefallen tun könnte …«

»Davon steht hier nirgends etwas.« Venaro kicherte. »Aber sie bekam in der Armee mehrere Auszeichnungen als Topschütze. Vier Jahre später wechselte sie zum Mossad. Dort diente sie in der Sondereinheit Caesarea des israelischen Geheimdienstes.«

»Caesarea? Habe ich irgendwo schon einmal gehört. Was ist denn das für ein Verein?«, fragte d'Aventura.

»Das Killerkommando des Mossad. Eine berüchtigte Truppe. Sie ist bekannt geworden durch die Liquidierung der Geiselnehmer bei den Olympischen Spielen im Jahr 1972 in München. Das war zwar vor Loranos Zeit, aber heute sind die Agenten von Caesarea kaum weniger zimperlich, eher das Gegenteil. In dem Zusammenhang erinnere ich dich an unseren toten Monti. Die Knarre, die verwendet wurde, war mit hoher Wahrscheinlichkeit eine 357er Dessert Eagle Magnum. Eine israelische Waffe!«

»Glaubst du, die Lorano rennt mit einem solchen Monstrum von Kanone herum? Und dann noch mit Schalldämpfer?«

»Wer will das ausschließen? Jedenfalls würde alles passen, sofern da nicht unser großer Unbekannter eine Spur fingieren will. Langer Rede kurzer Sinn, die Dame ist vor drei Jahren aus dem israelischen Staatsdienst ausgeschieden. Und nun die Überraschung! Sie wird mit Romano Grasso in Verbindung gebracht. Angeblich ist sie seine Freundin. Bei dem Decknamen und der Vergangenheit darf man gespannt sein, wie es weitergeht.«

»Diese Lorano hat mir zu meinem Glück noch gefehlt. Gibt es außerdem etwas, was ich wissen müsste?«, fragte d'Aventura.

»Du erinnerst dich, unsere Kollegen in Verbania sollten Cardones Kanzlei durchsuchen, was allerdings vom SISMI verhindert wurde. Jedenfalls waren die Männer in andauernder Bereitschaft, und sie haben die schöne Rosanna observiert. Sie ist von Premeno nach Milano gefahren, hat sich dort im Hotel ›Cavalieri‹ eingemietet und danach eine Shoppingtour unternommen. Anscheinend hat sie mitbekommen, dass sie beschattet wurde.«

»Mit anderen Worten, sie ist spurlos verschwunden, oder?«

»Sie war verschwunden. Wir haben sie wieder aufgestöbert. Sie treibt sich erneut in Bologna herum. Ich kann nur hoffen, dass sie nicht wieder aus unserem Visier verschwindet. Und was gibt es bei dir Neues?«

D'Aventura griff sich entnervt an die Stirn. »Cardone war, wie du gesagt hast, in der Kanzlei seines Bruders, und da war dieser Senna dabei, Beweismittel zu vernichten, als er dort auftauchte. Aber vielleicht haben wir Glück. Suche dir alle Adressen der Firmen in und um Verbania heraus, die professionell Akten vernichten. Cardone hat mir erzählt, dass ein Lkw Unterlagen aus der Kanzlei abgeholt hat. Auch wenn wir nur minimale Chancen haben, möglicherweise finden wir doch noch etwas. Setz ein Sonderkommando in Bewegung!«

»*D'accordo,* wird erledigt«, erwiderte Venaro. »Noch etwas, Livio – weil es so schön passt! Der Questore Lazio aus Milano hat mir vor einer Stunde bestätigt, dass Cardones Haus in Premeno von den Carabinieri gestürmt werden sollte. Die Beamten lagen deshalb seit Tagen auf der Lauer und sollten den Einsatz koordinieren, wurden aber im letzten Augenblick vom Innenministerium zurückgepfiffen. Ich möchte zu gerne wissen, wer seine Finger im Spiel hat?«

»Grasso, wer sonst! Ich möchte wetten, dass er seine Verbindungen zum Verteidigungsministerium genutzt hat.«

»Ach, noch etwas …«, flocht Venaro ein. »Die Bude mit dem toten Monti ist eine städtische Wohnung. Kein Schwein weiß, wer die Miete bezahlt. Völlig dubios. Aber wir sind dran.«

»Vielleicht wird sie über einen Strohmann von Grasso bezahlt … oder von irgendeinem Ministerium«, meinte d'Aventura nachdenklich.

»Wie kommst du auf diese Idee, Livio?«

»Seit meiner Ankunft in Bologna habe ich den militärischen Geheimdienst am Hals«, erwiderte d'Aventura bitter. »Wir haben in ein Hornissennest gestochen.«

»Was hat der SISMI mit Cardone zu tun? Das ist doch, wenn überhaupt, eine Angelegenheit des zivilen Geheimdienstes.«

»Nicht, wenn es um Waffendeals geht. Erinnere dich an meinen Streit mit Minetti! Er hat sich mit Händen und Füßen gegen meinen Verdacht gestemmt, dass Santorini, Massimo und

Grasso ein großes Rad drehen. Weiß der Himmel, welchem Gott unser kleiner Napoleon dient. Es würde jetzt zu weit führen, am Telefon über diese merkwürdigen Zusammenhänge zu spekulieren. Aber Fakt ist, zwei SISMI-Offiziere haben mich am Flughafen abgepasst und wollten mir die Würmer aus der Nase ziehen. Klartext, sie wollten wissen, was wir in der Sache Cardone unternehmen. Irgendjemand hat die Hosen gestrichen voll. Colonnello Fessoni und sein Adjutant Casagrande, so heißen die Vögel, haben mich in Kenntnis gesetzt, dass ich mit sofortiger Wirkung vom Fall Cardone abgezogen bin.«

»Hmm …«, brummte Venaro in den Telefonhörer. »Was für ein Zufall! Du erinnerst dich an den zerknüllten Zettel, den Monti in der Hand hatte? Dann wirst du deine Freude haben. Wie hieß der Colonnello noch einmal? Fessoni?«

»Ja«, erwiderte d'Aventura kurz.

»Unsere Analytik hatte ein wenig Glück. Irgendein Kerl, dessen Namen mit Fes beginnt, ist ein Schwein, weil er mit Montis Frau schläft oder geschlafen hat.«

D'Aventura pfiff überrascht durch die Zähne. »Ich werde verrückt! Weißt du, was das heißt? Ein Offizier des militärischen Geheimdienstes kannte den ermordeten Monti, den Kerl, der wahrscheinlich den Mord an Cardone gefilmt hat. Den Kerl, der gemeinsam mit Sforzano diese Sauerei veranstaltet hat.« Er machte eine Pause und dachte fieberhaft nach. »Das passt alles wie Faust auf Gretchen …«, flüsterte er mehr zu sich als in den Hörer. »Wenn die ominösen Buchstaben tatsächlich Fessoni bezeichnen«, fuhr er fort, »dann könnte er auch derjenige sein, der Monti umgebracht hat und ihm den verräterischen Zettel aus der Hand reißen wollte. Möglicherweise verdanke ich ihm auch die Beule an meinem Kopf.«

»Komm zurück nach Palermo!«, bat Commissario Venaro seinen Chef mit eindringlicher Stimme. »Du bringst dich verdammt noch einmal in fürchterliche Schwierigkeiten!«

D'Aventuras Hirn lief auf Hochtouren. »Bleib einen Moment dran!« Nervös ging er vor einem Laden auf und ab und versuchte seine Gedanken zu ordnen. Das Einzige, was er jetzt in Anbetracht der neuen Entwicklung tun konnte, war noch einmal mit Cardone zu sprechen, um ihn vor Lorano beziehungsweise Perlaquale zu warnen. Um die Zettelgeschichte und diese merkwürdigen Zusammenhänge musste er sich später kümmern.

»Bist du noch dran?«, tönte Venaros Stimme ungeduldig aus dem Hörer. »Hast du nicht gehört, was ich gesagt habe? Verdammt, setz dich in den nächsten Flieger und komm nach Palermo!«

»Ja, doch … Ich muss überlegen … irgendetwas tun. Ich kann Roberto Cardone nicht ahnungslos herumrennen lassen.«

»Dann hör mir zu!«, bat der junge Commissario. »Wenn Lorano tatsächlich auf Roberto Cardone angesetzt ist, kann er uns nur noch leidtun, es sei denn, wir sperren ihn ein.«

»Genau das Gleiche habe ich eben auch gedacht«, brummte d'Aventura. »Aber dann müsste Cardone nicht nur kooperativ sein, er müsste auch mitspielen. Aber so, wie ich ihn kennengelernt habe, können wir das Thema abhaken.«

»Was könnte diese Lorano von Cardone wollen?«, fragte Venaro düster. »Könnte es sein, dass sie über ihn den Aufenthalt der Rechtsanwälte herausfinden will?«

»Das ist Quatsch. Aber sind die zwei nicht wie vom Erdboden verschwunden?«

»Sagte ich!«, bestätigte Venaro lapidar. »Oh, an die Variante habe ich noch gar nicht gedacht!«

»Dann weißt du, was du jetzt zu tun hast.«

»*D'accordo,* Livio. Ich alarmiere sofort die Kollegen in Verbania.«

»Ich habe ein verdammt mulmiges Gefühl«, raunte d'Aventura in den Hörer.

»Ich auch«, sagte Venaro leise. »Willst du noch eine Theorie hören?«

»*Si, securo …!*«

»Roberto Cardone weiß mehr über die Geschäfte seines Bruders, als ihm guttut. Wenn das in diesen Kreisen bekannt ist, wird ihn die hübsche Rosanna über kurz oder lang über den Jordan schicken. Nicht umsonst kommt sie aus Israel.« Venaro kicherte belustigt.

»Spar dir deinen Zynismus! Ich finde das nicht lustig. Aber was du sagst, könnte stimmen. Dann jedoch hatte Roberto Cardone bis jetzt mehr Glück als Verstand, wenn er ihr noch nicht über den Weg gelaufen ist. Übrigens, er hat vor zu verreisen. Sein Koffer stand neben ihm am Tisch, als ich mit ihm gesprochen habe. Allerdings wollte er mir nicht verraten, wohin es gehen solle, und er sah auch nicht danach aus, als sei er beunruhigt. Mit anderen Worten, er weiß bestimmt nicht, welche Laus er im Pelz hat. Das wiederum spräche für ihn und seine völlige Naivität. Dem Koffer nach ist er länger als ein oder zwei Tage unterwegs. Im Augenblick können wir nichts tun, außer auf ihn aufpassen. Wir müssen herausfinden, ob die Lorano tatsächlich hinter ihm her ist.«

»Das würde bedeuten, dass ich mindestens zwei oder drei meiner Männer abstellen müsste. Was glaubst du, was Minetti dazu sagt?«

»Versuche es wenigstens!«, erwiderte d'Aventura, aber seine Stimme verriet, dass er nicht daran glaubte, für eine solche Maßnahme eine Genehmigung zu erhalten.

»Wir können es drehen, wie wir wollen«, sagte Venaro, »ich schließe nicht aus, dass der Poet in die Sache irgendwie verstrickt ist.«

»Auf keinen Fall!«, erwiderte d'Aventura kategorisch. »Cardone und sein Dichterfreund sind keine Kriminellen. Für mich sind sie intellektuelle Spinner, zwar ziemlich gerissen, clever und unfreundlich, aber im Großen und Ganzen harmlos.«

»Na, dann haben sie etwas mit dir gemeinsam.« Venaro lachte in den Hörer.

»Nur eines ist bedauerlich«, fügte d'Aventura hinzu, ohne auf die Spitze seines Assistenten einzugehen, »Cardone war mir gegenüber nicht restlos offen. Anscheinend war er schockiert, weil er ein völlig falsches Bild von seinem Bruder hatte. Das muss er erst einmal verdauen. Nicht jeder hat einen Mafioso zum Bruder.«
»Hast du es ihm so direkt gesagt?«
»Ja«, erwiderte der Comandante. »Irgendwie ist er zu bedauern, obwohl er mir gegenüber den Überlegenen gespielt hat. Offenbar war ich so überzeugend, dass er mir mehr oder weniger ausführlich über seinen Besuch in Premeno erzählt hat. Meiner Einschätzung nach gab es für ihn durchaus verständliche Gründe, dorthin zu fahren.«
»Hmm …«, antwortete Venaro. »Jedenfalls nehme ich sofort mit den Kollegen in Bologna Kontakt auf. Wir müssen jederzeit wissen, wo sich diese Lorano herumtreibt. Dann werden wir auch bald wissen, was sie vorhat.«
»Dein Wort in Gottes Ohr!«, murmelte d'Aventura. »Sie ist gefährlicher als ein Sack voller Taranteln.«
»Und wenn du sofort die Questura alarmierst …«
»Geht nicht. Ich muss die Leute vom SISMI abhängen. Wenn ich Glück habe, finde ich meine zwei Poeten. Möglicherweise sitzen sie noch in diesem Café.«
Venaro atmete gepresst. »Und wenn nicht?«
»Dann werde ich mit Oberst Pallardo und Staatsanwalt Ponti Verbindung aufnehmen.«
»Und ich lasse in Bologna feststellen, ob Cardone einen Flug gebucht hat«, ergänzte Venaro.
»Vergiss die Bahn nicht!«
»Soll ich sicherheitshalber jemand zur Wohnung der Freunde schicken? Cardone hat ein Auto. Vielleicht will er mit seiner Karre verreisen und sie steht noch da.«
»Ja, tu das! Und bitte kümmere dich auch um diese Anwälte! Senna und Pantrini müssen gefunden werden, koste es, was es

wolle! Setze die ganze Maschinerie in Gang! Flughäfen, Bahnhöfe, Taxistände, Buslinien, du kennst das ja! Ach … und richte Minetti aus, ich rufe ihn in zehn Minuten an. Sag, ich sei gerade auf dem Klo und habe Durchfall!«
D'Aventura schaltete das Handy aus und schlenderte zu dem Café zurück. Doch der Tisch an dem Cardone mit seinem Freund gesessen hatte, war leer.

Isola Moneta

Carlo kämpfte sich durch Bolognas abendlichen Berufsverkehr, während Cardone neben ihm mit seinem Feuerzeug spielte.
»Warum hast du dich nicht noch einmal bei diesem d'Aventura gemeldet? Sein Anruf hat ziemlich dringend geklungen.«
»Ich mochte nicht!«
»Weshalb nicht? Er hat mir extra seine Telefonnummer für dich gegeben. Eigentlich solltest du bei ihm in der Questura vorbeikommen. Er wollte dort auf dich warten.«
»Und hat er dir nicht gesagt, um was es geht?«
»Wahrscheinlich mag er mich nicht«, erwiderte Carlo.
»Er wird sich schon wieder melden, wenn es wichtig ist«, sagte Cardone. »Ich gehe nur noch zur Questura, wenn man mir eine offizielle Vorladung schickt. Ich lasse mich nicht zum Verbrecher machen, nur weil mein Bruder vielleicht einer war.«
Cardone rieb seine feuchten Hände an der Hose trocken, während Carlo versuchte, einen Bus zu überholen. »Soll ich nicht doch dort vorbeifahren?«, fragte Carlo. »Zeit hätten wir noch. Ich habe irgendwie ein dummes Gefühl, wenn du die Sache schleifen lässt. Vielleicht ist es wirklich wichtig.«
»Wie ich bereits sagte …«, widersprach Cardone energisch.
»Was ist eigentlich mit dir los?«
»Ich bin wütend. Alle Welt zieht über meinen Bruder her, und ich habe auch noch die Polizei am Hals. Die Schmierereien in den Zeitungen reichen mir voll und ganz. Wenigstens konnte ich mir bis jetzt die Reporter vom Leib halten.«
Carlo bremste, weil vor ihm ein Stadtbus plötzlich die Spur gewechselt hatte. *»Stronzo«*, presste er durch die Zähne und überholte rechts.

»*Calmo, calmo!*«, protestierte Cardone. »Ich will gesund und lebend am Flughafen ankommen.«

Carlo grinste anzüglich. »Du wirst noch früh genug deiner neuen Flamme in die Arme fallen. Wie sagt der Poet? Der Wahn ist kurz, die Reue lang. Schöne Frauen ziehen Unheil an.«

»Wie gut, dass ich einen hellseherischen Dichter an meiner Seite habe«, bemerkte Cardone ironisch. »Nur die Hebung im Jambus ist dir nicht so recht gelungen. Kann es sein, dass der Neid an dir nagt?«

»Unfug!«, erwiderte Carlo. »Von Neid kann absolut keine Rede sein. Meine Meinung kennst du. Dass ihr zusammen nach Antigua fliegt, finde ich übereilt. Wenn du mit ihr ein paar schöne Tage hättest verbringen wollen, wäre ich an deiner Stelle mit ihr nach Ischia oder Sardinien gefahren. Aber nein ...!« Er stoppte den Wagen vor einem Zebrastreifen, ließ einige Fußgänger die Straße überqueren und brummelte: »Sei ehrlich, du weißt doch so gut wie nichts von ihr!«

»Ist das nicht meine Sache?« Cardone zog ein ärgerliches Gesicht.

»Natürlich! Aber möglicherweise sind deine Sinne ein wenig vernebelt. Rosanna tauchte just zu dem Zeitpunkt auf, als Enrico ermordet wurde. Mich würde das misstrauisch machen.«

»Mich nicht!«, ließ Cardone seinen Freund abblitzen. »Erstens habe *ich* sie im Theater angesprochen und nicht umgekehrt. Zweitens kam die Einladung, gemeinsam einen Kaffee an der Piazza Maggiore zu trinken, von mir. Und drittens: Enricos Ermordung wurde als Sondersendung im Fernsehen ausgestrahlt, als ich mit Rosanna am Tisch saß. In diesem Augenblick hast du angerufen, ich soll schnell nach Hause kommen. Was, bitte, ist da verdächtig?«

Carlo zuckte mit den Schultern. »Was weiß ich? Vielleicht ist sie eine clevere Journalistin und hinter einer guten Story her.«

»Das hätte vorausgesetzt, dass ihr Enricos Ermordung bekannt gewesen war. Darüber hinaus hätte sie wissen müssen, dass ich sein Bruder bin.«

Carlo lächelte zynisch. »Für einen gewieften Journalisten ist es ebenso wenig ein Problem, Verwandtschaftsverhältnisse herauszufinden, wie Informationen beim Sender einzuholen. Dort weiß man genau, was in den nächsten Stunden gesendet wird. Auch solche Sonderberichte brauchen ihre Vorbereitungszeit. Die Duplizität der Ereignisse kommt mir eben auffällig vor.« Er sog scharf die Luft ein. »Mein Gefühl sagt mir, dass irgendetwas nicht stimmt.«

»Ich gebe zu, dass ich einen Moment lang auch über diese Zufälle nachgedacht habe, aber ich habe den Gedanken verworfen. Rosanna hat nicht eine Frage gestellt, die in diese Richtung ging. Nichts, was mir aus jetziger Sicht irgendwie verdächtig vorkommen könnte.«

Carlo schien zu überlegen, obwohl er sich auf den dichten Verkehr konzentrierte. »Was macht sie eigentlich beruflich?«

»Sie ist in der Securitybranche«, antwortete Cardone ausweichend und verfiel in grübelndes Schweigen. Er erwähnte nicht, dass er in Rosannas Tasche einen Revolver gesehen hatte, und auch ihr seltsames Verhalten im Ristorante »Tamburini« verschwieg er. Er konnte sich denken, wie Carlo darauf reagieren würde. Er ließ den Abend mit Rosanna innerlich Revue passieren. Mit den Augen Carlos betrachtet, musste er ihm recht geben: Rosanna gab ihm mehr Rätsel auf, als ihm lieb war.

»Kaum zu glauben, dass die Dame ein Schöngeist sein soll und in ihrer Freizeit zu Lesungen geht«, fuhr Carlo fort. Seine Stirn lag nachdenklich in Falten. »Nimmst du ihr das Interesse für Literatur ab?«

»Ich weiß nicht so recht«, antwortete Cardone unsicher. »Bist du nicht sehr voreingenommen? Kannst du mir einen vernünftigen Grund nennen, weshalb Rosanna meine Geschichten nicht schätzen sollte?«, fuhr er ruppig fort. »Ob sie für mich die gleichen Gefühle empfindet, wie ich für sie, das wissen ohnehin nur die Götter. Ich weiß aber eines: Ich will diese Frau!«

»*Madonna!*«, entfuhr es Carlo. »Mit einer solchen Deutlichkeit hast du mir das noch nicht gesagt. Fakt ist, seit Enricos Tod passieren andauernd irgendwelche merkwürdigen Dinge. Wie aus dem Nichts tauchen Leute auf, mit denen man eigentlich nichts zu tun haben möchte.«

»Was heißt hier, Leute?«, fuhr Cardone seinen Freund aufgebracht an. »Du kannst Rosanna nicht mit diesem sizilianischen Comandante oder irgendwelchen Reportern vergleichen, die vor unserer Haustür lauern!«

Carlo verzog das Gesicht. »Das tue ich doch gar nicht!« Wieder musste er scharf bremsen, weil ein Motorradfahrer sich vor den Wagen drängte und unmittelbar danach plötzlich bremsen musste. Sie standen im Stau, und es ging nicht mehr vorwärts und rückwärts. Carlo schaute Cardone ernst an. »Wenn man die Ereignisse überdenkt, kann man auf die seltsamsten Gedanken kommen, findest du nicht? Sieh mal: Du hast mir von dem dunkelblauen BMW in Premeno erzählt, der erst auf der Piazza und später am Golfclub auf dem Parkplatz stand. Du hast mir erzählt, dass Rosanna auch so einen Wagen fährt. Und, oh welch ein Zufall, beide hatten ein Kennzeichen aus Milano!«

»Und welche Schlüsse ziehst du daraus?«, fragte Cardone mit sarkastischem Unterton.

»Dass du beschattet wirst. Jedes Mal, wenn ich aus dem Haus gehe, habe ich das Gefühl, dass der Eingang nicht nur von Reportern belagert, sondern auch von ganz besonders unauffällig aussehenden Typen beobachtet wird. Versuche einfach die Dinge so zu sehen, wie sie sind! Enricos Partner vernichten verdächtige Unterlagen und räumen überstürzt die Kanzlei. Beide warnen dich, du sollst besser aus Premeno verschwinden.«

»Du kannst mir glauben, ich habe mich ein Dutzend Mal nach

dem Warum gefragt. Aber warum soll die Schließung des Büros etwas mit Rosanna zu tun haben?«

»Muss ja nicht! Jedenfalls kommst du nach Bologna zurück, verabredest mit Rosanna die Reise nach Antigua und just vor dem Abflug taucht dieser d'Aventura auf. Der Kerl findet uns mitten in der Stadt zwischen all den vielen Leuten, obwohl er dich noch nie zuvor gesehen haben will. Dann erzählt er uns etwas von der Mafia und möchte dich ausquetschen. Ich finde, das sind ein paar Ungereimtheiten zu viel. Könnte es sein, dass Rosanna mit diesem komischen d'Aventura zusammenarbeitet?«

»An diese Möglichkeit habe ich, ehrlich gesagt, noch nicht gedacht«, murmelte Cardone. Seine Stimme verriet abermals Unsicherheit. Im Wagen herrschte angespanntes Schweigen, denn auch Carlo verfiel mehr und mehr ins Grübeln. Im Schritttempo quälten sich die Fahrzeuge vorwärts, bis Carlo die Möglichkeit entdeckte, in eine schmale Seitenstraße abzubiegen. Es war einer seiner berühmten Schleichwege zur nächsten größeren Kreuzung.

»Ich mache mir um dich Sorgen, das ist alles«, sagte er.

»Ich kann auf mich ganz gut aufpassen«, antwortete Cardone leise.

»Das bezweifle ich nicht. Vielleicht habe ich dir gegenüber den Vorteil, dass ich die Dinge aus einem anderen Blickwinkel sehe«, entgegnete Carlo. »Ich sehe auch, dass du dich verändert hast. Übrigens, die Tatsache, dass Rosanna plötzlich nicht mit dir gemeinsam von Bologna abfliegt, sondern dich in Amsterdam am Flughafen Schiphol treffen will, macht mich auch stutzig. Gestern Vormittag war davon noch nicht die Rede.«

Cardone machte eine abwehrende Geste. »Dafür gibt es eine ganz einfache Erklärung. Sie hat einen Termin und kann dem Kunden nicht absagen. Was ist daran seltsam? Immerhin hat sie es möglich gemacht, dass wir gemeinsam weiterfliegen. Außerdem waren alle Flüge von Bologna aus für Wochen ausge-

bucht. Ich habe den letzten Platz bekommen. Sie hätte ohnehin von einem anderen Flughafen abfliegen müssen.«
Carlo stieß Cardone mit dem Ellbogen freundschaftlich in die Seite. »*Merda!* Du tust gerade, als wolle ich den Teufel an die Wand malen, Roberto! Ich gönne dir doch deine Rosanna!«
Wieder herrschte nachdenkliches Schweigen, bis Carlo fragte: »Wo wohnt sie eigentlich, wenn sie in Bologna ist? Hast du sie einmal danach gefragt?«
Cardone schaute seinen Freund bestürzt an. »Nein, ich weiß nicht, wo sie wohnt. Sie hat gesagt, irgendwo in der Nähe des Flughafens. Sie hat dort ein Appartement.« Cardone atmete tief durch. »Ich ärgere mich selbst darüber, dass ich so unbedarft bin, was Rosanna angeht. Diese Frau fasziniert mich. Vielleicht spielt mir die Hoffnung einen Streich, und ich glaube nur deshalb, dass alles mit ihr in Ordnung ist.«
»Man verliebt sich in ein Grübchen und fällt in die Grube«, unkte Carlo und lachte. »Sei mir nicht böse, Roberto, die letzten Tage waren für mich nicht weniger aufregend als für dich. Ich will nicht ausschließen, dass ich das Gras wachsen höre.«
»Liebe ist ohne Angst und ohne Schrecken nicht zu haben, das ist meine Lebenserfahrung. Jeder hofft, dass er nicht hintergangen und nicht betrogen wird.«
»Wir betrügen uns selbst so gut, dass wir es nicht einmal merken«, entgegnete Carlo. »Wie willst du es dann merken, wenn du beschissen wirst?«
»Manchmal kommst du mir vor wie ein missgünstiges Orakel.«
»So oder so«, antwortete Carlo, »ich an deiner Stelle wäre allein in die Karibik gereist.«
»Sieh es doch einfach mal von folgender Warte: Sollte Rosanna mir tatsächlich etwas vorspielen, mich ausspionieren oder aus irgendeinem Grund etwas Böses wollen, dann ist es immer noch besser, ich nehme sie mit, denn dann habe ich sie wenigstens unter Kontrolle. Auch wenn ich nicht objektiv bin, glaube

ich, dass ich Rosanna ganz gut einschätzen kann. Mir erscheint sie offen und ehrlich, sie macht mir nichts vor, und sie hat es schon gar nicht auf mein Geld abgesehen. Wenn doch, hätte sie sich mir gegenüber offensiver verhalten, zumal ich ihr verraten habe, dass mir Enrico zwei Häuser vererbt hat. Stattdessen war sie eher abweisend oder abwehrend. Verstehst du, was ich meine?«

Carlo wiegte den Kopf. »Weißt du, was in Frauenköpfen vorgeht? Ich nicht ...«

»Lass gut sein!«, murmelte Cardone. »Das weiß kein Mensch, sofern er männlich ist. Insofern sind wir uns einig.« Er schaltete das Radio ein und suchte einen Musiksender, während Carlo unter leisem Fluchen mehrere langsam fahrende Autos überholte. Aber außer Nachrichten und stampfenden Hardrockrhythmen war nichts zu finden. Mürrisch schaltete er wieder ab. »Ich fühle mich beschissen. Einerseits freue ich mich wie verrückt auf die Karibik, auf der anderen Seite schlage ich mich mit dem Gefühl herum, ob das alles richtig ist, was ich da tue. Irgendwo in meinem Hinterkopf lauert eine Angst, die ich nicht definieren kann.« Cardone seufzte tief, ließ die Seitenscheibe herunter, steckte den Kopf hinaus und ließ sich für einen Augenblick den Wind durch die Haare wehen. Dann wandte er sich wieder an seinen Freund: »Seit ich denken kann, war es mir völlig egal, dass ich wenig Geld hatte. Ich habe nichts entbehrt. Gut, manchmal war es schwierig, und ich habe mir gewünscht, dass ich nicht jeden Cent umdrehen muss. Plötzlich ist das Geld da und mein Bauch sagt: Wie schön, aber lass die Finger davon! Das ist doch verrückt! Mein Bauch kann doch nicht einfach sagen: Bleib arm!«

»Dein Kopf kann dir sagen, sei klug!«, entgegnete Carlo.

»Hätte ich etwa dem unverschämten Comandante von dem Erbe in Antigua erzählen sollen?«

Carlo zuckte mit den Achseln. »Ich hätte es ihm vermutlich auch nicht auf die Nase gebunden. Jedenfalls nicht zum jetzigen Zeitpunkt. Vor allem, wenn ich daran denke, dass mir dieser Comandante reichlich komisch vorkam. Weshalb stöberte er uns im Café auf? Wieso hat man dich nicht gleich in die Questura bestellt und dort verhört? Das wäre doch viel einfacher gewesen! Stattdessen hockte er sich einfach an unseren Tisch und behauptete, er sei Comandante der Carabinieri. Hat er uns einen Ausweis gezeigt?«

»Hat er«, brummte Cardone. »Aber, ehrlich gesagt, ich habe ihn mir nicht genau angesehen. Heutzutage kann man alles perfekt fälschen.«

»Eben!«, bestätigte Carlo. »Woher also wollen wir wissen, ob er tatsächlich ein Offizier der Carabinieri ist? Dazu kommt, dass er eine Kopfverletzung hatte. Kennst du einen Beamten, der Dienst schiebt, wenn er krank ist? Ich nicht.« Er bremste den Wagen sanft ab, verließ die Autostrada und bog zum Flughafen ab. Routiniert reihte er sich auf dem Zubringer ein. »Ich glaube, es war ganz richtig, diesen d'Aventura oder wie immer er heißt, nicht ins Vertrauen zu ziehen. Er hat zwar angerufen und dich auf die Questura gebeten, aber das will noch lange nichts heißen.«

»Wenn ich nur wüsste, was mich in Saint John's erwartet«, sinnierte Cardone laut und steckte sich eine Zigarette an.

»Wahrscheinlich wirst du nach deiner Rückkehr einen guten Anwalt brauchen, damit man dir nicht hinterher noch einen Strick daraus dreht, dass du angeblich einen Haufen Steuergelder unterschlagen hast.« Carlo setzte den Blinker und ließ den Wagen vor der Abflughalle ausrollen.

»Glaub mir, Carlo«, erwiderte Cardone, »ich werde garantiert nichts tun, was gegen das Gesetz verstößt!«

»Ich weiß«, murmelte der Freund und gab Cardone zum Abschied die Hand. »Hast du alles?«, fragte er noch einmal. In seiner Stimme lag eine unergründliche Traurigkeit. »Tickets, Geld, Scheckkarte, Pass, Testament …?«

»Ich habe alles«, murmelte Cardone.

»Ruf mich an, wenn du angekommen bist. Ansonsten mach's gut!« Carlo klopfte Cardone ermunternd auf die Schulter, während dieser ausstieg.
Cardone wuchtete den Koffer vom Rücksitz. »*Arrivederci*, Carlo!« Er winkte noch einmal zum Abschied und ging zur Abflughalle. Den Check-in und die Sicherheitskontrolle brachte er schnell hinter sich. Zur Überbrückung bis zum Abflug nahm er an der Bar noch einen Espresso und aß eine Kleinigkeit. Knapp vierzig Minuten später hob der Jet nach Amsterdam ab.
Der zweistündige Flug von Bologna nach Amsterdam verlief ruhig. Einige Snacks, Getränke und ein Film verkürzten Cardone die Zeit. Er hatte ein Zimmer im »Hilton Airport Hotel« direkt am Flughafen Schiphol gebucht. Der Weiterflug nach Antigua startete erst am nächsten Abend. Das bedeutete, er würde möglichst lange schlafen, damit er einigermaßen ausgeruht den Nachtflug überstand. Vielleicht würde er noch die Gelegenheit wahrnehmen, sich am Nachmittag in Amsterdam ein paar Jeans zu kaufen und die Stadt zu besichtigen.

Im dunkelgrauen Hosenanzug und lachsfarbener Bluse kam sie, den kleinen Rollkoffer hinter sich herziehend, auf ihn zu, als er gerade einen Espresso an der Flughafenbar bestellte. Sie hatte ihn um fünf Uhr nachmittags über das Handy erreicht und ihm genau beschrieben, wo er auf sie warten solle. Dieses Mal trug Rosanna flache Schuhe, und zum ersten Mal bemerkte er, dass sie ihm gerade bis zur Schulter reichte.
»Hattest du gestern einen guten Flug?« Sie lächelte, stellte sich auf die Zehenspitzen und küsste ihn flüchtig auf die Wange. Cardone konnte nicht anders, er umarmte sie und küsste sie auf die Lippen.
»Nicht doch hier …«, murmelte sie verlegen und wand sich aus seinen Armen.
»Weshalb nicht?« Er lachte übermütig. »Ist es dir peinlich?«

»Ich werde dich küssen, aber nicht hier und nicht jetzt«, erwiderte sie mit einem koketten Augenaufschlag. »Du wirst dich noch ein wenig beherrschen müssen.« Und sie drohte ihm spitzbübisch mit dem Zeigefinger. Sie strich sich eine Haarsträhne aus der Stirn, und ihre Brust hob und senkte sich, da sie außer Atem war. Er mochte die Geste, mit der sie ordnend durch ihr Haar fuhr. Sie wandte sich suchend um und warf einen Blick auf die riesige Abflugtafel. »Haben wir noch Zeit für einen Imbiss? Ich glaube, ich bin etwas spät.«

»Für ein Croissant und einen Cappuccino reicht es«, antwortete er. »Bis zum Aufruf sind es noch etwa fünfzehn Minuten.« Sein bronzefarbener Teint, der warmgelbe Kaschmirpullover und seine hellen Jeans, die er gestern in einem kleinen Laden an der Prinsengraacht erworben hatte, bildeten zu seinen schwarzen, wilden Haaren einen aufregenden Kontrast, der, wie er zufrieden konstatierte, seine Wirkung bei Rosanna nicht verfehlte. Immer noch stand er vor ihr und betrachtete sie mit freudigen Augen. Dann stieß er einen bewundernden Pfiff aus. *»Madonna!«*, entfuhr es ihm. Sein Blick wanderte an ihr hinunter. »Du siehst zum Anbeißen aus!«

»Und du bist unverschämt«, wies sie ihn lachend zurecht. Sie bestellte einen Kaffee und ein Baguette. »Nimmst du das Handgepäck?«, bat sie ihn.

Sie ging zu einem der vielen Tische vor dem Panoramafenster, von wo man direkt aufs Rollfeld sehen konnte. »Hat alles geklappt?«, fragte sie und setzte sich mit dem Rücken zum Fenster.

»Wie ich dir am Telefon gesagt habe, es ist alles im grünen Bereich.«

Rosanna nickte zufrieden und kramte in ihrer Handtasche nach Lippenstift und Handspiegel. Während Cardone beobachtete, wie sie ihr Make-up kontrollierte, füllte sich allmählich die Flughafenbar mit Reisenden. Unweit von ihnen fielen ihm zwei Männer auf, die sich scheinbar für Rosanna interessierten, denn sie blickten auffallend unauffällig in ihre Richtung und taten so, als unterhielten sie sich. Er beugte sich zu Rosanna. Tief sog er den Duft ihres Parfüms ein. Eine orientalische Mischung aus Moschus und Rose stieg schmeichelnd in seine Nase. »Du wirst beobachtet«, flüsterte er und grinste. »Du bist zu schön für diese Welt!«

»*Wir* werden beobachtet«, korrigierte sie ihn. »Die zwei Typen sind keine Touristen. Polizei oder Geheimdienst. Erkenne ich auf hundert Meter Entfernung.«

Rosanna sagte das mit einer solchen Bestimmtheit, dass ihm der Schreck in die Glieder fuhr.

»Hier?«, flüsterte Cardone, »auf dem Amsterdamer Flughafen?« Er warf erneut einen Blick hinüber zu den zwei Männern. »Weshalb um alles in der Welt sollte uns jemand beobachten? Welches Interesse kann man an uns haben? Sehen wir nicht aus, als würden wir in den Urlaub fliegen?« Er starrte einigermaßen fassungslos in Rosannas Augen.

»Vielleicht, weil du Enricos Bruder bist?«

»Woher wollen diese Kerle wissen, wer ich bin und dass ich dich hier treffe? Ich meine ... dann. Ja, dann müssten die mich seit Bologna überwacht haben.« Cardone empfand die Präsenz der Männer als Zumutung und fühlte, wie Wut in ihm aufstieg.

»Und wenn schon! Wenn es ihnen Spaß macht ...« Rosanna zuckte gleichgültig mit den Achseln. »Abgesehen davon, so kompliziert ist das auch nicht. Wenn du in ein Flugzeug einsteigst, musst du auch irgendwo wieder aussteigen. Es genügt ein Telefonanruf, und schon warten am Landeort ein paar harmlos aussehende Signori mit dekorativen Sonnenbrillen.«

»Wie man sieht, hast du Erfahrung in solchen Dingen.« Blitzschnell erhob sich Cardone von seinem Stuhl und erreichte mit drei, vier Schritten den Tisch der beiden. Noch bevor sie zu einer Reaktion fähig waren, baute er sich vor ihnen auf. »Darf ich mich vorstellen? Ich bin Roberto Cardone ...«

Die zwei Männer grinsten unverschämt.
»Ach, was erzähle ich Ihnen! Meinen Namen kennen Sie längst. Und die hübsche junge Frau dort drüben«, er deutete auf Rosanna, »das ist meine Begleiterin. Ich bin sicher, Sie kennen sie auch.« Er nahm sich einen Stuhl vom Nebentisch und setzte sich provokativ dazu. Er musterte die beiden mit abschätzendem Blick und fuhr süffisant fort: »Nachdem Sie sich bei der Observierung so dämlich anstellen, frage ich mich, weshalb Sie sich nicht besser ein großes Schild mit der Aufschrift: ›Achtung, Geheimdienst!‹ um den Hals hängen. Es würde Ihren Aufwand erheblich verringern.«
Die Männer sahen ihn verdutzt an. Der Größere von beiden, ein hagerer Typ mit dünnem, fettigem Haar, Geheimratsecken und der Physiognomie einer Spitzmaus, hatte sich zuerst gefangen. »Wo fliegen Sie hin?«
Am Akzent des Mannes erkannte Cardone sofort, dass er einen Römer vor sich hatte. »Wenn Sie unser Gepäck zum Gate tragen, wissen Sie es«, fauchte er ungehalten. »Ich befürchte nur, Sie werden Rückenschmerzen vorschützen.«
»Fliegen Sie zusammen mit Signorina Lorano?«, fragte der Mann weiter, ohne sich aus der Ruhe bringen zu lassen.
Cardone sah ihn durchdringend an. Er erschrak über seinen Mut, aber jetzt saß er ihnen gegenüber und wollte das Spiel zu Ende spielen. Es geschah auch nichts Ungewöhnliches. Die Kerle saßen wie angenagelt auf ihren Stühlen und starrten ihn an.
»Trifft Sie das sehr, wenn ich meine Begleiterin Ihnen vorziehe?«
»Werden Sie nicht anzüglich!«, knurrte der mit dem römischen Akzent und erhob sich drohend.
Cardone stand auf, schob den Stuhl beiseite und ging zu seinem Tisch zurück. Überraschenderweise folgten ihm die Männer nicht. Aus den Augenwinkeln beobachtete er, wie sie wie unbeteiligt in eine andere Richtung blickten und so taten, als

sei nichts geschehen. »Lass uns gehen, Rosanna!«, bat er und leerte im Stehen seinen Espresso.
Die Männer kannten also Rosanna, und diese Tatsache ließ ihn nachdenklich werden. Der Verdacht keimte in ihm, man könne es auf Rosanna abgesehen haben. Wenn es so wäre, weshalb?
»Du kannst verdammt deutlich werden«, bemerkte sie mit gesenkter Stimme, aus der er den Anflug von Bewunderung herauszuhören glaubte. »Die zwei sehen übrigens nicht danach aus, als würden sie lange fackeln.«
»Woher willst du das wissen?«, entgegnete Cardone missgelaunt.
»Du solltest das nächste Mal vorsichtiger sein mit dem, was du sagst«, flüsterte sie kaum hörbar und legte ihre Hand beruhigend auf seinen Arm.
Schweigend nahm Cardone die beiden Koffer und ließ Rosanna vorangehen, während sich in seinem Kopf die Gedanken jagten. Als die beiden das Gate erreichten, waren fast alle Sitzplätze belegt. Eine dichte Traube Reisender stand ungeduldig wartend vor dem Ausgang. Freudige Anspannung vor einer Reise in die karibische Inselwelt, die die Erfüllung ihrer Touristenträume versprach, war ihren Gesichtern abzulesen.
»Ich fühle mich so merkwürdig. Einerseits habe ich ein dummes Gefühl, was mich in Antigua erwartet, andererseits freue ich mich auf die unbeschwerten Tage mit dir am Strand«, sagte er, um Rosanna ein wenig euphorischer zu stimmen. »Eigentlich ist es verrückt! Strände, Palmen und Sonne sind überall gleich. Der einzige Unterschied zwischen einem Luxushotel in Antigua und der süditalienischen Küste ist das Gefühl der Entfernung.«
»Und ich finde es merkwürdig«, antwortete Rosanna lächelnd, »was dir in einer Warteschlange alles durch den Kopf geht.«
»Zum Beispiel karibische Sorglosigkeit in einer Suite direkt am Wasser«, raunte er ihr ins Ohr. »Wenn mir das jemand vor vier

Wochen vorausgesagt hätte ...« Er ließ den Satz unvollendet und schüttelte den Kopf, als könne er selbst kaum glauben, was er gerade tat. Er hoffte, dass Rosanna seine innere Anspannung nicht bemerkte. Die Unterhaltung mit Carlo und dessen Bedenken gingen ihm durch den Kopf.

»Weißt du schon, wann du dich um deine Angelegenheiten kümmern wirst?«, hörte er Rosanna fragen.

»Ja«, antwortete er. »Ich habe schon alles per E-Mail vorbereitet. Übermorgen habe ich meinen Banktermin. Sobald wir in Antigua angekommen sind, werde ich das telefonisch bestätigen. Wir haben auch die Hotelbuchung übers Internet erledigt. Heutzutage ist die Welt auf die Größe von Bits und Bytes geschrumpft.«

»Wir?«

Cardone lächelte. »Carlo und ich. Was solche Dinge angeht, sind wir sehr routiniert.«

»Dann weiß er von mir und unserer Reise?«

»Natürlich!«, entgegnete er. Rosannas ernstes Gesicht irritierte ihn. »Hätte ich es vor ihm verheimlichen sollen?«

Sie schaute ihn mit einem rätselhaften Blick an, und nur allmählich fand sie zu einem Lächeln, das aber eher verkrampft als herzlich wirkte. »Vielleicht wäre es besser gewesen, noch zu warten. Bist du in allem, was du tust, so schnell? Wir wissen doch noch gar nicht, ob es mit uns beiden funktioniert.«

»Ich habe keine Zweifel, dass es funktionieren wird, wenn wir offen miteinander umgehen. Ich bin verrückt nach dir, das weißt du.« Obwohl er versuchte, seine Verunsicherung zu verbergen, spürte er, dass er nicht sehr überzeugend wirkte.

»Ich mag dich. Der Rest wird sich entweder ergeben oder auch nicht«, erwiderte Rosanna recht kühl und blickte sich unauffällig um. »Die zwei Kerle stehen draußen und beobachten uns. Sie wollen sichergehen, dass wir tatsächlich einsteigen.«

»Ich habe es bemerkt«, erwiderte er, drehte sich um und winkte den beiden freundlich lächelnd zu. »Hunde und Schnüffler müssen draußen bleiben«, bemerkte er halblaut und schob mit dem Fuß das Bordcase vor sich her.

Endlich wurde das Gate geöffnet. Drängelnd schoben sich die Passagiere durch den schmalen Durchgang zum Bus.

Dreißig Minuten später hatten alle Passagiere ihre Plätze eingenommen. Die Boeing 747 der British Airways hob ab und verlor sich in der Unendlichkeit des azurblauen Abendhimmels. Cardone hatte sich am Fenster so gut wie möglich eingerichtet, und allmählich wich die Anspannung aus seinem Körper. Er beobachtete schweigend, wie Häuser, Straßen und Autos unter ihm immer kleiner wurden und wie Spielzeug wirkten. Amsterdam verschwand allmählich im Dunst.

»Warst du schon einmal mit jemandem zusammen?«

Rosanna schaute ihn erstaunt an. »Ich war drei Jahre verheiratet. Mit einem Idioten, wenn du es genau wissen willst. Und weil wir gerade dabei sind, Roberto, ich habe eigentlich nicht vor, noch einmal eine feste Beziehung einzugehen. Das heißt nicht, dass ich gegen eine Liaison etwas einzuwenden hätte. Aber in meinem Job ist es kaum möglich, langfristig zu denken. Ständig bin ich auf Achse, und selten weiß ich, wann ich zu Hause sein werde. Abgesehen davon bin ich nicht der Typ für eine Bindung. Ein Mann würde mir die Luft zum Atmen nehmen.«

»Das ist doch Unsinn!«, widersprach Cardone und versuchte leicht zu klingen. Doch die Enttäuschung stand ihm ins Gesicht geschrieben. Ihre Erklärung hatte ihn wie eine kalte Dusche erwischt. Insgeheim schalt er sich aber selbst. Weshalb traf ihn Rosannas Weigerung, sich zu binden, obwohl er sich bislang auch nicht dauerhaft auf eine Frau eingelassen hatte?

»Kein Unsinn!«, riss sie ihn aus seinen Überlegungen. »Sieh es doch einfach realistisch! Hast du vergessen, dass ich in Israel lebe? Das ist nicht um die Ecke, wenn man sich spontan sehen will. Ich denke, das würde auf die Dauer wahnsinnig kompliziert.«

»Wo ein Wille ist, ist auch ein Weg«, erwiderte Cardone trotzig. In seiner Brust zog sich alles zusammen, als habe man ihm einen Stahlring umgelegt. »Du wirst sehen, wenn wir erst einmal ein paar Tage zusammen im Paradies verbracht haben, wirst du deine Meinung ändern. Ich jedenfalls glaube ganz fest daran. Wenn ich richtig vermute, können wir sogar völlig sorgenfrei leben.«

»Und wenn ich richtig vermute«, erwiderte sie mit einem Anflug von Ironie, »hast du im Touristenparadies ein Doppelzimmer gebucht. Stimmt's?«

»Eine Suite, um genau zu sein«, erwiderte er auf geradezu jugendlich-schwärmerische Weise. »Die Hotelanlage liegt direkt am Wasser, und wir haben von der Terrasse einen eigenen Einstieg in die Coco Bay. Besonders neugierig bin ich auf die Menschen auf der Insel. Wir sollten in jedem Falle ein paar Ausflüge ins Landesinnere unternehmen. Was meinst du?«

Rosannas Miene war skeptisch. »Was sollen wir dort? Außer ein paar schmutzige Einheimische, die dir irgendetwas andrehen wollen, und einer miserablen Küche wirst du nichts Aufregendes finden.«

»Ich denke, du warst noch nie in Antigua?«

»Stimmt!«, antwortete sie. »Vermutlich muss man dort auch nicht zwingend gewesen sein. Es sei denn, sie haben Spitzenhotels!«

»Reisen ist tödlich für Vorurteile«, bemerkte Cardone ein wenig pikiert. »Wenn dich das Land nicht interessiert, kannst du in der Hotelanlage bleiben. Dort wird alles geboten, was sich ein Luxusweib nur wünschen kann. Steht jedenfalls so im Prospekt.«

»Sicher ganz wundervoll«, antwortete sie und bedachte Cardone mit einem amüsierten Blick. »Und dann wollte ich dir noch etwas sagen: Auch wenn ich dich enttäusche, ich bestehe erst einmal auf einem eigenen Zimmer. Ich brauche zu allem etwas mehr Zeit als du.«

Cardone sah sie betroffen an. »Ist das dein Ernst?«
»Natürlich! In diesen Dingen mache ich keine Witze. Es hätte auch keinen Sinn, mich zu bedrängen. Das funktioniert bei mir nicht. Lass mich auf dich zukommen! Wenn du mich wirklich so magst, wie du betonst, dann hast du dafür Verständnis.« Wieder schenkte sie ihm ein betörendes Lächeln.
»Die Suite hat zwei Zimmer, und es gibt sogar eine Tür, die wir zumachen können. Ich habe mich extra erkundigt.«
»Alle Achtung …!«, bemerkte sie süffisant, wurde aber sofort wieder ernst.

Die Boeing 747 setzte um zwei Uhr Ortszeit des nächsten Tages zum Landeanflug auf Saint John's an. Schwere Gewitterwolken lagen über der Bucht, Wetterleuchten zuckte über den Himmel. Cardone blickte aus dem Fenster und hielt den Atem an. In einer weiten Schleife hatte der Jumbo Kurs auf das Rollfeld genommen, das weit in die Bay hineinragte. Cardone befürchtete für einen Augenblick, dass die Maschine im Wasser aufsetzen würde. Böige Winde warfen sie hin und her, bis sie hart auf dem nassen Asphalt von Antigua VC Bird International Airport aufsetzte. Die Triebwerke heulten auf, als die Schubumkehr einsetzte und den Jumbo auf Rollgeschwindigkeit abbremste.
Unterwegs hatte der Flugkapitän die Passagiere informiert, dass Antigua möglicherweise von einem Hurrikan heimgesucht werde und er die Möglichkeit in Betracht ziehe, einen Ausweichflughafen anzusteuern. Doch die Lage hatte sich entspannt, was ein allgemeines Aufatmen in der Kabine auslöste. Und nun hatten die Passagiere ihr Ziel erreicht. Cardone und Rosanna erhoben sich erschöpft aus ihren Sesseln.
»Dio mio«, stöhnte er. »Ich brauche dringend ein Bett. Ich bin fix und fertig.«
Rosanna versuchte, sich ein Lächeln abzuquälen und nickte. »Und eine Dusche«, fügte sie hinzu und strich ihre zerknitter-

te Jacke glatt. »Ich fühle mich, als hätte ich drei Tage in diesem Hosenanzug verbracht.«

Die Schwüle nahm ihnen beinahe den Atem. Cardone rann der Schweiß von der Stirn, als er den Jet verlassen hatte. Vor ihnen lag der langgezogene, pinkfarbene Flughafenkomplex. Der Wind fegte in starken Böen über den Platz, und im Hintergrund beugten sich die Palmen. Schweigend ließen die beiden die Zollformalitäten über sich ergehen. Kaum hatte Cardone den Beamten passiert, fingerte er in der Hosentasche nach seinen Zigaretten.

»Trinken wir einen Espresso, bevor wir uns ein Taxi nehmen?«, fragte Cardone. »Ich muss die Adresse heraussuchen, damit ich dem Taxifahrer sagen kann, wohin wir müssen!«

Sie nickte nur.

Während des langen Flugs hatte er mit Rosanna nur mehr wenig gesprochen. Meist war er mit seinen Gedanken beschäftigt und mit Enricos Vermächtnis. Rosanna hatte seine Zurückhaltung nicht gestört, und fast schien es ihm, als sei sie ihm dankbar dafür gewesen. Während er den Koffer hinter sich herzog und eine Bar ansteuerte, betrachtete er Rosanna von der Seite. Ihr Gesicht war makellos, und die Spuren der anstrengenden Reise waren ihm kaum anzusehen. Lediglich ihre Laune hatte gelitten, denn sie war jetzt noch wortkarger, und das ihn stets animierende Lächeln war aus ihren Zügen verschwunden.

Eine halbe Stunde trennte sie noch vom »Coco Bay Beach Ressort«, schätzte Cardone, als er seine Reiseunterlagen prüfte. Er würde ein Traumhotel vorfinden, hatte ihm die Dame im Reisebüro vorgeschwärmt. Suiten gab es nur in separat gelegenen Häusern, die über einen eigenen Pool auf der Terrasse verfügten. Eine traumhafte Lage des Anwesens, erstklassiger Service und ein hervorragendes Restaurant würden die Gäste erwarten.

SISDE

Im Sitzungssaal des Palazzo Giustiniani, errichtet auf Roms ehemaligen Nero-Thermen, konnte man förmlich die Luft mit dem Messer schneiden. Zigarren- und Zigarettenqualm hing in schweren Schwaden über dem Konferenztisch. Am Sitz der ehemaligen hohen genuesischen Geldadeligen, der Giustiniani, die nicht nur Erfinder der Aktiengesellschaft waren, sondern im siebzehnten Jahrhundert in ihrer Familienresidenz eine der bedeutendsten Kunstsammlungen Italiens zusammengetragen hatten, tagten sechs Männer, deren Thema besonders gut zur Geschichte von unermesslichem Reichtum und angesammeltem Vermögen passte.
Die sechs Männer mit wichtigen Mienen und in prächtigen Uniformen voller Ehren- und Verdienstabzeichen fügten sich adäquat in das noble Ambiente edler Hölzer, goldener Friese, antiker Skulpturen und schwerer Orientteppiche ein. Es war an diesem frühen Morgen ein Treffen besonderer Art: die abschließende Lagebesprechung, in der über Italiens größten Finanz- und Korruptionsskandal diskutiert wurde. Das Treffen fand unter strengster Geheimhaltung statt, abgeschirmt und im Schutz umfassender Sicherheitsmaßnahmen.
Oberst Pallardo, Chef der operativen Einsatzkräfte im Inlandsgeheimdienst und persönlicher Berichterstatter des Innenministers, hatte den Vorsitz und versuchte die Diskussion zu leiten. Eingefunden hatten sich die Signori Alfredo Brenda, Chefkoordinator der Guardia di Finanza, der Kommandeur der Polizia di Stato, Dottore Licio Bandini, sowie Giuseppe Rendolo, der im Rang eines Obersts für die strategisch-taktische Unterwanderung krimineller Vereinigungen verantwortlich zeichnete. Außerdem waren Tenente Posanto, Einsatzleiter für Aktivitäten im Ausland, und Giancarlo Conterno, Chef

und Maggiore der operativen Abteilung des Geheimdienstes SISDE anwesend, Letzterer als ein äußerst unangenehmer und hitzköpfiger Gesprächspartner bekannt.

In das Geheimtreffen waren nur der Innenminister und dessen engster Mitarbeiterstab eingeweiht. Der einzige Tagesordnungspunkt lautete: Operation Gruppo Agosto.

»Signore Rendolo«, wandte sich Pallardo an den Strategen des Inlandsgeheimdienstes, »bevor wir die Einzelheiten hören, möchte ich Sie bitten, uns einen Status über den gesamten Komplex zu geben. Politische Rahmenbedingungen und unabänderliche Gegebenheiten lassen Sie bitte außer Acht.«

Der Oberst ordnete seine Aufzeichnungen, indem er mit den Fingerspitzen die DIN-A4-Blätter an den Kanten exakt zusammenklopfte, den Stapel rechtwinklig zur Tischkante ausrichtete und seinen Kugelschreiber parallel im Abstand von einem Zentimeter danebenlegte. Dann blickte er in die Runde.

»Die langfristige Strategie und unser erklärtes Ziel ist der Zusammenschluss zwischen den militärischen und dem zivilen Geheimdienst. SISDE und SISMI sollen in Zukunft unter dem gemeinsamen neuen Dach CESIS geführt werden. Politische Bemühungen in dieser Richtung scheiterten bisher.«

»Gut, gut …«, bemerkte Pallardo. »Das alles ist hinreichend bekannt.«

Rendolo verzog unwillig die Mundwinkel. »Wenn es uns gelingt, den Fall Agosto zu klären und die Herren Generäle des SISMI zu entlarven, stehen wir vor dem Durchbruch. Mit der Affäre Agosto sollte es uns möglich sein, den SISMI politisch zu diskreditieren und die Führung entscheidend zu schwächen. Seit drei Jahren arbeiten wir am Fall Gruppo Agosto. Eine Unzahl von Ermittlungen wurde angestellt, die überwiegend im Sand verliefen oder durch politische Störungen zunichtegemacht wurden. Ich nenne hier Gesetzesänderungen, Parlamentsbeschlüsse und Verfügungen, initiiert von unserem allseits beliebten Noch-Ministerpräsidenten.«

»Ihr Wort in Gottes Ohr!«, rief Conterno dazwischen, schwieg aber sofort auf Pallardos unwilliges Handzeichen hin.
»Trotz schwerwiegender Behinderungen von Seiten einiger seiner Vasallen«, fuhr Rendolo fort, »wissen wir, dass von der Gruppo Agosto mit Hilfe überhöhter Rechnungen Subventionsgelder in Höhe von einhundertfünfzig Millionen Euro abgezweigt wurden.« Wieder sah er auf und ließ seinen Blick über die Anwesenden gleiten. »Gestatten Sie mir eine auflockernde Bemerkung. Das Finanzamt zu betrügen ist die populärste Art aller Diebstähle. Die Details finden Sie ab Seite vierunddreißig in dem Ihnen vorliegenden Dossier. Im Zusammenhang mit Know-how-Transfers und Hilfeleistungen beim Aufbau von Rüstungsfirmen im Ausland liefen immense Gelder über Litauen, Kanada und Luxemburg auf Offshore-Konten.« Der SISDE-Stratege blickte von seinem Papier auf und sah lauter beifällige Mienen. »An jedes der betreffenden Länder musste ein Rechtshilfegesuch gestellt werden, wobei sich immer wieder die gleiche Frage stellte: Wo sind die Straftaten, insbesondere die späteren Geldwäscheaktionen überhaupt begangen worden. Erschwert wurden die Ermittlungen durch Hunderte von sogenannten Querüberweisungen auf verschiedene Offshore-Banken, so dass Tatbestände nicht oder kaum schlüssig untermauert werden konnten. Insofern standen unsere Staatsanwälte häufig auf verlorenem Posten. Hat jemand dazu eine Frage?«
Die Anwesenden verneinten, während Oberst Pallardo mit einer Geste den Vortragenden aufforderte fortzufahren.
»Überdies flossen gewaltige Erträge aus Drogengeschäften, die maßgeblich von Romano Grasso und Licio Massimo organisiert und koordiniert werden, in das System ein. So wurden nach unserer Schätzung zwischen 2001 und 2005 etwas mehr als fünfhundertdreißig Millionen Euro zwischen Liechtensteiner Trusts, Schweizer und Luxemburger Banken sowie Offshore-Firmen in Panama und auf Vanuatu bewegt. Inzwischen

haben wir nachvollziehen können, dass etwa achtundvierzig Millionen Euro an namhafte Politiker im Verteidigungsministerium, an Parteigenossen und deren Mittelsmänner sowie an leitende Manager der Gruppo Agosto als Gegenleistung weitergereicht wurden, sozusagen als Dank dafür, dass Agosto in den letzten zehn Jahren Subventionen in Höhe von einer Milliarde Euro kassieren konnte. Grundlage für die Zuwendungen waren fiktive Investitionskostenstudien, vordatierte Provisionserträge und künstliche Zinskosten. Zu Verhaftungen kam es aus bekannten Gründen nicht. Einige wesentliche Straftatbestände wurden vom Ministerpräsidenten außer Kraft gesetzt oder wegen der Immunität hoher Staatsmänner für die Dauer der Amtszeit verhindert.«

»Ja, ja …«, unterbrach Pallardo den Vortrag, »das wissen wir alles schon.«

Rendolo grinste. »Ich dachte, zur Auffrischung der Historie unserer Aktivitäten und der Sachverhalte …«

»Machen Sie weiter!«, murmelte Pallardo ungnädig.

Der Oberst verzog die Mundwinkel, als amüsiere ihn sein eigener Vortrag. »Erst als die Gruppo Agosto durch das Zusammenwirken schwerer Finanzfehler und gewaltiger Umsatzeinbrüche im Bereich konventioneller Waffensysteme in die Pleite zu rasen schien, kam Bewegung in die Sache. Die Gruppo Agosto musste gerettet werden, zumal einige Regierungsmitglieder Gesellschafter des Waffenkonzerns sind.«

»Aber klar doch!«, rief Brenda mit triefender Ironie in der Stimme dazwischen. »Da erschießt man einfach mal schnell den Hauptbelastungszeugen Gecco mitsamt seiner Frau, weil er vor dem Untersuchungsausschuss aussagen sollte, und schon ist die Sache vom Tisch.«

»Es war ein Parlamentsbeschluss, Signori! Sie erinnern sich.« Rendolo stellte mit Genugtuung fest, dass seine Worte die erwünschte Wirkung zeigten. »Genau zu diesem Zeitpunkt, Signori, kam Enrico Cardone ins Spiel. Der große Capo Romano Grasso hat ihn als seinen Wirtschaftsberater eingesetzt. Wie durch ein Wunder war plötzlich Geld in rauhen Mengen da, und die Hausbank verzichtete auf die Rückzahlung ihrer Kredite. Mit Hilfe intensivster Ermittlungsarbeit, hohem Observierungsaufwand und unter Einbeziehung modernster Abhörtechniken haben wir wesentliche Erkenntnisse gewonnen, wie das System Cardone funktionierte. Wir wissen, dass die von der Banco di Roma gewährten Kredite durch Bürgschaften von renommierten Banken gesichert wurden, nicht aber, wie diese Sicherheiten zustande kamen. Avvocato Cardone hat ein intelligentes System entwickelt, das wir zwar sehr genau beschreiben, nicht aber beweisen können. Zudem werden uns von den Regierungen jener Inselstaaten Ermittlungsgrenzen gesetzt.«

»Die Welt ist ziemlich gerecht!«, warf Pallardo ein. »Nun ist er tot.«

»Was uns zur Frage bringt: Wo ist das Geld? Außerdem frage ich mich, wo Cardones Anwaltspartner, die Signori Senna und Pantrini, geblieben sind?« Er blickte vorwurfsvoll in Richtung des Maggiore Conterno. »Die beiden sollten rund um die Uhr überwacht werden. Sie sind wichtige Zeugen, die das gesamte Netzwerk aufklären könnten. Vermutlich machte die Observierungstruppe gerade Mittagspause, als man Senna und Pantrini abholte. Anders kann ich mir eine solche Panne nicht erklären. Die beiden Anwälte sind verschwunden. Ich stelle die ketzerische Frage: Wurden sie von dem SISMI oder von der Mafia entsorgt?«

Die Wut des Maggiore Conterno ließ sein Gesicht dunkelrot anlaufen. »Sie sind ein Sack! Ein übler Nestbeschmutzer!«, zischte er böse. »Sie wissen genau, dass wir zurückgepfiffen wurden!«

»Sie können mich nennen, was Sie wollen, aber wie es scheint, haben Sie als Chef der operativen Einheit nicht genügend Einfluss an den richtigen Stellen ausgeübt. Da darf man sich schon mal eine diesbezügliche Frage stellen, nicht wahr?«

»Die beiden wurden ausgeflogen«, stieß Conterno zwischen den Zähnen hervor. »Jedenfalls gehen wir davon aus.«
»Man hätte sie vorher verhaften können. Dann hätten wir die Nutznießer und Drahtzieher längst hinter Schloss und Riegel, Signori, aber ...«
Rendolo verstummte, weil Pallardo dem ungestümen Handzeichen Maggiore Conternos Rechnung trug und ihm das Wort erteilte.
Der Chef der operativen Abteilung erhob sich vom Stuhl und legte seine Zigarre am Aschenbecher ab.
»Signore Rendolo, Sie sind zwar gut informiert, aber leider etwas kurzsichtig, sonst hätten Sie erwähnt, dass das Vorhaben, Avvocato Cardones Kanzlei zu durchsuchen, vom Innenministerium abgeblasen wurde.«
»Wir wissen heute, dass der Befehl, die Durchsuchung zu unterlassen, auf einem Missverständnis beruhte«, erwiderte Rendolo sarkastisch. »Man sollte einigen Leuten aus unseren eigenen Reihen genauer auf die Finger sehen!«
Conterno lächelte tückisch. »Der Oberst spricht ein höchst delikates Problem an. Für meine Männer lege ich die Hand ins Feuer. Aber es gibt Kräfte in Rom, die großes Interesse daran haben, dass unsere Ermittlungen nicht zu greifbaren Ergebnissen führen. Solange Nachweise fehlen, will ich auch keine Namen nennen und nur so viel dazu sagen: Offensichtlich unterminiert der militärische Geheimdienst unsere Arbeit, und ich könnte mir gut vorstellen, dass die Anwälte Senna und Pantrini im Gewahrsam der SISMI sind. Es bleibt festzustellen: Unter den Parlamentariern sitzen Parasiten, die das Ziel haben, das Militär zu stärken. Und weshalb?« Er blickte wütend in die Runde. »Die gesamte Führungsspitze des militärischen Geheimdienstes verhält sich machtpolitisch. Ich kann Mussolinis Geist über ihren Köpfen schweben sehen. Machen wir uns nichts vor, wir haben es mit faschistischen Elementen in der Regierung zu tun! Bedauerlicherweise.« Der Maggiore

zog seine Uniformjacke stramm, blickte Rendolo hasserfüllt an und wiederholte leise: »Sie wissen nur zu gut, wen ich meine.«

»Ach?«, erwiderte Rendolo angriffslustig. »Die Finger zweier Hände würden nicht ausreichen – so viele Faschisten befinden sich im Innenministerium. Und da könnte ich Ihnen einige Namen nennen, auch aus Ihrem direkten Bereich.«

»Sie ... Sie hinterhältiger ...«

»Ruhe!«, brüllte Pallardo und winkte energisch ab.

»Rendolo lässt seelenruhig zu«, brüllte Conterno wutschäumend, »dass ein Mensch erdrosselt, erschossen oder hingerichtet wird. Und dann redet er von Faschisten in unseren eigenen Reihen?«

»Es kommt immer auf das Motiv an, verehrter Maggiore Conterno. Wir reden hier von nationalem Interesse und übergesetzlichem Notstand.«

Jetzt schaltete sich Dottore Bandini ein, der sich bisher missgelaunt zurückgehalten hatte, aber dem nun offenkundig die Hutschnur gerissen war. Wütend attackierte er Rendolo: »Weshalb spielen Sie sich so auf? Sie wechseln das politische Lager so schnell, dass man nicht mehr weiß, wo sie noch gestern gestanden haben. Wie soll ich dann wissen, was Sie wirklich denken?«

Die Sitzung drohte aus den Fugen zu geraten, weil alle gleichzeitig redeten und einer den anderen übertönen wollte.

»Das Grundproblem in unserem Land ist die fehlende politische Konstanz!«, brüllte Conterno dazwischen. »Die Regierung in unserem Land wird inzwischen so oft neu gewählt, wie italienische Männer ihre Unterhosen wechseln. Während die Banco di Roma seit fünfzig Jahren den Finanzmarkt bestimmt, hat in Italien beinahe jeder Bürger die Chance, einmal in seinem Leben Ministerpräsident zu werden. Kein Wunder, dass sich jeder einfältige Unterstaatssekretär zutraut, an die Spitze der Macht zu gelangen.«

»Polemik!«, keifte nun Alfredo Brenda, der aber jäh von Pallardos Machtwort unterbrochen wurde.
»Silenzio!« Er schlug mit der flachen Hand auf den Konferenztisch. »Wir sollten persönliche Animositäten unterdrücken, Signori! Es hat keinen Sinn, sich gegenseitig der Fehler zu bezichtigen. Konzentrieren wir uns wieder auf unser Thema!« Er wandte sich an Bandini. »Und was hört man aus Antigua?«
Doch der Dottore deutete auf seinen Nachbarn Brenda, der ihm schräg gegenübersaß.
»Roberto Cardone ist in bester Obhut«, übernahm nun der glatzköpfige Chefkoordinator der Guardia di Finanza dankbar das Wort und stöberte in den losen Blättern, die er vor sich aufgeschichtet hatte. »Er hat seit dem Tod seines Bruders keinen Furz mehr gelassen, ohne dass wir diesen riechen konnten. Allerdings …« Er zog seine linke Augenbraue hoch, kniff die Augen zusammen und ließ seinen Blick über die Runde schweifen. »Dieser Schreiberling scheint ein ziemlich ausgeschlafenes Kerlchen zu sein. Spätestens wenn er aus seiner … na, sagen wir einmal, blinden Verliebtheit aufgewacht ist, müssen wir sehr auf ihn aufpassen. Noch ahnt er nicht, wen er im Gefolge hat.« Brenda lachte belustigt. »Eigentlich haben wir die Dame aus Israel beordert, weil wir sie auf Enrico Cardone ansetzen wollten, von dem wir wussten, dass er alles andere als ein Kostverächter war. Wir hatten einen kompletten Einsatzplan für die Lorano erstellt und ein zufälliges Treffen zwischen ihr und Cardone geplant. Eine ziemlich sensible Angelegenheit, von der Romano Grasso nichts erfahren durfte. Er wäre misstrauisch geworden. So weit, so gut.« Der mächtige Brustkorb des Kahlkopfes hob sich seufzend. »Die Dame widmet sich jetzt dem Bruder. Aber dafür bekamen wir zwei andere, sehr massive Probleme, und das an völlig unterschiedlichen Fronten.«
»Welche?«, fragte Pallardo knapp.

»Maggiore Conterno hat es gerade angesprochen. Zum einen d'Aventura und zum anderen unsere Kollegen vom Militär«, antwortete Brenda. »Abgesehen davon, dass es lächerlich ist, wenn sich die Dienste jahrelang gegenseitig belauern, ist es ein Armutszeugnis für unsere Truppe, wenn wir den Mord an Cardone als wahren Glücksfall für unsere Arbeit betrachten müssen. Immerhin, wir kommen endlich weiter. Trotzdem pfuscht uns der SISMI jetzt verstärkt ins Handwerk. Die Leute sind in Alarmstimmung. Vermutlich geht einigen Signori im Verteidigungsministerium der Arsch auf Grundeis.«

»Woraus schließen Sie das?«, knurrte Pallardo.

»Fessoni und Casagrande haben d'Aventura in Bologna abgefangen und ihn offensichtlich in die Mangel genommen. Ich meine ... das ist eine Sauerei, schließlich sind wir diejenigen, die der Antimafiabehörde Weisungen erteilen.«

»Und?«

»Ich meine das prinzipiell. Auf der anderen Seite haben uns Fessoni und Casagrande, ohne es zu ahnen, in die Hände gearbeitet, denn dieser Comandante d'Aventura aus Palermo scheint die Agenten des SISMI mit seinen eigenwilligen Aktionen aufgescheucht zu haben. Ob versehentlich oder gezielt, kann ich noch nicht sagen. Doch darüber wird Dottore Bandini Näheres sagen.« Pallardo deutete auf den schlanken, jungen Mann, der ihm mit aufgestützten Ellbogen gegenübersaß und konzentriert über einem Blatt Papier brütete. Als er seinen Namen hörte, blickte Bandini auf.

»Anscheinend verfügen Livio d'Aventura und Commissario Venaro über ausgezeichnete informelle Kontakte«, kamen ihm die Worte müde über die Lippen. »Es gibt fast keine Ecke, in die die Carabinieri nicht ihre Nase stecken. Für mich ist klar: D'Aventura verfügt über Erkenntnisse, die er eigentlich gar nicht haben dürfte. Weiß der Teufel, wie er an Dokumente und Informationen gekommen ist, die als streng geheim eingestuft sind.«

»Dazu kann ich etwas beitragen«, erwiderte Pallardo. »Ich habe d'Aventura die Vollmacht erteilt, eine Sonderkommission zu bilden, und ihn mit allen Freiheiten ausgestattet, in der Mordsache Enrico Cardone zu ermitteln. Es war notwendig, um auch der Antimafiabehörde in Palermo zu vermitteln, dass das Innenministerium ein vitales Interesse hat, den Mörder zu fassen. Ich habe ihm daher einige Dossiers überlassen, lückenhafte, versteht sich. Weder er noch sein Adlatus Venaro können damit wirklich etwas anfangen.«

»Und selbst wenn ... Das erklärt nicht, wie er an interne Informationen aus dem Agosto-Konzern gelangen konnte«, knurrte Bandini. »Und diese Kenntnisse führten wiederum dazu, dass er nach Bologna flog, um mit Roberto Cardone zu reden.«

Pallardo schüttelte irritiert den Kopf. »Ich sehe das als normalen Ermittlungserfolg eines cleveren Beamten an. Aber was wollen Sie eigentlich andeuten?«

»Fessoni und Casagrande haben auf übergeordneten Befehl aus dem Verteidigungsministerium d'Aventura aus dem Verkehr gezogen. Angeblich soll Venaro den Fall weiter betreuen. Anscheinend glaubt da jemand in der Regierungsspitze, dass der junge Mann ungefährlicher ist. Die Anordnung kam übrigens von einem Staatssekretär aus dem Verteidigungsministerium!«

»Das ist nicht wahr!«, keuchte Pallardo, dessen Lippen vor Wut bebten. »Wie kommen diese verdammten Sesselfurzer im Ministerium dazu, meine Anordnungen außer Kraft zu setzen?«

»Questore Minetti hat mir in einem Telefonat mitgeteilt, diese Entscheidung sei zwischen Ihnen und Fessoni abgesprochen, was mich, offen gestanden, verwundert hat.«

»Ich fasse es nicht!«, brüllte Pallardo. Wütend umrundete er den Konferenztisch, seine Hände tief in den Hosentaschen vergraben. »Sagen Sie, dass das eine Ente ist! Weshalb sollte ich mich ausgerechnet mit einem Arschloch vom militärischen Geheimdienst abstimmen? Abgesehen davon würde ich mit Fessoni nicht einmal ein Wort wechseln, wenn wir allein auf einer einsamen Insel wären.«

»Das ist so wahr, wie ich hier anwesend bin.« Bandini grinste. »Letztendlich aber sind Sie für diese Entwicklung selber verantwortlich. Schließlich haben Sie Minetti auf den Stuhl eines Questore gesetzt. Humorvoll betrachtet, könnte man dieser Beförderung dennoch etwas Positives abgewinnen, wenn Sie mir die Bemerkung erlauben, Signore Oberst.«

»Tun Sie sich keinen Zwang an, Sie Witzbold!«, erwiderte Pallardo unfreundlich.

Bandini und mit ihm die ganze Runde feixte. »Minetti ist meinem Pudel ziemlich ähnlich. Der tut, was man ihm sagt, und fragt nicht. Allerdings mit dem Nachteil, dass er jedem dient, der laut genug schreit. Sie werden Minetti wahrscheinlich einen loyalen Beamten nennen.«

»Und?«, keifte Pallardo.

»Und nun müssen wir die Gunst der Stunde nutzen. D'Aventuras Suspendierung könnte uns sehr gelegen kommen, denn wir befinden uns in einer heißen Phase. In Palermo ist durchgesickert, dass die Lorano in Italien eingereist ist, und offensichtlich haben d'Aventura und sein Adlatus die richtigen Schlüsse gezogen. Sie sind davon überzeugt, dass die Lorano an Cardones Hacken klebt.«

»Bin ich nur von Dilettanten umgeben?«, brüllte Pallardo. »Nicht nur, dass es Mordszeit und Aufwand gekostet hat, die Lorano in unmittelbare Nähe von Romano Grasso zu plazieren, jetzt müssen wir auch befürchten, dass ihre Tarnung auffliegt. Ist Ihnen überhaupt klar, was für uns auf dem Spiel steht?«

»Und weshalb weihen wir diesen d'Aventura nicht einfach ein? Er ist ein loyaler Mann«, rief Conterno dazwischen.

»Weil er rund um die Uhr von Agenten des SISMI observiert

wird«, antwortete Pallardo. »Er nutzt uns nur mittelbar. Unser einziges Ass in diesem Spiel ist die Lorano. Wenn ihre Rolle sichtbar wird, können wir einpacken.«

»Es gibt keinen Grund, schwarzzusehen, Signori!« Brenda war aufgesprungen und schaltete sich in das hitzige Wortgefecht ein. »Loranos Legende ist perfekt. Noch glauben alle daran, auch die Möchtegerns vom SISMI, dass sie für die Mafia arbeitet. Und das soll nach Möglichkeit eine Weile so bleiben. Vor allem Romano Grasso darf nichts ahnen, und was das angeht, müssen wir uns auch auf das Glück verlassen.«

»Wo liegt das Problem?«, fragte Pallardo in die Runde.

»Das Problem liegt darin«, übernahm Bandini wieder das Wort, »dass Sforzano noch nicht aufgestöbert wurde. Wir müssen ihn finden und liquidieren, bevor er Grasso oder d'Aventura in die Hände fällt. Eine andere Wahl haben wir nicht.«

»Quatsch!«, rief Conterno dazwischen. »Ich bin sicher, Romano Grasso und seine Killer kümmern sich bereits um Sforzano. Weshalb sollen wir Kräfte binden, um einen kleinen Mafioso zu finden. Retten kann ihn ohnehin niemand mehr, und ein unersetzlicher Verlust für die Gesellschaft ist er auch nicht.«

»*Piano, piano!* Da bin ich anderer Meinung«, erwiderte Pallardo scharf. »Sforzano muss gefunden werden, wenn wir einen Untersuchungsausschuss in eigener Sache vermeiden wollen.«

»Weshalb?«, fragte nun Rendolo, der fast immer als der am besten informierte Mann in diesem Kreis galt.

»Ein bedauerliches Missgeschick«, räumte Bandini ein, zeigte aber keinerlei emotionale Regung. »Sforzano und Tenente Sandro Montoglio waren eng befreundet. Wie wir jetzt erst erfahren haben, kannten sie sich von der Schulbank her. Die zwei haben sich gesucht und gefunden, wie man so schön sagt. Montoglios Tarnung war somit futsch.«

»Können Sie das genauer ausführen?«, bat Pallardo.

Bandinis Miene zeigte verhaltenen Stolz. »Die Signori vom Militär waren glücklicherweise der Meinung, dass ihnen niemand auf die Finger sieht. Ich habe mich inzwischen kundig gemacht. Monti war der Deckname von Oberleutnant Montoglio. Das Video vom Mord an Cardone wurde mit einer hochgeheimen Hightechkamera angefertigt. Alles deutet darauf hin, dass ein Agent des Militärs den Mord gefilmt hat.«

»*Madonna mia!*« Pallardo sah Bandini mit betroffener Miene an. »In dieser Deutlichkeit haben Sie das noch nie ausgeführt, Bandini!«

»*Mi scusate,* Signore Pallardo, aber das war auch der Grund, weshalb ich der Lorano grünes Licht für Montis Abschuss gegeben habe«, führte er aus, »zumal wir wissen, dass Romano Grasso hinter demjenigen her ist, der den Mord an Cardone aufgenommen hat. Diese Zufälligkeit hat nicht nur Loranos Stellung bei Grasso signifikant gefestigt. Montoglios Tod hat als Nebeneffekt den guten Fessoni in die Hände von Romano Grasso gespielt, was unsere Arbeit ebenfalls ein wenig erleichtert.«

»Können Sie uns an Ihren Theorien teilhaben lassen?«, brüllte der Maggiore dazwischen. »Sie lassen einfach einen Agenten abknallen, und ich weiß nichts davon.«

»Gefahr im Verzug«, knurrte Bandini. »Allem Anschein nach wollte Montoglio seinem Kollegen an die Pelle. Fessoni pennt schon seit Monaten mit Montoglios Frau. Das wissen wir aus den Überwachungen. Und nun müssen wir unsere Kräfte bündeln und Bruno Sforzano finden. Koste es, was es wolle. Er weiß, dass die Lorano nicht nur Romano Grassos Freundin ist, sondern dass sie auch mit uns in Verbindung steht. Der Kerl ist erstens nicht blöde, und zweitens ist Santorini sein Onkel. Vielleicht hat er bei ihm Unterschlupf gefunden und ihm alles erzählt.«

»Und das war uns vorher nicht bekannt?«, zischte Pallardo böse.

Bandini zuckte teilnahmslos mit den Schultern. »Sie wissen selbst, dass es nicht so einfach ist, die Mafia zu unterwandern, zumal es auf höchster Ebene gewisse Übereinstimmungen hinsichtlich materieller Interessen gibt. Das macht die Sache äußerst brisant.«

»Wem sagen Sie das, Dottore! Wenn es um Geld geht …«

Pallardo war erregt von seinem Stuhl aufgestanden und ließ seinen Satz unvollendet. Er stützte sich mit beiden Händen auf den Konferenztisch und beugte sich wie ein Raubtier vor. »Und …? Weiter …!« Er sah Bandini scharf an. »Wie konnte es überhaupt zu dieser idiotischen Entwicklung kommen?«

»Sforzano hatte sich offensichtlich im Albergheria-Viertel versteckt und mitbekommen, dass die Lorano seinen Freund liquidiert hat«, führte Bandini weiter aus. »Er ist Hals über Kopf geflüchtet. Die Lorano hat zwar versucht, ihn zu erwischen, aber der Kerl kannte sich in dem Gebäude besser aus als sie. Zu allem Überfluss tauchte zum gleichen Zeitpunkt auch noch dieser d'Aventura auf. Damit konnte niemand rechnen. Sie musste Sforzano wahrscheinlich laufen lassen und sich um den Comandante aus Palermo kümmern, weil in der Tarnwohnung noch Beweise herumlagen. Unter anderem stand dort noch der Computer, mit dem die SISMI-Mannschaft gearbeitet hat.«

»Wie blöd muss ein Agent des SISMI sein, brisante Aufzeichnungen auf einer Platte zu speichern?«, bemerkte Pallardo süffisant. »Glück ist, wenn das Pech die anderen trifft. Horaz hat das bereits dreißig Jahre vor Christus ganz richtig erkannt.«

»Immerhin konnte die Lorano d'Aventura überwältigen und die Wohnung säubern«, ergänzte Bandini seine Ausführungen. »Ich habe die Lorano angewiesen, Romano Grasso die Kamera zu übergeben. Sozusagen als vertrauensbildende Maßnahme.«

»Würden Sie mich bitte über den Hintersinn dieser Aktion aufklären!«, zischte Pallardo giftig. »Weder gefällt mir die Methode noch das Ergebnis. Was soll dieser Wahnsinn?«

»Der strategische Stab unserer Abteilung musste aus der Not eine Tugend machen«, holte Bandini aus. »Angesichts dieser Entwicklung standen wir unter enormem Zeitdruck und mussten uns zwischen Pest und Cholera entscheiden. Der Mord war über alle Sender gelaufen, die Originalaufnahme aber existiert noch. Sie wurde, wie wir wissen, von Monti, oder sagen wir besser von Montoglio aufgenommen, der seine Privatfehde mit Fessoni führte.«

»Und was bedeutet das jetzt für uns?«

»Das bedeutet, dass Romano Grasso diesen Fessoni am Haken hat und ihn an sich bindet. Wenn wir die Abhängigkeit zwischen Fessoni und Grasso im Falle ihrer Verhaftung nachweisen können, schwächen wir signifikant die Stellung des SISMI. Derzeit beobachten wir den Agenten auf Schritt und Tritt. Außerdem wissen wir durch die Auswertung der Festplatte, dass die drei SISMI-Agenten, Fessoni, Montoglio und Casagrande, seit Jahren vom Verteidigungsministerium eingesetzt wurden, um dafür zu sorgen, dass der Finanzskandal um die Gruppo Agosto nicht überkocht. Ich hoffe, dass wir genügend Material beschaffen können, um die Befehlsgeber zu identifizieren.«

»Das haben wir im Griff«, beruhigte ihn Pallardo. »In dieser Hinsicht können wir uns einerseits auf unsere exzellenten Verbindungen zu den Medien, andererseits auf unseren Noch-Ministerpräsidenten verlassen. Die Schwierigkeit liegt darin, meine Herren, dass wir einen kontrollierten Lawinenabgang produzieren müssen, bei dem Kolateralschäden in den eigenen Reihen vermieden werden.«

»Das ist erst möglich, wenn wir wissen, wer im Ministerium die Strippen zieht.«, meldete sich Rendolo zu Wort. »Dazu benötigen wir Enrico Cardones Aufzeichnungen. Wir haben Signorina Lorano nach Bologna beordert, damit sie sich auf den Bruder konzentriert.«

»Ist etwas Näheres über Cardones Aufzeichnungen bekannt?«, fragte Bandini.

Rendolo nickte zustimmend. »Aus den Abhörprotokollen der Kanzlei in Premeno geht hervor, dass der Verteidigungsminister und seine Generäle mit Grassos Hilfe Millionen von Dollar nach Vanuatu geschafft haben. Wir wissen weiterhin, dass Enrico Cardone zu seinem Selbstschutz Aufzeichnungen in einer Offshore-Bank auf Antigua deponiert hat. Sie würden das Netzwerk nicht nur offenlegen, sondern den Agosto-Skandal beweisbar machen. Haben wir die Unterlagen, dann haben wir den Minister mitsamt seinem korrupten Klüngel an den Eiern.«

Pallardo schien einigermaßen zufrieden zu sein, denn er lächelte erstmals entspannt und wandte sich an Giuseppe Rendolo, der genüsslich an einer Zigarette zog und Kringel an die Decke blies. »Signore, verraten Sie mir bitte, wie unsere verehrte Rosanna Lorano es fertiggebracht hat, das Herz des großen Romano Grasso zu gewinnen!« Sein spöttischer Unterton amüsierte alle Anwesenden.

»Grasso hat jahrelang bedeutsame Geschäfte mit der israelischen Waffenindustrie gemacht«, erwiderte Rendolo. »Er stand die ganze Zeit unter der Beobachtung unserer israelischen Kollegen vom Mossad. Offenkundig war die dortige Regierung der Meinung, man müsse Romano Grasso auf die Finger schauen. In Haifa hat Grasso die Lorano kennengelernt, und er war offensichtlich so begeistert von ihr, dass er unvorsichtig wurde. Das war auch der Zeitpunkt, zu dem wir Signorina Lorano für unseren Dienst verpflichten konnten. Die beiden kennen sich jetzt etwa vier Jahre. Wir haben die Gunst der Stunde genutzt und die Lorano für unsere Sache einsetzen können. Unsere langfristige Strategie scheint sich endlich bezahlt zu machen.«

»Eine bewundernswerte Leistung dieser Frau«, meinte Brenda. »Grasso so lange hinters Licht zu führen dürfte nicht so einfach sein.«

»Sie ist ein eiskaltes Luder.« Rendolo lachte. »Schön, klug,

sexy und gefährlich. Anpassungsfähig wie ein Chamäleon. Wir schätzen sie sehr. Durch ihre Abstammung ist sie Italien sehr verbunden. Ihre Eltern stammen aus Sizilien. Unsere Agentin ist eine glühende Patriotin. Eine ideale Mitarbeiterin, zumal sie sich nicht scheut, auch ihre Reize, mit denen sie reich gesegnet ist, für die italienische Sache einzusetzen.«
Die Runde nickte beifällig.
»Wie schätzen Sie die Erfolgsaussichten der Operation in Antigua ein?«, erkundigte sich Pallardo.
Rendolo verzog abfällig den Mund und deutete auf den Kollegen neben sich, der bislang schweigend zugehört hatte.
Oberst Pallardo wandte sich an Tenente Posanto. »Wie ist die weitere Vorgehensweise in Antigua?«
»Es gibt keinen Plan!« Der Einsatzleiter für Aktivitäten im Ausland strahlte freudig übers ganze Gesicht. Sein Mund mit den wulstigen Lippen schien immerfort zu lächeln, und sein rundlicher Körper ruhte gelassen in sich selbst. »Solange uns d'Aventura mit seinem Assistenten nicht in die Quere kommt und dieser Roberto Cardone auf Antigua schön brav die Unterlagen aus der Bank holt, solange können wir ruhig zuschauen. Cardone ist ziemlich gut berechenbar. Wir gehen davon aus, dass er sich mit frischem Besitzerstolz auf Enrico Cardones Anwesen niederlässt. Das wäre die gesündeste Entscheidung für den Dichter. Meine Prognose: Er hofft, mit Rosanna heiße karibische Nächte zu verbringen und sie zu überreden, mit ihm auf der Insel der Glückseligkeit zu bleiben. Es dürfte kein Problem sein, an die Unterlagen heranzukommen.«
»Dann sorgen Sie dafür, Tenente Posanto, dass Roberto Cardone auf Antigua nichts zustößt. Aber ohne Aufsehen, wenn ich bitten darf.«
»Ich denke, da können wir uns völlig auf Rosanna verlassen.«
Pallardo ging hinüber zu einer Anrichte, auf der Getränke, frisches Obst und *tramezzini* bereitstanden. Er schenkte sich ein Glas Wasser ein und wandte sich wieder der Runde zu.

»Kommen wir zum unangenehmen Teil unserer Sitzung! Wie weit ist unsere Konkurrenz? Weiß sie, wo sich unser Dichter derzeit aufhält?«

Randolo meldete sich zu Wort: »Davon ist auszugehen. Cardone ist hochgradig gefährdet, sobald er nach Italien zurückkehrt. Der militärische Abschirmdienst wird alles unternehmen, um die Unterlagen an sich zu bringen. Man wird nicht das Risiko eingehen, einen lebenden Zeugen zu dulden, der möglicherweise die Presse aufmischt. Immerhin wäre das naheliegend. Roberto Cardone ist imstande und schreibt mit seinem Wissen einen Bestseller.«

Pallardo legte seine Stirn in Falten. »Was sagt unser Dottore Bandini dazu?«, erwiderte er und warf einen fragenden Blick auf den Kommandeur der Staatspolizei.

Bandini wiegte seinen Kopf. »Wir haben da eine ziemlich verzwickte Situation vor uns: Rosanna Lorano ist von Grasso auf Roberto Cardone angesetzt. Er erwartet, dass Cardone sie zum Geld und zu den Aufzeichnungen seines Bruders führt. Wenn sie am Ziel ist, soll sie ihn liquidieren. Tut sie es nicht, wird für Lorano die Lage kritisch. Wenn nämlich Cardone nach Italien zurückwill, wird Grasso dies erfahren, sobald der SISMI Cardone ins Land lässt. Er wird sich also fragen, weshalb die Lorano ihn nicht liquidiert hat. Seine Bluthunde würden in jedem Falle die Hinrichtung nachholen, und Loranos Tarnung würde auffliegen. Entkommt Cardone mit der Dokumentation seines Bruders, wird er von Agenten des SISMI geschnappt, was er ebenso wenig überlebt. In jedem Fall wäre unsere jahrelange Arbeit dann keinen Pfifferling wert.«

»Wie weit sind wir mit Santorini und Massimo? Gibt es von dieser Seite weitere Erkenntnisse?«, erkundigte sich Oberst Pallardo.

»Sie sind wie vom Erdboden verschluckt«, antwortete Brenda, der Chefkoordinator der Guardia di Finanza. »Kein Mensch weiß, wo sie geblieben sind. Sie wurden zum letzten Mal auf dem Weg von Prizzi nach Palermo gesehen. Seitdem fehlt von ihnen jede Spur.«

»Irgendetwas ist an der Sache faul«, fauchte Pallardo. »Massimo hat seine Bluthunde nach Vanuatu geschickt. Ruffo und Gallerte. Es muss einen Grund dafür geben.«

»Grassos Jet, mit dem sie unterwegs sind, ist erst in Brisbane und kurze Zeit später bei der Landung auf Vanuatu registriert worden. Das bedeutet im Klartext, Romano Grasso und seine Leute gehen davon aus, dass Avvocato Cardone die Konten auf Vanuatu geplündert hat. Wir wissen zudem, dass eine Transaktion nach Antigua stattgefunden haben muss. Das zumindest geht aus unseren Abhörprotokollen der Wohnung in der Vicolo Santa Lucia hervor. Roberto Cardone hat seinem Freund aus einem Brief vorgelesen, der ihm eigentümlicherweise nicht mit der Post zugestellt wurde, denn die wurde regelmäßig von uns gefilzt. Wir vermuten, dass es sich um Unterlagen aus der Kanzlei in Premeno handelt. Er wurde dort beobachtet, wie er eine Kiste eingeladen hat. Soweit wir wissen, hat er geerbt. Sehr viel Geld. Er hatte ein Testament, das er beim Nachlassgericht in Pallanza vorgelegt hat. Die abgehörten Gespräche zwischen Cardone und seinem Freund Carlo Alberti belegen eindeutig unsere Annahme: Avvocato Enrico Cardone hat die Mafia beschissen.«

»Heißt das, die zwei Bluthunde von Massimo und Santorini sind Roberto Cardone bereits auf den Fersen?«, fragte Pallardo ungehalten.

»Nein, das glauben wir nicht. Grasso wird auf Rosannas Zuverlässigkeit und Härte zählen. Für ihr martialisches Image haben wir gesorgt. Ehrlich gesagt, das Image entspricht ziemlich genau der Realität. Wir können von Glück sagen, dass die Frau für uns arbeitet.«

Pallardo nickte. »Trotzdem, welchen Sinn sollte es für Grasso machen, die beiden Bluthunde nach Vanuatu abzukommandieren? Weder kommen sie dort an das Geld heran, noch erhalten sie Auskünfte von den Banken.«

»Das macht durchaus Sinn«, wandte Bandini ein, »nämlich dann, wenn die beiden Mafiosi mit Vollmachten ausgestattet wurden. Ich halte es für möglich, dass sie erfahren, wo das Geld jetzt ist.«

»Aber wie es aussieht, wird Lorano unserem Romano Grasso den Knochen vorher wegschnappen. Wie dem auch sei, das Konto hat keine Priorität. Wir hätten auch keine strafrechtlichen Möglichkeiten, Roberto Cardone an den Wagen zu fahren, sollte er das Konto dort belassen, wo es ist. Unser Ziel ist anders definiert. Darüber sind wir uns hier am Tisch einig. Wir wollen den unwiderlegbaren Beweis für die Korruption, die Geldwäscherei und den Subventionsbetrug einiger amtierender Politiker, um unseren zukünftigen Ministerpräsidenten in eine starke Position zu bringen und seinen Wahlerfolg zu gewährleisten.«

Oberst Pallardo deutete mit einer Handbewegung an, dass er eine Pause wünschte. »Wenn die Signori sich erfrischen möchten …« Er deutete auf das Büfett und wandte sich an Rendolo. »Legen Sie gemeinsam mit den Teilnehmern die weiteren Schritte fest. Wir dürfen auf keinen Fall die Kontrolle über die Entwicklung verlieren. Ich treffe in einer Stunde den Innenminister. Er wünscht, auf den neuesten Stand gebracht zu werden.«

Sir Edwin Ghallager

Roberto Cardones Nerven waren angespannt. In weniger als drei Stunden würde er Sir Edwin Ghallager im »Admiral's Inn« am Nelson Dockyard zum Lunch treffen, und endlich würde er mehr über seinen Bruder erfahren. Danach, so hatte ihm Sir Ghallager am Telefon vorgeschlagen, würden sie gemeinsam zur Bank fahren. Die beiläufige Bemerkung Sir Ghallagers, es sei nicht nötig, die Koffer im Hotel auszupacken, weil Roberto viel besser in dem nun ihm gehörenden Anwesen wohnen könne, versetzte diesen in Aufregung, obwohl ihm Sir Ghallager bereits per Mail mitgeteilt hatte, nach Erledigung der Formalitäten, stünde einer ersten Besichtigung nichts mehr im Wege.
Rosanna hatte er diese Neuigkeit beim Frühstück verschwiegen. Erst wollte er sich selbst davon überzeugen, was es mit dem sogenannten Anwesen auf sich hatte. Aber nicht nur deshalb.
Er fand Rosanna an diesem sonnigen Morgen auf der Terrasse der Suite, auf der ihnen ein opulentes Frühstück serviert wurde, verändert: verschlossen, einsilbig und auf eine seltsame Art zurückhaltend. Sie wollte sich, während er unterwegs war, im Wellnessbereich des Hotels verwöhnen lassen, was sich gut traf, denn ihm war daran gelegen, alleine mit Sir Ghallager zu sprechen.
Er hatte sich entschlossen, seine Nervosität zu vertreiben, indem er mit einem der offenen Taxis vom Hotel aus eine kurze Sightseeingtour unternahm. Nach der Rundfahrt wollte er sich zum Nelson Dockyard bringen lassen.
Der Ausflug führte ihn über die kleinen Dörfer Bolans, Ebenezer und All Saints ins Hinterland der Insel. Auf abenteuerlichen Straßen passierten sie romantische Buchten in unberühr-

ter Natur. Seine Vorstellung von der Schönheit der Insel, die er sich vor seiner Abreise gemacht hatte, wurde hinter jedem Hügel, nach jeder Straßenbiegung und an jedem Aussichtspunkt neu übertroffen. Orangen und Zitronen wetteiferten mit leuchtenden Hibisken, Bougainvilleen und Jacarandabäumen. Die unbefestigte Straße wand sich durch eine üppig wuchernde Tropenwelt, die er wie im Kokarausch wahrnahm. Sie kamen durch Ansiedlungen einheimischer Bauern, deren grellbunte Holzbaracken entlang der Straße am Fuße überwucherter Hänge standen. An Wäscheleinen flatterten bunte Kleider neben Tischdecken, karierten Handtüchern und Bettwäsche, die wie Farbtupfer zwischen Palmen und riesigen Mangobäumen hervorleuchteten. Beißender Rauch stieg aus den Feuerstellen kreolischer Fischküchen und überlagerte den Dunst schwelender Abfälle. Unvermittelt zog vor Cardones Augen eine Welt fremdartiger Lebensweisen vorbei. Er lehnte sich aus dem Fenster und sah in lachende, freundliche Gesichter, die unverhohlene Neugierde zeigten. Mehr und mehr fiel die innere Anspannung von ihm ab, bis sie sich dem Hafen von Saint John's näherten, wo er den Fahrer an den Docks anhalten ließ.

Hier sah er die Luxusjachten, die am Pier des Nobelhafens vor Anker lagen und auf den märchenhaften Reichtum der Besitzer schließen ließen. Sein Blick wanderte weiter zur ehemaligen Befestigungsanlage Fort James. Da noch etwas Zeit bis zu seinem Treffen blieb, schlug er den Weg zur Hauptstraße ein. Unvermittelt umgab ihn ein Leben voller Musik und rhythmischer Bewegungen. Die unbeschwerte Lebensfreude der Menschen übertrug sich auf ihn. Kindergeschrei, Musik und Farben vermengten sich symbiotisch in der heiteren Atmosphäre. Knatternde Motorräder, ächzende Autos und überladene Lastwagen, dazwischen streunende Hunde, Frauen mit schweren Wäschebündeln auf dem Kopf und altersschwache Karren vor sich her schiebend – alles drängte und zwängte, schnaubte und schob sich in heillosem Chaos durch die schmale Hauptstraße.

Saint John's Straßen präsentierten sich ihm als einzige Farborgie. Links und rechts, dicht an dicht kunterbunte, windschiefe Holzhäuser, die sich gegenseitig die Farben des Regenbogens streitig machten. Manche von ihnen waren an den Ecken auf abenteuerliche Weise mit Steinbrocken abgestützt, andere wieder wurden von stabilen Holzpfosten in der Senkrechten gehalten.

Aus der weit geöffneten Tür eines Restaurants drangen die Klänge einer Steelband. Intuitiv passte Cardone seine Schritte dem Rhythmus an. Ein mintgrünes Gebäude im Kolonialstil stach ihm ins Auge. Das Haus Hemingways. Er beschloss, dort einen Fruchtdrink einzunehmen, auch wenn das Lokal eher für seine hochprozentigen Cocktails berühmt war. Entspannt machte er es sich auf der hölzernen Veranda bequem und beobachtete von dort aus das Treiben.

Langsam wurde es Zeit aufzubrechen. Er trank den Maracujasaft aus und winkte ein Taxi herbei. Nach längerer Fahrt über die Old Road, die sich an der Küste entlangschlängelte, erreichte er Shirley Heights mit der berühmten Ansicht des English Harbour. Der atemberaubende Blick auf den dichten Regenwald im Hintergrund und hinunter zu der azurblauen Bucht übertraf jedes Postkartenfoto. Die Fahrt ging weiter zur alten Mole, der ehemaligen Flottenbasis von Admiral Nelson. Im achtzehnten Jahrhundert war sie der größte karibische Naturhafen und wichtiger Marinestützpunkt Großbritanniens. Heute dient das Hafengebiet mit seinen einstigen Docks, Wohn- und Lagerhäusern den Touristen als einzigartiges Freilichtmuseum. Vor Cardone erhob sich ein dreihundert Jahre altes Backsteingebäude, das ehemalige Domizil des Admirals des englischen Throns, das heute Restaurants und ein Hotel beherbergte.

Cardone fühlte, wie seine Nervosität angesichts des Treffens mit Sir Ghallager stieg. Neugierig schaute er sich um. Einige Gäste saßen im Garten, einem idealen Platz, um das Kommen und Gehen an den Schiffsanlagen und die Aussicht auf die vor Anker liegenden Luxusjachten zu genießen.

Gerade wollte er sich an einen der vorbeieilenden Kellner wenden und nach Sir Ghallager fragen, als er von hinten angesprochen wurde.

»Sie müssen Roberto sein.« Die sonore Stimme mit typisch englischem Akzent klang warm und einladend. Cardone drehte sich um. Vor ihm stand ein kräftiger Mann mit sonnengebräuntem, sympathischem Gesicht. Auffälligstes Merkmal war der dichte schneeweiße Backenbart, der sich bis zu seinem Kinn hinunterzog. Klare grünblaue Augen schauten ihn prüfend an und konnten eine gewisse Schalkhaftigkeit nicht verheimlichen.

»Ghallager«, stellte der Mann sich vor, deutete eine Verbeugung an und lächelte. »Ich habe Sie sofort erkannt, als Sie den Garten betraten. Ich muss sagen, Sie sind Ihrem Bruder wie aus dem Gesicht geschnitten.« Er reichte Cardone die Hand und drückte sie fest. »Willkommen in Antigua, der schönsten Insel der Karibik!«

Cardone musste ein Lachen unterdrücken. Sir Edwin schien direkt einem englischen Roman des neunzehnten Jahrhunderts entsprungen zu sein. Trotz des freundlichen Empfangs fühlte sich Cardone ein wenig befangen, denn die charismatische Ausstrahlung seines Gegenübers schüchterte ihn ein.

Sir Ghallager schien eine feine Intuition zu haben. Elegant überspielte er die Befangenheit Cardones und fuhr fort: »Kommen Sie! Ich habe im Garten einen Tisch für uns reserviert, dort können wir uns ungestört unterhalten.« Er wies zu einem Tisch unter einem Baum mit Blick auf den Anleger. »Ich habe dieses Restaurant gewählt, weil ich in English Harbour zu tun hatte und es hier tagsüber sehr geruhsam zugeht.«

Cardones Aufregung legte sich ein wenig, zumal in Ghallagers

Freundlichkeit nicht die Spur übertriebener Höflichkeit oder gar Affektiertheit zu finden war. »Enrico hat in seinem Brief geschrieben«, begann er, »dass Sie eng miteinander befreundet waren. Er hat Sie mir gegenüber früher nie erwähnt. Allerdings muss ich gestehen, dass wir beide, ich meine Enrico und ich, nie so ganz …«

Sir Edwin winkte ab und lächelte. »Ich weiß, Signore. Ich weiß eine ganze Menge über Sie. Zum Beispiel, dass Sie Schriftsteller sind.« Er machte eine Pause und betrachtete Cardone ungeniert. »Interessanter Beruf. Ein schwieriger dazu.«

»Nicht jeder Mist hat die Chance, einmal guter Dünger zu werden«, erwiderte Cardone grinsend. »Genauso verhält es sich mit Manuskripten, die Bücher werden sollen.«

Ghallager lachte tonlos in sich hinein. »Nun ja, und ich glaube, weder Sokrates noch Ovid oder Nietzsche wären von heutigen Banken als kreditwürdig angesehen worden. Sie sehen, die Welt ist voller Hoffnungen und Ungerechtigkeiten.«

Ghallagers glattes Gesicht wirkte wie das eines vornehmen Londoner Bankiers, das keine Sorgen und Nöte zu kennen schien. Korrekter, dunkelgrauer Anzug mit Weste, dunkelrotes Einstecktuch, gestärktes, makellos weißes Hemd und rote Fliege. Es fehlten nur noch Regenschirm und Bowler, so perfekt hätte das Bild zum Trafalgar Square in London gepasst. Wie Sir Edwin es bei der herrschenden Temperatur und Schwüle aushielt, war Cardone schleierhaft.

»Lieber Roberto, ich hoffe, ich darf Sie so nennen?«, unterbrach Ghallager Cardones Gedankengang, und bevor dieser antworten konnte, sprach er auch schon weiter: »Bitte nehmen Sie mein tiefes Mitgefühl entgegen!«

Cardone fühlte, wie sich ein Kloß in seinem Hals bildete, als er die Miene seines Gegenübers sah. Sir Edwins schmerzliche Betroffenheit war nicht zu übersehen und keinesfalls aufgesetzt. Plötzlich stellte sich eine Art innere Verbundenheit zu diesem Mann ein, der mit bemerkenswerter Selbstbeherrschung und

Disziplin die Form wahrte. »*Grazie tante*«, erwiderte Cardone heiser.

»Ich habe mit Ihrem Bruder einen guten Freund verloren«, kam es über Sir Edwins Lippen, und er zögerte einen Augenblick, bevor er weitersprach: »Und nicht nur das. Wir standen auch jahrelang in einer engen Geschäftsbeziehung. In dieser Zeit ist ein tiefes, gegenseitiges Vertrauen zwischen uns gewachsen, das hat unsere Freundschaft ziemlich einmalig gemacht. Umso mehr trifft mich der grausame Tod, den Enrico erleiden musste.«

»Wie haben Sie hier davon erfahren?«

»Ein mir gut bekannter Notar in Milano hat mich angerufen und mich unterrichtet. Natürlich hat er auch die Spekulationen erwähnt, die in den Medien über Ihren Bruder angestellt werden.«

Cardone nickte und seine Augen nahmen einen harten Glanz an. »Insbesondere deshalb bin ich nach Saint John's gekommen, Sir Ghallager. Ich weiß bis heute nicht, in welchen Kreisen mein Bruder verkehrt hat, dass ihm so etwas widerfahren konnte. Enricos Erbe, das er in seinem Brief anspricht, ist mir gar nicht so wichtig. Wissen Sie, Sir …«

Ghallager unterbrach ihn mit einer Handbewegung. »Wenn wir ein Thema ausgeklammert haben, dann waren es die Namen seiner Mandanten und die Art seiner Geschäfte. Als Rechtsanwalt läuft man heutzutage überall Gefahr, in Dinge verwickelt zu werden, deren Tragweite man oft erst viel später begreift. Ihrem Bruder wird es nicht anders ergangen sein. Es hat wenig Sinn zu spekulieren. Enrico hat Unterlagen bei uns in einem Schließfach hinterlegt. Vielleicht erhalten Sie bei der Einsichtnahme mehr Informationen über seine Tätigkeit.«

Ghallager sah Cardone mit durchdringendem Blick an. »Aus Enricos Erzählungen weiß ich, dass Sie Schriftsteller sind«, fuhr er in seiner vornehmen Art fort. »Er hat sie mir als sensibel, klug und ehrlich beschrieben. Deshalb möchte ich es so formulieren: Mir ist nicht bekannt, um welche Dokumente es sich handelt. Aber aller Erfahrung nach deponieren Fremde in unserem Land Material, das man zu Hause aus den verschiedensten Gründen nicht aufbewahrt. Sie sollten also genau überlegen, was Sie zu tun gedenken. Möglicherweise öffnen sie die Büchse der Pandora. Ich habe Sie auch deshalb hierhergebeten, weil ich Sie ein wenig vorbereiten möchte, bevor wir zurück nach Saint John's fahren.«

Wieder lächelte Ghallager. Cardone überlegte, was sein Gegenüber mit diesen Worten wohl andeuten wollte. Mehr und mehr kam er zu der Überzeugung, so gütig und harmlos wie sich Sir Edwin ihm gegenüber gab, war er nicht.

Cardone blickte ihm offen in die Augen. »Wissen Sie, ich habe mein ganzes Leben mit Büchern verbracht. Das ist eine andere Welt, was nicht heißen soll, dass ich deswegen unbedarft bin. Enrico hat anscheinend mir und allen anderen etwas vorgespielt. Von Geld oder Besitz war nie die Rede. Ich habe in der Vergangenheit immer mit sehr wenig auskommen müssen, und es hat mich nie gestört. Natürlich musste ich sehen, wie ich zurechtkam. Enrico wusste das, aber er hat mich finanziell nie unterstützt. Nun gut, irgendwie bin ich immer über die Runden gekommen. Plötzlich jedoch, von heute auf morgen, bin ich mit Tatsachen konfrontiert, die mich atemlos machen.« Cardone stockte. »Im Licht dieser neuen Erkenntnisse erscheint mir das Leben meines Bruders immer unheimlicher. Glauben Sie mir, ich bin hauptsächlich deshalb nach Antigua gekommen, weil ich wissen will, wer mein Bruder wirklich war.«

Nachdem der Kellner ein leichtes Mittagessen serviert hatte, nahm Sir Ghallager einen tiefen Schluck aus seinem Bierglas. »Das kann ich sehr gut nachempfinden. Doch was Ihr Erbe angeht, so sollten Sie es nicht als unwichtig abtun! Dazu ist das Vermögen zu bedeutend und der Landsitz Ihres Bruders an der Half Moon Bay zu wertvoll.«

Cardone saß wie versteinert am Tisch. Er wandte den Kopf zu den Segeljachten, die vor dem »Admiral's Inn« und in der Bay ankerten. »Was ist für Sie ein bedeutendes Vermögen, wenn ich fragen darf?«, murmelte er wie paralysiert.
»Lassen Sie uns die Dinge später in der Bank klären! Dazu sind allerdings einige Formalitäten notwendig. Ich benötige dann Ihren Ausweis und das Codewort. Es soll schließlich alles seine Richtigkeit haben.«
Cardone nickte. »Sie erwähnten den Landsitz meines Bruders ...«
»Ja! Enrico hat ihn vor vielen Jahren gekauft. Ein geradezu einmaliges Objekt. Er gehört zu den schönsten und luxuriösesten Anwesen auf der Insel. Formell ist die Besitzerin eine junge Frau, mit der ihr Bruder zusammenlebte, wenn er sich hier aufhielt. Enrico hat allerdings eine Übertragungsurkunde anfertigen lassen, in der festgelegt ist, wer der eigentliche Eigentümer sein soll. Keine Seltenheit in Antigua. Aus fiskalischen Gründen, die in unserem Land nicht von Relevanz sind, wird häufig diese Form der Verschleierung von Eigentum gewählt. Sie können Haus und Grundstück jederzeit auf Ihren Namen überschreiben lassen. Die Dame hat das Haus bereits verlassen. Das müssen Sie selbst entscheiden.«
»Mir wird mein Bruder immer unheimlicher«, entfuhr es Cardone. »Ich frage mich immer öfter, was ich von Enricos Leben wirklich gewusst habe. Mir ist, als habe ich ihn nie gekannt, als würde ich in ein völlig fremdes Leben eindringen, in ein Leben, das mich nichts angeht.« Er atmete tief durch. Er spürte, dass der forschende Blick seines Gegenübers auf ihm lag, und ihm wurde unwohl bei dem Gedanken, was er noch alles erfahren würde. Er wurde auch den Eindruck nicht los, dass Sir Ghallager viel mehr wusste, als er im Augenblick preisgab. »Was ist das für eine Frau?«, fragte er weiter. »Enrico muss ihr sehr nahegestanden haben, wenn er ein solches Arrangement mit ihr getroffen hat.«

Ghallager lächelte nachsichtig. »Dachten Sie, Enrico sei ein Frauenverächter gewesen?«
»Jedenfalls kein Mann, der eine derartige Beziehung hatte.«
»Mit einer Schönheit dazu, das möchte ich hinzufügen. Silvia Alvarez heißt die Dame. Wenn Sie möchten, stelle ich sie Ihnen gerne vor. Sie ist eine ganz reizende Person. Enrico war zwar mit Haut und Haaren Italiener, der sich in seiner Heimat sehr wohl gefühlt hat, aber er wollte sich eines Tages hier ganz niederlassen. Jedenfalls hat er es mir gegenüber oft erwähnt. Ich weiß, dass er hier sein wahres Leben gefunden und gelebt hat.« Sir Edwin machte eine Pause. »Entschuldigen Sie, ich war nachlässig«, bemerkte er mit einem Blick auf Cardones leeres Glas. »Möchten Sie noch etwas trinken? Die Kellner sind manchmal so fürchterlich unaufmerksam.«
»Wenn es einen Cappuccino gibt, gerne«, antwortete Cardone abwesend. Während sich Ghallager erhob und im Restaurant verschwand, versuchte Cardone in seinem Inneren Ordnung zu schaffen und einen klaren Gedanken zu fassen. Er saß inmitten einer Postkartenidylle auf der anderen Hälfte der Weltkugel und hatte das Gefühl, dass alles, was zu Hause passierte, völlig unwesentlich war. Bologna, Carlo, seine Arbeit, die Medien – alles schrumpfte auf eine unwirkliche, kaum noch bedeutsame Dimension zusammen. Selbst der grässliche Mord an Enrico schien in seiner Erinnerung von der neuen Realität karibischer Unbeschwertheit zugedeckt zu werden.
Sir Edwin kam zurück und stellte mit einem Lächeln den Cappuccino auf den Tisch. »Sie sehen nachdenklich aus, Roberto«, bemerkte er. »Offen gestanden, bin ich froh darüber. Die meisten Menschen würden in dem Bewusstsein, plötzlich sehr reich zu sein, die unsinnigsten Pläne machen. Geld steigt den Menschen schnell in den Kopf. Ihr Bruder hatte recht, Sie werden sorgsam mit dem Vermögen umgehen.« Sir Edwin hatte wieder auf der Holzbank Platz genommen und zog seine Hosenbeine an den Bügelfalten ein wenig nach oben. »Ich will Sie

nicht drängen, aber wenn Sie Ihren Cappuccino getrunken haben, sollten wir uns auf den Weg machen.«
»Wenn es nach mir geht, können wir sofort losfahren«, erwiderte Cardone und leerte die Tasse mit einem Schluck.

Knapp eine Stunde später hatte Sir Ghallagers Chauffeur Saint John's erreicht. Der Wagen hielt in der belebten Cross Street im Zentrum der Stadt vor einem unscheinbaren, zweistöckigen Betonbau, den Cardone auf den ersten Blick niemals als Bank erkannt hätte.
»Wir sind da«, meinte Sir Ghallager, öffnete die Wagentür und stieg aus. »Ich weiß«, sagte er mit unverkennbarem Stolz in der Stimme, »dass Besucher, die unser Gebäude zum ersten Mal sehen, kaum glauben, dass wir die Bank mit den bedeutendsten Einlagen im karibischen Raum sind.«
Cardone folgte ihm mit einer gewissen Skepsis. Beim Betreten des Schalterraumes konnte er sich ein Lächeln nicht verkneifen, als er sich neugierig umblickte. Es schien ihm geradezu unvorstellbar, dass hier nennenswerte Geldgeschäfte getätigt wurden.
»Gehen wir in mein Büro!«, sagte Sir Edwin mit einem Schmunzeln und wandte sich zur Treppe, die nach oben führte. Im zweiten Stock befand sich am Ende des kahlen Ganges Sir Ghallagers Büro, ein funktional eingerichteter Raum ohne Pomp und ohne aufwendiges Mobiliar. Lediglich eine gemütliche Sitzecke mit schwarzen Ledersesseln gab dem Raum eine einladende Note.
Sir Edwin bat Cardone Platz zu nehmen. Er telefonierte mit seinem Vorzimmer. »Ich benötige die Akte Enrico Cardone respektive Roberto Cardone.« Dann wandte er sich wieder an seinen Gast. »Und von Ihnen, verehrter Roberto, benötige ich nun Ihren Ausweis und das Codewort«, bemerkte er wie beiläufig.
»Archimedes, so hieß unser Hund.«

Sir Ghallagers linke Augenbraue zuckte. »Enrico hatte immer diesen subtilen Humor.«
Es klopfte an der Tür und eine dunkelhäutige junge Dame trat ein. Wieder musste Cardone lächeln, denn Ghallagers Sekretärin, wohl kaum über zwanzig, trug zu ihrem strengen grauen Kostüm flache Schuhe und weiße Kniestrümpfe, als sei sie gerade einem College entsprungen.
»Die gewünschten Unterlagen, Sir«, sagte sie ernst, übergab dem Banker den Schnellhefter und verschwand wortlos.
Sir Edwin schlug die Mappe aus gelber Pappe auf, entnahm ihr zwei Kontoausdrucke und schob diese kommentarlos hinüber zu Cardone, während er ihn skeptisch musterte. »Lesen Sie selbst!«, murmelte er, lehnte sich im Sessel zurück und schlug die Beine übereinander.
Cardone nahm die beiden Auszüge und erstarrte. Das Blut wich ihm aus dem Gesicht und seine Hände zitterten leicht. Dann blickte er auf. Ghallager saß immer noch schweigend im Sessel und beobachtete ihn. »Sie müssen lediglich die Übertragungspapiere unterschreiben«, unterbrach er die Stille, »dann können Sie über das Vermögen Ihres Bruders verfügen.«
»Ich kenne den Kurs des karibischen Dollars nicht ...«, brach es aus Cardone hervor. Seine Augen waren vom Schock geweitet.
»Die Wertstellung ist in US-Dollar«, erwiderte Ghallager ruhig.
»Dio mio!« Cardone schlug ein Kreuzzeichen und starrte auf die Zahl, bis sie vor seinen Augen flimmerte. Endlich fasste er sich. »Sie wollen mir jetzt nicht weismachen, dass auf diesem Konto dreihundertzweiundachtzig Millionen Dollar sein sollen!«
»Weshalb sollte ich das tun, Roberto? Es ist Ihr Geld. Sie können ab sofort darüber verfügen. Enrico hatte überdies ein zweites Konto.« Er deutete auf den anderen Kontoauszug, den Cardone noch gar nicht beachtet hatte. »Ich habe es vor etwas

mehr als zehn Jahren für ihn eingerichtet. Es ist allerdings ein eher unbedeutender Betrag«, fuhr Sir Edwin seinen Satz fort. Cardone warf einen beinahe ängstlichen Blick auf das zweite Blatt. »Unbedeutend ...!«, bemerkte er fassungslos. In seiner Stimme klang Hysterie an. »Knapp fünf Millionen Dollar!«, keuchte er. »Was für eine lächerliche Summe!« Unvermittelt hatte er das Gefühl, jeden Augenblick irre zu werden.

»Beruhigen Sie sich, Roberto!«, sagte Sir Edwin leise, erhob sich von seinem Sessel und ging zu einem Schrank. »Ich glaube, Sie brauchen jetzt einen Cognac. Danach sollten wir darüber sprechen, was Sie mit diesem Vermögen tun wollen.«

»Ach, da mache ich mir keine Sorgen«, meinte Cardone mit einem belustigten Unterton, »wenn ich mich ein wenig einschränke, werde ich eine ganze Weile damit auskommen.«

Sir Edwin stellte das Glas vor Cardone und nahm völlig entspannt wieder Platz, als würde er nicht über Millionen plaudern, sondern über den wundervollen Spätsommer auf einer noch wundervolleren Insel.

»Was tut mir Enrico da an?«, stieß Cardone mit heiserer Stimme aus. »Das Geld hat niemals ihm gehört!« Sein Gesicht hatte sich unvermittelt in eine starre Maske verwandelt. »Ich habe keine Ahnung, wessen Geld das ist. Es ist mir auch egal. Keinen einzigen Cent werde ich davon anrühren!«

Sir Edwins Miene blieb regungslos, während sein Gegenüber fieberhaft nachdachte. Cardones Blick irrte durchs Zimmer, als suche er irgendwo an den Wänden eine Erklärung, eine Lösung für diesen Dollaralptraum. Plötzlich spannte sich sein Körper und er richtete sich entschlossen auf.

»Enrico hat mir in Italien fünfzigtausend Euro hinterlassen«, richtete er das Wort an den Banker. »Schon das ist für mich ein gewaltiges Vermögen.« Die Worte kamen ihm stockend über die Lippen. Er besann sich, nahm einen neuen Anlauf und redete leise weiter: »Etwas Kleidung, eine Autoreparatur, diese Reise nach Antigua, Hotel und Essen ... Das sind Wünsche, die

für mich im Rahmen bleiben. Was brauche ich mehr? Ein paar Bücher vielleicht, den einen oder anderen Theaterbesuch …«
»Sprechen Sie weiter!«, ermunterte ihn Sir Edwin, dem es nicht entgangen war, dass sich Cardone schwertat, einen klaren Gedanken zu formulieren. Vor ihm saß ein Mann, der hochgradig verstört zu sein schien.
»Es ist mir gleich, was Sie von mir denken«, fuhr Cardone jetzt mit fester Stimme fort, als habe er einen inneren Entschluss gefasst. »Selbst Sie werden mich nicht davon überzeugen, dass dieses Geld rechtmäßig erworben wurde. Kein Mensch könnte das.« Er knetete seine Hände, bis die Knöchel weiß waren. Worte, Gedanken, Erinnerungen schossen durch seinen Kopf, und jede einzelne Sequenz der letzten vierzehn Tage traf ihn mit einer Wucht, die in ihm den Wunsch nach Flucht auslöste.
Die achtstellige Zahl auf dem harmlosen Papier wirkte in seinem Kopf wie eine lebensgefährliche Lawine, die sich unaufhaltsam in Gang gesetzt hatte und ihn mitzureißen drohte. Rosanna kam ihm in den Sinn und die Pistole, die er bei ihrem gemeinsamen Abendessen in der Handtasche entdeckt hatte. Welche Erklärung sie ihm auch immer gegeben hatte, unter der völlig veränderten Sachlage konnte sie eine ganz andere Rolle spielen, als sie vorgab. Comandante d'Aventura, Senna und Pantrini, die ominösen Bewacher auf dem Flughafen in Amsterdam – alle erschienen ihm mit hämischen Fratzen, die sich hohnlachend über seine Naivität amüsierten. Es hatte den Anschein, als ahnte die ganze Welt, dass er plötzlich unermesslich reich war.
Er nahm nur am Rande wahr, dass Sir Edwin sich aus dem bequemen Sessel erhob, seine Hände hinter dem Rücken verschränkte und ihn aus seinen überaus klugen Augen betrachtete.
»Weshalb sehen Sie mich so an?«, fuhr Cardone unbeherrscht hoch.
»Entschuldigen Sie! Ich bin einfach nur erstaunt, welch frap-

pierende Wirkung ein großes Vermögen auf Menschen wie Sie hat«, sagte Ghallager mit betont ruhiger Stimme. »Glauben Sie mir, Sie werden sich daran gewöhnen!« Er lächelte, doch wurde seine Miene unvermittelt sorgenvoll. »Andererseits ...« Er machte eine bedeutungsvolle Pause. »Andererseits bergen diese Millionen eine Gefahr. Dabei spielt es keine Rolle, ob Sie das Geld wollen oder nicht. Wenn andere von Ihrem Reichtum erfahren, werden sie über Sie herfallen wie die hungrigen Wölfe. Machen Sie um Gottes willen nicht den Fehler, und erzählen Sie etwas davon.«

Cardone schüttelte unentwegt den Kopf, als wolle er nicht hören, was Sir Edwin ihm zu erklären versuchte.

»Möchten Sie einen Augenblick alleine sein?«, hörte er Ghallagers Stimme wie durch dichten Nebel.

Er versuchte sich zusammenzureißen und schüttelte den Kopf. »Ich kam hierher, um Klarheit zu bekommen. Und jetzt sitze ich in Ihrem Büro und stehe vor einem Gebirge von Fragen. Verstehen Sie das?«

Ghallager schwieg.

»Sie mögen mich als naiv bezeichnen, Sir, vielleicht auch als weltfremd, aber wissen Sie was?« Cardone brütete für eine Sekunde vor sich hin, als suche er nach den richtigen Worten. »Ich sehne mich nach meiner einfachen Welt, nach meinen vier Wänden in der dritten Etage des Mietshauses in der Vicolo Santa Lucia. Ich habe es vergleichsweise gut getroffen. Ich habe einen guten Freund, Arbeit, die mich ausfüllt, und ein Leben, das überschaubar ist.«

»Ich verstehe Sie«, erwiderte Ghallager ruhig. »Und lassen sie mich dazu noch etwas sagen, Roberto! Aus welchen Quellen auch immer diese gewaltige Summe stammen mag, es darf mich erst dann interessieren, wenn ich den Nachweis habe, dass es sich um illegales Geld handelt.«

»Erklären Sie mir wenigstens, wie das viele Geld auf das Konto meines Bruders gelangte!«

Sir Edwin nickte bedächtig und faltete die Hände. »Wir sind eine Offshore-Bank, und unser Haus tätigt keine Bankgeschäfte mit der Allgemeinheit, sondern nur mit den mit ihr verbundenen Unternehmen und Personen. Dadurch wird eine außerordentliche Exklusivität hergestellt. Weder einem Mister Miller oder Smith noch einem Mister Jones wird gestattet, bei der Bank Konten zu eröffnen. Lediglich einem handverlesenen Kreis von Unternehmern und privaten Kapitalanlegern ist der Zugang zur Bank geöffnet. Solche Bankstrukturen sind stets so gestaltet, dass der Kunde zugleich Aktionär der Bank ist und damit die Geschicke der Bank kontrollieren kann. Ihr Bruder war Aktionär dieser Bank. Faktisch ist alles in Ordnung und entspricht den Gesetzen unseres Landes. Natürlich ist es möglich, dass er von Italien aus Geschäfte mit sich selbst machte, aber das ist in unserem Land kein Straftatbestand.«

»Das erklärt nicht die Herkunft von dreihundertzweiundachtzig Millionen Dollar!«, erwiderte Cardone und wischte sich seine feuchte Stirn mit dem Handrücken ab.

»Nein, sicher nicht. Tatsache ist, dass Enrico über die Summe verfügt haben muss, denn sie wurde vor genau fünf Wochen diesem Konto gutgeschrieben. Auftraggeber war Ihr Bruder, und der Betrag kam von einer Offshore-Bank in Vanuatu. Mehr kann ich dazu nicht sagen.«

»Ich könnte schwören, das ist illegales Geld!«, rief Cardone vorwurfsvoll. »Wenn solch gewaltige Summen plötzlich auf einem Konto auftauchen, müssten Sie doch wie elektrisiert aus dem Stuhl fahren!«

»Ich glaube, Sie haben ein völlig falsches Bild von der Welt des Geldes, lieber Roberto. Es ist üblich, dass enorme Summen von Offshore-Bank zu Offshore-Bank transferiert werden. Auch wenn mein Bankhaus auf Sie nicht den Eindruck macht«, Sir Ghallager lächelte milde, »unser Bilanzvolumen beträgt mehr als vierzig Milliarden Dollar. Insofern sind für uns dreihundertachtzig Millionen kaum der Rede wert.« Er räusperte

sich. »Bevor Sie auf die Idee verfallen, wir würden uns außerhalb des Gesetzes begeben oder gar Verbrechern eine Plattform bieten, muss ich Sie wohl einer Illusion berauben.«
»Ich bin ganz Ohr«, erwiderte Cardone und starrte sein Gegenüber mit unverhohlener Skepsis an.
»Was glauben Sie, Roberto, fasziniert Menschen mit sehr viel Geld? Türkis schimmerndes Wasser, strahlend blauer Himmel, weiß glänzende Segeljachten. Mit seinem Vermögen ins Paradies zu kommen, ist so einfach! Ganz wie der alte Aussteigertraum: Man muss nur loslassen können, die Gebräuche der Heimat mitsamt ihrer Steuerlast. Das genau bietet eine Offshore-Gesellschaft. Für Sie zum besseren Verständnis, mein lieber Roberto: Offshore, also außer Reichweite heimischer Steuergesetze, ein Ort für bequeme Kapitalerträge und Einkommen. Ohne dumme Fragen aus der Heimat. Ohne Möglichkeiten mit heimischen Strafgesetzen sanktioniert zu werden. Einen solchen Ort hat Enrico gefunden. Vor vielen Jahren. Und er ist hier heimisch geworden.«
»Aber das Verschieben von Geld ist doch illegal!«
»Wie kommen Sie nur auf diese Idee? Wenn Sie sich hier anmelden, hier mit einem Schreibtisch und einem Angestellten eine Firma betreiben, können Sie tun und lassen, was Sie wollen. Alle internationalen Großbanken kooperieren mit Offshore-Banken in sogenannten Steuerparadiesen, mit manchen offen, mit anderen eher unauffällig. Sei es die Banco di Roma, seien es Chase Manhattan, Stanley Morgan, die schweizerische UBS, die Western Union, die Deutsche Bank oder die Commerzbank, ja selbst die Vatikanbank spielt bei dem großen Deal internationaler Vermögen mit. Dass dies ohne Beteiligung oder zumindest Duldung der jeweiligen Regierungen unmöglich ist, steht doch außer Frage, nicht wahr? Natürlich kann man nicht ausschließen, dass es schwarze Schafe unter den Anlegern gibt. Das Sprichwort ›*Pecunia non olet*‹ kennen Sie?« Ghallager hatte erregt und leidenschaftlich gesprochen,

als verteidige er seine Wertewelt und die Lauterkeit seines Tuns.
Cardone hatte atemlos zugehört und fuhr sich mit der Hand über die Augen. »*Naturalmente!* Enrico hat Cent für Cent in sein Sparschwein gesteckt, und siehe da, auf einmal waren es dreihundertachtzig Millionen!« Cardone starrte hinüber zum Fenster, unter dem sich eine Palme im Wind wiegte. Erregt presste er die Lippen zusammen. »Das Geld gehörte nicht ihm, darauf können Sie sich verlassen!«
Ghallager zwirbelte an seinem Backenbart und lachte in sich hinein. »Ach, Roberto! Woher nehmen Sie denn diese Gewissheit? Und außerdem: Ist das so wichtig?«
»Niemand auf der Welt kann ein solches Vermögen in einem einzigen Leben zusammentragen!«
»Sie scheinen auf der Insel der Naivität zu leben. Rund ein Sechstel der weltweiten Bankguthaben sind Offshore-Vermögen«, erwiderte Sir Edwin ernst. »Konservativ gerechnet sind das im Augenblick neun Billionen Dollar.« Sein Blick ruhte auf Cardone, der ihm sprachlos gegenübersaß und nervös mit seinen Händen spielte.
»Mein Hirn ist wie gelähmt, wenn ich darüber nachdenke, wem Enricos Millionen tatsächlich gehören. Handelt es sich dabei um Schwarzgeld?«
»Das lässt sich schwer beurteilen«, antwortete Sir Ghallager, ohne sich anmerken zu lassen, ob er einen solchen Sachverhalt für verwerflich hielt.
»Und wenn es Geld aus Mafiakanälen ist? Kann ich mich dann gleich einsargen lassen? Diese Leute sind doch nicht dämlich! Sie brauchen nur eins und eins zusammenzuzählen, dann wissen sie, dass ich der einzige Erbe bin.«
Sir Edwin schien sich auch durch dieses Argument nicht aus der Ruhe bringen zu lassen, denn er zupfte, ohne eine Miene zu verziehen, nach wie vor an seinem Backenbart. »Ich bitte Sie, Roberto! Wenn Zeitungen in Italien solche unerhörten

Behauptungen aufstellen, müssen sie dennoch erst bewiesen werden.«
Cardone fühlte eine beängstigende Starrheit in sich aufkommen und verfiel in Schweigen.
»Haben Sie jemandem von Ihrem Erbe erzählt?«, unterbrach Sir Edwin die Stille.
Cardone nickte. »Meinem Freund Carlo...«, antwortete er nachdenklich. Wenn er es recht bedachte, wussten außer Carlo, der ohne jeden Zweifel vertrauenswürdig war, schon eine ganze Menge Leute davon: Pantrini und Senna, Rosanna, d'Aventura, auch auf dem Nachlassgericht in Pallanza hatte er sein Erbe angemeldet.
»Solche Nachrichten verbreiten sich schnell«, konstatierte der Banker und wiegte den Kopf. »Versuchen Sie vor jedem, der es weiß, Ihr Erbe herunterzuspielen. Am Besten, Sie verlieren kein weiteres Wort darüber.«
»Wenn das so einfach wäre«, murmelte Cardone. Sein Blick streifte durch Ghallagers Büro. »Mir kommt das alles vor wie in einem schlechten Film.«
»Wie ich bereits sagte«, fuhr Ghallager fort, »wir haben hier keine Smith und Jones, die ihre Konten bei uns unterhalten. Bei uns werden nur wesentliche Buchwerte geführt, zu den auszahlenden Instituten gehören alle namhaften Banken. Sie können also auch in Bologna beliebig viel Geld abheben, notfalls dreihundertachtzig Millionen.«
»Ich kann solche Zahlen überhaupt nicht denken«, sagte Cardone tonlos, »ganz zu schweigen davon, was man mit so viel Geld tun soll.« Er zog seine Mundwinkel angewidert nach unten. »Mir ist dieses Erbe nicht nur unheimlich, ich empfinde auch das gesamte Finanzsystem als eine einzige Absurdität.«
»Auf Sie mag das so wirken«, erwiderte der Engländer ohne Überheblichkeit. »Durch meine Brille betrachtet, hat Enrico eine lächerlich kleine Summe von da nach dort verlagert. Sie sollten die deponierten Unterlagen Ihres Bruders einsehen. Ich

vermute, dort erhalten Sie die Antworten, die Sie suchen.« Sir Edwin erhob sich und ging zu seinem Schreibtisch, hinter dem an der Wand das Gemälde einer englischen Seeschlacht hing. Er klappte es zur Seite, und ein Wandtresor wurde sichtbar. Wie in Großvaters Wohnstube, dachte Cardone und beobachte, wie Sir Ghallager umständlich aus seiner Weste den Schlüssel nestelte und den Tresor öffnete. Das Innere des kleinen Panzerschrankes war in mehrere Schließfächer eingeteilt. Nach wenigen Augenblicken kehrte der Banker mit einem versiegelten Päckchen zurück, eingeschlagen in braunes Papier. Bedeutungsvoll überreichte er Cardone den dicken Umschlag, der, der Größe und Form nach zu urteilen, ein Buch enthalten musste.

»Hoffentlich bringt Sie die Lektüre nicht noch mehr ins Grübeln!«, sagte er mit bedrückter Miene. »Und informieren Sie mich, wenn Sie wissen, was mit dem Geld geschehen soll! Sollten Sie jetzt Bargeld benötigen, um ein wenig flüssiger zu sein, stehe ich Ihnen gerne zur Verfügung. Die Insel ist teuer, und wie Sie selbst sagen, sind Sie im Augenblick nicht gerade mit Reichtümern gesegnet.«

»Nein, ich brauche nichts«, erwiderte Cardone nach einem kurzen Zögern. »Ich glaube, ich werde auch in Zukunft nichts davon benötigen.«

»Nicht so voreilig, junger Mann!« Sir Ghallager lächelte. »Sie sollten mindestens einige Nächte darüber schlafen.« Nach einer kurzen Pause fragte er: »Brauchen Sie ein Taxi?«

»Danke, nein«, erwiderte Cardone. »Ich habe einen anderen Entschluss gefasst.« Er fasste sich an die Stirn, als könne er so besser denken. »Sir Ghallager, auch wenn Sie mich jetzt für ganz und gar unvernünftig halten, ich will, dass die dreihundertachtzig Millionen dorthin überwiesen werden, woher sie kamen!«

»Wenn die Konten nicht bereits aufgelöst sind …«, erwiderte Ghallager und schien keineswegs überrascht.

»Das lässt sich doch prüfen, oder?«

»Natürlich! Aber wissen Sie wirklich, was Sie wollen?«

»Ja«, antwortete Cardone entschlossen. »Ich will das Geld nicht. Vermutlich hätte ich keine ruhige Minute mehr bei dem Gedanken, dass Enricos Vermögen aus illegalen Quellen stammt.«

Sir Ghallager nickte väterlich, und seine Miene zeigte Hochachtung. »Wenn Sie etwas Geduld haben, kann ich Ihnen sagen, ob diese Transaktion möglich ist.«

»Sehr gut«, erwiderte Cardone. »Danke für Ihre Hilfe.«

Sir Ghallager nickte und verschwand im Vorzimmer. Nach wenigen Minuten kam er zurück. »Das Konto kann nur unter Ihrem Namen wieder aktiviert werden«, sagte er und lächelte. »So werden Sie das Geld nicht los. Aber ich bin sicher, Ihnen fällt etwas Passendes ein.«

»Merda«, flüsterte Cardone und schaute auf die Uhr. »Ich habe das Bedürfnis, für mich zu sein. Sie sind mir sicher nicht böse, wenn ich Sie jetzt verlasse? Ein Spaziergang zum Hafen wird meinem Kopf guttun. Außerdem kann ich beim Gehen besser denken.«

Ghallager nickte verständnisvoll. »Machen Sie sich keine Gedanken! Ich bin bis heute Abend im Hause. Es kommt auf einen Tag mehr oder weniger nicht an. Ach, eh ich es vergesse: Soll ich unseren Besuch in Ihrem neuen Anwesen für morgen Vormittag avisieren?«

»Darf ich mich telefonisch wieder bei Ihnen melden?«, erwiderte Cardone. »Im Augenblick muss ich das alles erst einmal verdauen ...«

Die Entdeckung

Cardone bog von der Cross Street in die belebte Lower Redcliffe Street ein und ging mit energischen Schritten vorbei an Läden, schicken Boutiquen und Geschäftshäusern in Richtung der Docks. Er passierte die Markthalle, vor deren Eingang sich Einheimische und Touristen drängten, als gäbe es etwas geschenkt. Weder für das quirlig pulsierende Leben noch für den regen Autoverkehr mit den teilweise abenteuerlichsten Vehikeln hatte er einen Blick. Geräusche und Farben, der exotische Charme und die Leichtigkeit des Lebens erreichten ihn wie durch einen Graufilter. Eine undefinierbare, nicht greifbare Angst, die ihn in Ghallagers Büro erfasst hatte, beschäftigte ihn und wurde mit jedem Schritt intensiver. Seit dem Verlassen der Bank begleitete ihn das unbestimmte Gefühl, dass man ihn beobachtete. Ein paarmal war er stehen geblieben und hatte so getan, als würde er die Waren in einem Schaufenster betrachten, dabei hatte er sich so unauffällig wie möglich umgesehen. An einem Coffee Shop verharrte er für einen Augenblick, und nach kurzem Nachdenken betrat er das Lokal. Er bestellte sich einen Cappuccino und setzte sich an einen freien Tisch am Fenster. Normalerweise konnte er innere Aufgeregtheit gut verbergen, aber jetzt war er kaum fähig, seine Nervosität zu unterdrücken.

Er wartete ab, bis man ihm den Kaffee gebracht hatte. Erst als er sich ungestört fühlte, öffnete er seinen Aktenkoffer, entnahm ihm das Paket und riss die Verpackung auf. Da außer ihm und einem jungen Pärchen niemand anwesend war, hoffte er, in Ruhe lesen zu können.

Vor ihm lag eine ledergebundenen Kladde mit den in Gold geprägten Initialen seines Bruders: E. C. Eine sentimentale Traurigkeit erfasste ihn. Der dunkelrote Ledereinband versetzte ihn einen Augenblick lang in seine Jugendzeit, als er mit Enrico bei Kerzenlicht im Keller des Elternhauses Abenteuerromane und geheimnisumwitterte Geschichten gelesen hatte. Zögernd schlug er die Kladde auf.

Er stutzte. Gleich auf der ersten Seite sprangen ihm Wörter ins Auge, die er in Premeno auf Sennas Schreibtisch schon einmal auf einem Blatt Papier gelesen hatte. Die Konten der Dreizehn. Darüber in Druckbuchstaben: »Rizzolo«.

In der ausdrucksstarken, ein wenig verschlungenen Handschrift seines Bruders waren fein säuberlich untereinander dreizehn Namen aufgeführt.

Die meisten waren Cardone aus Wirtschaftsnachrichten und Politik geläufig. Die Liste las sich wie das »Who is Who« der italienischen Gesellschaftswelt. Seine Augenbrauen zogen sich zusammen, als er weiterblätterte. Es folgten seitenweise Aufzeichnungen die Kontenblättern glichen. Nummern, Daten und einbezahlte Beträge auf Konten in Vanuatu, einem Inselstaat der Neuen Hebriden. Cardone griff in die Jackentasche, in die er die Kontoauszüge gesteckt hatte und verglich die Bankanschrift. Sie war identisch. Wieder vertiefte er sich in das Zahlenwerk. Hinter jeder Summe waren Stichworte vermerkt: Beratungshonorar, Sonderzahlung, Provision oder Know-how-Transfer.

Cardone blickte auf und sah aus dem Fenster. Sein Blick fiel auf zwei elegant gekleidete Männer, die sich an ein Auto gelehnt angeregt unterhielten und rauchten. Ihrem Aussehen nach schienen sie aus Antigua zu sein, zumindest aber waren es Südländer. Er hatte zwar nicht den Eindruck, dass sie sich für ihn interessierten, wurde aber dennoch das diffuse Gefühl nicht los, dass irgendetwas auf der Straße anders war. Er nahm sich zusammen. »Ich höre das Gras wachsen«, murmelte er vor sich hin und las weiter.

Er verstand zwar nichts von Buchhaltung, aber zwei wesentliche Sachverhalte wurden ihm sofort deutlich. Die Addition

der Kontensalden deckte sich überschlägig mit der Gesamtsumme, die er gerade zurücküberweisen hatte wollen.
Ebenso klar war ihm, dass Minister, Staatssekretäre, Parteiführer und sogar Gewerkschaftsbosse Millionen und Abermillionen Dollar über eine Rechtanwaltskanzlei mit Namen Geoffrey Gee & Partners in einer Steueroase geparkt hatten. Was immer auch unter Provision, Sonderzahlung etc. zu verstehen war, es war offensichtlich, dass es sich um Schwarzgeld handelte. Fassungslos blätterte Cardone Seite für Seite weiter, bis er auf die nächste Überschrift stieß: *»Una proposta che non si può rifiutare!«* – Ein Angebot, das man nicht ablehnen kann«.
Was Enrico niedergeschrieben hatte, ließ das Blut in den Adern seines Bruders gefrieren. Je weiter Roberto las, desto mehr erschrak er. Mehrfach musste er tief durchatmen. Da stand es! Schwarz auf weiß! Enrico war Consigliere des großen Romano Grasso gewesen, hatte Politiker aus Regierungskreisen korrumpiert. Skrupellos und ohne sich um Moral oder Ethik zu kümmern, hatte er dabei geholfen, dass Regierungsmitglieder schamlos in die eigene Tasche wirtschaften konnten. Enrico war, wie er den Aufzeichnungen entnehmen konnte, der große Weichensteller für die illegalen Geldtransfers gewesen.
Was er vor Augen hatte, war Enricos Geständnis. Sein Bruder hatte niedergeschrieben, wie alles seinen Anfang nahm, wie er sich in die Maschen des Geldwäschenetzes verstrickte. Erst mit kleinen Mandaten, dann mit immer größer werdenden Summen und immer wichtigeren Auftraggebern, bis eines Tages Romano Grasso in seiner Kanzlei auftauchte und nicht lange hinterm Berg hielt, was er von ihm verlangte.
Romano Grasso, den Enrico in der Kladde als einen gefährlichen und unberechenbaren Verbrecher beschrieb, hatte ihn erpresst. Er hatte Enrico ausgemalt, wo er landen würde, wenn seine illegalen Machenschaften ruchbar würden. Der Bruder saß in der Falle. So hatte alles vor mehr als zehn Jahren begonnen.

Schockiert und atemlos las Cardone über den Werdegang und das für ihn unbekannte Leben seines Bruders, bis er auf eine Seite stieß, deren Inhalt ihn erstarren ließ. Sekundenlang war er wie gelähmt. Nur allmählich begriff er die ganze Tragweite eines einzigen, kurzen Absatzes:

»Perlaquale ist nicht nur Romano Grassos Geliebte, sie ist auch eine außergewöhnliche Schönheit. Die Dame ist eine gnadenlose Mörderin, gefährlicher und unberechenbarer als eine Viper. Nur wenige kennen ihren richtigen Namen. Doch trotz aller Diskretion und Zurückhaltung, die Grasso um ihre Person walten lässt, ist mir durch eine Unachtsamkeit ihr wahrer Name bekannt geworden. Sie heißt Rosanna Lorano, und wie ich erfahren habe, lebt sie in Israel. Ich weiß, dass sie mich beobachtet. Wahrscheinlich hat sie mich in Verdacht, Aufzeichnungen über die Organisation anzufertigen, womit sie ja nicht unrecht hat. Ich traue dieser Dame nicht über den Weg. Unglücklicherweise hat Grasso einen Narren an ihr gefressen, und er hört in letzter Zeit kritiklos auf sie. Bislang vertraut mir Grasso noch. Nichtsdestoweniger bin ich davon überzeugt, dass sie mich umbringen wird.«

Roberto brauchte fast eine Minute, bis sich in seinem Kopf der Gedankennebel lichtete. Dann erfolgte in seinem Gehirn die Kettenreaktion: Rosanna, eine Mörderin. Rosanna, die Geliebte eines Mafioso. Rosanna im Besitz einer Pistole. Rosanna, mit ihm in Antigua … Die Frau, die ihn vom ersten Augenblick an perfekt eingewickelt hat. Da gab es nichts zu deuteln, er war einer gefährlichen Betrügerin aufgesessen, und welche Konsequenzen diese Tatsache für ihn haben würde, traf ihn mit einer solchen Wucht, dass er wie versteinert auf dem Stuhl saß und den Absatz immer wieder las. Dann klappte er das Buch zu und atmete tief durch. Ruhe bewahren und die Ge-

danken ordnen! Er starrte aus dem Fenster des Coffee Shops. Die Männer standen immer noch am Auto und redeten miteinander.
Wie recht Carlo mit seinem Misstrauen gegenüber Rosanna gehabt hatte! Doch jetzt darüber zu grübeln, hatte keinen Sinn. Nur eine einzige Sache war ihm deutlich: Er musste nun das Richtige tun. Packen und aus dem Hotel verschwinden?, schoss es ihm durch den Kopf. Aber wohin? Er befand sich auf einer Insel. Alles stehen und liegen lassen und am Flughafen den nächsten freien Platz buchen? Auch diese Idee verwarf er. Was, wenn er ins »Coco Bay Beach Ressort« zurückkehrte? Sie würde das Geld und dieses Buch haben wollen, das stand für ihn fest.
Er durfte sich jetzt auf keinen Fall verrückt machen lassen. Wieder sah er aus dem Fenster. Jetzt waren die Männer verschwunden, was ihn erleichterte. Abermals schalt er sich einen Idioten, der allmählich unter Verfolgungswahn litt. Niemand außer Rosanna konnte wissen, was er in Saint John's zu tun hatte. Seine Lage war alles andere als zum Lachen. Er brauchte dringend einen Plan, um aus dieser verfahrenen und höchst gefährlichen Situation möglichst unbeschadet herauszukommen. In Gedanken ging er seine nächsten Schritte durch, die er auf Durchführbarkeit und Risiken überdachte.
Er bestellte sich einen weiteren Cappuccino und versuchte, eine Strategie zu entwickeln.
Rosanna wusste, dass er diesen Banktermin hatte. Sie wusste auch, dass sein Bruder Mafiageld unterschlagen hatte, das ihm als Erbe zufiel. Dass Rosanna hinter dem Geld her war, stand für ihn zweifelsfrei fest. Die Schlussfolgerung? Sie würde ihn im Hotel erwarten und vermutlich dazu zwingen, es ihr zu übertragen. Dazu brauchte sie lediglich seine Unterschrift auf einer Vollmacht. Doch an die Millionen durfte sie keinesfalls herankommen, dafür würde er sorgen. Aber wie?
Kalte Wut kroch in ihm hoch. Er brauchte dringend eine Lö-

sung, auch wenn er im Augenblick keinen Ausweg sah. Nicht einmal zur Polizei konnte er gehen. Sollte er dort sagen, dass er glaube, seine schöne Begleiterin wolle ihn umbringen? Man würde ihn auslachen oder ihm Verfolgungswahn unterstellen. Dennoch, irgendetwas musste ihm einfallen, und er musste schnell handeln. Er leerte seine Tasse und starrte hinaus auf die Straße. Eine Idee nahm in seinem Kopf Gestalt an.

Er erinnerte sich, dass er, kurz bevor er die Cafébar betreten hatte, an einem Copyshop vorbeigekommen war. Hastig verließ er das Lokal, nicht ohne sich auf der Straße umzusehen. Nichts wies darauf hin, dass er beobachtet oder verfolgt wurde. Zwei Minuten später stand er im Laden, kaufte Briefpapier und Umschlag und ließ sich einen Kopierer zuweisen.

In fliegender Hast kopierte er Seite für Seite der Kladde zweimal. Dann schlug er das Buch wieder ins Packpapier ein und legte es mit den Kopien in den Aktenkoffer zurück. Sechsundachtzig DIN-A4-Seiten bezahlte er am Tresen, fragte den Inhaber nach dem Weg zum Postamt und verließ das Geschäft. Wieder überkam ihn das Gefühl einer Gefahr, die er weder rational erklären noch verdrängen konnte. Misstrauisch blickte er nach links und rechts. Doch niemand lauerte ihm auf, niemand stand auffallend unauffällig herum. Er stieß entschlossen die Luft aus, straffte seine Schultern und ging los.

Nach knapp einer halben Stunde war alles erledigt. Er hatte zwei ausführliche Briefe geschrieben. Einen nach Rom, adressiert an den Generalstaatsanwalt, mit der Kladde seines Bruders, den anderen an seinen Freund Carlo. Beide gab er auf dem Postamt auf. Sein nächster Weg führte ihn knapp hundert Meter weiter in ein Internetcafé. Nach kurzer Zeit hatte er im Netz gefunden, was er suchte. Er ließ sich einige Dokumente ausdrucken, verstaute sie in seinem Aktenkoffer und ging zurück zur Bank.

Dort empfing ihn Sir Ghallager mit einem einladenden Lächeln. »Haben Sie einen Entschluss gefasst?«

»Ja«, sagte Cardone. »Nachdem ich nun mit Gewissheit weiß, dass mein Bruder sich dieses Vermögen unrechtmäßig angeeignet hat, will ich das Geld dorthin überweisen, wo es hingehört.«

»Ich will nicht indiskret sein«, bemerkte Sir Edwin, »aber ich vermute, diese Erkenntnis haben Sie aus Enricos Aufzeichnungen gewonnen.«

»Stimmt.«

Sir Ghallager nickte. »Wohin also soll das Geld gehen?«, fragte er.

Cardone holte die Ausdrucke aus dem Koffer und übergab sie ihm. »Auf das Konto der Kasse des Justizministeriums in Rom. Die Kontoangaben finden Sie ganz unten rechts. Ist das möglich?«

»Natürlich. Weshalb sollte das nicht gehen?«

»Dann bitte ich Sie, alles Notwendige in die Wege zu leiten!«

»Jetzt? Sofort ...?«

»Ja.« Cardone atmete tief durch. »Wie lange dauert es, bis das Geld in Rom ist?«

»Fünf Minuten. Ich kann das sofort von meiner Sekretärin erledigen lassen.«

»Dann tun Sie das!«, antwortete Cardone mit einer Stimme, in der nicht die kleinste Unsicherheit mitschwang.

Sir Ghallager erhob sich. »Was haben Sie mit Enricos Privatkonto vor? Für diese fünf Millionen lege ich meine Hand ins Feuer, dass sie rechtmäßig Ihnen gehören. Wollen Sie die etwa auch ...?«

Cardone blickte in Sir Edwins Augen. »Dieses Geld lassen Sie bitte auf mein Konto in Bologna überweisen.« Er zog seinen Geldbeutel aus der Hosentasche und gab Sir Edwin die Scheckkarte. »Jedenfalls habe ich bei dem Betrag nicht das Gefühl, dass das Geld unrechtmäßig erworben wurde. Darf ich noch eine Bitte äußern?«

»Natürlich, Roberto, nur zu!«

»Ich muss meinem Freund eine Mail schicken. Ist das von hier aus möglich?«

Sir Edwin deutete auf seinen Laptop. »Bedienen Sie sich. Kennen Sie sich aus?«

Cardone lachte. »Ja.«

»Dann schreiben Sie Ihre Mail. Ich werde in der Zwischenzeit sehen, was ich für Sie tun kann.« Mit einem warmen Glanz in den Augen blickte er Cardone an. »Sie haben eine gute Entscheidung getroffen. Ich benötige dann noch ein paar Unterschriften«, murmelte er kaum hörbar und verschwand aus seinem Büro.

Knapp zehn Minuten später kehrte er wieder zurück. Seine Miene zeigte Zufriedenheit. »Kamen Sie zurecht?«

Cardone nickte. »Alles erledigt, danke!«

Sir Ghallager sagte freudestrahlend: »Die Überweisung ist ausgeführt. Heute Nachmittag geht ein ausführliches Fax an die Justizkasse mit einer entsprechenden Erklärung unserer Bank, damit die dortige Buchhaltung weiß, um was es geht. Ich denke, lieber Roberto, Sie haben wirklich eine weise Entscheidung getroffen.«

Er legte Cardone die Kopie des Überweisungsauftrags und den Antrag zur Auflösung des Kontos vor. Sichtlich erleichtert prüfte dieser die Papiere. »Ich habe jetzt nichts mehr mit diesem Geld zu tun?«, fragte er sicherheitshalber nach.

»Wie ich sagte, der Betrag ist bereits in Rom.«

»Dann möchte ich mich von Ihnen verabschieden, Sir Edwin. Ich danke Ihnen für Ihre Hilfe.«

Ghallager nickte verständnisvoll. »Tragen Sie die Unterlagen nicht so sorglos durch die Gegend!«, meinte er mit einem Blick auf Cardones Aktenkoffer. Ach, eh ich es vergesse: Bleibt es bei unserem morgigen Besuch in Ihrem neuen Anwesen?«

»Ich melde mich bei Ihnen«, erwiderte Cardone. »Vielleicht morgen, ich weiß es nicht …«

Er hatte die Bank verlassen und stand unschlüssig vor dem Gebäude. Noch hatte er keine Idee, wie er sich verhalten sollte, wenn er Rosanna wieder traf. Während er nach einem Taxi Ausschau hielt, überlegte er fieberhaft, wie er sich aus seiner misslichen Lage befreien könnte. Als bald darauf ein Taxi kam, winkte er es herbei und ließ sich ins »Coco Bay Beach Ressort« fahren. Aber auch im Auto hatte er keinen rettenden Gedanken. Obwohl die Fahrt kaum zwanzig Minuten dauerte, kam sie ihm vor wie eine Ewigkeit. Der Inhalt des Aktenkoffers brannte ihm unter den Nägeln. Sollte Rosanna die Unterlagen verlangen, würde er ihr die Kopie geben. Sie konnte nicht wissen, dass er das Original nach Rom geschickt hatte. Vermutlich würde sie ihn auch nicht danach fragen.
Nachdem er das Taxi verlassen hatte, begab er sich mit energischen Schritten in das Foyer des Hotels. Erleichtert nahm er an der Rezeption zur Kenntnis, dass Signora Lorano, ohne eine Nachricht zu hinterlassen, vor kurzem das Ressort verlassen hatte. Ihm bot sich die Gelegenheit, rasch seinen Koffer zu packen. Wenn er sich beeilte, konnte er in einer Stunde am Flughafen sein und möglichst rasch einen Flug buchen. Es musste ihm gelingen, schnellstens Antigua zu verlassen.
Er öffnete die Tür zur Suite und starrte perplex die beiden Männer an, die in seinem Zimmer saßen und ihn interessiert musterten. Sofort erkannte er die Gestalten wieder, die ihm auf der Straße vor dem Coffee Shop aufgefallen waren.
»Was haben Sie in meinem Zimmer zu suchen?«, schnauzte er die beiden ungehalten an.
»Calmo, calmo!«, erwiderte der Kleinere, ein muskulöser Kerl mit Pferdeschwanz und Designeranzug.
»Und mach die Tür hinter dir zu!«, ergänzte der Zweite, ein unangenehmer Typ mit arrogantem Gesichtsausdruck. Der Sprache nach mussten sie Sizilianer sein.
»Wie kommen Sie hier überhaupt herein?«, fragte Cardone empört.

»Wir sind Freunde von Perlaquale«, meinte der Pferdeschwanz. »Nicht wahr, Ruffo?«
»Genau! Und du bist Cardone, das kleine Arschloch aus Bologna«, erwiderte der Angesprochene in Richtung Cardone.
Der fühlte, wie sich ein eiserner Ring um seine Brust legte. Stocksteif stand er im Türrahmen und wagte sich nicht zu bewegen. Die schiere Angst lähmte seine Gedanken. »Perlaquale?«, brachte er mühsam über die Lippen. Aber er spürte sofort, dass die beiden kaum auf seine gespielte Unwissenheit hereinfallen würden.
»Hilf ihm, das Loch zuzumachen!«, befahl der Zweite dem Pferdeschwanz, der wie ein Gummiball hochschoss, Cardone an der Schulter ins Zimmer stieß und die Zimmertür hinter ihm zuschlug. »Perlaquale ist ein Spitzname. Den gibt man in Sizilien jemandem, der seine Aufträge immer schnell, geräuschlos und sauber erledigt.«
»Und weshalb erzählen Sie mir das?«, begehrte Cardone auf. Jede Hoffnung, dass die beiden wieder verschwinden würden, hatte er aufgegeben. Panisch irrte sein Blick durchs Zimmer und suchte einen Ausweg.
»Wie man hört, bist du ein schwerreicher Mann, Cardone. Wie fühlt man sich als Millionär?«, meinte der Mann, der von dem Pferdeschwanz Ruffo genannt wurde.
»Dämliche Frage!«, stieß Cardone hervor. »Das Geld habe ich nicht mehr.«
»Ach was!«, antwortete der Pferdeschwanz. »Wenn du es nicht mehr hast, wer hat es dann? Vielleicht Rosanna?«
Cardone sah die zwei Eindringlinge verblüfft an. »Rosanna?« Das Stichwort war geradezu eine Steilvorlage, die ihm dieser Ganove soeben gegeben hatte.
Die beiden Kerle arbeiteten mit ihr zusammen, das stand für ihn fest. Sollte Rosanna auftauchen, bekäme sie einige Schwierigkeiten.
»Ja! Die schöne Rosanna!«, bestätigte Ruffo und wandte sich

an seinen Kumpan. »Wir hatten leider noch nicht das persönliche Vergnügen. Aber was nicht ist, kann noch werden.«
Cardone wollte ursprünglich den beiden begreiflich machen, dass er das Geld nicht angerührt, sondern sofort auf das ursprüngliche Konto zurücküberwiesen habe. Doch jetzt entdeckte er die Pistole im Schulterhalfter dieses einen Sizilianers, deren Knauf aus dem offenen Jackett herausragte. Hatte er bis vor wenigen Sekunden noch angenommen, dass vor ihm Ganoven saßen, die hinter den Millionen her waren, so hatten sie ihn nun eines Besseren belehrt. Vor ihm saßen Mörder! Intuitiv sagte er: »Ich habe Rosanna die Kontovollmacht über dreihundertzweiundachtzig Millionen erteilt.« Er hatte in seine Stimme alle Überzeugungskraft gelegt, zu der er fähig war, und beobachtete jetzt, ohne eine Miene zu verziehen, die Wirkung seiner Worte.
»Tatsächlich?«, erwiderte der Pferdeschwanz höhnisch.
»Ja! Tatsächlich! Ob Sie auf sie warten wollen, ist Ihre Sache. Ich glaube allerdings nicht, dass sie hier wiederauftaucht – wenn sie so viel Geld hat.«
Ruffo sprang wie von einer Schleuder abgeschossen aus dem Sessel. »Was sagst du da?«
»Ich habe gesagt, Rosanna hat inzwischen das Geld, und ich vermute deshalb, dass sie längst über alle Berge ist.« Cardone registrierte mit Genugtuung das ungläubige Entsetzen der beiden Sizilianer und fügte hinzu: »Ich jedenfalls habe mit dem Geld nichts mehr zu tun. Lasst mich in Ruhe, ihr sucht bei dem Falschen!«
»Blödsinn!«, schaltete sich der Pferdeschwanz ein. »*Porca miseria,* der Kerl blufft, Ruffo!« Sein verlebtes Gesicht wirkte auf Cardone abstoßend.
»Rosanna wird kommen«, knurrte Ruffo mit einer Bestimmtheit, die Cardone überraschte. »Wir sind hier, um sie und das Geld abzuholen. Don Grasso wartet sehnsüchtig auf sie.«
Er blickte Cardone mit anzüglicher Miene in die Augen und

deutete mit dem Kinn zur Durchgangstür, die in das anschließende Zimmer führt. »Oder hattet ihr etwas miteinander? War die Tür nachts offen?«
Cardone schwieg und lächelte.
»Wenn Don Grasso erfährt, dass ihr beide …! *Madonna!*« Ruffo verdrehte die Augen zur Zimmerdecke. »Er schneidet dir die Eier ab!«
Cardone fühlte, wie eine ohnmächtige Wut in ihm hochkroch und ihm fast die Luft nahm. Instinktiv erkannte er, dass die einzige Chance, sich zu retten, darin bestand, Rosanna zu diskreditieren und die beiden Mafiosi annehmen zu lassen, dass sie Romano Grasso betrogen hat. »Natürlich war die Tür offen«, antwortete er in einem Anfall verzweifelten Mutes. Gerade wollte er zur Ausschmückung noch einen Satz hinzufügen, als sich hinter ihm die Zimmertür öffnete …

Vertrauliche Gespräche

D'Aventura saß in Questore Minettis Büro in einem der Ledersessel der Besprechungsecke. Es war früher Morgen. Ihm gegenüber saßen Procuratore Ponti, leitender Staatsanwalt aus Palermo, und der gelackte Napoleon, wie d'Aventura den Questore zu nennen pflegte. Die Lippen des Comandante bebten vor Zorn.

»Anweisung von ganz oben«, sagte Minetti höhnisch und blickte dabei Ponti an. »Ich habe es prophezeit, d'Aventura. Aber Sie können sich einfach nicht an Vorschriften und die Disziplin halten. Der Fall Cardone wurde Ihnen entzogen.«

D'Aventura nagelte den Staatsanwalt mit seinen Blicken fest. Seine Körperhaltung und die geballten Fäuste drückten schiere Angriffslust aus. »Sagen Sie ... Steckt Colonnello Fessoni hinter dieser Freundlichkeit?«

Ponti schien irritiert zu sein. Seine Miene verriet dem Comandante, dass er mit dem Namen nicht viel anfangen konnte. »Ich kenne keinen Fessoni«, erwiderte er nach kurzem Nachdenken. »Die Maßnahme wurde in Rom angeordnet. Ich weiß, dass Sie mit dem Questore nicht immer einer Meinung sind, aber die Sache hat intern keine Folgen.«

Wütend sprang d'Aventura auf und stapfte im Büro auf und ab, während ihm die Blicke der beiden Männer folgten. Plötzlich blieb er stehen und wandte sich wieder an Procuratore Ponti. »Was genau wirft man mir eigentlich vor?«, zischte er durch die Zähne. »Dass ich meine Arbeit getan habe? Habe ich jemandem auf die Füße getreten, ohne seine Wichtigkeit zu berücksichtigen? Na los, sagen Sie es mir!«

»Beruhigen Sie sich!«, erwiderte Ponti, dessen Miene im Gegensatz zu der Minettis weder Schadenfreude noch Überheblichkeit zeigte. »Ich muss den Worten des verehrten Questore

insofern widersprechen, als dass Ihnen offiziell weder Disziplinlosigkeit oder Kompetenzüberschreitungen vorgeworfen werden. Der Fall Cardone hat außerordentliche Brisanz, eine kaum abschätzbare politische Dimension, was nicht heißt, dass man Ihnen die Lösung des Falles nicht zutrauen würde. Ihr Fingerspitzengefühl, oder sagen wir besser, ihr diplomatisches Geschick ist in den Augen der Signori in Rom ein wenig unterentwickelt.«
»Na und?«, entgegnete d'Aventura gereizt. »Die Antimafiabehörde ist deshalb gebildet worden, um Fälle wie diesen aufzuklären, mit oder ohne Fingerspitzengefühl. Jetzt frage ich Sie noch einmal: Was unterscheidet den Fall Cardone von anderen spektakulären Mafiafällen, und weswegen wurde ich wirklich abgezogen?«
»Machen Sie es mir nicht schwerer, als es ohnehin ist!«, erwiderte Ponti. »Sie wissen, ich schätze Sie und Ihre Arbeit sehr. Aber ich muss mich den Anordnungen der Generalstaatsanwaltschaft in Rom beugen. Im Übrigen wird die Causa Cardone an das Innenministerium verwiesen. Palermo ist nicht mehr zuständig. Mit anderen Worten, auch mir wurde die Zuständigkeit entzogen. Und jetzt setzen Sie sich wieder! Sie machen mich nervös, wenn Sie ständig auf und ab gehen.«
D'Aventura blieb verblüfft stehen. Sein Blick kreuzte sich mit dem Pontis, und er entdeckte mehr als nur Bedauern in dessen Augen. In diesem Augenblick, einen Wimpernschlag lang, erkannte er eine stille Übereinkunft zwischen sich und Ponti, eine ganz unerwartete persönliche Vertrautheit.
Mit schweren Schritten begab er sich wieder zum Sessel und ließ sich hineinfallen. »Was jetzt?«, fragte er Minetti, der straff aufgerichtet den Worten des Staatsanwalts gelauscht hatte und dümmlich grinste.
»Sie können nach Hause gehen, d'Aventura. Ich denke, in den nächsten Tagen wird sich weisen, wie Ihr Dienst aussehen wird. Schließlich will ich auf einen brillanten Ermittler nicht

verzichten.« Und an Ponti gewandt sagte er mit einem nur schwer erträglichen Unterton: »Nicht wahr …?«

Der Staatsanwalt nickte abwesend. »Ich möchte Sie nicht aufhalten, Comandante«, sagte er. »Sie haben sicher, wie ich auch, einen vollen Schreibtisch. Allerdings …« Ponti hielt für einen Augenblick inne. »Auf der anderen Seite hätte ich volles Verständnis dafür, wenn Sie für ein paar Tage freinehmen. Etwas Ruhe und Entspannung tut Ihnen sicherlich gut.« Er hatte sich d'Aventura so zugewandt, dass er ihm, von Minetti unbemerkt, zuzwinkern konnte.

»Sie haben recht, Signore Procuratore«, reagierte d'Aventura auf Pontis Zeichen. »Ich werde beim Questore den Antrag einreichen. Ich denke, eine Woche sollte ich mir gönnen.«

»Das geht in Ordnung«, bestätigte Questore Minetti beflissen, während sich Ponti und d'Aventura erhoben und zur Tür gingen.

Gemeinsam traten sie hinaus auf den Gang und schlenderten ohne Hast zum Treppenhaus. Am Treppenabsatz blieb Ponti stehen und hielt seinen Begleiter am Arm zurück. »Kommen Sie mit mir auf einen Espresso gleich um die Ecke in die Bar ›Bel Paese‹! Ich muss mit Ihnen etwas besprechen. Wir treffen uns dort in zehn Minuten. Ich möchte nicht, dass es jeder mitbekommt, wenn wir gemeinsam dorthingehen.« Er zeigte mit dem Kopf in Richtung Minettis Büro, was für d'Aventura so viel hieß, dass er mit »jeder« den Questore meinte. »Übrigens«, fügte Ponti leise, aber mit bedeutungsvollem Ton hinzu: »Danke für Ihren ausführlichen Bericht! Wir sprechen gleich darüber.«

D'Aventura nickte und lächelte still in sich hinein.

Knapp eine viertel Stunde später saßen die beiden Männer in der hintersten Ecke der Cafébar »Bel Paese«. Am Tresen drängten sich Menschentrauben: eilige Geschäftsleute, junge Frauen auf Shoppingtour, pausierende Handwerker und Pensionisten, die sich auf einen kurzen Plausch trafen. Ponti hatte einen Tisch ergattert, was um diese Uhrzeit nicht einfach war. Er leerte seine Tasse und stellte sie klirrend auf der Untertasse ab. »Ich bin froh, dass Sie mich im Büro sofort verstanden haben, d'Aventura.«

Die aristokratischen Gesichtszüge des Staatsanwalts wurden von seinen graumelierten Haaren an den Schläfen unterstrichen. Seine feingliedrigen Hände und die sparsamen Gesten verrieten Distinguiertheit. Nichtsdestoweniger drückten sein energisches Kinn und seine dunklen, intelligenten Augen Durchsetzungskraft und Unbeugsamkeit aus. »Lassen Sie mich zuerst Folgendes sagen, verehrter Comandante: Politiker und Beamte sind wohl die einzigen lebendigen Zeugen der Reinkarnation. Denn um diese enorme Menge an Dummheit, Rivalität und Wichtigtuerei anzuhäufen, bedarf es mehr als ein Leben. Wohlgemerkt, mein Lieber, das sagt Ihnen ein Beamter, der aufgrund seiner Erfahrungen lieber Komponist, Literat oder Maler geworden wäre.« Ponti atmete tief durch, als wolle er für den nächsten Satz Kraft sammeln. »Ich habe Ihren Bericht aufmerksam gelesen, und nach allem, was Sie und Commissario Venaro mir vorgelegt und auch mit mir besprochen hatten, musste ich den Oberstaatsanwalt informieren. Ihre Ermittlungen im Fall Cardone und die daraus gezogenen Schlüsse, Verknüpfungen und Querverbindungen sind logisch und überzeugend. Leider, das wissen wir beide, nicht ausreichend beweisbar.«

»Das ist mir bewusst«, sagte d'Aventura und schüttelte enttäuscht den Kopf. »Bei diesem Fall sind einige Dinge mehr als merkwürdig gelaufen.«

»Ich würde es anders nennen.« Der Procuratore blickte d'Aventura vielsagend an. »Wenn man es genau nimmt, hat der Mord an Cardone zu einer seismischen Kettenreaktion im Verteidigungsministerium geführt. Ich bin davon überzeugt, dass Sie richtig liegen. Romano Grasso ist der Drahtzieher eines atemberaubenden Finanzskandals, der in dieser Dimension nur möglich geworden ist, weil einige hochrangige Politiker mit im Boot sitzen.«

Es war d'Aventuras Miene anzusehen, dass ihn Pontis Äußerung zutiefst befriedigte. Doch bevor er etwas erwidern konnte, sprach Ponti weiter.

»Auch wir sitzen im gleichen Boot. Man hat mich ebenso kaltgestellt wie Sie. Und wie Sie habe ich das Bedürfnis, diesen Sumpf trockenzulegen. Das führt mich zu einer wichtigen Frage.«

»Legen Sie los!«, erwiderte d'Aventura und beugte sich gespannt vor.

»Ich weiß, Venaro und Sie verstehen sich gut«, begann Ponti seufzend. »Können Sie sich auf ihn und seine Verschwiegenheit verlassen? Mit anderen Worten: Ist er Ihnen gegenüber loyal?«

»Ja.«

»Sollten Sie Ihren Urlaub dazu nutzen, weitere Ermittlungen anzustellen, würde das die Zusammenarbeit zwischen Ihnen und Commissario Venaro nicht stören, oder?«

»Im Gegenteil, Signore Procuratore.«

Ponti runzelte die Stirn, als denke er nach. »Sie haben die ausdrückliche Genehmigung vom obersten Ankläger Italiens, Generalstaatsanwalt Dottore Silvio Santapola.«

Der Comandante sah überrascht auf und starrte Ponti mit offenem Mund an. »Wer weiß noch davon?«

»Nur Sie, Dottore Santapola und ich.«

»Tsss ...« D'Aventura grinste und blickte aus dem Fenster der Cafébar. »Ist es bekannt, dass der Antimafiabehörde und insbesondere mir der militärische Geheimdienst im Nacken sitzt?«

»Ja. Ich will offen sein«, bestätigte Ponti die Frage. »Als ich Ihren Bericht gelesen hatte, natürlich auch den Teil über die Ereignisse im Albergheria-Viertel, in dem Sie überfallen wurden, stand für mich fest, dass die beiden Geheimdienste SISMI und SISDE sich nicht nur bis aufs Messer bekämpfen, sondern einen gemeinsamen Gegner haben: die Antimafiabehörde. Das macht die Sache besonders delikat. Es geht nicht nur um einen banalen Machtkampf, sondern es geht um die Wahl des Ministerpräsidenten und damit um die Neuausrichtung der Geheimdienste. Sie sollen zusammengelegt werden. Man handelt hinter den Kulissen bereits mit Namen hinsichtlich des neuen Chefs. Der Fall Cardone ist dabei das Zünglein an der Waage.«

»Keineswegs nur ein Zünglein«, widersprach d'Aventura. »Er ist der Schlüssel zur Entlarvung krimineller Machtpolitik.«

»Ich wollte es nicht so pointiert sagen. Jedenfalls war mir sofort klar, dass ich diese Sache nicht weiter verfolgen würde. Daran konnte ich mir als untergeordneter Staatsanwalt nur die Finger verbrennen. Wie ich bereits sagte, wandte ich mich zunächst an den Oberstaatsanwalt mit der Bitte, Colonnello Fessoni und diesen Maggiore Casagrande einvernehmen zu dürfen. Der unbekannte Tote, der angeblich Monti heißen soll, ist nirgends registriert. Diese Tatsache legte den Gedanken nahe, dass auch er dem Geheimdienst angehörte. Für mich ist völlig klar, dass Monti in engem Zusammenhang mit dem Mord an Cardone steht. Leider wurde mir das Verhör, um das ich ersuchte, untersagt, was mich zusätzlich stutzig machte.«

»*Porca miseria!* Fessoni und Casagrande kriegen Sie nie vor die Flinte«, unterbrach d'Aventura den Staatsanwalt. Er winkte dem Kellner und bestellte zwei weitere Cappuccino. »Agenten verschanzen sich stets hinter dem Schutz ihres Dienstes.«

»Es war einen Versuch wert. Nachdem der Oberstaatsanwalt die Vorladung von Colonnello Fessoni, Casagrande, Romano Grasso und Oberst Pallardo kategorisch ablehnte, hatte ich die Bestätigung, dass Ihre Thesen im Bericht ins Schwarze treffen. Aus diesem Grunde habe ich mich ohne Wissen des Oberstaatsanwalts mit dem Chefankläger in Rom in Verbindung gesetzt. Der Generalstaatsanwalt hat mich kurz vor unserem

Treffen mit Minetti telefonisch informiert. Sie machen weiter, d'Aventura! Sie berichten ab sofort direkt an Dottore Santapola in Rom.«

D'Aventura stand auf und holte die beiden Cappuccino, die bereits auf dem Tresen standen. Er stellte eine Tasse vor Ponti auf den Tisch und sagte: »Ich muss damit rechnen, dass man mich observiert.«

»Ich weiß.«

»Das wird nicht einfach, Signore Procuratore.«

»Wie verfahren wir weiter?«, fragte Ponti und leckte den Schaum vom Löffel ab.

»Sie meinen, was ich als Nächstes tun werde?«

Ponti nickte, spitzte die Lippen, nahm einen vorsichtigen Schluck und steckte sich den Amarettokeks, der am Tellerrand lag, in den Mund.

»Ich muss schnellstens wieder nach Bologna und mit Carlo Alberti sprechen.«

»Alberti … Alberti. Wer ist das doch gleich noch mal?«

»Der Mitbewohner und Dichterkollege von Roberto Cardone. Nur er kann mir sagen, was Cardone vorhat. Es ist davon auszugehen, dass er sich seinem Freund anvertraut hat. Mein Assistent Venaro hat in Bologna alle Reisebüros abklappern lassen. Wir hatten Glück. Immerhin wissen wir, dass Cardone via Amsterdam nach Antigua geflogen ist. Außerdem haben wir ermitteln können, dass die Lorano einen Tag vor ihm in Schiphol gelandet ist und im ›Marriott-Hotel‹ übernachtet hat. Die beiden haben sich mit hoher Wahrscheinlichkeit in Amsterdam getroffen. Es ist naheliegend, dass sie gemeinsam nach Saint John's weitergeflogen sind. Venaro versucht derzeit herauszufinden, ob wir mit unserer Annahme richtig liegen. Wenn es zutrifft, das die beiden in Antigua sind, schwebt Cardone in höchster Lebensgefahr. Unser ahnungsloser Poet wird diese Killerin, von wem immer sie auch beauftragt wurde, absichtlich oder unabsichtlich zum Geld führen.«

Ponti hatte ruhig zugehört und legte d'Aventura die Hand auf seinen Arm. »Wenn ich Sie unterbrechen darf ...«
»Natürlich!«
»Wie wollen Sie Kontakt zu Alberti aufnehmen? Ich denke, in seiner Wohnung können Sie ihn nicht aufsuchen. Sie ist vollständig verwanzt. Ebenso wenig können Sie ihn anrufen oder irgendwo in Bologna treffen, er wird rund um die Uhr beschattet. Es gibt nur eine Möglichkeit, mit der keiner der Dienste rechnet. Verhaften Sie ihn unter einem Vorwand!«
»Ich werde Carlo Alberti in die Questura von Bologna vorladen und mit ihm alleine reden.«
»Das könnte funktionieren«, murmelte Ponti nach kurzem Überlegen. »Kommen wir zurück zu Cardone! Nehmen wir an, er hält sich tatsächlich in Saint John's auf, dann haben wir von hier aus wenige Möglichkeiten, ihn zu unterstützen.«
»Ist Ihnen wirklich klar, in welcher Situation Cardone steckt?«, fragte d'Aventura den Staatsanwalt. Er blickte in fragende Augen. »Ich will es Ihnen sagen: Im Gegensatz zu unserer Behörde werden die Agenten der SISMI auch im Ausland eingesetzt. Sie werden Cardone jagen, bis sie bekommen haben, was sie bei ihm vermuten. Die Mafia wird Cardone ebenfalls jagen, weil er etwas besitzt, was in ihren Augen nicht nur ihnen gehört, sondern den Paten auch das Genick brechen kann. Sollte Cardone wider meiner Erwartung lebend aus Antigua zurückkehren, was meiner Meinung nach einem Wunder gleichkäme, dann würde sich die gesamte Presse Italiens auf ihn stürzen. Betrachten wir das Räuber-und-Gendarm-Spiel durch eine nüchterne Brille, dann werden wir zugeben müssen, dass Cardone das ärmste Schwein ist, das wir kennen.« D'Aventura seufzte tief und kniff die Augen zusammen. »Wollen Sie meine ehrliche Meinung hören?«
Ponti nickte zögernd.
»Cardone wird schneller eine Leiche sein, als wir beide ›piep‹ sagen können.«

»Versuchen Sie es trotzdem! Ich will, dass Sie die Federführung bei der Verhaftung Grassos und seiner Kumpane übernehmen. Es ist auch der Wunsch unseres Innenministers. Wir bleiben in engem Kontakt, und ich werde alle involvierten Stellen informieren und entsprechende Anweisungen erteilen. Noch etwas ... Fahren Sie nicht mit Ihrem Auto!«
D'Aventuras Augen blitzten vor Unternehmungsgeist. »Ich brauche Bargeld. Spesen ... Und übrigens, ich mache meinen Job nicht erst seit ein paar Tagen. Verlassen Sie sich darauf, ich kriege diesen Grasso!« Der Comandante grinste und zeigte zwei schneeweiße Zahnreihen.
»Gehen Sie zur Verwaltung der Staatsanwaltschaft! Ich organisiere das umgehend.«
D'Aventura nickte, trank den Rest seines Kaffees, stand auf und verließ ohne ein weiteres Wort die Cafébar.

Kurz vor acht Uhr am nächsten Morgen erreichte d'Aventura mit dem Nachtzug aus Reggio di Calabria den Hauptbahnhof von Bologna. Staatsanwalt Ponti hatte ihn kurz vor seiner Ankunft telefonisch unterrichtet, dass die Carabinieri Carlo Alberti seit sieben Uhr in Gewahrsam hatten und man ihn in der Prefettura Via Quattro Novembre 24 erwartete.
Der Comandante versuchte erst gar nicht, darauf zu achten, ob ihm jemand auf den Fersen war. Er wusste, dass es keinen Sinn gehabt hätte, eventuelle Verfolger abzuschütteln. War er erst einmal in der Präfektur, konnte er mit Alberti ungestört seinen Plan besprechen, den er sich unterwegs zurechtgelegt hatte. Bedingung dafür war, dass er Albertis Vertrauen gewann. Doch das sollte nicht allzu schwierig werden.
Er genoss es, wie ein Tourist zu Fuß durch Bolognas belebte Via dell'Indipedenza zu flanieren, die an der Piazza Maggiore endete. Auch wenn er Palermo liebte, Bologna war eine besondere Stadt. Der Flair, die Menschen – es war ein Ort von gediegener Eleganz.

Zwanzig Minuten später brachte ihn ein Kollege des Ufficio Antimafia in den ersten Stock. Im spartanisch eingerichteten Besprechungsraum saß Carlo Alberti, dessen Miene hochgradige Erregung ausdrückte.

Kaum hatte d'Aventura das Zimmer betreten, sprang Carlo wutentbrannt auf.

»Sie schon wieder!«, schimpfte er los. »Das hätte ich mir gleich denken können!«

»*Buongiorno*, Signore Alberti«, begrüßte ihn d'Aventura und lächelte übers ganze Gesicht. »So schnell sieht man sich wieder!« Er wollte ihm die Rechte reichen, doch Carlo steckte demonstrativ seine Hände in die Hosentaschen und bedachte ihn mit einem giftigen Blick.

»Ich lasse prinzipiell niemanden an meiner Würde herumtasten«, sagte er. »Schon der vielen ungewaschenen Hände wegen.«

»Beruhigen Sie sich, Signore!« In d'Aventuras Stimme lag ein versöhnlicher Ton. »Ihre Aufregung ist sicher berechtigt, aber hören Sie mich erst einmal an! Wir mussten Sie leider unter einem Vorwand hierherbringen. Ich möchte mich für die Unannehmlichkeit entschuldigen. Trinken Sie einen Espresso mit mir?«

Carlo nickte zögernd und blickte ihn überrascht an. »›Vorwand‹?«

»Aus bestimmten Gründen konnte ich Sie nicht zu Hause aufsuchen. Es wäre ein wenig zu kompliziert, Ihnen das im Detail zu erklären.« Er wandte sich an den Carabiniere, der immer noch abwartend an der Tür stand. »Würden Sie uns zwei Espressi bringen lassen?«

»Wessen Idee war es eigentlich, mich wegen Volksverhetzung verhaften zu lassen? Ihre? Natürlich Ihre! Wer sonst könnte sich einen solchen Schwachsinn ausdenken.«

»Setzen Sie sich erst einmal!« D'Aventura lachte, stellte seine Reisetasche neben den Tisch und schob sich den Stuhl zurecht.

»Ich weiß nicht wie Sie das sehen … Aber nachdem Sie Schriftsteller sind, wäre ein solcher Tatbestand naheliegend.«
Carlo griff sich an den Kopf. »*Madonna mia!* Ich bin Lyriker! Zu Ihrer Information: Ein Agitator ist ein Kerl, der die Obstbäume seines Nachbarn schüttelt, um die Würmer umzuquartieren.«
»Ich sagte es doch! Ein Vorwand. Ihr Freund Cardone ist in einer lebensbedrohlichen Situation! Mir blieb keine Wahl, Sie auf eine für unsere Arbeit unverfängliche Art und Weise hierherzubekommen.«
Carlo ließ sich auf einen Stuhl fallen. Seine Gesichtsfarbe wechselte von Rot zu Kalkweiß. »*Madonna!* Was um Himmels willen ist … *Dio mio* …«
D'Aventura beendete mit einer beruhigenden Handbewegung Carlos Stottern. »Hören Sie mir bitte genau zu, Signore. Wenn wir Roberto Cardone helfen sollen, sind wir auf Ihre Mitarbeit angewiesen. Verstehen Sie, was ich sage?«
»Verdammt, was ist los …?«, sprudelte es aus Carlo heraus. Aber er nickte zustimmend und schwieg, als er in die Augen des Comandante sah.
»Kennen Sie eine Rosanna Lorano?«
Carlo erstarrte. »Ich kenne sie nur aus den Erzählungen meines Freundes«, presste er über die Lippen. »Mit ihr ist etwas nicht in Ordnung, stimmts?«
»Könnte man so sagen«, erwiderte d'Aventura ernst. »Unseren Informationen nach ist sie eine Killerin der Mafia. Deshalb muss ich alles wissen, was Ihr Freund Ihnen im Zusammenhang mit dem Erbe seines Bruders anvertraut hat.«
Carlos Miene war wie versteinert, und er schien fieberhaft zu überlegen. Erst stockend, dann allmählich flüssiger berichtete er dem Comandante alles, was er wusste. Er erzählte von Robertos Fahrt nach Premeno und seinen Beobachtungen auf dem Parkplatz, ging ausführlich auf Cardones Begegnung mit Rosanna ein und vergaß auch nicht Enricos Brief. Carlo ver-

suchte so genau wie möglich dessen Inhalt wiederzugeben, erwähnte die Bank in Antigua und auch Enricos schriftlichen Rat, Roberto solle sich an den Generalstaatsanwalt in Rom wenden, sofern er sich in Gefahr wähne.
Nach einer Stunde hatte sich d'Aventura ein grobes Bild gemacht. »Und Sie sind sich sicher, dass Rosanna Lorano mit Ihrem Freund nach Antigua geflogen ist?«
»Ich habe für Roberto und diese Dame im Internet das Hotel gebucht. Ob sie letztendlich mit ihm dorthin geflogen ist, weiß ich nicht. Ich habe ihn alleine zum Flughafen gebracht. Signora Lorano wollte sich mit ihm in Amsterdam treffen. Angeblich hatte sie dort noch einen geschäftlichen Termin. Ich fand die ganze Konstellation ziemlich ominös, aber Roberto war für meine Argumente kaum zugänglich. Weshalb rufen Sie ihn nicht einfach dort an?«
»Hat er ein Handy?«, fragte d'Aventura.
»Hat er, aber das liegt auf dem Küchentisch zu Hause. Er hat es vergessen. Ich kann Ihnen die Nummer des Hotels geben.« Carlo zog seinen Geldbeutel aus der Tasche, fummelte einen Zettel heraus und übergab ihn d'Aventura. »Wenn Sie ihn dort nicht erreichen, dann bei dem Freund seines Bruders. Dessen Name ist Sir Edwin Ghallager. Er ist der Vorsitzende des Verwaltungsrats der Bank und ein ziemlich hohes Tier in der Regierung; ich glaube, Kabinettsmitglied. Jedenfalls stand das in Enricos Brief.«
D'Aventura notierte sich den Namen. »Danke«, murmelte er. »Tun Sie mir einen Gefallen, und nehmen Sie keinerlei Verbindung mit ihm auf! Fassen Sie unter keinen Umständen einen Telefonhörer an, schon gar nicht in Ihrer Wohnung! Versprechen Sie mir das?«
Carlo nickte. »Weshalb betonen Sie so sehr die Wohnung?«
»Weil ich weiß, dass Sie dort abgehört werden. Sie ist komplett verwanzt. Ich schicke Ihnen Spezialisten, die alles untersuchen werden. Aber haben Sie bitte Verständnis dafür, wenn das nicht

sofort geschehen kann, zumal ich zuerst mit Signore Cardone in Verbindung treten muss.«
Carlo schien über diesen Hinweis kaum überrascht zu sein. Er kramte in seinen Hosentaschen und legte drei kleine schwarze Plastikteile auf den Tisch, zwei kaum größer als eine Euromünze, das dritte so groß wie eine Streichholzschachtel. »Verwanzt mit solchen Dingern?«, fragte er und lächelte triumphierend.
D'Aventura nahm die Teile stirnrunzelnd in die Hand und wendete sie einige Male auf der Handfläche. Dann legte er den Finger auf den Mund.
Doch Carlo grinste. »Ich habe die Knopfbatterien herausgenommen.«
»Sender! Aus Ihrer Wohnung?«
Carlos Augen lachten. »Mit anderen Worten, es waren nicht Sie, der uns die Wanzen untergejubelt hat?«
D'Aventura schüttelte den Kopf. »Quatsch! Wie kämen wir dazu …«
»Wer dann?«
»Ich habe keine Ahnung.« Der Comandante betrachtete noch einmal die kleinen Geräte auf seiner Handfläche.
»Nur Maler und Dichter haben das Recht zu lügen«, entgegnete Carlo kühl. »Ich glaube Ihnen nicht. Für wie dumm halten Sie mich? Ich habe im Internet recherchiert. Dort sind sie abgebildet. Das sind Nano-PLL-Quarzsender, wie sie beispielsweise vom Militär eingesetzt werden. Angeblich haben sie eine Reichweite von sechs Kilometern ohne Qualitätsverlust. Die zwei runden waren in der Küche und im Wohnzimmer jeweils unterm Tisch angeklebt, der eckige hinterm Computer an Robertos Arbeitsplatz.«
»Wie haben Sie sie gefunden?«
»Mein Handy hatte im Wohnzimmer und in der Küche ständig Rückkopplungen. So eine Art Hall. Oben auf unserer Dachterrasse funktionierte das Telefon normal. Wenn ich mich recht erinnere, begannen die komischen Geräusche einen Tag

nachdem Enrico ermordet wurde. Aufgrund der Geschehnisse in den letzten Tagen bin ich misstrauisch geworden und habe gesucht. Der eigentliche Auslöser für mein Misstrauen aber war Ihr plötzliches Auftauchen in unserem Bistro.«

»Alle Achtung!«, brummte d'Aventura anerkennend und schaute Carlo offen in die Augen. »Trotzdem weiß ich nicht, wer Ihre Wohnung verwanzt hat. In jedem Falle waren es Profis, davon müssen wir ausgehen.«

»Die Mafia sicher nicht«, erwiderte Carlo ungehalten. »Die brauchen keine Abhörgeräte, wenn sie etwas wissen wollen. Solche Schweinereien bringen nur staatliche Institutionen fertig. Und ehrlich gesagt, ich traue Ihnen auch nicht so ganz.«

»Würde es für Sie die Mitarbeit erleichtern, wenn ich Ihnen sage, dass Sie mir gegenüber keinerlei Bedenken haben müssen?«

Carlo zuckte mit den Schultern. »Was soll ich dazu sagen? Wenn eine Regierung es zulässt, dass sich ihre Organe über Recht und Gesetze stellen, wie, glauben Sie, fühlt man sich da? Sie können es drehen und wenden wie Sie wollen, Bürger mit Moral und Anstand laufen hierzulande andauernd Gefahr, unter die Räder zu kommen. In der Demokratie wählen die Dummen die Regierung, in der Diktatur werden Dumme von der Regierung gewählt. Nun frage ich mich, welcher Gruppe wohl Sie angehören?«

»Der mit der Moral«, erwiderte d'Aventura, »anderenfalls wären Sie und Ihr Freund mir völlig egal, und wir würden dieses Gespräch gar nicht führen.«

Die beiden Männer saßen sich schweigend gegenüber und sahen sich in die Augen. *»D'accordo«,* sagte Carlo und richtete sich entschlossen auf. »Roberto hat mir gestern eine Mail geschickt. Sie sollten sie lesen. Leider habe ich sie nicht dabei.«

D'Aventura schloss die Augen zu schmalen Schlitzen, und seine Hände ballten sich zu Fäusten. »Das sagen Sie mir erst jetzt?«

»Kann ich an einen Rechner?«

Der Comandante deutete auf das Zimmer nebenan. »Kommen Sie!«

Carlo folgte ihm ins Nachbarbüro. D'Aventura wies auf einen der Bildschirme. »Dort können Sie Mails abrufen. Aber beeilen Sie sich! Ich möchte nicht, dass das hier irgendjemand mitbekommt.«

»Sie trauen Ihrem eigenen Verein nicht?«

D'Aventura lächelte wie eine Sphinx.

»Das macht Sie glaubwürdig«, bemerkte Carlo, setzte sich, loggte sich ein und rief seine Mailbox auf. »Hier!« Er deutete auf den Monitor. »Lesen Sie selbst, das hat mir Roberto geschickt!«

D'Aventura überflog die Nachricht. Sein Blick raste über die Zeilen. *»Dio mio!«*, flüsterte er entgeistert. »Ich werde das ausdrucken, Signore Alberti.« Er gab den Druckbefehl, entnahm den Ausdruck, faltete ihn zusammen und steckte ihn in die Innentasche seines Jacketts. Seine düstere Miene versprach Unheil. »Ich weiß, dass ich Ihnen jetzt einige Unbequemlichkeiten abverlange. Aber wenn Sie Ihren Freund und sich selbst schützen wollen, haben Sie keine andere Wahl. Tun Sie bitte genau, was ich Ihnen sage! Sie gehen auf keinen Fall nach Hause – auch nicht zu Ihren Eltern oder irgendwelchen Verwandten. Haben Sie Freunde, bei denen Sie eine Zeitlang unterkommen können, ohne dass es auffällt? Vielleicht auf dem Land?«

Carlo sah den Comandante bestürzt an. »Aber weshalb denn?«

»Fragen Sie mich jetzt bitte nicht, warum, weshalb, wieso! Sie sind in Gefahr, genau wie Ihr Freund. Ich kann und darf Ihnen nicht mehr sagen, haben Sie Verständnis dafür. Also, denken Sie nach!«

»Dio mio! Wie soll denn das gehen? Ich kann doch nicht einfach verschwinden!«

»Wenigstens für ein paar Tage, höchstens eine Woche«, erwiderte d'Aventura, ohne auf Carlos Einwand zu achten. »Dann sehen wir weiter …«

Carlo sackte in sich zusammen und schüttelte verständnislos den Kopf. »Der Exmann meiner Schwester lebt in der Nähe von Bergamo. Mit dem verstehe ich mich gut. Er ist der Einzige, der mir auf die Schnelle einfällt. Ich müsste ihn anrufen. Die Frage ist nur, was ich ihm erzählen soll.«

»Nichts!« D'Aventuras Miene nach zu schließen, meinte er es so, wie er es sagte. Unmissverständlich. »Rufen Sie an und klären Sie, ob er zu Hause ist. Ich sorge dafür, dass man Sie dorthin bringt. Sie können keinesfalls mit Ihrem eigenen Wagen fahren. Wir müssen Sie hier ungesehen herausbringen!«

»Ich muss ein paar Sachen mitnehmen. Ich kann nicht einfach so …«

»Kommt nicht in Frage!«, unterbrach ihn der Comandante. »Sie lassen sich zu Hause nicht mehr sehen! Notfalls kaufen Sie sich unterwegs das Dringendste. Haben Sie Geld dabei?«

»Ja, schon …«

»*D'accordo!* Ach, eh ich es vergesse. Sie lassen Ihr Handy abgeschaltet. Telefonieren Sie nicht! Versuchen Sie nicht, mit Ihrem Freund Verbindung aufzunehmen! Keine Mailpost! Surfen Sie nicht im Internet! Haben Sie mich verstanden? Und nun warten Sie hier auf mich!«

Während Carlo völlig verstört vor sich hinstarrte, hatte d'Aventura das Büro verlassen. Nach wenigen Minuten kehrte er mit einem schlaksigen jungen Mann zurück. »Commissario Lentini«, stellte der Comandante den Beamten in Zivil vor. »Ich habe ihm erklärt, um was es geht. Lentini weiß, was ich mit ihm anstelle, wenn er Sie nicht gesund bei Bergamo abliefert. Ich mache aus ihm Fischfutter. Geben Sie mir bitte sicherheitshalber Anschrift und Telefonnummer Ihres Schwagers, damit ich mit Ihnen Verbindung aufnehmen und Sie auf dem Laufenden halten kann. *Mi scusate!* Leider drängt die Zeit.«

Der Comandante nahm den Zettel mit der Adresse entgegen,

reichte Carlo die Hand und verabschiedete sich. Im Hinausgehen sagte er zu Commissario Lentini: »Ich habe es so gemeint, wie ich es gesagt habe!«

Nachdem d'Aventura einige Telefonate geführt hatte, hatte er sich zum Flughafen bringen lassen und war mit der Mittagsmaschine in Rom gelandet. Ein Mitarbeiter der Generalstaatsanwaltschaft hatte ihn am Flughafen in Empfang genommen und ihn, vorbei an der ehrwürdigen Engelsburg, direkt zur Piazza dei Tribunali gebracht. Im Justizpalast, einem monumentalen Gebäude am Ufer des Tiber, war er von Dottore Silvio Santapola bereits erwartet worden.

Nun saß er dem höchsten Ankläger Italiens gegenüber, einem Mann, den er sich viel imposanter vorgestellt hatte. Relativ klein, schlank, beinahe schmächtig, mit sanftem Blick, weichen Händen und feingliedrigen Fingern.

Dottore Santapola sah auf, und d'Aventura blickte in seine aufmerksamen Augen. »Ich möchte Ihnen für Ihren Einsatz danken, Comandante«, begann der Generalstaatsanwalt mit einer dünnen Stimme, die den Eindruck erweckte, als habe er nicht die Kraft, laut und deutlich zu sprechen. »Wenn uns dieser Cardone tatsächlich die schwarze Buchhaltung der Mafia geschickt hat und wenn sich bewahrheitet, was er in dieser E-Mail an seinen Freund andeutet, wird man sehr genau überlegen müssen, wie man mit der Angelegenheit umzugehen hat.«

D'Aventura presste die Lippen zusammen und zog die linke Augenbraue hoch.

»Ich vermute, Sie sind sich der Tragweite Ihres Erfolges nicht bewusst, verehrter Signore d'Aventura. Italien ist Ihnen zu Dank verpflichtet. Sie haben etwas zustande gebracht, was die SISDE seit mehreren Jahren erfolglos versucht.« Dottore Santapola erhob sich und wanderte schweigend durch sein Büro, einen prachtvoll eingerichteten Raum, der die Macht der Justiz eindrucksvoll vermittelte. Es herrschte bedrückende Stille.

»Was können Sie unternehmen, um Roberto Cardone aus dieser Geschichte lebend herauszukommen?«, beendete der Comandante das Schweigen.

Der Generalstaatsanwalt blieb abrupt stehen und wendete sich mit einem fragenden Blick um. »Weshalb sollte ich etwas unternehmen?«

D'Aventura stockte der Atem. »Bei allem Respekt, Signore! Rosanna Lorano ist bei ihm!«

»Ich weiß. Dort ist er sicher wie in Abrahams Schoß.« Santapola lachte laut auf, als er d'Aventuras ratlose Miene sah. »Vor ein paar Tagen hätte ich es Ihnen noch gar nicht sagen können. Nachdem sich aber die Sache positiv entwickelt hat, ist Rosanna Loranos Tarnung ohnehin obsolet geworden. Leider. Wir werden in Zukunft auf sie verzichten müssen. Ich werde offen sein zu Ihnen: Sie arbeitet für mein Ministerium, genauer gesagt, für die SISDE. Es hat sehr viel Zeit und Mühe gekostet, sie als eine *assassina*, eine Mörderin der Mafia, aufzubauen. Es gab niemanden, der sich für dieses Himmelfahrtskommando besser geeignet hätte als sie.«

»Madonna«, entfuhr es dem Comandante. Fassungslos blickte er Santapola in die Augen. »Und unsere Truppe in Palermo ging davon aus ...« Er schüttelte ungläubig den Kopf. »Wer weiß *noch* von ihrer wahren Rolle?«

»Außer mir und jetzt auch Ihnen insgesamt sechs Leute. Handverlesene, loyale und absolut zuverlässige Männer. Es war unabdingbar, dass ihre Funktion eine geheime Kommandosache blieb. Und bevor Sie jetzt weitere Fragen zur Person Lorano stellen, möchte ich Sie um striktes Stillschweigen bitten. Jedenfalls so lange, bis dem Spuk ein Ende bereitet ist.«

D'Aventura nickte verständnisvoll. Trotzdem, die Überraschung stand ihm immer noch ins Gesicht geschrieben. »Was geschieht jetzt?«

»Oberst Pallardo steht mit mir und dem Innenminister in ständiger Verbindung. Sobald Cardones Unterlagen hier eingetroffen sind und sich seine Ankündigung bewahrheitet, erfolgt der Zugriff auf den betroffenen Personenkreis. Seit Jahren sind wir hinter Romano Grasso und jenen her, die ihre schützende Hand über ihn halten. Wir schätzen den Schaden für den italienischen Fiskus durch Geldwäsche und illegalen Kapitaltransfers auf mehr als zwanzig Milliarden Euro jährlich. Das ist eine ungeheure Summe. Zahlungen aus Korruptionsvergehen sind dabei nicht berücksichtigt. Aber im Grunde ist das nicht unser eigentliches Problem.«

»Was dann?«, fragte d'Aventura verblüfft.

»Es mag Ihnen genügen, wenn ich Ihnen verrate, dass wir mit einem machtpolitischen Umsturz rechnen. Es gibt starke faschistoide Strömungen, die das demokratische Gefüge unserer Nation nachhaltig verändern würden, wenn wir die Drahtzieher nicht aus dem Verkehr ziehen. Doch diese Maßnahme ist erst möglich, wenn wir hieb- und stichfeste Beweise in Händen haben. Scheinbar ist dieser Tag endlich gekommen.«

»Ja«, antwortete d'Aventura. »Und Sie können sich auf mich verlassen.« Er erhob sich und rieb sich nachdenklich die Stirn. »Sie haben meinen ausführlichen Bericht von Procuratore Ponti erhalten?«

Dottore Santapola lächelte. »Wirklich eine bemerkenswerte Analyse, die Sie angefertigt haben. Bis auf einige Details haben Sie ins Schwarze getroffen. Von den dreizehn Namen, die Cardone in seiner Mail erwähnt, fehlten in Ihrem Bericht nur sieben. Ich kenne sie freilich seit langem. Aber diese Herrschaften waren bislang unantastbar, wenn Sie verstehen, was ich meine.«

»Zwei meiner Hauptverdächtigen sind wie vom Erdboden verschwunden: Licio Massimo und Bettino Santorini«, gab d'Aventura zu bedenken. »Wir wollten sie noch einmal in Sachen Monti und dessen Identität befragen. Auch diesbezüglich sind wir keinen Schritt weitergekommen.«

Die grüblerische Miene des Generalstaatsanwalts fiel d'Aventura sofort auf.

»Man hat Massimo und Santorini beobachtet, als sie sich auf Grassos Jacht haben bringen lassen. Die ›Alexandra‹ hat die Anker gelichtet und ist ausgelaufen. Vier Stunden später erreichte sie wieder den Hafen von Palermo, und die Gäste gingen von Bord. Ohne die beiden Signori. Mehr kann ich dazu nicht sagen. Früher oder später werden sie auftauchen, schätze ich. Es ist kaum vorstellbar, dass Grasso in Anwesenheit von ranghohen Politikern und Industriemagnaten zwei seiner engsten Mitstreiter liquidiert hat.«

»Ich traue ihm selbst das zu«, erwiderte d'Aventura. »Und wer ist der tote Monti?«

»Das kann und darf ich Ihnen im Augenblick nicht sagen.« Santapola sah d'Aventura offen in die Augen. »Ich bitte Sie um Ihr Verständnis. Viel wichtiger ist mir, dass Roberto Cardone nicht zwischen den Fronten aufgerieben oder gar ermordet wird.«

»Ihr Wunsch in Gottes Ohr! Ich glaube kaum, dass Cardone unbehelligt italienischen Boden betreten kann«, wendete d'Aventura ein. »Sobald Romano Grasso ahnt, dass es eng für ihn wird, befürchte ich das Schlimmste. Wenn seine Killer dieser Lorano nicht zuvorkommen, werden andere Cardone irgendwann aufstöbern, selbst wenn wir ihn mit neuer Identität ausstatten. Es wird immer andere geben … Meiner Meinung nach hat er keine Überlebenschance.«

Der Staatsanwalt wiegte skeptisch den Kopf. »Dennoch müssen wir alles tun, um ihn zu schützen. Das sind wir ihm schuldig. Auf der anderen Seite wird der Schlag gegen die Mafia erheblich sein. Grasso wird keine Gelegenheit haben, einen Mordauftrag zu erteilen. Sofern nicht noch etwas Unerwartetes geschieht, kann er ohne Angst nach Bologna zurückkehren. Immerhin scheint er nicht auf den Kopf gefallen zu sein. Er hat, wie er schreibt, fast vierhundert Millionen Dollar auf das Konto der Finanzbehörde in Rom überweisen lassen und der Staatsanwaltschaft eine Kopie der Transaktion ausgefertigt. Es ist Geld aus Steuerhinterziehungen, Subventionsbetrug und anderen Delikten der Mafia. Es steht dem italienischen Fiskus zu. Ich werde alles in meiner Macht Stehende tun, damit Cardone am Leben bleibt. Überdies werden wir Romano Grasso nicht aus den Augen verlieren und ihn sofort festsetzen, wenn die Originalpapiere bei mir eingetroffen sind.«

»Haben Sie keine Sorge, dass Agenten der SISMI uns kurz vor Torschluss in die Suppe spucken? Für mich sieht es aus, als würden sie ihr ganz eigenes Ziel verfolgen. Ich kann nur hoffen, dass man Grasso das Handwerk legt.«

»Ich kenne die Ziele, möchte sie aber hier nicht vertiefen. Dass es im Rüstungsgeschäft gemeinsame Interessen gibt, die Romano Grasso haben mächtig werden lassen, ist unbestritten. Es gibt zu viele, die den Geist der Waffen beschwören, leider nur wenige, die auf die Waffen des Geistes schwören. Seien Sie versichert, lieber d'Aventura – ich darf Sie doch so nennen –, eine kleine Gruppe von machtbesessenen Faschisten mag glauben, ihr politisches Verständnis von Demokratie mit Unternehmensmonopolen und rechtsgerichtetem Gedankengut durchsetzen zu können, aber sie wird eines Besseren belehrt werden. Glauben Sie mir, diesen Herrschaften werden wir das Handwerk legen!«

»Und ein kleiner Cardone wird auf der Strecke bleiben«, gab d'Aventura zu bedenken.

»Nein!«, antwortete Santapola harsch, und man sah ihm an, dass er es ernst meinte.

»Was macht Sie so sicher?«

»Wir sind nicht allein auf den Erfolg von Signora Lorano angewiesen. Ich werde Oberst Pallardo beauftragen, mit den Behörden von Antigua Kontakt aufzunehmen. Wir werden überdies unsere guten Verbindungen nach England und in die USA nutzen. Staatsoberhaupt von Antigua ist der Monarch des Vereinigten Königreiches, also die englische Königin. Den USA obliegt ein wichtiger Teil der nationalen Sicherheitspolitik. Insofern bin ich optimistisch, dass wir im Notfall auch in Antigua eingreifen können.«

Obwohl d'Aventura auf sich und seine Arbeit hätte stolz sein dürfen, Freude empfand er nicht. Nicht einmal Genugtuung. Wie ein großer Klotz stand er vor dem Generalstaatsanwalt, und hundert Fragen standen ihm ins Gesicht geschrieben. »Es wird ein politisches Desaster geben«, murmelte er leise.

Dottore Santapola lachte freudlos auf. »Gar nichts wird es geben! Es werden Minister zurücktreten und empörte Verlautbarungen im Fernsehen ausgestrahlt werden, Regierungsmitglieder werden Betroffenheit zeigen und spätestens nach einer Woche Genugtuung zur Schau stellen. Untersuchungen werden stattfinden. Und zuletzt wird der Staat Stärke und Handlungsfähigkeit bewiesen haben, weil man ein paar Bauern geopfert hat. Die Beschädigung des Staates hält sich in Grenzen, weil der Bürger ein kurzes Gedächtnis hat.«

»Und damit ist die Sache für Sie erledigt?«, fuhr d'Aventura erbost auf.

»Natürlich nicht! Neuwahlen haben eine gewisse Reinigungswirkung, nach außen wie auch nach innen. Lassen Sie sich sagen, mein lieber d'Aventura, der Ministerpräsident wird alles tun, den Bürgern zu versichern, man sei endlich der Korruption Herr geworden. Verhaftungen einiger bedeutender Männer werden als Erfolg unseres Rechtssystems gefeiert. Man wird ebenso deutlich machen, dass nur eine kleine, verirrte Minderheit allzu gieriger Menschen Fehler begangen hat. Die Regierungsfähigkeit darf unter keinen Umständen angezweifelt werden. Das gilt für unser Land ebenso wie für die Nachbarstaaten.«

Santapola wies auf einen Sessel. »Bitte nehmen Sie Platz! Ich möchte gerne mit Ihnen die weiteren Schritte diskutieren. Darf ich Ihnen etwas anbieten? Zigarre? Espresso? Cognac?«

»Gerne einen Espresso und einen Cognac«, erwiderte d'Aventura. Er legte seine Stirn in Falten und blickte in Gedanken versunken hinüber zum Fenster, in dessen schweren Gardinen die Sonne spielte.

Dem Generalstaatsanwalt war nicht entgangen, dass sein Gegenüber noch immer an seinen Worten und Erklärungen zweifelte. »Darf ich fragen, was Sie gerade bewegt?«

D'Aventura antwortete: »Geld ist eine despotische Macht und gleichzeitig ein Wert, dem jeder nachjagt. Geld ist ein Gleichmacher, und darin liegt das Wesen der Macht. Geld macht alle Ungleichheiten gleich, und auf der anderen Seite rechtfertigen die Menschen mit dem Besitz alle Ungerechtigkeiten.«

»Sie haben eine philosophische Ader, Comandante!« Santapola lächelte. »Sie haben recht, Geld korrumpiert, und dennoch gibt es Ausnahmen, wie wir an der Haltung dieses Cardone haben feststellen dürfen. Aber lassen Sie uns nun darüber sprechen, was wir als Nächstes tun werden …«

Glücklicher Irrtum

Erschrocken wirbelte Cardone herum und blickte in Rosannas lächelndes Gesicht.
»Wie ich sehe, hast du Besuch, Roberto«, sagte sie mit zuckersüßer Stimme und betrachtete interessiert die beiden Männer. »Ihr seid Ruffo und Gallerte. Stimmt's?«, fragte sie gutgelaunt in Richtung der Sizilianer. »Hattet ihr einen guten Flug?«
Ruffos Hand, die wie im Reflex unter das Jackett gefahren war, blieb dort. Er sprang auf, pfiff anerkennend durch die Zähne und zeigte das schmierige Lächeln eines von sich überzeugten Papagallos. *»Madonna, che razza di bellezza!«*
»Pass auf deinen Blutdruck auf, Ruffo!«, erwiderte Rosanna eisig. »Typen wie du machen mich nervös.«
Offenbar hatte Ruffo Rosannas Worte völlig missverstanden. Er strich sich eitel mit beiden Händen die Haare zurecht und betrachtete sie abschätzend. Sie freilich schien seinen glühenden Blick nicht zu bemerken. Sie strafte ihn mit herausfordernder Nichtachtung, und ihr Interesse galt demonstrativ Cardones Aktenkoffer, den er krampfhaft an seinen Bauch presste. Trotz seiner aussichtslosen Lage konnte dieser nicht umhin, ihr phänomenales Mienenspiel zu bewundern. Nichts deutete darauf hin, dass sie abgelenkt sein oder die Kontrolle über die Situation verlieren könnte. Im Gegenteil, alles an ihr signalisierte Überlegenheit und Souveränität.
»Wie ich sehe, hast du in der Stadt alles erledigt und gefunden, was du gesucht hast!«, wandte sie sich an Cardone und sah ihn aus ihren schönen Mandelaugen an, als wolle sie ihn jeden Augenblick umarmen.
Was für eine Schlange!, dachte er und bedachte sie mit einem verachtungsvollen Blick. »Du bist so etwas von ...«, stotterte er und verstummte, als er sich ihrer eiskalten Ruhe bewusst

wurde. Die plötzliche Erkenntnis, dass er diese Suite nicht mehr lebend verlassen würde, ließ sein Hirn im Zeitraffer arbeiten.

»Was bin ich?«, fragte Rosanna mit amüsiertem Unterton. »Sprich dich aus! Gemein? Böse? Hinterhältig?« Sie hielt ihren Kopf schräg und schenkte ihm ein bezauberndes Lächeln. »Gib mir die Unterlagen!«, sagte sie mit Nachdruck und streckte die Hand aus.

Cardone wich mit einem Ausdruck des Abscheus zurück. Inzwischen näherte sich Ruffo ganz allmählich Rosanna, doch sie bemerkte es sofort und gab ihm ein unmissverständliches Zeichen, stehen zu bleiben.

»Wie ich gehört habe, hat dir der Kerl Don Grassos Geld bereits übergeben …«, sagte Ruffo wie beiläufig, und seine Augen verfolgten gespannt ihre Reaktion.

Doch ihre Miene verriet keine Regung. »Ihr zwei setzt euch ganz entspannt in die Sessel!«, befahl sie den beiden Sizilianern. »Sofort!«

»Bist du verrückt geworden?«, entgegnete Ruffo scharf. »Du redest mit mir in einem Ton …«

»Halt die Klappe!«, zischte sie ihn an und warf Cardone einen schrägen Blick zu. »Gib mir die Papiere!«, wiederholte sie, und ihre Stimme klang kalt wie aus der Tiefkühltruhe.

Gedankenblitze durchzuckten Cardones Kopf, die gleichen Überlegungen, die er angesichts des Millionenerbes in Ghallagers Büro angestellt hatte. Seine Ahnungen, die er schon vor einigen Stunden gehabt hatte, waren jetzt zur tödlichen Gewissheit geworden. Mit kaum zu überbietender Einfalt war er in eine Falle getappt, aus der es kein Entrinnen mehr geben würde.

Auch wenn er das Zusammenspiel der drei Mafiosi nicht durchschaute, fragte er sich, weshalb Rosanna nicht darauf reagierte, dass er behauptet hatte, ihr das Geld übergeben zu haben.

Die beiden Sizilianer mussten glauben, dass er die Wahrheit gesagt hatte. Mit angehaltenem Atem beobachtete er die Blicke, mit denen die drei sich gegenseitig bedachten.
Plötzlich stand Rosanna neben ihm. »Du redest dich um Kopf und Kragen«, raunte sie ihm zu. »Halte dich um Himmels willen zurück!«
»Und die beiden«, er zeigte auf Ruffo und Gallerte in ihren Sesseln, »sie werden dir nicht abnehmen, dass du mit dem Geld nicht verschwinden wolltest. Wenn du mich fragst, finde ich es besser, dass sich diese beiden Typen erst mal mit dir beschäftigen ...«
Zeit! Er brauchte Zeit! Der Gedanke hämmerte in seinem Hirn, während er das mörderische Lächeln in Gallertes Gesicht registrierte. Er konnte von dessen Visage ablesen, was der Sizilianer dachte, und er hoffte, dass sich die drei gegenseitig zerfleischten.
»Die Papiere!«, wiederholte Rosanna ruhig. »Um unsere Besucher mach dir mal keine Gedanken!«
»Die Papiere gehen dich nichts an«, brach es aus ihm heraus. »Sie sind alles, was ich von meinem Bruder habe. Aber wie wäre es, wenn du mir verraten würdest, wer du wirklich bist? Ich habe keine Lust mehr, mich verarschen zu lassen. Lorano, Perlaquale ... Welche Namen hast du noch?«
Rosanna lächelte aufreizend, während die zwei Sizilianer die Szene grinsend verfolgten. »Rosanna ist Don Grassos Geliebte, du Idiot!«, grölte Gallerte hämisch.
»Aber sie liebt niemanden!«, brüllte Cardone. »Das Einzige, was sie liebt, ist Geld und Luxus!«
Ruffo kniff die Augen gefährlich zusammen. »Was machen wir mit den zweien?«, brummte er und blickte Gallerte fragend an. »Sollen wir sie gleich hier ersäufen?«
»Gute Idee, ersäuft mich!«, erwiderte Cardone und wunderte sich sowohl über seinen dummen Wutanfall als auch über seine plötzliche Kaltblütigkeit. »Wie teilt ihr das untereinander

auf? Darf jeder mal erschießen, erschlagen und ein wenig ertränken …?«
Rosanna schien für eine Sekunde über seine Wesensveränderung verblüfft zu sein, hatte sich aber sofort wieder in der Gewalt. »Du bist naiver, als ich gedacht habe.«
Er wollte ihren warnenden Blick nicht mehr wahrnehmen. Er wollte überhaupt nichts mehr. Er wollte weg.
»Nicht ganz so naiv, wie du denkst«, schnauzte er sie an. »Leider ist kein Mensch gegen Betrug gefeit, vor allem dann, wenn dieser von einer begnadeten Schauspielerin perfekt inszeniert wird.«
Er warf einen Blick auf die Sizilianer. Obwohl er kaum noch imstande war, seine Verzweiflung und seine Angst zu unterdrücken, fuhr er mit seinen Vorwürfen fort: »Eine wie du bringt es sicher auch fertig, die zwei debilen Typen dort im Sessel einzulullen! Ihre Gesichter strotzen doch nur so vor Einfalt!«
»Spar dir die Worte!«, entgegnete Rosanna kalt. »Du solltest bei deinen Spaziergängen darauf achten, wer hinter dir her ist!« Sie lehnte sich gelassen an den Türrahmen, während ihre rechte Hand wie zufällig in ihrer Umhängetasche verschwand. »Die zwei *ragazzi* haben dich seit heute Morgen keine Sekunde mehr aus den Augen gelassen.« Sie lächelte, und in ihren Augen stand plötzlich ein gefährliches Glitzern. »Es hat keinen Sinn, sie zu verunsichern. Sie wissen genau, dass du auf der Bank warst und dass du mich nicht getroffen hast. Also lass diesen Schwachsinn, und versuche Ruffo und Gallerte nicht einzureden, ich hätte das Geld. So, und nun gib mir die Unterlagen! Ich bitte dich nicht ein weiteres Mal!«
»Ihr habt mich also beobachtet!«, erwiderte Cardone bitter und warf Rosanna den Koffer vor die Füße. »Das hätte ich mir denken können, nachdem ich weiß, was für eine feine Dame du bist. Aber ob es drei sind, die mich beschatten oder ob es nur du bist, spielt im Ergebnis ohnehin keine Rolle. Fragt

sich jetzt nur noch, wie ihr meine Leiche aus dem Hotel bringen wollt. Das wird nicht einfach.«
Sie verzog anerkennend die Mundwinkel.
Ruffo, der gelackte Sizilianer, schnalzte belustigt mit der Zunge. »Mach dir darüber keine Gedanken, *stronzo!* Wir haben verdammt viel Übung in solchen Dingen. Wenn es sein muss, schaffen wir dich portionsweise aus diesem Laden.«
Rosanna stieß mit einem kräftigen Fußtritt den Koffer in Gallertes Richtung. »Schau nach, ob die Unterlagen drin sind!«
Die beiden Sizilianer sahen sich fassungslos an.
»Tu, was ich dir sage!«, zischte Rosanna. »Oder hast du noch nie im Leben von einer Frau Befehle bekommen?«
Ruffos Augen zogen sich zu schmalen Schlitzen zusammen, und seine Hand schnellte unters Jackett. Da blickte er in die Mündung einer Pistole. Der hässliche, drohende Lauf des Schalldämpfers zielte direkt auf seinen Schädel.
Noch ehe sich die Sizilianer bewusst werden konnten, was geschah, erschallten zwei leise »Plopps«, kaum lauter als wenn man einen Korken aus der Weinflasche zieht. Leblos sackten die beiden in sich zusammen. Dünne Rinnsale schwarzroten Blutes traten aus den kleinen Einschusswunden zwischen ihren Augen.
Rosanna betrachtete für einige Sekunden die beiden regungslosen Körper, steckte die Magnum zurück und strich ihre Jacke glatt. Ihr Blick wanderte zurück zu Cardone, der mit kalkweißem Gesicht und bebenden Lippen die beiden toten Männer anstarrte. Ruffo hatte noch immer sein hämisches Lächeln im Gesicht, und Gallerte war auf die Seite gekippt, seine Hände hingen schlaff über die Sessellehne.
»Was hast du getan?«, schrie Cardone wie von Sinnen. Seine Gesichtsmuskeln zuckten und sein Blick war wie irr. »Du hast sie erschossen!«, keuchte er. »Sie sind … Du hast … Du hast sie einfach umgebracht …!« Sein unkontrolliertes Lachen nahm hysterische Züge an.

Mit zwei schnellen Schritten war Rosanna bei ihm und gab ihm eine schallende Ohrfeige. Cardone blieb der Ton im Halse stecken, und er schaute sie an, als sei sie von einem anderen Stern. »Bin ich jetzt dran? Ja? Hol sie doch wieder aus deiner Tasche … deine Pistole!«
»Halte endlich deine Klappe, Roberto!«
»Wo bin ich nur hineingeraten! *Dio mio!*« Sein Atem flog. »Ich bin von Verrückten umgeben. Mir wird schlecht.«
»Reiß dich zusammen!«, brüllte ihn Rosanna brutal an. »Ich habe dir das Leben gerettet, ist dir das klar?«
»Mir? Bist du ganz und gar verrückt? Mir?« Wieder begann er hysterisch zu lachen, hielt aber sofort inne, als er Rosannas Gesichtsausdruck sah.
Auf eine seltsame Art wirkte sie plötzlich nur noch verärgert und nicht mehr bedrohlich. Für einen kurzen Moment schien es ihm, als könne er eine tiefe Genugtuung in ihrer Miene erkennen. Aber konnte man dieser Frau überhaupt eine ehrliche Emotion ansehen? »Du hast eben zwei Leute erschossen! Einfach so …!«
»Sonst wären wir beide tot. Einfach so …« Sie schnippte mit den Fingern. »Du warst ziemlich überzeugend mit deiner Behauptung, ich hätte Don Grassos Geld genommen. Insofern hast du meinen Plan ein wenig durcheinandergebracht.«
»Ach ja?«, brüllte er wutschäumend. »Ich bin schuld, dass du die zwei da umgebracht hast?«
»Höre auf, hier herumzutoben! Du machst die ganze Hotelanlage rebellisch. Das ist das, was wir jetzt am wenigsten brauchen können.«
Cardones Augen glitzerten vor Angriffslust und ohne dass es ihm bewusst war, hatte sich seine Angst verflüchtigt. »Du würdest eine gute Romanfigur abgeben. Schöngeistige Killerin gabelt dümmlichen und nicht ganz unvermögenden Schriftsteller auf, der von seinem Geldsegen noch nichts ahnt. Sie lässt ihn glauben, dass er eine phantastische Eroberung ge-

macht hat, fliegt mit ihm in die Karibik, wo er sich bei passender Gelegenheit von ihr umbringen lässt. Doch vorher erschießt sie ihre Kumpane, weil sie nicht teilen will. Ist es nicht so? Warum lebe ich eigentlich noch …?«

Rosanna lachte ihr unbeschwertes helles Lachen, das er so geliebt hatte. »Du bist ein liebenswerter Spinner!« Sie schüttelte belustigt ihren Kopf. Eine Strähne flog ihr dabei ins Gesicht, die sie auf ihre typische Art aus der Stirn strich. »Wenn die Situation nicht so verdammt ernst wäre, würde ich dich glatt umarmen.«

»Du mich? Untersteh dich, mich anzufassen!« Er trat einen Schritt zurück. »Ich kapier nicht, wie du es fertigbringst, die Lockere, die Unbeschwerte zu spielen.«

Sie blickte ihm prüfend in die Augen. »Gib mir endlich die Papiere!« Ihre Miene war unvermittelt ernst geworden und ihr Blick erbarmungslos. »Ich bitte dich nicht noch einmal.«

Mit unvermittelter Heftigkeit stellte er den Aktenkoffer vor ihre Füße. »Dein Liebhaber, dieser Romano Grasso, wird sehnsüchtig darauf warten, nicht wahr? Hat es dich große Überwindung gekostet, mich die ganze verdammte Zeit zu ertragen?«

Rosanna achtete nicht auf seine Worte. Ohne ihn nur eine Sekunde aus den Augen zu lassen, öffnete sie den Koffer, nahm das Bündel Papiere heraus und blätterte flüchtig in den Seiten. »Das sind Kopien«, stellte sie fest. »Wo ist das Original?«

Cardone lachte auf, ein Lachen, aus dem seine Wut deutlich herauszuhören war. Während er sich bemühte, die Situation einzuschätzen, suchte er hektisch nach einem Ausweg. Gleichzeitig machte ihn die Erkenntnis rasend, sich wie ein verliebter Gockel verhalten zu haben. Rosanna würde ihn genauso umbringen wie die beiden Männer, die regungslos in den Sesseln lagen. Nein, sie hatte keine Skrupel, sie würde es tun … Er musste Zeit gewinnen. »Ich frage mich, weshalb du dich nicht für mein Geld interessierst?«

»Tss!« Rosannas Gesicht spiegelte Mitleid. »Wie viel ist es denn?«, fragte sie voller Ironie. »Dreihundert? Oder sind es vielleicht vierhundert Millionen?«

Er zwang sich ein krampfhaftes Lächeln ab. »Warum fragst du, wenn du es weißt?«

»Nur so«, fuhr sie fort. »Mach damit, was du willst! Ich bin lediglich an den Originalaufzeichnungen deines Bruders interessiert. Also, wo sind sie?«

Nun war es an ihm, überrascht zu sein. Weshalb interessierten sie die Millionen nicht? Er versuchte, sich wieder zu fangen. »Das Original ist eine Kladde, und sie ist unterwegs nach Rom zu Generalstaatsanwalt Dottore Santapola. Mit einem ausführlichen Begleitschreiben.«

Rosanna schien beeindruckt zu sein.

»Blöd, nicht wahr? Mich umzubringen lohnt sich nicht mehr. Und das Geld, wem immer es auch gehört, habe ich an die Kasse des Justizministeriums in Rom überwiesen. Dein Freund Grasso kann es dort abholen, wenn er will.«

»Ist das wahr?«

»Im Gegensatz zu dir lüge ich nicht. Sicherheitshalber habe ich meinem Freund Carlo eine Mail geschickt. Er ist über alle Vorgänge bestens informiert. Du kannst es drehen und wenden wie du willst, man wird dich finden. Mit oder ohne Geld.«

»Du lügst mich wirklich nicht an?«, fragte Rosanna völlig konsterniert.

»Weshalb sollte ich? Lügen ist deine Disziplin! Lügen, betrügen, morden …« Er fasste sich an den Kopf. »Wenn ich mir vorstelle, dass ich mich in eine Mörderin verliebt habe! Ich muss von allen guten Geistern verlassen gewesen sein.«

»Pack deine Sachen, wir müssen von hier verschwinden!«

Cardone starrte sie an, als sei sie eine Erscheinung. »Mit dir zusammen setze ich keinen Fuß vor die Tür. Wenn du mich erschießen willst, dann erledige es hier! Oder wäre dir ein

romantischer Ort lieber? Vielleicht am Strand unter einer Palme. Das würde sich sicher gut machen!«
»Lass deinen Sarkasmus!«, unterbrach sie seinen Redeschwall. »Dafür haben wir absolut keine Zeit. Ich arbeite für die italienische Regierung. Dein Leben wäre keinen Cent wert gewesen, wenn ich nicht andauernd auf dich aufgepasst hätte. Du hast keinen blassen Schimmer, mit wem du es hier zu tun hast! Seit mehr als vier Jahren bin ich hinter dem gefährlichsten und korruptesten Paten Italiens her. Dein Pech war, dass du einen Bruder hattest, der dich, ohne es vermutlich zu wollen, in den Sumpf mit hineingezogen hat.«
Cardone tippte mit dem Finger ungläubig an die Stirn. »Spiel dich nicht auch noch als Märchentante auf! Mir ist sehr wohl bewusst, wer du bist, und das reicht mir.«
Rosanna griff in die Umhängetasche und zog ein schwarzes Etui heraus. Sie hielt es Cardone unter die Nase. »Sieh selbst!«
Zögernd nahm er die lederne Hülle, klappte sie auf und blickte auf einen Dienstausweis: »Servizio per le Informazioni e la Sicurezza Democrazia Italiana. Rosanna Lorano«
»Der kann auch gefälscht sein«, erwiderte er knapp und gab ihn zurück.
»Hast du einen Beleg als Beweis, dass du das Geld nach Rom überwiesen hast?«
Er griff in seine Jackentasche und reichte ihr wortlos die Kopie des Überweisungsauftrages und die Quittung der Post über die eingeschriebenen Sendungen.
Rosanna warf einen Blick auf die Papiere und sah ihn bewundernd an. »Alle Achtung! Nicht viele an deiner Stelle hätten auf ein Millionenvermögen verzichtet. Und die allerwenigsten hätten so schnell wie du reagiert. Bist du ehrlich oder nur clever ...?«
»Als ob es darauf ankäme, wie ich reagiere! Mich plagt die Frage, ob du einem Alptraum entsprungen oder nur eine Ein-

bildung bist. Wer oder was bin ich für dich die ganze Zeit gewesen?«

»Das erkläre ich dir später. Aber eines kann ich dir jetzt schon sagen, Roberto: Ich bin verdammt beeindruckt von deinem Mut und deiner Moral.«

Rosanna hatte sich über die beiden toten Sizilianer gebeugt, untersuchte deren Taschen und legte den Inhalt auf den Tisch. Ausweise, Geld, ein paar Zettel und Notizen, mehr hatten die beiden nicht dabei. Die Pistolen der beiden ließ sie, wo sie waren. Sie holte ihr Handy aus der Tasche und wählte eine Nummer, während Cardone sie mit ungläubigem Blick beobachtete. Plötzlich wandte er sich ab und ging durch die Verbindungstür ins andere Zimmer.

Rosanna folgte ihm.

»Du glaubst mir nicht«, sagte sie emotionslos. »Kann ich verstehen. Leider habe ich keine Zeit für lange Erklärungen, aber so viel: Zu deinem und zu meinem Schutz war es nötig, dass du über meine Rolle nicht Bescheid wusstest.« Sie hob die Hand, offenkundig meldete sich ihr Teilnehmer am Apparat.

»*Salve*, Signore Pallardo«, sagte sie. »Ich bin nicht allein. Signore Roberto Cardone steht neben mir. Ich stelle auf Lautsprecher.«

»*Buongiorno*, Signora Lorano. Darf ich aus dem Anruf schließen, dass Sie die Operation Rizzolo erfolgreich abgeschlossen haben?«

»Ja, Oberst! Roberto ist gesund und munter.« Ihre lachenden Augen blitzten Roberto von der Seite an. »Es war nicht einfach, ihn unbeschadet aus der Sache herauszuhalten.«

»Richten Sie ihm meine Grüße aus! Übrigens, der Generalstaatsanwalt hat mich soeben informiert, dass die Aufzeichnungen des Avvocato Cardone unterwegs nach Rom seien.« Pallardo machte eine kleine Pause und fuhr mit akzentuierter Stimme fort: »Er hat mich auch darüber in Kenntnis gesetzt, dass dreihundertzweiundachtzig Millionen Dollar von Antigua an die Justizkasse in Rom überwiesen wurden. Das Bestätigungsfax aus Antigua ist vor dreißig Minuten eingetroffen. Was ist Ihr Wissensstand in der Geldangelegenheit?«

»Ich habe den Beleg gesehen«, bestätigte Rosanna. »Signore Cardone hat im Übrigen Kopien der Unterlagen seines Bruders angefertigt. Auf den ersten Blick hin dürfte die Dokumentation ausreichen, um die geplante Aktion in Palermo und Rom durchzuführen.«

»Gratulation! Wann können Sie hier sein?«

»Sprechen Sie über eine sichere Leitung?«, fragte Rosanna.

»Ja!«

»Okay. Ich muss mich mit unserem Freund Grasso absprechen. Alles hängt davon ab, dass er nichts von alledem ahnt. Ich melde mich wieder bei Ihnen.«

»Übermitteln Sie bitte Signore Cardone meinen verbindlichsten Dank!«

Rosanna lächelte zufrieden. »*Un momento*, bevor Sie auflegen«, fügte sie hinzu. »Ich habe Ruffo und Gallerte liquidiert. Sie befinden sich im ›Coco Bay Beach Ressort‹ Hotel, Suite siebenundzwanzig/achtundzwanzig. Sorgen Sie dafür, dass ich keine Schwierigkeiten bekomme!«

»Ich werde sofort alles Notwendige in die Wege leiten. Sehen Sie zu, dass Sie das Hotel verlassen! Die Suite wird von unseren Spezialisten gesäubert.«

Rosanna nickte zufrieden. »Ich nehme sofort mit Grasso und seinem Piloten Verbindung auf und fliege in den nächsten Stunden mit Grassos Maschine nach Palermo. Keine vorzeitigen Festnahmen! Tun Sie nichts, was ihn oder irgendeinen der Beteiligten warnen könnte!«

»Das versteht sich von selbst«, entgegnete Oberst Pallardo. »Übrigens, ich habe mich mit dem Generalstaatsanwalt abgesprochen: Sie werden gemeinsam mit Comandante d'Aventura die Aktion zu Ende bringen. Informieren Sie mich so bald wie möglich, wann genau Sie in Palermo eintreffen. In der Zwischenzeit gebe ich den Befehl an die Spezialeinheit, damit alle notwendigen Vorbereitungen getroffen werden. D'Aventura wird mit Ihnen Verbindung aufnehmen.«

Rosanna warf erneut einen Blick auf Cardone, der sichtlich mitgenommen auf der Bettkante saß und ins Leere stierte. Sie antwortete in den Hörer: »Bis später!«

Unvermittelt veränderte sich ihre Miene. Triumphgefühl war in ihren Augen zu lesen, und Cardone hörte sie sagen: »Endlich habe ich dich, Romano Grasso! Wie lange habe ich auf diesen Tag warten müssen!«

Cardone schien sich allmählich wieder gefasst zu haben. Rosanna ging zu ihm und wollte ihn küssen. Doch er wehrte sie mit einer sanften Handbewegung ab. »Mein Gott, war ich naiv! Du hast mich seit unserer ersten Begegnung instrumentalisiert, nicht wahr? Ich war nicht nur Mittel zum Zweck und Lieferant für belastende Beweise, sondern gleichzeitig auch noch Köder für die Mafia!«

»So darfst du es nicht sehen«, erwiderte Rosanna, und es schien ihm, als könne er einen Anflug von Verlegenheit erkennen. »Es stimmt, wir haben deine Hilfe gebraucht ...«

»Man setzt mir nichts, dir nichts eine schöne Frau auf mich an, beschattet mich rund um die Uhr, verwanzt unsere Wohnung und riskiert seelenruhig, dass mich Mafiakiller abknallen. Wie kannst du das mit deinem Gewissen vereinbaren, frage ich mich?«

»Es tut mir leid, wir hatten keine Wahl. Komm, lass uns in die Lobby gehen.«

»Ja, ich muss hier raus«, antwortete er und schien erleichtert zu sein. Während er aufstand, vermied er den Blick auf Rosanna und die beiden Leichen. Eiligen Schrittes verließ er die Suite. Rosanna folgte ihm mit einigem Abstand und wählte konzentriert auf ihrem Handy eine Nummer. Cardone nahm zwar wahr, dass sie mit Dottore Santapola, dem Generalstaatsanwalt in Rom, sprach, doch im Grunde interessierte ihn das

nicht mehr. Er bemühte sich, die Erinnerung an die Ereignisse im Hotelzimmer von sich wegzuschieben.
Doch die Bilder vom Geschehen in der Suite und von Rosannas kaltblütiger Reaktion ließen sich nicht so einfach ausblenden. Auch wenn er sich in Lebensgefahr befunden hatte – einen Menschen umzubringen blieb für ihn eine Horrorvorstellung, die er auch unter extremen Umständen nur schwer verdauen konnte.
Sein Leben würde in Zukunft anders verlaufen, das wurde ihm mehr und mehr klar. Und wenn er es richtig bedachte, hatte er in den letzten Tagen mehr verloren als gewonnen. Er war verliebt gewesen, und nun kam er sich betrogen vor. Keinesfalls wollte er vor Rosanna den enttäuschten Liebhaber spielen, auch wenn die Welt dies Romantik nennen würde. Irgendetwas war verlorengegangen, für das ihm im Augenblick die Worte fehlten. Eigentlich hätte er allen Grund gehabt, sich über Enricos Fünf-Millionen-Dollar-Erbe und das Anwesen auf Antigua zu freuen. Aber Freude fühlte sich anders an! Ob er für Rosanna wieder Gefühle entwickeln konnte? Immerhin, sie hatte ihm das Leben gerettet!
Cardone hatte die Lobby des Hotels betreten. Badegäste und Ausflügler kamen und gingen, leise Limboklänge waren zu hören, alles ging seinen normalen Gang. Niemand schien bemerkt zu haben, was sich vor Minuten in der Suite siebenundzwanzig/achtundzwanzig zugetragen hatte. Auf eine merkwürdige Weise fühlte er sich plötzlich unendlich erleichtert. Und dennoch, alles Karibische war für ihn verblasst, und er fühlte sich fremd und verlassen. Er dachte an zu Hause, dachte an Carlo und hatte nur noch den Wunsch, nach Bologna zurückzukehren, in die Vicolo Santa Lucia, an seinen Schreibtisch, den er plötzlich fürchterlich vermisste.
Rosanna unterbrach seine Gedanken. Sie hatte sich zu ihm gebeugt und fragte: »Könntest du dir vorstellen, in Israel zu leben und zu schreiben?«

Er schloss entkräftet die Augen. »Ich weiß es nicht«, flüsterte er kaum hörbar. »Im Augenblick bin ich nicht imstande, an irgendetwas zu denken. Ich fühle mich, als hätte ich einen Steinbruch mit den Händen abgetragen.«
Sie beobachtete ihn mit zusammengezogenen Augenbrauen. Offenkundig war sie über seinen Zustand besorgt. Er vermittelte ihr den Eindruck völliger Erschöpfung. »Ich muss einige dringende Telefonate führen«, sagte sie, als wolle sie sich dafür entschuldigen, ihn jetzt allein zu lassen. »Außerdem wird es Zeit, meine Sachen zu packen, in spätestens einer Stunde will ich am Flughafen sein.«
»Zurück nach Bologna?«, fragte er ohne Interesse.
»Ich fliege nach Palermo«, antwortete sie kurz, »und du wirst von Sir Ghallager erwartet. Wir haben das so miteinander verabredet.«
Überrascht blickte Cardone auf. »Ich verstehe nicht …«
»Wenn du mit ihm gesprochen hast, dann wirst du mich besser verstehen. Mir liegt etwas an dir, hast du das noch nicht bemerkt? Mehr als mir lieb ist.«
Er ging auf diese Bemerkung nicht ein und fragte stattdessen: »Seit wann kennt ihr euch? Er hat dich mit keinem Wort erwähnt!«
»Ich kannte ihn nicht, jedenfalls nicht persönlich. Aber ich wusste, was du vorhattest. Seit wir in Antigua sind, habe ich dich keine Sekunde aus den Augen gelassen. Auch der Taxichauffeur, der dich zum ›Admiral's Inn‹ gefahren hat, war einer von unseren Leuten. Ich habe mit Ghallager gesprochen, nachdem du bei ihm warst. Verzeih mir, es geschah nur zu deinem und meinem Schutz.«
»Ich werde nicht schlau aus dir«, murmelte Cardone und strich sich nervös die Haare aus der Stirn. »Irgendwie bist du mir unheimlich. Ich komme mir vor, als sei ich an einem Spiel beteiligt, in dem Gott die Karten mischt, der Teufel abhebt und du die Stiche machst. Ein beschissenes Gefühl ist das!« Er

schaute ihr offen in die Augen. »Nachdem du seit neustem für mich denkst, Termine arrangierst, ganz nebenbei mein Leben rettest und Verantwortung für mich übernimmst, würde ich gerne erfahren, wie die Befehle für die Zeit bis zu meiner Abreise lauten.«

»Wo deine Realität aufhört, beginnt offensichtlich deine Ironie. Du kannst tun, was du willst.« Rosanna warf ihm einen traurigen Blick zu. »Das Leben nimmt keine Rücksicht auf Gefühle. Das musste ich lernen. Können wir uns wenigstens in zwei Punkten einigen?«

Überrascht zog Cardone seine linke Augenbraue hoch und blickte auf.

»Du bist der bessere Schriftsteller. Ich bin die bessere Agentin. Da wir uns im Augenblick nicht in einem literarischen Diskurs, sondern in einem kriminellen Sumpf befinden, solltest du dich überwinden und meinem Rat folgen. Lässt das dein männliches Ego zu?«

Er überlegte kurz und nickte kaum merklich. »Du hast recht. Aber ich bleibe keine weitere Minute in diesem Hotel!« Entschlossen stand er auf, fuhr sich nervös durch sein wildes Haar, ging ein paar Schritte und blieb unvermittelt stehen. »Ich suche mir in der Stadt ein anderes Hotel.«

»Das ist nicht nötig. Ich habe dir bereits gesagt: Wende dich an Ghallager! Leider drängt die Zeit für mich, ich darf keine Minute verlieren. Wir müssen uns jetzt verabschieden.«

»Ja, das müssen wir wohl«, erwiderte er und reichte ihr zögernd die Hand.

»Sei nicht so förmlich!« Sie zog ihn an sich und umarmte ihn. »Ich muss zum Flughafen«, flüsterte sie. »Wenn alles vorbei ist, möchte ich, dass wir uns wiedersehen. Es gibt so viel zu erklären, Roberto, und ich hoffe inständig, dass du mir die Gelegenheit dazu gibst.« Sie löste sich von ihm, trat einen Schritt zurück und sah ihm fest in die Augen. »Sag schon! Werden wir uns wiedersehen?«

»Ja«, erwiderte Cardone ohne zu zögern. »Es fragt sich nur, wann und wo das sein wird.«
»In wenigen Tagen, nehme ich an. Sobald mein Auftrag erledigt ist, rufe ich dich an. Wo immer du auch sein wirst, spielt keine Rolle.«
»In Ordnung.«
Er wandte sich um und ging, ohne sich noch einmal umzublicken, in Richtung der Suite.

Halfmoon Bay

Sein Taxi stoppte in der Cross Street 32, direkt vor Sir Ghallagers Bank. Cardone gab dem Fahrer ein großzügiges Trinkgeld, zerrte sein Gepäck, das er neben sich auf der Rückbank abgestellt hatte, aus dem Fahrzeug und stellte es auf dem Gehweg ab. Er musterte die nichtssagende Fassade des Gebäudes.

»Ich bin gespannt, was er mir zu sagen hat, dieser englische Sir«, murmelte er und betrat das Bankhaus.

Kaum hatte er das Foyer erreicht, nahm ihn auch schon Ghallagers Sekretärin in Empfang und eskortierte ihn zu dessen Büro. Ohne zu klopfen trat sie ein. »Mister Cardone!«, rief sie mit lachender Stimme. »Er möchte zu Ihnen.«

»Herein mit ihm«, kam es ebenso gutgelaunt zurück. Sir Edwin Ghallager thronte hinter seinem Schreibtisch und zeigte ehrliche Freude über Cardones Besuch. »Schön, Sie wiederzusehen!«, rief er und stemmte sich aus dem Sessel. »Wie man hört, haben sich die Dinge überstürzt«, sagte er, wobei seine Miene ernst wurde. »Man stellt Ihnen wegen Ihres Erbes nach, habe ich erfahren. So etwas war zu befürchten.«

»Signorina Lorano hat mir gesagt, dass sie bei Ihnen war«, entgegnete Cardone und stellte sein Reisegepäck neben sich auf den schön gezeichneten Seidenteppich.

Ghallager machte eine zustimmende Handbewegung und wies auf einen Sessel am Besprechungstisch. »Setzen wir uns! Sie nehmen sicher einen Cappuccino, wie ich Sie kenne. Elsa wird uns einen bringen.«

Cardone nickte dankbar.

Der Banker gab seiner Sekretärin, die an der Tür gewartet hatte, einen Wink und setzte sich zu ihm. »Sie können sich mein Erstaunen vorstellen, kaum hatten Sie mein Büro verlassen, als eine Miss Lorano bei mir auftauchte und sich als Beamtin der italienischen Regierung auswies. Im ersten Augenblick wollte ich sie wieder hinauskomplimentieren.« Er unterbrach seine Ausführungen für wenige Sekunden und schmunzelte bei dem Gedanken an den überraschenden Besuch. Während er die Beine übereinanderschlug und die Bügelfalte seiner Hose zurechtzog, fuhr er fort. »Miss Lorano hat mich grob ins Bild gesetzt, welchen Risiken Sie ausgesetzt seien und dass sie Ihnen sehr nahestehe ...« Über Ghallagers Gesicht huschte ein feines Lächeln.

»Das hat sie gesagt?« Cardones Überraschung schien Ghallager noch mehr zu amüsieren.

»Sehen Sie mir meine Vertraulichkeit nach, wenn ich mich des Eindrucks nicht erwehren kann, dass die junge Dame in Sie verliebt ist.«

»Vielleicht ist sie nur eine gute Schauspielerin«, antwortete Cardone mehr zu sich selbst, während Elsa hereinkam und das Tablett mit den zwei Tassen auf dem Couchtisch abstellte.

Sir Ghallager warf seinem Besucher einen skeptischen Blick zu. »Kompliment! Sie haben die attraktivste Aufpasserin, die sich ein Mann wünschen kann. Glauben Sie einem erfahrenen Mann! Miss Lorano liebt Sie. Sie sind ein ausgesprochener Glückspilz, was Ihre ganz reizende Begleiterin angeht, wenn ich einmal von Ihrem Fünf-Millionen-Vermögen absehe! Die junge Dame hat mich inständig gebeten, ein Auge auf Sie zu haben.«

»Ich brauche niemanden, der mich am Händchen nimmt«, erwiderte Cardone brüsk.

»So war das auch nicht gemeint, mein Lieber!«, erwiderte der Gentleman in vermittelndem Ton. »Ich wollte Ihnen meine Hilfe anbieten. Wenn ich Ihr Gepäck richtig deute ...« Sein Blick lag auf der prall gefüllten Reisetasche und dem Handkoffer. »... dann brauchen Sie entweder eine neue Unterkunft oder Geld, weil Sie abreisen wollen. Ich vermute Ersteres.«

»Stimmt«, erwiderte Cardone und nahm einen Schluck aus der Tasse.

»Dann schlage ich vor, wir fahren gemeinsam hinaus zu dem Anwesen Ihres Bruders. Ich habe übrigens alle notwendigen Papiere vorbereitet, damit das Haus in Ihr Eigentum übergehen kann.« Ghallager leerte seine Tasse und stand auf. »Wollen wir?«

Wenige Minuten später saß Cardone in Ghallagers 59er Jaguar Mark II., und die beiden fuhren wie britische Landlords über die All Saints Road in Richtung Half Moon Bay. Wieder ließ sich Cardone von der wildwuchernden Pflanzenwelt, den bewaldeten Hügeln und der Blütenvielfalt gefangen nehmen. Nach knapp dreißig Minuten näherten sie sich über Betty's Hope und Newfield der grandiosen Bucht. Schon von weitem konnte Cardone die schneeweißen Superjachten sehen, die in dem azurblauen Oval vor Anker lagen.

Während Ghallager munter über die Bewohner, die Touristenattraktionen und die Geschichte von Antigua plauderte, blieb Cardone in sich versunken und ließ die Worte an sich vorbeiplätschern. Erst als sein englischer Chauffeur auf einer Anhöhe in einen sandigen Weg einbog, erwachte wieder seine Aufmerksamkeit.

Eingebettet in einer sanft verlaufenden Senke tauchte vor seinen Augen eine weiße Villa auf, an deren linker Seite pinkfarbene Bougainvilleen bis zur Dachtraufe rankten. Ein parkähnlicher Garten mit gepflegtem Rasen und altem Baumbestand umgab das Anwesen. Direkt hinter dem Grundstück blitzte die Wasserlinie auf. Ghallager ließ seinen Jaguar sanft vor die Tore der beiden Doppelgaragen rollen.

»Du liebe Güte!«, entfuhr es Cardone. »Nicht einmal das kitschigste Klischee könnte diesen Ort übertreffen!«

Ghallager griff in die Hosentasche und überreichte Cardone einen Hausschlüssel. »Das ist Ihrer. Entdecken Sie das Haus!

Wohnen Sie einfach die Tage bis zur Abreise hier, oder bleiben Sie ganz. Es ist alles vorhanden, was Sie benötigen. Enricos Wagen steht in einer der Garagen, und meines Wissens steckt der Schlüssel.«

Mit einer Entschlossenheit, die ihn selbst überrascht, ging Cardone zur Eingangstür und öffnete sie. Er durchschritt lichtdurchflutete Räume mit edler Ausstattung. Sosehr er sich auch bemühte, er konnte weder den Geist noch die Handschrift seines Bruders hier entdecken. Es war, als betrete er ein neues, ein ganz anderes Leben, das Enrico hier gelebt hatte.

Er warf einen Blick ins Arbeitszimmer, das sich zur Terrasse hin erstreckte. Er öffnete die Schiebetür und ging hinaus. Überwältigt sah er hinunter zur Bucht und murmelte: »Das wäre der ideale Ort, um ein Buch zu schreiben. Ich wüsste sogar schon, wie ich das erste Kapitel nennen würde: ›Flirt in Bologna‹.«

Die Falle

D'Aventura und sein Assistent Commissario Venaro warteten im Flughafentower von Palermo inmitten Dutzender Fluglotsen ungeduldig auf die Ankunft des Learjets aus Antigua. Don Grassos Maschine. Jeden Augenblick musste der Pilot seinen Landeanflug melden. Mit zusammengekniffenen Augen starrte der Comandante in die Richtung, aus der der Jet kommen musste, während Venaro mit gespannter Bewunderung die Arbeit der Fluglotsen verfolgte.
»Arrivando«, meldete der Cheflotse und nahm seinen Kopfhörer ab. »In fünf Minuten landen sie.«
Sofort spannten sich alle Muskeln in d'Aventuras Körper. *»Andiamo!«*, forderte er Venaro auf und verließ mit energischen Schritten den Kontrollraum.
»Jetzt bin ich gespannt auf unsere Superagentin Rosanna Lorano«, wandte er sich grinsend an seinen Assistenten, der noch immer interessiert die sich bewegenden Leuchtpunkte auf den Bildschirmen verfolgte. »Ich kann nur hoffen, sie versteht ihren Job. Schöne Frauen machen mich misstrauisch.«
»Wenn nur annähernd stimmt, was man ihr nachsagt, hast du keine Frau, sondern einen Eisblock vor dir«, erwiderte Venaro. »Mich beunruhigt eher, dass wir nicht wissen, ob Grasso schon losgefahren ist. Haben wir immer noch keine Nachricht von unseren Leuten?«
D'Aventura schnaubte unwillig und schüttelte den Kopf. »Möglicherweise ist er ganz in der Nähe. Ich möchte wetten, er wird sein Täubchen abholen.« Während sie die Treppenstufen hinuntereilten, tippte er mit dem Zeigefinger leicht an sein Ohr. »In der Ankunftshalle und auf dem Flugfeld stehen nahezu dreißig Mann unseres Einsatzkommandos«, raunzte er ungehalten. »Sollte Grasso hier sein, wird es allmählich Zeit, dass

man uns Bescheid gibt. Irgendjemand muss doch etwas gesehen haben! Ich verstehe nicht, dass noch keine Meldung bei mir eingegangen ist.« Er zog den winzigen Empfänger aus seinem Ohr und betrachtete ihn, als könne man ihm eine Störung ansehen.

»Und was ist, wenn Grasso sie von einem seiner Leute vom Flughafen abholen lässt?«

»Dann läuft Plan B.«

»*Merda!* Nur gut, dass den niemand kennt!«, fluchte Venaro.

D'Aventura sah seinen Assistenten scheel von der Seite an. »Das wird nicht geschehen. Wir haben den gesamten Funkverkehr zwischen Lorano und Grasso abgehört. Nichts weist auf irgendeine Änderung hin. Sollte er dennoch durch irgendeinen Umstand Verdacht schöpfen, wird er sicher versuchen, auf die ›Alexandra‹ zu kommen. Unsere Kollegen bei der SISDE haben dafür gesorgt, dass er nicht auslaufen kann, was gar nicht so einfach war. Wir mussten die Kerle vom militärischen Geheimdienst auf Abstand halten. Oberst Pallardo und der Generalstaatsanwalt haben beim Ministerpräsidenten interveniert. Man hat uns die Militärs vom Hals gehalten, damit wir das Schiff ungestört präparieren konnten.«

Venaro lächelte zufrieden, konnte aber die Anspannung, die in seinem Gesicht lag, nicht verbergen.

»Ruf Procuratore Ponti an und gib ihm durch, dass der Startschuss für die Operation Rizzolo gefallen ist.«

Commissario Venaro versuchte in den endlosen Gängen und Treppen der Flughafenanlage mit d'Aventura Schritt zu halten, während er telefonierte. Endlich erreichten die beiden Kriminalbeamten das Erdgeschoss und passierten den Zugang zum Rollfeld, den nur Mitarbeiter und die Polizei benutzen durften.

Grassos dreistrahliger Learjet schwebte von Osten kommend ein und setzte sanft auf. Blaue Wolken von verbranntem Gummi stiegen unter den Reifen des Fahrwerks auf. Die Triebwer-

ke heulten schrill auf, als der Pilot den Umkehrschub betätigte.
»Alle machen sich bereit und bleiben auf ihren Posten!«, befahl D'Aventura ins Mikrofon, das nur als winziger Knopf auf seinem Jackenrevers sichtbar war. »Lasst euch nicht sehen, bis klar ist, ob Grasso hier ist!«
Venaro stieß den Comandante an. »Gerade erhalte ich Meldung von den Posten in der Viale della Libertà und in der Via Veneto. Grasso hat sein Penthouse nicht verlassen. Sein Wagen steht noch in der Tiefgarage. Sie haben alles unter Kontrolle.«
»Sonst noch etwas? Frag besser noch einmal nach! Ich will keine Überraschung erleben. Grasso hat ein Dutzend Leibwächter im Haus.« D'Aventura beobachtete, wie sich der Learjet auf dem Rollfeld der Parkposition für Privatflugzeuge näherte.
Venaro wollte gerade noch einmal Verbindung zum Leiter des Einsatzkommandos aufnehmen, als er eine neue Meldung erhielt. »Lorano hat gerade mit Grasso telefoniert. Sie haben sich im Penthouse verabredet. Er erwartet sie in einer Stunde. Der verliebte Gockel ahnt nicht, was auf ihn zukommt.«
»Sehr gut«, antwortete d'Aventura.
»Hoffentlich hat Grasso keine Leute auf dem Flughafengelände!«
»Für diesen Fall hast du vorgesorgt, will ich annehmen«, entgegnete d'Aventura. »Lass uns noch einmal alle Punkte durchgehen!«
Venaro nickte. »Der Fahrer des Kleinbusses, der Lorano von der Parkposition zum Ankunftsgebäude bringt, ist einer unserer Männer. Sobald sich der Wagen zwischen Zollabfertigung und Gepäckhalle befindet, steigst du zu. Er hält hinter einem abgestellten Lkw, damit die Durchfahrt weder vom Rollfeld noch von den Gebäuden aus eingesehen werden kann. Es ist die einzige Möglichkeit, unbemerkt mit Lorano zu reden und den Einsatz kurz mit ihr abzustimmen. Dafür hast du nicht mehr als drei Minuten Zeit. Lorano wird bei AVIS einen Leihwagen übernehmen, einen Passat Kombi.«

»Habt ihr an die Plane gedacht?«
»Lass mich doch ausreden!«, schimpfte Venaro. »Auf der Ladefläche des Kombis liegen drei Männer der Spezialeinheit. Die Karre ist präpariert, und sie sind mit einer Plane zugedeckt. Auf dem Weg in die Innenstadt haben wir permanente Funkverbindung.«
»Sehr gut!« D'Aventura nickte und klopfte Venaro auf die Schulter, während dieser weiter erläuterte. »Lorano wird in die Tiefgarage des Anwesens fahren. Dort müssen wir mit mehreren Leibwächtern rechnen. Sie wird situativ handeln müssen.«
»Und wie kommen sie da raus, wenn es schnell gehen muss?«, fragte d'Aventura skeptisch.
»Die Heckklappe wird mit einer Fernbedienung geöffnet, die einer der Männer betätigt. Das haben die Jungs hundertmal trainiert. Sie sind in zwei Sekunden schussbereit.«
»Okay«, seufzte d'Aventura. »Dann hilft nur noch beten, dass nichts dazwischenkommt.«
Venaro zuckte mit den Achseln. »Mehr konnten wir nicht tun. Jedenfalls wird sich herausstellen, ob die Lorano tatsächlich Grassos uneingeschränktes Vertrauen genießt und unbehelligt den Wagen einstellen kann. Es ist unabdingbar, dass wir im Anschluss mit unseren Männern über die Garage ins Haus gelangen.«
»Sind Kameras da unten?«
»Das wissen wir nicht«, antwortete Venaro bedrückt.
Die zwei Männer hatten ihre Position zwischen der Gepäckhalle und der Zollabfertigung eingenommen, eine breite Durchfahrt, die zum Seiteneingang der Ankunftshalle führte. Dieser Eingang für bevorzugte Abfertigung wurde ausschließlich von VIPs sowie Passagieren und Piloten der ankommenden Privatflugzeuge benutzt.
»Hoffentlich ist die Dame wirklich so abgezockt und kaltblütig, wie Pallardo die ganze Zeit behauptet.«
»Halte dich bereit, sie kommen!«, flüsterte Venaro und deute-

te auf einen weißen Kleinbus, der sich auf den vorgeschriebenen Fahrwegen mit mäßiger Geschwindigkeit näherte. Der Wagen stoppte direkt neben d'Aventura, und die Beifahrertür wurde aufgerissen.

»Bleiben Sie einen Augenblick stehen!«, befahl der Comandante dem Fahrer, setzte sich neben ihn und wandte sich um. »*Buon giorno,* Signora Lorano! *Piacere!*« Er reichte der jungen Frau auf dem Rücksitz die Hand. »Leider habe ich keine Zeit, meine Bewunderung auszudrücken«, fuhr er ohne Unterbrechung fort und strahlte sie an. »Sind Sie über die Aktion komplett informiert?«

»*Sicuro!*«, antwortete sie knapp. »Oberst Pallardo hat mich umfassend instruiert. Vermutlich wissen Sie bereits, dass mich Grasso in seinem Penthouse erwartet.«

D'Aventura nickte schweigend.

»Ihre Männer sind auf den Posten?«

»Ja, Signora.«

»Signorina ...«, verbesserte sie ihn.

»*Mi scusate!* Es gibt Wichtigeres. Seit vier Tagen halten sich im Haus schräg gegenüber unsere Spezialisten von der elektronischen Überwachung auf. Der große Grasso kann keinen Furz lassen, ohne dass wir ihn riechen.«

Rosanna lächelte gequält. »Wie viele Bodyguards halten sich im Penthouse auf?«

»Das wissen wir nicht genau.«

»Miese Vorbereitung«, erwiderte Rosanna lapidar. »Ich dachte, ich hätte es mit Profis zu tun. Das kann eng werden.«

D'Aventura verzog das Gesicht. »Ich will den Kerl lebend, Signorina!« Er warf ihr einen grimmigen Blick zu. »Haben wir uns verstanden?«

»Ich gebe mein Bestes, Signore! Garantieren kann ich für nichts.« Rosannas Augen glitzerten angriffslustig.

»Ich kenne Ihr Leben in- und auswendig. Sie werden ihre verdammten Rachegelüste im Zaum halten. Ist das klar?« Er griff

in die Hosentasche, zog ein kleines Etui hervor und reichte es nach hinten. »Ein Mikrofon in Miniaturausgabe. Stecken sie es ein! Falls wir getrennt werden oder etwas Unvorhergesehenes geschehen sollte, stehen wir mit Ihnen in Verbindung.« Erneut traf sie d'Aventuras warnender Blick. »Sie wissen, was Sie zu tun haben?«
Sie nickte, und d'Aventura öffnete die Tür. »Ach …, eines noch, Signorina Lorano. Sie wissen genau, was dieser Einsatz für Sie bedeutet?«
Sie sah den Comandante irritiert an.
»Mit Grassos Verhaftung ist ihre Karriere beendet. In Italien werden Sie sich kaum noch frei bewegen können. Als Agentin sind Sie verbrannt. Die israelische Armee würde Sie nicht einmal mehr in der Poststelle einsetzen. Weshalb tun Sie sich das an?«
»Ist das nicht meine Sache?«, fauchte Rosanna zurück.
Sekundenlang sah er ihr in die Augen. »Viel Glück!«, sagte er mit plötzlich weicher Stimme. Er stieg aus, warf die Wagentür zu und verschwand in der Gepäckhalle. Der Fahrer des Kleinbusses beschleunigte das Fahrzeug und nahm Ziel auf den Seiteneingang für VIPs.

Während Rosanna mit einem stahlblauen Leihwagen der Marke VW Passat das Gelände des Flughafens Boccadifalco verließ und zügig in die Via Pandolfini einbog, rasten bereits mehrere Zivilfahrzeuge der Antimafiabehörde in Richtung Innenstadt. In einem von ihnen saß d'Aventura schweigend im Fond und verfolgte mit angehaltenem Atem die halsbrecherische Fahrweise des Chauffeurs.
»Nähern Sie sich dem Objekt über die Via delle Magnolie«, befahl der Comandante und wandte sich an den neben ihm sitzenden Venaro: »Sobald die Lorano in Grassos Anwesen ist, gibst du das Kommando, im Umkreis von fünfhundert Metern sämtliche Straßen abzuriegeln.«

»Die Spezialeinheiten sind in Alarmbereitschaft«, knurrte Commissario Venaro. »Es wird keine Probleme geben.«
Die Reifen kreischten, als der Fahrer in die Autostrada 90 einbog. Auf dem äußersten rechten Fahrstreifen zur Zahlstelle hob sich die Schranke, und ein schmaler Durchlass für Sonderfahrzeuge wurde frei. Die Polizeifahrzeuge würden nur noch wenige Minuten bis zu Grassos Luxusdomizil benötigen.
»Sandro, setz uns Ecke Via Principe di Paternò und Via Veneto ab!«, sagte d'Aventura zum Fahrer. »Wir gehen die letzten hundert Meter zu Fuß.«
Der Chauffeur nickte und verließ die Stadtautobahn.
Venaro hörte angestrengt ins Ohrmikrofon. »Alles ruhig. Keine Besonderheiten«, meldete er. »Bis jetzt läuft die Operation wie geplant«, und an den Beamten am Steuer gewandt meinte er: »Du kannst mit dem Tempo heruntergehen.«
Der Wagen rollte mit gemächlicher Geschwindigkeit durch die verkehrsberuhigte Via delle Magnolie, die links und rechts von dichten, schattenspendenden Alleebäumen gesäumt war. Hinter ihnen versteckten sich ein wenig von der Straße zurückgesetzt eindrucksvolle Fassaden und herrschaftliche Villen.
Der Wagen hielt abrupt. »Wir sind da«, murmelte der Fahrer.
D'Aventura tastete nach seiner Pistole unter der Jacke, zog sie hervor, überprüfte das Magazin und steckte sie zurück ins Schulterhalfter. »Auf in den Kampf!«, raunte er Venaro zu. Sie stiegen aus und schlenderten wie zwei Spaziergänger auf dem Gehweg in Richtung Via Veneto. Menschen waren weit und breit nicht zu sehen. Betäubender Blütenduft lag über den Gärten und breitete sich in der Straße aus. Während sie sich der Kreuzung näherten, fuhren nur vereinzelte Autos an ihnen vorbei. Die Nerven der beiden waren zum Zerreißen gespannt.
»Wir nähern uns dem Zielobjekt«, gab Venaro leise das Kommando ins Mikrofon. »Agentin Lorano muss jeden Augenblick eintreffen. Halten Sie sich bereit!«

Im gleichen Augenblick kam Rosannas stahlblauer Passat an ihnen vorbei und bog in die Einfahrt zur Tiefgarage von Grassos Anwesen ein.

Rosanna stoppte vor dem geschlossenen Rolltor und wählte eine Nummer auf ihrem Handy.

»Bist du schon da, *carissima?*«, meldete sich Grassos volle Baritonstimme.

»Ich stehe vor der Garage«, erwiderte Rosanna in fröhlichem Ton, während sie aus ihrer Handtasche die 357er Eagle Magnum nahm und einen Schalldämpfer aufsetzte. »Lässt du mir aufmachen? Ich will mich endlich wieder an dich kuscheln ...« In Gedanken fügte sie hinzu: ein letztes Mal. Und sie schob die Waffe in die Tasche zurück.

»Pietro macht dir auf«, erwiderte Romano Grasso. »Übergib ihm den Wagen! Er stellt ihn ab. Bis gleich, *mia bellezza!*«

Rosannas Miene spiegelte Zufriedenheit, denn Grassos Stimme zeigte nicht den geringsten Argwohn. Sekunden später fuhr das Metalltor ratternd nach oben. »Habt ihr mitgehört?«, bemerkte Rosanna halblaut und ließ den Passat in den breiten Schlund des fünfstöckigen Hauses rollen. *»Tutto chiaro«*, tönte es dumpf von hinten. »Ab sofort keinen Ton mehr.«

Ein scheinbar schmächtiger Typ trat aus dem Schatten der geparkten Luxusfahrzeuge. Rosanna erkannte Pietro, Grassos gefürchteten Killer, sofort. Nichts ahnend stellte er sich neben ihren Wagen und hielt die Hand nach oben. Sie ließ das Seitenfenster herunterschnurren, schenkte ihm ihr schönstes Lächeln, während er grinsend mehrere Zahnlücken entblößte.

»*Salve*, Signorina!« Er ließ das Rolltor wieder zufahren.

Rosanna ließ die Kupplung los und würgte den Motor ab. »Würden Sie bitte ...?« Sie stieg aus, nahm die Handtasche vom Sitz und hielt Pietro die Tür auf. »Beim Einparken stelle ich mich immer so ungeschickt an.«

»*Naturalmente*, Donna Rosanna.«

In der Manier eines Weltmannes setzte er sich schwungvoll ans

Steuer. »Haben Sie den Schlüssel?«, fragte er überrascht, als er den Wagen wieder starten wollte. Rosanna lächelte ein wenig verlegen. »*Dio mio*, bin ich dumm!« Sie griff in die Tasche. Pietro starrte entsetzt in die todbringende Mündung einer gewaltigen Waffe.

»Wenn du nur mit den Wimpern zuckst, bist du tot!«, sagte sie mit klirrend kalter Stimme.

»Hey, hey, hey ...!«, krächzte Pietro heiser. »Kannst du überhaupt mit so 'ner riesigen Kanone umgehen? Wenn du abdrückst, fliegst du vom Rückschlag durch die Garage.« Seine verschlagene Visage verzog sich zu einem verächtlichen Grinsen.

»Ihr könnt aussteigen!«, rief sie in den Wagen, ohne auf Pietro zu achten.

Die Heckklappe des Passat sprang auf, und die Plane auf der Ladefläche wurde beiseitegeschleudert. Ehe Grassos Leibwächter richtig begriff, was sich gerade hinter ihm ereignete, wurde die Beifahrertür von einer bis auf die Augen vermummten, schwarzen Gestalt aufgerissen. Wieder zielte eine großkalibrige Waffe auf seinen Schädel.

»Raus! Raus mit dir! Schnell, schnell! Beeil dich!«

Sekunden später lag Pietro bäuchlings auf dem Zementboden, entwaffnet und die Hände auf dem Rücken mit einer Kunststofffessel arretiert.

»Sind hier unten Kameras?«, schrie ihm einer der Spezialagenten ins Ohr.

Pietro schüttelte den Kopf. *»No ...«*, röchelte er.

»Wie viele Männer sind im Haus?«, brüllte der Agent den Leibwächter erneut an. »Mach das Maul auf!«

»Weiß nicht ...«

Der Mann stemmte seinen Fuß in Pietros Genick und zog mit grausamer Präzision dessen Arme hoch. »Wie viele?«

Der Leibwächter schrie vor Schmerz auf, schwieg aber beharrlich. Anscheinend hatte er sich vom ersten Schock erholt.

Rosanna hatte die Szene schweigend verfolgt und wandte sich an den Agenten, der inzwischen rittlings auf Pietro saß.
»Es hat keinen Sinn, ihn zu befragen. Ich kenne diese Ratte. Eher lässt er sich umbringen, als noch ein einziges Wort zu sagen.«
»Knebel und Fußfessel«, rief der Agent seinem Kollegen zu, der direkt neben ihm stand und ihn mit einer Schnellfeuerwaffe im Anschlag sicherte.
Rosanna atmete tief durch und trat auf den dritten Mann zu. »Die Zeit drängt. Drüben ist der Lift. Er wird von der Wohnung aus betätigt. Ich fahre jetzt nach oben und schicke ihn sofort wieder nach unten. Haben Sie verstanden?«
»Verstanden!«
»Sie öffnen das Rolltor für die Einsatzkräfte erst, wenn der Aufzug wieder angekommen ist. Und passen Sie auf, es könnten unangenehme Fahrgäste an Bord sein!«
Der Mann nickte stumm, machte auf dem Absatz kehrt und sagte zu seinem Kollegen: »Bereithalten! Ich gebe den Einsatzbefehl an d'Aventura und die Außenkräfte.«
Während Rosanna entschlossen zum Lift ging und die Ruftaste neben der Tür betätigte, schickte sie ein Stoßgebet zum Himmel. Hoffentlich will er jetzt nichts von Pietro, dachte sie.
Geräuschlos öffnete sich der silberfarbene Einstieg, und sie betrat die Kabine. Für einen winzigen Augenblick befürchtete sie, dass ihre Nerven nicht mitmachen könnten. Sie fühlte das Pochen des Blutes in den Schläfen und meinte, ihren Herzschlag zu hören. Endlich war die Stunde gekommen! Dieser bohrende Hass, den sie die ganzen Jahre mit sich herumgetragen hatte und der sie fast zerfressen hätte, flammte in einer Heftigkeit auf, dass sie sich nur mühsam beruhigen konnte. Blitzschnell lud sie ihre Waffe durch und ließ das Monstrum in ihre geräumige Lederhandtasche zurückgleiten. Tausendmal hatte sie davon geträumt, Grasso eine Kugel durch den Kopf

zu jagen. Der Gedanke, dass er nicht wissen würde, weshalb er sterben musste, hatte sie geduldig werden lassen.
Der Lift fuhr surrend nach oben, als ihr eine These von Nicolò Machiavelli durch den Kopf schoss: Wer sich mit einem halben Sieg begnügt, handelt allzeit klug; denn immer verliert, wer einen Sieg bis zur Vernichtung des Gegners anstrebt. »Der hatte gut reden«, murmelte sie, während sich die Lifttür öffnete.
Romano Grasso kam Rosanna mit ausgebreiteten Armen und einem strahlenden Lächeln entgegen. *»Mia carissima …«* Er schlang seine Arme um sie und zog sie an sich. »Wie schön, dich endlich zu sehen!« Glück und Freude standen in seinen Augen, und für einen Augenblick schien er in einen verliebten Jüngling verwandelt. Er vergrub sein Gesicht in ihrem vollen, schwarzen Haar und sog ihren Duft ein, als wolle er sie ganz und gar in sich aufnehmen. »Ich habe nur drei Fragen«, wisperte er in ihr Haar und ließ seine Hand über ihre Hüften zu ihrem verführerischen Hintern gleiten.
Rosanna erstarrte innerlich, obwohl sie wusste, dass Don Grasso ohne Umschweife zum Thema kommen würde. Mit beinahe übermenschlicher Überwindung schmiegte sie sich eng an seinen Körper.
»Wo sind die Unterlagen? Wo ist mein Geld? Was ist mit Roberto Cardone?«
»Ich brauche einen Drink und ein Bad, Romano!«, stöhnte sie kläglich. »Ich fühle mich schmutzig von der Reise. Außerdem will ich mir etwas Frisches anziehen.«
»Du hast meine Fragen noch nicht beantwortet.« Seine gespreizten Finger strichen sanft durch ihre wilden Locken.
Verschmust rieb Rosanna ihre Nase an seiner Brust. »Deine Unterlagen sind in meinem Koffer, dein Geld ist in Sicherheit, und Cardone wird dir nie mehr Kopfzerbrechen bereiten.«
»Ich wusste, ich kann mich auf dich verlassen.«
Sie befreite sich aus seinem Arm, indem sie sich ein wenig zur Seite drehte.

Nur widerwillig gab er sie frei, legte seine Pranken auf ihre Schultern und hielt sie fest. »*Scusi* … Lass dich anschauen! Jedes Mal, wenn ich dich wiedersehe, bist du schöner geworden. Ich könnte sterben bei deinem Anblick …«

Rosanna wand sich graziös aus seinem Griff, machte ein paar Schritte ins Zimmer und starrte durch die gewaltige Fensterfront ins Leere. Wenn du wüsstest, wie nah du dran bist!, dachte sie. Dann murmelte sie versonnen: »Es ist schön, bei dir zu sein«, und fügte mit gespielter Begeisterung hinzu: »Wie ich dieses Penthouse, die Terrasse mit der wundervollen Aussicht auf die Bucht und diese Ruhe hier liebe.« Sie schleuderte ihre eleganten Riemchenschuhe von den Füßen und machte in der Mitte des riesigen Zimmers auf dem goldgrundigen Seiden-Ghom einige übermütige Tanzschritte.

Don Grasso stand regungslos da und beobachtete freudestrahlend Rosannas ausgelassene Bewegungen. »Unglaublich, dieses Weib!«, raunte er kaum hörbar und schüttelte staunend den Kopf. »Sie steigt in den Lift als die von allen gefürchtete Perlaquale und umarmt mich in meinem Wohnzimmer als meine Geliebte!«

Rosanna hatte ihn nicht eine Sekunde aus den Augen gelassen und unterbrach unvermittelt eine angedeutete Pirouette. »Ach, Romano …« Ihre dunklen Augen sprühten vor Temperament und Übermut, und eine lange Haarsträhne hing ihr quer über Augen und Nase. »Beinahe hätte ich es vergessen …« Sie kicherte. »Schicke den Lift noch einmal nach unten! Pietro wollte mir meine Koffer heraufschicken. Sie waren mir zu schwer.«

»Ich kann Bruno nach unten schicken«, brummelte er leutselig.

»Gute Idee! Ich lasse in der Zwischenzeit heißes Wasser in die Wanne.« Sie warf ihm einen schelmischen Blick zu. »Und du wäschst mir den Rücken. Und leg endlich das Jackett und den hässlichen Schlips ab!«

In Grassos Augen loderte die Leidenschaft, und er lockerte ungestüm den Krawattenknoten. Rosannas makellose Figur und der wohlproportionierte Inhalt ihrer Bluse, nahmen ihm beinahe den Atem. »Bruno!«, rief er, »fahr in die Garage und hol die Koffer aus dem Wagen!«
»Subito!«, ertönte es aus dem Hintergrund, und schwere Schritte näherten sich.
Rosanna sprang heran, stellte sich auf die Zehnspitzen und hauchte Grasso einen Kuss auf die Lippen. Aber ehe er sie wieder umarmen konnte, war sie ihm schon entwischt. »Wenn wir unter uns sind, darfst du dich auch von deinen Hosen trennen. Oder bist du schon so alt, dass ich dir dabei helfen muss …«
Rosanna hatte ihre Bluse aufgeknöpft und warf sie achtlos auf den Boden.
»Du bist ein durchtriebenes Luder«, keuchte Grasso, und zu Bruno, der im Begriff war, den Lift zu besteigen, sagte er: »Mach dir mit Pietro einen schönen Nachmittag auf meine Rechnung! In drei Stunden kannst du wieder hier antanzen.« Er zwinkerte ihm zu und knöpfte die Hose auf. »Und komm nicht auf die Idee, uns vorher zu stören!«
Die Lifttür schloss sich hinter Bruno, und Grasso starrte mit heruntergelassener Hose in den Lauf einer 357er Eagle Magnum und in Rosannas kaltes Lächeln. Er stand wie in Beton gegossen vor ihr, während sich die Hosen wie eine lose Fessel um seine Knöchel schlangen. »Du siehst verdammt scharf aus, so im BH und einer Automatik in der Hand. Aber das ist nicht witzig«, flüsterte er tonlos. »Leg sofort die Kanone weg!«
»Ich dachte mir, dass du die Situation erotisch finden würdest«, erwiderte Rosanna mit unbeweglichem Gesicht. »Willst du meine Meinung dazu hören? Ich finde sie eher lächerlich. Besonders deine dünnen Beine und die geräumigen Boxershorts. Du solltest dich im Spiegel sehen!«
Don Grasso bückte sich und wollte nach seinen Hosen grei-

fen, als das Projektil zwischen seinen Füßen abprallte und als jaulender Querschläger in der Wand hinter ihm einschlug.

»Lass das! Beim nächsten Versuch schieße ich dir die Eier weg!«

Grasso zuckte zusammen, als habe er einen Stromschlag erhalten, und richtete sich wie in Zeitlupe wieder auf. Seine Arme hingen schlaff an seinem Körper herunter. »Bist du wahnsinnig?«, brüllte er, und schien nicht glauben zu wollen, was gerade passiert war. »Du hast auf mich geschossen!«, schrie er hysterisch. Leichenblässe war in sein Gesicht getreten. Sein kraftstrotzender Oberkörper wirkte auf merkwürdige Weise müde und abgespannt. »Gib mir sofort die Knarre!« Er straffte sich, als wolle er seinen Worten Nachdruck verleihen. »Komm, gib sie her!«

»Wenn du große Schritte machst, fällst du auf die Schnauze. Also bleib, wo du bist!«

Unbändige Wut verfinsterte plötzlich seinen Blick. »Was fällt dir ein, *putana?*«, brüllte er. »Ist dir klar, dass dieses Theater für dich als Drama endet?« Wie hypnotisiert starrte er in Rosannas mitleidslose Miene und dann auf ihre Pistole, die direkt auf seinen Unterleib gerichtet war. Ganz allmählich veränderten sich seine Gesichtszüge, und der Ausdruck ohnmächtiger Wut wandelte sich in Entsetzen. »Jetzt versteh ich«, sagte er mit gedehnter Stimme. »Du hast auf dem Flug die Unterlagen gelesen … Du willst mich erpressen. Du willst mich fertigmachen, das ist es …«

»Armer Romano!«, erwiderte Rosanna mit einem Anflug von Abscheu und Ekel. »Glaubst du im Ernst, die Unterlagen hätten mich auch nur eine Minute interessiert?«

»Dann ist es also das Geld?«, schrie er außer sich vor Zorn.

Rosanna schüttelte abfällig den Kopf. »Hättest du ein Gewissen und hättest du mich genauer angesehen, dann würdest du dich erinnern«, antwortete sie hasserfüllt. »Was du mir angetan hast, liegt weit zurück. Ich habe verdammt lange auf diesen

Augenblick warten müssen. Ich hatte vor, dich zu erschießen, hier und jetzt!«

»Ach ja.« Grassos Blicke spuckten Gift und Galle, doch Sekunden später kehrte der triumphierende Glanz zurück. »Dann solltest du es sofort tun. Hörst du den Aufzug? Bruno kommt noch einmal zurück.«

Die Lifttür öffnete sich und schwarz gekleidete Männer mit Maschinenpistolen im Anschlag drängten aus der Kabine. Hinter ihnen traten d'Aventura und Dottore Silvio Santapola in den Raum.

Grasso rang nach Atem und stierte erschüttert in die Mündungen der Waffen.

Rosanna ließ ihre Magnum sinken, bückte sich nach ihrer Bluse und streifte sie über.

Ihr Blick kreuzte sich mit dem des Comandante, der ihr anerkennend zunickte. Abrupt wandte er sich an Romano Grasso, der offenbar kurz vor einem Tobsuchtsanfall stand. D'Aventuras Blick wanderte an ihm hinunter und blieb an der Hose um Grassos Füße hängen.

»Nichts ist hässlicher als die nackte Wahrheit, nicht wahr?«, sagte der Comandante. Dann sah er dem Don in die Augen. »Signore Generalstaatsanwalt Santapola wird Ihnen die Verhaftung eröffnen. Persönlich! Dieses Privileg wird nicht jedem zuteil.«

Grasso biss die Zähne zusammen und schwieg.

D'Aventura wandte sich ab und sah, dass ihm Rosanna ihre Waffe hinhielt.

»Was soll ich damit?«, fragt er und zog überrascht eine Augenbraue hoch.

»Es ist zu Ende. Ich bin unendlich müde.«

Zögernd nahm der Comandante die Magnum, schraubte den Schalldämpfer ab und schob beides in seine Jackentasche.

»Und das ist auch für Sie«, fuhr Rosanna ernst fort und übergab ihm ihren Dienstausweis. »Sie haben selbst gesagt, dass diese Verhaftung mein letzter Job sein würde. Sie wissen gar nicht, wie recht Sie damit hatten.«

Sie drehte sich wortlos um, warf ihre Tasche über die Schulter und ging zum Lift, ohne Grasso noch eines einzigen Blickes zu würdigen.

»Wo wollen Sie jetzt hin?«, rief ihr d'Aventura nach.

»Zum Flughafen …«

Epilog

Die Arme um die angezogenen Beine geschlungen, den Kopf auf die Knie gestützt, so saß Rosanna im Sand und beobachtete, wie die glutrote Sonne ganz allmählich im Meer versank. Der Platz, an dem sie regungslos die Spiegelungen im Wasser betrachtete, hätte auch an jedem Strand in Italien sein können, dachte sie. Bilder von *nonna*, von Onkel Giulio, vom Spielplatz in Agrigento drängten sich ihr auf. Ihre Gedanken waren unvermittelt in ihre Kindheit zurückgekehrt und sie schien in eine Art Trance zu fallen. Leise begann sie zu sprechen, und ihre Stimme schien wie aus einer anderen Welt zu kommen.

Ihre Reise in die Vergangenheit mutierte unvermittelt zur Realität. Sie bebte vor Angst und atmete so flach wie möglich, um jedes Geräusch zu vermeiden. Der Mann, der die Treppe heraufkam, würde sie finden und sie umbringen. Erschießen, wie er Mama und Papa erschossen hatte. Verstecken, schnell verstecken!, das war das Einzige, woran sie denken konnte. Und ganz ruhig sein!

Unvermittelt befand sie sich in ihrem Kinderzimmer. Sie sah sich wie in einem Film am ganzen Körper zitternd, zur Wand unter der Dachschräge schleichen. Auf Zehenspitzen, damit die Männer nicht auf sie aufmerksam wurden. Hinter der Holzverschalung befand sich ein geräumiger Hohlraum, in dem Leitungen und Kabel entlangliefen. Topolina hatte sich dort ein kleines, geheimes Nest eingerichtet, in dem sie sich immer dann versteckte, wenn sie wütend oder traurig war. Oft hatte sie sich dort stundenlang zurückgezogen und bei Kerzenlicht gelesen oder mit ihren Puppen gespielt. Es war der einzige Ort, an dem sie ganz für sich sein konnte, wo sie sich geschützt und geborgen gefühlt hatte und jetzt vielleicht vor den Mördern ihrer Eltern sicher war. Sie hob die Verkleidung aus dem Rahmen, kroch durch die schmale Öffnung und verschloss den Zugang. Von außen waren die losen Bretter kaum auszumachen, und sie hoffte innständig, dass die beiden Männer sie nicht finden würden.

Völlig verängstigt zog sie sich in die hinterste Ecke zurück und presste sich in den Dachwinkel. Dunkelheit umschloss sie. Dann konnte sie den Mann hören, wie er in ihrem Zimmer umherging, Schränke öffnete und nach ihr suchte. Topi wagte sich nicht zu bewegen und kaum zu atmen.

»Sie muss irgendwo im Haus sein, Grasso«, brüllte von unten eine wütende Männerstimme.

»Sie ist nicht hier!«, brüllte der Mann in ihrem Zimmer zurück. Er musste direkt vor ihrem Versteck stehen. »Vielleicht ist sie durch den Keller abgehauen. Sieh draußen nach!«

Topolina verharrte im Dunkel wie erstarrt und hielt den Atem an. Jeden Augenblick musste der Fremde den Eingang zu ihrem Nest entdeckt haben. Sie wagte nicht einmal, ein Kreuz zu schlagen. Endlich schien der Eindringling das Zimmer zu verlassen.

Auch als die Schritte sich längst entfernt hatten und sie keine Stimmen mehr hörte, getraute sie sich nicht, sich zu rühren. Stunde um Stunde verging, die panische Angst aber blieb. Irgendwann war Topi völlig erschöpft eingeschlafen.

Das Heulen von Sirenen drang an ihr Ohr. Sie konnte in ihrem Versteck quietschende Reifen hören. Automotoren dröhnten, und die Sirenen erstarben. Dann vernahm sie, wie Türen aufgerissen wurden und wieder ins Schloss fielen. Menschen rumorten im Haus, Stimmen gaben Befehle. Harte Stiefeltritte näherten sich. Die Männer schienen jetzt in ihrem Zimmer zu sein, denn sie hörte ganz deutliches Husten. Unvermittelt drang ein überraschter Ausruf durch die dünne Verblendung. Jemand schien die losen Bretter vor ihrem Versteck gefunden

zu haben. Eine tiefe männliche Stimme sagte: »Schau nach, ob sich dort jemand versteckt hat!«
»Hier ist garantiert niemand«, widersprach eine junge Stimme.
»Halt die Klappe und sieh nach!«
Der grelle Strahl einer Stablampe durchschnitt das Dunkel und traf Topis Gesicht.

Ein Offizier der israelischen Armee befreite die völlig Verängstigte und Entkräftete aus ihrem selbst gewählten Gefängnis. Er gab sie in die Obhut einer freundlichen Dame. Erst viel später traf sie ihren Befreier in einem trist eingerichteten Büro wieder. Er erzählte ihr, dass sie ganze drei Tage in dem Verschlag zugebracht haben musste. Sie selbst hatte das Gefühl für Zeit verloren. Nachdem sie trotz liebevoller Fürsorge viele Tage mit niemandem gesprochen hatte, antwortete sie auf die Frage des Offiziers, wie sie heiße, endlich: »Topolina.« Die Tränen liefen ihr dabei über die Wangen. Ihr Vater hatte ihr den liebevollen Spitznahmen Mäuschen gegeben, doch mit richtigem Namen hieß sie Rosanna. Rosanna Lorano. Der Offizier hatte sie dann oft im Kinderheim besucht. Eines Tages brachte er Eliza Rosenbaum mit, seine Frau. Es folgten noch viele Besuche der beiden und Topolina verbrachte häufig das Wochenende in deren wunderschönem Haus in Haifa. Eines Tages wurde sie von der Heimleitung gefragt, ob sie bei der Familie Rosenbaum leben möchte, und sie hatte sofort eingewilligt.

Die Mörder wurden nie aufgespürt, obwohl man jahrelang nach ihnen gesucht hatte. Immer wieder wurde Topi nach den Vorgängen an jenem Frühlingsabend befragt, zunächst einfühlsam, später, als man glaubte, sie habe den Schock einigermaßen überwunden, bestimmt, insistierend und schmerzlich alte Wunden aufreißend. Sie war außerstande, etwas über die

Ereignisse zu erzählen. Tief hatte sie die Erinnerung an den Überfall, an die schrecklichen Schüsse und das viele Blut in sich vergraben. Sie schwieg. Den Namen Grasso jedoch hatte sie nie vergessen. Er brannte in ihr wie Salz in einer offenen Wunde. Der Tag würde kommen, an dem sie diesen Mann, der ihre Eltern ermordet, ihre Kindheit vernichtet und ihre Seele vergiftet hatte, auslöschen konnte.

Rosanna schien aus ihrer Vergangenheit zu erwachen. Sie wandte den Kopf und blickte in Robertos entsetzte Augen.

»*Madonna mia!*«, stöhnte er und legte seinen Arm um ihre Hüften. »Konntest du mir das nicht alles von Anfang an sagen …?«

»Das hätte nichts geändert.«

»Hmm …«, brummte er und griff mit der freien Hand in den kühlen Sand. »Es ist schwer, all das zu vergessen. Wie fühlst du dich?«

»Unsicher. Nackt und fremd. Ich fühle mich, als sei ich in ein tiefes Loch gefallen. Ich habe meinen Job an den Nagel gehängt. Es ist getan, was zu tun war, und nun ist es zu Ende. Ich bin in einem neuen Leben angekommen«, sagte sie ruhig, lehnte sich an seine Schulter und schloss die Augen. »Jetzt brauche ich deine Hilfe …«

»Merkwürdig«, murmelte Cardone. »Ich habe dich als eine kalte, berechnende und verdammt harte Frau kennengelernt, und nun sitzt du neben mir in Antigua am Strand der Half Moon Bay, verunsichert, weich und voller Zukunftsangst. Kaum zu glauben, dass du mich um Hilfe bittest …«

»Das habe ich ernst gemeint«, gab sie zurück und ließ sich rücklings in den weichen Sand fallen.

»Lass uns ins Haus gehen! Ich will das erste Kapitel meines neuen Romans zu Ende schreiben«, meinte er und lächelte.

Thomas Kastura

Das dunkle Erbe

Zwei Frauen werden heimtückisch ermordet, eine dritte verschwindet spurlos. Alle drei standen einem bestimmten Mann sehr nahe: Sie waren die Frau, die Geliebte und die Kollegin des Kölner Arztes Bernhard Schwan. Eine private Verzweiflungstat? Je länger Hauptkommissar Klemens Raupach den tatverdächtigen Arzt vernimmt, desto rätselhafter wird das Bild …

Klemens Raupach hat privat ganz andere Sorgen, als er in das Kölner Nobelviertel Marienburg gerufen wird, um einen grausamen Fall aufzuklären, dessen Lösung offenkundig scheint. Nach und nach kommen jedoch Indizien ans Licht, die darauf hinweisen, dass der Arzt gar nicht der Täter gewesen sein kann. Raupach und sein Team müssen erkennen, dass hinter den Morden viel mehr steckt, als sie zunächst annahmen.

In das Zentrum des Falles rückt dabei mehr und mehr die alte Villa, in der Schwan seine Praxis hat und die ein dunkles Geheimnis birgt. Ein Geheimnis von einer solchen Sprengkraft, dass nicht nur ein Mensch dafür töten würde …

Droemer